MOLOTOWS BESESSENHEIT

DER KOMPLETTE ZWEITEILER

ANNA ZAIRES

Übersetzt von
GRIT SCHELLENBERG

♠ MOZAIKA PUBLICATIONS ♠

Copyright © 2024 Anna Zaires und Dima Zales
www.annazaires.com/book-series/deutsch/

Veröffentlicht von Mozaika Publications, einer Druckmarke von Mozaika LLC.
www.mozaikallc.com

Aus dem Amerikanischen von Grit Schellenberg
Lektorat: Fehler-Haft.de

Cover von Coverluv Book Designs
www.coverluv.com

e-ISBN: 978-1-63142-946-0
ISBN: 978-1-63142-943-9

DIE HÖHLE DES TEUFELS

1

CHLOE

Ein Auto geht in Flammen auf, die Schaufensterscheibe zu meiner Linken explodiert, und Glasscherben fliegen weit in alle Richtungen.

Ich erstarre, bin so fassungslos, dass ich kaum spüre, wie sich das Glas in meinen nackten Arm bohrt. Dann höre ich die Schreie.

»Es wurde geschossen! Ruft den Notruf an!«, schreit jemand auf der Straße, und Adrenalin durchflutet meine Adern, während mein Gehirn die Verbindung zwischen dem Geräusch und den Glassplittern herstellt.

Jemand hat geschossen.

Auf mich.

Sie haben mich gefunden.

Meine Füße reagieren zuerst und laufen los, gerade als ein weiteres scharfes *Pop* meine Ohren erreicht und die Kasse im Inneren des Ladens explodiert.

Dieselbe Kasse, vor der sich vor einer Sekunde mein Körper befand.

Ich schmecke Entsetzen. Es schmeckt nach Eisen, genau wie Blut. Vielleicht *ist* es Blut. Vielleicht wurde ich angeschossen und sterbe gerade. Aber nein, ich laufe noch. Mein Herzschlag dröhnt in meinen Ohren, und meine Lungen arbeiten, was das Zeug hält, während ich die Straße hinunterrenne. Ich kann das Brennen in meinen Beinen spüren, also bin ich am Leben.

Vorläufig.

Weil sie mich gefunden haben. Schon wieder.

Ich biege scharf rechts ab und laufe eine schmale Seitenstraße hinunter. Über meine Schulter sehe ich zwei Männer, die mir mit einem halben Block Abstand mit voller Geschwindigkeit hinterherlaufen.

Meine Lungen schreien bereits nach Luft, meine Beine drohen aufzugeben, aber ich erreiche eine verzweifelte Geschwindigkeit und rase in eine Gasse, bevor sie um die Ecke kommen. Ein eineinhalb Meter hoher Maschendrahtzaun teilt die Gasse in zwei Hälften, aber ich klettere in Sekundenschnelle über ihn, da mir das Adrenalin die Beweglichkeit und Kraft eines Athleten verleiht.

Der hintere Teil der Gasse führt zu einer anderen Straße, und ein Schluchzen der Erleichterung entweicht meiner Kehle, als ich feststelle, dass es die ist, in der ich mein Auto vor dem Bewerbungsgespräch geparkt habe.

Lauf, Chloe. Du schaffst das.

Verzweifelt schnappe ich nach Luft, renne die Straße hinunter und suche den Straßenrand nach einem verbeulten Toyota Corolla ab.

Wo ist er?

Wo habe ich das verdammte Auto gelassen?

4

War es hinter dem blauen Lieferwagen oder dem weißen?

Bitte lass es da sein. Bitte lass es da sein.

Schließlich entdecke ich es halb versteckt hinter einem weißen Lieferwagen. Ich krame in meiner Tasche, ziehe die Schlüssel heraus und drücke mit zitternden Händen den Knopf, um das Auto zu entriegeln.

Ich bin schon drin und schiebe gerade den Schlüssel ins Zündschloss, als ich meine Verfolger einen Block hinter mir aus der Gasse kommen sehe, jeder mit einer Waffe in der Hand.

Ich zittere immer noch, als ich fünf Stunden später an einer Tankstelle halte, der ersten, die ich auf dieser kurvenreichen Bergstraße sehe.

Das war knapp, viel zu knapp.

Sie werden immer mutiger, verzweifelter.

Sie haben auf der verdammten Straße auf mich geschossen.

Meine Beine fühlen sich wie Gummi an, als ich aus dem Auto steige und meine leere Wasserflasche umklammere. Ich brauche eine Toilette, Wasser, Essen und Benzin, in dieser Reihenfolge – und idealerweise ein neues Fahrzeug, denn sie könnten das Kennzeichen meines Toyotas haben. Das heißt, vorausgesetzt, sie hatten es nicht schon.

Ich habe keine Ahnung, wie sie mich in Boise, Idaho gefunden haben, aber es könnte über mein Auto gewesen sein.

Das Problem ist, dass das Wenige, was ich darüber weiß, wie man Verbrechern ausweicht, die auf Mord aus sind, aus Büchern und Filmen stammt, und ich habe keine Ahnung, was meine Verfolger tatsächlich nachverfolgen *können*. Um auf Nummer sicher zu gehen, benutze ich keine meiner

Kreditkarten, und mein Handy habe ich gleich am ersten Tag weggeworfen.

Ein weiteres Problem ist, dass ich genau zweiunddreißig Dollar und vierundzwanzig Cent in meinem Portemonnaie habe. Die Stelle als Kellnerin, für die ich mich heute Morgen in Boise beworben habe, wäre die Rettung gewesen, denn der Cafébesitzer war bereit, mich schwarz zu bezahlen, aber sie haben mich gefunden, bevor ich eine einzige Schicht machen konnte.

Ein paar Zentimeter weiter rechts, und die Kugel wäre durch meinen Kopf gegangen, anstatt durch das Schaufenster.

Eine Blutlache auf dem Küchenboden ... Rosa Bademantel auf weißen Kacheln ... Gläserner, blinder Blick ...

Mein Herzschlag beschleunigt sich, mein Zittern wird stärker, und meine Knie drohen unter mir einzuknicken. Ich lehne mich gegen die Motorhaube meines Autos und atme zitternd ein. Ich versuche, das verrückte Trommeln meines Pulses zu verlangsamen, während ich die Erinnerungen tief in mir vergrabe, wo sie meine Kehle nicht wie ein Schraubstock zerquetschen können.

Ich kann nicht darüber nachdenken, was passiert ist. Wenn ich das tue, werde ich zerbrechen – und sie werden gewinnen.

Sie könnten trotzdem gewinnen, denn ich habe kein Geld und keine Ahnung, was ich tue.

Eine Sache nach der anderen, Chloe. Einen Fuß vor den anderen.

Moms Stimme kommt mir in den Sinn, ruhig und beständig, und ich zwinge mich, mich von dem Auto aufzurichten. Was also, wenn meine Situation von verzweifelt zu kritisch gewechselt hat?

Ich bin noch am Leben, und das will ich auch bleiben.

Ich habe vor ein paar Stunden alle Glassplitter aus meinem

Arm gezogen, aber das T-Shirt, das ich darumgewickelt habe, um die Blutung zu stoppen, sieht seltsam aus, also schnappe ich mir meinen Kapuzenpulli aus dem Kofferraum und ziehe die Kapuze hoch, um mein Gesicht vor den Überwachungskameras zu verstecken, die vielleicht in der Tankstelle sind. Ich weiß nicht, ob die Leute, die hinter mir her sind, in der Lage sind, Zugang zu diesen Aufzeichnungen zu bekommen, aber es ist besser, es nicht zu riskieren.

Wiederum vorausgesetzt, sie verfolgen nicht bereits mein Auto.

Konzentrier dich, Chloe. Ein Schritt nach dem anderen.

Mit einem beruhigenden Atemzug gehe ich in den kleinen Supermarkt der Tankstelle, winke der älteren Frau hinter der Kasse zu und gehe direkt zur Toilette im rückwärtigen Bereich. Als meine dringendsten Bedürfnisse erledigt sind, wasche ich mir die Hände und das Gesicht, fülle meine Wasserflasche mit Leitungswasser auf und ziehe mein Portemonnaie heraus, um die Scheine zu zählen, nur für den Fall.

Nein, ich habe mich nicht verrechnet oder einen Zwanziger übersehen. Zweiunddreißig Dollar und vierundzwanzig Cent ist alles, was ich an Bargeld übrig habe.

Das Gesicht im Toilettenspiegel ist das einer Fremden, angespannt und hohlwangig, mit dunklen Ringen unter übermäßig großen braunen Augen. Ich habe weder normal gegessen noch geschlafen, seit ich auf der Flucht bin, und das sieht man. Ich wirke älter als dreiundzwanzig Jahre, da der letzte Monat mich um ein Jahrzehnt hat altern lassen.

Ich unterdrücke den nutzlosen Anfall von Selbstmitleid und konzentriere mich auf das Praktische. Schritt eins: Entscheiden, wie ich das Geld, das ich habe, einteile.

Die größte Priorität hat das Benzin für das Auto. Der Tank

ist zu weniger als einem Viertel voll, und ich weiß nicht, wann ich in dieser Gegend wieder eine Tankstelle finden werde. Volltanken wird mich mindestens dreißig Dollar kosten, so dass mir nur ein paar Dollar für Essen bleiben, um die quälende Leere in meinem Magen zu besänftigen.

Noch schlimmer ist, dass ich das nächste Mal, wenn mir das Benzin ausgeht, ein noch größeres Problem haben werde.

Ich verlasse die Toilette, gehe zur Kasse und sage der älteren Kassiererin, dass ich für zwanzig Dollar tanken möchte. Ich schnappe mir auch einen Hotdog und eine Banane und verschlinge den Hotdog, während die Frau langsam das Wechselgeld abzählt. Die Banane verstaue ich für das morgige Frühstück in der Vordertasche meines Pullis.

»Bitte sehr, meine Liebe«, sagt die Kassiererin mit heiserer Stimme und überreicht mir das Wechselgeld zusammen mit einer Quittung. Mit einem freundlichen Lächeln fügt sie hinzu: »Ich wünsche Ihnen noch einen schönen Tag.«

Zu meinem Entsetzen schnürt sich mein Hals zusammen, und Tränen brennen in meinen Augen, weil mich die Freundlichkeit völlig aus der Bahn wirft. »Vielen Dank. Ich Ihnen auch«, sage ich mit erstickter Stimme, stopfe das Wechselgeld in mein Portemonnaie und eile in Richtung Ausgang, bevor ich die Frau mit einem Tränenausbruch alarmieren kann.

Ich bin schon fast aus der Tür, als mir eine lokale Zeitung ins Auge fällt. Sie steckt in einem der Ständer mit der Aufschrift *GRATIS*, also schnappe ich sie mir, bevor ich zu meinem Auto gehe.

Während der Tank gefüllt wird, bringe ich meine widerspenstigen Emotionen unter Kontrolle, schlage die Zeitung auf und wende mich direkt dem hinteren Teil mit den

Kleinanzeigen zu. Es ist weit hergeholt, aber vielleicht bietet jemand hier in der Gegend einen Job an, wie Fensterputzen oder Heckenschneiden.

Selbst fünfzig Dollar könnten meine Überlebenschancen erhöhen.

Zuerst sehe ich nichts, was dem entspricht, was ich suche, und ich bin kurz davor, die Zeitung enttäuscht zusammenzufalten, als eine Anzeige am unteren Ende der Seite meine Aufmerksamkeit erregt:

Hauslehrer für Vierjährigen gesucht. Muss gebildet sein, gut mit Kindern umgehen können und bereit sein, auf ein abgelegenes Berggut zu ziehen. $ 3000 / Woche in bar. Um sich zu bewerben, schicken Sie Ihren Lebenslauf an tutorcandidates459@gmail.com.

Drei Riesen pro Woche in bar? Was zur Hölle …?

Ich kann meinen Augen nicht trauen und lese die Anzeige erneut.

Nein, alle Wörter sind immer noch dieselben, was verrückt ist. Drei Riesen pro Woche für einen Lehrer? In bar?

Das ist ein Scherz, es muss einer sein.

Mit klopfendem Herzen tanke ich zu Ende und steige ins Auto. Meine Gedanken rasen. Ich bin der perfekte Kandidat für diese Position. Ich habe nicht nur gerade mein Studium der Erziehungswissenschaften abgeschlossen, sondern habe auch während der gesamten Highschool und dem College auf Kinder aufgepasst und Nachhilfe gegeben. Und der Umzug auf ein abgelegenes Berggut? Perfekt für mich! Je abgelegener, desto besser.

Es ist, als ob die Anzeige speziell für mich geschaltet wurde.

Moment einmal. Könnte das eine Falle sein?

Nein, das ist wirklich paranoid. Seit dem Zwischenfall heute Morgen fahre ich ziellos durch die Gegend, um so viel Abstand wie möglich zwischen mich und Boise zu bringen, während ich mich von den Hauptstraßen und Autobahnen fernhalte, um die Verkehrskameras zu umgehen. Meine Verfolger hätten eine Kristallkugel haben müssen, um zu ahnen, dass ich in dieser abgelegenen Gegend landen und dann auch noch diese Lokalzeitung nehmen und lesen würde. Die einzige Möglichkeit, wie das eine Falle sein könnte, wäre, wenn sie ähnliche Anzeigen in allen Zeitungen des Landes und auf allen großen Jobbörsen geschaltet hätten, und auch das fühlt sich weit hergeholt an.

Nein, es ist unwahrscheinlich, dass es eine Falle ist, die speziell für mich gestellt wurde, aber es könnte etwas ebenso Unheimliches sein.

Ich zögere einen Moment, dann steige ich aus dem Auto und gehe zurück in den Laden.

»Entschuldigen Sie, Ma'am«, sage ich und gehe auf die ältere Kassiererin zu. »Wohnen Sie in dieser Gegend?«

»Aber ja, meine Liebe.« Ein Lächeln erhellt ihr faltiges Gesicht. »Ich bin in Elkwood Creek geboren und aufgewachsen.«

»Großartig. Wenn das so ist«, ich schlage die Zeitung auf und lege sie auf den Tresen, »wissen Sie etwas darüber?« Ich zeige auf die Anzeige.

Sie holt eine Lesebrille heraus und blinzelt auf den kleinen Text. »Hm. Drei Riesen pro Woche für einen Nachhilfelehrer – muss noch reicher sein, als sie sagen.«

Mein Puls rast vor Aufregung. »Sie wissen, wer diese Anzeige aufgegeben hat?«

Sie schaut auf, und ihre trüben Augen blinzeln hinter ihren dicken Brillengläsern. »Nun, ich kann es nicht mit Sicherheit sagen, aber man munkelt, dass ein reicher Russe das alte

Jamieson-Anwesen oben in den Bergen gekauft und dort ein brandneues Haus gebaut hat. Hat ein paar Jungs von hier für einige Jobs hier und da angeheuert, immer gegen Barzahlung. Allerdings hat niemand etwas über ein Kind gesagt, also könnte er es auch nicht sein – aber ich kann mir niemanden in dieser Gegend vorstellen, der so viel Geld hat, geschweige denn etwas, was einem Anwesen nahekommt.«

Heilige Scheiße. Das könnte wirklich wahr sein. Ein reicher Ausländer – das würde sowohl das zu hohe Gehalt als auch das Bargeld erklären. Der Mann, oder eher das Paar, da ein Kind involviert ist, weiß vielleicht nicht, wie hoch die Preise für Lehrer hier sind, oder es ist ihnen egal. Wenn man reich genug ist, sind ein paar Tausender vielleicht nicht bedeutungsvoller als ein paar Pennys. Für mich könnte jedoch ein einziger Wochenlohn den Unterschied zwischen Leben und Tod bedeuten. Wenn ich so viel Geld in einem Monat verdienen würde, könnte ich mir ein anderes gebrauchtes Auto kaufen und vielleicht sogar gefälschte Papiere, damit ich das Land verlassen und für immer verschwinden kann.

Das Beste von allem ist, dass es eine Weile dauern kann, bis meine Verfolger mich dort finden – wenn sie es überhaupt tun. Mit einem Gehalt in bar gäbe es keine Papierspur, nichts, was mich mit dem russischen Paar in Verbindung bringen würde.

Dieser Job könnte die Antwort auf all meine Gebete sein … wenn ich ihn bekomme, heißt das.

»Gibt es hier irgendwo eine öffentliche Bibliothek?«, frage ich und versuche, meine Aufregung zu zügeln. Ich will mir keine großen Hoffnungen machen. Selbst wenn mein Lebenslauf der beste ist, den sie bekommen, könnte der Einstellungsprozess Wochen oder Monate dauern, und es ist nicht sicher, so lange hierzubleiben.

Wenn sie mich in Boise gefunden haben, werden sie mich auch hier finden.

Es ist nur eine Frage der Zeit.

Die Kassiererin strahlt mich an. »Aber ja, meine Liebe. Fahren Sie einfach etwa fünfzehn Kilometer nach Norden. Wenn Sie die ersten Gebäude sehen, biegen Sie links ab, fahren über zwei Kreuzungen, und dann liegt sie auf der linken Seite direkt neben dem Büro des Sheriffs.«

»Wunderbar, vielen Dank. Haben Sie einen Stift?« Als sie ihn mir reicht, schreibe ich die Wegbeschreibung auf die Titelseite der Zeitung.

Kein Smartphone mit GPS zu haben nervt.

»Einen schönen Tag noch«, sage ich der älteren Dame, und als ich dieses Mal hinausgehe, habe ich einen deutlich federnden Schritt.

Die winzige Bibliothek schließt um fünf Uhr nachmittags, also stelle ich eilig meinen Lebenslauf und mein Anschreiben an einem der öffentlichen Computer zusammen und schicke beides an die in der Anzeige angegebene Adresse. Anstatt einer Telefonnummer und einer E-Mail-Adresse habe ich nur meine E-Mail-Adresse in den Lebenslauf geschrieben und hoffe, dass das reicht.

Als ich fertig bin, schließt die Bibliothek, also steige ich wieder in mein Auto, fahre aus der Kleinstadt hinaus und biege wahllos in enge, kurvige Straßen ein, bis ich finde, was ich suche.

Eine Lichtung im Wald, wo ich meinen Toyota hinter den

Bäumen parken kann, außerhalb der Sichtweite der vorbeifahrenden Autos.

Als das Auto sicher geparkt ist, öffne ich den Kofferraum und hole einen weiteren Pullover aus dem Koffer, den ich zum Glück dabeihatte, als mein Leben in die Brüche ging. Ich rolle den Pullover zusammen, strecke mich auf der Rückbank aus, lege das behelfsmäßige Kissen unter meinen Kopf und schließe die Augen.

Mein letzter Gedanke, bevor mich der Schlaf in die Tiefe reißt, ist die Hoffnung, dass ich lange genug am Leben bleibe, um von dem Job zu hören.

2

NIKOLAI

E in Klopfen an der Tür lenkt mich von der E-Mail ab, die ich gerade lese, und ich schaue von meinem Laptop auf, als Alina die Tür öffnet und anmutig in mein Büro tritt.

»Wir haben heute Abend eine vielversprechende Bewerbung bekommen«, sagt sie und nähert sich meinem Schreibtisch. »Hier, sieh dir das an.« Sie reicht mir einen dicken Ordner.

Ich öffne ihn. Das Führerscheinfoto einer auffälligen jungen Frau blickt mich vom obersten Blatt an. Ihre braunen Augen sind so groß, dass sie ihr kleines, rautenförmiges Gesicht dominieren. Selbst auf dem körnigen Ausdruck scheint ihre gebräunte Haut zu leuchten, als würde sie von einer unsichtbaren Kerze von innen heraus beleuchtet. Aber es ist ihr Mund, der meine Aufmerksamkeit erregt. Er ist klein, aber perfekt geformt – und eine Mischung aus dem Schmollmund einer Puppe und dem Schmollmund eines Pornostars.

Auf diesem Bild lächelt sie nicht. Ihr Gesichtsausdruck ist

ernst, ihr Haar ist entweder zu einem strengen Pferdeschwanz oder einem Dutt gebunden. Auf der nächsten Seite ist jedoch ein Bild von ihr zu sehen, wie sie lacht, den Kopf zurückwirft und ihr Gesicht von goldbraunen Wellen umrahmt wird, die unter ihren schlanken Schultern verschwinden. Sie ist wunderschön auf diesem Foto und so strahlend, dass ich spüre, wie etwas in mir gefährlich still und leise wird, während sich mein Puls mit einer männlichen Urreaktion beschleunigt.

Ich unterdrücke die bizarre Reaktion, blättere eine Seite zurück und lese die Informationen auf dem Führerschein.

Chloe Emmons ist dreiundzwanzig Jahre alt, ein Meter siebzig groß und wohnt in Boston, Massachusetts – was bedeutet, dass sie weit weg von zu Hause ist.

»Wie hat sie von dieser Stelle erfahren?«, frage ich und schaue zu Alina auf. »Ich dachte, wir hätten die Anzeige nur in den lokalen Zeitungen geschaltet.«

Sie schiebt die Ausdrucke mit den Fotos zur Seite und tippt mit einem glänzenden roten Nagel auf die Seite darunter. »Lies das Anschreiben.«

Ich wende meine Aufmerksamkeit der Seite zu. Es scheint, dass Chloe Emmons nach ihrem Uniabschluss auf einem Roadtrip ist und zufällig in Elkwood Creek vorbeikam. Als sie unsere Anzeige sah, beschloss sie, sich für die Stelle zu bewerben. Das Anschreiben ist gut geschrieben und sauber formatiert, ebenso wie der darauffolgende Lebenslauf. Ich kann verstehen, warum Alina das vielversprechend fand. Obwohl das Mädchen gerade erst ihren Bachelor in Erziehungswissenschaften vom Middlebury College erhalten hat, hat sie mehr Unterrichtspraktika und Babysitterjobs gehabt als die drei vorherigen Kandidaten zusammen.

Konstantins Bericht über sie kommt als Nächstes. Wie

üblich ließ er sein Team ihre sozialen Medien, Straf- und Verkehrsakten, Finanzberichte, Schulzeugnisse, Krankenakten und alles andere über ihr Leben, das zu irgendeinem Zeitpunkt im Computer gespeichert war, durchforsten. Es ist eine längere Lektüre, also schaue ich zu Alina auf. »Irgendwelche Alarmsignale?«

Sie zögert. »Vielleicht. Ihre Mutter ist vor einem Monat verstorben – offensichtlicher Selbstmord. Seitdem ist Chloe im Grunde von der Bildfläche verschwunden: keine Posts in den sozialen Medien, keine Kreditkartentransaktionen, keine Anrufe auf ihrem Handy.«

»Also hat sie entweder Probleme bei der Bewältigung – oder es ist etwas anderes im Gange.«

Alina nickt. »Ich tippe auf Ersteres. Ihre Mutter war die einzige Familie, die sie hatte.«

Ich schließe den Ordner und schiebe ihn weg. »Das erklärt aber nicht das Fehlen von Kreditkartentransaktionen. Irgendetwas stimmt hier nicht. Aber selbst wenn es das ist, was du denkst ... eine emotional gestörte Frau ist das Letzte, was wir brauchen.«

Ein humorloses Lächeln berührt Alinas jadegrüne Augen. »Bist du dir da sicher, Kolya? Denn ich habe das Gefühl, dass sie genau hierherpassen könnte.«

Und bevor ich antworten kann, dreht sich meine Schwester um und geht hinaus.

Ich weiß nicht, was mich dazu bringt, den Ordner eine Stunde später wieder in die Hand zu nehmen – wahrscheinlich krankhafte Neugierde. Ich blättere durch den dicken Stapel von

Papieren und finde den Polizeibericht über den Selbstmord der Mutter. Offenbar wurde Marianna Emmons, Kellnerin, vierzig Jahre alt, mit aufgeschnittenen Pulsadern auf dem Küchenboden gefunden. Ein Nachbar meldete ihren Tod. Die Tochter, Chloe, war nirgends zu finden – und sie tauchte nie auf, um die Leiche zu identifizieren oder zu begraben.

Interessant. Könnte die hübsche kleine Chloe ihre Mutter umgebracht haben? Ist das der Grund, warum sie ohne Verbindung zur Außenwelt auf ihrem *Roadtrip* ist?

Laut dem Polizeibericht gab es keinen Verdacht auf ein Verbrechen. Marianna hatte eine Vorgeschichte mit Depressionen und hatte schon einmal versucht, sich umzubringen, als sie sechzehn war. Aber ich weiß, wie einfach es ist, eine Mordszene zu inszenieren, wenn man weiß, was man tut.

Alles, was es braucht, ist ein wenig Voraussicht und Geschick.

Es ist natürlich eine gewagte Vermutung, aber ich habe nicht das erreicht, was ich erreicht habe, indem ich immer das Beste von den Menschen annahm. Auch wenn Chloe Emmons vielleicht nichts mit dem Tod ihrer Mutter zu tun hatte … irgendetwas stimmt hier nicht. Mein Instinkt sagt mir, dass mehr hinter dieser Geschichte steckt, und mein Instinkt liegt selten falsch.

Das Mädchen bedeutet Ärger. Das weiß ich ohne den geringsten Zweifel.

Trotzdem hält mich etwas davon ab, den Ordner zu schließen. Ich lese mir Konstantins Bericht komplett durch und gehe dann die Screenshots ihrer sozialen Medien durch. Überraschenderweise sind es nicht viele Selfies. Für ein so hübsches Mädchen scheint Chloe nicht übermäßig auf ihr

Aussehen konzentriert zu sein. Stattdessen bestehen die meisten ihrer Posts aus Videos von Tierbabys und Fotos von malerischen Orten, zusammen mit Links zu Blogposts und Artikeln über die kindliche Entwicklung und optimale Lehrmethoden.

Wäre da nicht dieser Polizeibericht und ihr einmonatiges Verschwinden aus dem Netz, würde Chloe Emmons als genau das erscheinen, was sie vorgibt zu sein: eine frische College-Absolventin mit einer Leidenschaft für das Unterrichten.

Ich blättere zurück zum Anfang des Ordners, betrachte das Foto, auf dem sie lacht, und versuche zu verstehen, was mich an dem Mädchen fasziniert. Ihr hübsches Gesicht, ganz sicher, aber das ist nur ein Teil davon. Ich habe schon Frauen gesehen – und gefickt –, die im klassischen Sinne weitaus schöner waren als sie. Selbst dieser Porno-Puppen-Mund ist nichts Besonderes, obwohl kein Mann, der bei Verstand ist, sich die Chance entgehen lassen würde, diese prallen, weichen Lippen um seinen Schwanz zu spüren.

Nein, es ist etwas anderes, was diese magnetische Anziehungskraft auf mich ausübt, etwas, was mit der Ausstrahlung ihres Lächelns zu tun hat. Es ist, als würde man an einem Wintertag einen Sonnenstrahl entdecken, der durch die Wolken bricht. Ich möchte sie berühren, ihre Wärme spüren … sie einfangen, damit ich sie für mich selbst haben kann.

Mein Körper verhärtet sich bei dem Gedanken, und dunkle, nicht jugendfreie Bilder gehen mir durch den Kopf. Ein besserer Mann – ein besserer Vater – würde diesen Ordner sofort schließen, schon allein wegen der Versuchung, die er darstellt, aber ich bin nicht dieser Mann.

Ich bin ein Molotow, und wir haben noch nie etwas so Prosaisches wie das Richtige getan.

Ich trommele mit den Fingern auf meinen Schreibtisch und treffe eine Entscheidung.

Chloe Emmons ist vielleicht nicht die Richtige, um sie in die Nähe meines Sohnes zu lassen, aber ich möchte sie trotzdem kennenlernen.

Ich möchte diesen Sonnenstrahl auf meiner Haut spüren.

3

CHLOE

*D*as dreieinhalb Meter hohe Metalltor öffnet sich, als ich darauf zufahre, und der Motor meines Toyotas heult bei der steilen Steigung der ungepflasterten Straße, die den Berg hinauf zum Anwesen führt. Ich umklammere das Lenkrad fest, fahre durch das offene Tor, und meine Nervosität wächst mit jeder Sekunde.

Ich kann immer noch nicht glauben, dass ich hier bin. Ich war mir fast sicher, dass ich nichts in meinem Posteingang finden würde, als ich heute Morgen in die Bücherei ging. Es war viel zu früh, um eine Antwort zu erwarten. Ich wollte aber vorsichtshalber meine E-Mails checken und dann ein paar Stunden online nach anderen Jobs im Umkreis von einer halben Tankfüllung suchen. Aber die E-Mail war schon da, als ich mich einloggte – sie kam gestern um zehn Uhr abends.

Sie wollten ein Vorstellungsgespräch mit mir.

Heute Mittag.

Meine Handflächen sind glitschig vor Schweiß, also wische

ich erst die eine, dann die andere Hand an meiner Jeans ab. Ich habe keine Kleidung, die passend für ein Vorstellungsgespräch wäre, also trage ich meine einzige saubere Jeans und ein einfaches langärmeliges T-Shirt – ich brauche die Ärmel, um die Kratzer und den Schorf zu verdecken, die die Glasscherben auf meinem Arm hinterlassen haben. Ich hoffe, dass meine potenziellen Arbeitgeber mir die legere Kleidung nicht übelnehmen werden, schließlich bewerbe ich mich um eine Stelle als Lehrerin mitten im Nirgendwo.

Bitte lass mich den Job bekommen. Bitte lass mich ihn bekommen.

Das glatte Metalltor, durch das ich gerade gefahren bin, ist Teil einer genauso hohen Metallwand, die sich auf beiden Seiten der Straße in den schroffen Bergwald erstreckt. Ich frage mich, ob das bedeutet, dass sich die Mauer um das gesamte Anwesen erstreckt. Es ist schwer vorstellbar – laut dem Bibliothekar, der mir den Weg gezeigt hat, besteht das Grundstück aus über tausend Hektar wildem, bergigem Terrain – aber ich konnte nicht erkennen, wo die Mauer endete, also scheint es möglich. Und da sich das Tor von selbst für mich öffnete, muss es auch Kameras geben – was zwar etwas beunruhigend, aber auch beruhigend ist.

Ich habe keine Ahnung, warum diese Leute so viel Sicherheit brauchen, aber wenn ich diesen Job bekomme, werde auch ich auf ihrem Gelände sicher sein.

Die kurvenreiche Schotterstraße scheint sich ewig hinzuziehen, aber schließlich, nach etwa eineinhalb Kilometern, beginnt der Wald sich an den Seiten zu lichten, und das Gelände wird flacher. Ich muss mich dem Gipfel des Berges nähern.

Als ich um die nächste Kurve biege, sehe ich die elegante zweistöckige Villa.

Das ultramoderne Wunderwerk aus Glas und Stahl müsste eigentlich wie ein wunder Punkt inmitten der ungezähmten Natur hervorstechen, aber stattdessen wurde es geschickt in die Umgebung integriert, indem ein Teil des Hauses in einen Felsvorsprung gebaut wurde. Als ich vor dem Haus anhalte, sehe ich eine verglaste Terrasse, die sich um die Rückseite erstreckt, und erkenne, dass das Haus auf einer Klippe mit Blick auf eine tiefe Schlucht steht.

Die Aussicht muss einfach umwerfend sein.

Tief durchatmen, Chloe. Du schaffst das.

Ich parke den Wagen, streiche mit meinen verschwitzten Handflächen über meine Jeans, glätte mein Hemd, vergewissere mich, dass meine Haare immer noch in einem ordentlichen Dutt stecken und schnappe mir den Lebenslauf, den ich in der Bibliothek ausgedruckt habe. Normalerweise bin ich gut in Vorstellungsgesprächen, aber es stand noch nie so viel auf dem Spiel. Jeder Nerv in meinem Körper ist angespannt, und mein Herz klopft so schnell, dass mir schwindelig wird. Natürlich könnte mir auch schwindelig sein, weil ich heute nur eine Banane gegessen habe, aber darüber – und über die Tatsache, dass der Hunger vielleicht das geringste meiner Probleme ist, wenn ich den Job nicht bekomme – will ich jetzt nicht nachdenken.

Ich steige mit dem Lebenslauf in der Hand aus dem Auto. Ich bin etwa eine halbe Stunde zu früh, was besser ist als zu spät, aber nicht optimal. Ich hatte Angst gehabt, mich ohne GPS zu verfahren, also hatte ich die Bibliothek verlassen und mich auf den Weg hierher gemacht, sobald der Bibliothekar mir den Weg erklärt und mir eine Karte der Umgebung gegeben hatte. Ich habe mich jedoch nicht verfahren, also muss ich jetzt nur noch zu dieser eleganten, futuristisch aussehenden Eingangstür hinübergehen und klingeln.

Mit gestähltem Rückgrat bereite ich mich darauf vor, genau das zu tun, als die Tür aufschwingt und ein großer, breitschultriger Mann in einer dunklen Jeans und einem weißen Button-up-Hemd mit hochgekrempelten Ärmeln zum Vorschein kommt.

»Hi«, sage ich und setze ein strahlendes Lächeln auf, während ich auf ihn zugehe. »Ich bin Chloe Emmons, wir sind für ein Vorstellungsgespräch für …« Ich halte inne, und mein Atem stockt, als er ins Licht tritt und der Blick aus einem Paar atemberaubender haselnussbrauner Augen den meinen begegnet.

Aber *braun* ist ein zu allgemeiner Begriff für sie. Solche Augen habe ich noch nie gesehen. Ein sattes, dunkles Bernstein, gemischt mit Waldgrün. Sie sind von dicken schwarzen Wimpern umgeben und funkeln mit einer eigentümlichen Wildheit, einer Intensität, die bei einem Raubtier im Dschungel nicht fehl am Platz wäre. Tigeraugen, die zu einem Mann gehören, der selbst die personifizierte Macht und Gefahr ist – ein Mann, der so grausam gut aussieht, dass mein ohnehin schon erhöhter Herzschlag auf Überschallgeschwindigkeit geht.

Hohe, breite Wangenknochen, eine kerzengerade Nase, ein Kiefer, der kantig genug ist, um Marmor zu schneiden – die schiere Symmetrie dieser markanten Gesichtszüge hätte schon gereicht, um die Titelseiten von Magazinen zu zieren, aber in Kombination mit dem vollen, zynisch geschwungenen Mund ist der Effekt absolut verheerend. Wie seine Wimpern sind auch seine Augenbrauen dick und schwarz, genauso wie sein Haar, das lang genug ist, um seine Ohren zu bedecken, und so glatt, dass es wie ein Rabenflügel aussieht.

Er verringert den Abstand zwischen uns mit langen, geschmeidigen Schritten und streckt mir seine Hand entgegen. »Nikolai Molotow«, sagt er und spricht den Namen so aus, wie es ein gebürtiger Russe tun würde – obwohl keine Spur von Akzent in seiner tiefen, rauen Seidenstimme liegt. »Es ist mir eine Freude, Sie kennenzulernen.«

4

CHLOE

*V*erblüfft schüttele ich seine Hand. Er ist groß und stark, seine leicht gebräunte Haut warm, als sich seine langen Finger um die meinen legen und mit sorgfältig kontrollierter Kraft zusammendrücken. Ein Schauer läuft über meinen Rücken, mein Körper erhitzt sich, und es kostet mich meine ganze Kraft, nicht zu ihm zu taumeln, während meine Knie puddingweich werden.

Reiß dich zusammen, Chloe. Dies ist ein potenzieller Arbeitgeber. Reiß dich verdammt nochmal zusammen.

Mit einer herkulischen Anstrengung ziehe ich meine Hand weg und kratze zusammen, was von meiner Gelassenheit übrig geblieben ist. »Es ist schön, Sie kennenzulernen, Mr. Molotow.« Zu meiner Erleichterung ist meine Stimme fest, mein Tonfall ruhig und freundlich, wie es sich für eine Person gehört, die sich um einen Job bewirbt. Ich trete einen halben Schritt zurück und lächele zu meinem Gastgeber hoch. »Es tut mir leid, dass ich ein wenig zu früh bin.«

Seine Tigeraugen glänzen heller. »Kein Problem. Ich habe mich darauf gefreut, dich zu treffen, Chloe. Und bitte nenn mich Nikolai.«

»Nikolai«, wiederhole ich, und mein dummer Herzschlag beschleunigt sich weiter. Ich verstehe nicht, was mit mir passiert, warum ich diese Reaktion auf diesen Mann zeige. Ich war noch nie jemand, der wegen eines gemeißelten Kiefers und eines Waschbrettbauchs den Verstand verliert, nicht einmal als hormongesteuerter Teenager. Während meine Freundinnen in Fußballspieler und Filmstars verknallt waren, ging ich mit Jungs aus, deren Persönlichkeiten ich mochte, deren Kopf mich mehr anzog als ihre Körper. Für mich war die sexuelle Chemie immer etwas, was sich mit der Zeit entwickelt und nicht von Anfang an da ist.

Andererseits habe ich noch nie einen Mann mit einer so rohen und animalischen Anziehungskraft getroffen.

Ich wusste nicht, dass Männer wie er existieren.

Konzentriere dich, Chloe. Er ist höchstwahrscheinlich verheiratet.

Der Gedanke ist wie ein Spritzer kaltes Wasser in mein Gesicht, der mich in die Realität meiner Situation zurückholt. Was zum Teufel mache ich hier? Warum sabbere ich nach dem Vater irgendeines Kindes? Ich brauche diesen Job, um zu *überleben*. Die fünfundsechzig Kilometer Fahrt hierher haben mehr als einen viertel Tank Benzin verschlungen, und wenn ich nicht bald etwas Geld verdiene, werde ich gestrandet sein und ein leichtes Ziel für die Killer, die hinter mir her sind.

Die Hitze in mir kühlt bei dem Gedanken ab, und als Nikolai mich bittet, ihm zu folgen, und zurück ins Haus geht, sind meine Nerven vor Angst angespannt, anstatt vor was auch immer es war, was mich bei seinem Anblick überkam.

Innen ist das Haus genauso ultramodern wie von außen.

Überall um mich herum sind raumhohe Fenster mit einer atemberaubenden Aussicht, moderne, museumswürdige Dekorationen und elegante Möbel, die aussehen, als kämen sie direkt aus dem Showroom eines Innenarchitekten. Alles ist in Grau- und Weißtönen gehalten, die an einigen Stellen durch natürliche Holz- und Steinakzente aufgelockert werden. Es ist wunderschön und mehr als nur ein bisschen einschüchternd, genau wie der Mann vor mir. Als er mich durch ein offenes Wohnzimmer zu einer Wendeltreppe aus Holz und Glas im hinteren Bereich führt, fühle ich mich wie eine räudige Taube, die versehentlich in einen vergoldeten Konzertsaal geflogen ist.

Ich unterdrücke das beunruhigende Gefühl und sage: »Du hast ein schönes Haus. Lebst du schon lange hier?«

»Ein paar Monate«, antwortet er, als wir die Treppe hinaufgehen. Er blickt mich an. »Was ist mit dir? Du hast in deinem Anschreiben gesagt, dass du auf einem Roadtrip bist?«

»Das ist richtig.« Ich fühle mich sicherer und erkläre ihm, dass ich im Juni meinen Abschluss am Middlebury College gemacht und beschlossen habe, mir das Land anzusehen, bevor ich in die Arbeitswelt eintauche. »Aber dann habe ich dein Angebot gesehen«, schließe ich, »und es klang zu perfekt, um es mir entgehen zu lassen, also bin ich hier.«

»Ja, in der Tat«, sagt er leise, als wir vor einer geschlossenen Tür anhalten. »Hier bist du.«

Mein Atem stockt wieder, und mein Puls beschleunigt sich unkontrolliert. Es gibt etwas Beunruhigendes in der dunklen, sinnlichen Wölbung seines Mundes, etwas fast … *Gefährliches* in der Intensität seines Blickes. Vielleicht liegt es an der ungewöhnlichen Farbe seiner Augen, aber ich fühle mich ausgesprochen unwohl, als er seine Handfläche gegen ein unauffälliges Paneel an der Wand drückt und die Tür wie in einem Spionagefilm vor uns aufschwingt.

»Bitte«, murmelt er und bedeutet mir, einzutreten. Ich gebe mein Bestes, um das beunruhigende Gefühl zu ignorieren, dass ich die Höhle eines Raubtieres betrete.

Die *Höhle* entpuppt sich als ein großes, sonnendurchflutetes Büro. Zwei der Wände sind komplett aus Glas und geben einen atemberaubenden Blick auf die Berge frei, und auf einem schlanken, L-förmigen Schreibtisch in der Mitte stehen mehrere Computermonitore. An der Seite gibt es einen kleinen runden Tisch mit zwei Stühlen, und dorthin führt mich Nikolai.

Ich verberge ein erleichtertes Ausatmen, setze mich und lege meinen Lebenslauf vor ihm auf den Tisch. Natürlich bin ich nervös, meine Nerven sind nach dem letzten Monat so angespannt, dass ich überall Gefahren sehe. Das ist ein Vorstellungsgespräch für eine Hauslehrerstelle, mehr nicht, und ich muss mich zusammenreißen, bevor ich es vermassele.

Trotz der Ermahnung steigt mein Puls wieder an, als Nikolai sich in seinem Stuhl zurücklehnt und mich mit diesen beunruhigend schönen Augen ansieht. Ich spüre, wie meine Handflächen immer feuchter werden, und ich kann nicht anders, als sie wieder an meiner Jeans abzuwischen. So lächerlich es auch ist, ich fühle mich durch diesen Blick entblößt, so als ob alle meine Geheimnisse und Ängste offenliegen.

Hör auf, Chloe. Er weiß nichts. Du bewirbst dich als Lehrerin, mehr nicht.

»Also«, sage ich fröhlich, um meine Besorgnis zu verbergen, »darf ich nach dem Kind fragen, das ich betreuen würde? Ist es dein Sohn oder deine Tochter?«

Sein Gesicht nimmt einen nicht entzifferbaren Ausdruck an. »Mein Sohn. Miroslav. Wir nennen ihn Slava.«

»Das ist ein toller Name. Ist er …«

»Erzähl mir von dir, Chloe.« Er beugt sich vor und nimmt meinen Lebenslauf in die Hand, schaut ihn aber nicht an. Stattdessen sind seine Augen auf mein Gesicht gerichtet, und ich fühle mich wie ein Schmetterling, der unter einem Mikroskop festgehalten wird. »Was ist es, das dich an dieser Position so fasziniert?«

»Oh, alles.« Ich atme tief durch, um meine Stimme zu beruhigen, und beschreibe all die Kinderbetreuung sowie die Nachhilfestunden, die ich im Laufe der Jahre erlebt habe, und dann gehe ich auf meine Praktika ein, einschließlich meines letzten Sommerjobs in einem Camp für Kinder mit besonderen Bedürfnissen, wo ich mit Kindern aller Altersgruppen gearbeitet habe. »Es war eine tolle Erfahrung«, schließe ich meinen Bericht ab, »sowohl herausfordernd als auch erfüllend. Am liebsten habe ich jedoch den jüngeren Kindern Mathe und Lesen beigebracht – deshalb denke ich, dass ich perfekt für diese Rolle geeignet wäre. Unterrichten ist meine Leidenschaft, und ich würde sehr gerne mit einem Kind individuell arbeiten, um den Lehrplan auf seine Interessen und Fähigkeiten abzustimmen.«

Er legt den Lebenslauf ab, ohne sich die Mühe zu machen, ihn anzuschauen. »Und was hältst du davon, an einem Ort zu leben, der so weit von der Zivilisation entfernt ist? Wo es über Dutzende von Meilen nichts als Wildnis gibt und nur minimalen Kontakt zur Außenwelt?«

»Das klingt …« *Wie ein sicherer Hafen.* »… toll.« Ich strahle ihn an, meine Begeisterung ist nicht vorgetäuscht. »Ich bin ein großer Fan der Wildnis und der Natur im Allgemeinen.

Tatsächlich wurde meine Alma Mater – das Middlebury College – teilweise wegen seiner ländlichen Lage ausgewählt. Ich liebe es, zu wandern und zu angeln, und ich kenne mich mit Lagerfeuern aus. Hier zu leben wäre ein wahr gewordener Traum.« Vor allem angesichts all der Sicherheitsmaßnahmen, die ich auf dem Weg hierher entdeckt habe – aber das sage ich natürlich nicht.

Ich darf nicht anders wirken als eine frische College-Absolventin auf der Suche nach einem Abenteuer.

Er zieht seine Augenbrauen in die Höhe. »Wirst du deine Freunde nicht vermissen? Oder Familie?«

»Nein, ich …« Zu meinem Entsetzen schnürt sich mein Hals mit einem plötzlichen Ansturm von Trauer zusammen. Ich schlucke und versuche es erneut. »Ich bin sehr unabhängig. Ich bin in den letzten Monaten allein durch das Land gereist, und außerdem gibt es immer Telefone, Videokonferenz-Apps und soziale Medien.«

Er neigt seinen Kopf. »Trotzdem hast du seit einem Monat nichts mehr auf deinen Social-Media-Profilen gepostet. Warum nicht?«

Ich starre ihn an, und mein Herzschlag schießt in die Höhe. Er hat sich meine sozialen Medien angeschaut? Wie? Wann? Ich habe die höchsten Privatsphäre-Einstellungen ausgewählt – er sollte nichts über mich sehen können, außer der Tatsache, dass ich existiere und wie ein normaler Mensch soziale Medien nutze. Hat er mich überprüfen lassen? Sich irgendwie in meine Accounts gehackt?

Wer ist dieser Mann?

»Ich habe im Moment kein Telefon.« Ein Rinnsal Schweiß läuft mir den Rücken hinunter, aber ich schaffe es, meine Stimme ruhig zu halten. »Ich habe es nicht mitgenommen, weil ich sehen wollte, ob ich auf diesem Roadtrip ohne die ganze Elektronik leben kann. Eine persönliche Herausforderung sozusagen.«

»Ich verstehe.« Seine Augen sind in diesem Licht mehr grün als bernsteinfarben. »Und wie hältst du Kontakt zu Familie und Freunden?«

»E-Mail, meistens«, lüge ich. Ich kann auf keinen Fall zugeben, dass ich mit niemandem in Kontakt geblieben bin und auch nicht vorhabe, dies zu ändern. »Ich besuche öffentliche Bibliotheken und benutze die Computer dort hin und wieder.« Als ich merke, dass meine Finger fest verschränkt sind, löse ich meine Hände und zwinge ein Lächeln auf meine Lippen. »Es ist ziemlich befreiend, nicht an ein Telefon gebunden zu sein. Die extreme Erreichbarkeit ist sowohl ein Segen als auch ein Fluch, und ich genieße die Freiheit, durch das Land zu reisen, wie es die Menschen in der Vergangenheit getan haben, nur mit einer Papierkarte, die mich leitet.«

»Eine Technikverweigerin der Generation Z. Wie erfrischend.«

Ich erröte über den sanften Spott in seiner Stimme. Ich weiß, wie sich meine Erklärung anhört, aber es ist das Einzige, was mir einfällt, um meine mangelnde Aktivität in den sozialen Medien zu rechtfertigen … und, für den Fall, dass er sich meinen Lebenslauf genau ansieht, das Fehlen einer Handynummer. Und eigentlich ist es eine gute Ausrede für alles, also kann ich das gleich aufgreifen.

»Du hast recht. Ich bin so eine Art Technikverweigerin«, sage ich. »Das ist wahrscheinlich der Grund, warum mich das Stadtleben so wenig reizt, und warum ich deine Stellenausschreibung so faszinierend fand. Hier draußen zu leben«, ich mache einen Schritt in Richtung der herrlichen

Aussicht, »und deinen Sohn zu unterrichten, ist die Art von Job, die ich schon immer wollte, und wenn du mich einstellst, werde ich mich dem komplett widmen.«

Ein langsames, dunkles Lächeln umspielt seine Lippen. »Ist das so?«

»Ja.« Ich halte seinem Blick stand, auch wenn mein Atem flach wird und ein Kribbeln über meine Haut läuft. Ich verstehe meine Reaktion auf diesen Mann wirklich nicht, verstehe nicht, wie ich ihn so anziehend finden kann, obwohl er in meinem Kopf alle Arten von Alarmen auslöst. Paranoia oder nicht, meine Instinkte schreien, dass er gefährlich ist, und doch juckt es mich in den Fingern, die klar definierten Ränder seiner vollen, weich aussehenden Lippen nachzufahren. Ich schlucke, reiße meine Gedanken von diesem verräterischen Territorium fort und sage mit so viel Ernsthaftigkeit wie möglich: »Ich werde die perfekteste Lehrerin sein, die du dir vorstellen kannst.«

Er betrachtet mich, ohne zu blinzeln, und die Stille hält mehrere lange Sekunden lang an. Gerade als ich das Gefühl habe, dass meine Nerven wie ein überdehntes Gummiband reißen könnten, steht er auf und sagt: »Folge mir.«

Er führt mich aus dem Büro und einen langen Flur entlang, bis wir eine weitere geschlossene Tür erreichen. Diese scheint keine biometrische Sicherung zu haben, denn er klopft einfach an und geht hinein, ohne eine Antwort abzuwarten.

Im Inneren sorgt ein weiteres raumhohes Fenster für eine weitere atemberaubende Aussicht. Allerdings hat dieser Raum nichts Schickes und Modernes an sich. Stattdessen sieht er aus wie die Nachwehen einer Explosion in einer Spielzeugfabrik. Überall herrscht buntes Chaos. Stapel von Spielzeug, Kinderbüchern und Legosteinen sind auf dem Boden verstreut, und in der Ecke steht ein Kinderbett mit einem Superman-Laken. Die Superman-Kissen und die Decke vom Bett liegen in einer anderen Ecke, und erst als mein Gastgeber in einem Befehlston »Slava!«, sagt, wird mir klar, dass ein kleiner Junge neben dem Haufen eine Legoburg baut.

Bei der Stimme seines Vaters zuckt der Kopf des Jungen hoch und offenbart ein Paar riesiger bernsteinfarbener Augen mit grünen Einsprenkelungen – dieselben faszinierenden Augen, die der Mann neben mir hat. Im Allgemeinen ist der Junge Nikolai in Miniatur, sein schwarzes Haar fällt in einem glatten, glänzenden Vorhang um seine Ohren, und sein kindlich-rundes Gesicht zeigt bereits eine Andeutung dieser markanten Wangenknochen. Sogar der Mund ist der gleiche, es fehlt nur die zynische, wissende Wölbung der Lippen seines Vaters.

»Slava, *idi sjuda*«, befiehlt Nikolai, und der Junge steht auf und kommt vorsichtig zu uns. Als er vor uns stehen bleibt, bemerke ich, dass er eine Jeans und ein T-Shirt mit einem Bild von Spiderman auf der Vorderseite trägt.

Nikolai blickt auf seinen Sohn und beginnt, in schnellem Russisch mit ihm zu sprechen. Ich habe keine Ahnung, was er sagt, aber es muss etwas mit mir zu tun haben, denn der Junge schaut mich immer wieder an, und sein Blick ist neugierig und ängstlich zugleich.

Als Nikolai mit dem Sprechen fertig ist, lächele ich das Kind an und knie mich auf den Boden, so dass wir auf gleicher Augenhöhe sind. »Hi, Slava«, sage ich sanft. »Ich bin Chloe. Es ist schön, dich kennenzulernen.«

Der Junge schaut mich verständnislos an.

»Er spricht kein Englisch«, sagt Nikolai mit fester Stimme. »Alina und ich haben versucht, ihn zu unterrichten, aber er weiß, dass wir Russisch sprechen, und weigert sich, es von uns zu lernen. Das wäre also deine Aufgabe: ihm Englisch beizubringen, zusammen mit allem anderen, was ein Kind in seinem Alter wissen sollte.«

»Ich verstehe.« Ich halte meinen Blick auf den Jungen gerichtet und lächele ihn freundlich an, auch wenn in meinem Kopf weitere Alarme losgehen. Die Art und Weise, wie Nikolai mit und über das Kind redet, hat etwas Seltsames an sich. Es ist, als ob sein Sohn ein Fremder für ihn ist. Und wenn Alina – von der ich annehme, dass sie seine Frau und die Mutter des Kindes ist – genauso gut Englisch kann wie mein Gastgeber, warum spricht Slava dann nicht wenigstens ein paar Worte? Warum sollte er sich weigern, die Sprache von seinen Eltern zu lernen?

Überhaupt, warum nimmt Nikolai den Jungen nicht in den Arm und umarmt ihn? Oder zerzaust spielerisch sein Haar?

Wo ist die herzliche Leichtigkeit, mit der Eltern normalerweise mit ihren Kindern kommunizieren?

»Slava«, sage ich leise zu dem Jungen, »ich bin Chloe.« Ich zeige auf mich. »Chloe.«

Er betrachtet mich für einige lange Momente mit dem unumwundenen Blick seines Vaters. Dann bewegt sich sein Mund und formt die Silben. »Klo-ee.«

Ich strahle ihn an. »Das ist richtig. Chloe.« Ich klopfe mir auf die Brust. »Und du bist Slava.« Ich zeige auf ihn. »Miroslav, richtig?«

Er nickt ernst. »Slava.«

»Magst du Comics, Slava?« Ich berühre sanft das Bild auf seinem T-Shirt. »Das ist Spiderman, nicht wahr?«

Seine Augen leuchten auf. »*Da*, Spiderman.« Er spricht es mit einem russischen Akzent aus. »*Ti znajesh o njom?*«

Ich blicke zu Nikolai auf und stelle fest, dass er mich mit einem dunklen, nicht zu entziffernden Gesichtsausdruck beobachtet. Ein Schauer läuft mir über den Rücken, und mein Atem stockt bei dem plötzlichen Gefühl von Verletzlichkeit. Ich möchte vor diesem Mann nicht auf Knien sein.

Das fühlt sich so an, als würde ich meine Kehle vor einem schönen, wilden Wolf entblößen.

»Mein Sohn fragt, ob du etwas über Spiderman weißt«, sagt er nach einem spannungsgeladenen Moment. »Ich nehme an, die Antwort ist Ja.«

Mühsam reiße ich meinen Blick von ihm los und konzentriere mich auf den Jungen. »Ja, ich weiß alles von Spiderman«, sage ich und lächele. »Ich habe Spiderman geliebt, als ich in deinem Alter war. Auch Superman und Batman und Wonder Woman und Aquaman.«

Das Gesicht des Kindes hellt sich mit jedem Superhelden, den ich nenne, mehr auf, und als ich bei Aquaman ankomme, erscheint ein verschmitztes Grinsen auf seinem Gesicht. »Aquaman?« Er rümpft seine kleine Nase. »*Njet, nje* Aquaman.«

»Kein Aquaman?« Ich weite meine Augen übertrieben. »Warum nicht? Was stimmt nicht mit Aquaman?«

Das lässt ihn kichern. »*Nje* Aquaman.«

»Okay, du hast gewonnen. Nicht Aquaman.« Ich stoße einen traurigen Seufzer aus. »Armer Aquaman. So wenige Kinder mögen ihn.«

Der Junge kichert wieder und läuft hinüber zu einem Stapel Comics neben dem Bett. Er schnappt sich einen, bringt ihn zurück und zeigt auf das Bild auf der Vorderseite. »Superman *samij sil'nij*«, erklärt er.

»Superman ist der Beste?«, rate ich. »Dein Favorit?«

»Er hat gesagt, er ist der Stärkste«, sagt Nikolai ruhig, dann wechselt er ins Russische, und seine Stimme nimmt den gleichen Befehlston wie zuvor an.

Das Gesicht des Jungen sieht enttäuscht aus, er lässt das Buch sinken, und seine Haltung wirkt niedergeschlagen.

»Lass uns zurück in mein Büro gehen«, sagt Nikolai zu mir, und ohne ein weiteres Wort zu seinem Sohn geht er zur Tür.

5

NIKOLAI

Als ich aus dem Zimmer trete, höre ich, wie sie sich von meinem Sohn verabschiedet. Ihre Stimme ist süß und hell, und das schmerzhafte Pochen in meiner Brust verstärkt sich, Wut vermischt sich mit der stärksten Lust, die ich je empfunden habe.

Sechs Monate.

Sechs Monate, und ich habe nicht einmal ein Lächeln aus dem Jungen herausbekommen. Aber Alina hat es, und jetzt auch dieses Mädchen, diese völlig Fremde.

Slava lachte mit ihr.

Er zeigte ihr sein Lieblingsbuch.

Er ließ sie sein Shirt berühren.

Und die ganze Zeit, in der ich sie mit meinem Sohn beobachtete, konnte ich nur daran denken, wie sie nackt unter mir aussehen würde, ihr Haar mit den Sonnensträhnen aus dem festen Dutt befreit und ihre großen braunen Augen auf mich gerichtet, während ich mich in ihrem seidigen Fleisch vergrabe, immer und immer wieder.

Wenn es noch eines Beweises bedurft hätte, dass ich als Vater untauglich bin, hier ist er, klar und deutlich.

»Setz dich, bitte«, sage ich zu Chloe, als wir wieder in meinem Büro sind. Trotz meiner besten Bemühungen ist meine Stimme angespannt, weil der brodelnde Kessel der Emotionen in mir zu mächtig ist, um eingedämmt zu werden. Ich möchte das Mädchen greifen, es auf der Stelle ficken, und gleichzeitig möchte ich es schütteln und von ihm verlangen, dass es mir erzählt, wie es so schnell Slava verzaubert hat … warum mein Sohn innerhalb von Minuten auf Chloe reagiert hat, während ich seit Monaten nicht mehr als ein paar Worte aus ihm herausbekommen habe.

Sie nimmt denselben Stuhl wie zuvor und setzt sich so zart wie ein Schmetterling auf eine Blume auf die Kante des Sitzes. Ihre Augen sind neugierig auf mein Gesicht gerichtet, ihr Gesichtsausdruck perfekt gefasst, und wenn sie nicht ihre kleinen Finger auf dem Tisch verkrampfen würde, würde ich denken, dass sie so cool ist, wie sie aussieht. Aber sie ist nervös, dieses hübsche Mysterium von einem Mädchen, nervös und mehr als nur ein bisschen verzweifelt.

Ich weiß nicht, warum das so ist, aber ich werde es herausfinden.

»Was hältst du von meinem Sohn?«, frage ich, und mein Tonfall wird sanfter, während ich mich in meinem Stuhl zurücklehne. Jetzt, wo wir von Slava weg sind, lässt die seltsame Enge, die ich in seiner Nähe oft in meinem Brustkorb spüre, nach. Die irrationale Wut und Eifersucht verblassen, bis sie nur noch ein schwaches Pulsieren in meinem Hinterkopf sind.

Und was, wenn der Junge diese Fremde lieber mag?

Das bedeutet, dass sie vielleicht tatsächlich in der Lage ist, den Job zu machen, für den ich sie anstellen will.

Ich weiß nicht, wann genau ich zu dieser Entscheidung gekommen bin. An welchem Punkt ich entschieden habe, dass meine Faszination für Chloe Emmons die Gefahr rechtfertigt, die sie für meine Familie darstellen könnte. Vielleicht war es, als sie so schlagfertig darüber log, warum sie aufgehört hat, soziale Medien zu nutzen, oder als sie furchtlos meinen Blick hielt, nachdem sie geschworen hatte, sich dem Job zu widmen. Oder vielleicht war es, als ich aus dem Haus kam und diese sanften braunen Augen zum ersten Mal auf mir landeten und mir jedes Haar auf meinem Körper vor sengendem Verlangen zu Berge stand.

Anziehung ist ein zu schwaches Wort, um den magnetischen Sog zu beschreiben, den ich bei ihr empfinde. Meine Hände zucken förmlich mit dem Drang, sie zu berühren, mit meinen Fingern über ihren fein geformten Kiefer zu fahren, um zu sehen, ob ihre gebräunte Haut so babyweich ist, wie sie scheint. Auf Bildern war sie strahlend und hübsch, ihr Leuchten schien von dem Blatt auszugehen. Persönlich ist sie all das und noch viel mehr. Ihr Lächeln ist voller unbewusster Wärme. Ihr unerschütterlicher Blick spricht sowohl von Verletzlichkeit als auch von Stärke.

Und unter all dem ist Verzweiflung. Ich kann sie sehen, fühlen … riechen. Angst, Hoffnungslosigkeit – sie hat einen Geruch, wie Blut. Und wie Blut ruft sie die dunkelsten Teile von mir, die Bestie, die ich sorgfältig an der Leine halte. Schlimmer noch, diese ungünstige Anziehungskraft ist nicht einseitig.

Chloe Emmons fühlt sich auch zu mir hingezogen.

Hinter ihrem hellen, freundlichen Lächeln verbirgt sich ein rein weibliches Interesse, eine Reaktion, die so ursprünglich ist wie meine Reaktion auf sie. Als ich ihre Hand schüttelte, spürte ich, wie ein Zittern über ihre Haut lief, sah, wie sich ihre Lippen bei einem flachen Ausatmen teilten, als ihre zarten Finger in meinem Griff zuckten.

Nein, ich bin dem Mädchen überhaupt nicht gleichgültig, und das macht sie zu Freiwild.

»Ich denke, Slava ist sehr klug«, antwortet sie und mein Blick fällt auf die verlockende Form ihres Mundes. Ihre Oberlippe ist ein bisschen voller als die Unterlippe, was den Eindruck eines leichten Überbisses erweckt, wenn sie nicht lächelt. »Ich bin mir nicht sicher, warum er sich weigert, Englisch von dir zu lernen, aber ich bin zuversichtlich, dass ich es ihm beibringen kann«, fährt sie fort, während ich darüber nachdenke, ob diese kleine Unvollkommenheit ihre Züge attraktiver oder weniger attraktiv macht. Attraktiver, entscheide ich, als sie mir die Lehrmethoden erklärt, die sie anwenden will. Definitiv attraktiver, denn alles, woran ich denken kann, ist, wie sehr ich die plüschige Weichheit dieser Lippen schmecken und sie auf meinem Körper spüren möchte.

Mühsam konzentriere ich mich wieder auf ihre Worte.

»… und deshalb fangen wir mit …«

»Was hältst du von körperlicher Züchtigung bei Kindern?«, unterbreche ich sie und lehne mich vor. Ich habe genug gehört, um zu wissen, dass sie in der Lage ist, den Job zu machen. Es gibt nur noch eine Sache, die ich jetzt wissen muss. »Bist du für körperliche Bestrafungen?«

Sie wirft mir einen entsetzten Blick zu. »Natürlich nicht! Das ist das Letzte … Nein, das würde ich niemals dulden.« Ihre

Augen verengen sich grimmig, während sie sich vorbeugt und ihre schlanken Hände auf dem Tisch zu Fäusten ballt. »*Du?*«

»Nein. Das bin ich nicht.«

Sie entspannt sich sichtlich, und ich verberge ein zufriedenes Lächeln. Für eine Sekunde sah sie so aus, als würde sie mich mit ihren winzigen Fäusten schlagen wollen. Und diese Reaktion war nicht vorgetäuscht – jeder Muskel in ihrem Körper spannte sich sofort an, als ob sie sich in die Schlacht stürzen wollte. Die bloße Möglichkeit, dass mein Sohn den Hintern versohlt bekommt, ließ sie vergessen, was auch immer hinter ihrer Verzweiflung steckt, und sie war bereit, wie eine Bärenmama über mich herzufallen.

Das ist nicht die Reaktion einer Frau, die jemals einem Kind wehtun würde. Was auch immer für eine Gefahr von Chloe Emmons ausgeht, sie hat keine gewalttätigen Tendenzen – zumindest keine, die sich gegen Slava richten.

Ich bin immer noch auf die wahre Todesursache ihrer Mutter aus.

Es ist wahrscheinlich ein weiteres Zeichen dafür, dass ich als Elternteil ungeeignet bin, aber ein Teil von mir freut sich auf den Ärger, den sie mit sich bringen könnte. Es ist ruhig hier, in dieser abgelegenen Ecke von Idaho – wunderschön und verdammt nochmal viel zu ruhig. Das Leben, das ich zurückgelassen habe, ist nichts im Vergleich zu dem, das ich in den letzten sechs Monaten geführt habe, und ich kann nicht leugnen, dass ich den Adrenalinrausch vermisse, an der Spitze einer der mächtigsten Familien Russlands zu stehen.

Dieses Mädchen mit ihren intriganten Lügen und ihrem Porno-Puppen-Mund wird das für mich nicht ersetzen, aber so oder so wird sie für Unterhaltung sorgen.

Ich lehne mich zurück, streiche mit den Fingern über meinen Brustkorb und lächele sie an. »Also, Chloe ... wann kannst du anfangen?«

6

CHLOE

*I*ch springe fast auf und rufe: »Jetzt! In dieser Minute. In dieser Sekunde.« Nur das würde meine Verzweiflung verraten und die ganze Sache ruinieren, also bleibe ich sitzen und sage mit einem Anschein von Gelassenheit: »Wann immer du möchtest. Ich bin sofort verfügbar.«

Nikolais Augen glänzen dunkelgolden. »Ausgezeichnet. Ich möchte, dass du heute anfängst. Ich nehme an, du bist mit dem in der Anzeige genannten Gehalt einverstanden?«

»Ja, danke. Es ist angemessen.« Damit meine ich, dass es mehr Geld ist, als ich woanders hätte verdienen können, aber in allen Bewerbungsbüchern steht, dass man nicht zu eifrig erscheinen und verhandeln soll. Letzteres traue ich mir nicht zu, aber Ersteres kann ich versuchen. Um einen lockeren Ton bemüht, frage ich: »Wie oft werde ich bezahlt?«

»Wöchentlich. Wir zählen den heutigen Tag als deinen

ersten Tag, also bekommst du die erste Zahlung nächsten Dienstag. Ist das in Ordnung?«

Ich nicke nur, weil ich zu aufgeregt bin, um zu sprechen. In einer Woche – oder besser gesagt, in sechseinhalb Tagen – werde ich Geld haben. Tatsächliches, echtes, substanzielles Geld, die Art, die mich für Monate mit Essen und Benzin versorgen wird, wenn ich wieder flüchten muss.

»Ausgezeichnet.« Er steht auf. »Komm, ich zeige dir dein Zimmer.«

Ich folge ihm und gebe mein Bestes, um nicht zu bemerken, wie sich seine Designerjeans an seine muskulösen Oberschenkel schmiegt und wie sein gut sitzendes Hemd seine kräftigen Schultern umspannt. Das Letzte, was ich brauche, ist, meinen Arbeitgeber anzuschmachten, einen Mann, der höchstwahrscheinlich mit einer Frau verheiratet ist, die ich noch nicht kenne. Was, wenn ich so darüber nachdenke, seltsam ist.

Warum war Slavas Mutter nicht an der Entscheidung, mich einzustellen, beteiligt?

Ich hole Nikolai ein und räuspere mich, um seine Aufmerksamkeit zu bekommen. »Werde ich bald Alina kennenlernen?«, frage ich, als sein Blick auf mir landet. »Oder ist sie weg?«

Er zieht die Augenbrauen hoch. »Sie ist …«

»Genau hier.« Eine atemberaubende junge Frau tritt aus dem Raum, den wir gerade betreten wollten. Sie ist groß und schlank und trägt ein rotes Kleid, das direkt vom Laufsteg in Paris stammen könnte. An ihren Füßen trägt sie ein elegantes Paar hautfarbener Absatzschuhe, und ihr langes, glattes, tiefschwarzes Haar umrahmt ein auffallend schönes Gesicht. Ihre vollen Lippen sind passend zu ihrem Kleid rot, und ein gekonnt aufgetragener schwarzer Eyeliner betont die katzenhafte Form ihrer jadegrünen Augen.

Sie streckt mir eine perfekt gepflegte Hand entgegen und sagt sanft: »Alina Molotowa. Ich nehme an, das Vorstellungsgespräch verlief gut?« Wie ihr Ehemann spricht sie einwandfreies amerikanisches Englisch, nur die Aussprache ihres Namens verrät ihre ausländische Herkunft.

Ich erhole mich von dem Schock ihrer Erscheinung und schüttele ihre Hand. »Es ist mir ein Vergnügen, Sie kennenzulernen, Mrs. Molotowa.« Ich spreche ihren Namen so aus, wie sie es tat, mit einem *a* am Ende – ich erinnere mich aus meinem Kurs über russische Literatur, dass russische Nachnamen geschlechtsspezifisch sind. »Ich bin …«

»Chloe Emmons, ich weiß. Und bitte, nenn mich Alina.« Sie lächelt und zeigt eine winzige Lücke zwischen ihren Vorderzähnen – eine Unvollkommenheit, die ihre umwerfende Schönheit nur noch verstärkt.

»Danke, Alina.« Ich erwidere das Lächeln, auch wenn sich meine Brust mit einem unangenehmen Schmerz zusammenzieht.

Nikolais Frau ist mehr als umwerfend, und aus irgendeinem Grund hasse ich diese Tatsache.

Seltsamerweise sieht Nikolai auch nicht glücklich über sie aus. »Was machst du hier?« Sein Tonfall ist hart, und seine dunklen Augenbrauen ziehen sich zu einem Stirnrunzeln zusammen.

Alinas Lächeln wird katzenhaft. »Ich habe natürlich Chloes Zimmer vorbereitet. Was sonst?«

Seine Antwort auf Russisch ist schnell und schneidend, aber sie lacht nur – ein schöner, glockenartiger Klang – und sagt zu mir: »Willkommen im Haushalt, Chloe.«

45

Damit geht sie weg, und ihr Schritt ist so anmutig wie der eines Models auf einem Laufsteg.

Ich atme aus, wende mich wieder Nikolai zu und sehe, wie er den Raum betritt. Ich folge ihm und finde mich in einem geräumigen, hochmodernen Schlafzimmer mit einem raumhohen Fenster wieder, das einen atemberaubenden Ausblick bietet.

»Wow.« Ich gehe zum Fenster und blicke hinaus auf die schneebedeckten Gipfel der fernen Berge, die von einem bläulichen Dunst verschleiert werden. »Das ist ... einfach wow.«

»Wunderschön, nicht wahr?«, sagt er und mein Puls springt, als ich merke, dass er sich neben mich gestellt hat und seinen Blick auf die herrliche Aussicht draußen richtet. Im Profil ist er sogar noch atemberaubender. Seine Gesichtszüge sind so markant und perfekt, als wären sie aus der Klippe gemeißelt, auf der wir thronen. Sein kraftvoller Körper ist eine Naturgewalt wie die unerbittliche Wildnis um uns herum.

Gefährlich.

Das Wort schlängelt sich wie ein Flüstern durch meinen Kopf und dieses Mal kann ich mir nicht einreden, dass es nur Paranoia ist. Er ist gefährlich, mein mysteriöser Arbeitgeber. Ich weiß nicht, wie, ich weiß nicht, warum, aber ich kann es fühlen. Vor einem Monat wurden die Scheuklappen, die ich mein ganzes Leben lang getragen hatte – die Scheuklappen, die alle normalen Menschen tragen –, gewaltsam weggerissen, und ich kann die Dunkelheit in der Welt nicht mehr übersehen, kann nicht mehr so tun, als wäre sie nicht da. Und ich sehe die Dunkelheit in Nikolai.

Unter dieser atemberaubenden männlichen Schönheit und

diesen perfekten Manieren lauert etwas Wildes … etwas Schreckliches.

Er dreht sich zu mir um und ich muss all meinen Mut aufbringen, an Ort und Stelle stehen zu bleiben und in seine leuchtenden Tigeraugen zu schauen. Mein Herz schlägt heftig in meiner Brust, trotzdem scheint ein gleißender Strom zwischen uns zu springen, und die Luftpartikel nehmen eine elektrische Ladung an. Meine Nervenenden brutzeln davon, erhitzen meine Haut und lassen meinen Atem flach und unregelmäßig werden.

Lauf, Chloe.

Ich schlucke und trete zurück, während Moms Stimme so deutlich in meinem Kopf klingt, als wäre sie hier. Und ich möchte unbedingt auf sie hören, aber ich habe nur noch ein paar Dollar im Portemonnaie und einen zu einem Viertel gefüllten Benzintank in meinem alten Schrottauto. Dieser Mann, der mich sowohl anzieht als auch ängstigt, ist meine einzige Hoffnung, zu überleben, und welche Gefahr mir hier auch immer droht, sie kann nicht schlimmer sein als die, die mich erwartet, wenn ich gehe.

Seine Augen glänzen mit dunkler Belustigung, als ich einen weiteren Schritt zurücktrete und dann noch einen, und ich habe wieder das beunruhigende Gefühl, dass er mich durchschaut, dass er irgendwie sowohl meine Angst als auch seine unangebrachte Anziehungskraft auf mich spürt.

Ich zwinge mich dazu, mich abzuwenden, und schaue mich um. Ich täusche Interesse an meiner Umgebung vor – als ob irgendetwas hier so faszinierend sein könnte wie er. »Das wird also mein Zimmer sein?«

»Ja. Gefällt es dir?«

»Es ist großartig.« Ich schaue auf einen großen Fernseher,

der über dem Bett von der Decke hängt, dann gehe ich hinüber zu einer Tür gegenüber derjenigen zum Flur. Sie führt in ein schlichtes, weißes Badezimmer mit einer gläsernen Duschkabine, die groß genug ist, um fünf Personen zu beherbergen. Hinter einer weiteren Tür verbirgt sich ein begehbarer Kleiderschrank in der Größe meines Zimmers im Studentenwohnheim, der leer ist und auf meine spärlichen Habseligkeiten wartet.

Es ist ein Luxus, wie ich ihn bisher nur aus Filmen kannte, und er verstärkt mein Unbehagen.

Wer sind diese Leute? Woher haben sie ihren Reichtum? Wie konnte Nikolai von meiner Abwesenheit in den sozialen Medien wissen, wenn alle meine Profile privat sind?

Warum brauchen sie so viel Sicherheit an einem so abgelegenen Ort?

Ich wollte vorher nicht zu viel darüber nachdenken – mein Fokus lag darauf, den Job zu bekommen – aber jetzt, wo ich hier bin, jetzt, wo das hier real ist, kann ich nicht anders, als mich zu fragen, worauf ich mich da eingelassen habe. Denn es gibt eine einfache Antwort auf all meine Fragen, ein Wort, das mir, dank Hollywood, in den Sinn kommt, wenn ich an reiche Russen denke.

Mafia.

Ist es das, was meine neuen Arbeitgeber sind?

7

CHLOE

Mit hämmerndem Herzen drehe ich mich um und sehe Nikolai an. Er beobachtet mich mit der gleichen beunruhigenden Belustigung, und ich fühle mich plötzlich wie eine Maus, mit der eine große, prächtige Katze spielt.

Die vielleicht in der Mafia ist.

»Also«, beginne ich unbehaglich, »ich sollte wahrscheinlich …«

»Gib mir deine Autoschlüssel.« Er geht auf mich zu. »Ich werde deine Sachen hierherbringen lassen.«

»Das ist nicht nötig. Das kann ich selbst tun. Ich werde einfach …« Ich halte meinen Mund, denn er streckt seine Hand mit der Handfläche nach oben aus, und aus seinem Gesichtsausdruck spricht Kompromisslosigkeit.

Ich krame in meiner Tasche, hole die Schlüssel heraus und lasse sie auf seine große Handfläche fallen. »Bitte sehr.«

»Danke.« Er steckt die Schlüssel ein. »Richte dich ein und

mach es dir bequem. Pavel wird dir gleich dein Gepäck bringen.«

»Es gibt nur einen Koffer – einen kleinen im Kofferraum«, sage ich, aber er ist schon im Begriff, zu gehen.

Ich stoße den Atem aus, von dem ich nicht wusste, dass ich ihn angehalten habe, und lasse mich auf das Bett fallen. Jetzt, wo das Bewerbungsgespräch vorbei ist, sinkt der Adrenalinspiegel, der mich funktionieren lassen hat, und ich fühle mich kraftlos, so komplett ausgelaugt, dass ich nur noch daliegen und ausdruckslos an die hohe Decke starren kann. Nach einer Weile erhole ich mich genug, um zu bemerken, dass die weiße Decke unter mir aus einem weichen, flauschigen Material besteht, und ich streiche mit meinen Handflächen darüber, als wäre sie ein Haustier.

Ein Klopfen an der Tür holt mich aus meinem halbapathischen Zustand. Ich setze mich auf und rufe: »Herein!«

Ein Mann von der Größe eines Höhlenbären tritt ein und trägt meinen Koffer, der bei ihm eher wie eine Handtasche aussieht, in seiner riesigen Hand. Tattoos ziehen sich an den Seiten seines dicken Halses entlang, und sein verwittertes Gesicht erinnert mich an einen Backstein – hart, rötlich und kompromisslos kantig. Sein militärisch kurzes Haar hat einen unbestimmten Braunton, der großzügig mit Grau gesprenkelt ist, und seine harten grauen Augen erinnern mich an geschmolzene Pistolenkugeln.

»Hi«, sage ich und ringe mir ein Lächeln ab, während ich aufstehe. »Du musst Pavel sein.«

Er nickt, aber seine Mimik bleibt unverändert. »Wo willst du ihn hinhaben?«, fragt er mit einer tiefen Stimme und starkem Akzent.

»Genau hier ist gut, danke. Ich mach das schon.« Ich gehe hinüber, um ihm den Koffer abzunehmen, und als ich näher komme, wird mir klar, dass er der größte Mann sein muss, dem ich je begegnet bin, sowohl in Bezug auf seine Höhe als auch auf seine Breite. Weitere Tattoos schmücken seine Handrücken und schauen aus dem V-Ausschnitt des Pullovers hervor, der sich eng über seine markanten Brustmuskeln spannt.

Ich versuche, nicht nervös zu schlucken, bleibe vor ihm stehen und umfasse den Griff des Koffers, den er gerade auf den Boden gestellt hat. »Danke.« Ich lächele noch mehr und schaue auf. Sehr weit nach oben – mein Nacken schmerzt davon, wie weit ich ihn zurückbiegen muss.

Pavel nickt noch einmal mit angespanntem Kiefer, dann dreht er sich um und geht hinaus.

Also gut. So viel zum Thema Freundschaft mit anderen Mitarbeitern. Was ist eigentlich die Aufgabe des Bärenmenschen hier? Bodyguard?

Mafia-Vollstrecker vielleicht?

Ich schiebe den Gedanken beiseite. Auch wenn der Kerl genau dem Stereotyp entspricht, weigere ich mich, mich mit dieser Möglichkeit zu befassen. Wozu? Selbst wenn meine neuen Arbeitgeber Mafiosi sind, bin ich hier sicherer als da draußen.

Hoffe ich.

Ich schließe die Tür hinter Pavel, packe aus – ein Prozess, der keine zehn Minuten dauert – und schaue sehnsüchtig auf das Bett mit der flauschigen weißen Decke. Ich bin erschöpft und das nicht nur von dem Bewerbungsgespräch. Zwischen den Alpträumen, die mich nachts heimsuchen und den ständigen Sorgen am Tag habe ich seit Wochen nicht mehr als vier Stunden Schlaf gehabt. Aber ich kann den Nachmittag nicht einfach verschlafen.

Ich wurde angeheuert, um einen Job zu erledigen, und ich habe vor, genau das zu tun.

Um wach zu werden, dusche ich schnell in dem riesigen Badezimmer und ziehe mir ein frisches T-Shirt an – mein letztes. Ich muss mich so schnell wie möglich erkundigen, wo ich meine Wäsche waschen kann, aber eines nach dem anderen.

Es ist an der Zeit, dass ich meinen jungen Schüler kennenlerne.

Die Tür zu Slavas Zimmer steht offen, als ich mich nähere, und ich sehe Alina, die mit dem Jungen in melodiösem Russisch spricht. Als sie meine Schritte hört, blickt sie zu mir herüber und wölbt ihre Augenbrauen auf eine Art und Weise, die mich an ihren Mann erinnert.

»Lust, zu beginnen?«

Ich lächele sie an. »Wenn es dir nichts ausmacht, habe ich mir gedacht, dass Slava und ich uns heute Nachmittag kennenlernen könnten.« Ich erwidere den Blick des Kindes und zwinkere ihm zu, was ihm ein breites Lächeln entlockt.

Alinas Gesichtsausdruck erwärmt sich bei der Reaktion ihres Sohnes. »Natürlich macht es mir nichts aus. Ich habe ihm gerade erklärt, dass du hier leben und ihn unterrichten wirst. Er ist ganz begeistert von der Idee.«

»Das bin ich auch.« Ich hocke mich vor den Jungen. »Wir werden eine tolle Zeit haben, nicht wahr, Slava?«

Er versteht offensichtlich nicht, was ich sage, aber er grinst trotzdem und rattert etwas auf Russisch herunter.

»Er fragt, ob du Burgen magst«, sagt Alina.

»Ja, das tue ich«, sage ich zu Slava. »Zeig mir, was du da hast. Ist das deine Festung?« Ich zeige auf das begonnene Legoprojekt.

Der Junge lacht und setzt sich zwischen die Legosteine. Er hebt zwei auf und befestigt sie an den Wänden der Burg, und ich helfe ihm, indem ich zwei weitere anbringe. Nur habe ich es anscheinend falsch gemacht, denn er schüttelt den Kopf und nimmt meine Steine ab, um sie dann direkt neben die Stelle zu legen, wo ich sie befestigt habe.

»Oh, ich verstehe. Du lässt Platz für Fenster. Fenster, richtig?« Ich zeige auf das riesige Fenster in seinem Zimmer.

Er nickt. »Da, okna. Bol'shije okna.« Er ergreift mein Handgelenk, legt einen weiteren Stein in meine Handfläche und führt meine Hand an die richtige Stelle an der Wand. »Nado sjuda.«

»Ich hab's verstanden.« Grinsend befestige ich den nächsten Stein. »So, richtig?«

»Da,«, sagt er aufgeregt und schnappt sich weitere Steine. Wir machen genau so unter seiner Anleitung weiter, bis Alina sich räuspert.

»Scheint so, als würdet ihr euch verstehen, also lasse ich euch allein«, sagt sie, als ich aufschaue. »Ihr habt eine halbe Stunde Zeit bis zu Slavas Snack-Zeit. Hast du zufällig Hunger, Chloe?«

Mein Magen reagiert mit einem lauten Knurren, und Alina lacht, wobei ihre grünen Augen belustigt aufleuchten.

»Ich schätze, das ist ein Ja. Irgendwelche Essensvorlieben oder Allergien?«

»Ich esse alles«, sage ich, und bin dankbar, dass mein dunklerer Hautton meine verlegene Röte verdeckt. Ich kann mir nicht vorstellen, dass Alinas eleganter, langgliedriger Körper jemals so ein indiskretes Geräusch von sich gibt – obwohl, wenn sie ein Mensch ist, muss er das gelegentlich. Natürlich ist der menschliche Teil noch nicht geklärt.

In diesen High Heels und dem umwerfenden Kleid sieht Nikolais Frau zu glamourös aus, um echt zu sein.

Etwas von meiner Verlegenheit muss sich zeigen, denn ihre Belustigung vertieft sich, und ihre Lippen wölben sich auf eine Art und Weise, die mich wieder beunruhigend an ihren Mann erinnert. »Wie praktisch. Ich sage Pavel Bescheid.«

Pavel? Ist der Bärenmensch ihr Koch oder so? Noch ehe ich fragen kann, dreht sich Alina zu ihrem Sohn um und sagt etwas auf Russisch, bevor sie hinausschlendert und mich mit meinem Schützling allein lässt.

8

NIKOLAI

*A*lso, sag mir, Bruder ... hast du sie für Slava oder für dich selbst eingestellt?«

Ich halte mitten im Anlegen meiner Manschettenknöpfe inne und drehe mich um, um Alinas kühl spöttischem Blick zu begegnen. »Ist das wichtig?« Ich habe keine Ahnung, wie sie mein Interesse an unserer neuen Mitarbeiterin erschnüffelt hat, aber es überrascht mich nicht.

Meine Schwester hat mich schon immer besser durchschauen können als jeder andere.

Sie lehnt sich gegen den Türrahmen meines begehbaren Kleiderschranks, wo ich mich für das Abendessen umziehe. »Ich schätze, ich hätte damit rechnen sollen. Sie ist hübsch, nicht wahr?«

»Sehr.« Ich drehe ihr absichtlich den Rücken zu. Alina lebt dafür, mich zu ärgern, aber das wird ihr heute Abend nicht gelingen. Sie wird mich auch nicht dazu überreden können, mich von Chloe fernzuhalten.

Dafür fasziniert mich das Mädchen zu sehr.

»Du weißt, dass sie den ganzen Nachmittag mit Slava verbracht hat, oder?« Alina schlendert tiefer in meinen Schrank und holt meine dünne schwarze Krawatte heraus, die ich mir gerade umbinden wollte.

Ich widerstehe dem Impuls, nach einer anderen zu greifen, nur um sie zu ärgern, sondern nehme ihr die Krawatte ab und lege sie mit geübten Bewegungen an. »Ja, das weiß ich.«

Es gibt Kameras im Zimmer meines Sohnes, und ich habe *meinen* Nachmittag damit verbracht, ihn beim Spielen mit seiner neuen Betreuerin zu beobachten. Sie stellten die Burg fertig, an der Slava arbeitete, aßen den Obst- und Käseteller, den Pavel gebracht hatte, und spielten dann eine Runde Fangen, bei der Chloe ihn durch sein Zimmer und den Flur jagte und ihn dabei so sehr zum Lachen brachte, dass er kaum noch Luft bekam. Danach las Chloe ihm aus einigen seiner Lieblingscomics vor – den englischsprachigen, nicht den russischen Übersetzungen, die Alina eingeschmuggelt hatte, um sich die Gunst des Jungen zu erschleichen. Während sie sprach, schaute Slava fasziniert seine schöne, junge Lehrerin an, was ich gut verstehen kann.

Ich würde dafür töten, dass sie neben mir säße und mir mit dieser sanften, leicht heiseren Stimme vorlesen würde. Um zu spüren, wie ihre Hand mit meinem Haar spielt, so wie sie es mit dem meines Sohnes tut, wenn er sich an sie kuschelt, als würde er sie schon sein ganzes Leben lang kennen.

»Sie kann gut mit ihm umgehen«, fährt Alina fort, während ich meinen Gürtel fertig umgeschnallt habe und nach meiner Anzugjacke greife. »Wirklich gut.«

»Das habe ich bemerkt.«

»Trotzdem willst du sie noch ficken. Genau wie *er* es tun würde.«

Ich halte meinen Tonfall ruhig. »Ich habe nie behauptet, anders zu sein.«

»Aber du kannst es sein. Kolya ...« Sie legt ihre Hand auf meinen Arm, und als ich ihren Blick erwidere, sagt sie leise: »Wir sind gegangen. Wir sind hierhergekommen. Dies ist unsere Chance, neu anzufangen, uns zu dem zu machen, was wir sein wollen. Vergiss unseren Vater. Vergiss das alles. Du hast deine Zeit investiert, jetzt sind Valery und Konstantin an der Reihe.«

Ein trockenes Lachen entweicht meiner Kehle. »Wie kommst du darauf, dass ich neu anfangen will? Oder etwas anderes sein will als das, was ich bin?«

»Die Tatsache, dass du gegangen bist. Die Tatsache, dass wir hier sind und dieses Gespräch führen.« Ihr Gesichtsausdruck ist ernst, ausnahmsweise offen. »Lass das Mädchen Slavas Lehrerin sein und nichts weiter. Amüsier dich woanders. Sie ist zu jung für dich. Zu unschuldig.«

»Sie ist dreiundzwanzig, nicht zwölf. Und ich bin gerade erst einunddreißig geworden – kaum ein unüberwindbarer Altersunterschied.«

»Ich spreche nicht über das Alter. Sie ist nicht wie wir. Sie ist weich. Verletzlich.«

»Genau. Und du hast mich auf sie aufmerksam gemacht.« Ich lächele grausam. »Was, dachtest du, würde passieren?«

Alinas Gesicht verhärtet sich. »Du wirst sie zerstören. Aber andererseits«, ihre Lippen verziehen sich zu einem bitteren Lächeln, während sie zurücktritt, »ist das genau das, was die Molotows tun, nicht wahr? Viel Spaß mit deinem neuen

Spielzeug, Kolya. Ich kann es kaum erwarten, dich beim Essen mit ihr spielen zu sehen.«

Und ohne ein weiteres Wort geht sie hinaus.

9

CHLOE

Ich halte Slavas Hand und nähere mich dem Esszimmer, wobei meine weichen Knie fast zusammenschlagen. Ich weiß nicht, warum ich so nervös bin, aber ich bin es. Allein der Gedanke, Nikolai wiederzusehen, gibt mir das Gefühl, dass sich ein tollwütiger Honigdachs in meinem Magen eingenistet hat.

Das ist die Mafia-Frage, sage ich mir. Jetzt, wo mir der Gedanke in den Sinn gekommen ist, bekomme ich ihn nicht mehr aus dem Kopf, egal wie sehr ich es versuche. Deshalb beschleunigt sich mein Atem, und meine Handflächen werden jedes Mal feucht, wenn ich an die zynische Wölbung der Lippen meines Arbeitgebers denke. Weil er ein Krimineller sein könnte. Weil ich eine dunkle, rücksichtslose Seite in ihm spüre. Es hat nichts mit seinem Aussehen und der Hitze zu tun, die durch meine Adern fließt, wenn sein intensiver grün-goldener Blick auf mir landet.

Damit kann es nichts zu tun haben, denn er ist verheiratet,

und ich würde niemals einer anderen Frau den Mann ausspannen, schon gar nicht, wenn ein Kind im Spiel ist.

Trotzdem kann ich nicht anders, als mich zu fragen, wie lange Nikolai und seine Frau schon zusammen sind ... ob er sie liebt. Bisher habe ich die beiden nur kurz zusammen gesehen, daher ist es unmöglich zu sagen – obwohl ich einen gewissen Mangel an Intimität zwischen ihnen gespürt habe. Aber ich bin mir sicher, dass das nur Wunschdenken meinerseits war. Warum sollte mein Arbeitgeber seine Frau nicht lieben? Alina ist genauso umwerfend wie er, so sehr, dass sie sich fast ähnlich sehen. Kein Wunder, dass Slava so ein wunderschönes Kind ist – mit solchen Eltern hat er die genetische Lotterie gewonnen, im großen Stil.

Ich werfe einen Blick auf den fraglichen Jungen, und er schaut zu mir hoch, seine großen Augen ähneln denen seines Vaters auf unheimliche Weise. Sein Gesichtsausdruck ist ernst, die Ausgelassenheit, die er an den Tag legte, als wir zusammen spielten, ist verschwunden. Wie ich scheint er besorgt über unser bevorstehendes Essen zu sein, also schenke ich ihm ein beruhigendes Lächeln.

»Abendessen«, sage ich und nicke in Richtung des Tisches, auf den wir zugehen. »Es gibt gleich Abendessen.«

Er blinzelt mich an und sagt nichts, aber ich weiß, dass er sich das Wort merkt, zusammen mit allem anderen, was ich heute zu ihm gesagt habe. Kleine Kinder sind wie Schwämme, sie saugen alles auf, was Erwachsene sagen und tun, ihre Gehirne bilden in rasender Geschwindigkeit Verbindungen. Als ich in der Highschool war, habe ich für ein chinesisches Paar gebabysittet. Seine fünfjährige Tochter sprach überhaupt kein Englisch, als ich sie kennenlernte, aber nach ein paar Wochen Kindergarten und einem Dutzend Abenden mit mir, war es fast fließend. Das Gleiche wird auch mit Slava passieren, daran habe ich keinen Zweifel.

Schon am Ende dieses Nachmittags wiederholt er einige meiner Worte.

Im Esszimmer ist noch niemand, obwohl Pavel mir unwirsch gesagt hat, dass ich um sechs hier unten sein soll, als er das Obst- und Käsetablett in Slavas Zimmer gebracht hat. Der Tisch ist aber bereits mit allerlei Salaten und Vorspeisen gedeckt, und mir läuft angesichts der Köstlichkeiten, die auf uns warten, das Wasser im Mund zusammen. Obwohl der Nachmittagssnack geholfen hat, bin ich immer noch am Verhungern, und ich muss all meine Willenskraft aufbringen, um mich nicht gierig auf die kunstvoll arrangierten Platten mit Kaviar auf Baguette, geräuchertem Fisch, gebratenem Gemüse und grünen Blattsalaten zu stürzen. Stattdessen helfe ich Slava, auf einen Stuhl mit einer Sitzerhöhung für Kinder zu klettern, und dann beginne ich, die Namen der verschiedenen Lebensmittel auf Englisch zu nennen. »Wir nennen dieses Gericht *Salat*, und das grüne Zeug darin ist *Kopfsalat*,«, sage ich, als das Klappern von High Heels Alinas Ankunft ankündigt.

Ich schaue mit einem Lächeln zu ihr auf. »Hallo. Slava und ich waren gerade …«

»Warum hat er sich nicht umgezogen?« Ihre dunklen Augenbrauen ziehen sich zusammen, während sie das Kind betrachtet. »Er weiß, dass wir uns zum Abendessen umziehen.«

Ich blinzele. »Oh, ich …«

Sie unterbricht mit einem Strom von rasend schnellem Russisch, und ich sehe, wie sich die Schultern des Jungen anspannen, während er in seinem Sitz zusammensinkt, als wolle er verschwinden. Alina bemerkt seine Reaktion, mildert ihren Tonfall und bekommt schließlich eine Art Entschuldigung von dem Kind.

Sie schaut mich an. »Es tut mir leid. Slava weiß es besser, als so nach unten zu kommen, aber er hat es in der ganzen Aufregung vergessen.«

Mein Gesicht verbrennt, als ich erkenne, dass mit *so* seine normale Freizeitkleidung gemeint ist, die sich nicht von der Jeans und dem langärmeligen T-Shirt unterscheidet, die ich trage. Nikolais Frau hingegen hat sich ein noch glamouröseres Kleid angezogen – ein knöchellanges silber-blaues Kleid – und sieht aus, als wäre sie auf dem Weg zu einer Hollywood-Premiere.

»Es tut mir leid«, sage ich und fühle mich wie ein Tourist mit Gürteltasche, der in eine Pariser Modenschau gestolpert ist. »Ich wusste nicht, dass es eine Kleiderordnung gibt.«

»Bei dir ist das in Ordnung.« Alina winkt mit einer eleganten Hand. »Für *dich* ist es kein Muss. Aber Slava ist ein Molotow, und es ist wichtig, dass er die Familientraditionen lernt.«

»Ich verstehe.« Eigentlich tue ich das nicht, aber es ist nicht meine Aufgabe, mich in Familientraditionen einzumischen, wie absurd sie auch sein mögen.

»Und mach dir keine Sorgen«, fügt Alina hinzu und nimmt gegenüber von Slava Platz. »Wenn du dich auch angemessen gut kleiden willst, wird Kolya dir sicher passende Kleidung kaufen.«

Kolya? Nennt sie ihren Mann so?

»Das ist nicht nötig, danke …«, beginne ich, nur um dann in ein fassungsloses Schweigen zu verfallen, als ich sehe, wie Nikolai sich dem Tisch nähert. Wie seine Frau hat auch er sich für das Abendessen umgezogen. Seine High-End-Designer-

Jeans und das Button-up-Hemd wurden durch einen eng geschnittenen schwarzen Anzug, ein steifes weißes Hemd und eine schmale schwarze Krawatte ersetzt – ein Outfit, das auf einer High-Society-Hochzeit nicht fehl am Platz wäre ... oder auf der gleichen Filmpremiere, die Alina zu besuchen plant. Und während ein durchschnittlich aussehender Mann in einem solchen Anzug leicht als gutaussehend durchgehen könnte, wird Nikolais dunkle, maskuline Schönheit zu einem fast unerträglichen Grad gesteigert. Während ich ihn betrachte, geht mein Puls durch die Decke, und meine Lungen ziehen sich zusammen, genauso wie die unteren Regionen meiner ...

Verheiratet, Chloe. Er ist verheiratet.

Die Erinnerung ist wie ein Schlag ins Gesicht, der mich aus meiner geblendeten Trance reißt. Ich zwinge einen Atemzug in meine sauerstoffarmen Lungen und schenke meinem Arbeitgeber vorsichtig ein verhaltenes Lächeln, eines, das *nicht* sagt, dass mein Herz in meiner Brust rast und ich mir wünsche, Alina würde nicht existieren. Vor allem, da sein markanter Blick auf mich gerichtet ist, anstatt auf seine wunderschöne Frau.

»Du bist spät dran«, sagt sie, als er sich einen Stuhl heranzieht und sich neben sie setzt. »Es ist schon ...«

»Ich weiß, wie spät es ist.« Er wendet seinen Blick nicht von mir ab, als er ihr antwortet, und sein Ton ist kühl und abweisend. Dann wandert sein Blick zu dem Jungen an meiner Seite, und seine Gesichtszüge verengen sich, als er dessen Freizeitkleidung wahrnimmt.

»Es tut mir leid, das ist meine Schuld«, sage ich, bevor er das Kind ebenfalls zurechtweisen kann. »Mir war nicht klar, dass wir uns für das Abendessen umziehen müssen.«

Nikolais Aufmerksamkeit kehrt zu mir zurück. »Natürlich

wusstest du das nicht.« Sein Blick wandert über meine Schultern und meine Brust und macht mir mein schlichtes langärmeliges T-Shirt und den dünnen Baumwoll-BH darunter bewusst, der nichts tut, um meine unerklärlich harten Nippel zu verstecken. »Alina hat recht. Ich muss dir angemessene Kleidung kaufen.«

»Nein, wirklich, das ist …«

Er hält seine Handfläche hoch. »Hausregeln.« Seine Stimme ist sanft, aber sein Gesicht könnte in Stein gemeißelt sein. »Jetzt, wo du ein Mitglied dieses Haushalts bist, musst du dich an sie halten.«

»Ich … in Ordnung.« Wenn er und seine Frau mich in schicken Klamotten beim Abendessen sehen wollen und es ihnen nichts ausmacht, das Geld dafür auszugeben, dann soll es so sein.

Wie er sagte, ihr Haus, ihre Regeln.

»Gut.« Seine sinnlichen Lippen wölben sich. »Ich bin froh, dass du so entgegenkommend bist.«

Mein Atem beschleunigt sich, mein Gesicht wird wieder warm, und ich schaue weg, um meine Reaktion zu verbergen. Der Mann hat nur gelächelt, verdammt nochmal, und ich bin rot geworden wie eine fünfzehnjährige Jungfrau. Und das auch noch vor den Augen seiner Frau.

Wenn ich diese lächerliche Schwärmerei nicht in den Griff bekomme, werde ich noch vor Ende des Essens gefeuert.

»Möchtest du etwas Salat?«, fragt Alina, als wolle sie mich an ihre Existenz erinnern, und ich richte dankbar für die Ablenkung meine Aufmerksamkeit auf sie.

»Ja, bitte.«

Anmutig gibt sie eine Portion grünen Salat auf meinen

Teller, dann tut sie dasselbe für ihren Mann und ihren Sohn. In der Zwischenzeit hält Nikolai mir das Tablett mit dem Kaviar auf Baguette hin, und ich nehme mir eines, sowohl weil ich hungrig genug bin, um alles zu essen, was auf Brot liegt, als auch, weil ich neugierig auf die berüchtigte russische Delikatesse bin. Ich habe diese Art von Fischrogen – die großen orangefarbenen – schon ein paarmal in Sushi-Restaurants gegessen, aber ich stelle sie mir anders vor, wenn sie auf einer Scheibe französischem Baguette mit einer dicken Schicht Butter darunter serviert werden.

Als ich hineinbeiße, explodiert der volle Umami-Geschmack auf meiner Zunge. Anders als der Fischrogen, den ich probiert habe, scheint der russische Kaviar mit reichlich Salz konserviert zu werden. Allein wäre er zu salzig, aber das knusprige Weißbrot und die weiche Butter gleichen den Salzgehalt perfekt aus, und ich verschlinge den Rest des Baguettes mit zwei Bissen.

Mit einem amüsierten Blick bietet mir Nikolai erneut das Tablett an. »Mehr?«

»Nein, danke.« Ich hätte gerne noch ein Kaviarbaguette – oder zwanzig –, aber ich will nicht gierig wirken. Stattdessen greife ich zu meinem Salat, der ebenfalls köstlich ist, mit einem süßen, würzigen Dressing, das meine Geschmacksknospen kribbeln lässt. Dann probiere ich ein wenig von allem, was auf dem Tisch steht, vom geräucherten Fisch über eine Art Kartoffelsalat bis hin zu gegrillten Auberginen, die mit einer Gurken-Dill-Joghurt-Sauce beträufelt sind.

Während ich esse, behalte ich meinen Schützling im Auge, der ruhig neben mir isst. Alina hat Slava eine kleine Portion von allem gegeben, was die Erwachsenen essen, einschließlich des Kaviars auf Baguette, und der Junge scheint kein Problem damit zu haben. Es gibt keine Forderungen nach Chicken Nuggets oder Pommes frites, keine Anzeichen für die typische Mäkeligkeit eines Vierjährigen. Sogar seine Tischmanieren sind die eines viel älteren Kindes. Es gibt nur ein paar Fälle, in denen er ein Stück Essen mit den Fingern statt mit der Gabel nimmt.

»Euer Sohn ist sehr gut erzogen«, sage ich zu Alina und Nikolai, und Nikolai hebt die Augenbrauen, als höre er es zum ersten Mal.

»Gut erzogen? Slava?«

»Natürlich.« Ich sehe ihn stirnrunzelnd an. »Findest du das nicht?«

»Ich habe nicht viel darüber nachgedacht«, sagt er und schaut zu dem Jungen, der ein Stück Salat mit seiner Gabel in Erwachsenengröße aufspießt. »Ich nehme an, dass er sich recht gut benimmt.«

Recht gut? Ein Vierjähriger, der ruhig sitzt und alles isst, was ihm serviert wird, ohne zu quengeln oder die Unterhaltung der Erwachsenen zu unterbrechen? Der wie ein Profi mit dem Besteck umgeht? Vielleicht gibt es so etwas in Europa, aber ich habe es in Amerika noch nie gesehen.

Außerdem, warum hat mein Arbeitgeber nicht viel über das Verhalten seines Sohnes nachgedacht? Müssen sich Eltern nicht um solche Dinge kümmern?

»Kennst du viele Kinder in seinem Alter?«, frage ich Nikolai aus einer Vermutung heraus und ertappe ihn, wie sich sein Mund kurz verzieht.

»Nein«, sagt er knapp. »Das tue ich nicht.«

Alina wirft ihm einen Blick zu, den ich nicht deuten kann, bevor sie sich mir zuwendet. »Ich weiß nicht, ob mein Bruder dir das erzählt hat«, sagt sie in einem ruhigen Ton, »aber wir haben erst vor acht Monaten von Slavas Existenz erfahren.«

Ich verschlucke mich an einer eingelegten Tomate, in die ich gerade hineingebissen habe, und bekomme einen Hustenanfall, weil die würzige Essigmarinade in die falsche Röhre gelangt ist. »Wie bitte?«, keuche ich, als ich wieder sprechen kann.

Vor acht Monaten?

Und hat sie gerade Nikolai ihren *Bruder* genannt?

»Ich verstehe, du wusstest es also noch nicht«, sagt Alina und reicht mir ein Glas Wasser, das ich dankbar in einem Zug austrinke. »Kolya«, sie blickt zu Nikolai, der einen harten, verschlossenen Gesichtsausdruck hat, »hat dir nicht viel über uns erzählt, oder?«

»Ähm, nein.« Ich stelle das Glas ab und huste erneut, um die Heiserkeit aus meiner Stimme zu beseitigen. »Nicht wirklich.« Mein neuer Arbeitgeber hat überhaupt nicht viel gesagt, aber ich habe alle möglichen Vermutungen aufgestellt, und zwar die falschen.

Alina ist Nikolais Schwester, nicht seine Frau, was bedeutet, dass der Junge nicht ihr Sohn ist.

Sie wussten bis vor acht Monaten nicht, dass er existiert.

Gott, das erklärt so viel. Kein Wunder, dass Vater und Sohn so tun, als wären sie sich fremd – sie *sind* es im Grunde genommen. Und ich hatte recht, als ich einen Mangel an Intimität zwischen Nikolai und Alina spürte.

Sie sind kein Liebespaar.

Sie sind Geschwister.

Wenn ich mir die beiden jetzt anschaue, verstehe ich nicht, wie ich die Ähnlichkeit übersehen konnte – oder besser gesagt, warum mir trotz der Ähnlichkeit, die mir aufgefallen ist, nie der

Gedanke kam, sie könnten Bruder und Schwester sein. Alinas Gesichtszüge sind eine weichere, zartere Version des Mannes, der vor mir sitzt, und obwohl ihren grünen Augen die tiefen bernsteinfarbenen Untertöne von Nikolais atemberaubenden fehlen, ist die Form ihrer Augen und Augenbrauen die gleiche.

Sie sind eindeutig und unverkennbar Geschwister.

Das bedeutet, dass Nikolai nicht verheiratet ist.

Oder zumindest nicht mit Alina.

»Wo ist Slavas Mutter?«, frage ich und bemühe mich um einen lockeren Ton. »Ist sie …«

»Sie ist tot.« Nikolais Stimme ist kalt genug, um Erfrierungen zu verursachen, genauso wie der Blick, mit dem er Alina ansieht. Er dreht sich wieder zu mir um und sagt ruhig: »Wir hatten vor fünf Jahren einen One-Night-Stand, und sie hat mir nicht gesagt, dass sie schwanger ist. Ich hatte keine Ahnung, dass ich einen Sohn habe, bis sie vor acht Monaten bei einem Autounfall ums Leben kam und ein Freund von ihr ein Tagebuch fand, in dem ich als Vater genannt wurde.«

»Oh, das ist …« Ich schlucke. »Das muss sehr schwierig gewesen sein. Für dich, und vor allem für Slava.« Ich schaue den Jungen an meiner Seite an, der immer noch ruhig isst, als ob er sich um nichts in der Welt kümmern würde. Aber das ist ganz und gar nicht der Fall, das weiß ich jetzt. Nikolais Sohn hat eine der größten Tragödien erlebt, die einem Kind widerfahren können, und wie ausgeglichen er auch zu sein scheint, ich habe keinen Zweifel, dass der Verlust seiner Mutter tiefe Narben in seiner Psyche hinterlassen hat.

Ich bin erwachsen und habe Probleme, meine Trauer zu bewältigen. Ich kann mir vorstellen, wie schwierig das für einen kleinen Jungen ist.

»Das war es«, stimmt Alina leise zu. »In der Tat, mein Bruder ...«

»Das reicht.« Nikolais Tonfall ist immer noch perfekt ruhig, aber ich kann die Anspannung in seinem Kiefer und seinen Schultern sehen. Das Thema ist ihm unangenehm, und das ist auch kein Wunder. Ich kann mir gar nicht vorstellen, wie es sein muss, herauszufinden, dass man ein Kind hat, das man nie kennengelernt hat. Zu wissen, dass man die ersten Jahre seines Lebens verpasst hat.

Ich habe eine Million Fragen, die ich stellen möchte, aber ich merke, dass jetzt nicht der richtige Zeitpunkt ist, um meiner Neugierde nachzugeben. Stattdessen greife ich nach mehr Essen und verbringe die nächsten Minuten damit, dem Koch Komplimente zu machen – der, wie sich herausstellt, in der Tat der schroffe, bärenartige Russe ist.

»Pavel und seine Frau Lyudmila sind mit uns aus Moskau gekommen«, erklärt Alina, als der Bärenmann selbst aus der Küche erscheint und eine große Platte mit Lammkoteletts trägt, die von gebratenen Kartoffeln mit Champignons begleitet werden. Mit einem Grunzen stellt er das Essen auf den Tisch, schnappt sich ein paar leere Vorspeiseteller und verschwindet wieder in der Küche, während Alina fortfährt. »Lyudmila fühlt sich heute nicht gut, also macht Pavel die ganze Arbeit. Normalerweise erledigt er den Großteil des Kochens und Putzens, während sie das Essen serviert. Ihre Hauptaufgabe ist es aber, auf Slava aufzupassen.«

»Sind sie die einzigen beiden Menschen, die hier außer euch leben?«, frage ich und nehme den Teller mit einem Lammkotelett und eine Portion Kartoffeln mit Pilzen entgegen, den Alina mir hinhält, nachdem sie Slava eine anständige

Portion gegeben hat – der wiederum ohne Umschweife zugreift.

»Sie sind die einzigen Menschen, die mit uns im Haus wohnen«, antwortet Nikolai. »Die Wachen haben einen separaten Bunker an der Nordseite des Anwesens.«

Mein Herz klopft schneller. »Wachen?«

»Wir haben ein paar Männer, die das Gelände sichern«, sagt Alina. »Weil wir hier draußen so isoliert sind.«

Ich tue mein Bestes, um meine Reaktion zu verbergen. »Ja, natürlich, das macht Sinn.« Eigentlich ergibt es keinen. Wenn überhaupt, dann sollte die abgelegene Lage es sicherer machen. Soweit ich auf der Karte sehen konnte, führt nur eine Straße den Berg hinauf, und dort gibt es bereits ein undurchdringlich aussehendes Tor, ganz zu schweigen von dieser unglaublich hohen Metallwand.

Nur Leute mit mächtigen, gefährlichen Feinden würden es für nötig halten, zusätzlich zu all diesen Maßnahmen auch noch Wachen einzustellen.

Russische Mafia.

Die Worte gehen mir wieder durch den Kopf, und mein Herzschlag beschleunigt sich. Ich senke meinen Blick auf meinen Teller und schneide in mein Lammkotelett, wobei ich mein Bestes gebe, meine Hand trotz des unruhigen Wirbelns meiner Gedanken ruhig zu halten.

Bin ich hier in Gefahr? Bin ich vom Regen in die Traufe gekommen? Sollte ich …

»Erzähl uns mehr von dir, Chloe.«

Nikolais tiefe Stimme unterbricht meine ängstlichen Überlegungen, und als ich aufschaue, sehe ich, dass seine Tigeraugen auf mich gerichtet sind und ein ironisches Lächeln seine Lippen umspielt. Wieder einmal habe ich das beunruhigende Gefühl, dass er direkt in meinen Kopf sieht, dass er genau weiß, was ich denke und fürchte.

Ich unterdrücke das beunruhigende Gefühl und lächele zurück. »Was würdest du gerne wissen?«

»Auf deinem Führerschein steht, dass du in Boston wohnst. Ist das der Ort, an dem du aufgewachsen bist?«

Ich nicke und spieße ein Stück Lammkotelett auf. »Meine Mutter zog mit uns von Kalifornien dorthin, als ich noch ein Baby war, und ich wuchs in und um Boston auf.« Ich beiße in das zarte, perfekt gewürzte Fleisch und muss Pavel erneut ein Lob aussprechen – es ist das beste Lammkotelett, das ich je gegessen habe. Die Kartoffeln mit Pilzen sind auch fantastisch, mit Knoblauch und Butter, so gut, dass ich ein Pfund auf einmal essen könnte.

»Was ist mit deinem Vater?«, fragt Alina, als ich das Lammkotelett zur Hälfte gegessen habe. »Wo ist er?«

»Ich weiß es nicht«, sage ich und tupfe mir mit einer Serviette über die Lippen. »Meine Mutter hat mir nie gesagt, wer er ist.«

»Warum nicht?« Nikolais Stimme wird schärfer. »Warum hat sie es dir nicht gesagt?«

Ich blinzele verblüfft, bis mir dämmert, was er denken muss. »Oh, sie hat die Schwangerschaft nicht vor ihm verheimlicht. Er wusste, dass sie schwanger war, und entschied sich, wegzugehen.« Zumindest ist es das, was ich aus den wenigen Andeutungen, die meine Mutter im Laufe der Jahre gemacht hat, herausgelesen habe. Aus welchem Grund auch immer hasste sie dieses Thema so sehr, dass sie sich jedes Mal, wenn ich auf Antworten drängte, mit Migräne ins Bett legte.

Nikolais Ton wird ein wenig weicher. »Ich verstehe.«

»Ich glaube, er war nicht bereit für diese Art von

Verantwortung«, sage ich, weil ich das Bedürfnis verspüre, es zu erklären. »Meine Mutter war erst siebzehn, als sie mich bekam, also schätze ich, dass er auch noch sehr jung war.«

»Du schätzt?« Alina hebt ihre perfekt geformten Augenbrauen. »Deine Mutter hat dir nicht einmal sein Alter verraten?«

»Sie hat nicht gerne darüber gesprochen. Es war eine schwierige Zeit in ihrem Leben.« Meine Stimme verkrampft sich, als eine weitere Welle der Trauer über mich schwappt. Meine Brust zieht sich mit einem Schmerz zusammen, der so intensiv ist, dass ich kaum atmen kann.

Ich vermisse meine Mutter. Ich vermisse sie so sehr, dass es wehtut. Obwohl ich ihren Körper mit meinen eigenen Augen gesehen habe, kann ein Teil von mir immer noch nicht glauben, dass sie tot ist, kann die Tatsache nicht verarbeiten, dass eine so schöne und lebendige Frau für immer von dieser Welt gegangen ist.

»Geht es dir gut, Chloe?«, fragt Alina leise und ich nicke und blinzele schnell, um die Tränen zurückzuhalten, die mir in die Augen steigen.

»Bist du dir sicher?«, drängt sie und ihre grünen Augen sind voller Mitleid. Plötzlich verstehe ich, dass sie es weiß – und Nikolai auch, der mich mit einem unleserlichen Gesichtsausdruck beobachtet.

Irgendwie wissen sie beide, dass meine Mutter tot ist.

Ein Adrenalinstoß vertreibt die Trauer, während mein Verstand auf Hochtouren läuft. Es gibt kaum noch Zweifel: Sie haben mich vor unserem Bewerbungsgespräch untersuchen lassen. Daher wusste Nikolai von meinem Mangel an Posts auf Social Media, und deshalb schaut mich Alina so an.

Sie wissen alle möglichen Dinge über mich, einschließlich

der Tatsache, dass ich sie belogen habe, indem ich Dinge verschwieg.

Meine Gedanken rasen, während ich sichtbar schlucke und auf meinen Teller schaue. »Meine Mutter ...« Ich lasse meine Stimme brechen. »Sie ist vor einem Monat gestorben.« Ich erlaube den Tränen in meinen Augen, überzulaufen, und schaue auf, um Nikolais Blick zu erwidern. »Das ist ein weiterer Grund, warum ich mich entschieden habe, den Roadtrip zu machen. Ich brauchte etwas Zeit, um die Dinge zu verarbeiten.«

Seine Augen glänzen in einem dunkleren Goldton. »Mein tiefstes Beileid für deinen Verlust.«

»Danke.« Ich wische die Feuchtigkeit auf meinen Wangen weg. »Es tut mir leid, dass ich es nicht früher erwähnt habe. Das ist kein Thema, was ich gerne bei einem Vorstellungsgespräch erwähne.« Besonders, da meine Mutter getötet wurde und die Männer, die das getan haben, hinter mir her sind. Ich hoffe wirklich, dass Nikolai nichts *davon* weiß.

Andererseits hätte er mich nicht eingestellt, wenn er es täte. Das ist nicht die Art von Dingen, die man in der Nähe seiner Familie haben will.

»Dein Verlust tut mir sehr leid«, sagt Alina mit einem aufrichtigen Ausdruck der Anteilnahme auf ihrem Gesicht. »Es muss schwer für dich gewesen sein, dein einziges Elternteil zu verlieren. Hast du noch mehr Familie? Großeltern, Tanten, Cousinen?«

»Nein. Meine Mutter wurde von einem amerikanischen Missionarsehepaar aus einem Waisenhaus in Kambodscha adoptiert. Sie kamen bei einem Autounfall ums Leben, als sie zehn Jahre alt war, und keiner aus ihrer Familie wollte sie haben, also wuchs sie in Pflegefamilien auf.«

»Du bist jetzt also ganz allein«, murmelt Nikolai, und ich nicke, der drückende Schmerz in meiner Brust kehrt zurück.

Als ich aufgewachsen bin, hat mich das Fehlen einer Großfamilie nie gestört. Mom hatte mir all die Liebe und Unterstützung gegeben, die ich mir hätte wünschen können. Aber jetzt, da sie weg ist, jetzt, wo wir nicht mehr zu zweit gegen die Welt kämpfen, ist mir schmerzlich bewusst, dass ich niemanden habe, auf den ich mich verlassen kann.

Die Freunde, die ich in der Schule und auf dem College kennengelernt habe, sind mit ihren eigenen, weitaus weniger beschissenen Leben beschäftigt.

Als ich merke, dass ich gefährlich nahe am Selbstmitleid drifte, löse ich meine Augen von Nikolais bohrendem Blick und wende meine Aufmerksamkeit dem Jungen an meiner Seite zu. Er hat seine Kartoffeln aufgegessen und arbeitet nun fleißig an seinem Lammkotelett. Sein kleines Gesicht ist ein Bild der Konzentration, während er sich abmüht, ein mundgerechtes Stück Fleisch mit einer Gabel und einem Messer abzuschneiden, das jemand neben seinen Teller gelegt hat. Kein stumpfes Brotmesser, stelle ich entsetzt fest.

Ein richtig scharfes Steakmesser.

»Hier, Liebling, lass mich«, sage ich und schnappe es mir von ihm, bevor er sich die Finger abschneiden kann. »Das ist …«

»Etwas, mit dem er lernen muss, umzugehen«, sagt Nikolai und greift über den Tisch, um mir das Messer abzunehmen. Seine Finger streifen über meine, als er den Griff umfasst, und ich spüre die Wärme seiner Haut wie einen elektrischen Schlag, die ein Feuer in mir entfacht. Mein Inneres spannt sich an, mein Atem beschleunigt sich, und ich schaffe es kaum, meine Hand nicht zurückzureißen, als hätte ich mich verbrüht.

Wenigstens ist er nicht verheiratet, flüstert eine heimtückische kleine Stimme in meinem Kopf, und ich bringe sie mit Nachdruck zum Schweigen.

Verheiratet oder nicht, er ist immer noch mein Arbeitgeber und somit streng tabu.

Ich beiße mir auf die Lippe und beobachte, wie er dem Kind das Messer zurückgibt, damit es seine gefährliche Aufgabe wiederaufnimmt.

»Hast du keine Angst, dass er sich schneidet?« Ich kann die Verurteilung in meiner Stimme nicht unterdrücken, während ich auf die kleinen Finger starre, die sich um eine potenziell tödliche Waffe legen. Slava geht geschickt mit dem Messer um, aber er ist noch zu jung, um mit etwas so Scharfem zu hantieren.

»Wenn er das tut, wird er es das nächste Mal besser wissen«, sagt Nikolai. »Das Leben kommt nicht mit einem Sicherheitsschloss.«

»Aber er ist erst *vier*.«

»Vier Jahre und acht Monate«, sagt Alina, als es dem Jungen gelingt, ein Stück Lammkotelett abzuschneiden und es sich, zufrieden mit sich selbst, in den Mund zu stecken. »Sein Geburtstag ist im November.«

Ich bin versucht, ihnen weiterhin zu widersprechen, aber es ist mein erster Tag, und ich habe meine Grenzen schon mehr als genug ausgetestet. Also halte ich den Mund und konzentriere mich auf mein Essen, um nicht das Kind anzuschauen, das neben mir ein Messer schwingt ... oder seinen gefühllosen, aber gefährlich attraktiven Vater.

Leider sieht besagter Vater mich immer wieder an. Jedes Mal, wenn ich meinen Blick von meinem Teller hebe, finde ich seine hypnotisierenden Augen auf mich gerichtet, und mein

Herzschlag wird schneller und meine Hand kribbelt bei der Erinnerung daran, wie es sich anfühlt, wenn seine Finger über meine streichen.

Das ist nicht gut.

Überhaupt nicht gut.

Warum sieht er mich so an?

Er kann sich nicht auch noch zu mir hingezogen fühlen … oder doch?

10

NIKOLAI

*W*enn es irgendeinen Zweifel in meinem Kopf gab, dass ich es genießen würde, Chloes Geheimnis zu lüften, dann ist er verschwunden, als Pavel das Dessert bringt. Alles an ihr fasziniert mich, von der Mischung aus Wahrheit und Lüge, die ihr so leicht über die Lippen kommt, bis hin zu der Art, wie sie vorsichtig und höflich genug Essen für zwei NFL-Linebacker verschlingt. Und unter meiner Faszination liegt eine ursprüngliche Anziehungskraft, die stärker ist als alles, was ich bisher erlebt habe. Ich habe noch nie eine Frau so sehr begehrt, und das mit so wenig Provokation ihrerseits. Sie flirtet nicht, tut nichts, um meine Aufmerksamkeit zu erregen, doch seit ich ihr gegenüber Platz genommen habe, bin ich hart. Der Anblick ihrer weichen Lippen, die sich um eine Gabel schließen, macht mich mehr an als die erotischste Stripshow in Moskau.

Selbst das Reden über Xenia und das, was sie mit Slava

abgezogen hat, konnte das Feuer, das in mir brennt, nicht abkühlen.

»Das muss das Köstlichste sein, was ich je gegessen habe«, sagt Chloe, nachdem sie eine Portion der Napoleon-Torte probiert hat, und ich murmele meine Zustimmung, obwohl ich den mehrschichtigen Blätterteigkuchen kaum schmecken kann. Meine Gedanken sind damit beschäftigt, wie *sie* schmecken und sich anfühlen wird, wenn ich sie erst in meinem Bett habe.

Ich habe das Gefühl, dass die neue Nachhilfelehrerin meines Sohnes köstlicher sein wird als alles, was ich je zuvor hatte.

»Nicht, Kolya«, sagt Alina leise auf Russisch, als Chloe sich an Slava wendet und beginnt, ihm das englische Wort für Kuchen beizubringen. »Bitte, ich flehe dich an, lass sie in Ruhe.«

Irritiert schaue ich meine Schwester an. »Ich werde sie nicht zwingen.« Das ist nicht meine Art und Weise, und nachdem ich das Mädchen in der letzten Stunde beobachtet habe, bin ich mir sogar noch sicherer, dass die Anziehung beidseitig ist.

Sie wird die meine sein. Das ist nur eine Frage der Zeit.

»Ich fange an zu glauben, dass du schlimmer bist, als er es war«, sagt Alina mit leiser Stimme. »Immerhin hat er versucht, es mit schwachsinnigen Ausreden zu rechtfertigen. Aber du versuchst es nicht einmal, oder? Du machst einfach, was immer du willst, egal, wer dabei verletzt wird.«

»Das ist richtig.« Ich schenke ihr ein hartes Lächeln. »Und du vergisst das besser nicht.«

Wenn meine Schwester denkt, dass der Vergleich mit unserem Vater irgendetwas ändern wird, könnte sie nicht falscher liegen. Ich weiß, dass ich wie er bin. Das war ich schon immer – deshalb hatte ich auch nie vor, Kinder zu bekommen.

Unser kleiner Austausch auf Russisch erregt Chloes

Aufmerksamkeit, und ihr Blick trifft meinen, als sie zu mir hinüberschaut. Sie wendet ihren Kopf sofort wieder ab, aber nicht, bevor ich sehe, wie sich ihre zarte Kehle mit einem nervösen Schlucken bewegt, während ihre Zunge herausschnellt, um ihre Unterlippe zu befeuchten.

Oh, ja, sie fühlt sich zu mir hingezogen. Und sie ist besorgt darüber.

Ich schiebe mein halb gegessenes Dessert weg und greife nach meiner Tasse, um einen langen Schluck zu nehmen. Ich erhasche wieder ihren Blick, stelle die Tasse ab und schenke ihr ein langsames, bedächtiges Lächeln. »Und, wie hat dir dein erstes russisches Essen gefallen, Chloe?«

»Es war unglaublich.« Ihre Stimme ist ein wenig atemlos. »Pavel ist ein hervorragender Koch.«

Ich verstärke mein Lächeln. »Das ist er, nicht wahr?« Er ist sogar noch geschickter in anderen Dingen, wie zum Beispiel im Umgang mit Messern, aber das werde ich ihr nicht sagen. Sie zählt bereits zwei und zwei zusammen. Ich konnte sehen, wie sie reagierte, als ich die Wachen erwähnte. Sie ahnt, dass wir nicht nur eine wohlhabende Familie sind, und das macht sie fast so nervös wie meine Anziehungskraft auf sie.

Ich frage mich, ob es die natürliche Vorsicht einer behüteten Privatperson ist, oder ob mehr dahintersteckt ... wie die Geheimnisse, die sie zu verbergen versucht.

Das Klügste wäre gewesen, diese Geheimnisse aufzudecken, bevor ich sie einstellte, aber das hätte Zeit gekostet, und ich wollte nicht riskieren, dass sie mir entgleitet und verschwindet. Außerdem bin ich, nachdem ich sie während des Essens beobachtet habe, noch mehr davon überzeugt, dass sie keine körperliche Bedrohung für meine Familie darstellt. Die Art und Weise, wie sie Slava das Messer entriss, verriet nicht nur ihre

Überfürsorglichkeit gegenüber dem Jungen, sondern auch ihr mangelndes Geschick mit einer Klinge. Sie hielt das Messer wie jemand, der es noch nie als Waffe benutzt hat, weder offensiv noch defensiv, und ich bezweifele, dass das nur gespielt war – nicht, wenn ihre Angst um Slava echt war.

Sie denkt, dass mein Sohn, ein Molotow, vor etwas so harmlosem wie einer scharfen Klinge geschützt werden muss.

Die unerklärliche Enge in meiner Brust kehrt zurück, und es kostet mich all meine Kraft, den Jungen nicht anzusehen. Wenn ich das tue, wird es nur noch schlimmer. Stattdessen konzentriere ich mich auf Chloe und die Art und Weise, wie sich ihre Wimpern als Reaktion auf mein Lächeln senken und ihre Brust sich in einem schnelleren Rhythmus hebt und senkt. Ihre Nippel sind wieder hart, wie ich mit wilder Genugtuung feststelle; der BH, den sie unter ihrem Shirt trägt, falls sie einen trägt, verhüllt nicht viel.

Ich kann es kaum erwarten, sie in einem schönen Designerkleid zu sehen, ihre schlanken Schultern entblößt. Etwas Geschmeidiges und Cremefarbenes, um den warmen Farbton ihrer Haut zu betonen. Sie wird es vor dem Abendessen für mich anziehen, und ich werde die gesamte Mahlzeit damit verbringen, mir vorzustellen, wie ich es ihr später in der Nacht vom Leib reißen werde – nicht, dass sie sich auf eine bestimmte Art und Weise anziehen muss, damit sich diese Fantasien in meinem Kopf manifestieren.

Das billige T-Shirt und die Jeans, die sie trägt, reichen dafür schon aus.

»Du kannst auch gerne ins Bett gehen, wenn du möchtest, Chloe«, sagt Alina, als Pavel ein Tablett mit Digestifs bringt, und dann hilft sie Slava aus seinem Stuhl, um ihn nach oben zu bringen und ihn bettfertig zu machen. »Fühle dich nicht gezwungen, hier bei uns zu bleiben. Ich bin mir sicher, dass du nach einem so langen Tag müde bist.«

»Und ich bin mir sicher, dass sie noch für einen Drink bleiben kann«, sage ich, bevor Chloe mehr tun kann, als Alina ein dankbares Lächeln zu schenken. Ich werde das Mädchen auf keinen Fall so schnell entkommen lassen. »Und überhaupt«, fahre ich fort und werfe meiner Schwester einen strengen Blick zu, »hast du nicht gesagt, dass *du* müde bist? Vielleicht solltest du dich Pavel anschließen, um Slava eine Gutenachtgeschichte vorzulesen und selbst früh ins Bett gehen.«

Alina will mir widersprechen, das sehe ich, aber selbst sie weiß, dass es keine gute Idee ist, mich jetzt weiter zu drängen. Seit wir Moskau verlassen haben, ist sie mutiger geworden, freier mit ihrer scharfen Zunge. Sie denkt, dass ich weicher geworden bin, weil ich die Zügel vorübergehend an unsere Brüder übergeben habe, aber sie könnte sich nicht mehr irren.

Die Bestie in mir ist lebendig und munter … und auf eine süße neue Beute fokussiert.

»In Ordnung«, sagt sie nach einem angespannten Moment. »Wenn das so ist, dann gute Nacht. Genießt euren Drink.«

Sie steht auf, und Chloe folgt ihrem Beispiel. »Ich denke, ich werde …«

»Setz dich«, sage ich mit einer befehlenden Geste, und das Mädchen sinkt zurück und blinzelt wie ein erschrockenes Rehkitz, als Alina mit einem letzten wütenden Blick in meine Richtung geht.

Ich warte, bis sie weg ist, bevor ich meine Beute mit einem Lächeln beglücke. »Also, Chloe …« Ich greife nach den Karaffen auf dem Tablett. »Bevorzugst du Cognac, Brandy oder Whiskey als Digestif?«

11

CHLOE

*I*ch starre Nikolai an, und mein Herz klopft heftig. Verstehe ich die Situation falsch oder hat er es so eingefädelt, dass wir letztlich allein am Tisch sitzen?

»Ich ... trinke eigentlich nicht«, sage ich, und mein Hals ist ganz trocken. Der Blick in seinen intensiven Augen lässt mich mich wieder wie eine Maus fühlen, die von einer sehr großen Katze gefangen wurde – nur dass keine Maus eine solche Anziehungskraft von einer Raubkatze verspüren würde.

Ich möchte ihn fast so sehr berühren, wie ich weglaufen möchte.

Er wölbt seine dunklen Augenbrauen. »Niemals Alkohol? Ich finde das schwer zu glauben.«

»Das ist nicht das, was ich meinte. Es ist nur, du weißt schon, mal Bier oder Wein auf einer Party ...« Meine Stimme verstummt, als er eine der Kristallkaraffen anhebt und zwei Finger breit eine bernsteinfarbene Flüssigkeit in ein Whiskyglas gießt, das er dann zu mir schiebt.

»Versuch das mal. Es ist einer der besten Cognacs der Welt.«

Zögernd hebe ich das Glas und schnuppere an seinem Inhalt. Ich habe eigentlich noch nie Cognac getrunken. Wodka-Shots ein paarmal, ja. Tequila bei ein paar denkwürdigen Anlässen, ganz sicher. Aber keinen Cognac – und nach den starken Alkoholdämpfen zu urteilen, die mir in die Nase steigen, ist das nichts, was ich heute Abend oder an irgendeinem anderen Abend in Nikolais Nähe trinken sollte.

Nicht, wenn ich so verwirrt über das bin, was zwischen uns passiert.

Er schenkt sich ebenfalls ein Glas ein. »Auf unsere neue Partnerschaft.« Er hebt das Getränk zum Toast, und ich habe keine andere Wahl, als mein Glas gegen seines zu stoßen. Ich setze es an meine Lippen, nehme einen Schluck – und breche in einen Hustenanfall aus, während meine Augen tränen und meine Kehle und mein Brustkorb in Flammen aufgehen.

Verdammt, das Zeug *ist* stark.

Nikolai beobachtet mich, und dunkle Belustigung schimmert in seinem Blick. »Du bist wirklich kein großer Trinker«, sagt er, als ich endlich wieder zu Atem gekommen bin. »Versuche es noch einmal, aber diesmal langsamer. Lass ihn ein paar Sekunden in deinem Mund, bevor du ihn herunterschluckst. Nimm den Geschmack, die Textur ... das Brennen auf.«

Das ist keine gute Idee, das weiß ich, aber ich folge seinen Anweisungen, nehme einen weiteren Schluck und behalte ihn einen Moment in meinem Mund, bevor ich ihn meinen Hals hinunterlaufen lasse. Es brennt immer noch in meiner Speiseröhre, aber nicht mehr so sehr wie beim ersten Mal und nach dem feurigen Gefühl breitet sich eine angenehme Wärme in meinen Gliedern aus.

»Besser?«, erkundigt er sich leise, und ich nicke, unfähig, meinen Blick von seinen hypnotischen Augen loszureißen. Vielleicht ist es der Alkohol, der mich meine Hemmungen verlieren lässt, oder die Tatsache, dass wir ganz allein sind, aber es fühlt sich seltsam an, wie ein Date ... als ob sich ein Gefühl von Intimität zwischen uns aufbaut. Ich möchte über den Tisch greifen und die sinnliche Wölbung seiner Lippen nachzeichnen, meine Hand auf seine breite legen und ihre Stärke und Wärme spüren.

Ich will, dass er mich küsst, und wenn ich die brodelnde Hitze in seinen Augen nicht falsch einschätze, ist es vielleicht auch das, was er will.

»Warum hast du mich gebeten, auf einen Drink zu bleiben?«

Ich will die Worte zurücknehmen, sobald sie meinen Mund verlassen, aber es ist zu spät. Ein ironisches Lächeln erscheint auf seinem Gesicht, und er neigt seinen Kopf zur Seite, während er träge den Cognac in seinem Glas schwenkt. »Was denkst du?«

»Ich weiß nicht ...« Ich befeuchtete meine Lippen. »Ich weiß es nicht.«

»Aber wenn du eine Vermutung aufstellen müsstest?«

Mein Herzschlag beschleunigt sich. Ich kann auf keinen Fall sagen, was ich denke. Wenn ich falschliege, wird das sehr schlecht für mich ausgehen. In der Tat sehe ich nicht, wie das für mich gut laufen könnte. Wenn ich recht habe und er sich zu mir hingezogen fühlt, wird es noch komplizierter, als es sowieso schon ist. Und wenn ich es mir einbilde ...

»Denk nicht zu viel nach, *zajchik*.« Seine Stimme ist trügerisch sanft. »Das ist keine deiner Uniprüfungen.«

Richtig. Und mir wäre es viel lieber, wenn es das wäre – denn dann müsste ich mir nur Sorgen machen, nicht durchzufallen. Hier steht unendlich viel mehr auf dem Spiel. Wenn ich das falsch mache, wenn ich ihn verärgere, könnte ich den Job verlieren – und damit auch jede Hoffnung auf Sicherheit.

Da draußen, jenseits der Grenzen dieses Anwesens, jagen mich Monster und hier drinnen ist ein Mann, der genauso gefährlich sein könnte ... und das nicht nur, weil es ihm Spaß zu machen scheint, dieses sadistische kleine Spiel mit mir zu spielen.

»Was soll das bedeuten?«, frage ich vorsichtig. »Zaj- irgendwas?«

»*Zajchik?*« Dunkelheit schimmert in seinem Lächeln. »Es heißt *Häschen*. Ein russischer Kosename.«

Mein Gesicht erhitzt sich, und mein Puls nimmt einen ungleichmäßigen Rhythmus an. Die Wahrscheinlichkeit, dass ich falschliege, sinkt von Moment zu Moment, und das macht mich noch nervöser. Ich bin keine Jungfrau, aber ich habe noch nie jemanden gedatet, der auch nur im Entferntesten wie dieser Mann war. Meine Freunde im College waren genau das – Jungs, die zuerst meine Kumpel waren – und ich habe keine Ahnung, wie ich mit diesem gefährlich magnetischen Fremden umgehen soll, der auch noch mein Chef ist.

Und der vielleicht in der Mafia ist.

Es ist der letzte Gedanke, der die dringend benötigte Klarheit in das widersprüchliche Wirrwarr der Gefühle in meinem Kopf bringt.

Ich beruhige meine zitternden Nerven und stehe auf. »Danke für das Essen und den Drink. Wenn es dir nichts ausmacht, werde ich jetzt ins Bett gehen. Alina hat recht – es war ein langer Tag.«

Zwei lange Herzschläge lang sagt er nichts, sieht mich nur

mit diesem spöttischen Lächeln an, und meine Angst steigt, während mein Magen sich zusammenzieht. Doch dann stellt er sein Glas ab und sagt leise: »Schlaf gut, Chloe. Wir sehen uns dann morgen früh.«

Und einfach so bin ich frei – und zu gleichen Teilen erleichtert und enttäuscht.

12

NIKOLAI

Ich wälze mich zwei Stunden lang hin und her und versuche einzuschlafen, aber nichts passiert. Schließlich gebe ich auf und liege einfach nur da und starre an die dunkle Decke. Meine Muskeln sind angespannt, und mein Schwanz ist hart und schmerzt trotz der Erleichterung, die ich ihm mit meiner Faust verschafft habe.

Was ist es, das mich an diesem Mädchen fasziniert? Das Aussehen? Das Geheimnis, das sie repräsentiert? Ich schaffte es kaum, sie an diesem Abend in Ruhe zu lassen, mich zurückzuziehen und sie ins Bett gehen zu lassen, anstatt über den Tisch zu greifen, um sie zu mir zu ziehen.

Was hätte sie getan, wenn ich auf diesen Impuls hin gehandelt hätte?

Hätte sie sich versteift, geschrien ... oder wäre sie mit mir verschmolzen, wären ihre braunen Augen weich und unfokussiert geworden und hätten sich ihre Lippen für meinen Kuss geöffnet?

Fluchend stehe ich auf, werfe mir einen Bademantel über und gehe zu meinem Computer. Es ist später Vormittag in Moskau, also kann ich mit meinen Brüdern über einige Angelegenheiten reden.

Alles ist besser, als sich mit Chloe und dem frustrierenden Schmerz in meinen Eiern zu beschäftigen.

Konstantin nimmt meinen Videoanruf nicht an, also versuche ich es bei Valery. Mein jüngerer Bruder antwortet sofort, und sein Gesicht ist so glatt und ausdruckslos wie immer. Trotz der vier Jahre Unterschied zwischen uns sehen wir uns so ähnlich, dass man uns für Zwillinge halten könnte – und das passiert auch oft, genauso wie mit unserem älteren Bruder Konstantin und unserem Cousin Roman.

Molotow-Gene sind potent und giftig.

»Vermisst du uns schon?« Valerys Tonfall verrät nichts über seine Emotionen – wenn er überhaupt welche hat. Es ist möglich, dass mein Bruder so wenig fühlt, wie er zeigt. Ich habe ihn noch nie die Beherrschung verlieren sehen, auch nicht als Kind, und ich habe ihn mit Sicherheit noch nie weinen sehen. Andererseits war ich die meiste Zeit seiner Kindheit im Internat, daher kann ich nicht behaupten, ein Valery-Experte zu sein.

Wir stehen uns nicht nahe, meine Brüder und ich; dafür hat unser Vater gesorgt.

»Hast du die Freigabe für die Produktionsanlage bekommen?«, frage ich anstelle einer Antwort. »Oder ist sie noch in der Schwebe?«

Valery starrt mich mit einem unverwandten Blick an. »Sie liegt auf dem Schreibtisch des Präsidenten. Er hat mir versprochen, sie mir bis morgen zukommen zu lassen.«

»Gut.« Es ist ein Deal, an dem ich mehrere Monate

gearbeitet habe, bevor ich Moskau verlassen habe, und ich möchte sicherstellen, dass er zustande kommt. »Was ist mit dem Gesetz über die Steuergutschrift?«

»Es geht wie erhofft voran.« Mein Bruder legt den Kopf schief. »Warum der Anruf zu später Stunde? Das alles hätte auch bis morgen warten können.«

Ich zucke mit den Schultern. »Ich habe nur ein paar Probleme, einzuschlafen.«

Valerys Blick wird schärfer. »Hat das etwas mit Slava zu tun?«

»Nein.« Zumindest nicht auf die Art, wie er denkt. »Wo ist Konstantin?« Ich möchte, dass sein Team Chloe Emmons genauer unter die Lupe nimmt, mit besonderem Fokus auf den letzten Monat.

Ich muss wissen, was sie getan hat und wohin sie gegangen ist, während sie untergetaucht ist.

»Berlin«, antwortet Valery. »Mehr Server beschaffen.«

»Schon wieder?«

Jetzt ist er an der Reihe, mit den Schultern zu zucken. In meiner Abwesenheit haben meine Brüder die Aufgaben nach ihren Interessen und Stärken aufgeteilt, wobei die Technik ganz klar in Konstantins Domäne fällt. Nicht, dass es jemals anders gewesen wäre; schon in der Grundschule konnte unser älterer Bruder die besten Programmierer des Landes locker übertreffen. Der Hauptunterschied ist, dass Valery sich jetzt aus Konstantins Geschäften heraushält und ihn machen lässt, was er will, während ich, als ich die Familienorganisation leitete, alles überwachte, einschließlich Konstantins Unternehmungen im Dark Web.

»Gut«, sage ich. »Ich werde mich dort mit ihm in Verbindung setzen. Jetzt kläre mich über den Rest auf.«

Und Valery tut es. Als wir den Anruf beenden, habe ich das Gefühl, wieder auf dem Laufenden zu sein – oder zumindest so auf dem Laufenden, wie ich es auf der anderen Seite der Welt sein kann. Ein Großteil unserer Geschäfte findet persönlich statt, auf Galas, in Opernhäusern und in Spitzenrestaurants, die von den Machthabern Osteuropas besucht werden. Man kann einen Politiker nicht subtil per E-Mail bestechen, kann keinen Lieferanten über Skype einschüchtern, einen Rabatt zu geben. Es geht darum, sich mit den richtigen Leuten zu treffen, zur richtigen Zeit am richtigen Ort zu sein – und keine Spuren zu hinterlassen, weder digital noch anderweitig, wenn man eine Grenze überschreiten muss, um etwas zu erreichen.

Ich fahre meinen Laptop herunter, werfe den Bademantel ab und gehe zum Fenster, wo der Halbmond, der sich teilweise hinter einer Wolke versteckt, gerade genug Licht spendet, um die Wipfel der Bäume am Berghang erkennen zu können. Ich bin immer noch angespannt, und jeder Muskel in meinem Körper ist fest. Der Anruf hat mich wie erhofft abgelenkt, aber jetzt, wo er vorbei ist, denke ich wieder an Chloe. Ich will sie wieder.

Scheiße.

Vielleicht hätte ich sie nicht vom Tisch gehen lassen sollen. Ich genoss ihre Nervosität, die Vorsicht in ihren hübschen braunen Augen. Sie erinnerte mich an einen wilden Hasen, bereit, beim ersten Anzeichen von Gefahr zu fliehen, und ich wollte sie jagen, sollte sie das tun.

Aber das habe ich nicht. Ich ließ sie gehen. Sie sah müde aus, und nicht die Art von Müdigkeit, die man bekommt, wenn man ein oder zwei Nächte zu wenig geschlafen hat. Es war eine tiefsitzende völlige Erschöpfung. Ihre Kleidung saß locker an ihr, als hätte sie kürzlich abgenommen, ihre zarten

Gesichtszüge waren schärfer als auf den Bildern, und ihre Augen von tiefen Schatten umringt. Was auch immer ihr zugestoßen ist, hat sie an den Rand eines Zusammenbruchs gebracht, und in diesem Moment, als sie sich von ihrem Sitz erhob, so zerbrechlich und mutig, fühlte ich einen seltsamen Drang, sie zu trösten ... sie zu beschützen, vor welchen Dämonen auch immer, die diese Zeichen der Anspannung in ihr Gesicht geätzt haben.

Nein, das ist idiotisch. Ich kenne das Mädchen kaum. Ich wollte sie nicht bis zum Äußersten treiben, das ist alles.

Ich gehe zu meinem Kleiderschrank, ziehe mir eine Laufshorts und Turnschuhe an und verlasse das Zimmer. Vielleicht ist es ganz gut, dass ich sie heute Abend in Ruhe lasse. Morgen werde ich mich mit Konstantin in Verbindung setzen und damit beginnen, ihre Geheimnisse zu lüften. In der Zwischenzeit schadet es nicht, sie sich ausruhen zu lassen, ihr Zeit zu geben, sich zu orientieren ... sich an den Gedanken zu gewöhnen, dass ich sie will.

Egal was mein Schwanz denkt, es hat keine Eile.

Immerhin ist sie jetzt hier und geht nirgendwohin.

13

CHLOE

»*N*ein!«
Ich lande auf allen vieren, keuche, und mein ganzer Körper zittert und ist schweißbedeckt. Es ist dunkel, ich bin nackt und habe keine Ahnung, wo ich bin oder was passiert. Dann registriere ich das Gefühl des Hartholzbodens unter meinen Händen und das schwache Mondlicht, das durch das zimmerhohe Fenster hereinströmt, und alles fügt sich zusammen.

Ich bin in meinem Zimmer auf dem Anwesen der Molotows und nichts von dem, was ich gesehen habe, ist real.

Es war ein weiterer Alptraum.

Ich zucke zusammen, als ich mich auf den Knien aufrichte, die sofort aufschreien und protestieren. Ich muss sie geprellt haben, als ich mich vom Bett gestürzt habe.

Ein schlanker, brauner Arm in einer Blutlache ... Eine Waffe in einer schwarz behandschuhten Hand ... Ein riesiger Pick-up, der auf mich zurast ...

Ein frischer Adrenalinschub treibt mich trotz der Schmerzen auf die Beine. Ich atme hektisch ein und suche in der Dunkelheit nach einem Lichtschalter. Meine Hand landet auf dem Bett, und ich taste mich hinüber zum Nachttisch.

Die Nachttischlampe geht auf meine Berührung hin an und erhellt den Raum mit einem sanften goldenen Schein. Meine Knie knicken vor Erleichterung ein, und ich lasse mich auf die Matratze sinken, damit das Licht die verbliebenen Reste des Alptraums vertreiben kann.

Es war nur ein Traum.

Ich bin in Sicherheit.

Hier kommen sie nicht an mich heran.

Nach ein paar Minuten fühle ich mich stabil genug, um aufzustehen und gehe ins Bad, um den Schweiß abzuspülen, der auf meiner Haut getrocknet ist. Bevor ich das tue, schalte ich die Lampe aus, da mir die saubere Kleidung zum Schlafen ausgegangen ist, und ich nicht herausfinden konnte, wie man die Jalousien am Fenster bedient. Wahrscheinlich ist irgendwo ein Knopf versteckt, aber ich war gestern Abend zu müde, um ihn zu finden. Sobald ich in meinem Zimmer war, zog ich mich aus, wusch mein Hemd und meine Unterwäsche mit der Hand im Waschbecken, damit ich morgens etwas Sauberes zum Anziehen hatte, und schlief sofort ein, als mein Kopf das Kissen berührte.

Selbst die Sorgen um meinen verstörend attraktiven Arbeitgeber konnten mich nicht wach halten.

Doch jetzt unter der Dusche denke ich an ihn, und mein Herzschlag beschleunigt sich, meine Atmung wird mit einer Mischung aus Angst und Aufregung schneller.

Nikolai will mich.

Denke ich.

Vielleicht.

Ich könnte falschliegen.

Oder ... nicht.

Hitze sammelt sich tief in meinem Unterleib, und meine Brustwarzen ziehen sich zusammen, als ich mir den finsteren Blick in seinen Augen vorstelle und die Dinge, die er gesagt hat, in meinem Kopf noch einmal abspiele ... und wie er sie gesagt hat. Nein, ich liege nicht falsch. Zumindest nicht damit, dass er sich von mir angezogen fühlt. Es ist möglich, dass er nur mit mir gespielt und nicht die Absicht hat, auf diese Anziehung zu reagieren, aber das glaube ich nicht.

Ich glaube, er hat vor, mich zu ficken, und ich habe keine Ahnung, wie ich mich bei dem Gedanken fühle.

Eigentlich ist das eine Lüge. Mein Verstand mag zerrissen sein, aber mein Körper ist sehr geradlinig in seinen Gefühlen. Die Hitze in mir steigert sich, und eine schmerzhafte Anspannung breitet sich tief in meinem Inneren aus, während ich mir vorstelle, wie es wäre, wenn er in diesem Moment an meine Tür klopfte und in mein Zimmer käme ... sie dann, ohne eine Antwort zu bekommen, öffnete und hereinkäme.

Wenn er auf dem Bett säße und auf mich wartete, wenn ich nackt aus dem Bad käme.

Meine Augen fallen zu, meine Hände umfassen meine Brüste und gleiten dann an meinem Körper hinunter, während ich mir vorstelle, wie er aufsteht und auf mich zugeht ... und die Hand ausstreckt, um mich zu berühren. Meine Finger gleiten zwischen meine Schenkel, wo ich nass bin und voll schmerzhaftem Verlangen, und ich stelle mir vor, dass es seine Hand ist, sein grausam sinnlicher Mund dort unten. Mein Atem stockt, als sich das Verlangen in ein heißes Pochen verwandelt, meine Beinmuskeln vor zunehmender Anspannung zittern und ich plötzlich kraftvoll explodiere. Meine Zehen biegen sich auf den nassen Fliesen, während ich mich gegen die Glaswand der Kabine lehne und nach Luft schnappe.

Fassungslos öffne ich die Augen, ziehe meine Hand weg, und mein Herz rast wie verrückt in meiner Brust.

Ich kann nicht glauben, was gerade passiert ist. Ich konnte noch nie nur mit meinen Fingern zum Orgasmus kommen. Normalerweise brauche ich mindestens eine Viertelstunde mit meinem Vibrator – oder einen Kerl, der mich eine halbe Stunde lang leckt – und selbst dann ist es eine Frage der Zeit, je nachdem wie gestresst oder müde ich bin. Erregung ist für mich eine geistige Angelegenheit, deshalb habe ich mich noch nie auf Gelegenheitsbekanntschaften eingelassen.

Ich muss einen Mann kennen, um mit ihm intim zu werden. Ich muss ihn mögen und ihm vertrauen.

Oder zumindest habe ich das immer gedacht. Ich habe keine Ahnung, ob ich Nikolai mag, und ich vertraue ihm ganz sicher nicht.

Warum also bringt mich der bloße Gedanke an ihn an den Rand des Orgasmus?

Warum fühle ich mich zu einem Mann hingezogen, der dafür sorgt, dass ich mich wie eine gejagte Beute fühle?

Das Licht, das auf mein Gesicht fällt, reißt mich aus dem Tiefschlaf, und ich rolle mich stöhnend auf die Seite, um der Helligkeit zu entkommen. Aber es ist überall, hell und warm, und es dämmert mir, dass es Morgen sein muss, auch wenn es sich nicht so anfühlt.

Ich zwinge meine schweren Augenlider, sich zu öffnen,

setze mich auf und reibe mein Gesicht. Obwohl ich nach meiner spontanen Masturbation sofort wieder eingeschlafen bin, fühle ich mich immer noch müde, als hätte ich nur ein paar Stunden Schlaf bekommen, anstatt der neun oder zehn, die ich in Wirklichkeit geschlafen haben muss. Ich habe keine Ahnung, wie spät es jetzt ist, aber ich bin mir ziemlich sicher, dass ich vor zehn ins Bett gegangen bin.

Die vielen schlaflosen Wochen holen mich wohl ein.

Ich schwinge meine Beine auf den Boden und genieße die herrliche Aussicht aus dem Fenster. Trotz des hellen Sonnenlichts hüllen Nebelschwaben die fernen Berggipfel ein und das Ganze sieht aus wie auf einer Postkarte. Ich bin versucht, noch eine Minute dazusitzen und den Anblick zu genießen, aber ich zwinge mich, aufzustehen und ins Bad zu gehen, um mich zu waschen. Es ist mein erster Morgen im Job und ich will keinen schlechten Eindruck machen, indem ich zu spät komme. Nicht, dass ich wüsste, was »spät« ist – wir haben gestern nicht über meine Arbeitszeiten oder Slavas Zeitplan gesprochen.

Ich bin sauber von meiner nächtlichen Dusche, also dauert mein Morgenritual nur wenige Minuten. Das Hemd und die Unterwäsche, die ich mit der Hand gewaschen habe, sind immer noch ein wenig feucht, aber ich ziehe sie trotzdem an und behalte im Hinterkopf, dass ich so bald wie möglich mit Pavel oder jemandem über die Wäschesituation sprechen muss. Auch über meine Stunden.

Ich muss verstehen, was Nikolais Erwartungen sind, damit ich sie nicht nur erfüllen, sondern übertreffen kann.

Mein Puls beginnt bei dem Gedanken an ihn zu rasen, und ich konzentriere mich darauf, meine Haare zu einem Dutt zusammenzubinden, um mich von den immer aktiver werdenden Schmetterlingen in meinem Bauch abzulenken. Ich bin mit nassen Haaren ins Bett gegangen, also haben sie alle möglichen komischen Wellen drin und es ist auf jeden Fall professioneller, meine Haare aus dem Gesicht zu halten.

Ich kehre ins Schlafzimmer zurück, mache das Bett, ziehe meine Turnschuhe an und straffe meine Schultern.

Ich schaffe das.

Ich muss das tun, egal wie mein neuer Chef mich fühlen lässt.

14

CHLOE

*U*nten sehe ich niemanden im Ess- oder Wohnzimmer, also laufe ich herum, bis ich die Küche finde. Als ich hineingehe, sehe ich eine kurvige Frau mit blondierten Haaren, die zu einem kurzen, bauschigen Bob geschnitten sind. In einem rosa-weiß geblümten Kleid beugt sie sich über ein Waschbecken und wäscht einen Teller, also räuspere ich mich, damit sie meine Anwesenheit bemerkt.

»Hi«, sage ich lächelnd, als sie sich umdreht und ihre Hände an einem Handtuch trocknet. »Du musst Lyudmila sein.«

Sie starrt mich erst an und nickt dann. »Lyudmila, ja. Bist du Slava-Lehrerin?« Ihr russischer Akzent ist noch stärker als der ihres Mannes und ihr rundes, rosiges Gesicht erinnert mich an eine bemalte Matrjoschka-Puppe, eine von denen, die im Inneren andere Puppen haben, wie Zwiebelschichten. Ich schätze sie auf Mitte bis Ende dreißig, obwohl ihre Haut so glatt ist, dass sie leicht als zehn Jahre jünger durchgehen könnte.

»Ja, hallo. Ich bin Chloe.« Ich gehe auf sie zu und strecke meine Hand aus. »Es ist schön, dich kennenzulernen.«

Vorsichtig umfasst sie meine Finger und schüttelt kurz meine Hand, als ich frage: »Weißt du, wo Slava ist – und ob er schon gefrühstückt hat?«

Sie blinzelt verständnislos, also wiederhole ich die Frage, wobei ich darauf achte, jedes Wort ganz deutlich auszusprechen.

»Ah, ja, Slava.« Sie zeigt auf das große Fenster zu meiner Linken, das sich als Blick auf die Vorderseite des Hauses entpuppt, wo ich mein Auto geparkt habe. Aber das Auto ist nicht da. Ich runzele die Stirn, aber dann wird mir klar, dass Pavel es gestern umgeparkt haben muss, als er meinen Koffer geholt hat.

Ich muss ihn fragen, wo es ist, und meine Autoschlüssel. Ich glaube nicht, dass er sie mir jemals zurückgegeben hat.

Bevor ich Lyudmila die Frage stellen kann, entdecke ich meinen jungen Schüler. Er hüpft mit Pavel auf den Fersen die Auffahrt hinauf. Der Bärenmensch trägt einen riesigen Fisch am Haken, und der Junge hat ein ebenso großes Lächeln im Gesicht. Die beiden müssen am frühen Morgen geangelt haben.

Ich werfe einen Blick auf die Uhr an der Mikrowelle und zucke zusammen.

Nein, nicht am frühen Morgen. Eher vormittags.

Es ist fast zehn.

Mein Magen knurrt wie auf Kommando, und ein Lächeln breitet sich auf Lyudmilas rundem Gesicht aus. »Essen?«, fragt sie, und ich nicke und lächele reumütig zurück.

Wenigstens spricht mein Magen eine universelle Sprache.

»Ist es okay, wenn ich mir etwas nehme?«, frage ich und deute zum Kühlschrank, aber Lyudmila eilt selbst dorthin und holt einen Teller mit etwas heraus, das wie gefüllte Crêpes aussieht.

»Das gut?«, fragt sie, und ich nicke dankbar. Ich bin kein wählerischer Esser, und wenn diese Crêpes auch nur annähernd so lecker sind wie das russische Essen, das ich gestern Abend gegessen habe, werde ich im siebten Himmel sein.

»Danke«, sage ich und gehe hinüber, um ihr den Teller abzunehmen, aber sie stellt ihn in die Mikrowelle und deutet auf den Tresen hinter der Spüle.

»Geh. Sitz. Ich mache für dich.«

Ich bedanke mich noch einmal bei ihr und setze mich auf einen der Barhocker hinter dem Tresen. Ich möchte nicht zur Last fallen, aber mit der Sprachbarriere könnte mein höflicher Protest als Ablehnung oder Abneigung fehlinterpretiert werden.

»Tee? Kaffee?«, fragt sie.

»Kaffee, bitte. Mit Milch und Zucker, wenn möglich.«

Sie ist mit der Zubereitung beschäftigt und ich sehe mich in der Küche um. Sie ist genauso modern wie der Rest des Hauses, mit glänzend weißen Schränken, grauen Quarz-Arbeitsplatten und schwarzen Edelstahlgeräten. Ein Teil der großen Center Kücheninsel in der Mitte ist mit einer langen Reihe frischer Kräuter in Blumentöpfen belegt, und darüber hängt kunstvoll ein Weinregal mit verschiedenen Flaschen.

Nach einer Minute klingelt die Mikrowelle, und Lyudmila bringt mir den Teller mit den Crêpes, einen sauberen Teller, Besteck und ein Glas mit Honig.

»Wow, danke«, sage ich, als sie mir einen der Crêpes auf den Teller legt, ihn mit Honig beträufelt und dann mimt, dass ich ihn schneiden und essen soll. »Das sieht toll aus.«

Ich schneide ein Stück von dem Crêpe ab und betrachte den Inhalt. Er sieht aus wie Ricotta-Käse mit Rosinen, und als ich den Bissen in den Mund schiebe, ist er gleichzeitig süß und herzhaft – und sogar noch köstlicher, als ich erwartet hatte. Mein Magen knurrt wieder, lauter, und Lyudmila grinst bei dem Geräusch.

»Du magst?«

»Oh, ja, danke. Das ist so gut«, murmele ich, den Mund schon beim zweiten Bissen voll, und Lyudmila nickt zufrieden.

»Gut. Du isst. So klein.« Sie bewegt ihre Hände in der Luft, als ob sie den Umfang meiner Taille messen würde, und schnalzt missbilligend mit der Zunge. »Zu klein.«

Ich lache unbehaglich und widme mich dem Essen, während sie sich wieder dem Abwasch widmet. Sie ist lustig, ihre unverblümte Kritik an meiner Figur, aber auch wahr. Ich war schon immer schlank, aber nach einem Monat mit sporadischen Mahlzeiten bin ich regelrecht abgemagert, die Muskeln an meinem Körper sind zusammen mit dem wenigen Fett, das ich hatte, geschmolzen. Sogar der Hintern, den ich einst für zu ausgeprägt hielt, ist jetzt kaum noch vorhanden. Ich werde wahrscheinlich eine Million Kniebeugen machen müssen, um ihn wiederzubekommen.

Was ich tun werde, wenn das alles vorbei ist.

Wenn es jemals vorbei ist.

Nein, nicht wenn. Ich weigere mich, so zu denken. Ich bin so weit gekommen, habe mich meinen Verfolgern wider Erwarten entzogen und jetzt geht es aufwärts. Zum ersten Mal, seit dieser Alptraum begann, habe ich die ganze Nacht geschlafen, ich habe einen vollen Bauch und ich bin irgendwo, wo sie nicht an mich herankommen können. Und in sechs Tagen habe ich meinen ersten Gehaltsscheck und damit mehr

Möglichkeiten – einschließlich der, hier wegzugehen, wenn es das ist, was ich tun muss, um in Sicherheit zu sein.

Wenn die Dunkelheit, die ich in Nikolai gespürt habe, mehr als nur ein Produkt meiner Einbildung ist.

In dieser hellen, sonnenbeschienenen Küche fühlen sich meine Ängste vor der Mafia übertrieben, irrational an, ebenso wie meine Schlussfolgerung, dass er mich will. Wie Lyudmila schon sagte, sehe ich nicht gerade gut aus, und ich bin mir sicher, dass ein so reicher und wunderschöner Mann wie mein Arbeitgeber an Weltklasse-Schönheiten gewöhnt ist. Je mehr ich darüber nachdenke, desto mehr scheint es, dass seine Anziehung auf mich mich dazu verleitet hat, die Situation letzte Nacht falsch zu interpretieren. Der Kosename, die bohrenden Fragen, der tiefe, verführerische Ton in seiner Stimme – es könnte alles ein Fall von kulturellen Unterschieden gewesen sein. Ich weiß nicht viel über russische Männer, aber es ist möglich, dass sie bei Frauen immer so sind – genauso wie es möglich ist, dass reiche Russen aufgrund der hohen Korruption und Kriminalität in ihrem Land daran gewöhnt sind, Wächter zu haben.

Ja, das ist es wahrscheinlich. Bei all dem Stress des letzten Monats habe ich meiner Fantasie freien Lauf gelassen. Warum sollte sich eine Mafiafamilie hier niederlassen, in dieser abgelegenen Wildnis? New York, sicher; Boston, sehr wahrscheinlich. Aber Idaho? Das ergibt keinen Sinn.

Ich schüttele meinen Kopf über meine Dummheit, vertilge den Rest der Crêpes und trinke den Kaffee, den Lyudmila gekocht hat. Dann stehe ich auf, bringe das Geschirr zur Spüle – wo Lyudmila es mir trotz meiner Proteste abnimmt – und mache mich auf den Weg zu meinem Schüler.

Ich schaffe das.

Das werde ich wirklich.

Ich freue mich sogar schon darauf.

Ich biege gerade schnell um die Ecke zum Wohnzimmer, als ich in einen großen, harten Körper laufe. Der Aufprall reißt mir die Luft aus den Lungen und lässt mich fast fliegen, aber bevor ich fallen kann, schließen sich starke Hände um meine Oberarme und ziehen mich gegen einen Körper.

Fassungslos und völlig außer Atem, schaue ich nach oben – und mein Herzschlag geht durch die Stratosphäre, als ich Nikolais Tigeraugen begegne.

»Guten Morgen, *zajchik*«, murmelt er, und sein schöner Mund ist zu einem spöttischen Lächeln verzogen. »Wo willst du denn so eilig hin?«

15

CHLOE

*J*ede Zelle in meinem Körper erhitzt sich, und mein Puls schnellt unvorstellbar in die Höhe. Mein Unterleib liegt bündig an seinem, meine Oberschenkel drücken gegen seine harten Beine, und mein Bauch schmiegt sich an seine Leistengegend. Ich kann sein Parfum riechen, etwas Subtiles und Komplexes, mit Noten von Zedernholz und Bergamotte und darunter den sauberen Moschus der warmen Männerhaut. Und sie *ist* warm. Selbst wenn wir beide vollständig bekleidet sind, kann ich seine animalische Hitze spüren – und zu meinem Entsetzen auch die wachsende Härte, die sich in meinen Bauch drückt.

»Geht es dir gut?«, murmelt er, und ich merke, dass ich benommen zu ihm hochstarre, wie ein Kaninchen in der Falle. Das ist ziemlich genau das, wie ich mich fühle. Seine langen Finger umschließen meine Oberarme komplett, sein Griff ist unzerbrechlich. Und er ist riesig. Bis zu diesem Moment hatte ich nicht bemerkt, wie groß und muskulös er ist. Ich bin durchschnittlich groß für eine Frau, aber er übertrifft mich in jeder Hinsicht – und der Dicke der Beule nach zu urteilen, die sich gegen mich presst, ist er überall groß.

Meine Haut erhitzt sich um weitere tausend Grad, und mein Inneres zieht sich mit einem plötzlichen Verlangen zusammen. »Mir ... mir geht es gut.« Ich klinge jedoch alles andere als gut, und meine erstickte Stimme verrät meine Aufregung. Ich kann nicht denken, kann nichts verarbeiten außer der Tatsache, dass seine Erektion gegen mich drückt und er mich, aus welchem Grund auch immer, nicht loslässt.

Er hält mich an sich gedrückt, als ob er *niemals* loslassen würde, und sein Blick wird von Sekunde zu Sekunde intensiver. Langsam, wie von einem Magneten angezogen, bewegen sich seine Augen hinunter zu meinen Lippen und ...

»Kolya.« Alinas Stimme ist fest. »Konstantin will mit dir reden.«

Nikolai versteift sich, hebt den Kopf, und seine Finger ziehen sich an meinen Armen zusammen, bis es schmerzt. Ein unwillkürliches Keuchen entweicht meiner Kehle, und er lockert seinen Griff, lässt mich aber immer noch nicht los.

»Sag ihm, dass ich ihn zurückrufe«, sagt er zu seiner Schwester. Sein Ton ist kühl und ruhig, als ob wir alle an einem Tisch sitzen würden, anstatt dass er mich umarmt, als ob wir gleich Tango tanzen würden. Mein Gesicht hingegen brennt vor Verlegenheit.

Ich kann mir gar nicht vorstellen, was Alina gerade denkt.

»Er will sofort mit dir sprechen«, beharrt sie darauf. »Er hat in ein paar Minuten ein anderes Meeting und wird danach beschäftigt sein.«

Nikolai murmelt etwas, was wie ein russischer Fluch klingt, und lässt mich schließlich los. Zitternd stolpere ich auf wackeligen Beinen zurück und drehe mich zu Alina um, die ihren Bruder mit zusammengekniffenen Augen beobachtet, während er weggeht. Dann richtet sich ihr Blick auf mich, und ihre vollen, roten Lippen spannen sich an.

»Ich bin ungewollt in ihn gelaufen«, platze ich damit heraus, bevor sie mir etwas vorwerfen kann. »Es war ein Unfall. Ich wäre gefallen, aber er ...«

»Mein Bruder hat keine Unfälle.« Ihre Augen sind wie in Eis getauchte Jade. »Es ist besser, wenn du dir das merkst, Chloe.«

Und damit geht sie weg und lässt mich noch erschütterter zurück als zuvor.

———

Nach ein paar Minuten habe ich mich so weit gefasst, dass ich meine Suche nach Slava fortsetzen kann – dieses Mal in einem viel ruhigeren Tempo. Als ich zu seinem Zimmer komme, ist er aber nicht da, also gehe ich wieder nach unten, um ihn zu suchen.

Ich sehe weder ihn noch Pavel in einem der Gemeinschaftsräume, also kehre ich in die Küche zurück, in der Hoffnung, Lyudmila dort zu finden. Aber sie ist auch weg.

Vielleicht sind sie alle draußen?

Ich öffne die Haustür und trete in das helle Sonnenlicht hinaus. Es ist ein wunderschöner, wolkenloser Tag, die nach Wald duftende Brise ist kühl und erfrischend auf meinem Gesicht. Niemand ist auf der Einfahrt, aber ich gehe trotzdem hinaus und atme eine Lunge voll frischer Bergluft ein, um mich weiter zu beruhigen.

Es gibt keinen Grund, auszuflippen.

Es ist nichts passiert.

Nikolai hat mich aufgefangen, als ich gefallen wäre, das ist alles.

Aber ... es hätte etwas passieren können, wenn Alina uns nicht unterbrochen hätte. Ich bin mir zu neunzig Prozent sicher, dass Nikolai mich gerade küssen wollte. Und ich habe mir die harte Beule, die sich gegen mich presste, definitiv nicht eingebildet.

Er will mich wirklich.

Daran gibt es keinen Zweifel mehr.

Ich atme noch einmal tief durch, aber mein Herz rast weiter, und meine Handflächen schwitzen wie verrückt. Ich wische sie an meiner Jeans ab und gehe um die Seite des Hauses herum, um die Aussicht auf die Berge zu genießen und meine rasenden Gedanken zu beruhigen.

Es ist in Ordnung. Es ist alles in Ordnung. Nur weil Nikolai sich zu mir hingezogen fühlt, heißt das noch lange nicht, dass zwischen uns etwas passieren wird. Ich bin mir sicher, dass er merkt, wie unangebracht das Ganze ist. Egal, was Alina sagte, es *war* ein Unfall, dass wir zusammenstießen. Ich weiß nicht, warum sie etwas anderes unterstellen sollte. Vielleicht denkt sie, dass ich ihn angemacht habe? Aber nein. Es schien fast so, als ob sie mich vor ihm warnen wollte, als ob –

Der Klang von Stimmen erregt meine Aufmerksamkeit, und als ich um die Ecke gehe, sehe ich Pavel und Slava. Sie stehen an einem Baumstumpf, der etwa fünfzig Meter entfernt ist und auf dem der große Fisch liegt. Als ich mich nähere, sehe ich, wie der Bärenmensch ihn halb aufschneidet und dann das scharf aussehende Messer an Slava weiterreicht.

Was zum Teufel ...? Erwartet er, dass das Kind die Arbeit zu Ende bringt?

Genau das tut er. Und Slava vollbringt es. Als ich dort

ankomme, schöpft der Junge mit seinen kleinen Händen Fischinnereien aus und wirft sie in eine Plastiktüte, die Pavel ihm hilfsbereit hinhält.

Also gut. Ich denke, sie wissen, was sie tun. Ich habe selbst schon ein paarmal Fische geputzt – mein Mitbewohner im ersten Semester, ein begeisterter Angler und Jäger, hat es mir beigebracht –, deswegen finde ich es nicht eklig, aber es ist beunruhigend, einen Vierjährigen dabei zu beobachten.

Sie haben *wirklich* kein Problem damit, ihm Messer zu geben.

Ich bleibe vor dem Baumstumpf stehen und setze mein strahlendstes Lächeln auf. »Guten Morgen. Darf ich mich zu dir setzen?«

Der Junge grinst zu mir hoch und rattert etwas auf Russisch herunter. Pavel hingegen sieht nicht gerade erfreut aus, mich zu sehen. »Wir sind fast fertig«, knurrt er mit seiner stark akzentuierten Stimme. »Du kannst im Haus warten, wenn du willst.«

»Oh, nein, mir geht es hier draußen gut. Brauchst du Hilfe dabei?« Ich zeige in Richtung des Fisches.

Pavel starrt mich wütend an. »Weißt du, wie man Schuppen entfernt?«

»Ja.« Ich würde es eigentlich lieber nicht tun, damit ich meine einzigen sauberen Klamotten nicht schmutzig mache, aber ich möchte Slava weiter unterrichten, und der beste Weg, das zu tun, ist, Zeit mit ihm zu verbringen und mich mit den Aktivitäten zu beschäftigen, die er gerade macht.

Meiner Erfahrung nach lernen Kinder am besten außerhalb eines Klassenzimmers – und das tun auch die meisten Erwachsenen.

»Na dann.« Pavel schiebt mir das Messer zum Schuppenentfernen zu. »Zeig dem Kind, wie man es macht.«

Dem Grinsen auf seinem ziegelsteinartigen Gesicht nach zu urteilen denkt er, dass ich bluffe – weshalb es mir große Freude bereitet, ihm das Messer abzunehmen und nett zu sagen: »Okay.«

Ich passe auf, dass ich keine Spritzer auf mein Shirt bekomme, und mache mich an die Arbeit, wobei ich dem Jungen die ganze Zeit erkläre, was ich mache – und wie. Ich sage ihm, wie jeder Teil des Fisches heißt, und lasse ihn die Worte wiederholen, dann lasse ich ihn das Entschuppen selbst ausprobieren. Er ist genauso gut darin wie beim Schneiden, und ich merke, dass er es schon einmal gemacht hat.

Als Pavel sagte, ich solle es ihm zeigen, wollte er mich nur testen.

Ich verberge meinen Ärger, lasse Slava die Arbeit beenden und lege den geputzten Fisch zurück in den Eimer. Pavel trägt ihn ins Haus, und Slava und ich folgen ihm. Der Bärenmann geht direkt in die Küche – wahrscheinlich, um den Fisch für das Mittagessen vorzubereiten –, und ich sage ihm, dass ich Slava nach oben bringe, um ihn umzuziehen. Im Gegensatz zu mir hat der Junge fischige Spritzer überall auf seinem Hemd.

Pavel grunzt etwas zur Bestätigung, bevor er in der Küche verschwindet, und ich schiebe Slava in das nächste Badezimmer. Wir waschen uns beide gründlich die Hände, und dann führe ich Slava hinauf in sein Zimmer.

Zu meiner Überraschung ist Lyudmila schon da, als wir hereinkommen, und hat Slava ein sauberes Hemd und eine Jeans auf das Bett gelegt.

»Danke«, sage ich mit einem Lächeln. »Er muss sich dringend umziehen.«

Sie lächelt zurück und sagt etwas auf Russisch zu Slava. Er geht zu ihr hinüber, und sie hilft ihm aus den schmutzigen Klamotten. Ich wende mich taktvoll ab – der Junge ist alt genug, um vor Fremden schüchtern zu sein. Als sie fertig zu sein scheinen, drehe ich mich um und sehe, dass Lyudmila ihm mit seiner Gürtelschnalle hilft.

»Fertig«, verkündet sie nach einem Moment und tritt zurück. »Du unterrichtest jetzt.«

Ich grinse sie an. »Danke, das werde ich.« Als ich sehe, wie sie Slavas schmutzige Kleidung zusammensucht, frage ich: »Gibt es irgendwo im Haus eine Waschmaschine? Ich muss die Wäsche waschen.«

Sie runzelt die Stirn und versteht mich nicht.

»Wäsche.« Ich zeige auf den Kleiderstapel in ihren Händen. »Du weißt schon, um Wäsche zu waschen.« Ich reibe meine Fäuste zusammen und ahme jemanden nach, der seine Wäsche mit der Hand wäscht.

Ihr Gesicht entspannt sich. »Ah, ja. Komm.«

»Ich bin gleich wieder da«, sage ich zu Slava und folge Lyudmila die Treppe hinunter. Sie führt mich an der Küche vorbei und einen Flur entlang in einen fensterlosen Raum, der etwa so groß ist wie mein Schlafzimmer. Es gibt zwei schicke Waschmaschinen und Trockner – ich vermute, um mehrere Ladungen auf einmal laufen zu lassen – zusammen mit einem Bügelbrett, einem Trockengestell, Wäschekörben und anderem Waschzubehör.

»Das, ja?« Sie zeigt auf die Maschinen, und ich nicke ihr dankend zu. Ich kehre in mein Zimmer zurück, sammele alle meine Sachen ein und bringe sie nach unten. Lyudmila ist schon wieder gegangen, also beginne ich mit dem Beladen der Waschmaschinen. In einer halben Stunde werde ich wieder herunterkommen, um die Kleidung in die Trockner zu stopfen, und bis zum Abendessen wird alles sauber sein.

Es geht wirklich aufwärts, abgesehen von der Situation mit meinem Chef.

Mein Herzschlag beschleunigt sich bei dem Gedanken, und die Schmetterlinge in meinem Bauch erwachen wieder zum Leben. Slava und Pavel sorgten für eine dringend benötigte Ablenkung, aber jetzt, wo ich allein bin, kann ich nicht anders, als darüber nachzudenken, was passiert ist. Mein Verstand geht alles durch, immer und immer wieder, bis sich die Schmetterlinge in Wespen verwandeln.

Ich spürte Nikolais Erektion.

Er sah aus, als würde er mich gleich küssen.

Er hat mich nicht losgelassen, als seine Schwester da war.

Es ist der letzte Teil, der mich am meisten ausflippen lässt, weil es bedeutet, dass ich falschlag. Er hat die Absicht, auf diese Anziehungskraft zu reagieren. Wenn Alina nicht darauf bestanden hätte, dass er den Anruf annimmt, hätte er mich geküsst – und vielleicht noch mehr. Vielleicht würden wir genau in diesem Moment zusammen im Bett liegen, mit seinem kraftvollen Körper, der in mich ...

Ich stoppe die Fantasie, bevor sie noch weiter fortschreiten kann. Schon jetzt fühle ich mich übermäßig warm, meine Brüste sind voll und straff, und mein Geschlecht pulsiert mit einem schmerzhaften Verlangen. Es muss eine seltsame Nachwirkung meiner spontanen Masturbation der letzten Nacht sein. Das ist die einzige Erklärung dafür, warum ich plötzlich die Libido eines Teenagers bekommen habe.

Mit langsamen, tiefen Atemzügen, um mich zu beruhigen, werde ich mit dem Beladen der Waschmaschine fertig. Die Situation ist zweifelsohne knifflig. Eine Affäre mit meinem

Arbeitgeber wäre in vielerlei Hinsicht unklug, doch ich bin mir meiner Fähigkeit, ihm zu widerstehen, nicht sicher. Wenn ich in Flammen aufgehe, nur weil ich an ihn denke, wie wäre es dann, wenn er mich berührt? Mich küsst?

Würde meine Selbstbeherrschung verdampfen wie Wasser auf einer Bratpfanne?

Es gibt nur eine Lösung, die ich sehe, nur eine Sache, die ich tun kann, um diese Katastrophe zu verhindern.

Ich muss ihm aus dem Weg gehen – oder zumindest verhindern, mit ihm allein sein – für die nächsten sechs Tage.

Mit diesem Plan schalte ich die Waschmaschine ein und drehe mich um – nur, um an Ort und Stelle zu erstarren.

In der Tür steht der Teufel, der meine Gedanken beschäftigt, mit goldenen Augen und einem verheerenden Lächeln auf seinen Lippen.

»Da bist du ja«, sagt er leise, und während ich wie gelähmt vor Schreck zusehe, tritt er weiter in den Raum und schließt die Tür.

16

CHLOE

»*I*ch habe nach dir gesucht«, fährt Nikolai fort und nähert sich mit pantherweichen Schritten. »Pavel sagte, du wärst mit Slava oben.«

Ich schlucke trocken, als er vor mir stehen bleibt. »Ja, ich bin nur kurz hierhergekommen, um etwas Wäsche in die Maschinen zu werfen. Ich hoffe, das ist in Ordnung.« Trotz meiner Bemühungen zittert meine Stimme, und ich kann nicht anders, als einen Schritt zurückzutreten, um mehr Abstand zwischen uns zu bringen. Nicht, dass er übermäßig nah wäre – mindestens drei Meter trennen uns – aber jetzt, da ich den Geruch seines Parfums kenne, kann ich die subtilen Zedern- und Bergamotte-Noten in der Luft wahrnehmen, und meine Erinnerung ergänzt den Rest: angefangen bei der Wärme, die von seiner Haut ausgeht, bis zu den harten Konturen seines Körpers, der sich an mich drückt. Und diese große, dicke Beule … Meine Knie zittern, und ich schwanke fast auf ihn zu, fange mich aber im letzten Moment und versteife meine Beine und meine Wirbelsäule.

Eine dunkle Hitze erscheint in seinen Blick, und ich weiß, dass er meine Reaktion bemerkt hat. Meine Wangen brennen, mein Herz hämmert schneller, und eiskaltes Kribbeln läuft über meine Haut.

Warum ist er hier?

Warum hat er nach mir gesucht?

Warum hat er die Tür geschlossen?

»Ja, natürlich, das ist kein Problem.« Seine Stimme ist sanft und tief, und in seinen Augen brennt immer noch diese beunruhigende Hitze. »Du wohnst jetzt hier, also betrachte dies als dein Zuhause.«

»Das werde ich, danke.« Verdammt, jetzt klinge ich ganz heiser und atemlos. Ich reiße mich mühsam zusammen und schenke ihm mein bestes Perfekte-Angestellte-Lächeln. »Ich wollte dich eigentlich etwas fragen. Habe ich einen Arbeitsplan? Das heißt, gibt es bestimmte Zeiten, in denen du möchtest, dass ich mit Slava arbeite? Idealerweise würde ich ihn gerne den ganzen Tag über unterrichten, im Gegensatz zu formellen Unterrichtsstunden, aber wenn du etwas anderes bevorzugst, bin ich flexibel.«

So, das ist schon besser. Ich habe es tatsächlich geschafft, meine Stimme zu beruhigen und semiprofessionell zu klingen. Hoffentlich erinnert ihn das daran, dass ich hier bin, um seinen Sohn zu unterrichten, und nicht, um unter seinem glühenden Blick zu schmelzen, wie – na ja, wahrscheinlich wie jede heterosexuelle Frau, die er je getroffen hat.

Ein weiteres verruchtes, sinnliches Lächeln berührt seine Lippen. »Wie du möchtest, *zajchik*. Dein Schüler, deine Methoden. Alles, was ich will, sind die Ergebnisse. Das Einzige, worum ich dich bitte, ist, dass du dich unserer Familie zu den Mahlzeiten anschließt, damit Pavel und Lyudmila nicht extra kochen und putzen müssen.«

»Ja, natürlich. Wann gibt es Frühstück und Mittagessen?« Jetzt habe ich ein schlechtes Gewissen, dass ich Lyudmila dazu gebracht habe, mir diese Crêpes zu geben – so spät, wie ich aufgewacht bin, hätte ich bis zur nächsten geplanten Mahlzeit warten können.

»Normalerweise frühstücken wir um acht Uhr und essen um halb eins zu Mittag. Ist das für dich in Ordnung?«

»Auf jeden Fall.« Wenn es etwas gibt, was ich in den letzten Monaten gelernt habe, dann ist es, dass Essen, jederzeit, überall und in jeder Variante, für mich in Ordnung ist.

Ein voller Magen ist etwas, was ich nie wieder als selbstverständlich ansehen werde.

»Gut. Dann sehe ich dich heute Mittag.« Er dreht sich in Richtung Tür um, und ich atme erleichtert und pervers enttäuscht aus. Aber dann bleibt er stehen und sieht mich wieder an, was mein Herz dazu bringt, einen Schlag auszusetzen.

»Fast hätte ich es vergessen«, sagt er mit leuchtenden Augen. »Deine neue Kleidung wird heute Nachmittag geliefert. Pavel wird sie auf dein Zimmer bringen, und ich würde mich freuen, wenn du eines der Kleider zum Abendessen tragen würdest.«

»Oh, sicher. Vielen Dank. Das werde ich.« Eines der Kleider? Wie viele hat er gekauft? Und wie bekommt er sie so schnell geliefert? Ich brenne darauf, zu fragen, aber ich will diese nervenaufreibende Begegnung nicht unnötig in die Länge ziehen.

Ich bin mir dieser geschlossenen Tür immer noch bewusst.

»Gut. Sag mir Bescheid, wenn etwas nicht passt.« Sein Blick wandert über meinen Körper, und das eisig-heiße Kribbeln kehrt zurück, und mein Atem wird flach, während sich meine Brustwarzen in meinem BH zusammenziehen. *Ein weiterer dünner Baumwoll-BH, der wenig dazu beiträgt, meine Reaktion zu verbergen.* Mein Gesicht brennt mit der Hitze von tausend Sonnen, und als seine Augen wieder auf meine treffen, spüre ich die Verschiebung in der Atmosphäre, spüre, wie die Luft diese gefährliche elektrische Ladung annimmt.

Mit trockenem Mund trete ich einen halben Schritt zurück, obwohl ich mich eigentlich zu ihm lehnen möchte. Die Anziehungskraft ist so stark, dass sie wie eine physische Kraft wirkt – und nach der Art und Weise zu urteilen, wie sich sein Kiefer anspannt, während er meinen Rückzug beobachtet, bin ich nicht die Einzige, die sie spürt.

Lauf, Chloe. Verschwinde von hier.

Moms Stimme ist diesmal leiser, weniger eindringlich, aber sie vertreibt etwas von dem Dunst in meinem Gehirn. Ich kratze den letzten Rest meiner Willenskraft zusammen, gehe noch einen Schritt zurück und sage so ruhig, wie ich es kann: »Danke. Das werde ich.«

Seine Nasenlöcher weiten sich, und ich habe wieder das Gefühl, in der Gegenwart von etwas Gefährlichem zu sein ... etwas Dunklem und Wilden, das unter Nikolais weltmännischer Fassade lauert.

»In Ordnung«, sagt er leise. »Viel Glück mit deiner Wäsche, *zajchik*. Wir sehen uns bald wieder.«

Damit öffnet er die Tür und geht hinaus.

17

NIKOLAI

*N*achdem ich in meinem Büro angekommen bin, halte ich mich eine Viertelstunde lang zurück. Ich checke meine E-Mails, bezahle ein paar Rechnungen und schicke eine Antwort an einen meiner Buchhalter. Dann stelle ich fluchend den Ton meines Laptops lauter und rufe die Kamera aus dem Zimmer meines Sohnes auf.

Wie erwartet, ist Chloe da, seit sie die Waschmaschine angestellt hat. Hungrig beobachte ich, wie sie mit Slava mit Autos und Trucks spielt und die ganze Zeit mit ihm spricht, als ob er sie verstehen könnte. Ab und zu zeigt sie auf etwas wie ein Rad und lässt Slava das englische Wort nachsprechen, aber die meiste Zeit redet nur sie – und Slava hört ihr gebannt zu, genauso fasziniert von ihrer Mimik und Gestik wie ich.

An einer Stelle lacht er über die Art und Weise, wie sein Truck ihr Auto überholt, und sie grinst und zerzaust sein Haar, wobei ihre schlanken Finger durch seine seidigen Strähnen gleiten. Meine Brust zieht sich schmerzhaft zusammen, meine

Lust auf sie vermischt sich mit intensiver Eifersucht. Ich weiß nicht einmal, wen von ihnen ich mehr beneide – Slava, weil er von ihr berührt wird, oder Chloe, weil sie die Zuneigung meines Sohnes gewonnen hat. Alles, was ich weiß, ist, dass ich dort sein möchte, mich in ihrem sonnigen Lächeln baden und das Lachen meines Sohnes persönlich hören möchte, anstatt durch die Kamera.

Scheiße.

Das ist erbärmlich.

Was tue ich hier?

Ich will gerade die Ansicht schließen, halte aber in letzter Sekunde inne und lasse den Cursor über dem X schweben. Sie hat jetzt ein Buch aufgeschlagen und liest Slava vor. Ihre Stimme ist sanft und etwas heiser und bringt mich dazu, in das Zimmer meines Sohnes hereinplatzen zu wollen, um sie mir zu schnappen und in mein Bett zu tragen. Ich will diese Stimme meinen Namen stöhnen hören, während ich in ihre enge, feuchte Hitze stoße. Ich will sie flehen und betteln hören, während ich sie immer und immer wieder kurz vor den Orgasmus bringe, bevor ich ihr schließlich die süße Gnade der Erlösung gewähre.

Ich will sie fast so sehr quälen, wie ich sie ficken will, um sie dafür bezahlen zu lassen, dass sie mich so fühlen lässt.

Ich beiße die Zähne so fest zusammen, dass ich Zahnschmerzen riskiere, schließe das Fenster mit der Übertragung und stehe auf. Trotz der weitgehend schlaflosen Nacht, die ich hatte, strotze ich vor unruhiger Energie. Ich brauche einen weiteren Lauf – oder vielleicht eine Sparringssession mit Pavel.

Ich werfe einen Blick auf die Uhr über meiner Bürotür.

Weniger als eine Stunde vor dem Mittagessen.

Pavel ist wahrscheinlich damit beschäftigt, das Essen vorzubereiten, und wenn ich einen langen, harten Lauf mache, werde ich keine Chance haben, zu duschen und mich umzuziehen, bevor es Zeit ist, sich zu allen an den Tisch zu setzen.

Frustriert atme ich aus, setze mich und öffne den Posteingang erneut. Es ist noch zu früh, um irgendetwas von Konstantin zu erwarten – ich habe ihn erst heute Morgen gebeten, einen näheren Blick auf Chloes fehlenden Monat zu werfen – aber ich schaue trotzdem nach einer E-Mail von ihm.

Nichts.

Verdammte Scheiße. Ich brauche wirklich eine Ablenkung. Es juckt mir in den Fingern, den Kanal wieder zu öffnen und zu sehen, wie sie mit meinem Sohn interagiert. Aber wenn ich das tue, wird diese Unruhe nur noch schlimmer, mein Hunger nach ihr noch intensiver. Nachdem ich sie heute Morgen in meinen Armen gehalten habe, weiß ich, wie sie sich an mir anfühlt, wie süß und sauber sie riecht, wie Wildblumen an einem frischen Frühlingsmorgen. Es kostete mich all meine Kraft, sie loszulassen, auch wenn Alina dabei war, und als ich sie allein in der Waschküche fand, bestand jeder dunkle, ursprüngliche Instinkt darauf, dass ich sie nehme, dass ich sie nackt ausziehe und sie über die Waschmaschine beuge, um sie auf der Stelle zu beanspruchen.

Und genau das hätte ich auch getan, wenn sie sich zu mir gelehnt hätte.

Hätte sie etwas anderes getan, als sich zurückzuziehen, wäre ich jetzt tief in ihr drin, anstatt hier zu sitzen und mit mir selbst zu ringen wie ein Idiot.

Nein, scheiß drauf.

Ich springe auf.

Ich brauche einen harten, blutigen Kampf, und da Pavel nicht verfügbar ist, müssen die Wachen herhalten.

Arkash und Burev patrouillieren auf dem Gelände, als ich zum Bunker der Wachen komme, aber Ivanko, Kirilov und Gurenko sitzen draußen am Lagerfeuer mit ein paar unserer amerikanischen Angestellten. Wie Barbaren rösten sie ein ganzes Reh auf einem Spieß und tauschen ihre üblichen Beleidigungen aus.

Ivanko sieht mich zuerst. »Chef.« Er schnappt sich seine M16 und springt auf. »Stimmt etwas nicht?«

Kirilov und Gurenko sind auch schon auf den Beinen, die Waffen bereit, genau wie in unseren Krimtagen.

»Ruhig, Jungs.« Grimmig lächelnd ziehe ich mein Shirt aus und hänge es über einen nahegelegenen Ast. »Alles ist genau richtig.« Oder es wird es bald sein.

Drei gegen einen ist genau das, auf was ich gehofft hatte.

18

CHLOE

Zu meiner Erleichterung ist das Mittagessen mit den Molotows eine viel zwanglosere Angelegenheit als das Abendessen. Alina ist immer noch gekleidet wie auf einer gehobenen Cocktailparty, aber Nikolai trägt eine dunkle Jeans mit einem weißen Polohemd, und niemand schimpft mit Slava wegen seiner Shorts und seinem T-Shirt, als wir uns an den Tisch setzen – der wieder mit allen möglichen leckeren Salaten, Aufschnitt und Beilagen beladen ist.

Essen alle Russen wie Zaren – oder nur diese Familie? Wenn jede Mahlzeit so üppig ausfällt, kann ich mir nicht erklären, warum sie nicht fett sind. Ich bin immer noch satt, da ich erst vor ein paar Stunden gefrühstückt habe, aber es ist unmöglich, dass ich mich nicht mit diesen Dingen vollstopfe.

Alles sieht so verdammt gut aus.

»Wie war deine erste Nacht bei uns, Chloe?«, fragt Alina, als wir alle unsere Teller gefüllt haben. »Hast du gut geschlafen?«

Ich lächele sie an, erleichtert sowohl über die unverfängliche

121

Frage als auch über den freundlichen Ton. Ich hatte Angst, dass sie nach dem Vorfall von heute Morgen noch sauer auf mich sein könnte. »Ich habe sehr gut geschlafen, danke.« Und es stimmt – abgesehen vom Alptraum war es der beste Schlaf seit Wochen.

»Das freut mich«, sagt Alina und schneidet sich ein Stück von etwas ab, was wie ein schickes gefülltes Ei aussieht. »Ich dachte, ich hätte gegen drei Uhr etwas aus deinem Zimmer gehört, aber es muss mein Bruder gewesen sein, der von einem seiner nächtlichen Läufe zurückkam.« Sie wirft Nikolai einen Seitenblick zu, und ich beschäftige mich mit dem Essen auf meinem Teller, dankbar für die Erklärung.

Ich muss letzte Nacht laut geschrien haben. Das, oder Alina hat mich aus dem Bett fallen hören.

»Ich war joggen«, sagt Nikolai, »also muss es das gewesen sein.« Als ich aufschaue, ist sein Blick auf mich gerichtet und er betrachtet mich mit einem unleserlichen Ausdruck.

Hat er einen Verdacht?

Gott, ich hoffe, er hat mich nicht schreien oder fallen hören.

Ich kämpfe gegen den Drang, mich auf meinem Stuhl zu winden, senke meinen Blick – und erstarre, als ich seine Hände sehe. Er hält ein Messer in der einen und eine Gabel in der anderen Hand, ganz im europäischen Stil, aber das ist nicht das, was meine Aufmerksamkeit erregt.

Es sind seine Fingerknöchel. Sie sind rot und geschwollen, als wäre er in einen Faustkampf verwickelt gewesen.

Mein Puls beschleunigt sich, als ich wegschaue und dann einen weiteren Blick auf seine Hände werfe.

Ja. Ich habe es mir nicht eingebildet. Nikolais Knöchel sehen übel aus. Generell sehen seine großen, maskulinen Hände aus, als hätten sie eine Menge Action gesehen, mit Schwielen an den

Rändern seiner Daumen und verblassten Narben an ein paar Stellen. Selbst seine kurzen, ordentlich gepflegten Nägel können die Wahrheit nicht verbergen.

Dies sind nicht die Hände eines wohlhabenden Playboys. Sie gehören zu einem Mann, der entweder mit harter Handarbeit oder mit Gewalt vertraut ist.

Der Verdacht, den ich fast verdrängt hatte, kehrt zurück, und dieses Mal kann ich nicht so tun, als ob er unbegründet wäre. Irgendetwas an den Molotows macht mich nervös. Wer sind sie? Warum sind sie hier? Ich kann mir vorstellen, dass eine reiche ausländische Familie ein paar Wochen an einem Ort wie diesem für eine *Entgiftung in der Natur* verbringt ... aber wirklich hierherzuziehen? Jemand, der so glamourös ist wie Alina, gehört nach Paris oder Mailand oder New York, aber nicht in eine Ecke von Idaho, in der es mehr Bären als Menschen gibt. Das Gleiche gilt für Nikolai, mit seinen polierten kosmopolitischen Manieren und seinem Bestehen auf *Downton-Abbey*-Kleidung beim Abendessen.

Meine neuen Arbeitgeber sind der Inbegriff des Jetsets – zumindest wenn man Nikolais Straßenschlägerhände ignoriert.

Ich zwinge mich, den Blick von diesen wütend aussehenden Knöcheln abzuwenden und mich auf das Kind neben mir zu konzentrieren, das wieder ruhig und leise isst. Beunruhigend, wie ich feststelle. Welcher Vier- oder Fünfjährige spielt nicht wenigstens ein bisschen mit seinem Essen? Oder fordert gelegentlich die Aufmerksamkeit von Erwachsenen ein? Ich weiß, dass der Junge lächeln, lachen und spielen kann wie jedes andere Kind in seinem Alter, warum verwandelt er sich also bei den Mahlzeiten in einen Roboter in Kindergröße?

Als er meinen Blick auf sich spürt, schaut Slava auf, und seine großen goldgrünen Augen sind auffallend ernst. Ich lächele ihn strahlend an, aber er lächelt nicht zurück. Er konzentriert sich einfach wieder auf seinen Teller und isst weiter. Ich esse ebenfalls, wobei ich ihn weiterhin beobachte, und mein Gefühl, dass etwas nicht stimmt, wird von Sekunde zu Sekunde stärker. Das Verhalten meines Schülers hat etwas Unnatürliches an sich, etwas zutiefst Beunruhigendes. Vielleicht ist der Junge durch den Tod seiner Mutter mehr traumatisiert, als es an der Oberfläche scheint, oder vielleicht geht etwas anderes vor … etwas viel Schlimmeres.

Ich werfe einen weiteren Blick auf Nikolais Knöchel, und ein schrecklicher Gedanke schleicht sich in meinen Kopf.

Zu meiner unendlichen Erleichterung sehen die Verletzungen frisch aus, als hätte er gerade etwas oder jemanden in den Boden gestampft. Da Slava den ganzen Morgen bei mir war, kann er nicht dieser Jemand gewesen sein. Außerdem kann nur ein starker Aufprall diese Art von Prellungen verursachen und die Art, wie Nikolais Sohn sitzt oder sich bewegt, deutet nicht darauf hin, dass er derart stark geschlagen wurde – oder überhaupt.

Was auch immer mein Arbeitgeber getan hat, es ist kein Kindesmissbrauch, Gott sei Dank. Ich weiß nicht, was ich tun würde, wenn das der Fall wäre. Nein, falsch. Ich weiß es. Ich würde das Jugendamt anrufen und abhauen, auch wenn die Mörder meiner Mutter auf mich warten.

Was mich daran erinnert: Ich habe meine Autoschlüssel immer noch nicht.

Ich will mich bei Nikolai gerade nach ihnen erkundigen, als Alina mich anlächelt und fragt: »Wolltest du schon immer Lehrerin werden, Chloe?«

Ich nicke und lege meine Gabel weg. »Ja. Ich habe schon immer sowohl Kinder als auch das Unterrichten geliebt. Schon als Kind habe ich oft mit Kindern gespielt, die jünger waren als ich, damit ich in die Rolle der Lehrerin schlüpfen konnte.« Ich grinse und schüttele den Kopf. »Ich glaube, es hat mir einfach gefallen, dass sie zu mir aufschauen. Es hat meinem Ego geschmeichelt und so.«

Während ich spreche, bin ich mir bewusst, dass Nikolai mich aufmerksam und unbeirrt ansieht. Ein Raubtierblick, der sowohl mit Hunger als auch mit unendlicher Geduld gefüllt ist. Meine Haut brennt unter seinem Gewicht, und ich muss meine ganze Kraft aufwenden, um meinen Blick auf Alina zu richten und meine Gabel anzuheben, als ob nichts geschehen wäre.

Sie fragt mich nach meiner Collegewahl, und ich erzähle ihr, dass ich das Glück hatte, dort ein Vollstipendium zu bekommen.

»Ich hatte nie vor, mich an einer so teuren Schule zu bewerben«, sage ich zwischen zwei Bissen von köstlichem Räucherfisch und gut gewürztem Rote-Bete-Salat. Es hilft, wenn ich mich auf das Essen konzentriere, anstatt auf den Mann, der mich anstarrt. »Meine Mutter arbeitete als Kellnerin, und das Geld war knapp, solange ich mich erinnern kann. Ich wollte auf ein Community College gehen und dann auf ein staatliches wechseln, mit einer Kombination aus Stipendien, Krediten und Arbeitsstipendien, um das alles zu bezahlen. Aber gerade als ich mein letztes Jahr an der Highschool begann, bekam ich eine Einladung, mich für dieses spezielle Stipendienprogramm in Middlebury zu bewerben. Es war für Kinder von einkommensschwachen Alleinerziehenden und deckte hundert Prozent des Schulgeldes, der Unterkunft und der Verpflegung ab, zusätzlich zu einem Zuschuss für Bücher und andere Ausgaben. Natürlich habe ich mich beworben – und bin irgendwie reingekommen.«

»Warum irgendwie?«, fragt Nikolai. »Warst du keine gute Schülerin?«

Ich habe keine andere Wahl, als seinem durchdringenden Blick zu begegnen. »Doch, aber es gab Schüler in denselben Umständen, die viel qualifizierter waren als ich und es nicht geschafft haben.« Wie meine Freundin Tanisha, die eine perfekte Punktzahl bei den Aufnahmeprüfungstests erreicht hatte und als Jahrgangsbeste abschloss. Ich erzählte ihr von dem Stipendium, und sie bewarb sich ebenfalls für das Programm, wurde aber sofort abgelehnt. Bis heute frage ich mich, warum sie sich für mich und nicht für sie entschieden haben. Wenn es um Widrigkeiten ging, hatte Tanisha *bessere* Voraussetzungen, denn ihre teilweise behinderte Mutter zog nicht nur ein Kind, sondern gleich drei allein auf, von denen eines – Tanishas jüngerer Bruder – besondere Bedürfnisse hatte.

»Vielleicht haben sie etwas in dir gesehen«, sagt Nikolai, und seine Augen fahren über jeden Zentimeter meines Gesichts. »Etwas, was sie fasziniert hat.«

Ich zucke mit den Schultern und versuche, die Hitze zu ignorieren, die mir unter die Haut fährt. »Könnte sein. Wahrscheinlicher ist jedoch, dass ich einfach nur Glück hatte.« Das muss es gewesen sein, denn ein paar Monate später bekam Tanisha Zusagen von allen Schulen, bei denen sie sich beworben hatte, darunter auch Harvard, wo sie dank eines großzügigen finanziellen Unterstützungspaketes schließlich auch studierte. Nicht so großzügig wie das Stipendium, das ich bekam – sie machte ihren Abschluss mit siebzigtausend Dollar Schulden durch Studienkredite –, aber gut genug, dass ich aufhörte, mich schuldig zu fühlen, weil ich den Platz bekommen hatte, der ihr hätte gehören sollen.

Da sie eine nette Person ist, hat sie nie etwas anderes getan, als sich für mich zu freuen, aber ich weiß, dass die Ablehnung des Stipendienkomitees sie am Boden zerstört hat.

»Ich glaube nicht, dass es einfach Glück war«, sagt Nikolai leise. »Ich glaube, du unterschätzt deine Anziehungskraft.«

Oh Gott. Meine Herzfrequenz erhöht sich, und mein Gesicht wird noch heißer, als Alina sich versteift und ihr Blick zwischen mir und ihrem Bruder hin- und herspringt. Es gibt keinen Zweifel an der Bedeutung, kein Abtun als beiläufiges Kompliment über meine schulischen Fähigkeiten, und sie weiß das genauso gut wie ich.

Trotzdem versuche ich es. Ich tue so, als ob das alles ein Witz wäre, und grinse breit. »Das ist sehr nett, dass du das sagst. Was ist mit euch beiden? Wo habt ihr studiert?«

So. Themenwechsel. Ich bin stolz auf mich, bis mir klar wird, dass meine Frage sie beleidigen könnte, falls eines der Geschwisterkinder aus irgendeinem Grund *nicht* auf ein College gegangen ist.

Zum Glück zuckt Alina nicht mit der Wimper. »Ich bin auf die Columbia gegangen, und Kolya hat in Princeton abgeschlossen.« Sie ist wieder gefasst, ihre Art ist freundlich und höflich. »Unser Vater wollte, dass wir in Amerika aufs College gehen – er dachte, dass wir dort die besten Möglichkeiten hätten.«

»Ist das der Grund, warum ihr so gut Englisch sprecht?«, frage ich, und sie nickt.

»Das, und wir waren auch beide hier im Internat.«

»Oh, das erklärt den fehlenden Akzent. Ich habe mich gefragt, wie ihr beide es geschafft habt, ihn nicht zu haben.«

»Wir hatten auch amerikanische Lehrer in Russland«, sagt Nikolai, und ein spöttisches Halblächeln umspielt seine Lippen.

Offensichtlich weiß er, dass ich versuche, die Anspannung zu zerstreuen, und er findet meine Bemühungen amüsant. »Vergiss das nicht, Alinchik.«

Seine Schwester versteift sich aus irgendeinem Grund wieder, und ich beschäftige mich damit, die Reste auf meinem Teller aufzuessen. Ich habe keine Ahnung, auf welche Landmine ich getreten bin, aber ich weiß es besser, als mit diesem Thema weiterzumachen. Als ich mit dem Essen fertig bin, schaue ich zu Slava und stelle fest, dass auch er fertig ist.

»Möchtest du noch etwas?«, frage ich und lächele, während ich auf seinen leeren Teller zeige.

Er blinzelt zu mir hoch, und Alina sagt etwas auf Russisch, vermutlich übersetzt sie meine Frage.

Er schüttelt den Kopf, und ich lächele ihn wieder an, bevor ich zu den anderen Erwachsenen am Tisch schaue. Zu meiner Erleichterung scheinen auch sie fertig zu sein. Nikolai lehnt sich zurück und beobachtet mich, und Alina tupft sich anmutig die Lippen mit einer Serviette ab. Wie durch ein Wunder hinterlässt ihr roter Lippenstift keine Spuren auf dem weißen Tuch – was mich aber auch nicht überraschen sollte, denn die leuchtende Farbe hat die ganze Mahlzeit überlebt, ohne zu verschmieren oder zu verblassen.

Eines Tages werde ich sie bitten, ihre Schönheitsgeheimnisse mit mir zu teilen. Ich habe das Gefühl, dass Nikolais Schwester mehr über Make-up und Kleidung weiß als zehn YouTube-Influencer zusammen.

Ich bin gerade dabei, mich und Slava zu entschuldigen, damit wir unseren Unterricht fortsetzen können, als Pavel und Lyudmila hereinkommen. Er trägt ein Tablett mit hübschen kleinen Tassen, einem Glas Honig und einer gläsernen

Teekanne, gefüllt mit schwarzem Tee. Er stellt es auf den Tisch, während Lyudmila das Geschirr abräumt.

»Für mich nicht, danke«, sage ich, als er eine Tasse vor mich stellt. »Ich trinke keinen Tee.«

Er wirft mir einen Blick zu, der andeutet, dass ich kaum besser bin als ein wildes Tier, dann schiebt er meine Tasse beiseite und schenkt allen anderen, auch meinem Schüler, Tee ein. Das zarte Porzellan sieht lächerlich aus in seinen massiven Händen, aber er erledigt die Aufgabe so geschickt, dass ich mich frage, ob er in einem Spitzenrestaurant gearbeitet hat, bevor er in den Molotow-Haushalt kam.

»Danke für das wunderbare Essen. Alles war köstlich«, sage ich zu ihm, als er an mir vorbeigeht, aber er grunzt nur als Antwort und stapelt die Teller, an die seine Frau nicht herangekommen ist, zu einer sorgfältig angeordneten Pyramide auf dem Tablett, bevor er sie wegträgt. Erst als er gegangen ist, erinnere ich mich an etwas Wichtiges.

Ich drehe mich zu Nikolai, und mein Gesicht erwärmt sich wieder, als ich seinem tigerartigen Blick begegne. »Ich vergesse immer wieder, zu fragen ... Hat Pavel mein Auto umgeparkt? Ich habe es nicht vor dem Haus gesehen. Außerdem kann ich mich nicht erinnern, meine Autoschlüssel zurückbekommen zu haben.«

»Wirklich? Das ist seltsam.« Nikolai gibt einen Löffel Honig in seinen Tee und rührt die Flüssigkeit um. »Ich werde ihn danach fragen.« Er reicht Slava das Honigglas, der mehrere Löffel in seine Tasse gibt – der Junge muss eine echte Naschkatze sein.

»Das wäre toll, danke«, sage ich und hebe mein Glas mit klarem Wasser an – die einzige Flüssigkeit neben Kaffee, die ich gerne trinke. »Was ist mit dem Auto? Gibt es in der Nähe eine Garage oder so?«

»Auf der Rückseite des Hauses, direkt unter der Terrasse«, antwortet Alina anstelle ihres Bruders. »Pavel muss es dorthin gebracht haben.«

»Okay, toll.« Ich grinse, unerklärlicherweise erleichtert. »Ich hatte schon Angst, dass ihr beschlossen habt, dass es ein zu großer Schandfleck ist, und es in die Schlucht gestoßen habt.«

Alina lacht über meinen Witz, aber Nikolai lächelt nur, und nippt an seinem mit Honig gesüßten Tee und beobachtet mich mit einem unergründlichen Blick.

19

CHLOE

*D*er Rest des Nachmittags vergeht wie im Flug. Sobald das Mittagessen vorbei ist, finde ich die Garage – die Einfahrt befindet sich auf der Rückseite des Hauses, gleich hinter der Waschküche – und vergewissere mich, dass mein Auto tatsächlich dort steht und neben den schnittigen SUVs und Cabrios meiner Arbeitgeber noch älter und rostiger aussieht. Dann, da das Wetter schön ist – etwas mehr als zwanzig Grad und sonnig – nehme ich Slava mit auf eine Wanderung in den bewaldeten Teil des Anwesens, anstatt ihn in seinem Zimmer zu unterrichten. Wir stapfen über eine mit Wildblumen gefüllte Wiese, klettern hinunter zu einem kleinen See, den wir etwa einen Kilometer weiter westlich finden, und jagen ein Dutzend Eichhörnchen in die Bäume. Nun, Slava jagt sie und kichert wie verrückt – ich beobachte ihn nur mit einem Lächeln.

Hier draußen ist er ein ganz anderer Junge als im Esszimmer bei seiner Familie.

Während wir uns einen Weg durch den Wald bahnen, plappert er auf Russisch, und ich antworte auf Englisch, wann immer ich erraten kann, was er sagt. Ich achte auch darauf, ihm englische Wörter für alles zu sagen, was uns begegnet, und tue mein Bestes, um die russischen Wörter zu lernen, die er mir beibringt.

»Belochka«, sagt er und zeigt auf ein Eichhörnchen, nur um in Kichern auszubrechen, als ich das Wort bei meinem Versuch, es zu wiederholen, verstümmele. Er hingegen spricht englische Wörter fast auf Anhieb perfekt aus. Ich vermute, dass er entweder englischsprachige Cartoons geschaut oder ein perfektes Gehör hat.

Musikalisch veranlagte Kinder neigen dazu, Akzente schneller zu beherrschen als ihre Altersgenossen.

»Magst du Musik?«, frage ich, als wir nach Hause kommen. Ich summe ein paar Töne zur Demonstration. »Oder singen?« Ich gebe mein Bestes mit Baby Shark, woraufhin er sich vor Lachen krümmt.

Falls es irgendwelche Zweifel gab … ich bin nicht musikalisch veranlagt.

Als wir uns dem Haus nähern, kommt Pavel heraus und begrüßt uns mit einem grimmigen Blick auf dem Gesicht. »Wo wart ihr? Es ist fast fünf, und er hat seinen Snack noch nicht gegessen.«

»Oh, wir waren …«

»Und deine Kleidung wurde geliefert. Sie ist in deinem Zimmer.« Mit einem missbilligenden Blick auf Slavas schmutzige Schuhe hebt er den Jungen hoch und trägt ihn ins Haus, wobei er etwas auf Russisch murmelt.

Verärgert ziehe ich meine schlammigen Turnschuhe aus und folge ihnen hinein. Wahrscheinlich hätte ich unsere

Wanderung mit Slavas Betreuern absprechen, oder zumindest die Zeit besser im Auge behalten sollen. Ich habe ein paar Äpfel für Slava mitgenommen, falls er Hunger bekommen sollte – ich habe sie aus der Küche geholt, bevor ich gegangen bin – aber ich denke, das ist nicht so eine komplette Mahlzeit wie das Käse- und Obsttablett, das Pavel gestern gebracht hat.

Als ich in meinem Zimmer ankomme, wasche ich mir die Hände und richte meinen Dutt. Ein paar feine Strähnen haben sich aus ihm befreit und umrahmen mein Gesicht in einem unordentlichen Heiligenschein. Dann gehe ich in meinen Kleiderschrank, um mir die Lieferung anzuschauen.

Heilige Scheiße.

Der begehbare Kleiderschrank, der zu fünfundneunzig Prozent leer war, nachdem ich meinen Koffer ausgepackt hatte, ist nun bis zum Rand gefüllt. Und es sind nicht nur die ausgefallenen Kleider, die meine Arbeitgeber für das Abendessen vorschreiben. Es gibt Jeans und Yogahosen, Tanktops, T-Shirts und Pullover, legere Sommerkleider und schlichte Bleistiftröcke, Socken und Pyjamas und Mützen. Und Unterwäsche, alle Arten, von Tangas über bequeme Baumwollslips bis hin zu Sport-BHs und Spitzen-Push-up-BHs, alle unglaublicherweise in meiner Größe. Es gibt sogar Jacken – von leichten Regenjacken über elegante Wollmäntel bis hin zu bauschigen Parkas, die auch arktischem Wetter standhalten würden.

Es ist ein Kleiderschrank für alle Jahreszeiten und alle Gelegenheiten, und den Etiketten nach zu urteilen, ist alles brandneu.

Verblüfft drehe ich ein Schild um, das an einem weich aussehenden weißen Pullover hängt.

$ 395.

Was zur Hölle …?

Ich schnappe mir einen Anhänger vom nächsten Parka, einen hübschen blauen mit einer pelzgefütterten Kapuze.

3.499 €. Made in Italy.

»Gefällt er dir?«

Ich schrecke auf und drehe mich zu Alina um, die am Eingang des Schranks steht.

»Tut mir leid, ich wollte dich nicht erschrecken«, sagt sie und streicht sich ihre glänzenden schwarzen Haare über die Schulter. Sie hat bereits ein weiteres atemberaubendes Kleid angezogen, ein rotes, knöchellanges mit einem Schlitz bis zum Oberschenkel, der einen Teil eines langen, durchtrainierten Beins zeigt. Sie hat auch ihr Make-up aufgefrischt, indem sie den Eyeliner verlängert hat, um die Katzenhaftigkeit ihrer spitz zulaufenden Augen zu betonen.

»Ich habe geklopft, aber niemand hat geantwortet«, fährt sie fort, »also dachte ich mir, du erkundest deine neuen Sachen.«

»Das habe ich – das tue ich.« Ich werfe einen Blick über die Schulter auf die vollen Kleiderbügel und Regale. »Ist das … alles für mich?«

»Natürlich. Für wen sollte es sonst sein? Ich brauche definitiv nichts mehr.« Sie kommt zu mir, stellt sich neben mich, und zieht ein langes gelbes Kleid heraus. Sie hält es mir vor die Brust, hängt es dann wieder zurück und zieht ein blassrosafarbenes heraus.

»Aber das ist viel zu viel«, sage ich, als sie das rosafarbene Kleid vor mich hält, nur um es ebenfalls wieder zurückzuhängen. »Ich brauche das alles nicht. Ein paar Kleider für das Abendessen, sicher, aber der Rest …«

»So ist mein Bruder. Nikolai macht keine halben Sachen.« Sie blättert mit geübter Geschwindigkeit durch den Rest der

Kleider und zieht ein schimmerndes pfirsichfarbenes heraus. *Versace*, steht auf dem Etikett, und es ist kein Preisschild in Sicht – wahrscheinlich, weil der Betrag erschreckend wäre. Alina hält es gegen mich und nickt zufrieden. »Probier das an.« Sie drückt es mir in die Hand.

»Jetzt sofort?«

Sie zieht seine Augenbrauen in die Höhe. »Ich kann mich wegdrehen, wenn du schüchtern bist.« Sie lässt den Worten Taten folgen und dreht mir den Rücken zu.

Ich unterdrücke ein verärgertes Seufzen und schlüpfe schnell aus meinen Klamotten und in das Kleid – das irgendwie perfekt passt. Der goldgesprenkelte, pfirsichfarbene Chiffon fällt mit atemberaubender Eleganz über meinen Körper. Der A-Linien-Rock fällt anmutig bis zu meinen Füßen und das quadratisch geschnittene Mieder hat einen eingebauten BH, der meine bescheidenen B-Cups anhebt und mir einen Hauch von Dekolleté verleiht. Die breiten Riemen verdecken meine Schultern, aber meine Arme und der obere Teil meines Rückens bleiben nackt und legen den Schorf frei, wo die Glassplitter meine Haut durchbohrt haben.

Verdammt. Ich hatte gehofft, dass ich sie nicht zeigen müsste, bis sie verheilt sind.

»Fertig?« Alina klingt ungeduldig.

»Nur noch eine Sekunde.« Ich verdrehe meinen Arm hinter dem Rücken und versuche, den Reißverschluss ganz nach oben zu ziehen. »Könntest du mir bitte ...?«

»Natürlich.« Sie zieht mir den Reißverschluss hoch und tritt zurück, um einen Blick auf mich zu werfen. Sofort fällt dieser auf den Schorf. »Was ist hier passiert?«, fragt sie, und ihre glatte Stirn runzelt sich leicht.

»Das ist nichts.« Ich ziehe eine Grimasse, als ob ich mich für meine Ungeschicklichkeit schämen würde. »Ich bin gestolpert und auf Glasscherben gefallen.«

Die Erklärung scheint sie zufriedenzustellen, denn sie lässt es dabei bewenden und nimmt ihre Betrachtung wieder auf. »Sehr schön«, erklärt sie schließlich. »Aber der Dutt muss weg.«

»Oh nein, das ist okay …«

»Komm.« Sie ergreift meine Hand und zieht mich aus dem Schrank ins Bad, wo sie mich vor den Spiegel stellt. »Siehst du? Dazu musst du dein Haar offen tragen. Außerdem ist Make-up ein Muss.«

Ich starre mein Spiegelbild an, unordentlicher Dutt, Augenringe und so weiter. Sie hat recht. Ein so glamouröses Kleid verdient das ganze Drumherum. Leider habe ich nur eine Tube Lipgloss dabei, da ich den Großteil meiner Schminktasche beim Ausräumen meines Studentenwohnheims nach dem Abschluss weggeworfen habe. Ich hatte mir vorgestellt, dass ich mit Mama einkaufen gehe, wenn ich nach Hause komme. Sie liebte diese Art von Dingen, und wir haben immer …

Ich stoppe diesen Gedankengang und atme ein, um die schmerzhafte Verengung in meiner Brust zu lösen. »Ich kann meine Haare offen tragen, aber ich habe kein …«

»Doch, hast du.« Sie zieht eine der Schubladen neben dem Waschbecken auf und enthüllt eine Auswahl an Tuben und Flaschen, die einen professionellen Make-up-Artist stolz machen würden. »Ich habe dafür gesorgt, dass Nikolai alles Notwendige besorgt«, erklärt sie.

»Du hast ihm geholfen, das alles zu kaufen?«

»Wer sonst?« Sie grinst und enthüllt die perfekte kleine

Lücke zwischen ihren geraden weißen Zähnen. »Keiner meiner Brüder kann Wimperntusche von Lipliner unterscheiden.«

Meine Ohren spitzen sich. »Brüder?«

Sie nickt und greift in die Schublade. »Wir sind zu viert. Ich bin die Jüngste und das einzige Mädchen.« Sie öffnet eine Flasche Grundierung, ergreift meine Hand und dreht sie mit der Handfläche nach oben. Sie schmiert einen Streifen bronzener Farbe auf mein inneres Handgelenk, beäugt ihn kritisch, öffnet dann einen etwas goldeneren Farbton und testet diesen.

»Wo sind deine anderen Brüder?«, frage ich und schaue ihr fasziniert bei der Arbeit zu. Ich hatte gedacht, dass es schön wäre, eines Tages dabei Hilfe von ihr zu bekommen, und nun geschieht es. Ich hatte schon immer Probleme, die richtige Grundierung zu finden. Die meisten Drogeriemarken bieten Töne an, die entweder zu hell, zu dunkel oder zu äschern sind. Aber die zweite Farbe, die Alina ausprobiert, verschmilzt perfekt mit meiner Haut – sie weiß definitiv, was sie tut.

»Sie sind beide in Moskau«, antwortet sie und verschließt die Flasche. »Nun, im Moment ist Konstantin auf einer Geschäftsreise in Berlin, aber du weißt, was ich meine.« Sie stellt die Flasche vor mir auf den Tresen, zusammen mit Mascara, Eyeliner und einem Haufen anderer Sachen, darunter ein eiförmiger Schwamm, den sie unter dem Wasserhahn befeuchtet. Als sie meinen Blick im Spiegel trifft, fragt sie: »Stört es dich, wenn ich dein Gesicht schminke? Oder willst du es lieber selbst machen?«

»Nein, bitte, mach weiter.« Ich bin mehr als begierig darauf, dass sie weitermacht. Abgesehen von der Schönheitslektion ist dies eine Chance für mich, mehr über meine mysteriösen

Arbeitgeber zu erfahren, ohne dass Nikolais düstere magnetische Präsenz mein Hirn durcheinanderbringt.

»Na gut, dann wasch dein Gesicht und komm mit.«

Ich tue, was sie sagt, während sie das ganze Make-up, das sie ausgelegt hat, in einem kleinen silbernen Koffer verstaut. Nachdem ich mein Gesicht trockengetupft und mit einer schicken Gesichtscreme eingecremt habe, die ich in einer anderen Schublade gefunden habe, führt sie mich zurück ins Schlafzimmer, wo sie mich vor dem deckenhohen Fenster positioniert – natürliches Licht sei am besten, meint sie. Sie stellt den Schminkkoffer auf den Nachttisch, tritt vor mich und beginnt mit einem konzentrierten Blick, die Grundierung mit dem feuchten Schwamm aufzutragen.

»Du musst immer tupfen, nie reiben«, erklärt sie mir und tupft auf meine Wangen. »Die Farbe passt sich so am besten an.«

»Gut zu wissen, danke.« Ich warte, bis sie mit meinem Kinn fertig ist, bevor ich frage: »Also, was hat dich und Nikolai dazu gebracht, hierherzukommen? Ich stelle mir vor, dass es eine große Umstellung von Moskau sein muss.«

Sie hält inne, und ihre Augen treffen meine. »Oh, das ist es. Moskau ist … eine ganz andere Welt.« Ihre roten Lippen neigen sich humorlos nach oben. »Nicht immer eine schöne Welt.«

»Oh?«

Sie nimmt ihr vorsichtiges Abtupfen wieder auf. »Es ist ruhig hier. Leise. Und die Natur ist wunderschön. Nikolai wollte das für seinen Sohn.«

»Ihr seid also wegen Slava hier?«

»Mein Bruder ist es.« Sie runzelt die Stirn, studiert mein Gesicht und benutzt das spitze Ende des Schwamms, um ein wenig Grundierung unter meinen Augen aufzutragen. Die dunklen Ränder müssen ihr zu schaffen machen. »Ich … ich brauchte einfach eine Pause«, fährt sie fort, während sie sich auf meinem Nasenrücken bewegt, »eine kleine Auszeit, wenn du so willst.«

»Vom Leben in Moskau?«

»So ähnlich. Schließ die Augen.«

Ich gehorche und verdaue schweigend, was ich erfahren habe, während sie Lidschatten auf meine Augenlider streicht und meine Wimpern tuscht. Es ergibt Sinn, dass sie wegen des Jungen hier sind – der Zeitpunkt ihres Umzugs auf das Gelände deckt sich mit Nikolais Wissen über die Existenz seines Sohnes. Und ich vermute, wenn man nach ruhiger, stiller Natur sucht, kann man es kaum besser treffen als mit diesem Ort.

Trotzdem, irgendetwas ist faul. Ich bin mir sicher, dass es in Russland und anderen Ländern in der Nähe von der Zivilisation unberührte wilde Flecken gibt. Warum ans andere Ende der Welt ziehen, wenn man nur nach schöner Natur sucht? Allein die Zeitverschiebung muss es schwierig machen, mit der Familie in Kontakt zu bleiben oder irgendeine Art von Unternehmen zu leiten – vorausgesetzt, dass es ein Unternehmen *ist*.

Ich warte, bis Alina damit fertig ist, meine Lippen mit einem Stift nachzuzeichnen, bevor ich die Augen öffne und frage: »Was machen deine Brüder beruflich?«

»Oh, dies und das.« Sie trägt vorsichtig Lippenstift auf, lässt mich meine Lippen mit einem Taschentuch dazwischen schließen, um etwas von der Farbe zu entfernen, und wiederholt den Vorgang noch zwei weitere Male. Endlich zufrieden, legt sie den Lippenstift weg und nimmt einen kleinen Behälter mit Rouge und einen langstieligen Schminkpinsel zur Hand. »Unsere Familie besitzt eine Reihe von Unternehmen in verschiedenen Sektoren – Energie, Technologie, Immobilien, Pharmazeutika«, sagt sie und streicht mit dem Pinsel über meine Wangen. »Nikolai beaufsichtigt alles ... oder er tat es bis vor kurzem. Als wir von Slava erfuhren, übergab er die meisten Aufgaben an Valery und Konstantin, damit er hierherziehen und Zeit mit seinem Sohn verbringen konnte.«

Ich starre sie ungläubig an. Redet sie über denselben Nikolai? Den kühl-distanzierten Vater, der kaum mit seinem Sohn interagiert? Ich kann mir nicht vorstellen, dass er ein Geschäftstreffen vorzeitig verlässt, um bei Slava zu sein, geschweige denn, dass er als Chef eines großen Konglomerats zurücktritt.

Ich muss etwas übersehen haben. Das – oder Slava ist eine bequeme Ausrede für etwas Zwielichtiges.

»Was ist mit dir?«, frage ich, als sie beiseitetritt und ihr Werk mit kritischem Blick begutachtet. »Bist du auch in das Familienunternehmen involviert?«

Sie lacht hell auf. »Oh, das ist nichts für mich.« Sie macht einen halben Schritt nach vorne und streicht mit ihrem Daumen meine linke Augenbraue glatt. »Nicht schlecht«, erklärt sie. »Jetzt müssen wir nur noch deine Haare machen. Komm.« Sie nimmt mich an der Hand und zieht mich zurück ins Badezimmer, wo sie eine ganze Reihe von Stylingprodukten aus einer anderen Schublade holt, während ich mein Spiegelbild betrachte.

Ich habe noch nie so ausgesehen, nicht einmal, als meine Mutter fünfzig Dollar ausgegeben hat, um mich für meinen Abschlussball professionell schminken zu lassen.

Das Mädchen im Spiegel ist mehr als hübsch, seine Haut ist glatt und leuchtend, die braunen Augen sind groß und geheimnisvoll, die Wangenknochen fein konturiert, und seine weichen, vollen Lippen haben die Farbe von düsteren Rosen.

Ich sehe nicht aus wie Alina, mit ihren knallroten Lippen und ihrem dramatischen Katzenaugen-Make-up. Tatsächlich sehe ich überhaupt nicht aus, als würde ich Make-up tragen. Stattdessen wirkt es so, als ob ich mit Photoshop bearbeitet worden wäre, um alle meine Unvollkommenheiten zu retouchieren und zu glätten.

»Wow.« Ich hebe meine Hand, um mein Gesicht zu berühren. »Das ist ...«

Alina schlägt meine Hand weg. »Nicht anfassen, du zerstörst es sonst. Generell gilt: Je weniger du dein Gesicht berührst, desto besser. Du hast eine schöne, klare Haut, aber sie wird noch besser, wenn du deine Hände davon lässt. Das Öl und der Schmutz an unseren Fingern verstopfen die Poren und lassen sie mit der Zeit größer aussehen.«

»Alles klar, okay.« Derart zur Einsicht gebracht, lasse ich meine Hände am Körper, während sie sich an mein Haar macht. Zuerst befreit sie es aus dem Dutt, dann besprüht sie es mit Wasser und trägt verschiedene Stylingprodukte auf, um Wellen aus meinen sonst glatten Strähnen herauszukitzeln.

»So, alles erledigt«, sagt sie nach ein paar Minuten. »Jetzt brauchst du noch Schuhe, und dann sind wir fertig.«

Oh, Mist. »Ich glaube, ich habe keine ...«, beginne ich, aber sie ist schon aus dem Bad gelaufen.

Ich folge ihr und sehe, wie sie auf meinen Kleiderschrank zusteuert. Eine Sekunde später taucht sie mit einem Schuhkarton auf. *Jimmy Choo*, verkündet das Logo auf der Box. Sie stellt sie auf dem Boden ab, nimmt ein Paar goldene

Riemchenabsatzschuhe heraus und reicht sie mir. »Probier die mal.«

Sie haben mir auch noch Schuhe gekauft? Ich halte mein Gehirn davon ab, das nicht gerade kleine Vermögen auszurechnen, das für meine Garderobe ausgegeben worden sein muss, ziehe die Schuhe an – die genau wie das Kleid perfekt passen – und gehe hinüber zu dem Ganzkörperspiegel, der neben dem Kleiderschrank hängt.

»Wie fühlen sie sich an?«, fragt Alina und stellt sich neben mich. Zu meiner Überraschung ist sie jetzt nur noch ein paar Zentimeter größer als ich – die hohen Absatzschuhe, die sie immer trägt, haben mir vorgegaukelt, dass sie die Größe eines Models besitzt.

Ich verlagere testweise mein Gewicht von Fuß zu Fuß. »Überraschend bequem.« Natürlich nicht so bequem wie meine Sneakers, aber ich kann in ihnen besser stehen und gehen als in allen anderen Absatzschuhen, die ich bisher getragen habe. Auch das pfirsichfarbene Kleid zwickt und kratzt nirgends, alle Nähte sind glatt und weich auf meiner Haut, und das seidige Innenfutter angenehm kühl.

Kein Wunder, dass sich Alina immer wie eine Königin kleiden kann. Wenn alle ihre Kleidungsstücke von dieser Qualität sind, ist es bei weitem nicht so lästig, glamourös auszusehen, wie ich es mir vorgestellt habe.

»Du brauchst nur noch eine Sache«, sagt sie und lächelt mein Spiegelbild an. »Bleib hier. Ich bin gleich wieder da.« Sie eilt aus dem Zimmer, und ich bleibe vor dem Spiegel stehen und bewundere die Art und Weise, wie das schimmernde Kleid meinen zu dünnen Körper drapiert und die Illusion von gesunden Kurven vermittelt.

Ich werde nie so schön sein wie Alina, aber sie hat definitiv das Beste aus mir herausgeholt.

Sie kommt eine Minute später mit einer kleinen Schmuckschatulle in der Hand zurück. Sie stellt sie auf dem Nachttisch ab, öffnet sie und nimmt ein Paar Diamantstecker und einen herzförmigen Anhänger an einer dünnen Goldkette heraus.

»Danke, aber das kann ich unmöglich tragen«, sage ich, als sie mit dem Schmuckstück in der Hand auf mich zukommt. »Das sieht wirklich teuer aus.«

»Mach dir keine Sorgen. Es ist nur ein kleines Schmuckstück.« Sie ignoriert meine Proteste, legt mir die goldene Kette um den Hals und verschließt sie. Danach steckt sie mir die Diamantstecker in die Ohren. »So, jetzt ist das Outfit komplett.«

Sie tritt zurück, und ich wende mich wieder dem Spiegel zu.

Sie hat recht. Der Schmuck hat mir den letzten Schliff gegeben. Der herzförmige Diamant glitzert einen Zentimeter über dem angedeuteten Dekolleté durch das Mieder des Kleides. Ich sehe zu gleichen Teilen elegant und sexy aus, wie eine moderne Prinzessin auf dem Weg zu einem Ball.

Wenn Mom mich so sehen würde, wäre sie so stolz. Sie brachte mich dazu, eine Million Fotos in dutzend verschiedenen Posen zu machen und die besten davon als Bildschirmschoner und Telefonhintergrund einzurichten, damit sie sie ihren Kollegen im Restaurant zeigen konnte. Sie würde …

Ich blinzele das Brennen aus meinen Augen und drehe mich wieder zu Alina um. »Danke«, sage ich mit nur leicht angespannter Stimme. »Ich weiß das zu schätzen.«

»Es ist mir ein Vergnügen.« Ihre grünen Augen leuchten, als sie mir einen letzten Blick zuwirft. »Lass uns runter zum Essen gehen. Ich kann es nicht erwarten, dass Nikolai dich so sieht.«

Und bevor ich mich fragen kann, was sie meint, verlässt sie den Raum, und ich habe keine andere Wahl, als ihr zu folgen.

20

NIKOLAI

»Was zum Teufel glaubst du, was du da tust?«
Meine Stimme ist tief und angenehm, und
mein Gesichtsausdruck neutral, als ich meine Schwester auf
Russisch anspreche. Chloe mir gegenüber hat ihren Kopf in
Richtung Slava gebeugt und spricht mit ihm über das Essen auf
seinem Teller, als ob er sie verstehen könnte. Alles, woran ich
denken kann, ist, wie sehr ich über den Tisch greifen und
diesen Anhänger von ihrer glatten, schlanken Kehle reißen
möchte – gleich nachdem ich die Person, die ihn ihr gegeben
hat, erdrosselt habe.

»Du hast mich gebeten, ihr beim Anziehen zu helfen.«
Alinas Ton passt zu meinem, auch wenn kühle Belustigung in
ihren Augen glitzert. »Gefällt dir das Ergebnis nicht?«

»Woher hast du sie?« Ich senke meine Stimme weiter, als
Slava uns neugierig anschaut. Im Gegensatz zu seiner
amerikanischen Lehrerin versteht er genau, was wir sagen,

wenn auch nicht den Kontext von allem. »Ich dachte, sie wäre verloren gegangen.«

»Mamas Lieblingshalskette? Wohl kaum.« Alinas Lächeln ist so eisig hell wie der Diamant, der auf Chloes Brust glitzert. »Sie hat sie mir zur Aufbewahrung gegeben. Kurz bevor ... du weißt schon.« Sie wartet auf meine Antwort. Als sie keine bekommt, klimpert sie mit übertriebener Unschuld mit den Wimpern. »Magst du sie nicht an ihr? Ich dachte, sie passt einfach perfekt zu diesem Kleid – und zu deinem hübschen neuen Spielzeug.«

Meine Backenzähne pressen sich zusammen, aber äußerlich wirke ich weiterhin ruhig. Ich verstehe jetzt, welches Spiel Alina spielt und ich habe nicht vor, sie gewinnen zu lassen. »Du hast recht. Die Kette *ist* perfekt, und sie ist es auch. Danke, dass du so hilfsbereit bist.«

Ohne auf ihre Reaktion zu warten, wende ich meine Aufmerksamkeit Chloe zu und ignoriere die weißglühende Wut, die jedes Mal durch meine Adern schießt, wenn der schimmernde Stein meinen Blick auf sich zieht. Dieser Anhänger ist alles, was ich gesehen habe, seit Chloe an den Tisch kam, und jetzt schaue ich Chloe zum ersten Mal wirklich an – und während ich das tue, verwandelt sich die brennende Wut in mir in brennende Lust.

Sie ist wunderschön. Nein, mehr als das. Sie ist atemberaubend, ein zum Leben erwachtes Gemälde einer griechischen Göttin. Wie auf dem Bild, das ich vorhin gesehen habe, fällt ihr Haar wie ein Wasserfall aus sonnengesprenkelten braunen Wellen bis zu ihren schlanken Schultern, und ihre glatte Haut leuchtet mit einem geheimnisvollen inneren Licht. Was auch immer meine Schwester getan hat, hat die Ausstrahlung verstärkt, die mich von Anfang an gefangen genommen hat, und Chloes leuchtende, zarte Schönheit betont.

Die Art von Schönheit, die geradezu darum bettelt, dass man sie entweiht.

Mein Blick wandert von ihrem Gesicht zu ihren zerbrechlichen Schlüsselbeinen und dann, den Anhänger überspringend, zu der Andeutung eines Schattens zwischen ihren Brüsten, die durch das enge Mieder ihres Kleides verführerisch nach oben gedrückt werden. Mit lebhafter Klarheit stelle ich mir vor, wie sich ihre harten Brustwarzen anfühlen werden, wenn ich diese kleinen, köstlichen Kugeln in die Hand nehme, wie sie schmecken werden, wenn ich an ihnen sauge. Sie wird stöhnen, ihren Kopf zurückwerfen und ihre schlanken Arme werden sich heben, um …

Ich halte inne, und die Fantasie verflüchtigt sich, als ich bei dem dunkelroten Schorf auf ihrem linken Bizeps hängenbleibe.

Was zur Hölle?

Sie sehen aus wie kleine Schnittwunden. Tiefe Schnittwunden.

»Sie sagte, sie sei auf Glasscherben gefallen«, murmelt Alina auf Russisch, so unheimlich gut auf mich eingestimmt wie immer. »Interessant, nicht wahr?«

Das ist es in der Tat. Auch wenn es theoretisch möglich ist, auf zerbrochenes Glas zu fallen und sich so kleine Schnittwunden zuzuziehen, ist es viel wahrscheinlicher, dass man einen längeren Schnitt zurückbehält, aber den hat sie nicht.

»Ich frage mich, ob sie mit einem Messer angegriffen wurde oder ob sie ein Schrapnell abbekommen hat«, fährt Alina fort und gibt meine Gedanken wieder. »Was denkst du? Ich tippe auf Letzteres.«

Ich zwinge mich, desinteressiert zu klingen, gelangweilt von dem Thema. »Ich glaube, sie ist auf ein paar Glasscherben gefallen.« Ich habe meiner Schwester nichts von dem zusätzlichen Bericht erzählt, den ich bei Konstantins Team in Auftrag gegeben habe, und ich habe auch nicht vor, das zu tun.

Ich will Chloes Geheimnisse herausfinden, die Puzzleteile zusammenfügen.

Sie ist mein hübsches Spielzeug, mit dem nur ich spiele.

Ihr Blick trifft den meinen, und sie schaut schnell weg. Chloes Hand verstärkt ihren Griff um die Gabel, während ihre kleine Brust sich in einem schnelleren Rhythmus hebt und senkt. Ich lächele finster und beobachte sie. Ich verunsichere sie, mache sie nervös, und es ist nicht nur die sexuelle Spannung, die die Luft zwischen uns erhitzt. Ich habe die Art und Weise bemerkt, wie sie während des Mittagessens auf meine aufgeschlagenen Knöchel schaute, sah die Fragen in ihren Augen.

Mein *zajchik* ist schlau genug, um sich vor mir in Acht zu nehmen.

Tief im Inneren weiß sie, was für ein Mann ich bin.

Ich beobachte sie während des gesamten Essens und lasse meine Augen auf ihr ruhen, während sie die Früchte von Pavels Küchenarbeit isst. Sie ist immer noch diskret und unauffällig, aber mindestens drei große Portionen *plov*, Pavels georgische Reispilaw-Spezialität, verschwinden in kürzester Zeit von ihrem Teller, gefolgt von einer Portion von jedem Salat und jeder Beilage auf dem Tisch, zusammen mit einem ganzen Teller Lammkebab, dem Hauptgericht des Abends.

Ihr übertriebener Appetit amüsiert und beunruhigt mich zugleich, weil er etwas Wichtiges offenbart.

Er sagt mir, dass sie in der jüngeren Vergangenheit echten, wahren Hunger erlebt hat.

Diese Erkenntnis trägt zu meiner Frustration bei, ebenso

wie die Spuren auf ihrem Arm. Konstantin ist immer noch nicht mit dem Bericht fertig, und das macht mich wahnsinnig. Ich möchte wissen, was mit ihr passiert ist. Ich *muss* es wissen. Das wird schnell zu einer Besessenheit – und sie auch. Heute Nachmittag, als sie mit Slava wandern ging, ertappte ich mich dabei, wie ich die Wände hochging, weil ich sie nicht durch die Kameras beobachten konnte. Ich will jeden Moment wissen, was sie macht, und egal wie sehr ich versuche, mich abzulenken, sie ist alles, woran ich denken kann.

Als sich das Essen dem Ende zuneigt, überlege ich, ob ich sie noch zu einem Digestif einladen soll, aber als ich sie dabei erwische, wie sie ein Gähnen unterdrückt, entscheide ich mich dagegen. Alinas Make-up hat geschickt die äußeren Zeichen von Chloes Erschöpfung verborgen, aber sie ist immer noch empfindlich, immer noch zerbrechlich ... zu sehr für all die dunklen, schmutzigen Dinge, die ich mit ihr machen möchte. Außerdem kann ich mir meiner Selbstbeherrschung heute Abend nicht sicher sein.

Das Verlangen, das durch meine Adern brennt, fühlt sich zu mächtig an, zu wild für eine sanfte Verführung.

Bald, verspreche ich mir, als ich sie beobachte, wie sie aus dem Esszimmer geht und die Treppe hinauf verschwindet.

Bald werde ich Chloe Emmons auf den Grund gehen und diesen Hunger stillen.

Es ist fast zwei Uhr nachts, als ich mich geschlagen gebe und aufstehe, um laufen zu gehen. Nachdem ich letzte Nacht kaum geschlafen habe und einen Großteil meiner unruhigen Energie durch Sparring mit den Wachen abgearbeitet habe, sollte ich eigentlich todmüde sein. Stattdessen lag ich stundenlang wach, mein Körper brannte vor unerfülltem Verlangen und mein Kopf war voller ruheloser Gedanken. Jedes Mal, wenn ich kurz davor war, einzuschlafen, sah ich den verdammten Anhänger über mir baumeln, und die Wut flutete durch meine Adern und rüttelte mich wach.

Meine Schwester wusste, was sie tat, als sie diese Kugel um Chloes hübschen Hals hängte.

Der Nachthimmel ist klar, als ich das Haus verlasse. Das Licht des Halbmonds erhellt meinen Weg, als ich anfange, die Einfahrt hinunterzujoggen. Nicht, dass ich es bräuchte – ich habe eine ausgezeichnete Nachtsicht. Als der Wald um mich herum dichter wird, werde ich schneller, bis ich die Straße zum Tor hinuntersprinte. Auf halbem Weg biege ich scharf rechts ab in den Wald hinein, und meine Turnschuhe knirschen über Blätter und Zweige, während ich mich durch die Bäume schlängele. Hier ist es dunkler, gefährlicher, auf dem unebenen Boden mit den heruntergefallenen Ästen, aber diese Herausforderung ist genau das, was ich suche. So ein Lauf zwingt mich dazu, mich zu fokussieren, mich geistig und körperlich anzustrengen. Außerdem finde ich den nächtlichen Wald beruhigend. Das leise Rascheln der wilden Tiere in den Büschen, das Rufen einer Eule über meinem Kopf, der lehmige Geruch von verrottender Vegetation – all das ist ein Teil davon, ein Teil dessen, was mich an diesem Ort anzieht.

Ich laufe, bis meine Lungen brennen und meine Muskeln sich wie Blei anfühlen, bis mir der Schweiß in Rinnsalen über das Gesicht läuft. Als meine Beine zu versagen drohen, kehre ich um und laufe den Berg hinauf. Ich zwinge mich über den Punkt der Erschöpfung hinaus, über die Grenzen meines Körpers und die Erinnerungen, die sich in meinem Kopf festsetzen. Ich renne, bis ich an nichts mehr denken kann, geschweige denn an den herzförmigen Anhänger an Chloes Brust.

Schließlich werde ich langsamer und gehe den Rest des Weges, um mich abzukühlen. Als ich das dunkle, stille Haus betrete, hat sich meine Atmung beruhigt, und meine Beine fühlen sich wieder so an, als würden sie zu meinem Körper gehören. Ich ziehe meine schmutzigen Schuhe aus, schließe die Haustür ab und gehe die Treppe hinauf, während das Gewicht des Schlafmangels wie Ziegelsteine auf mich herabfällt. Ich kann es nicht erwarten, in mein Bett zu fallen und …

Ein erstickter Schrei lässt mich innehalten.

Ich bleibe oben auf der Treppe stehen, und alle meine Sinne sind in höchster Alarmbereitschaft, während ich den dunklen Flur absuche.

Einen Moment später höre ich ihn wieder.

Einen gedämpften Schrei, der aus Chloes Zimmer kommt.

Adrenalin schießt durch meinen Körper. Ich halte nicht inne, um zu denken, sondern handele einfach. Lautlos gehe ich den Gang hinunter, und jeder Muskel in meinem Körper ist für den Kampf angespannt. Wenn jemand eingebrochen ist, wenn er ihr wehtut … Der bloße Gedanke lässt mich rotsehen. Nur das lebenslange Training hält mich davon ab, die Tür einzutreten und hineinzustürmen. Stattdessen bleibe ich drei Meter vor ihrem Schlafzimmer stehen und drücke meine Handfläche gegen die Wand, um einen winzigen Grat zu ertasten. Als ich ihn finde, drücke ich hinein, und mit einem leisen Zischen gleitet ein kleines Stück der Wand beiseite und enthüllt eines der Mini-Waffenarsenale, die ich im ganzen Haus versteckt habe.

Lautlos greife ich in die Nische, schnappe mir eine geladene Glock 17 und nähere mich dann Chloes Tür.

Alles ist wieder ruhig, aber ich lasse mich davon nicht täuschen.

Irgendetwas stimmt da nicht. Ich weiß es. Ich spüre es.

Während ich mit dem rechten Daumen die Sicherung löse, drehe ich mit der linken Hand vorsichtig den Knauf und öffne die Tür einen Spalt.

Ein weiterer Schrei ertönt, gefolgt von einem erstickten Schluchzen.

Verdammt.

Ich stoße die Tür weit auf und stürme hinein, bereit zum Kampf.

Aber niemand greift mich an.

Es gibt keine fliegenden Kugeln, keine Bewegung jeglicher Art.

Das schwache Mondlicht offenbart niemanden in dem dunklen Schlafzimmer außer mir und einem kleinen Bündel unter der Decke auf dem Bett – ein Bündel, das plötzlich zuckt und einen weiteren dieser gedämpften Schreie von sich gibt.

Natürlich.

Ich senke die Waffe, und die schlimmste Anspannung fällt von mir ab. Das muss es sein, was Alina letzte Nacht gehört hat. Kein Wunder, dass Chloe so unbehaglich aussah, als meine Schwester das Thema ansprach.

Sie hat Alpträume. Schlimme.

Ich sollte gehen, jetzt, wo ich weiß, dass sie in Sicherheit ist, aber ich bleibe wie angewurzelt stehen und starre auf das Bündel aus Decken, während mein Herzschlag einen harten, pochenden Rhythmus annimmt. *Sie ist hier und schläft nur ein paar Meter entfernt.* Das Adrenalin in meinen Adern verwandelt sich in ein scharfes, heißes Bedürfnis, einen Hunger, der so heftig und stark ist, dass ich vor Anstrengung zittere, um ihn zu kontrollieren. Ich will ihre glatte, warme Haut unter meinen Fingern spüren, ihren frischen, süßen Wildblumenduft riechen … tief in ihrer engen, feuchten Hitze versinken … Mein Puls dröhnt in meinen Ohren, mein Körper ist so hart, dass es schmerzt, und meine Beine bewegen sich gegen meinen Willen und tragen mich vorwärts.

Nein. Scheiße, nein.

Ich bleibe mit vor Anstrengung zusammengebissenen Zähnen einen halben Meter vom Bett entfernt stehen.

Geh verdammt nochmal zurück. Jetzt.

Wie durch ein Wunder gehorchen meine Füße.

Ein Schritt.

Ein weiterer.

Ein dritter.

Ich bin auf halbem Weg zur Tür, als das Bündel auf dem Bett wieder zuckt, wild zu strampeln beginnt und die Luft mit rohen, herzzerreißenden Schreien erfüllt.

21

CHLOE

»**N**ein!« Meine Füße rutschen im Blut aus, als ich mich nach vorne stürze und über Moms Körper auf die Knie falle. Ihr schönes, ausdrucksstarkes Gesicht ist schlaff, ihre weichen braunen Augen glasig und leer. Ihr rosafarbener Bademantel, mein Weihnachtsgeschenk vom letzten Jahr, klafft oben auf und enthüllt ihre linke Brust. Ihr rechter Arm liegt in einem rechten Winkel zum Körper, und das Blut aus der tiefen, vertikalen Wunde in ihrem Unterarm sammelt sich auf den sauberen weißen Fliesen und sickert in die makellos gepflegten Fugen. Ihr linker Arm ist gegen ihre Seite gepresst, aber auch dort ist Blut zu sehen. So viel Blut …

»Mom!« Ich drücke meine eisigen Finger an ihren Hals. Ich kann keinen Puls fühlen, oder vielleicht weiß ich einfach nicht, wo ich ihn finden kann. *Weil es einen Puls gibt. Das muss so sein. Sie würde das nicht tun. Nicht jetzt. Nicht noch einmal.* Ich bin gleichzeitig verzweifelt und taub, und meine Gedanken rasen, während ich steif und erstarrt dastehe. *Blut. So viel Blut auf dem Küchenboden.* Mein Kopf dreht sich automatisch nach oben, und meine Augen suchen auf dem Tresen nach einer Rolle Papiertücher. Mama wird sich so über die Flecken auf der Fuge aufregen. Ich muss das säubern, muss …

Den Notruf anrufen. Das ist es, was ich tun muss.

Ich stehe auf und klopfe hektisch meine Taschen ab, während mein Blick durch die Küche schweift.

Mein Telefon. Wo ist mein verdammtes Telefon?

Moment, meine Handtasche.

Habe ich sie im Auto gelassen?

Ich drehe mich zur Haustür und atme flach. *Schlüssel.* Das Auto braucht Schlüssel. *Wo habe ich meine verdammten Schlüssel hingelegt?* Mein Blick fällt auf einen kleinen Tisch am Eingang, und ich renne darauf zu, wobei mein Herz so schnell hämmert, dass mir schlecht wird.

Schlüssel. Auto. Handtasche. Telefon.

Ich schaffe das.

Einen Schritt nach dem anderen.

Meine Finger schließen sich um meinen pelzigen Schlüsselbund, und ich will gerade nach dem Türgriff greifen, als ich es höre.

Das leise, tiefe Grollen von Männerstimmen in Moms Schlafzimmer.

Ich erstarre, und jeder Muskel in meinem Körper spannt sich an.

Männer. Hier in der Wohnung. Wo Mama in einer Blutlache liegt.

»… sollte hier sein«, sagt einer von ihnen, und seine Stimme wird von Sekunde zu Sekunde lauter.

Ohne nachzudenken, springe ich in die Wandnische im Flur,

die uns als Garderobe dient. Mein linker Fuß landet auf einem Stapel Stiefel, und mein Knöchel verdreht sich qualvoll, aber ich verbeiße mir den Schrei und drapiere die Wintermäntel wie einen Schild um mich.

»Überprüfe das Telefon noch einmal. Vielleicht gibt es einen Stau.« Die Stimme des anderen Mannes klingt näher, ebenso wie seine schweren Schritte.

Oh Gott, oh Gott, oh Gott.

Ich lege beide Hände über meinem Mund, und die Schlüssel, die ich umklammere, graben sich schmerzhaft in mein Kinn, während ich still dastehe und mich nicht traue, zu atmen.

Die Schritte bleiben neben meinem Versteck stehen, und durch die dicken Schichten der Mäntel sehe ich sie.

Groß.

Kraftvoll gebaut.

Schwarze Masken.

Eine Waffe in einer behandschuhten Hand.

Ein Entsetzensschauer läuft mir über den Rücken, meine Sicht ist durch den Sauerstoffmangel von dunklen Flecken getrübt.

Nicht ohnmächtig werden, Chloe. Nicht bewegen und nicht ohnmächtig werden.

Als hätte er meine Gedanken gehört, dreht sich der Mann, der mir am nächsten steht, zu meinem Versteck um, reißt seine Maske ab und enthüllt einen Haifischkopf. Mit einem makabren Grinsen entblößt er seine messerartigen Zähne und richtet die Waffe auf mich.

»Nein!«

Ich zucke heftig zurück und verheddere mich in den Mänteln. Sie sind überall um mich herum, engen mich ein, halten mich gefangen. Ich winde mich immer verzweifelter, und heiseres Flehen und panische Schluchzer entweichen meiner Kehle, als der Finger mit den schwarzen Handschuhen sich um den Abzug legt und …

»Schscht, ist schon gut, *zajchik*. Es geht dir gut.« Die Mäntel ziehen sich um mich zusammen, nur dieses Mal ist ihr Gewicht tröstlich, als wäre ich in eine Umarmung gehüllt. Sie riechen auch gut, nach einer faszinierenden Mischung aus Zedernholz, Bergamotte und erdigem Männerschweiß. Ich atme tief ein, und mein Entsetzen lässt nach, während der Kopf des Hais und die Waffe in einem nebligen Dunst verschwinden, als sich andere Empfindungen ausbreiten.

Wärme. Glatte, harte Muskeln unter meinen Handflächen. Eine tiefe, rau-seidige Stimme, die mir beruhigende Worte ins Ohr murmelt, während starke Arme mich festhalten, mich beschützen, mich vor den Schrecken bewahren, die jenseits des Nebels schweben.

Mein Schluchzen wird leiser, und meine abgehackten Atemzüge werden langsamer, als der Alptraum seinen Griff um mich löst. Und es *war* ein Alptraum. Jetzt, wo mein Gehirn anfängt, zu funktionieren, weiß ich, dass es so etwas wie einen Haifischkopf auf einem menschlichen Körper nicht gibt. Mein schlafender Geist hat ihn heraufbeschworen und die Erinnerung ausgeschmückt, so wie er jetzt …

Moment, das fühlt sich nicht wie ein Traum an.

Ich versteife, und ein Adrenalinstoß fegt den verweilenden Dunst fort und bringt die Erkenntnis, dass ein großer, warmer, halbnackter, *sehr realer* Mann mich auf seinem Schoß wiegt. Mein Gesicht ist in seiner Halsbeuge vergraben, meine Hände umfassen die harten Muskeln seiner Schultern, während seine großen, schwieligen Handflächen beruhigend über meinen Rücken streichen. Er murmelt tröstende Worte in einer

Mischung aus Englisch und Russisch, und seine weiche, tiefe Stimme ist schrecklich vertraut, genauso wie sein betörender männlicher Duft.

Das kann nicht sein.

Das ist nicht möglich.

Und doch ...

»Nikolai?«, flüstere ich und fühle mich, als würde ich innerlich implodieren. Als ich meinen Kopf von seiner Schulter hebe und meine Augen öffne, beleuchtet das schwache Mondlicht, das durch das Fenster fällt, die stark gezeichneten Linien seines Gesichts und verrät mir die Antwort.

22

CHLOE

Eine große, warme Hand legt sich auf meinen Nacken und massiert die Anspannung weg, die jeden Muskel in meinem Körper durchdringt. »Geht es dir gut, *zajchik?*«, fragt er murmelnd. Das blasse Mondlicht spiegelt sich in seinen Augen, während seine andere Hand meinen Arm auf und ab streicht. »Ist der böse Traum weg?«

Ich kann keine Worte finden, um zu antworten. Der Schock ist wie eine Million winziger Nadeln, die in meine Haut stechen, und mein inneres Thermostat schaltet von heiß auf kalt und wieder zurück.

Nikolai und ich sind im Bett.

Zusammen.

Er hält mich auf seinem Schoß.

Das Thermostat dreht sich bis zum Anschlag auf, treibt meinen Puls in die Höhe und schickt eine schwindelerregende Hitze direkt in mein Inneres. Wir sind fast nackt – mein

Pyjamatanktop und meine Shorts sind mehr als dünn, und er muss ebenfalls nur Shorts oder einen Slip tragen, denn ich kann seine nackten Oberschenkel an meinen spüren. Seine Haut ist rau von den Haaren, und seine Beinmuskeln sind so hart, dass sie sich wie Stein anfühlen.

Und das ist nicht die einzige steinerne Härte, die ich spüre.

Die ganze Welt scheint zu verblassen, ersetzt durch das Bewusstsein unserer intimen Position und der dunklen, magnetischen Kraft, die uns von Anfang an zueinander gezogen hat. Mein Herz pocht so heftig in meinem Brustkorb, dass jeder Schlag in meinen Ohren widerhallt, während mein stockender Atem durch meine geöffneten Lippen strömt. Sein Gesicht ist nur wenige Zentimeter von meinem entfernt, seine kräftigen Arme umschließen mich und halten mich in einer Umarmung, die zu gleichen Teilen beschützend und einschränkend ist.

»Chloe, *zajchik* ...« Seine tiefe Stimme hat einen angestrengten Unterton. »Geht es dir gut?«

Gut? Ich verglühe, sterbe von dem Feuersturm des Verlangens in mir. Er ist so nah, dass ich die Wärme seines Atems spüren kann. Ich rieche einen Hauch von minziger Zahnpasta, der sich mit den sinnlichen Noten seines Parfums und den salzigen Untertönen von sauberem, gesundem Männerschweiß vermischt. Seine Augen glänzen im Mondlicht, gesprenkelt mit Schatten, sein schwarzes Haar verschmilzt mit der Nacht, und ich habe den unwirklichen Gedanken, dass *er* aus Dunkelheit besteht ... dass er wie eine Kreatur der Unterwelt außerhalb der Reichweite des Lichts existiert.

Angst durchströmt mich, vermischt sich mit der Hitze, die in meinen Adern brennt und verstärkt sie auf eine seltsame, beunruhigende Weise. Meine Brustwarzen verhärten sich, und meine inneren Muskeln ziehen sich wegen des wachsenden, leeren Verlangens zusammen. Dann reagiert mein Körper auf einen lange schwelenden Impuls, als meine Finger fester die harten Muskeln seiner Schultern umfassen, während sich meine Lippen auf die seinen drücken.

Für einen kurzen Moment passiert nichts, und ich habe den entsetzlichen Gedanken, dass ich die Situation falsch eingeschätzt habe, dass die Anziehung doch einseitig ist. Doch dann rumpelt ein tiefer, rauer Ton in seiner Kehle und er küsst mich mit wildem Hunger zurück, während seine Arme sich zu einem eisernen Käfig um mich zusammenziehen. Seine Lippen verschlingen meine, seine Zunge dringt tief in mich ein, schmeckt mich, nimmt mich mit einer unverhohlenen Nachahmung des sexuellen Aktes in Besitz, und mein Verstand wird völlig leer, alle Gedanken und Ängste verdampfen unter der brutalen Peitsche der Lust.

Ich habe noch nie einen so rohen und fleischlichen Kuss erlebt, habe noch nie eine so intensive Erregung gespürt, dass sie wehtut. Meine Haut brennt, mein Herz schlägt wie eine Faust gegen meinen Brustkorb und mein Inneres pulsiert mit einem verzweifelten, immer stärker werdenden Verlangen. Er trägt mich zum Bett, nagelt mich unter seinem schweren Gewicht fest und alles, was ich tun kann, ist, hilflos in seinen Mund zu stöhnen, während sich meine Nägel in seine Schultern graben und meine Beine sich um seine Hüften legen, damit sich meine pochende Klitoris an der harten Ausbuchtung seiner Erektion reiben kann.

Ein raues Stöhnen entweicht seiner Kehle, und er streicht mit einer Hand über meinen Körper, wobei seine Berührung eine Feuerspur hinterlässt. Grob zieht er mein Tanktop hoch, und seine schwielige Handfläche schließt sich um meine linke Brust. Sie knetet sie mit hungrigem Druck, während seine Lippen meine erdrücken, sein Kuss mich verzehrt und mir jeden Atemzug aus der Lunge stiehlt. Atemlos und schwindlig drücke ich mich gegen ihn, und meine Hände gleiten nach oben und greifen nach seinem seidigen Haar. Das Gefühl seiner heißen Handfläche auf meiner Brustwarze ist zu gleichen Teilen Erleichterung und Qual. Es besänftigt das fiebrige Verlangen nach seiner Berührung, während es den schnellen Aufbau der Spannung intensiviert. Wie eine geladene Feder spannt sich der Druck in meinem Inneren immer mehr an, und jede reibende Bewegung meiner Hüften bringt mich näher zum Höhepunkt, zur Entladung, die ich so verzweifelt suche.

Ich werde gleich kommen. Diese Erkenntnis durchströmt mich einen Herzschlag, bevor der Höhepunkt kommt. Mein Rücken krümmt sich, meine Beine ziehen sich um seinen muskulösen Po zusammen, und ein erstickter Schrei entweicht meiner Kehle, als heiße Lust durch meinen Körper schießt. Die Entladung ist so stark, dass sie jeden Gedanken, jede Vernunft auslöscht, und erst als mein Rausch nachlässt und ich die Augen öffne, bemerke ich, dass er auf mir liegt, den Kopf zur Tür gedreht hat und sein kraftvoller Körper vor Anspannung vibriert.

Einen Sekundenbruchteil später wird mir klar, warum.

»Chloe, bist du das? Bist du …« Alina erstarrt in der Tür, ihre im Negligé gekleidete Figur wird von dem Licht umrissen, das vom Flur hereinströmt.

Das Licht, das sie angemacht haben muss, als sie uns hörte.

Oder besser gesagt *mich* hörte.

Eine heiße Röte breitet sich auf meinem Gesicht und

meinen Nacken aus, als mir klar wird, was genau sie gehört hat – und was sie sieht.

Mich, im Bett mit ihrem halbnackten Bruder mitten in der Nacht, mein Pyjama-Oberteil bis zu den Achseln hochgezogen.

Das kann man nicht als Unfall erklären, es nicht als etwas anderes sehen, als es ist.

»Entschuldigt.« Alinas Ton wird kühl. »Die Tür war offen. Ich wollte euch nicht stören.«

Sie verschwindet im Flur, und Nikolai murmelt etwas, was wie ein russischer Fluch klingt. Mit einer explosiven Bewegung rollt er sich von mir herunter, geht zur weit geöffneten Tür und knallt sie zu, um uns wieder in die Dunkelheit zu stürzen.

Ich setze mich schnell hin und ziehe mein Oberteil herunter, als ich seine Schritte höre. *Scheiße. Scheiße. Scheiße. Was mache ich hier?* Meine Hand tippt hektisch auf dem Nachttisch, um den Schalter der Nachttischlampe zu finden, und das Licht geht gerade an, als die Matratze unter seinem Gewicht nachgibt.

Für ein paar Sekunden starren wir uns nur an und ich registriere alle möglichen Details, die Höschen schmelzen lassen können. Die Art und Weise, wie sein glattes schwarzes Haar von meinen Fingern zerzaust ist, dass seine sinnlichen Lippen rot und geschwollen sind und von unseren rauen Küssen glänzen. Die meinen müssen genauso aussehen, denn ich kann sie spüren, feucht und pochend und nach mehr von seiner süchtig machenden Berührung und seinem Geschmack verlangend. Er trägt nur Laufshorts, und seine Brust und Schultern sind muskulös, seine Bauchmuskeln scharf definiert. Im Gegensatz zu seinen kräftigen Beinen, die mit dunklen Haaren übersät sind, ist sein Oberkörper glatt, und seine leicht gebräunte Haut wird nur von einer blassen, hervortretenden Narbe auf seiner linken Schulter unterbrochen.

Meine Herzfrequenz steigt.

Schussverletzung.

Ich habe noch nie eine gesehen, aber ich bin mir sicher, dass ich richtig liege. Entweder das, oder ein Bohrer hat seine Schulter durchbohrt.

Das anhaltende Glühen des Orgasmus verflüchtigt sich, während sich die Angst verstärkt, die durch das klarere Denken entsteht. Wer ist er, dieser umwerfende Mann, dem Gefahren so vertraut zu sein scheinen?

Warum ist er in meinem Schlafzimmer, auf meinem Bett?

Langsam schiebe ich mich weg, ohne meinen Blick von ihm zu nehmen. Die Schusswunde, die geprellten Knöchel, die Mauer um das Gelände und die Wachen ... Da ist etwas, und es ist nichts Gutes. Gewalt, in irgendeiner Form, scheint ein Teil des Lebens meines neuen Arbeitgebers zu sein, und ich will nichts damit zu tun haben, egal wie sehr sich mein Körper danach sehnt, dass wir beenden, was wir angefangen haben.

Was *ich* begonnen habe, indem ich ihn so gedankenlos, so unverschämt geküsst habe.

Bei meinem Rückzug verengen sich seine Tigeraugen, und ich spüre seine Frustration, die schwelende Wut eines Raubtieres, das die unvermeidliche Flucht seiner Beute beobachtet. Nur ist sie in unserem Fall nicht unvermeidlich – mit seiner überlegenen Größe und Stärke kann er mich jederzeit aufhalten, aber die Tatsache, dass er trotz der sichtbaren Anspannung in seinen mächtigen Muskeln unbeweglich bleibt, beruhigt mich.

Ihm muss klar sein, was ich denke, denn sein Gesichtsausdruck glättet sich, und seine Haltung wird entspannter, fast faul. »Mach dir keine Sorgen, *zajchik*. Ich werde mich nicht auf dich stürzen.« Seine Stimme ist leise, sein Ton leicht spöttisch. »Wenn du das nicht willst, sag es einfach. Ich habe nicht die Angewohnheit, Unwillige zu belästigen ... oder solche, die so tun, als sei das der Fall.«

Mein Gesicht fühlt sich an, als würde jemand Kohlen unter meiner Haut verbrennen. Er bezieht sich zweifelsohne auf meinen spontanen Orgasmus, über den ich mir noch keine Gedanken gemacht habe. Denn so schamlos mein Verhalten heute Abend auch war, nichts übertrifft, dass ich mich wie eine läufige Hündin an ihm gerieben habe – und davon gekommen bin.

»Ich tue nicht ...« Ich halte inne, als ich merke, dass ich im Begriff war, in kindische Leugnungen zu verfallen. »Du hast recht«, sage ich in einem etwas ruhigeren Ton. »Ich entschuldige mich. Ich hätte dich nicht küssen sollen. Das war völlig unangebracht und ...«

»Und es wird wieder passieren.« Seine Augen sind wie bernsteinfarbene Juwelen in dem warmen Licht der Lampe. »Du wirst mich küssen, und wir werden ficken, und du wirst immer wieder kommen. Du wirst auf meinen Fingern und meiner Zunge kommen und auf meinem Schwanz, der tief in deiner engen, feuchten Muschi vergraben sein wird. Du wirst kommen, während ich deinen Mund und deinen Arsch ficke. Du wirst so verdammt oft kommen, dass du vergessen wirst, wie es sich anfühlt, nicht zu kommen – und du wirst immer noch nach mehr betteln.«

Ich starre ihn an, und mein Hals ist trocken und meine Unterwäsche klatschnass. Meine Klitoris pulsiert im Einklang mit seinen sanft gesprochenen Worten, und mein Herz hämmert wie ein Specht, während meine Lungen darum kämpfen, einen einzigen Atemzug zu machen. Noch nie hat ein Mann so mit mir gesprochen, und ich wusste nicht, dass Dirty Talk mich gleichzeitig anmachen und mich vor Scham brennen lassen kann.

»Das ist nicht … Ich bin nicht …« Ich atme tief ein. »Das wird nicht passieren.«

»Oh, aber das wird es, *zajchik*. Weißt du, warum?«

Ich schüttele den Kopf, weil ich meinem Mund nicht traue.

»Weil das unvermeidlich ist. Von dem Moment an, als ich dich sah, wusste ich, dass es so sein würde … heiß und wild und roh, völlig unkontrollierbar. Und du hast es auch gewusst. Das ist der Grund, warum du mich bei den Mahlzeiten kaum ansehen kannst, warum es dir so viel Angst macht, mit mir allein zu sein.« Er lehnt sich vor, und seine Augen glänzen. »Du willst mich, Chloe … und glaube mir, ich will dich auch.«

Ich suche nach etwas, was ich sagen kann, aber es fällt mir nichts ein. Wo Gedanken sein sollten, ist eine große, leere Lücke. Gleichzeitig pulsiert mein Körper mit elektrischem Bewusstsein, jedes Nervenende ist sich seiner Nähe und der dunklen Hitze in diesen raubtierhaften, hypnotischen Augen bewusst. Das ist so weit jenseits meines Erfahrungsbereichs, dass ich keinen Ablaufplan dafür habe, keine Ahnung, wie ich reagieren, geschweige denn handeln soll. Er ist mein Arbeitgeber, der Vater meines Schülers, und selbst wenn er es nicht wäre, gäbe es immer noch diese Aura der Gefahr, der Gewalt, die er wie einen tödlichen Heiligenschein trägt. Die einzige vernünftige Lösung ist, das Ganze abzubrechen, zu leugnen, dass ich ihn will, aber ich kann mich nicht dazu bringen, die offensichtliche Lüge auszusprechen.

Er wartet darauf, dass ich etwas sage, und als ich es nicht tue, verziehen sich seine Lippen zu einem spöttischen

Halblächeln. »Denk darüber nach, *zajchik*«, rät er leise, und die Muskeln in seinem kraftvollen Körper spannen sich an, als er sich aufrichtet. »Denk daran, wie gut es sein wird, wenn du zu mir kommst.«

Als ich endlich eine Antwort finde, ist er verschwunden und hat einen schwachen Hauch von Bergamotte und Zedernholz auf meinen Laken hinterlassen – und völlige Verwirrung in meinem Geist und Körper.

23

NIKOLAI

*I*ch brauche jedes bisschen von der Selbstbeherrschung, die ich über die Jahre kultiviert habe, um in mein Schlafzimmer zu gehen und die Tür hinter mir zu schließen. Die Lust, dunkel und stark, pulsiert durch mich hindurch und verlangt, dass ich zu Chloe zurückkehre und dort weitermache, wo wir aufgehört haben.

Stattdessen gehe ich in mein Badezimmer. Ich ziehe meine schweißgetränkten Shorts aus, schalte die Dusche ein und stelle die Temperatur ganz auf kalt. Dann trete ich unter den Strahl und lasse die Kühle des Wassers das Feuer in meinem Blut kühlen.

Zu verdammt früh.

Ich hätte sie weiter drängen können, ich weiß, aber es wäre zu früh gewesen. Sie ist nicht bereit dafür, nicht bereit für mich. Der Alptraum hat sie dazu gebracht, ihre Wachsamkeit zu verringern, aber die vorzeitige Unterbrechung durch meine Schwester erinnerte sie an all die Gründe, warum sie mich nicht wollen sollte, all die Gründe, warum sie denkt, dass dies falsch ist. Ihr Körper mag mich wollen, aber ihr Kopf kämpft gegen die Anziehung. Sie macht ihr Angst, die Intensität dessen, was zwischen uns brodelt, und ich kann es ihr nicht verdenken.

Sie macht sogar mir beinahe Angst.

Mein Verlangen nach dem Mädchen hat etwas Zärtliches und zugleich Gewalttätiges ... eine Besessenheit, die über einfache Lust hinausgeht. Als ich dachte, dass sie in Schwierigkeiten steckte, konnte ich nur daran denken, zu ihr zu gelangen, sie zu beschützen und jeden zu vernichten, der ihr etwas antun wollte. Und als sie anfing, sich in ihrem Alptraum zu winden, war das Bedürfnis, sie zu trösten, zu stark, um es zu verleugnen. Ich behielt gerade genug Geistesgegenwart, um die Waffe im Flur abzulegen, und dann war ich da, hielt sie, während sie sich schüttelte und schluchzte und ihr offensichtliches Entsetzen mich mit Frustration und hilfloser Wut erfüllte.

Sie wurde traumatisiert, von jemandem oder etwas verletzt, und ich weiß nicht, von wem oder was.

Ich weiß es nicht, aber ich muss es wissen.

Ich muss es wissen, damit ich sie beschützen kann.

Ich muss es wissen, weil sie in meinem Kopf bereits die meine ist.

Ich stehe immer noch unter dem kalten Wasserstrahl, als eine dunkle Erkenntnis mich durchfährt.

Alina hat zu Recht Angst um Chloe.

Ich *bin* eine Gefahr für sie, allerdings nicht aus dem Grund, den sich meine Schwester vorstellt. Sie denkt, ich will das Mädchen als Wegwerf-Fickspielzeug, als eine kurzweilige Ablenkung, aber sie irrt sich. So sehr ich mich auch in Chloes engem kleinen Körper vergraben möchte, so sehr möchte ich auch in ihren Kopf eindringen. Ich möchte jeden Gedanken hinter diesen braunen Augen kennen, jeden Wunsch und jedes Bedürfnis … jede Narbe und jede Wunde offenlegen. Ich möchte tief in ihre Psyche eindringen, und das nicht nur wegen der Geheimnisse, die sie verbirgt.

Ich möchte nicht nur das Geheimnis enträtseln, das sie darstellt.

Ich möchte *sie* enträtseln.

Ich möchte sie auseinandernehmen und verstehen, wie sie tickt.

Ich will das, damit ich sie nur für mich ticken lassen kann, damit sie mir allein gehören kann.

Ich will sie so, wie mein Vater einst meine Mutter gewollt haben muss … vor einem ganzen Leben, bevor ihre Liebe in Hass umschlug.

Eine lange, übelkeitserregende Sekunde lang überlege ich, ob ich das Richtige tue. Ich überlege, ob ich weggehen soll – oder ob Chloe diejenige sein sollte, die geht. Gleich morgen früh könnte ich ihr zwei Monatsgehälter geben, ohne Bedingungen, und sie auf ihren Weg schicken … und zusehen, wie sie in ihrem heruntergekommenen Toyota wegfährt.

Ich denke darüber nach und verwerfe den Gedanken.

Es mag für Chloe zu früh sein, in mein Bett zu kommen, aber es ist zu spät für mich, das Richtige zu tun.

In dem Moment, in dem ich sie erblickte, war es zu spät … vielleicht sogar in dem Moment, in dem ich geboren wurde.

Ich habe das, was ich heute Abend zu ihr gesagt habe, ernst gemeint.

Das *ist* unvermeidlich. Die Gewissheit darüber spüre ich tief in meinen Knochen.

Sie wird zu mir kommen, angezogen von demselben

dunklen, ursprünglichen Bedürfnis, das sich unter meiner Haut windet.

Sie wird sich mir hingeben, und das wird ihr Schicksal besiegeln.

Ich schalte das kalte Wasser ab, steige aus der Kabine, trockne mich ab und gehe dann leise in mein Schlafzimmer. Die Einbauleuchten im Kopfteil sind eingeschaltet und werfen einen sanften Schein auf die weißen Seidenlaken, aber das Bett fühlt sich nicht einladend an. Nicht so wie sich *ihr* Bett anfühlte, mit ihrem kleinen, warmen Körper darin. Nicht so wie *sie* sich fühlte, als sie sich an mir rieb, nicht fragte, sondern von mir nahm, um ihr Verlangen zu befriedigen. Ihre Lippen waren wie Honig und Sünde, und ihr Geschmack wie Unschuld und Dunkelheit kombiniert.

Mein Schwanz verhärtet sich erneut, und eine Welle brennender Lust vertreibt die Kälte von der Dusche. Ich setze mich aufs Bett, ziehe meine Nachttischschublade auf und schaue auf ein paar Schlüssel an einem pelzigen, rosafarbenen Schlüsselanhänger – die, die Pavel mir gestern Abend gegeben hat, gleich nachdem er Chloes Auto umgeparkt hatte.

Vorsichtig, ehrfürchtig, nehme ich ihn und führe ihn an meine Nase. Die Schlüssel selbst riechen nach Metall, aber das rosa Fell birgt eine schwache Spur von Wildblumen und Frühling, die frische, zarte Süße von ihr. Ich atme tief ein, nehme jede Note, jede Nuance auf.

Dann lasse ich die Schlüssel zurück in die Schublade fallen und schiebe sie zu.

24

CHLOE

Stöhnend rolle ich mich auf den Rücken und lege einen Arm über meine Augen, um sie vor dem Sonnenlicht zu schützen. Ich habe Stunden gebraucht, um einzuschlafen, nachdem Nikolai gegangen war, und ich fühle mich wie ein totales Wrack. Ich will nur noch das blöde Sonnenlicht ausschalten und ...

Moment, Sonnenlicht?

Ich richte mich ruckartig auf und blinzele in das helle Licht, das durch das Fenster strömt.

Verdammt.

Komme ich zu spät zum Frühstück?

Ich werfe einen hektischen Blick durch den Raum, aber es gibt keine Uhr. Allerdings hängt der Fernseher von der Decke, und ich sehe eine Fernbedienung auf meinem Nachttisch liegen. Ich nehme sie, drücke den Einschaltknopf und hoffe, dass es sich nicht um eines dieser komplizierten Heimkino-

Setups handelt, für deren Bedienung man einen Abschluss in Informatik braucht.

Der Fernseher ist beim Einschalten praktischerweise auf einen Nachrichtensender eingestellt, und ich atme erleichtert aus.

Sieben Uhr und achtundvierzig Minuten.

Wenn ich mich beeile, schaffe ich es noch rechtzeitig nach unten.

Ich flitze ins Bad, erledige im Eiltempo mein Morgenprogramm und gehe dann direkt zu meinem Kleiderschrank. Der Fernseher ist immer noch an, der Nachrichtensprecher redet über die bevorstehenden Wahlen, während ich mir eine meiner neuen Jeans und ein weiches, langärmeliges Shirt schnappe, eine weitere Neuanschaffung. Laut dem Infobanner am unteren Rand des Fernsehbildschirms liegt die Temperatur heute Morgen unter fünfzehn Grad, also ist es deutlich kühler als gestern. Außerdem kann es nicht schaden, den immer noch heilenden Schorf auf meinem Arm zu bedecken – mir ist nicht entgangen, wie Nikolai ihn gestern Abend angesehen hat.

Ich trete um fünf vor acht angezogen aus dem Schrank, schnappe mir schnell das Schmuckkästchen mit dem Anhänger und den Ohrringen und stecke es in meine Tasche, damit ich es Alina zurückgeben kann. Die Nachrichtensendung zeigt nun einen Ausschnitt aus den Vorwahldebatten der letzten Nacht, in denen einer der Spitzenkandidaten, ein beliebter Senator aus Kalifornien, seine Gegner mit einer Flut von geschickt formulierten Fakten und Zahlen dezimiert. Ich verfolge die Politik nicht wirklich – meine Mutter hielt alle Politiker für den Abschaum der Menschheit und ihre Meinung hat auf mich abgefärbt – aber dieser Typ, Tom Bransford, ist bekannt genug, dass sogar ich weiß, wer er ist. Mit seinen fünfundfünfzig Jahren ist er einer der jüngsten Kandidaten im Rennen um die Präsidentschaft und sieht so gut aus und ist so charismatisch, dass er mit John F. Kennedy verglichen wurde. Nicht, dass er gegen meinen Arbeitgeber ankäme.

Wenn Nikolai für das Amt des Präsidenten kandidieren würde, müsste die gesamte weibliche Bevölkerung der Vereinigten Staaten nach jeder Debatte ihren Slip wechseln.

Die Zeit auf dem Bildschirm springt auf 7.56 Uhr, und ich schalte den Fernseher aus. Vielleicht habe ich heute Abend die Chance, etwas zu schauen, vorzugsweise eine leichte, lustige Komödie. Aber nichts Romantisches – ich muss mich von Nikolai und der verwirrenden Situation zwischen uns ablenken, nicht daran erinnert werden.

Ich will keine weitere schlaflose Nacht, in der mein Körper vor Erregung schmerzt und meine Gedanken in einer Endlosschleife seine schmutzigen Versprechen und die dunklen, hitzigen Bilder wiederholen, die sie hervorrufen.

Zu meiner Überraschung sitzt Nikolai nicht am Tisch, als ich pünktlich um eine Minute vor acht unten ankomme. Seine Schwester aber schon, und Slava auch. Das Kind schenkt mir ein strahlendes Grinsen, das im Kontrast zu Alinas viel kühlerem Lächeln steht, und ich lächele beide an, auch wenn der Gedanke daran, was Alina letzte Nacht gesehen hat, mich dazu bringt, mich wegschleichen und mein Gesicht nie wieder in diesem Haus zeigen zu wollen.

»Guten Morgen«, sage ich und nehme meinen üblichen Platz neben Slava ein. Es ist verlockend, Alinas Blick auszuweichen, aber ich bin entschlossen, meiner Verlegenheit nicht nachzugeben.

Was also, wenn sie mich mit ihrem Bruder erwischt hat? Es ist nicht so, dass ich eine Gouvernante aus der viktorianischen Zeit bin, die mit dem Gutsherrn geknutscht hat.

»Guten Morgen.« Alinas Ton ist neutral, ihr Ausdruck sorgfältig kontrolliert. »Nikolai ist am Telefon, also wird er nicht mit uns frühstücken.«

»Oh, okay.« Ich erlebe wieder diese seltsame Mischung aus Enttäuschung und Erleichterung, als ob ein schwerer Test, für den ich gelernt habe, verschoben wurde. Obwohl ich versucht habe, heute Morgen nicht an Nikolai zu denken, muss ich mich unterbewusst darauf vorbereitet haben, ihn hier zu sehen, denn ich fühle trotz der nachlassenden Spannung in meinen Schultern auch eine gewisse Ernüchterung.

Ich schiebe meine Hand in meine Tasche, hole das kleine Schmuckkästchen heraus und reiche es Alina. »Danke, dass du mir das gestern Abend geliehen hast.«

Ihre langen, schwarzen Wimpern schwingen herab, als sie es von mir nimmt. »Kein Problem. Etwas *grechka*?«, fragt sie und deutet auf einen Topf mit dunklem Getreide, der neben ihr steht. Das Frühstück hier scheint viel weniger aufwändig zu sein. Es gibt nur ein Glas Honig und einige Platten mit Beeren, Nüssen und geschnittenem Obst, die das Hauptgericht begleiten.

Dankbar nickend reiche ich Alina meine Schüssel. »Sehr gerne, danke.« Ich bin überglücklich, dass sie sich normal verhält. Hoffentlich wird das so bleiben.

Als sie mir die Schüssel zurückgibt, probiere ich einen Löffel des Getreides, das sie *grechka* genannt hat. Es entpuppt sich als überraschend schmackhaft, mit einem vollen, nussigen

Geschmack. Ich ahme nach, was Alina macht, gebe frische Beeren und Walnüsse in meine Schüssel und beträufele das Ganze mit Honig.

»Das ist gerösteter Buchweizen«, erklärt sie, während ich zugreife. »Zu Hause wird er normalerweise als herzhafte Beilage gegessen, oft gemischt mit einer Variation von gebratenen Karotten, Pilzen und Zwiebeln. Aber ich mag ihn so, eher wie Haferflocken.«

»Ich finde ihn leckerer als Haferflocken.«

Alina nickt und gibt Slava seine Portion Getreide. »Deshalb mag ich ihn zum Frühstück.« Sie füllt Slavas Schüssel mit Beeren, Nüssen und einem großzügigen Spritzer Honig und stellt sie vor den Jungen, der sofort seinen Löffel hineinsteckt. Aber anstatt zu essen, beginnt er, eine Blaubeere in seiner Schüssel herumzuschieben und dabei Motorengeräusche zu machen.

Ich grinse und stelle fest, dass ich ihn endlich wie ein normales Kind mit seinem Essen spielen sehe. Ich fange seinen Blick auf, zwinkere Slava zu und beginne, meine Blaubeeren aufeinanderzustapeln, als ob ich einen Turm bauen würde. Ich schaffe es nur bis zur zweiten Ebene, bevor die Beeren voneinanderrollen und in dem Teil des Getreides landen, der durch den Honig klebrig geworden ist.

Ich ziehe eine Grimasse und tue so, als wäre ich bestürzt. Slava kichert und beginnt, einen eigenen Beerenturm zu bauen. Er wird viel besser als meiner, da er Honig als Kleber verwendet und seine Blaubeeren mit geschnittenen Erdbeeren untermauert.

»Sehr gut«, lobe ich mit beeindruckter Miene. »Du bist wirklich der geborene Architekt.«

Er strahlt mich an und nimmt sich stolz einen Löffel

grechka, zusammen mit einem Stück seiner Beerenkreation. Er stopft ihn sich in den Mund und kaut triumphierend, während ich ihn lobe, weil er so clever ist. Ermutigt baut er einen weiteren Turm, und ich bringe ihn wieder zum Lachen, indem ich eine meiner Brombeeren eine Blaubeere jagen lasse, die immer wieder von meinem Löffel wegrollt.

»Du magst Kinder wirklich, nicht wahr?«, murmelt Alina, als Slava und ich von dem Spiel müde werden und weiteressen. Ihr Gesichtsausdruck ist deutlich wärmer, und ihr grüner Blick ist von einer seltsamen Wehmut erfüllt, während sie ihren Neffen anschaut. »Für dich ist es nicht nur ein Job.«

»Natürlich nicht.« Ich lächele sie an. »Kinder sind toll. Sie können uns dazu bringen, die Welt so zu sehen, wie wir sie einst gesehen haben … sie können uns das Gefühl der Freude und des Staunens vermitteln, das uns die Jahre rauben. Sie sind das, was einer Zeitmaschine am nächsten kommt – oder zumindest einem Fenster in die Vergangenheit.«

Ihre Wimpern schwingen wieder nach unten und verbergen den Blick in ihren Augen, aber die plötzliche Anspannung um ihren Mund ist nicht zu übersehen. »Ein Fenster zur Vergangenheit …« Ihre Stimme hat eine seltsam brüchige Note. »Ja, das ist genau das, was Slava ist.«

Und bevor ich fragen kann, was sie meint, wechselt sie das Thema, hin zum heutigen kühleren Wetter.

25

NIKOLAI

»Wir haben ein Problem«, sagt Konstantin anstelle einer Begrüßung, als sein Gesicht – eine schlankere, asketischere Version von meinem, mit einer schwarz umrandeten Brille, die hoch auf seiner kantigen Nase sitzt – meinen Laptop-Bildschirm ausfüllt.

Ich lehne mich näher zur Kamera, und mein Puls beschleunigt sich vor Vorfreude. »Was hast du herausgefunden?«

Konstantin runzelt die Stirn. »Oh, über das Mädchen? Noch nichts. Mein Team arbeitet noch daran.« Ohne meine bittere Enttäuschung über seine Antwort zu bemerken, fährt er fort. »Es ist mein Atomprojekt. Die tadschikische Regierung hat gerade unsere Genehmigungen zurückgezogen.«

Ich atme ein und langsam wieder aus. In Momenten wie diesen möchte ich meinen älteren Bruder erwürgen. »Na und?« Er muss doch wissen, dass mich seine Lieblingsprojekte nicht interessieren, besonders nicht solche, die an Science Fiction grenzen.

Andererseits, vielleicht tut er das auch nicht. Trotz seines genialen IQs – oder vielleicht gerade deswegen – ist Konstantin sich bemerkenswert wenig dessen bewusst, was um ihn herum passiert, vor allem wenn es um Menschen geht, und nicht um Nullen und Einsen.

»Valery denkt, dass es die Leonows sind«, sagt er, und seine Augen glänzen hinter den Gläsern seiner Brille. »Atomprom bietet gegen uns, und Alexej wurde beim Mittagessen mit dem Leiter der Energiekommission in Duschanbe gesehen.«

Scheiße. Ich kann kaum das Aufflackern der Wut verbergen, die mich durchzuckt.

Ich lag falsch. Mein Bruder ist sich sehr wohl bewusst, was er tut, indem er mich in diese Sache miteinbezieht. Wenn es jemand anderes als die Leonows wäre, würde ich mich *nicht* darum scheren – Geschäft ist Geschäft –, aber ich werde auf keinen Fall zulassen, dass sie sich einmischen.

Nicht nach Slava.

»Hat Valery …«, beginne ich grimmig zu sagen, aber Konstantin schüttelt bereits den Kopf.

»Die Energiekommission weigerte sich, mit ihm zu sprechen. Irgendein Blödsinn über die Vermeidung von unzulässigem Einfluss. Valery hat ein paar Ideen, wie wir vorgehen können, aber ich dachte, ich spreche mit dir, bevor wir diesen Weg einschlagen.«

Ich nehme einen weiteren beruhigenden Atemzug und zwinge meine angespannten Schultern, sich zu entspannen. »Du hast das Richtige getan.« Die Überzeugungstaktik, die unser jüngerer Bruder gerne anwendet, könnte unnötige Aufmerksamkeit erregen, und nach der Nummer, die die

Leonows vor zwei Jahren abgezogen haben, befinden wir uns bereits auf dünnem Eis mit den tadschikischen Behörden.

Es ist eine vorsichtigere Vorgehensweise erforderlich, weshalb Konstantin damit zu mir gekommen ist.

»Ich werde den Leiter der Kommission anrufen und ein Treffen mit ihm vereinbaren«, sage ich. »Wir waren zusammen im Internat. Er wird sich mit mir treffen.«

Konstantin senkt den Kopf. »Ich werde dich in Duschanbe treffen. Wie schnell kannst du da sein?«

»Morgen. Ich fliege gleich früh los.« Je schneller ich diesen Scheiß hinter mich bringe, desto schneller bin ich wieder hier.

Zum ersten Mal, seit ich Moskau verlassen habe, reizt mich dieser ruhige Rückzugsort in der Wildnis mehr als jede andere Stadt der Welt.

26

CHLOE

Als wir mit dem Frühstück fertig sind und ich Slava für
mich allein habe, ersetzen graue Wolken den hellen
Sonnenschein, der mich geweckt hat, und die Temperatur fällt
weiter, als ein leichter Regen einsetzt. Laut Alina soll es bis zum
Mittag Gewitter geben, also verwerfe ich die Idee, eine weitere
Wanderung mit meinem Schüler zu machen.

Stattdessen überlasse ich Slava die Entscheidung, was er
drinnen machen möchte, und ich schließe mich ihm bei dieser
Aktivität an – und das ist nun einmal der Bau von Legotürmen.
Das passt mir gut, denn so können wir einige der Wörter, die er
gelernt hat, üben. Als ihm das zu langweilig wird, bauen wir
eine Festung aus Kissen und Decken und spielen Camper und
Bären, wobei ich ihn knurrend durch das ganze Haus jage, was
uns missbilligende Blicke von Lyudmila und Pavel einbringt,
die in der Küche das nächste Essen vorbereiten. Danach lese ich
ihm seine Lieblingscomics vor, und wir spielen mit Autos und
Trucks, wobei unsere ausgewählten Fahrzeuge gegeneinander

antreten, während ich wie ein NASCAR-Sportreporter kommentiere.

Der Junge ist wirklich aufgeweckt und lustig – es ist eine Freude, ihn zu unterrichten. Doch egal wie fesselnd unsere Spiele sind, ich kann mich nicht vollständig auf sie oder auf ihn konzentrieren. Ein Teil meiner Gedanken ist woanders, bei einem anderen Paar goldener Augen. Nachdem Nikolai gegangen war, lag ich stundenlang wach, meine Haut war gerötet und mein Herz raste. Jedes Mal, wenn ich meine Augen schloss, hörte ich seine tiefe, weiche Stimme, die diese fleischlichen Versprechen machte, und der pochende Schmerz zwischen meinen Beinen kehrte zurück, machte mich nass und geschwollen und so empfindlich, dass ich die Berührung meiner Pyjama-Shorts kaum ertragen konnte. Erst als ich nachgab und meine Finger benutzte, um mir einen weiteren Orgasmus zu verschaffen, war ich in der Lage, einzuschlafen – und selbst dann war mein Schlaf unruhig, voller verschwommener Sex-Träume, durchsetzt mit Fragmenten von Alpträumen.

Aber nicht meine üblichen Alpträume.

In diesen gab es nur einen Mann mit einer Maske, und der wollte mich nicht töten.

Er wollte mich fangen.

Er wollte mich zu der seinen machen.

Slava und ich liegen auf dem Bauch auf seinem Bett und blättern in einem Buch über das ABC, als ich ein Kribbeln zwischen meinen Schulterblättern verspüre. Ich werfe neugierig einen Blick hinter mich – und Hitze durchströmt meinen ganzen Körper, als ich Nikolais Blick begegne.

Er lehnt am Türrahmen und beobachtet uns mit einem unleserlichen Gesichtsausdruck. Ich habe keine Ahnung, wie lange er bereits dort steht, aber ich kann mich nicht daran erinnern, dass ich gehört habe, wie sich die Tür geöffnet hat, also muss es schon eine Weile her sein.

»Mach weiter, mach ruhig fertig, was ihr gerade macht«, murmelt er. »Ich möchte den Unterricht nicht unterbrechen.«

Ich schlucke heftig und richte meine Aufmerksamkeit wieder auf Slava und das Buch. Auch er hat seinen Vater entdeckt, aber seine Reaktion ist viel zahmer. Er ist etwas zurückhaltend, als wir wieder die Buchstaben und die Objekte, die mit ihnen beginnen, benennen, aber als wir bei S ankommen und ich *Oink-oink*-Geräusche mache, um das Bild des Schweinchens zu begleiten, ist er wieder ganz er selbst und lacht fröhlich.

Ich kann mich nicht davon abhalten, einen weiteren Blick über meine Schulter zu werfen – und mein Herz setzt einen Schlag aus. Nikolai sieht jetzt nicht mich an, sondern seinen Sohn, und in seinen Augen liegt etwas Weiches und Schmerzliches … eine seltsame, verzweifelte Art von Sehnsucht.

Ich blinzele, und genauso schnell wechselt seine Aufmerksamkeit zu mir, der seltsame Ausdruck verschwindet und wird durch die vertraute, sengende Hitze ersetzt. Errötend schaue ich weg und setze den Unterricht fort, wobei mein Puls ungleichmäßig pocht. Ich muss mir diesen Blick eingebildet oder ihn irgendwie falsch interpretiert haben. Es ergibt keinen Sinn, dass Nikolai sich nach einem Sohn sehnt, der direkt vor ihm steht. Wenn er dem Jungen näher sein will, muss er ihm nur die Hand reichen, ihn anlächeln, mit ihm reden … ihn kennenlernen.

Er kann versuchen, tatsächlich ein Vater zu *sein* statt dieser distanzierten Autoritätsperson, mit der Slava nichts anfangen kann.

Andererseits fiel es mir schon immer leicht, mich in Kinder hineinzuversetzen. Das ist der Grund, warum ich diesen Beruf gewählt habe. Wenn Nikolai nur wenig mit Kindern zu tun hatte, bevor er von der Existenz seines Sohnes erfuhr, fühlt er sich vielleicht einfach nur verloren und unsicher – so schwer es auch bei einem so mächtigen und selbstsicheren Mann zu glauben ist.

Aus einem Impuls heraus setze ich mich auf und drehe mich zu ihm. »Möchtest du mitmachen? Vielleicht können wir beide die letzten Buchstaben mit Slava noch einmal durchgehen.«

Er wird merkwürdig still. »Wir beide?«

»Oder du kannst es allein machen, wenn dir das lieber ist.« Ich fange an, mich dumm zu fühlen. Es ist sehr wahrscheinlich, dass ich die ganze Sache falsch verstanden habe und Nikolai Gedanken und Emotionen zuschreibe, die mein eigenes Wunschdenken widerspiegeln. Nur weil ich insgeheim davon geträumt habe, meinen Vater zu treffen und ihm nahezukommen, bedeutet das nicht, dass jede Eltern-Kind-Beziehung einer bestimmten Dynamik folgen muss oder …

»Ich mache gerne mit.« Nikolai schiebt sich vom Türrahmen weg und nähert sich dem Bett mit diesen langen, anmutigen Schritten, die mich an eine Dschungelkatze erinnern.

Ich krabbele zurück, als er sich neben mich auf die Matratze setzt, aber mit Slava, der zwischen mir und der Wand liegt, komme ich nicht weit. Nikolai ist so nah bei mir, dass wir uns fast berühren, und mein Atem stockt, als sein sinnlicher Zedern- und Bergamottenduft mich einhüllt und mich an die letzte Nacht erinnert. Lebendige sexuelle Bilder dringen in meinen Geist ein, und mehr Hitze durchströmt mich, befeuchtet meine Unterwäsche und bringt mein Herz zum Rasen. Mir ist unangenehm bewusst, dass Slavas große Augen auf uns gerichtet sind, und ich versuche, meine Erregung zu unterdrücken, aber die Hitze verschwindet nicht und mein Puls weigert sich, einen gleichmäßigeren Rhythmus anzunehmen.

Das war eine schlechte Idee. Eine sehr schlechte Idee. Ich sollte mich von meinem Arbeitgeber fernhalten und nicht eine Einladung zum Kuscheln auf einem Doppelbett aussprechen. Es ist kaum genug Platz für mich und Slava. Der einzige Weg, wie wir alle zusammen daraufpassen können, ist, wenn …

»Leg dich hin, *zajchik*«, sagt Nikolai leise, und ein amüsiertes halbes Lächeln umspielt seine Lippen, während er um mich herumgreift und das Buch nimmt. »Damit ich richtig zu euch kommen kann.«

Das Blut, das in mein Gesicht fließt, fühlt sich an wie Lava, als ich widerwillig gehorche und mich auf den Bauch neben Slava lege, der fasziniert zu sein scheint von dem, was gerade passiert. Nikolai streckt sich neben mir aus, sein großer, harter Körper schmiegt sich an den meinen, und erst zu spät fällt mir ein, dass Slava in der Mitte sein sollte, um als Puffer zu dienen. Bevor ich es vorschlagen kann, legt Nikolai einen schweren Arm über meine Schultern, hält mich fest und legt das Buch vor mich.

»Mach schon«, murmelt er in mein Ohr, und sein warmer Atem schickt eine Gänsehaut über meinen Arm. »Lass uns deine Lehrmagie sehen.«

Magie? Die einzige Magie hier ist, dass ich irgendwie

unversehrt bin und nicht als Pfütze auf dem Laken liege – so fühlt sich mein Körper an, während ich in seiner Umarmung liege. Mein Puls pocht in meinen Schläfen, und mein Atem kommt abgehackt über meine Lippen, während meine Unterwäsche noch nasser wird. Einzig und allein die Anwesenheit des Kindes neben uns hält mich davon ab, den Fehler von letzter Nacht zu wiederholen, indem ich dem gefährlichen, hypnotischen Sog nachgebe, den Nikolai auf mich ausübt.

Stattdessen versuche ich, mich auf die anstehende Aufgabe zu konzentrieren. Ich räuspere mich und lese: »T steht für Traktor. Und auch für Trucks.« Meine Stimme ist eine Spur zu heiser, aber ich bin froh, dass mein Gehirn noch genug funktioniert, um die Worte auf dem Blatt zu erkennen. Glücklicherweise scheint Slava nichts zu bemerken, während ich fortfahre und mit einem leicht unsicheren Finger auf das Bild des Trucks zeige.

Mit neugierigen Blicken auf seinen Vater wiederholt er die Worte. Zuerst ist seine Stimme leise und gedämpft, dann wird sie immer lebhafter, und als wir bei Z ankommen, lacht er über die Streifen auf dem Zebra und spricht das Wort absichtlich falsch aus, da er den großen Mann im Bett mit uns vergessen hat.

Nach seinem dritten Fehlversuch schnalze ich mit gespielter Enttäuschung und schaue Nikolai an. »Warum versuchst du nicht, es zu sagen?«, schlage ich vor und ignoriere, wie mein Puls in die Höhe schnellt, als ich seinem Blick begegne. »Vielleicht hast du mehr Glück.«

Nikolais Gesichtsausdruck ändert sich nicht, aber der Arm, der über meine Schultern gelegt ist, versteift sich leicht. »In Ordnung«, sagt er in einem gemessenen Ton und schaut auf das

Buch hinunter, dann sagt er mit einem starken übertriebenen russischen Akzent: »Zje-bruh.«

Slavas Augen werden rund. Er hat offensichtlich nicht damit gerechnet, dass sein Vater Probleme mit dem englischen Wort haben würde. Ich schüttele den Kopf, als ob ich von Nikolais Versuch enttäuscht wäre, und nach einem kurzen, spannungsgeladenen Moment bricht Slava in Gelächter aus.

»Zebra«, korrigiert er durch das Kichern hindurch, seine Aussprache ist genauso perfekt wie meine. »Zebra, Zebra.«

»Oh, ich verstehe.« Nikolai schaut mich mit einem schelmischen Funkeln in seinen Augen an. »Also ... Zee-bro?«

Slava stirbt jetzt fast vor Lachen, und auch ich kann mir ein Grinsen nicht verkneifen. Das ist eine Seite meines Arbeitgebers, die ich noch nie gesehen habe, und nach Slavas Reaktion zu urteilen, hat er das auch nicht. Kichernd korrigiert er die Aussprache seines Vaters, und Nikolai verpatzt es wieder, was neue Lachsalven bei dem Jungen auslöst. Schließlich gelingt es Slava, Nikolai zu *lehren*, wie man es richtig ausspricht, und wir schließen das Buch triumphierend, nachdem wir das gesamte Alphabet durchgenommen haben.

Sofort kehrt die Spannung zwischen mir und Nikolai zurück, die Luft knistert mit einer sexuellen Ladung. Ich habe mein Bestes getan, um das Gefühl zu ignorieren, dass er sich an meine Seite drückt, aber ohne die Ablenkung durch das Buch ist es unmöglich. Sein großer Körper ist warm und hart neben mir, sein Arm liegt schwer über meinen Schulterblättern, und obwohl wir beide vollständig bekleidet sind, ist die Intimität, so zusammenzuliegen, unbestreitbar.

Zu meiner Erleichterung nimmt Nikolai seinen Arm von mir und setzt sich auf. Ich tue dasselbe und weiche schnell zurück, um etwas Abstand zwischen uns zu bringen – ein

Rückzug, den er mit dunklem Amüsement beobachtet, bevor er etwas auf Russisch zu seinem Sohn sagt.

Der Junge nickt, immer noch errötet von der Aufregung, und Nikolai erhebt sich.

»Lass uns in mein Büro gehen«, sagt er zu mir. »Es gibt etwas, was ich gerne mit dir besprechen würde.«

27

NIKOLAI

Ich sitze an dem kleinen runden Tisch in meinem Büro, und Chloe sitzt mir gegenüber und betrachtet mich mit diesen hübschen, wachsamen braunen Augen. Ihre Hände sind verschränkt auf dem Tisch, während sie darauf wartet, dass ich das Gespräch eröffne, aber ich ziehe diesen Moment in die Länge und genieße ihre Nervosität. Neben ihr auf Slavas winzigem Bett zu liegen war eine Qual – wenn mein Sohn nicht gewesen wäre, hätte ich mich nicht beherrschen können. So wie es ist, bin ich immer noch hart davon, neben ihr gelegen und ihre Wärme gespürt zu haben, während ich ihren frischen, süßen Duft einatmete. Es kostet mich alles, was ich habe, um sie nicht hier und jetzt zu packen und auf diesen Tisch zu legen.

Mit Mühe bändige ich mich. Es ist noch zu früh, zumal ich in einer halben Stunde losfahre und erst in einigen Tagen zurück sein werde. Ein schneller Fick ist nicht das, worauf ich aus bin. Das wäre nicht annähernd genug.

Wenn ich Chloe erst einmal in meinem Bett habe, werde ich sie stundenlang dort behalten. Vielleicht sogar Tage oder Wochen.

Außerdem ist das nicht der Grund, warum ich sie in mein Büro gerufen habe.

Ich lege meine Unterarme auf den Tisch und beuge mich vor. »Wegen letzter Nacht …«

Sie versteift sich, und der Puls in ihrem Nacken beschleunigt sich zusehends.

»… ging es um deine Mutter?«

Sie blinzelt. »Was?«

»Dein Alptraum. Ging es um den Tod deiner Mutter?« Die Frage quält mich schon den ganzen Morgen, und da Konstantin keinen Bericht für mich hatte, gibt es nur einen Weg, wie ich die Antwort erfahren kann.

Bei dem Wort *Tod* bewegt sich ihr Kinn fast unmerklich. »Es ist … ja, in gewisser Weise geht es um sie …« Sie schluckt trocken. »Ihren Tod.«

»Es tut mir leid.« Was auch immer sie verbirgt, ihr Schmerz ist echt, und er zerrt an mir wie ein stumpfer Angelhaken. »Wie ist sie gestorben?«

Ich weiß, was im Polizeibericht steht, aber ich möchte Chloes Meinung dazu hören. Ich habe die Möglichkeit, dass sie ihre Mutter getötet haben könnte, bereits verworfen – das Mädchen, das ich in den letzten zwei Tagen beobachtet habe, ist genauso wenig eine Mörderin wie ich ein Heiliger bin – aber das bedeutet nicht, dass nicht *etwas* passiert ist. Etwas, was sie aus dem Raster fallen ließ und sie auf eine Reise quer durchs Land in einem Auto schickte, das schon vor einem Jahrzehnt hätte ausrangiert werden sollen.

Chloes Hände verschlingen sich fester, und ihre Augen

glitzern mit schmerzhafter Helligkeit. »Er wurde als Selbstmord gewertet.«

»Und war er das?«

»Ich … weiß es nicht.«

Sie lügt. Es ist sonnenklar, dass sie kein Wort des Polizeiberichts glaubt, dass es etwas gibt, was sie mir nicht erzählt. Ich bin versucht, sie fester zu drücken, sie zu zwingen, sich mir zu öffnen, aber auch dafür ist es noch zu früh. Sie hat noch keinen Grund, mir zu vertrauen. Wenn ich zu sehr dränge, wird das nur nach hinten losgehen.

Das Letzte, was ich will, ist, sie zu verschrecken, sie dazu zu bringen, dass sie weglaufen will, während ich nicht da bin.

»Das ist hart«, sage ich stattdessen leise. »Kein Wunder, dass du Alpträume hast.«

Sie nickt. »Es war schon ziemlich hart.« Vorsichtig fragt sie: »Was ist mit deinen Eltern? Sind sie in Russland?«

»Sie sind tot.« Mein Ton ist zu schroff, aber meine Familie ist kein Thema, mit dem ich mich beschäftigen möchte.

Chloes Augen weiten sich, bevor sie sich wie erwartet mit Mitgefühl füllen. »Es tut mir wirklich leid …«

Ich halte eine Hand hoch, um sie zu stoppen. »Du hast weder ein Telefon noch einen Laptop oder irgendein Tablet, richtig?«

Sie sieht überrascht aus. »Richtig. Ich habe nichts mit auf die Reise genommen.«

Ich stehe auf und gehe hinüber zu meinem Schreibtisch. Ich öffne eine der Schubladen und nehme einen nagelneuen Laptop heraus, der noch in einer Schachtel versiegelt ist, und nehme ihn mit zurück zum Tisch.

»Hier.« Ich stelle ihn vor sie. »Ich fahre in«, ich schaue auf die Uhr, »einer Viertelstunde nach Tadschikistan. Ich weiß nicht, wie lange ich weg sein werde, aber es werden mindestens drei bis vier Tage sein, und ich möchte, dass du mich über Slavas Fortschritte auf dem Laufenden hältst.«

»Ja, natürlich.« Sie steht ebenfalls auf, und ihre braunen Augen blicken zu mir auf. »Möchtest du, dass ich dir täglich eine E-Mail schicke oder …?«

»Ich werde dich per Videoanruf kontaktieren. Bitte Alina darum, ein Konto für dich auf der sicheren Plattform einzurichten, die wir verwenden. Außerdem …«, ich ziehe meine Visitenkarte heraus und reiche sie ihr, »ist hier meine Handynummer für Notfälle.«

Ich habe vor, sie auch durch die Kameras in Slavas Zimmer zu beobachten, aber das wird nicht ausreichen. Das weiß ich bereits. Ich brauche mehr Kontakt mit ihr, muss sie hören, wie sie mit *mir* spricht, sehen, wie sie *mich* anlächelt, nicht nur meinen Sohn. Die Videoanrufe werden auch nicht ausreichen, aber es ist das Beste, was ich tun kann, wenn ich die Reise nicht ganz absagen will, und so verrückt bin ich noch nicht.

Nein, das muss reichen, und sich über Slavas Fortschritte auf dem Laufenden zu halten ist eine gute Ausrede für diese Anrufe.

Meine Brust zieht sich bei dem Gedanken an meinen Sohn wieder zusammen, aber dieses Mal wird der Schmerz von einer beunruhigenden Wärme begleitet. Slava lachte mit mir, schaute mich heute Morgen mit etwas anderem als Misstrauen an … und das ihretwegen, weil sie da war und mir ihre Herzlichkeit, ihre strahlende Magie lieh.

Ich will mehr davon.

Ich möchte all ihren Sonnenschein nehmen und damit jede dunkle, hohle Ecke meiner Seele erhellen.

Langsam, darauf bedacht, sie nicht zu erschrecken, trete ich näher und fahre mit meiner Handfläche sanft über ihre seidigglatte Wange. Sie blickt mich an, unbeweglich, kaum atmend, diese weichen, schmollenden Puppenlippen leicht geöffnet, und meine Eingeweide krampfen sich zu einer heftigen Welle von Verlangen zusammen, einem Hunger, der so intensiv wie dunkel ist. So sehr ich sie auch ficken will, noch mehr will ich sie besitzen.

Ich will sie innerlich und äußerlich besitzen, sie an mich ketten und nie wieder gehen lassen.

Etwas von meiner Absicht muss sich zeigen, denn ihr Atem stockt, und ihre Kehle bewegt sich in einem nervösen Schlucken. »Nikolai, ich ...«

»Lass den Laptop abends an«, befehle ich leise. Ich lasse die Hand sinken und trete zurück, bevor ich dem gefährlichen Sog in mir nachgeben kann.

Der Bestie, die keine noch so große Raffinesse verbergen kann.

28

CHLOE

Mit klopfendem Herzen beobachte ich durch das Fenster in Slavas Zimmer, wie Pavel einen Koffer auf den Rücksitz eines schicken weißen Geländewagens lädt und sich hinter das Lenkrad setzt. Eine Minute später nähert sich Nikolai dem Auto. Er trägt einen eng geschnittenen grauen Anzug, ein weißes Hemd mit Nadelstreifen und eine Laptoptasche über einer Schulter, was ihn durch und durch wie einen mächtigen Geschäftsmann aussehen lässt. Mit seiner gewohnten sportlichen Anmut klettert er auf den Beifahrersitz und schließt die Tür.

Ich atme zittrig aus, und mein Puls verlangsamt sich, als das Auto wegfährt und die kurvenreiche Einfahrt hinunter verschwindet. Ich habe keine Ahnung, wie ich mich wegen seiner Abreise oder dem, was in seinem Büro passiert ist, fühle. Hatte er mich gerade küssen wollen? Wenn ich seinen Namen nicht gesagt hätte, hätte er dann …

»Chloe?«, ertönt eine kleine, hohe Stimme, und ich drehe

mich mit einem Lächeln um und schiebe alle Gedanken an meinen Arbeitgeber beiseite.

»Ja, mein Schatz?«

Slava hält eine Kiste mit Legosteinen hoch. »Burg?«

Ich grinse. »Klar, machen wir.« Ich liebe es, dass er sich das Wort gemerkt hat und dass er sich wohl genug fühlt, mich bei meinem Namen zu nennen. Er ist wirklich eines der klügsten Kinder, die ich je getroffen habe und ich habe keinen Zweifel daran, dass ich Nikolai eine Menge zu berichten haben werde, wenn er mich anruft.

Mein Herzschlag beschleunigt sich wieder bei dem Gedanken, mit ihm per Videoanruf zu sprechen, und ich lenke mich damit ab, die Legosteine aus der Box zu nehmen. Ein Teil von mir ist froh, dass Nikolai weg ist … dass ich in den nächsten Tagen nicht mit seiner gefährlichen, magnetischen Gegenwart konfrontiert sein werde. Aber ein anderer, schwächerer Teil von mir trauert bereits um seine Abwesenheit. Der bewölkte Himmel draußen fühlt sich dunkler und grauer an, das Haus leerer und kälter.

Es ist, als ob etwas Lebenswichtiges aus meinem Leben verschwunden ist und ein seltsam hohles Gefühl zurückgelassen hat.

Ich verbringe den Rest des Morgens mit Slava mit verschiedenen Lernspielen, und dann essen wir im Esszimmer allein zu Mittag, während Lyudmila alle Gerichte herausbringt.

»Kopfschmerzen«, informiert sie mich, als ich nach Alina frage. »Du isst dich selbst, okay?«

Ich nicke und halte ein Lachen über die unglückliche

Formulierung zurück. Vielleicht wäre Pavels Frau offen für ein paar Englischstunden, während ich hier bin? Irgendwann muss ich sie einmal fragen. Im Moment konzentriere ich mich darauf, Slava eine großzügige Portion von allem auf dem Tisch aufzufüllen und dann dasselbe für mich selbst zu tun, während Lyudmila in der Küche verschwindet. Ich sehe sie erst beim Abendessen wieder – das Alina auch überspringt und mich mit meinem Schützling allein essen lässt.

Das macht mir nichts aus. Eigentlich ist es sogar eine Erleichterung. Trotz der schicken Klamotten, die Slava und ich gemäß den *Hausregeln* angezogen haben, fühlt sich das Abendessen zu zweit unendlich viel lockerer an, da die Atmosphäre frei von all der Anspannung ist, die die Molotow-Geschwister mit sich bringen. Ich spiele mit meinem Essen, was Slava wie verrückt kichern lässt, und ich bringe ihm weitere Wörter für verschiedene Lebensmittel sowie grundlegende Sätze für Mahlzeiten bei. Schon bald bittet er mich auf Englisch, ihm eine Serviette zu reichen, und mit viel Gestik und Mimik gelingt es uns, darüber zu diskutieren, welche Speisen er am liebsten mag und welche nicht.

Erst als Lyudmila Slava ins Bett bringt und ich in mein Zimmer gehe, wird mir klar, dass ich Alina brauche. Sie ist diejenige, die für mich einen Account auf der sicheren Videokonferenzplattform einrichten soll. Ich bezweifele, dass Nikolai mich heute Abend anrufen wird – er ist höchstwahrscheinlich noch in der Luft – aber er könnte mich morgen früh anrufen. Oder mitten in der Nacht, wenn er landet.

Aber ich möchte sie nicht stören, wenn es ihr nicht gut geht.

Ich beschließe, mit dem Einrichten des Computers zu beginnen. Es ist ein schlankes, hochwertiges MacBook Pro, und als ich es aus der Schachtel nehme, wird mir klar, dass ich noch nie ein so teures Notebook hatte. Es ist schwer zu glauben, dass Nikolai es einfach in seiner Schreibtischschublade liegen hatte, wie einen Ersatzstift.

Andererseits, warum sollte ich überrascht sein? Diese Familie hat eindeutig zu viel Geld.

Ich fahre den Laptop hoch und gehe durch das Setup des neuen Computers. Aber als ich versuche, ins WLAN zu kommen, kann ich das nicht – es ist passwortgeschützt. Auch dafür brauche ich Alina. Ich könnte Lyudmila fragen, aber sie bringt gerade Slava ins Bett, und es gibt keine Garantie, dass sie das Passwort kennt, wenn man bedenkt, wie paranoid die Molotows in Sachen Sicherheit sind, egal ob digital oder traditionell.

Frustriert atme ich aus und klappe den Laptop zu. Ohne Internet ist er so gut wie nutzlos.

Ich schätze, heute Abend darf ich faulenzen und fernsehen.

Ich schlüpfe aus meinem Abendkleid in eine butterweiche Leggings und ein Longsleeve – beides Neuanschaffungen – und mache es mir auf dem Bett bequem. Ich schalte den Fernseher ein, finde eine Naturdokumentation und verbringe die nächste Stunde damit, etwas über die Ebenen der Serengeti zu lernen. David Attenborough erzählt so großartig wie immer, und ich bin so sehr in die Geschichte auf dem Bildschirm vertieft, dass mein Kopf zum ersten Mal seit Wochen nicht arbeitet. Erst als ich einen Löwen beobachte, der sich an eine Gazelle heranpirscht, kreisen meine Gedanken um die Killer, die mich jagen, und mein Unbehagen kehrt zurück.

Ich weiß immer noch nicht, wer diese Männer sind oder was sie von meiner Mutter wollten – warum sie sie getötet haben und es wie einen Selbstmord aussehen ließen. Die logischste Möglichkeit ist, dass sie die beiden beim Einbruch in die Wohnung erwischt hat, aber warum trug sie dann ihren Bademantel, als ob sie sich zu Hause entspannen würde? Und warum hat die Polizei keine Anzeichen für einen Einbruch oder fehlende Dinge bemerkt?

Zumindest gehe ich davon aus, dass sie sie nicht bemerkt haben. Wenn sie das taten und ihren Tod trotzdem als Selbstmord einstuften ... nun, das wirft alle möglichen anderen Fragen auf.

Die andere Möglichkeit, die wahrscheinlicher und viel beunruhigender ist, ist, dass sie extra gekommen sind, um sie zu töten.

Ich schalte den Fernseher aus, stehe auf und gehe zum Fenster, um hinaus auf die schnell dunkler werdende Landschaft zu starren. Meine Brust ist eng, meine Gedanken drehen sich wieder. Seitdem es passiert ist, zerbreche ich mir den Kopf darüber, warum jemand meine Mutter umbringen wollen würde, und mir fällt kein einziger Grund ein. Mom war nicht perfekt – sie konnte scharfzüngig sein, wenn sie müde war, und sie war anfällig für Depressionen – aber ich habe nie erlebt, dass sie absichtlich gemein oder unfreundlich zu jemandem war. Solange ich mich erinnern kann, hatte sie zwei oder mehr Jobs, um uns zu versorgen, was ihr wenig Zeit und Energie ließ, um Kontakte zu knüpfen und Freunde – oder Feinde – zu finden. Soweit ich weiß, hatte sie nicht einmal ein Date, obwohl sie ständig von Männern angesprochen wurde.

Sie war wunderschön ... und kaum vierzig, als sie starb.

Meine Kehle schnürt sich zu, und ein brennender Druck baut sich hinter meinen Augen auf. Ich habe nicht nur die einzige Person auf der Welt verloren, die mich bedingungslos geliebt hat, sondern ihre Mörder sind da draußen, frei. Die

Polizei hat mir kein einziges Wort geglaubt, die Reporter, die ich kontaktiert habe, haben nicht auf meine E-Mails geantwortet und niemand sucht nach den Mördern meiner Mutter. Niemand jagt sie wie die tollwütigen Tiere, die sie sind.

Stattdessen jagen die Killer mich.

Verdammte Scheiße.

Ich drehe mich auf dem Absatz um, gehe zum Bett und schnappe mir den Laptop. Ich kann nicht herumsitzen und fernsehen, als ob meine Welt nicht vor einem Monat zusammengebrochen wäre. Nicht, wenn ich endlich in Sicherheit bin und einen Computer habe, an dem ich in Ruhe recherchieren kann. Seit Wochen taumele ich von einem Anschlag auf mein Leben in den nächsten, und meine gesamte Energie konzentrierte sich auf das Überleben, auf die Flucht, aber jetzt ist alles anders. Ich habe einen vollen Bauch, einen Rückzugsort, um meinen Kopf auszuruhen und – wenn ich nur das WLAN-Passwort bekommen kann – einen Laptop mit Internetanschluss. Ich muss mich nicht mehr in eine Bibliothek in einer kleinen Stadt schleichen, um mich über die langsamen, uralten Desktops zu kauern und mir jede Minute über die Schulter zu schauen, ich muss keine hastig verfassten E-Mails mehr abschicken, bevor ich zu meinem Auto renne.

Hier, in der Abgeschiedenheit meines Zimmers, kann ich in Ruhe nach Beweisen suchen, die meine Behauptungen untermauern, nach einer Art Beweis, mit dem ich zur Polizei gehen kann.

Ich kann versuchen, das Geheimnis von Moms Ermordung zu lösen und den Spieß umzudrehen, damit sie diejenigen sind, die fliehen müssen.

29

CHLOE

Ich weiß nicht, welches Zimmer Alinas ist, aber es muss nahe bei meinem sein, wenn sie mich beide Nächte gehört hat. Ich halte den Laptop gegen meine Brust gedrückt und klopfe an die Tür, die meinem Schlafzimmer am nächsten liegt. Als ich keine Antwort bekomme, gehe ich zur nächsten.

Wieder kein Glück.

Ich versuche drei weitere Schlafzimmertüren, plus Nikolais Büro, genauso erfolglos. Der einzige Raum, der noch übrig ist, ist Slavas, und da dort alles ruhig ist, muss er bereits schlafen.

Ich unterdrücke meine Frustration und gehe die Treppe hinunter. Ich bin mir ziemlich sicher, dass das Zimmer von Lyudmila und Pavel in der Nähe der Waschküche ist. Ich habe ihre Stimmen von dort gehört, als ich gestern meine Wäsche aus dem Trockner genommen habe. Hoffentlich ist Lyudmila noch nicht ins Bett gegangen und kann mir entweder das Passwort geben oder Alina für mich ausfindig machen.

Niemand antwortet auf das Klopfen – und Lyudmila ist auch nicht in der Küche oder einem der anderen Gemeinschaftsräume im Erdgeschoss. Ich will gerade aufgeben und zurück in mein Zimmer gehen, als entferntes Gelächter meine Ohren erreicht.

Es kommt von draußen.

Endlich.

Ich lasse den Laptop auf dem Couchtisch im Wohnzimmer liegen, eile zur Haustür und trete hinaus in die kühle, neblige Dunkelheit. Es regnet nicht mehr, aber die Luft ist immer noch feucht und kühl, und die dicken Wolken blockieren jeden Hauch von Mondlicht. Ohne das Licht aus den Fenstern und die Solarleuchten auf beiden Seiten der Einfahrt wäre es zu dunkel, um etwas zu erkennen. Aber auch so ist es immer noch mehr als nur ein bisschen unheimlich, und ich schlinge meine Arme um mich, um nicht zu frösteln, während ich dem Klang der Stimmen folgend zur Rückseite des Hauses gehe.

Ich finde Alina und Lyudmila auf Felsen am Rande der Klippe sitzen, und ein kleines Feuer knistert fröhlich vor sich hin. Sie lachen und reden auf Russisch – und, wie ich feststelle, als ich näher komme, teilen sich einen Joint.

Der grasige Geruch von Pot ist unverkennbar.

Als ich mich ihnen weiter nähere, verstummen sie, und Lyudmila sieht mich mit offener Bestürzung an, während Alina ihren üblichen rätselhaften Ausdruck auf dem Gesicht liegen hat. Nikolais Schwester nimmt einen tiefen Zug, bläst dann langsam den Rauch aus und hält mir den Joint hin. »Willst du?«

Ich zögere, bevor ich ihn ihr behutsam abnehme. »Klar, danke.« Gras ist mir nicht fremd. Ich habe in meinem ersten Jahr auf dem College mehr als genug davon geraucht, aber es ist schon eine Weile her, dass ich etwas hatte.

Früher hat es mir geholfen, mich zu entspannen, und das könnte ich heute Abend gut gebrauchen.

Ich setze mich auf einen Felsen neben Alina, inhaliere einen Zug Rauch, genieße den beißenden, grasigen Geschmack, und dann reiche ich den Joint an die misstrauisch dreinblickende Lyudmila weiter. Alina murmelt ihr etwas auf Russisch zu, und die andere Frau entspannt sich sichtlich. Sie nimmt einen Zug und gibt den Joint an Alina weiter, die wiederum einen Zug nimmt und ihn an mich weitergibt. So machen wir weiter und rauchen in geselliger Stille, bis nur noch ein kleiner, nutzloser Stummel übrig bleibt.

»Ich habe ihr gesagt, dass du uns nicht an meinen Bruder verraten wirst.« Alina lässt den Stummel ins Feuer fallen und beobachtet die daraus resultierende Funkenexplosion. »Oder ihren Mann.«

»Sie haben ein Problem mit Gras?« Meine Stimme ist rau und sanft, mein Verstand angenehm unscharf. Selbst die Aussicht, meinen Arbeitgeber zu verärgern, beunruhigt mich im Moment nicht, obwohl ich weiß, dass es das sollte. Außerdem ist Alina technisch gesehen ebenfalls meine Arbeitgeberin, und sie hat mir den Joint angeboten, also bin ich nicht schuld. Oder bin ich es? Vielleicht ist ja doch nur Nikolai mein Arbeitgeber?

Es ist schwer, klar zu denken.

»Nikolai kann bei bestimmten Dingen … prüde sein. Und Pavel hat keine Geheimnisse vor ihm.« Alina stupst mit der Spitze ihres Schuhs gegen die Glut, und ich nehme verschwommen wahr, dass sie Stilettos und ein blaues Cocktailkleid trägt, das perfekt für eine Vernissage wäre. Ihr einziges Zugeständnis an die uns umgebende Wildnis ist ein weißer Kunstpelz, der um ihre schlanken Schultern drapiert ist – vermutlich, um die Kälte abzuhalten. Sie trägt auch ihren üblichen Lippenstift und Eyeliner.

»Lyudmila sagte, du hättest Kopfschmerzen«, platze ich damit heraus, bevor ich es mir anders überlegen kann. »Machst du dich auch schick und schminkst dich, wenn du krank bist?«

Alina lacht leise und zündet sich einen weiteren Joint an. Sie nimmt einen Zug und bietet ihn Lyudmila an, die dasselbe tut und ihn mir anbietet. Ich fange an, nach ihm zu greifen, aber ändere meine Meinung. Ich weiß aus Erfahrung, dass ich schon so entspannt bin, wie ich nur sein kann; alles andere würde mich nur noch träge machen. Nicht, dass ich es nicht schon wäre – der erste Joint war stark, stärker als alle anderen, die ich je probiert habe. Außerdem gab es einen Grund, warum ich hierhergekommen bin, und der war nicht, um mich zu bekiffen.

»Ich habe schon genug, danke«, sage ich, während ich meine Hand zurückziehe, und mit einem Schulterzucken gibt Lyudmila den Joint an Alina zurück.

Ich beobachte, wie die Flammen knistern und tanzen, während die beiden rauchen und sich auf Russisch unterhalten. Ich wünschte, ich würde die Sprache sprechen, damit ich sie verstehen könnte, aber das tue ich nicht. Der sanfte Rhythmus ihrer Sprache erinnert mich an einen plätschernden Bergbach, da die Worte ineinanderfließen und sich meinem Verständnis entziehen.

Ist es für Slava auch so, wenn ich spreche? Oder für Lyudmila?

War es so für meine Mutter, als sie frisch aus Kambodscha nach Amerika gebracht wurde?

Sie hatte nie viel über ihre frühen Jahre gesprochen. Alles, was ich weiß, ist, dass sie von dem Missionarsehepaar adoptiert wurde, als sie etwa in Slavas Alter war. Ich habe sie nie nach

Details gefragt, weil ich keine schlechten Erinnerungen wecken wollte. Ich dachte, wir hätten ein ganzes Leben lang Zeit, um über alles zu reden, und sie würde mich irgendwann alles Erzählenswerte wissen lassen.

Ich war ein kurzsichtiger Idiot.

Ich hätte alles über meine Mutter erfahren sollen, als ich die Gelegenheit dazu hatte.

Alinas Lachen erregt meine Aufmerksamkeit, und ich lenke meinen Blick von den tanzenden Flammen auf ihr Gesicht, um jede Einzelheit ihrer umwerfenden Gesichtszüge zu betrachten. Es wäre leicht, sie zu beneiden, sowohl um ihre außergewöhnliche Schönheit als auch um ihren Reichtum, aber aus irgendeinem Grund habe ich nicht den Eindruck, dass Nikolais Schwester besonders glücklich ist. Sogar jetzt, wo sie mehr als nur ein bisschen high sein muss, gibt es eine spröde Kante in ihrem Lachen … eine seltsame Zerbrechlichkeit unter ihrer glänzenden Fassade. Und vielleicht ist es der Schein des Feuers, der die porzellanartige Perfektion ihrer Haut aufweicht, aber heute Abend scheint sie jünger zu sein als die Mitte bis Ende zwanzig, für die ich sie gehalten habe.

Viel jünger.

»Wie alt bist du eigentlich?«, kann ich die Frage nicht zurückhalten, da ich mir plötzlich Sorgen mache, dass ich Gras von einem Teenager angenommen haben könnte. Einen Sekundenbruchteil später erinnere ich mich daran, dass sie die Columbia absolviert hat, also muss sie mindestens in meinem Alter sein. Aber es ist zu spät, um meine übermäßig persönliche Frage zurückzunehmen.

Zu meiner Erleichterung scheint Alina sie nicht unpassend zu finden. »Vierundzwanzig«, antwortet sie in einem verträumten Tonfall. »Nächste Woche fünfundzwanzig.« Ihre

Augen sind leicht unscharf, als sie nach meinem Haar greift und eine Strähne zwischen ihren Fingern reibt. »Hat schon mal jemand erwähnt, dass du ein bisschen wie Zoë Kravitz aussiehst?« Ohne auf eine Antwort zu warten, fährt sie mit den Fingerspitzen über meinen Kiefer. »Ich kann verstehen, warum mein Bruder dich will. So hübsch ... so süß und frisch ...«

Unbeholfen lachend schlage ich ihre Hand weg. »Du bist so stoned.« Ich kann Lyudmilas Blick auf uns spüren, neugierig und urteilend, und mein Gesicht erwärmt sich, als ich darüber nachdenke, wie viel von Alinas Worten sie verstanden hat – und was sie bereits weiß. Die beiden scheinen gute Freundinnen zu sein, und es würde mich nicht wundern, wenn zumindest ein Teil ihres früheren Lachens auf meine Kosten ging.

»Extrem stoned«, stimmt Alina zu und wirft den zweiten Stummel ins Feuer. »Aber das ändert nichts an den Tatsachen.« Sie stützt ihre Ellenbogen auf die Knie, beugt sich vor, und das Feuerlicht tanzt in ihren Augen, als sie leise sagt: »Verlieb dich nicht in ihn, Chloe. Er ist nicht dein edler Ritter.«

Ich ziehe mich zurück. »Ich bin nicht auf der Suche nach einem ...«

»Doch, das bist du.« Ihre Stimme bleibt sanft, auch wenn ihr Blick messerscharf wird und alle Unschärfe verschwindet. »Du brauchst einen edlen Ritter, großmütig und freundlich und rein, einen Beschützer, der dich hegt und liebt. Und mein Bruder kann das nicht für dich sein, oder für irgendjemanden. Molotow-Männer lieben nicht, sie besitzen – und Nikolai ist da keine Ausnahme.«

Ich starre sie an, und mein Magen zieht sich zusammen, als sich der angenehme Zustand der chemisch induzierten Entspannung auflöst, und mein Kopf von Sekunde zu Sekunde klarer wird. Ich verstehe nicht, was sie meint, nicht ganz, aber ich zweifele nicht daran, dass sie es ernst meint, dass ihre Warnung mich schützen soll.

Alina zieht sich zurück, zündet einen dritten Joint an und hält ihn mir hin. »Mehr?«

»Nein, danke. Ich, ähm …« Ich räuspere mich, um meine Kehle von der Heiserkeit zu befreien. »Ich brauche eigentlich das WLAN-Passwort. Deshalb bin auf der Suche nach dir hierhergekommen. Außerdem wollte Nikolai, dass du mich auf eurer Videokonferenz-Plattform einrichtest – falls es dir gerade überhaupt passt.«

Sie nimmt einen tiefen Zug und bläst mir langsam den Rauch ins Gesicht. »Ich nehme an, das lässt sich einrichten.« Sie reicht Lyudmila den Joint und steht auf. »Gehen wir.«

Und mit einem nur leicht unsicheren Gang führt sie mich zurück zum Haus.

Als wir im Wohnzimmer ankommen, reiche ich ihr den Laptop und beobachte mit einem nicht geringen Maß an Erstaunen, wie sie zu den Einstellungen navigiert und das Passwort eingibt, wobei ihre eleganten Finger über die Tastatur fliegen. Wenn nicht der starke Geruch von Gras an ihren Haaren und ihrer Kleidung hängen würde – und wenn ich nicht persönlich gesehen hätte, wie sie den Großteil dieser zwei Joints geraucht hat, plus wer weiß wie viele vor meiner Ankunft mit Lyudmila –, hätte ich nie gedacht, dass sie high ist.

Sie ist genauso zielsicher bei der Installation der Videokonferenzsoftware und der Einrichtung des Accounts, und ihre rot lackierten Fingernägel bewegen sich mit einer Geschwindigkeit, die einen Hacker stolz machen würde.

»Du bist wirklich gut darin«, sage ich, nachdem sie mir den Laptop zurückgegeben und die Grundlagen der Software erklärt hat. »Hast du Informatik oder etwas in der Richtung studiert?«

»Gott, nein.« Sie lacht. »Wirtschafts- und Politikwissenschaften, genau wie Nikolai. Konstantin ist der Geek in der Familie – der Rest von uns ist bestenfalls kompetent.«

»Ah, trotzdem, danke dafür.« Ich klappe den Laptop zu und klemme ihn unter meinen Arm. »Ich gehe jetzt ins Bett. Gehst du …?« Ich winke in Richtung der Eingangstür.

Sie nickt, und ein Mundwinkel hebt sich zu einem halben Lächeln. »Lyudmila wartet auf mich. Gute Nacht, Chloe. Süße Träume.«

CHLOE

30

CHLOE

*Z*urück in meinem Zimmer dusche ich, um den restlichen Nebel aus meinem Kopf zu vertreiben, und ziehe meinen Schlafanzug an. Voller Vorfreude mache ich es mir dann auf dem Bett bequem, klappe den Laptop auf und starte den Browser.

Ich beginne damit, nach Nachrichten über den Tod meiner Mutter zu suchen. Es ist nicht viel zu finden, nur ein Nachruf und ein kurzer Artikel in einer lokalen Zeitung, der berichtet, dass eine Frau tot in ihrer Wohnung in East Boston gefunden wurde. Nichts von beidem geht auf Details ein und lässt taktvoll jede Erwähnung von Selbstmord aus. Ich hatte sowohl den Artikel als auch den Nachruf bereits gelesen, als ich vor ein paar Wochen in einer Bibliothek in Ohio vorbeischaute, also verwende ich keine weitere Zeit darauf. Stattdessen notiere ich mir den Namen der Reporterin und schaue mir ihre Kontaktdaten an. Dann logge ich mich in mein Gmail ein und schicke ihr eine lange, detaillierte E-Mail, in der ich genau beschreibe, was an diesem Junitag passiert ist.

Vielleicht habe ich mit ihr mehr Glück als mit den anderen Journalisten, die ich bis jetzt kontaktiert habe. Keiner von ihnen hat sich die Mühe gemacht, mir zu antworten – wahrscheinlich haben sie mich als geisteskrank abgetan, genau wie die Polizei. Aber das waren Reporter von großen Nachrichtensendern, und die werden zweifellos von allen möglichen Verrückten belästigt. In den Filmen ist es immer der kleine Reporter, der so fasziniert ist, dass er nachforscht, und vielleicht wird das auch hier der Fall sein.

Die Hoffnung stirbt zuletzt.

Als Nächstes gebe ich Moms Namen in Google ein und schaue, was ich sonst noch finden kann. Vielleicht gibt es irgendwo da draußen eine Erwähnung, dass sie ein geheimes Doppelleben führte, etwas, was erklären würde, warum jemand sie töten möchte.

Und vielleicht hüpfen Schweine in ein Raumschiff und fliegen zum Mond.

Ich finde genau das, was ich erwartet habe: ein großes fettes Nichts. Das Einzige, was meine Suche ergibt, ist Moms Facebook-Profil, und ich verbringe die nächste halbe Stunde damit, ihre Posts zu lesen, während ich mit den Tränen kämpfe. Mom mochte den Gedanken nicht, ihr Leben zur Schau zu stellen, daher ist ihre Freundeszahl im niedrigen zweistelligen Bereich, und ihre Posts sind selten und mit langen Pausen dazwischen. Ein Foto von uns beiden, wie wir zu meinem einundzwanzigsten Geburtstag in einen Klub gehen, ein Schnappschuss des Blumenstraußes, den ihre Kollegen im Restaurant ihr zu ihrem Vierzigsten geschenkt haben, ein

Video von mir, wie ich während unseres letzten Urlaubs in Miami eine Giraffe mit Salat füttere – ihr Profil streift kaum die Höhepunkte unseres Lebens, geschweige denn, dass es etwas verrät, was ich nicht schon wusste.

Trotzdem gehe ich fleißig alle Profile ihrer Facebook-Freunde durch, für den unwahrscheinlichen Fall, dass einer von ihnen ein Drogendealer sein könnte, der dumm genug ist, dies in den sozialen Medien zu verkünden. Denn das ist die beste Theorie, die mir einfällt.

Mom wurde Zeugin von etwas, was sie nicht hätte sehen sollen, und deshalb waren diese Männer hinter ihr her – genau wie sie jetzt hinter mir her sind, weil ich sie gesehen habe und weiß, dass Moms Tod kein Selbstmord war.

Zugegeben, Beweise für diese Theorie sind nicht vorhanden, aber ich kann mir keine plausibel klingende Alternative vorstellen. Nun, ich kann es – ein schiefgelaufener Einbruch –, aber es gibt viel zu viele Unstimmigkeiten bei diesem Szenario. Ich meine, Gewehre mit Schalldämpfern? Welche Einbrecher haben so etwas bei sich?

Je mehr ich darüber nachdenke, desto mehr bin ich davon überzeugt, dass diese Männer gekommen sind, um sie zu töten.

Die große Frage ist: Warum?

Drei Stunden später lösche ich den Verlauf meines Browsers und die Cookies – nur für den Fall, dass ich den Computer unerwartet zurückgeben muss – und schließe den Laptop. Meine Augen fühlen sich an, als wären sie vom vielen Lesen am Bildschirm mit Sandpapier abgerieben worden, und die entspannende Wirkung des Kiffens ist schon lange verflogen und lässt mich müde und entmutigt zurück. Ich habe so ziemlich alles gegoogelt, was mir im Zusammenhang mit Moms Leben und Tod einfiel, habe die lokalen Zeitungen nach Berichten über andere Verbrechen zur selben Zeit durchforstet – für den unwahrscheinlichen Fall, dass Moms Mörder zwei Serienmörder waren, die zusammengearbeitet haben – und habe jeden ihrer Facebook-Freunde und Restaurantmitarbeiter mit der Ausdauer des engagiertesten Trolls gestalkt. Ich habe mich sogar mit dem Tod ihrer Adoptiveltern beschäftigt, um auszuschließen, dass mehr hinter dem Autounfall steckt, als mir gesagt wurde, aber es scheint ein einfacher Fall eines betrunkenen Fahrers gewesen zu sein, der sie auf der Autobahn gerammt hat.

Es gibt nichts, absolut nichts, mit was man zur Polizei gehen könnte. Kein Wunder, dass sie mir nicht geglaubt haben, als ich an jenem Tag zitternd und hysterisch in das Revier gestürmt bin.

Ich sollte wahrscheinlich für heute Schluss machen und morgen mit frischem Kopf über alles nachdenken, aber trotz meiner Müdigkeit schwirren in meinem Kopf alle möglichen beunruhigenden Fragen herum – von denen nur einige mit Moms Tod zu tun haben. Denn es gibt noch ein weiteres Geheimnis, über das ich mir noch keine Gedanken gemacht habe, das aber genauso viel Einfluss auf meine Sicherheit haben könnte.

Wer genau ist Nikolai Molotow und was hat Alina mit ihrer seltsamen Warnung gemeint?

Ich schaue auf das Kissen, dann auf den Computer. Es ist spät, und ich sollte wirklich schlafen gehen. Aber die

Wahrscheinlichkeit, dass ich einschlafe, während ich so aufgedreht bin, ist gering, geradezu null.

Drauf geschissen. Wer braucht schon Schlaf?

Ich klappe den Laptop auf, tippe *Nikolai Molotow* in den Browser und vertiefe mich in die Resultate.

31

NIKOLAI

Das Erste, was ich bei meiner Ankunft im Hotel tue, ist, meinen Laptop hochzufahren, die Videoübertragung von Slavas Zimmer aufzurufen und zu überprüfen, ob mein Sohn friedlich schläft.

Genau das tut er. Das autoförmige Nachtlicht, das er gerne anlässt, beleuchtet seine schlafenden Gesichtszüge und enthüllt eine winzige Faust, die unter seiner süß gerundeten Wange steckt. Mein Herz pocht schneller bei diesem Anblick, und ein nun vertrauter Schmerz breitet sich in meiner Brust aus. Ich verstehe ihn genauso wenig wie meine wachsende Besessenheit von seiner Lehrerin, aber ich kann nicht leugnen, dass es da ist, genauso real und konkret wie mein Hass auf die Frau, die ihn geboren hat.

Für Xenia und den gesamten Leonow-Vipernclan.

Wut kocht in meinem Magen hoch, und ich reiße meine Gedanken von ihnen weg. Morgen wird es früh genug sein, um sich mit ihrer neuesten Sabotage zu beschäftigen – heute

Abend habe ich angenehmere Dinge, über die ich nachdenken kann.

Ich öffne ein neues Fenster und rufe die Webcam auf Chloes Laptop auf. Ein warmes Glühen breitet sich in mir aus, als ihr hübsches Gesicht den Bildschirm füllt. Trotz der späten Stunde ist sie wach, und ihre glatte Stirn ist in Falten gelegt, während sie aufmerksam auf ihren Computer starrt. Sie muss irgendetwas online machen, denn ich kann sehen, dass ihr Browser aktiv ist, und als ich in ihren Suchverlauf gehe, freue ich mich, dass sie über mich recherchiert.

Ich hatte gehofft, dass sie an mich denkt, so wie ich an sie.

Sie hat natürlich keine Ahnung, dass ich das sehen kann. Der Laptop, den ich ihr geschenkt habe, stammt aus einer speziellen Charge, die von einem von Konstantins schattigeren Unternehmungen verändert wurde. Er sieht aus wie ein normaler nagelneuer Mac, ist aber mit einer vorinstallierten unauffindbaren Spyware ausgestattet, was es uns ermöglicht, alle möglichen einflussreichen Geschäftsleute und Politiker im Auge zu behalten.

So mancher Geschäftsabschluss wurde dank dieser praktischen Software und den Geheimnissen, die sie enthüllt hat, durchgedrückt.

Ich beobachte sie ein paar Minuten lang und amüsiere mich über ihre Versuche, einen Artikel aus einer russischen Zeitung mit Hilfe von kostenlosen Web-Übersetzungstools zu lesen. Wenn sie verwirrt ist, rümpft sie ihre Nase auf die süßeste Art und Weise, die ich je gesehen habe, und ihre Augen wechseln von weit zu schmal und wieder zurück, wobei ihre Zähne häufig an ihrer Unterlippe knabbern. Ich möchte in diese pralle Lippe beißen und sie mit einem Kuss besänftigen, dann dasselbe auf ihrem ganzen köstlichen kleinen Körper tun.

Mein Schwanz rührt sich bei dem Gedanken, und ich atme tief durch, um mich von der Hitze abzulenken, die sich in mir aufbaut. So angenehm es auch ist, sie zu beobachten … Was ich noch mehr möchte, ist, mit ihr zu sprechen, ihre weiche, heisere Stimme zu hören und ihr sonniges Lächeln zu sehen. Ich vermisse dieses Lächeln.

Scheiße, ich vermisse *sie*.

Es ist lächerlich, ich weiß – ich habe sie erst diese Woche kennengelernt, und wir waren weniger als einen Tag getrennt – aber so ist es nun einmal, das ist die Unausweichlichkeit von allem. Das Schicksal hat sie zu mir gebracht, und jetzt gehört sie mir, auch wenn sie es noch nicht weiß. Wenn diese Reise nicht gewesen wäre, wäre sie schon in meinen Armen, aber die Leonows haben ihre dreckigen Finger in unsere Angelegenheiten gesteckt, und jetzt sind wir hier.

Ich hole noch einmal tief Luft, öffne Konstantins Videosoftware und rufe sie an.

32

CHLOE

Jch bin gerade dabei, die Bing-Übersetzung des russischen Artikels akribisch mit der Google-Version zu vergleichen, in der Hoffnung, drei besonders verwirrende Sätze zu verstehen, als ein leises Klingeln ertönt und eine Videoanrufanfrage mit Nikolais Bild erscheint.

Mein Herzschlag schießt in die Höhe, und meine Atmung beschleunigt sich unkontrolliert. Es ist, als wäre er der sprichwörtliche Teufel, der von meinen Gedanken – oder meinen Recherchen – herbeigerufen wird. Ist das möglich? Weiß er irgendwie, dass ich in diesem Moment gerade etwas über ihn lese?

Ist das der Grund, warum er so spät anruft? Um mich wegen meiner Schnüffelei zu feuern?

Nein, das ist verrückt. Wahrscheinlich ist er gerade gelandet, hat auf der Videokonferenz-App gesehen, dass ich online bin, und hat beschlossen, sich zu melden.

Mit einem zittrigen Atemzug streiche ich meine Haare mit den Handflächen glatt und klicke auf *Akzeptieren*.

Sein umwerfendes Gesicht füllt den Bildschirm und lässt mein Herz schneller schlagen. »Hi, *zajchik*.« Seine Stimme ist sanft und tief, und sein Blick sogar durch die Kamera hypnotisierend. Generell ist die Qualität des Videos der Wahnsinn – es ist wie ein Film in HD. Ich kann alles sehen, von den kunstvollen Schwüngen in dem abstrakten Gemälde, das ein paar Meter hinter seinem Stuhl an der Wand hängt, bis zu den waldgrünen Flecken in seinen bernsteinfarbenen Augen. Er muss gerade erst angekommen sein, denn er trägt immer noch das Hemd und die Krawatte, mit der ich ihn abreisen sah. Aber anstatt müde und zerknittert auszusehen, wie es ein normaler Mensch nach einem Transatlantikflug tun würde, ist er das Ebenbild von müheloser Eleganz, jedes glänzende schwarze Haar ist an seinem Platz.

Als ich merke, dass ich ihn anstarre wie ein Groupie, zwinge ich meine Stimmbänder zum Handeln. »Hi.« Meine Kehle ist noch etwas rau vom Rauchen, aber ich hoffe, dass er die Rauheit in meiner Stimme der späten Stunde zuschreibt. »Wie war dein Flug?«

Seine sinnlichen Lippen verziehen sich zu einem warmen Lächeln. »Ereignislos. Warum bist du noch wach? Es ist schon nach Mitternacht bei euch.«

»Ich bin … einfach nicht müde.« Besonders jetzt, wo ich mit ihm spreche, nicht. Diesen Anruf zu bekommen war, als hätte ich fünf Espresso getrunken. Sogar meine Erschöpfung ist verschwunden und wurde durch eine hibbelige Aufregung ersetzt – eine, die nur teilweise mit dem zu tun hat, was ich gelesen habe.

Wie ich vermutet habe, sind die Molotows stinkreich und

sehr bekannt in Russland. »Eine der mächtigsten Oligarchenfamilien« ist ein von Google übersetztes Zitat aus einem russischen Artikel, und es gibt viele Erwähnungen von Nikolai und seinen Brüdern – und davor von Vladimir, ihrem Vater – in der russischen Presse. Ich habe sogar ein Foto aus dem letzten Jahr gefunden, auf dem Nikolai neben dem russischen Präsidenten bei einer Gala in Moskau sitzt und genauso cool und unaufgeregt aussieht wie bei seinen Familienessen.

Zu meiner großen Erleichterung habe ich nichts darüber gefunden, dass die Molotows zur Mafia gehören oder kriminelle Verbindungen haben, aber vielleicht habe ich auch nur nicht tief genug gegraben. Selbst mit Hilfe von Web-Übersetzungsprogrammen ist es schwer, die richtigen Suchbegriffe auf Russisch zu finden, und es gibt überraschend wenig über Nikolais Familie auf Englisch – eine beiläufige Erwähnung auf CNN über eine Pipeline in Syrien, die von einer ihrer Ölfirmen gelegt wurde, ein Absatz auf Bloomberg über ein neues Krebsmedikament, das von einer ihrer Pharmafirmen entwickelt wurde, eine Zeile über Vladimir Molotow in einem *New-York-Times*-Artikel, der von dem enormen Reichtum in Russland handelt. Es gibt keine Wikipedia-Einträge über sie, nichts in den Boulevardzeitungen. Sie erscheinen nicht einmal auf irgendeiner *Forbes*-Liste, obwohl mehrere russische Milliardäre dort vertreten sind und die Molotows noch reicher klingen.

Natürlich ist es möglich, dass ich nichts finden konnte, weil all die Molotowcocktail-Vorkommen die Suchergebnisse verstopfen. Ich muss Nikolai oder seine Schwester fragen, ob sie mit dem sowjetischen Außenminister verwandt sind, nach dem der selbstgemachte Sprengstoff abwertend benannt ist.

Auf meine Antwort hin runzelt Nikolai die Stirn und schaut besorgt in die Kamera. »Du hattest doch nicht wieder einen Alptraum, oder?«

Ich schüttele lächelnd den Kopf. »Ich bin einfach noch nicht schlafen gegangen.«

Vielleicht ist es das Fehlen irgendwelcher alarmierender Entdeckungen bei meiner Suche, oder die einfache Tatsache, dass er nicht hier ist, um meinen Körper mit körperlichem Bewusstsein zum Summen zu bringen, aber ich fühle mich ruhiger, während ich heute Abend mit ihm rede ... sicherer. Schließlich ist es möglich, dass meine Erlebnisse des letzten Monats meine Nerven zerfetzt haben und mich dazu bringen, Gefahren zu sehen, wo keine sind, und dass alle vermeintlichen roten Fahnen – seine Schusswunden-Narbe und die zerschlagenen Knöchel, die Wachen und alle Sicherheitsmaßnahmen – harmlose Erklärungen haben. Und überhaupt ...

»Warst du jemals beim Militär?«, frage ich impulsiv und noch mehr Anspannung fällt von meinen Schultern, als Nikolai nickt und ein schwaches Lächeln auf seinen Lippen tanzt, während er sich in seinem Stuhl zurücklehnt.

»Meine Familie hat eine lange Geschichte von herausragenden Diensten für das Land, und mein Vater bestand darauf, dass meine Brüder und ich dieser Tradition folgen. Wir haben uns alle drei mit achtzehn Jahren gemeldet und mehrere Jahre gedient.« Er legt den Kopf schief und schaut mich nachdenklich an. »Hast du dich darüber gewundert?« Er berührt seine linke Schulter.

»Das habe ich«, gebe ich verlegen zu. Ich fange an, mich wie ein Idiot zu fühlen, weil ich meiner Fantasie vorher freien Lauf gelassen habe. »Was ist passiert? Wurdest du angeschossen?«

Er nickt. »Ein Scharfschütze schickte eine Kugel in meine Richtung. Zum Glück hat er mich verfehlt.«

»Verfehlt?«

Seine weißen Zähne blitzen in einem Grinsen auf. »Ich bin nicht tot, oder?«

»Nein, Gott sei Dank.« Trotzdem zieht sich meine Brust zusammen, als ich mir die Narbe vorstelle und den Schmerz, den er empfunden haben muss, als sich die Kugel durch sein Fleisch gebohrt hat. »Hast du lange gebraucht, um dich zu erholen?«

»Ein paar Wochen. Ich war zu der Zeit erst zwanzig, was mir geholfen hat.«

»Trotzdem kann ich mir nicht vorstellen, dass es angenehm war.« Unfähig, der Versuchung zu widerstehen, frage ich: »Trainierst du immer noch? Also ... kämpfen und so?«

Ich versuche, subtil zu sein, aber er durchschaut mich trotzdem.

Mit einem bösen Grinsen hält er seine Hände hoch und dreht sie, um der Kamera die geprellten Knöchel zu zeigen. »Du fragst danach, nehme ich an? Das kommt vom Sparring mit ein paar meiner Wächter. Sie sind aus meiner ehemaligen Einheit, und wir gehen ab und zu aufeinander los – zumindest wenn Pavel gerade nicht kann.«

Ich grinse ihn an, so erleichtert, dass ich weinen könnte. Natürlich sind seine Wachen seine Armeekumpel – das ergibt so viel Sinn und spricht Bände über seinen Charakter. »War Pavel auch mit dir in der Armee?« Ich kann mir gut vorstellen, wie der Bär in einer Armeeuniform, mit einer M16 und vielleicht einem Panzer auf den Schultern, herumläuft.

Zu meiner Überraschung schüttelt Nikolai den Kopf. »Er hat mit meinem Vater gedient. Er meldete sich mit vierzehn, und sie haben ihn aufgenommen, da er schon seine heutige Größe hatte und wie fünfundzwanzig aussah.«

»Oh, wow. Er kannte deine Familie also schon vor deiner Geburt?«

»Lange vorher«, bestätigt Nikolai. »Mein Vater hat ihn direkt nach seiner Armeezeit eingestellt, und seitdem ist er bei unserer Familie.«

»Lyudmila auch?«

»Nein, sie sind erst seit etwa zehn Jahren verheiratet.« Er lacht. »Alina bekam fast einen Anfall, als er uns Lyudmila vorstellte. Ich glaube, meine Schwester hatte den Eindruck, dass Pavel ihr alleiniges Eigentum ist.«

Meine Augen weiten sich. »Sie war in ihn verknallt?«

»Nein. Ich glaube, sie sah ihn eher als einen zweiten Vater an.« Sein Lächeln verblasst, und etwas Düsteres flackert in seinen Augen, bevor seine Lippen ihre übliche dunkle, sinnliche Wölbung annehmen – dieses zynische, verführerische Lächeln, das, wie ich jetzt feststelle, seine wahren Gefühle verbirgt. Er lehnt sich näher zur Kamera und sagt leise: »Genug von ihnen. Erzähl mir von deinem Tag, *zajchik*. Was haben du und Slava gemacht, während ich weg war?«

Richtig, deshalb ruft er an: um einen Bericht über seinen Sohn zu bekommen. Ich verberge einen irrationalen Stich der Enttäuschung, schlüpfe in meine Lehrerinnenrolle und informiere ihn über unsere Aktivitäten und die Fortschritte, die Slava macht. Er hört aufmerksam zu, unterbricht gelegentlich, um Einzelheiten nachzufragen, und während unser Gespräch weitergeht, merke ich, dass ich noch eine weitere negative Meinung, die ich von ihm hatte, revidieren muss.

Nikolai liebt seinen Sohn wirklich. Sehr sogar.

Ich habe heute Morgen einen flüchtigen Blick darauf

erhascht, als Slava und ich auf dem Bett lagen, und ich sehe es jetzt an der Art, wie sein Gesicht weicher wird, wenn ich über den Jungen rede. Ich weiß nicht, warum er sich weigert, seinen Sohn vor so offensichtlichen Gefahren wie einem scharfen Messer zu schützen, aber es ist nicht, weil er ihn nicht liebt. Er tut es – obwohl es mich nicht überraschen würde, wenn er Schwierigkeiten hätte, es zuzugeben, so wie er in der Nähe von Slava ist.

Ich glaube, Nikolai möchte seinem Sohn näher sein, weiß aber nicht, wie.

Ich denke … er ist vielleicht doch ein guter Mann.

Alinas Warnung drängt sich wieder in meine Gedanken, aber ich schiebe sie beiseite. Sie war stoned, und es gibt eindeutig Spannungen zwischen Bruder und Schwester, irgendeine Geschichte, in die ich nicht eingeweiht bin. Außerdem weiß ich nicht, was sie denkt, was zwischen mir und Nikolai passiert, aber Liebe scheint nicht zur Diskussion zu stehen. Sex vielleicht – ich bin realistisch genug, um zuzugeben, dass meine Entschlossenheit, nicht mit meinem Chef zu schlafen, der starken Anziehungskraft zwischen uns nicht gewachsen ist – aber Liebe ist eine ganz andere Nummer. Ich wäre ein Idiot, wenn ich mich in einen Mann wie Nikolai verlieben würde, der zweifelsohne daran gewöhnt ist, dass sich die schönsten Frauen der Welt auf ihn stürzen. Wenn wir miteinander schlafen würden, würde es ihm nichts bedeuten – und ich kann nicht zulassen, dass es mir etwas bedeutet.

Besser noch, wir sollten nicht miteinander schlafen.

Auf diese Weise wird niemand verletzt.

Wir reden noch zwanzig Minuten über Slava, bevor mich die späte Uhrzeit einholt und mich mitten im Satz ein Gähnen überkommt. Ich verkneife es mir sofort, aber Nikolai lässt sich nicht täuschen.

»Du bist erschöpft, nicht wahr?«, murmelt er und mustert mich besorgt. »Du hättest etwas sagen sollen, *zajchik*. Ich wollte dich nicht aufhalten.«

»Nein, nein, es ist in Ordnung. Ich bin nur …« Ein weiteres unkontrolliertes Gähnen unterbricht meine Worte, und ich bedecke es mit meinem Handrücken, bevor ich ihm ein reumütiges Lächeln zeige. »Okay, ja, für mich ist jetzt Schlafenszeit. Wie kannst du so wach sein? Du musst obendrein einen Jetlag haben.«

Die grünen Flecken in seinen Augen schimmern heller. »Ich brauche nicht viel Schlaf.«

Natürlich tut er das nicht. Es würde mich nicht überraschen, wenn er zum Teil übermenschlich wäre – das würde das außergewöhnlich gute Aussehen erklären, das er mit seiner Schwester teilt.

»Na ja, trotzdem gute Nacht«, sage ich und kämpfe gegen ein weiteres Gähnen an. »Und viel Glück mit deinen Geschäften.«

»Danke, *zajchik*.« Sein Lächeln hat eine zärtliche Note. »Schlaf gut. Ich werde dich morgen Abend anrufen.«

Er legt auf, und als ich den Laptop weglege, merke ich, wie mein Herz in einem neuen, ungleichmäßigen Rhythmus schlägt und meine Brust mit einer Wärme gefüllt ist, die ich nicht zu analysieren wage.

33

NIKOLAI

Ich schließe die Augen, nachdem wir das Telefonat beendet haben, und versuche, das ungewohnte Gefühl des Wohlbefindens, das das Gespräch mit Chloe ausgelöst hat, zu bewahren, aber es verblasst schnell. An seine Stelle tritt das grimmige Bewusstsein dessen, was ich heute tun muss, gemischt mit dunkler Vorfreude.

Es ist schon sechs Monate her, dass ich in dieser Welt war. Sechs Monate ist es her, dass ich mich auf irgendeiner Ebene über das Oberflächlichste hinaus auf unser Geschäft eingelassen habe. Und obwohl ich gerne sagen würde, dass ich es hasse, zurück zu sein, kann ich nicht leugnen, dass ein Teil von mir in allem schwelgt … dass mein Blut schneller durch meine Adern pumpt.

Ich öffne die Augen wieder, klappe den Laptop zu und stehe auf.

Es ist Zeit, an die Arbeit zu gehen.

Pavel wartet schon in der Hotellobby, und wir gehen gemeinsam hinaus. Unser Ziel ist eine kleine Kneipe ein paar Straßen entfernt, genauer gesagt ihr Keller.

Der Anblick, der uns dort unten empfängt, ist nicht schön. Ein Mann hängt an den Handgelenken an einer in die Decke geschraubten Kette, die Fußspitzen seiner Stiefel berühren kaum den nackten Betonboden. Sein blasses Gesicht ist geprellt und geschwollen, der Bereich unter seiner verschobenen Nase ist mit dunklem Blut verkrustet. Zwei von Valerys Männern stehen mit versteinerten Gesichtern und emotionslosen Augen neben ihm.

»Hattet ihr Glück?«, frage ich einen von ihnen, aber der Angesprochene schüttelt den Kopf.

»Er behauptet, dass er den Zugangscode nicht hat, aber das ist eine Lüge. Wir haben gesehen, wie er ihn benutzt hat.«

»Hmm.« Ich nähere mich dem Gefangenen und umrunde ihn langsam, wobei ich bemerke, wie sich sein Atem beschleunigt. Ein beißender Uringeruch geht von seinem Schritt aus, und auf seiner beigefarbenen Atomprom-Uniform sind Schmutz- und Blutflecken zu sehen.

Der arme Kerl weiß, dass er am Arsch ist.

»Wie heißt du?«, frage ich und bleibe vor ihm stehen.

Er starrt mich an, sein Mund zittert, und dann platzt er damit heraus: »Ich kenne den Code nicht. Das tue ich nicht!«

»Ich habe nach deinem Namen gefragt. Den weißt du doch, oder?«

»Ich …« Seine Stimme bricht, als wäre er ein Teenager und nicht ein Mann in seinen Zwanzigern. »Ivan.«

»Okay, Ivan. Ich sag dir was: Ich weiß, du willst deinen

Arbeitgeber nicht verärgern, aber du hast nicht wirklich eine Wahl.« Ich schenke ihm ein mitfühlendes Lächeln. »Das verstehst du doch, oder?«

»Ich kenne den Code nicht!« Schweißperlen bilden sich auf seiner Stirn. »Ich schwöre es – ich schwöre es auf das Leben meiner Mutter.«

»Aber sie ist tot, Ivan. Sie starb bei einem Fabrikbrand, als du fünfzehn warst. Das war tragisch, und es tut mir leid.«

Sein Gesicht wird leichenblass, und ich fahre in demselben mitfühlenden Ton fort. »Schau, du bist kein schlechter Kerl, Ivan. Du hattest ein hartes Leben und hast alles getan, um deiner Familie zu helfen und dich um deine kleine Schwester zu kümmern. Wie alt ist sie jetzt? In der zehnten Klasse?«

»I-ihr ...« Er zittert fast zu sehr, um zu sprechen. »Ihr Wichser!«

Ich schnalze mit der Zunge. »Beleidigungen werden dich nicht weiterbringen. Jetzt hör mir zu, Ivan. Ich kann sie«, ich mache eine Geste zu den emotionslosen Wachen, »die Antwort aus dir herausprügeln lassen. Und wenn sie versagen, gibt es immer noch meinen Partner«, ich schaue zu Pavel, der ruhig in einer Ecke steht, »und seine Fähigkeit, mit Messern umzugehen. Ganz zu schweigen von allen möglichen anderen, weniger schmackhaften Taktiken, die mein Bruder gerne anwendet. Aber warum zu solchen Mitteln greifen, wenn wir einen Deal machen können, du und ich?«

Sein Adamsapfel bewegt sich, als er nervös schluckt. »W-was für einen Deal?«

Ich lächele ihn sanft an. »Du hast Angst vor den Leonows, nicht wahr? Deshalb bist du auch so mutig. Dir ist das Werk, das du bewachst, völlig egal. Es stört dich nicht, wenn wir den Zugangscode bekommen, richtig? Aber die Familie Leonow ...«

Ich gehe langsam in einem weiteren Kreis um ihn herum. »...
sie können dir Dinge antun, deinen Liebsten. Deiner kleinen
Schwester.« Ich bleibe vor ihm stehen. »Nicke, wenn ich auf
dem richtigen Weg bin.«

Er senkt sein Kinn in einem kaum wahrnehmbaren Nicken,
und Schweiß läuft über sein Gesicht.

»Das habe ich mir schon gedacht.« Ich ziehe ein
Taschentuch aus meiner Tasche und tupfe ihm die Stirn ab.
»Also, wie wäre es damit: Du nennst uns den Zugangscode und
teilst uns alles mit, was du über das Sicherheitsprotokoll in der
Fabrik, in der du arbeitest, weißt, und wir setzen dich und
deine Familie in das nächste Flugzeug zu einem Ziel deiner
Wahl. Es kann jeder Ort sein: Simbabwe, Fidschi, Thailand ...
die Cayman Islands. Nenne ihn, und wir schicken dich mit
einer neuen Identität und hundert Riesen in bar als
Umzugsprämie dorthin. Wie klingt das?«

Schwer atmend starrt er mich an, und Hoffnung und Angst
ringen in seinen Augen miteinander.

»Ich weiß, was du denkst, Ivan«, fahre ich leise fort und
lasse das verschmutzte Taschentuch auf den Boden fallen. »Wie
kannst du mir vertrauen, dass ich meinen Teil der Abmachung
einhalte? Was soll uns davon abhalten, dich zu töten, sobald du
uns sagst, was wir wissen wollen, richtig?«

Er schluckt wieder. »Richtig.«

»Die Antwort ist: nichts.« Ich lasse einen Hauch von
Grausamkeit in mein Lächeln eindringen. »Absolut nichts.
Aber das spielt keine Rolle, denn mir zu vertrauen ist die
einzige Option, die du hast. Wenn du das nicht tust, wirst du
uns alles auf die harte Tour erzählen – und wenn die Leonows
von dem Einbruch in die Anlage erfahren, werden sie nach dem
Schuldigen suchen. Wenn sie entdecken, dass du es bist, *werden*

sie hinter deiner Familie her sein. Verstehst du, Ivan? Verstehst du, was du tun musst, wenn du willst, dass deine Schwester lebt?«

Sein Kinn zittert, als er mich anblickt und Tränen aus seinen Augenwinkeln fließen. Schließlich nickt er niedergeschlagen.

»Gut. Jetzt erzähl diesen Gentlemen, was sie wissen wollen.«

Ich wende mich ab und nicke Valerys Männern zu, die sofort aufstehen und ihre Handys zücken, um mit der Aufnahme zu beginnen.

»Du hättest das nicht selbst machen müssen«, sagt Pavel mit leiser Stimme, als wir aus der Taverne gehen. »Sie hätten die Antworten aus ihm herausbekommen können. Wenn nicht, wäre ich eingesprungen. So wäre es billiger gewesen.«

»Vielleicht. Aber auf diese Weise wissen wir, dass er uns nicht verarscht, damit der Schmerz aufhört.« Ich werfe einen Blick auf meinen lebenslangen Leibwächter, dessen Blick rastlos unsere Umgebung absucht, obwohl Valerys Wachen die Umgebung bereits gesichert haben. »Zahlreiche Studien haben gezeigt, dass unter Folter gewonnene Informationen unzuverlässig sind.«

»Nicht die Informationen, die ich erhalte«, sagt er düster, und ich lache.

»Hast du Angst, dass dein Messer rostig wird?«

Pavel streitet es nicht ab. Er vermisst es, mittendrin zu sein, so wie ich es tue – oder tat. Im Moment wäre ich viel lieber in Idaho bei Chloe. Ich will da sein, falls sie wieder einen

Alptraum hat. Ich möchte sie halten, sie beruhigen, trösten ... und sie schließlich verführen. Ihre Entschlossenheit wankt bereits, ich kann es spüren – deshalb habe ich beschlossen, sie über die blauen Flecken an meinen Knöcheln und die Narbe an meiner Schulter zu beruhigen.

Ich will sie nicht anlügen, was die Art von Mann betrifft, die ich bin, aber ich will auch nicht, dass sie Angst vor mir hat.

Ich werde ihr nicht wehtun ... zumindest nicht auf diese Art und Weise.

»Hast du schon ein Treffen mit dem Leiter der Energiekommission arrangiert?«, fragt Pavel, als wir an einer Kreuzung halten. Ich nicke und reiße meine Gedanken von Chloe weg.

»Ich treffe ihn am Montag zum Mittagessen«, sage ich und trete auf die Straße, als die Ampel vor uns grün wird. Ich musste drei Telefonate machen, um zu dem Kerl durchzukommen, aber ich schaffte es, das hatte ich schon vorher gewusst. »Das ist ein weiterer Grund, warum ich diesen Weg mit Ivan gegangen bin«, fahre ich fort. »Es war keine Zeit, ihn richtig zu brechen – wir brauchten den Code so schnell wie möglich.«

»Ich hätte auch nicht lange gebraucht«, murmelt Pavel, und ich lache – gerade als ein Motorrad röhrend um die Ecke biegt und direkt auf mich zuschießt.

34

NIKOLAI

Ich reagiere in Sekundenbruchteilen, aber Pavel ist noch schneller. Er schubst mich, als ich mich gerade zur Seite werfe, und wir schlagen beide hart auf dem Boden auf, während das Motorrad an uns vorbeirauscht, so nah, dass ich einen Schwall heißer Luft in meinem Gesicht spüre.

Das Adrenalin katapultiert mich sofort auf die Beine, aber der Biker ist schon auf halbem Weg um den Block und schlängelt sich mit Rennwagengeschwindigkeit durch den Verkehr. Aus dieser Entfernung kann ich nur erkennen, dass es ein Mann ist, der eine schwarze Lederjacke und einen Helm trägt.

Pavel ist auch schon auf den Beinen, und sein Kiefer ist vor Wut angespannt. »Hast du sein Gesicht gesehen?«

»Nein.« Ich richte meine Jacke und Krawatte und wische den Dreck und Kies von meinen aufgeschürften Handflächen. Meine Schulter, auf der ich gelandet bin, pocht, und die reine Wut brennt in mir, aber meine Stimme ist ruhig. »Sein Helm hatte ein verspiegeltes Visier. Vielleicht hat sich einer von Valerys Jungs das Nummernschild gemerkt.« Ich schaue mir die versammelte Menge von Augenzeugen an, von denen einige ihre Handys zücken, vermutlich, um die Polizei zu rufen. »Wir verschwinden besser von hier.«

Pavel nickt grimmig, und wir machen uns zügig auf den Weg zum Hotel.

———

Levan Abkhazi, Valerys lokaler Sicherheitschef, trifft uns eine Stunde später in meinem Zimmer. Er ist ein stämmiger Georgier, ungefähr in Pavels Alter. Er hat eine Glatze, aber eine dicke schwarze Monobraue und einen dazu passenden Bart.

Er zieht einen Ordner hervor und legt eine Reihe von körnigen Fotos auf den Schreibtisch. »Das ist alles, was wir aus den nahegelegenen Laden- und den Verkehrskameras ziehen konnten«, berichtet er auf Russisch mit einem starken Akzent. »Das Team, das auf den Dächern stationiert war, hatte zu keinem Zeitpunkt einen guten Blickwinkel auf das Nummernschild, und es gab zu viele Passanten, um zu riskieren, auf ihn zu schießen.«

Pavel und ich betrachten die Fotos. Auf einem der Bilder kann man einen Teil einer Ziffer erkennen, aber die anderen Bilder zeigen bestenfalls eine Ecke des Nummernschildes. Der Biker ist entweder der größte Glückspilz, der je auf Erden wandelte, oder er wusste, wo Valerys Team stationiert war.

Ich schaue Pavel an. »Was denkst du?«

»Ein Profi, definitiv.« Sein Gesicht ist in tiefe Furchen gelegt. »Er ist nicht langsamer geworden, hat in keiner Weise darauf reagiert, dass er dich fast überfahren hat. Und er wusste, wie man mit dem Motorrad umgeht – und wie man den Kameras ausweicht.«

Abkhazis Monobraue zieht sich zu einem Stirnrunzeln zusammen. »Du glaubst nicht, dass es ein Zufall gewesen sein könnte? Wenn der Typ ein Profi ist, sollte er wissen, dass jemanden auf der Straße zu überfahren nicht die effizienteste Art ist, einen Anschlag auszuführen.«

»Das hängt davon ab, ob du es wie einen Unfall aussehen lassen willst oder nicht«, sagt Pavel. »Außerdem war es kein Anschlag.«

Der Georgier wirft ihm einen verwirrten Blick zu. »Was war es denn?«

»Eine Nachricht«, sage ich und lege die Fotos zurück in den Ordner. »Von unseren Freunden, den Leonows. Sie wollten mich wissen lassen, dass sie es wissen. Die Frage ist: Was wissen sie?«

35

CHLOE

Ich wache lächelnd auf, und für ein paar Minuten liege ich einfach nur mit geschlossenen Augen da und schwebe in diesem glückseligen Zustand zwischen Träumen und komplettem Wachsein.

Und was für Träume das waren.

Meine Hand gleitet zwischen meine Schenkel, und ich drücke auf den süßen Schmerz, der dort verweilt, und versuche, mich an die sinnlichen Szenen zu erinnern, die sich die ganze Nacht in meinem Kopf abgespielt haben. Ich kann mich nur noch bruchstückhaft an sie erinnern, aber ich weiß, dass in allen Nikolai vorkam … sein verruchtes Lächeln … seine tiefe, sanfte Stimme … Das Beste von allem ist, dass es die einzigen Träume waren, die ich letzte Nacht hatte.

Die Alpträume, die mich seit Moms Tod geplagt haben, blieben aus.

Mit einem breiten Lächeln öffne ich die Augen und setze mich auf. Es ist hell und sonnig, also habe ich wahrscheinlich verschlafen. Ich bin aber nicht allzu besorgt. Nikolai ist nicht hier, um die Essenszeiten durchzusetzen, und da ich ihn jetzt besser kenne, glaube ich nicht, dass er mich für so eine kleine Übertretung feuern würde.

Trotzdem will ich keinen Vorteil daraus ziehen, also springe ich aus dem Bett und schalte die Nachrichten ein. Sie berichten wieder über die Vorwahldebatten, aber mich interessiert nur die Uhrzeit – neun Uhr zwanzig. Es ist ein Samstag, stelle ich fest, als ich auf das Datum schaue. Ich frage mich, ob das bedeutet, dass ich einen Tag frei bekomme.

Ich sollte Nikolai das nächste Mal, wenn wir reden, danach fragen.

Ein warmes Glühen erfüllt meine Brust bei dem Gedanken, dass er mich wieder anruft und wir beide uns bis spät in die Nacht unterhalten – fast wie ein Liebespaar. Denn so hat sich der Videotelefonanruf gestern Abend angefühlt: wie eine Sache, die man mit seinem Freund macht, während er weg ist, eine Art Date auf Distanz. Obwohl wir die meiste Zeit damit verbrachten, über Slava zu sprechen, wie es sich für unsere Arbeitgeber-Lehrer-Beziehung gehört, gab es eine deutliche Sanftheit in der Art, wie Nikolai mich ansah und wie er sprach … ein Unterton von Zärtlichkeit, der mein Herz jedes Mal höherschlagen lässt, wenn ich daran denke.

Es ist fast so, als ob er anfängt, sich für mich zu interessieren, als ob da mehr zwischen uns ist als animalische Anziehung.

Ich versuche, während des Tages nicht darüber nachzudenken, weil es eine so dumme Vorstellung ist. Es ist unmöglich, dass

Nikolai Gefühle für mich entwickelt. Es ist nicht nur viel zu früh, sondern ich wäre ein Idiot, wenn ich mir denken würde, dass so ein Mann aus einem anderen Grund als Nähe an mir interessiert wäre. Ich *bin* die einzige verfügbare Frau hier; er kann nicht gerade mit Lyudmila oder seiner Schwester anbandeln. Was heißt es schon, wenn er mich gleich nach der Landung gestern angerufen hat? Das heißt nicht unbedingt, dass er während des langen Fluges an mich gedacht hat.

Er könnte sich einfach nur Sorgen um seinen Sohn gemacht haben.

Trotzdem bleibt dieses warme Glühen bei mir, als ich mich in die Küche schleiche, um mir ein spätes Frühstück zu holen – das offizielle Frühstück ist vorbei –, bevor ich mit Slava eine schöne lange Wanderung mache. Und es hält das ganze Mittagessen über an, trotz Alinas Anwesenheit am Tisch, die mich an ihre seltsame Warnung erinnert.

»Wie geht es deinen Kopfschmerzen?«, frage ich, als wir uns zum Essen hinsetzen. Sie winkt ab und behauptet, dass sie sich vollständig erholt hat. Ich kann jedoch nicht umhin, zu bemerken, dass sie ruhig und seltsam distanziert ist und während des Essens oft ins Leere starrt. Ich frage mich, ob sie wieder high ist, aber entscheide mich, sie nicht danach zu fragen.

Letzte Nacht haben das Lagerfeuer und das Gras die Hemmungen aller gesenkt und ein falsches Gefühl von Intimität geschaffen, aber heute fühlt sie sich wieder wie eine Fremde an. Genauso wie Lyudmila, die mich nicht einmal anlächelt, als sie das Essen herausbringt. Vielleicht ist es ihr peinlich, dass ich sie bekifft gesehen habe? So oder so, ich beeile mich mit dem Essen, und sobald Slava mit dem Essen fertig ist, bringe ich ihn für unsere Spielstunden in sein Zimmer.

Wir bauen eine weitere Burg, wiederholen das Alphabet, und ich bringe ihm bei, wie man auf Englisch bis zehn zählt. Danach spielen wir Verstecken und lesen ein paar Bücher, darunter, auf Slavas Wunsch, eine Geschichte über eine Entenfamilie. Bevor wir beginnen, zeigt er mir stolz ein Buch auf Russisch, das eine Übersetzung zu sein scheint, und ich merke, dass er versucht, sein Wissen über die Handlung und die Charaktere anzuwenden, um die englischen Wörter und Sätze, die ich ihm laut vorlese, besser zu verstehen.

»Du bist so ein kluger Junge«, sage ich zu ihm, und er strahlt mich an. Obwohl ich bezweifele, dass er genau versteht, was ich sage, ist mein lobender Tonfall unüberhörbar.

Ich sitze auf dem Boden, mit dem Rücken an das Bett gelehnt, und Slava klettert auf meinen Schoß, als wir mit der Geschichte beginnen – die sich als überraschend komplex für ein Kinderbuch herausstellt. Die Entenfamilie ist nicht immer glücklich und zufrieden. Alle streiten sich und haben Konflikte, und an einem Punkt läuft der Hauptheld, ein junges Entenküken, von zu Hause weg. Als er zurückkommt, muss er feststellen, dass Mama Ente weg ist, und er weint, weil er denkt, dass er der Grund dafür ist, dass sie gegangen ist.

Ich behalte Slava während dieses Teils im Auge, besorgt, dass die Erinnerungen an den Verlust seiner Mutter hervorrufen könnte, aber der Gesichtsausdruck des Jungen bleibt neugierig und entspannt. Als wir jedoch zu der Stelle kommen, wo das junge Entlein bei seinem Großvater bleiben muss, versteift sich Slava und besteht darauf, die nächsten drei Seiten zu überspringen.

»Du magst Opa Ente nicht?«, vermute ich, und das Kind zuckt zusammen und weicht meinem Blick aus.

»Okay. Wir müssen nichts über ihn lesen. Vergiss Opa

Ente.« Lächelnd zerzause ich sein Haar und gehe zu einem weniger problematischen Abschnitt des Buches über.

Alina kommt nicht zum Abendessen – noch mehr Kopfschmerzen, wie Lyudmila mir unwirsch mitteilt – also essen Slava und ich noch einmal entspannt, bevor ich für den Abend auf mein Zimmer gehe. Ich mache es mir auf dem Bett bequem und klappe den Laptop auf, um noch ein wenig zu recherchieren, sage ich mir. Aber nicht, um auf Nikolais Anruf zu warten wie eine liebeskranke Freundin. Wo er doch versprochen hat, anzurufen. Vielleicht wird er es tun, vielleicht aber auch nicht.

Es sollte mir so oder so egal sein.

Entschlossen, nicht vor Nervosität an meinen Nägeln zu kauen, nehme ich meine Nachforschungen über Moms Tod wieder auf. Die Reporterin, der ich gestern Abend gemailt habe, hat nicht geantwortet, also suche ich die Kontaktdaten von ein paar weiteren Journalisten aus der Gegend von Boston heraus und schreibe ihnen eine Nachricht. Ich recherchiere auch über den Besitzer des Restaurants, in dem Mom gearbeitet hat, sowie über die Firma, die hinter dem gehobenen Hotel steht, in dem sich das Restaurant befindet.

Es muss einen Grund geben, warum diese Männer meine Mutter getötet haben.

Ich finde das Gleiche wie gestern: nichts. Was ich wirklich brauche, ist ein Privatdetektiv, aber den kann ich mir im Moment auf keinen Fall leisten. Obwohl … es kann nicht schaden, ein paar Preisangebote einzuholen. Am Dienstag werde ich Geld haben, und wenn ich hierbleibe – und ich wüsste nicht, warum nicht –, kann ich das Geld genauso gut nutzen, um ein paar Antworten zu bekommen.

Ja, das ist es.

Das ist genau das, was ich tun werde.

Ermutigt schaue ich mir ein paar vielversprechende Links an und schicke den Detekteien eine E-Mail für ein Angebot. Dann, als ich das Gefühl habe, für diesen Abend genug damit verbracht zu haben, gehe ich zu meinem anderen Projekt über: alles über Nikolai zu erfahren, was ich kann.

Ich habe mir noch ein paar Sätze überlegt, die ich ins Russische übersetzen kann, und meine Suche ergibt mehrere Boulevardfotos. Eine zeigt Nikolai auf einer Warschauer Wohltätigkeitsgala mit einer großen blonden Schönheit am Arm. Eine andere zeigt ihn auf einer Moskauer Modenschau neben einer gelangweilt aussehenden Alina sitzen. Ein paar weitere zeigen ihn im Urlaub an verschiedenen exotischen Orten, immer mit einem langbeinigen Model an seiner Seite, das ihn bewundernd anschmachtet.

Ich hatte recht. Er ertrinkt geradezu in wunderschönen Frauen. Vielleicht ist er in diesem Moment mit einem atemberaubenden Model im Bett, das er gestern Abend in einem VIP-Nachtklub aufgerissen hat.

Der Gedanke ist wie ein Spritzer kochendes Wasser auf meiner Brust. Ich habe kein Recht, mich so zu fühlen, aber ich möchte plötzlich jedes Haar auf dem Kopf dieser imaginären Frau ausreißen – kurz bevor ich dasselbe mit Nikolai mache.

Ich lege den Laptop beiseite, springe vom Bett und beginne, hin und her zu gehen.

Warum ruft er nicht an?

Er sagte, er würde es tun.

Er hat es versprochen.

Er muss wissen, dass es hier von Minute zu Minute später wird.

Ist es, weil er mit der Arbeit beschäftigt ist – oder mit einer Frau? Ich stelle mir vor, wie ihre glänzenden, roten Lippen seinen Schwanz umschließen und ihre Augen ihn durch geschickt gesetzte falsche Wimpern anblicken, während sie ...

Ein leises Klingeln ertönt vom Bett, und ich stürze mich auf den geöffneten Laptop, während mein Puls in die Höhe schießt. Ich lasse mich auf den Bauch fallen, ziehe den Computer zu mir heran und drücke mit einem unsicheren Finger auf das *Akzeptieren* von Nikolais Videoanrufanfrage.

Sein Gesicht füllt den Bildschirm, sein Hotelzimmer ist hinter ihm zu sehen, und ich atme zittrig aus, während meine irrationale Eifersucht verblasst, als ich den zärtlichen Blick in seinen Tigeraugen sehe.

»Hi, *zajchik*«, murmelt er, und seine tiefe Stimme ist so samtig, dass ich sie an meiner Wange reiben möchte. »Wie war dein Tag?«

»Er war gut. Wie war deiner? Ich meine ... dein Morgen – oder dein Tag gestern?« Ich bin etwas außer Atem, aber ich kann nicht anders. Mein Herz schlägt in einem Techno-Beat, und jede Zelle in meinem Körper vibriert vor Aufregung. So erbärmlich es auch ist, ich habe mich schon den ganzen Tag auf diesen Anruf gefreut. Selbst wenn ich nicht bewusst darüber nachdachte, lauerte es in meinem Hinterkopf.

Er schenkt mir ein schiefes Lächeln. »Mein Morgen war okay, und der Rest des gestrigen Tages auch. Ein paar Meetings, ein bisschen Bullshit – Business as usual.«

»Welche Art von Geschäft?« Als ich merke, wie neugierig das klingt, öffne ich meinen Mund, um die Frage zurückzunehmen, aber er antwortet bereits.

»Saubere Energie. Genauer gesagt die Kernenergie. Eines unserer Unternehmen hat eine eigene Technologie entwickelt, die kleine, tragbare Kernreaktoren ermöglicht, die in kleinen Dörfern und anderen abgelegenen Siedlungen kostengünstigen Strom liefern können.«

»Wow. Und sie sind sicher? Nicht wie – wie war das noch gleich mit dem berühmten in der Ukraine?«

»Tschernobyl? Nein, sie sind nichts dergleichen. Zum einen ist jeder Reaktor nur etwa so groß wie ein Auto, so dass selbst bei einem Unfall die freigesetzte Menge an Strahlung viel geringer ausfallen würde. Noch wichtiger ist, dass unsere Ingenieure so viele Redundanzen eingebaut haben, dass ein Unfall so gut wie unmöglich ist. Unser Motto ist *safety first* – im Gegensatz zu unseren Konkurrenten.« Seine Stimme verhärtet sich bei dem letzten Teil.

»Gibt es noch andere Unternehmen, die das Gleiche machen?«, frage ich, fasziniert von diesem Einblick in eine Welt, von der ich nichts weiß.

Seine Augen funkeln dunkel. »Eines. Es bietet gegen uns um einen großen Vertrag mit der tadschikischen Regierung. Wer auch immer ihn bekommt, wird diese aufstrebende Industrie in Zentralasien dominieren – deshalb hat mein Bruder mich gebeten, einzugreifen.«

»Oh?«

»Der Leiter der tadschikischen Energiekommission war einer meiner Klassenkameraden im Internat, und mein Bruder hofft, dass ich mehr Glück habe, unseren Fall bei ihm vorzubringen.« Ein schiefes Lächeln umspielt seine Lippen. »Wie du wahrscheinlich schon vermutet hast, sind persönliche Verbindungen im Geschäft sehr wichtig.«

Ich weite meine Augen übertrieben. »Nein! Wirklich?«

Er lacht. »Ich weiß. Schwer vorstellbar, oder? Ich habe am Montag ein Mittagessen mit ihm, und danach werde ich hoffentlich sofort zurückfliegen können.«

»Also bist du am Dienstag zurück?« Ich zähle schon die Tage bis zu meinem ersten Gehaltsscheck, und jetzt habe ich einen weiteren Grund, mir zu wünschen, ich könnte die nächsten fünfzig Stunden auf Schnelldurchlauf stellen.

»Das sollte ich sein, ja.« Er hält inne, dann sagt er leise: »Ich vermisse dich, *zajchik*.«

Mein Atem hält buchstäblich an, auch wenn mein Herz schneller hämmert und meine Haut kribbelt. Ungeachtet dessen, was ich gestern Abend in seinen Augen zu sehen glaubte – was ich hoffte, dass er es fühlen würde – hätte ich mir nie träumen lassen, dass ich ihn das heute Abend so beiläufig … so offen zu mir sagen hören würde.

Wie ein Freund.

Er sieht mich an und wartet geduldig auf meine Antwort, also zwinge ich mich, sobald mein Atem wieder einsetzt, zu sprechen. »Ich … ich vermisse dich auch. Und Slava. Er vermisst dich. Wir beide vermissen dich. Das tut er wirklich.« Ich weiß, dass ich keinen Sinn ergebe, aber ich kann nicht anders. Ich hatte noch nie Probleme damit, meine Gefühle Jungs gegenüber auszudrücken, mit denen ich ausgegangen bin, aber ich habe noch nie jemanden wie Nikolai gedatet – nicht, dass wir daten. Oder doch? Vielleicht vermisst er mich einfach nur wie eine gute Freundin? Oder wie die Lehrerin seines Sohnes?

Gott, ich habe keine Ahnung, was hier passiert.

Die Winkel seiner sinnlichen Lippen zucken vor unterdrückter Belustigung und ich habe wieder einmal den beunruhigenden Verdacht, dass er direkt in mein Gehirn schaut und die Verwirrung dort sieht. »Erzähl mir mehr, *zajchik*«, murmelt er und beugt sich näher zur Kamera. »Was hat mein Sohn heute so getrieben?«

Slava, das ist es. Ich greife nach dem Thema wie ein Ertrinkender, der sich an einer Boje festhält, und stürze mich in eine detaillierte Beschreibung von allem, was Slava und ich getan und gelernt haben. Nikolai hört verzückt zu, und sein Blick ist erfüllt von dieser besonderen Sanftheit, die er für seinen Sohn reserviert. Als ich jedoch zu dem Buch komme, das Slava und ich zuletzt gelesen haben – die Geschichte über die Entchen – und ich lachend Slavas offensichtliche Abneigung gegen Opa Duck erwähne, verschwindet jede Spur von Sanftheit aus Nikolais Gesichtsausdruck, und seine Augen nehmen einen harten, scharfen Glanz an.

»Hat er etwas gesagt?«, fragt er. »Kannst du das in irgendeiner Weise erklären?«

»Nein, ich ... ich habe nicht gefragt.« Ich weiche zurück, als ich seinen Blick sehe, einen Ausdruck, der so dunkel und kalt ist, dass es mich fröstelt. Das ist eine Seite von Nikolai, die ich noch nie gesehen habe, und plötzlich erscheinen mir meine früheren Bedenken über die Mafia nicht mehr ganz so dumm.

Ich kann mir vorstellen, dass dieser Mann einen Anschlag anordnet und sogar selbst abdrückt.

Im nächsten Moment jedoch glätten sich seine Gesichtszüge, und der kühle Blick verschwindet, als er mich bittet, fortzufahren, und ich frage mich wieder, ob meine unbändige Fantasie mir einen Streich gespielt hat. Vielleicht habe ich zu viel in diesen kurzen Ausdruckswechsel hineingelesen ... oder vielleicht habe ich nur einen Blick in ein Molotow-Familiendrama geworfen. Es könnte einfach sein, dass Nikolai sich nicht mit Slavas Großvater versteht – vorausgesetzt, es gibt einen mütterlicherseits.

Es gibt immer noch eine Menge, was ich nicht über diese Familie weiß.

Ich beschließe, das zu ändern, und beende meinen Bericht über Slavas Fortschritte, indem ich das wiederhole, was ich ihm beim Abendessen beigebracht habe. Danach bitte ich Nikolai vorsichtig – sehr vorsichtig, damit ich nicht auf Landminen trete –, mir von seinen Brüdern zu erzählen.

Zum Glück verärgert ihn meine Bitte nicht. »Ich bin der Zweitälteste«, erzählt er mir. »Valery ist vier Jahre jünger als ich, und Konstantin – das Genie der Familie – ist zwei Jahre älter als ich. Er leitet alle unsere technischen Projekte, während Valery die gesamte Organisation überwacht.«

»Das hast du doch früher auch gemacht, oder?«, frage ich, als ich mich an das erinnere, was Alina mir erzählt hat.

»Das ist richtig.« Er sieht nicht überrascht aus, dass ich es weiß. »Aber es ist schwer, das aus der Ferne zu machen, also habe ich Valery gebeten, einzuspringen, während ich weg bin.«

»Warum *bist* du weg?«, frage ich, unfähig, der Frage zu widerstehen, die mir schon so lange im Kopf herumgeht. »Was hat dich in diese Ecke der Welt verschlagen?«

Er lächelt über meine unverhohlene Neugierde. »Ich weiß. Das ist schon merkwürdig, oder?«

»Äußerst merkwürdig.« So merkwürdig, dass ich mir eine verrückte Mafiageschichte ausgedacht habe, aber darüber halte ich den Mund.

Er lehnt sich in seinem Stuhl zurück, und sein Lächeln verblasst, bis nur noch eine Spur der sinnlichen Kurve übrig bleibt. »Es ist eine lange Geschichte, *zajchik*, und es ist schon spät. Du solltest schlafen gehen.«

»Es ist okay, ich bin nicht müde.« Und selbst wenn ich es wäre, würde ich es leugnen, denn ich brenne darauf, diese Geschichte zu hören, egal wie lang sie sein mag. Ich setze mich aufrechter hin, arrangiere den Computer bequemer auf meinem Schoß und schenke ihm meine besten Welpenaugen, mit klimpernden Wimpern und allem. »Bitte, Nikolai ... erzähl es mir. Ein ganz liebes Bitte.«

Ich habe es als Scherz gemeint, bestenfalls als leichten Flirt, aber sein Gesicht spannt sich an, und sein Blick verdunkelt sich, während er sich zur Kamera lehnt. »Ich mag es, meinen Namen auf deinen Lippen zu hören.« Seine Stimme ist ein tiefes, honigsüßes Schnurren. »Und ich mag es sehr, sehr gerne, wenn du bettelst.«

Mein Mund wird Sahara-trocken, mein Herzschlag unregelmäßig, während Feuer durch meine Adern strömt und sich tief in mir verfestigt. Da er so weit weg ist und sich unsere Videochats meist auf sichere Themen beschränken, habe ich irgendwie die sexuelle Spannung vergessen, die zwischen uns schwelt, und sich beim kleinsten Funken zu einer Feuersbrunst zu entzündet. Ich habe mir eingeredet, dass ich mir dieses Gefühl, gejagte Beute zu sein, nur eingebildet habe ... dieses beängstigende und doch seltsam aufregende Bewusstsein, dass ich diesem gefährlich verführerischen Mann ausgeliefert bin.

»Ist das ...« Ich schlucke, unsicher, ob ich mich dorthin wagen soll. »Ist das dein Ding? Bettelnde Frauen?«

Die dunkle Hitze in seinen Augen verstärkt sich. »Mein *Ding*, *zajchik*, bist du. Ich will dich auf jede erdenkliche Art und Weise ... süß und grob ... auf deinen Knien, und auf deinem Rücken, und oben, mich reitend ... Ich will deine Muschi nach jeder Mahlzeit zum Nachtisch essen und dir jeden Morgen mein Sperma in den Hals spritzen. Ich will dich so hart ficken, dass du schreist, und dann will ich dich stundenlang knuddeln. Vor allem will ich dich in Lust ertränken ... so viel Lust, dass dir der gelegentliche Schmerz nichts ausmacht ... Du wirst sogar darum betteln.«

Oh. Mein. Gott.

Ich starre ihn an, meine Atemzüge sind kurz und flach, meine Klitoris pocht und meine Nippel kribbeln hart. Mein Körper fühlt sich an wie einer seiner Kernreaktoren in der Kernschmelze, die Hitze unter meiner Haut ist so glühend, dass ich spontan verbrennen könnte. *Oder kommen.* Wenn ich jetzt Druck auf meine Klitoris ausüben würde, würde ich definitiv kommen.

Ich befeuchte meine Lippen und versuche, den pulsierenden Schmerz zwischen meinen Beinen zu ignorieren. »Also ... stehst du auf solche Sachen. Perverse Sachen.«

Sobald die Worte meinen Mund verlassen, erschaudere ich, wie kindisch und prüde ich klinge. Und ich bin nicht prüde. Zumindest glaube ich, dass ich das nicht bin. Meine sexuellen Fantasien hatten schon immer eine dunkle Färbung, und ich hatte einen Freund, der mich ein- oder zweimal gefesselt hat – und ein anderes Mal hat er mich gespankt. Nichts davon machte mich an, aber mein Freund stand auch nicht wirklich darauf. Es fühlte sich unbeholfen und gezwungen an mit ihm ... kindisch, irgendwie.

Ich habe das Gefühl, dass es mit Nikolai nichts dergleichen sein wird.

Der Mann kennt die Bedeutung von kindisch und unbeholfen nicht.

Seine Lippen wölben sich zu einem weiteren, dunkelsinnlichen Lächeln. Mit einer Stimme wie erhitzte Seide murmelt er: »Chloe, *zajchik* ... ich stehe auf alles – solange es mit dir ist.«

Dieses Mal ist es mein Herz, das in den Schmelzmodus geht. Weil es sich anhört wie ... »Willst du damit sagen, dass du dich nicht mit anderen Frauen treffen willst?«, platzt es aus mir heraus, und ich will mir sofort einen Tritt verpassen, weil ich mich wieder einmal wie in der Highschool anhöre. Er flirtet nur und geht keine Verpflichtung zur Exklusivität ein. Wir haben nicht einmal ...

»Das tue ich nicht«, sagt er leise und bringt meine Gedanken zu einem quietschenden Stillstand. »Ich will niemanden außer dir. Das wollte ich, seit wir uns kennengelernt haben.«

»Oh.« Ich starre ihn an, unfähig, etwas zu sagen.

Das ist groß.

Riesig, eigentlich.

Es gibt hier kein mögliches Missverständnis, keine Chance, dass ich ein dummer Romantiker bin.

Nikolai sagt mir, dass er mich will und sonst niemanden ... dass wir *exklusiv* sind.

»Macht dir das Angst?«, fragt er beunruhigend scharfsinnig. »Ist das zu viel für dich?«

Das ist es. Viel zu viel. Und doch ... »Nein«, sage ich und nehme meinen Mut zusammen. »Ist es nicht. Und ich will auch niemand anderen sehen.«

Seine Nasenlöcher beben. »Gut. Wenn du einmal mir gehörst, werde ich mit keinem Mann freundlich umgehen, der versucht, dich mir zu stehlen.«

Ein erschrockenes Lachen entweicht meiner Kehle, aber

Nikolai lächelt nicht. Sein Blick bleibt auf mich fixiert, sein Ausdruck ist düster, und zu meinem Schrecken erkenne ich, dass er es ernst meint, dass es überhaupt kein Scherz ist.

Ich versuche, es trotzdem zu einem zu machen. »Bist du leicht besitzergreifend?«

»Bei dir definitiv«, sagt er, sein Blick ist unerschütterlich, »sehr sogar.«

Mein Herz scheint stehenzubleiben. »Warum ich?«, frage ich, als ich meine Stimme wiederfinde. »Liegt es daran, dass ich die einzige Frau hier bin, in Griffweite? Ist es eine Bequemlichkeitssache oder ...« Ich komme ins Stocken, als Belustigung das dunkle Gold seiner Augen aufhellt und die waldgrünen Flecken hervorhebt.

»Wenn es das wäre«, sagt er sanft, »könnte ich jede Woche eine andere Frau einfliegen lassen – und das habe ich oft getan, bevor du kamst. Es gibt keinen Mangel an Kandidatinnen, die bereit sind, diese Reise zu machen, glaub mir, *zajchik*.«

Oh, ich glaube ihm. Schon bevor ich auf diese Fotos in der Boulevardpresse gestoßen bin, wusste ich, dass er einen ganzen Harem schöner Frauen haben muss, die ihm zur Verfügung stehen. Wie könnte er nicht, mit seinem Aussehen, seinem Reichtum und seinem Sex-Appeal?

Das Wunder ist nicht, dass die Frauen bereit sind, einzufliegen, sondern dass sie nicht in den Wäldern campieren.

»Warum dann?«, frage ich unsicher. »Warum ich?«

Er neigt seinen Kopf. »Glaubst du an Schicksal, *zajchik*?«

»Schicksal? Wie Gott oder Kismet?«

»Wie Vorherbestimmung. Wir sind alle miteinander verbunden, wie Fäden in einem Wandteppich, der lange vor unserer Geburt gewebt wurde.«

Ich starre ihn verwirrt an. »Ich weiß es nicht. Ich habe nie viel darüber nachgedacht.«

Seine Lippen verziehen sich zu einem leichten Lächeln. »Ich aber. Und ich denke, irgendwann beim Weben dieses Wandteppichs wurde dein Faden mit meinem verbunden. Unsere Wege mussten sich kreuzen, das Datum unseres Treffens stand fest, lange bevor ich dich sah. Alles, was in unserem Leben passiert ist, hat uns an diesen Punkt gebracht, an diesen Ort und diese Zeit ... all die guten Dinge und die schlechten.« Seine Stimme wird rauer. »Vor allem die schlechten.«

Wie der Tod meiner Mutter. Wenn er nicht passiert wäre, wäre ich nie auf diesen Roadtrip gegangen, hätte die Stellenanzeige nie gesehen und ihn nie getroffen. Nicht, dass das bedeutet, dass es Schicksal ist. Aber Nikolai scheint das zu glauben, und ich muss zugeben, dass wir ohne den heftigen Umbruch in meinem Leben heute nicht hier wären. Und, so klingt es, nicht ohne einige Umwälzungen in seinem.

»Welche schlimmen Dinge sind dir passiert?«, frage ich leise. »Oder ist das die lange Geschichte, die du mir immer wieder versprichst?«

Sein Lächeln wird leicht reumütig. »Mehr oder weniger. Leider, *zajchik*, musst du jetzt schlafen gehen und ich muss mich mit meinem Bruder treffen. Wie wäre es, wenn ich dich morgen um die gleiche Zeit anrufe, und wir weiterreden?«

»Oh, sicher. Ich wollte dich nicht aufhalten.«

»Das hast du nicht.« Der zärtliche Blick in seinen Augen lässt mein Herz in einem unberechenbaren, freudigen Rhythmus pochen. »Wenn ich könnte, würde ich den ganzen Tag mit dir reden.«

»Ich auch«, gebe ich mit einem schüchternen Lächeln zu.

Sein Antwortlächeln ist umwerfend. »Dann bis morgen. Schlaf gut, *zajchik*.«

Und als er den Anruf beendet, schiebe ich den Computer von meinem Schoß und tanze durch den Raum und grinse so sehr, dass meine Wangen wehtun.

IM SO/LE DES TODES

Sein Antwortdrucker ist unverzüglich. »Dann bis morgen. Schlaf gut, schön.«

Und, als er den Anruf beendet, schiebe ich den Computer von meinem Schoß und rutsche durch den Raum und spüre zu sein, dass meine Wangen weh tun.

36

NIKOLAI

» F ür jemanden, der gestern fast umgebracht wurde, hast du verdammt gute Laune«, sagt Konstantin, nachdem wir beim Kellner unsere Bestellungen aufgegeben haben, und ich merke, dass ich so viel gelächelt habe, dass es sogar meinem Bruder aufgefallen ist, der nicht auf solche Dinge achtet. Und das alles nur ihretwegen.

Chloe.

Sie ist schnell zu meiner Wohlfühldroge geworden.

Ich liebe es, dass sie beginnt, mir zu vertrauen, zu akzeptieren, was zwischen uns passiert. Ich wollte bei unserem Telefonat heute nicht zu aufdringlich werden, aber es war an der Zeit, dass sie meine Absichten kennt – und jetzt kennt sie sie. Noch wichtiger ist, dass ich sie dazu gebracht habe, zuzugeben, dass sie meine Gefühle erwidert.

Ihr süß gemurmeltes »Ich auch« läuft immer noch in einer Schleife in meinem Kopf.

»Hast du den Bericht?«, frage ich und ignoriere Konstantins

Kommentar. Es geht ihn nichts an, in was für einer Stimmung ich bin oder warum. Außerdem gibt es nichts Besseres, als fast zu sterben, um das Leben und all seine wunderbaren Möglichkeiten zu schätzen – wie zum Beispiel Chloe in mein Bett zu bekommen, sobald ich wieder zu Hause bin.

»Noch nicht«, sagt Konstantin und nimmt seine Tasse Kamillentee in die Hand. »Hoffentlich, entweder später heute – oder morgen. Aber wir haben die Informationen, die der Wachmann uns gegeben hat, überprüft, und es stimmt alles. Die Operation ist für heute Abend angesetzt.«

»Warum dauert das so lange? Deine Hacker liefern normalerweise innerhalb von Stunden.«

Er blinzelt hinter seinen Brillengläsern. »Du redest immer noch von dem Bericht über das Mädchen?«

Ich beiße die Zähne zusammen. »Wovon sonst?«

»Mein Team hat viel zu tun, und es ist keine leichte Aufgabe, die du ihnen übertragen hast.«

»Wieso nicht? Alles, worum ich dich gebeten habe, ist, dass du dir den Tod ihrer Mutter und ihre Bewegungen im letzten Monat ansiehst. Wie schwierig ist das? Ich weiß, dass sie aus dem Raster gefallen ist, aber es muss doch Verkehrskameras geben, Tankstellenkameras …«

»Es scheint eine Störung zu geben.« Er nippt an seinem Tee. »Ein paar der Sicherheitsbänder, die meine Jungs gefunden haben, sind beschädigt oder gelöscht worden.«

Ich halte inne. »Gesäubert?«

»Eine professionelle Arbeit, so wie es aussieht.« Er setzt seine Tasse ab. »Du hast gesagt, sie ist nur eine Zivilistin, richtig? Keinerlei Zugehörigkeit?«

»Nicht, dass ich wüsste«, sage ich ruhig.

Ist das möglich?

Könnte sie mich getäuscht haben?

Hat die süße kleine Chloe etwas mit der Mafia zu tun ... oder, noch schlimmer, mit der Regierung?

»Warum hast du mir das nicht vorher gesagt?«, frage ich Konstantin, der wieder einmal nichts von der Bombe mitbekommt, die er platzen gelassen hat, und sich in aller Ruhe ein Stück frisch gebackenes Roggenbrot mit Tomatenpesto bestreicht. »Meinst du nicht, dass es wichtig ist, dass ich das weiß?«

Er beißt in das Brot und kaut gemächlich. »Ich sage es dir ja jetzt«, sagt er, nachdem er heruntergeschluckt hat. »Außerdem haben meine Jungs erst gestern Abend gemerkt, was hier los ist. Ein paar beschädigte Bänder könnten einfach nur Pech sein. Aber so viele – das deutet auf Absicht hin.«

»Also lass mich das klarstellen. Du willst mir sagen, dass jemand alle Sicherheitsbänder löscht, auf denen sie auftaucht.«

»Nicht alle Bänder.« Er greift nach einem weiteren Stück Brot. »Mein Team war in der Lage, ihre Bewegungen für den Großteil des letzten Monats zu rekonstruieren. Nur bestimmte Bänder ... die, von denen ich vermute, dass sie die Antworten enthalten, die du suchst.«

Scheiße.

Das ist keine Kleinigkeit.

Ich weiß nicht, was ich dachte, was Konstantins Hacker aufdecken würden, aber das war es nicht.

Ein Gedanke schleicht sich in meinen Kopf, ein Verdacht, der so furchtbar ist, dass sich mein Magen umdreht. »Glaubst du, es sind die ...«

»Leonows?«, Konstantin legt sein Brot ab. »Das bezweifle ich. Meine Jungs sind schon öfter auf die Arbeit ihrer Hacker gestoßen, aber das hier fühlt sich nicht so an.«

»Es fühlt sich nicht so an?«

Das Licht glitzert auf den Gläsern seiner Brille. »Es ist schwer zu erklären für einen Nicht-Techie, aber ja. Die Art und Weise, wie das gemacht wurde, hat eine gewisse Schlampigkeit, die nicht zu den Leonows passt.«

»Ich dachte, du hast gesagt, es wären Profis.«

»Es gibt verschiedene Stufen der Professionalität. Meine Jungs sind top, das Team der Leonows ist nicht weit dahinter, und viele sind viel, viel schlechter. Diese Jungs sind irgendwo in der Mitte, weshalb ich denke, dass mein Team etwas für dich finden wird. Es braucht einfach mehr Zeit.«

Ich atme ein und langsam wieder aus. Allein die Möglichkeit, dass Chloe von meinen Feinden angeheuert worden sein könnte, lässt meinen Blutdruck in die Höhe schnellen. Aber Konstantin weiß, wovon er spricht, und wenn er nicht glaubt, dass sie es sind, muss ich diesen Verdacht erst einmal ruhen lassen. Außerdem, wenn die Leonows genug wüssten, um Chloe bei mir einzuschleusen, bezweifele ich, dass sie einen Typen auf einem Motorrad als Warnung geschickt hätten.

Es hätte keine Warnung gegeben, sondern einfach nur Krieg.

»Was den Motorradfahrer betrifft«, sage ich, »konntet ihr ihn aufspüren?«

»Nein. Und das riecht ganz stark nach Leonow. Wenn ich raten müsste, ist Alexei sauer, dass du hier bist und dich in sein Angebot einmischst.«

»Du hast wahrscheinlich recht.« Ich verstumme, als der Kellner unser Essen herausbringt. Sobald er gegangen ist, mache ich weiter. »Er muss von meinem Treffen mit dem Leiter der Kommission erfahren haben.«

»Valery verdoppelt deine Sicherheit bis dahin, nur für den Fall. Jetzt«, Konstantin träufelt Dressing auf seinen griechischen Salat, »lass uns deine Punkte für das morgige Gespräch durchgehen.«

Und während er die technischen Spezifikationen unseres Produkts erläutert, gebe ich mein Bestes, mich auf seine Worte zu konzentrieren anstatt auf die wachsende Zahl von Fragen über Chloe und meine zunehmende Besessenheit von ihr.

37

CHLOE

Ich habe mich noch nie so schwindlig gefühlt wie an diesem Sonntag. Den ganzen Tag über ertappe ich mich dabei, wie ich unkontrolliert lächele und herumlaufe, als würde ich auf einer Wolke schweben. Es ist peinlich, wirklich, aber ich kann nicht aufhören. Jedes Mal, wenn ich an den Anruf von gestern Abend denke, rast mein Puls vor Aufregung.

Nikolai will mich.

Er vermisst mich.

Er möchte, dass wir nur füreinander da sind.

Ich fühle mich wie ein Teenager, dessen Filmstar-Schwarm ihn gerade um ein Date gebeten hat. Was in gewisser Weise das ist, was gerade passiert.

Nikolai möchte, dass wir uns verabreden, genauer gesagt, dass wir eine Beziehung führen.

Es sollte verrückt erscheinen, und auf einer gewissen Ebene tut es das auch. Wir kennen uns weniger als eine Woche, und in den letzten paar Tagen war er nicht persönlich hier. Es ist noch viel zu früh, um über Exklusivität zu sprechen, geschweige denn über Schicksal und Vorsehung. Aber ich kann die Stärke der Anziehung, die zwischen uns brennt, nicht leugnen, diese mächtige, magnetische Kraft, die mir von Anfang an Angst gemacht hat. Es war nicht die Anziehungskraft an sich, die ich fürchtete – es war die Befürchtung, verletzt zu werden. Ich hatte Angst, mich in einen Mann zu verlieben, der mich bestenfalls als eine Unterhaltung für ein paar Nächte betrachtete. Aber so ist es nicht für Nikolai. Das hat er gestern Abend deutlich gemacht, und auch wenn es naiv von mir ist, glaube ich ihm.

Ich sehe keinen Grund, warum er mich anlügen sollte.

Es gibt natürlich noch andere Hindernisse für unsere Beziehung – seinen Status als mein Arbeitgeber und die Tatsache, dass ich auf der Flucht vor zwei skrupellosen Killern bin. Irgendwann in der nächsten Zeit werde ich das offenlegen müssen, und ich habe keine Ahnung, wie er darauf reagieren wird. Aber das ist eine Sorge für einen anderen Tag.

Im Moment will ich nur daran denken, ihn heute Abend auf meinem Computerbildschirm zu sehen.

»Ist jemand hinter dir her?«, erkundigt sich Alina beim Abendessen. Ich erstarre, und mein Herz bleibt für eine Sekunde stehen, bevor ich merke, dass sie sich auf die Geschwindigkeit bezieht, mit der ich mein Essen verschlinge.

»Ich habe nur Hunger«, sage ich, nachdem ich geschluckt habe. »Tut mir leid, wenn ich unhöflich bin.«

Sie zuckt mit ihren anmutigen Schultern, die von ihrem trägerlosen Abendkleid freigelegt werden. »Das ist mir egal. Ich bin nur neugierig, warum du es so eilig hast.«

Ich habe es eilig, weil ich unbedingt auf mein Zimmer will, falls Nikolai früh anruft, aber das werde ich ihr auf keinen Fall sagen. »Kein anderer Grund als *yummy* Essen.«

Slava an meiner Seite kichert. »Yummy. I like yummy in my tummy.«

Ich strahle ihn an. »Ja, das tust du.« Wir haben den ganzen Tag damit verbracht, verschiedene Wörter und Sätze zu lernen, darunter auch diesen kleinen Reim, und ich bin überglücklich, dass er ihn sich gemerkt hat.

»Wenn du so weitermachst, wird er in einer Woche Englisch sprechen«, sagt Alina, schneidet sich ein Stück Hähnchen ab und legt es auf ihren Teller.

Ich grinse sie an. »Ich hoffe es – aber realistischer ist es in ein paar Monaten.«

Sie lächelt mich an und isst weiter. Ich tue das Gleiche, denn ich will endlich fertig werden und mich mit dem Laptop ins Bett legen. Wie Alina trage ich ein Abendkleid und freue mich darauf, in meinen Schlafanzug zu wechseln. Obwohl … vielleicht sollte ich das nicht. Nikolai könnte sich freuen, mich so zu sehen, sogar durch die Kamera.

In der Tat sollte ich wahrscheinlich mein Make-up auffrischen, bevor er anruft.

»Machen wir ein Rennen?«, frage ich Slava und mache Motorengeräusche, um ihn an unser Rennspiel mit Spielzeugautos zu erinnern. »Mal sehen, wer schneller essen kann.«

Er blinzelt, ohne zu verstehen, also nehme ich meine Gabel

und fange an, das Essen mit übertriebener Geschwindigkeit in meinen Mund zu schaufeln. Er macht das Gleiche, und wir verputzen unsere Teller in Rekordzeit. Alina, die in einem normalen Tempo isst, beobachtet unser Rennen mit Belustigung, und als wir fertig sind, schiebt sie ihr halb gegessenes Hühnchen beiseite.

»Ich schätze, ich bin auch fertig«, sagt sie trocken. Lauter ruft sie: »*Lyuda, Slava gotov!*«

Lyudmila kommt aus der Küche und wischt sich die Hände an ihrer Schürze ab. Ich lächele und bedanke mich für das leckere Essen – obwohl es, ehrlich gesagt, bei weitem nicht so gut war wie das, was ihr Mann macht. Das Huhn war eher trocken, die Kartoffeln waren zu salzig und die meisten Vorspeisen und Beilagen waren Reste. Aber kein Grund, zu meckern: Essen ist Essen, und ich bin dankbar, dass ich es habe.

Lyudmila lächelt mich an, holt Slava ab, und schon habe ich frei für den Abend.

Sobald ich in meinem Zimmer bin, schminke ich mich komplett neu – beim Abendessen hatte ich nur eine leichte Schicht Grundierung und ein wenig Mascara aufgetragen – und bringe meine Haare in Ordnung. Ich sehe immer noch nicht annähernd so gut aus wie damals, als Alina das für mich gemacht hat, aber hoffentlich stört Nikolai das nicht.

Bei den letzten beiden Anrufen war ich ungeschminkt und im Schlafanzug gewesen, das ist also eine deutliche Verbesserung.

Ich fühle mich wieder schwindlig und grinse mein Spiegelbild an. Ich sehe viel besser aus als damals, als ich hier ankam. Meine Wangen sind nicht mehr schmerzhaft eingefallen, die dunklen Ringe unter meinen Augen sind verblasst und der verzweifelte Blick in ihnen verschwunden. Die letzte Nacht war eine weitere ohne Alpträume, nur mit Sex-Träumen, und das habe ich Nikolai zu verdanken. Ich bin zwar nass und mit Schmerzen aufgewacht, mit meiner Hand zwischen den Schenkeln, aber wenigstens habe ich die Nacht durchgeschlafen.

Gott, ich kann es kaum erwarten, mit ihm zu reden.

Ich eile zu meinem Bett, lege mich auf den Bauch und greife nach dem Laptop, in der Hoffnung, dass er jetzt sofort anruft.

Das tut er nicht. Ich schätze, meine mentalen Kräfte sind nicht auf der Höhe.

Seufzend gehe ich in meinen Posteingang, um nach Antworten der Journalisten zu schauen. Es gibt natürlich nichts – doch, es *gibt* ein Angebot von einem der Privatdetektive, das die Stundensätze und Honorare auflistet.

Ich überfliege es und zucke zusammen. Das ist eine Menge, viel mehr als ich mit meinem ersten Wochenlohn abdecken kann, zumindest wenn man die Anzahl der Stunden bedenkt, die sie voraussichtlich aufwenden müssen. Ich brauche mindestens ein paar Wochen Lohn allein für den Vorschuss. Vielleicht werden die anderen Detektive billiger sein, aber sie haben noch nicht geantwortet, also muss ich warten.

Genauso wie ich auf Nikolai warte, *der immer noch nicht anruft.*

Ich atme durch und erinnere mich daran, geduldig zu sein. Er sagte, er würde mich um die gleiche Zeit wie gestern anrufen, und so spät ist es längst noch nicht. Im Moment muss ich mich mit irgendetwas ablenken, also fange ich wieder an, die Freunde und Mitarbeiter meiner Mutter zu recherchieren, für den Fall, dass ich beim ersten Mal etwas übersehen habe.

Ich scrolle gerade durch die Bilder von der quinceañera der Tochter ihres Managers, als die Anrufanfrage auftaucht und meinen Puls in die Höhe schießen lässt.

Strahlend glätte ich mein Haar und klicke auf *Akzeptieren*.

38

NIKOLAI

*C*hloes Lächeln ist so strahlend, dass ich mich fühle, als wäre ich aus einem unterirdischen Bunker auf einen sonnenbeschienenen Strand getreten. »Hi«, sagt sie leicht atemlos, während sie sich mit dem Rücken gegen einen Stapel Kissen lehnt und den Computer auf ihren Schoß legt. »Wie läuft's? Wie sieht es mit dem Atomgebot aus?«

Ich lächele sie an, und Freude breitet sich in mir aus wie geschmolzener Honig. »Es läuft gut, *zajchik*, danke.«

Und das tut es. Valerys Operation ist problemlos verlaufen, und die Energiekommission wimmelt bereits um den Meiler von Atomprom herum, um den Atomstaub des in der Nacht explodierten Reaktors einzudämmen. Der Strahlungsaustritt ist wie erwartet minimal, aber der Schaden für Atomproms Ruf ist beträchtlich – was uns für mein heutiges Mittagessen mit dem Leiter der Kommission gut vorbereitet.

Noch wichtiger ist, dass ich seit einer Stunde Chloes Online-Aktivitäten beobachte, ihren Browserverlauf von gestern durchgehe und zu dem Schluss gekommen bin, dass es unwahrscheinlich ist, dass sie mit einer Regierung oder einer rivalisierenden Organisation in Verbindung steht. Wenn sie eine Spionin wäre, wüsste sie schon alles über mich und müsste nicht mit Hilfe von kostenlosen Online-Tools russische Artikel übersetzen. Sie würde auch keine Nachforschungen über die Freunde und Kollegen ihrer Mutter anstellen, indem sie nur deren öffentliche soziale Medien nutzt – oder nach Detektiven suchen.

Etwas anderes geht mit Chloe vor sich, was ich sowohl beunruhigend als auch faszinierend finde.

Meine beste Chance ist es, sie dazu zu bringen, sich mir zu offenbaren und mir die Wahrheit zu sagen, aber wenn ich sie jetzt dazu dränge, könnte sie erschrecken und versuchen, wegzulaufen – und das will ich nicht. Nicht, wenn ich einen Ozean weit weg bin. Die nächstbeste Option ist, Konstantins Team dazu zu bringen, ihr Gmail zu hacken. Die Spyware erlaubt mir, zu verfolgen, auf welchen Seiten sie ist, aber nicht deren Inhalt, wie z. B. einzelne E-Mails.

So oder so, ich werde Antworten bekommen. Ich muss mich nur noch ein wenig länger gedulden.

»Wie war dein Tag?«, frage ich und mache es mir in meinem Stuhl bequem. »Was habt ihr gemacht, du und Slava?«

Ihr Lächeln wird unglaublicherweise noch strahlender, und sie erzählt mir alles über die erstaunlichen Fortschritte meines Sohnes, wobei ihr kleines Gesicht so lebendig ist, dass ich meine Augen nicht davon abwenden kann. Sie klingt so stolz wie alle Eltern, und zum ersten Mal, seit ich von Slavas Existenz und Xenias Tod erfahren habe, fühlt sich meine Brust nicht mehr so schmerzhaft eng an, wenn ich an ihn und die Zukunft denke, die ihn erwartet, weil das verdorbene Blut durch seine Adern fließt. Stattdessen fühle ich einen Funken Hoffnung, wenn ich mir Chloe mit Slava vorstelle, wie sie mit ihm spielt, ihn knuddelt, ihn liebt … ihm das gibt, was seine Mutter nicht kann.

Was *ich* nicht kann.

Und das ist ein Teil davon, merke ich, ein Teil davon, warum ich sie so sehr will. Ich will sie nicht nur für mich, sondern auch für meinen Sohn. Ich möchte, dass ihr Sonnenschein ihn berührt, ihn wärmt … um die Dunkelheit seines Erbes so lange wie möglich von ihm fernzuhalten. Ich will sie so, wie ich sie durch die Kameras in Slavas Zimmer gesehen habe, wie sie meinen Sohn mit ihrem strahlenden Lächeln beglückt und ihm das Gefühl gibt, dass er für sie der wichtigste Mensch auf der Welt ist.

Und ich möchte, dass er das ist.

Ich möchte, dass sie Slava noch mehr liebt als mich.

Hungrig höre ich ihr zu, wie sie über ihn spricht, nehme jedes Wort in mich auf, sauge jeden Ausdruck in mich auf. Sie trägt eines ihrer neuen Abendkleider, ein blassgelbes Kleid mit dünnen Trägern, das ihre zarten Schultern entblößt. Ihre braunen Augen funkeln, und selbst durch die Kamera leuchtet ihre gebräunte Haut im goldenen Licht der Nachttischlampe. Sie ist atemberaubend, dieses süße, geheimnisvolle Mädchen – und die meine. Ganz allein meins. Ich habe sie vielleicht noch nicht körperlich beansprucht, aber das ändert nichts an den Fakten. Sie wurde für mich gemacht, ihr Licht ist der perfekte Kontrast für die dunkle Leere in mir, ihre Wärme füllt jeden kalten, leeren Spalt in meinem Herzen. Es ist mir egal, wer sie ist oder welche Geheimnisse sie verbirgt.

Ob Verbrecher oder Opfer, sie gehört mir, egal was passiert.

Nachdem sie mir von Slava erzählt hat, frage ich sie nach

ihren Lieblingsbüchern und ihrer Lieblingsmusik, und wir reden über unsere gemeinsame Liebe zu Bands aus den Achtzigern und Romanen von Dean Koontz. Ich bin nicht überrascht, dass wir Gemeinsamkeiten haben. So ist es oft, wenn man seine bessere Hälfte findet, ist diese das Puzzleteil, das einen vervollständigt. Sie ist in vielerlei Hinsicht das Gegenteil von mir – und doch gibt es Fäden, die uns verbinden, die uns schon lange, bevor wir uns kennenlernten, zusammenhielten.

Wir unterhalten uns eine ganze Stunde, und ich erfahre mehr über ihre Kindheit und Jugend, über ihre junge Mutter und wie hart sie gearbeitet hat, um Chloe allein aufzuziehen. Sie erzählt mir, wie sie sich mit ihren Freundinnen in der Stadt traf und mit ihrer Mutter Urlaub in Florida machte. Dass sie in der Highschool Probleme mit Mathe hatte – und drei Sommer lang zwei Jobs gleichzeitig, um sich ihren klapprigen Corolla selbst zu kaufen.

»Er ist fast so alt wie ich«, sagt sie liebevoll, »aber er fährt immer noch. Selbst nach all den Kilometern, die ich quer durchs Land gefahren bin. Apropos, hattest du eine Gelegenheit, Pavel nach meinen Autoschlüsseln zu fragen? Ich habe sie immer noch nicht.«

Ich verschleiere meinen Gesichtsausdruck, um die Bestie in mir zu verbergen, die bei dem Gedanken, dass sie in ihre Rostlaube steigt und wegfährt, in mir brodelt. »Er sagte, er könne sie nicht finden. Wir werden nach ihnen suchen, wenn wir zurückkommen.«

Das ist eine Lüge, aber ich kann ihr nicht die Wahrheit sagen. Sie würde es nicht verstehen. Ich verstehe es selbst nicht ganz. Ich weiß nur, dass ich besser schlafe, wenn ich weiß, dass die Schlüssel an der pelzigen Kette in meinem

Besitz sind, dass mein *zajchik* sicher und gesund unter meinem Dach ist.

Ein kleines Stirnrunzeln legt ihre Stirn in Falten. »Oh, okay. Aber er wird sie finden, oder?«

»Ich bin mir sicher, dass er das wird. Wenn nicht, dann kaufe ich dir ein anderes Auto.«

Sie lacht und hält das offensichtlich für einen Scherz, aber ich meine es völlig ernst. Ich *werde* ihr ein Auto kaufen, ein besseres, sichereres als den Corolla. Es ist ein Wunder, dass er nicht auf einer verlassenen Straße liegengeblieben ist und sie ohne Telefon gestrandet und jedem Mörder oder Vergewaltiger, der vorbeikommt, ausgeliefert war.

Allein der Gedanke an sie in einer solchen Situation lässt mich in kalten Schweiß ausbrechen.

»Ich rufe einfach einen Schlüsseldienst«, sagt sie, als sie aufhört zu lachen. »Es gibt doch Schlüsseldienste in Elkwood Creek, oder?«

»Ich bin überzeugt davon, dass es mindestens einen gibt.« Und ich bin mir genauso sicher, dass er nicht in die Nähe von Chloes Auto kommt. Je mehr ich darüber nachdenke, wie sie ganz allein durch das Land gefahren ist, desto düsterer wird meine Stimmung. Ihr hätte alles Mögliche passieren können, absolut alles – und ich weiß nicht, was vielleicht schon passiert ist.

Ihre Alpträume könnten nichts mit dem zu tun haben, was mit ihrer Mutter geschah, sondern nur mit einem Arschloch, das sie auf der Straße überfallen hat.

Wut brennt in mir, als ich mir vorstelle, wie sie angegriffen, verletzt und traumatisiert wird, und ich kann nicht anders, als zu verlangen, dass sie mir sofort die Wahrheit sagt, damit ich die Verantwortlichen auslöschen kann. Nur die Angst, sie könnte sich zurückziehen und zu gehen versuchen, lässt mich schweigen. Das – und die Erinnerung an die beschädigten Bänder, die darauf hindeuten, dass etwas mehr vor sich geht, dass sie in etwas oder mit jemandem verwickelt ist, der die Mittel hat, ihre Bewegungen zu verbergen.

Da sie nicht weiß, was gerade in mir vorgeht, grinst sie und sagt: »Na gut. Du kannst Pavel sagen, dass er sich deswegen keinen Stress machen soll. Ich nehme an, es ist ihm unangenehm, dass er sie verloren hat?«

»Ich werde mit ihm reden, keine Sorge.« Und das werde ich. Ich muss ihm die Situation erklären und ihn bitten, sich bei Chloe zu entschuldigen. Im Moment hat er keine Ahnung, dass etwas nicht in Ordnung ist. »Was die ...«

Ein leises Läuten unterbricht mich, und zu meiner Enttäuschung sehe ich, dass es Zeit ist, zu meinem Meeting zu gehen. Ich habe einen Wecker auf meinem Handy gestellt, damit ich nicht zu spät komme.

»Musst du los?«, fragt Chloe richtig schlussfolgernd, und ich nicke und knöpfe mir die Jacke zu.

»Das ist das Treffen, wegen dem ich hier bin. Die gute Nachricht ist, dass ich, wenn alles wie erwartet läuft, gleich danach in ein Flugzeug nach Hause steige.«

Ihre Augen leuchten auf. »Wirklich? Um wie viel Uhr geht dein Flug?«

»Wann ich es sage. Es ist mein Flugzeug.« Ich lehne mich zur Kamera und murmele: »Ich kann es nicht erwarten, dich persönlich zu sehen.«

Sie schenkt mir ein liebliches Lächeln. »Ebenso. Viel Glück bei deinem Treffen und guten Heimflug«

»Danke, *zajchik*.« Mit rauer Stimme füge ich hinzu: »Schlaf gut heute Nacht – du wirst es brauchen.«

Und als sich ihre Lippen mit einem erschrockenen Einatmen teilen, lege ich auf, begierig darauf, das Treffen hinter mich zu bringen, damit ich in der Luft sein kann, auf dem Weg zu ihr.

———————————

Ich sitze bereits am Tisch, als Yusup Bahori das Al Sham betritt, eines der besten nahöstlichen Restaurants in Duschanbe und laut Konstantins Recherchen eines von Yusups Lieblingslokalen. Nach der obligatorischen halben Stunde, in der wir unsere schönsten Schulerinnerungen auffrischen und über unsere Klassenkameraden und andere gemeinsame Bekannte sprechen, verlagere ich das Gespräch auf unsere Genehmigungen und die Ausschreibung für den Vertrag mit der tadschikischen Regierung.

»Nikolai, du weißt, dass ich nicht …«, beginnt er zu sprechen, aber ich halte eine Hand hoch und stoppe den Schwachsinn auf der Stelle.

»Lass uns keine Spielchen spielen. Du und ich, wir wissen beide, dass unser Produkt dem von Atomprom überlegen ist. Also warum wurden unsere Genehmigungen zurückgezogen?«

Er blinzelt, da er nicht damit gerechnet hatte, dass ich so direkt sein würde. »Nun, es gab Sicherheitsbedenken und …«

»Wir hatten noch nie eine Kernschmelze oder ein Leck. Unsere Sicherheitsprotokolle gehen über alle staatlichen Anforderungen hinaus, und das Beste ist, dass unsere Reaktoren jede Siedlung und jedes Dorf mit billiger, sauberer Energie versorgen können, egal wie unzugänglich oder abgelegen.«

Er seufzt und schiebt seinen halb gegessenen Kebab weg.

»Schau, ich kenne die Einzelheiten nicht, aber wenn unsere Inspektoren…«

»Sind das die gleichen Inspektoren, die dem Angebot von Atomprom grünes Licht gegeben haben? Wenn ja, für wie viel?«

Er hat den Anstand, zu erröten. »Wir haben gerade mit der Untersuchung des Unfalls von letzter Nacht begonnen«, sagt er steif. »Wenn sich herausstellt, dass es ein unangemessenes Verhalten gab, werden wir entsprechende Maßnahmen ergreifen. Wir dulden keine Korruption und Bestechung. Die Sicherheit unserer Bürger und der Umwelt ist für uns von größter Bedeutung.«

Ich nicke und nehme meine Gabel in die Hand. »Deshalb war Atomprom nie die richtige Firma für eine Partnerschaft mit dir. Ihre Sicherheitsbilanz ist miserabel.«

Ruhig esse ich zwei Bissen Falafel, lasse Yusup darüber nachdenken und bin nicht im Geringsten überrascht, als er abrupt sagt: »Gut. Ich kann mich für dich um die Genehmigungen bemühen. Vielleicht ist ein Inspektor übereifrig geworden.«

»Das würde ich sehr zu schätzen wissen. Und sollte sich herausstellen, dass es sich um ein Missverständnis handelt, wären wir dankbar, wenn du die Entscheidung rückgängig machen und bei der Ausschreibung ein gutes Wort für uns einlegen würdest.«

Er leckt sich über die Lippen. »Ich verstehe.«

Natürlich tut er das. Dankbarkeit von den Molotows ist eine sehr lukrative Sache. Genauso wie die Dankbarkeit von den Leonows – aber die hat er bereits erhalten.

Seine neue Villa in Khujand ist der Beweis dafür.

Es wäre ein Leichtes, darauf hinzuweisen und die Beweise für die Korruption, die Konstantins Hacker aufgedeckt haben, zu nutzen, um ihn dazu zu bringen, das zu tun, was wir wollen. Aber im Gegensatz zu Valery ist es meine Art, mit dem Zuckerbrot zu winken, bevor ich nach dem Stock greife.

So laufen die Dinge meist reibungsloser.

Da ich mein Ziel erreicht habe, kehre ich zu neutralen Themen zurück, und der Rest des Essens vergeht in angenehmer Konversation. Er geht nicht auf die Einzelheiten unserer *Dankbarkeit* ein, und ich auch nicht. Er soll ruhig glaubhaft klingende Erklärungen haben, wenn unsere Zahlung auf seinem Offshore-Konto landet ... das schadet uns nicht im Geringsten.

Als wir fertig sind, geht er zu seinem Auto, und ich gehe auf die Toilette, bevor ich mich auf den langen Weg zu dem kleinen Flughafen mache, wo mein Jet wartet. Ich wasche mir gerade die Hände, als sich die Tür öffnet und ein großer, athletisch gebauter Mann, etwa in meinem Alter, eintritt.

Ein Mann, den ich sofort erkenne.

»Na, wenn das nicht der vermisste Molotow-Bruder ist«, sagt Alexei Leonow, der sich gegen die Tür lehnt und seine tätowierten Arme vor der Brust verschränkt. »Schön, dich hier zu treffen.«

39

NIKOLAI

Ich wische meine Hände ruhig an einem Papiertuch ab und werfe es in den Müll. Dabei suche ich meinen Gegner nach sichtbaren Waffen ab. Ich bemerke keine, aber das hat nichts zu sagen. Er könnte eine Waffe an seinem Knöchel befestigt oder hinten in seine Jeans gesteckt haben. Und es gibt definitiv ein oder zwei Messer in seinen Biker-Stiefeln.

Alexei Leonow ist bekannt für seinen Hunger nach Gewalt.

»Zufall ist eine komische Sache«, sage ich ruhig und mache mich bereit, nach der Glock zu greifen, die ich unter meiner Jacke auf der Brust trage. »Was führt dich nach Duschanbe?«

Er grinst scharf. »Das Gleiche wie dich, nehme ich an.« Er löst die Verschränkung seiner Arme auf, dann schiebt er sich von der Tür weg und kommt auf mich zu. Er bleibt vor mir stehen und fragt: »Wie ist das Leben in ... wo bist du zurzeit? Thailand? Die Philippinen?« Selbst aus der Nähe sehen seine dunkelbraunen Augen fast schwarz aus, passend zum Farbton seiner Haare.

»Das Leben ist großartig. Wie geht es deinem alten Herrn?« Wenn er denkt, dass ich meinen Aufenthaltsort ausplaudere, nachdem Konstantin sich so viel Mühe gegeben hat, ihn zu verstecken, dann hat er sich getäuscht. »Immer noch quicklebendig?«

Sein Lächeln besteht nur aus Zähnen. »Du weißt, wie diese alten Männer sind. Praktisch unzerstörbar. Man muss sich *richtig* Mühe geben, um sie zum Sterben zu bewegen.«

Ich schlucke auch diesen Köder nicht. »Grüß ihn von mir. Und deinen Bruder.«

Seine Augen funkeln energisch. »Meine Schwester nicht? Ach ja, sie ist verdammt nochmal tot.«

Ich muss meine komplette Selbstbeherrschung aufbringen, um das Pokerface zu bewahren. »Ich habe es gehört. Es tut mir leid.« Das ist eine Lüge – Xenia verdient es, mit den Würmern zu verrotten –, aber alles, was über eine neutrale Antwort hinausgeht, könnte mich verraten, und er scheint bereits einen Verdacht zu hegen.

Sein wildes Grinsen kehrt zurück. »Wo wir gerade von Schwestern sprechen … wie geht es meiner Versprochenen?«

Das kann ich nicht auf sich beruhen lassen. Ich halte seinem Blick stand und lasse ihn das Eis in meinen Augen sehen. »Alina gehört nicht dir. Das hat sie nie und das wird sie auch nie.«

»Das ist nicht das, was in unserem Verlobungsvertrag steht.«

»Dieser Vertrag wurde durch den Tod meines Vaters hinfällig, und das weißt du.«

»Tue ich das?« Er beugt sich vor, bis wir fast Nase an Nase stehen. Kein Hauch von Humor bleibt auf seinem Gesicht, und

seine harten Züge überziehen sich mit einer unverkennbaren
Patina der Grausamkeit. In einem tödlich sanften Ton sagt er:
»Sag Alina, dass es Zeit ist. Ich bin es leid, geduldig zu sein.«

Er tritt zurück und verlässt den Raum durch die Tür.

Kochende Wut brennt immer noch in meiner Brust, als
Konstantins Tesla vor das Flugzeug fährt.

»Danke fürs Warten«, sagt er und steigt aus. »Ich dachte, es
wäre besser, dir das persönlich zu geben.« Er reicht mir einen
USB-Stick.

»Chloe?«

Er nickt. »Wir haben was gefunden. Es war richtig, mich
tiefer graben zu lassen. Das Mädchen ist nicht das, was sie zu
sein scheint.«

Scheiße. »Mafia?«

»Vielleicht. Schau dir das Video an. Meine Jungs tun ihr
Bestes, um mehr herauszubekommen.«

Arschloch. Ich möchte jetzt alle Antworten einfordern, aber
das Flugzeug ist bereit zum Abflug, und ich muss ihn über
meine Begegnung mit Alexei aufklären. Das erledige ich
schnell, und als ich zu der Stelle mit Alina komme, sehe ich
dieselbe Wut in seinem Gesicht aufflackern.

»Ich bringe ihn um, wenn er auch nur in ihre Richtung
atmet«, sagt Konstantin wütend. »Wenn er denkt, dass wir
diesen verdammten mittelalterlichen Vertrag einhalten werden,
der geschlossen wurde, als unsere Schwester kaum fünfzehn
war, dann ist er …«

»Ich bezweifle, dass er es ernst meinte. Wahrscheinlich
wollte er mich als Rache für die Explosion in ihrer Anlage

provozieren. So oder so, er weiß nicht mit Sicherheit, dass sie bei mir ist. Das war ein Schuss ins Blaue.«

Konstantin atmet tief durch und beruhigt sich sichtlich. Von uns dreien steht er Alina am nächsten, da er in den Schulferien und Sommerferien immer auf sie aufgepasst hat. Diesen Luxus hatte ich nie – unser Vater hatte schon früh entschieden, dass ich der Sohn war, der am besten geeignet war, die Führung in unserem Unternehmen zu übernehmen. Ich verbrachte also meine gesamte Kindheit und Jugend damit, das Familiengeschäft zu erlernen.

»Du hast recht«, sagt er in einem ruhigeren Ton. »Er ist sauer, und er will uns ärgern. Aber sag Alina vorsichtshalber, dass sie aufpassen soll.«

»Ich glaube nicht, dass das eine gute Idee ist. Sie hat ... in den letzten Tagen einige Probleme gehabt.«

Seine Augenbrauen ziehen sich zusammen. »Die Kopfschmerzen sind wieder da?«

Ich nicke grimmig. »Lyudmila sagt, dass sie ziemlich viele Medikamente genommen hat, während ich weg war, und auch Gras geraucht hat.«

Alina denkt, ich wüsste nichts von dem letzten Teil, aber ich weiß es – und ich habe Lyudmila gebeten, ihr Gesellschaft zu leisten, wenn sie rauchen will. Ich bin kein Freund von bewusstseinsverändernden Substanzen, aber ich weiß, warum meine Schwester sie braucht, und Gras ist besser als einige der Rezepte in ihrer Nachttischschublade.

Konstantins Stirnrunzeln vertieft sich. »Sie dreht wieder durch.«

»Hoffen wir nicht.« Aber wenn ja, ist das ein weiterer Grund für mich, zurückzueilen. Obwohl Alina und ich kaum miteinander auskommen, hält etwas an meiner Anwesenheit sie bei der Stange – vielleicht gerade die Reibung, die zwischen uns besteht. Es gibt ihr einen äußeren Fokus, eine Ablenkung von ihrem inneren Aufruhr.

Mit mir hat sie ein klares und präsentes Ziel, anstatt der Schatten, die in ihrem Kopf lauern.

»Hör zu«, sage ich zu Konstantin, »ich muss gehen. Ich werde dich wissen lassen, wie es ihr geht, wenn ich sie persönlich sehe. Sag deinem Team einfach, dass es weitermachen soll – Alexei darf nicht herausfinden, wo wir sind.«

Sein Kiefer spannt sich an. »Mach dir keine Sorgen. Das wird er nicht.«

»Danke.«

Mit einem letzten Blick auf meinen Bruder steige ich ins Flugzeug.

Pavel wartet auf der Couch in der Hauptkabine des Jets auf mich, ein Laptop liegt aufgeklappt auf dem Couchtisch vor ihm. Wortlos nehme ich neben ihm Platz und stecke den USB-Stick in den Computer.

Es gibt zwei Dateien darauf, eine mit dem Titel *Aktualisierter Bericht*, und die andere heißt *Kamera Laden, Boise, 14. Juli*.

Mein Herzschlag erhöht sich, und die Anspannung durchdringt meinen Körper.

Das ist der gleiche Tag, an dem sie sich als Slavas Lehrerin beworben hat.

Ich klicke auf das Video.

Die körnige Aufnahme zeigt eine unscheinbare Straße mit ein paar Geschäften, einem Café, einigen geparkten Autos und gelegentlichen Fußgängern. Der Zeitstempel in der Ecke sagt mir, dass es kurz nach zehn Uhr morgens ist.

Zuerst scheint nichts los zu sein, aber nach etwa dreißig Sekunden erblicke ich eine vertraute schlanke Gestalt. Bekleidet mit einem T-Shirt und einer Jeans geht Chloe zügig die Straße entlang.

Sie geht an einer Boutique vorbei, als es passiert.

Mit einem scharfen *Pop* explodiert das Schaufenster zu ihrer Linken.

Pavel stößt einen erschrockenen Ausruf aus, aber ich ignoriere ihn und richte meine ganze Aufmerksamkeit auf Chloes kleine, erstarrte Gestalt. Jeder Muskel in meinem Körper ist angespannt, Angst und Wut pulsieren in ekelerregenden Wellen durch mich. Selbst auf dem unscharfen Video kann ich den Schock in ihrem Gesicht sehen, während ihre großen Augen verständnislos die Straße absuchen. Dann beginnen die Schreie über Schüsse und die Hilferufe, und sie rennt los – gerade als ein weiterer *Pop* ertönt und mehr Glas um sie herumfliegt.

Innerhalb von Sekunden ist sie aus dem Blickfeld verschwunden, und das Video bricht ab.

»Scheiße«, murmelt Pavel, aber ich öffne bereits die andere Datei.

Den aktualisierten Bericht.

40

CHLOE

*I*ch schlafe nicht gut. Überhaupt nicht. Wer würde das tun, mit dieser Art von Vorwarnung?

Schlaf gut heute Nacht – du wirst es brauchen.

Ich kann mir nichts vorstellen, was Nikolai hätte sagen können, was *weniger* geeignet gewesen wäre, um mich gut schlafen zu lassen. Er hätte mir genauso gut sagen können, dass er vorhat, mich bis zur Erschöpfung zu ficken, sobald er nach Hause kommt.

Das hat er mir tatsächlich gesagt, mehr oder weniger, bevor er gegangen ist. Seine schmutzigen Versprechen haben mir reichlich Futter für meine feuchten Träume und Masturbationen unter der Dusche geliefert – einschließlich der langen nach unserem Anruf letzte Nacht.

Ich dachte, ein paar Orgasmen würden mich entspannen, aber sie haben alles nur noch schlimmer gemacht. Die ganze Zeit, während ich mit mir selbst spielte, musste ich daran denken, was er mit mir machen wird, wenn er zurückkommt …

wie sich seine Hände und Lippen auf mir anfühlen werden ... wie sich sein Schwanz in mir anfühlen wird. Meine Fantasie spielte verrückt und malte mir alle möglichen nicht jugendfreien Szenarien aus, die mir jetzt, im hellen Licht des Morgens, immer noch durch den Kopf gehen, meine Unterwäsche durchnässen und meinen Puls zum Rasen bringen.

Da hilft es auch nicht, dass Alina wieder nirgends zu sehen ist. Sie kommt weder zum Frühstück noch zum Mittagessen herunter, und als ich Lyudmila danach frage, erzählt sie mir, dass Nikolais Schwester wieder Kopfschmerzen hat.

»Bekommt sie oft welche?«, frage ich beim Mittagessen besorgt, und Lyudmila nickt. Ihr Gesicht ist angespannt, während sie die Augen abwendet.

Ich wundere mich darüber, aber Lyudmila ist nicht gerade gesprächig in meiner Nähe, also entscheide ich mich dagegen, sie weiter zu befragen. Stattdessen verbringe ich den Nachmittag damit, Slava zu unterrichten und die Minuten bis zum Abendessen zu zählen, zu dem Nikolai erwartet wird.

Mein Schüler ist genauso ungeduldig. Lyudmila muss ihm gesagt haben, dass sein Vater heute zurückkommt, denn er springt immer wieder auf und läuft zum Fenster, während wir das Alphabet durchgehen.

»Willst du deinen Daddy überraschen?«, frage ich, als er zum fünften Mal von seiner Expedition zurückkehrt. »Ihn glücklich machen?«

Slavas Brauen ziehen sich zusammen. »Glücklich?«

»Ja, glücklich.« Ich male ein lächelndes Gesicht mit einem gelben Buntstift. »Willst du, dass dein Daddy glücklich ist?«

Er nickt und lässt sich neben mir auf den Boden fallen.

»Dann sprich mir nach: ›Hi, Daddy.‹«

Slava ist still. Er kennt beide Wörter aus den Büchern, die wir gelesen haben, und er wiederholt die Sätze, wenn ich ihn darum bitte, also weiß ich, dass es kein Verständnisproblem ist.

Vorsichtig versuche ich es erneut. »Hi, Daddy.«

Er starrt auf seine Turnschuhe. »Hi, Daddy.« Seine Stimme ist kaum mehr als ein Flüstern, aber die Worte sind klar, genauso wie die Vorsicht in seinen großen goldenen Augen, wenn er den Blick hebt.

Er zögert, und ich kann es ihm nicht verdenken. Trotz des kleinen Fortschritts, den wir mit unserer gemeinsamen Lesestunde neulich gemacht haben, sind Vater und Sohn immer noch virtuelle Fremde.

Ich greife hinüber und nehme seine Hände in meine. »Ich bin sehr stolz auf dich. Du bist mutig und stark, wie Superman.«

Sein kleines Gesicht hellt sich auf. »Superman?«

»Superman«, bestätige ich und drücke seine Hände sanft, bevor ich sie loslasse. »Mutig und stark.«

»Mutig und stark«, flüstert er und probiert die Worte aus. Er zeigt auf seine Brust. »Mutig und stark?«

Ich strahle ihn an. »Ja, du bist mutig und stark, genau wie Superman. Und du wirst deinen Daddy sehr glücklich machen.«

Er schenkt mir ein breites Grinsen. »Glücklich, ja.« Er zeigt auf die Smiley-Zeichnung und bläht seine dünne Brust auf. »Sehr glücklich.«

Er ist so niedlich, dass ich nicht widerstehen kann, ihn zu umarmen, und mein Herz schmilzt, als sich seine kurzen Arme um meinen Hals legen und fest zudrücken. Das hier ist der Grund, warum ich Kinder so sehr liebe. Alles, was sie wollen, ist Liebe und Zuneigung, und wenn sie diese einmal haben, geben sie sie in Hülle und Fülle zurück.

Nikolai versteht das mit seinem Sohn noch nicht, aber das wird er.

Es ist nur eine Frage der Zeit und ein wenig Nachhelfens meinerseits.

Eine Stunde vor dem Abendessen lasse ich Slava bei Lyudmila und gehe in mein Zimmer, um mich umzuziehen und fertig zu machen. Ich bin so aufgeregt und nervös, dass ich kaum verhindern kann, dass meine Hände zittern, während ich Make-up auftrage und meine Haare zu etwas Ähnlichem wie den ordentlichen Wellen glätte, die Alina gezaubert hatte. Wenn es ihr gut ginge, würde ich sie bitten, ihre Magie erneut anzuwenden, aber da ich sie heute Nachmittag noch nicht gesehen habe, muss ich davon ausgehen, dass sie immer noch mit Kopfschmerzen zu kämpfen hat.

Das arme Mädchen. Ich hoffe, es geht ihr bald besser.

Als meine Haare und mein Make-up fertig sind, gehe ich durch meine unfassbar große Sammlung von Abendkleidern, um das absolut beste zu finden. Als Nikolai nicht hier war, habe ich immer das genommen, was am bequemsten und einfachsten anzuziehen war, aber heute Abend will ich mir mehr Mühe geben.

Ich will sehen, wie sein Atem stockt, und seine Augen mit dieser dunklen, wilden Hitze glühen, die mich sowohl erregt als auch alarmiert.

Ich entscheide mich für ein zartes, elfenbeinfarbenes Kleid, in das dezente Goldfäden eingewebt sind. Es ist trägerlos und hat ein herzförmiges, korsettartiges Mieder, das meine Brüste hochdrückt und meine Taille definiert. Der figurbetonte Rock umschmeichelt meine Hüften auf die perfekteste Art und Weise, die man sich vorstellen kann, und wenn ich gehe, lässt ein Schlitz bis zum Oberschenkel auf der linken Seite mein Bein aufblitzen. Ich kombiniere das Kleid mit den goldenen Jimmy Choos, die ich an meinem ersten formellen Abend hier getragen habe, und schon bin ich bereit.

Bereit, Nikolai gegenüberzutreten und unsere Beziehung weiter auszubauen.

Das Auto hält an, als ich die Treppe herunterkomme. Ich erhasche in einem der großen Fenster einen Blick auf sie, und mein Herz schlägt schneller. Lyudmila und Slava stehen bereits im Wohnzimmer, der Junge in seiner Abendgarderobe. Als ich mich ihm nähere, lächelt er schüchtern zu mir hoch, und ich drücke ihm aufmunternd die Schulter.

»Denk daran, mutig und stark, wie Superman«, flüstere ich und versuche, meine eigene Nervosität in den Griff zu bekommen. Er kichert – nur um zu verstummen, als sich die Haustür öffnet und Schritte in unsere Richtung kommen.

Pavel taucht zuerst auf, aber sein hausgroßer Körper wird kaum in meinem Blickfeld registriert. Meine ganze Aufmerksamkeit ist auf den großen, dunkelhäutigen Mann hinter ihm gerichtet, dessen tigerheller Blick mich mit einer Intensität anvisiert, die mein Fleisch versengt und meine Lungen zum Stillstand bringt.

In den letzten Tagen habe ich vergessen, wie es ist, in seiner Nähe zu sein und die verheerende Wirkung seiner Anwesenheit zu erleben. Ich sehe ihn nicht nur, ich *fühle* ihn mit jedem Zentimeter meiner Haut, mit jeder Zelle meines Wesens. Hilflos fahren meine Augen über seine Gesichtszüge, nehmen die kompromisslosen Kanten seines Kiefers und die sinnliche Form seiner Lippen wahr, die verblüffende Dichte seiner tiefschwarzen Wimpern und die Art und Weise, wie sein rabenschwarzes Haar von der Stirn zurückgebürstet ist und diese hohen, breiten Wangenknochen enthüllt. Er ist legerer gekleidet als bei seiner Abreise, mit einem blauen Button-up-Hemd, das in eine maßgeschneiderte Hose gesteckt ist, und er sieht so köstlich heiß aus, dass ich mich nur mit Mühe auf den Beinen halten kann. Mein Herz rast, mein ganzer Körper summt, als ob ein Netzwerk von stromführenden Drähten unter meiner Haut liegt, und ich nehme nur am Rande wahr, wie Lyudmila auf ihren Mann zugeht, um ihn zu umarmen, während sie aufgeregt auf Russisch plappert.

Nikolai muss in den gleichen starken Bann gezogen worden sein, denn für einen langen Moment steht er bewegungslos da, und seine Augen glitzern, während er mich betrachtet.

Dann kommt er auf mich zu.

Atemlos starre ich zu ihm hoch, als er vor mir stehen bleibt. Er ist so viel mehr aus der Nähe als auf einem Computerbildschirm. Größer, breiter ... gefährlicher, männlicher. Mit seinem verführerischen Charme und seiner feinen Kleidung ist es möglich, diese rohe, animalische Qualität zu vergessen, die er besitzt, das Gefühl, dass etwas Wildes unter seiner schönen Fassade lauert ... etwas, was mich zu ihm zieht, auch wenn sich die feinen Haare in meinem Nacken warnend aufstellen.

Aus der Ferne war es leicht, meine Vorstellungen von seiner Gefährlichkeit zu verwerfen.

Aus der Nähe ist es unendlich viel schwieriger.

»Hi, Daddy.«

Der Klang dieser kleinen, hohen Stimme reißt mich aus meiner Trance – und sie hat eine noch stärkere Wirkung auf Nikolai. Jeder Muskel in seinem Gesicht spannt sich an, als sein Blick zu dem Jungen springt, der tapfer an meiner Seite steht.

Einen Moment lang starren sich Vater und Sohn nur an. Dann geht Nikolai langsam auf ein Knie herunter.

»Hi«, sagt er heiser, während ein Medley von Emotionen über sein Gesicht spielt. »Hi, Slavochka.«

Mein Herz krampft sich mit einer Welle von Wärme zusammen. Diese Version des Jungennamens ist ein Kosename. Ich habe in den letzten Tagen genug Russisch gehört, um das zu wissen.

Slava lächelt seinen Vater unsicher an, bevor er zu mir aufschaut.

»Das hast du gut gemacht«, sage ich heiser und streiche mit meiner Handfläche über sein seidiges Haar. »Genau wie Superman.« Lächelnd fange ich Nikolais Blick auf. »Sag ihm, dass er es gut gemacht hat.«

Sein Gesicht verzieht sich, etwas Dunkles und Gequältes blitzt in seinen Augen auf, bevor er die Kontrolle wiedererlangt. »Das hast du gut gemacht«, sagt er tonlos zu dem Jungen und erhebt sich, um mit versteinerter Miene wieder zurückzutreten.

Verwirrt beginne ich, zu sprechen, aber er kommt mir zuvor.

»Ich muss mit dir reden«, sagt er mit fester Stimme, nimmt meine Hand in einen unentrinnbaren Griff und führt mich in sein Büro.

41

CHLOE

Mein Magen zieht sich zusammen und mein Puls ist unheimlich schnell, als er mir gegenüber am runden Tisch Platz nimmt. Seine Augen sind von einer Dunkelheit erfüllt, bei der ich mir nicht mehr sicher bin, dass sie nur meiner Einbildung entspringt. Keine Spur mehr von dem zärtlichen, verführerischen Mann, mit dem ich so viele Stunden über Video gesprochen habe, dem Mann, der so offen bei seinen Gefühlen für mich war. An seiner Stelle steht ein schöner, furchterregender Fremder vor mir, dessen Gesicht vor Wut angespannt ist.

Das Schlimmste daran ist, dass ich keine Ahnung habe, was ich getan habe, was passiert ist, um ihn so zu verärgern. War es das, was Slava gesagt hat? Oder mein unbeholfener Vorschlag, den Jungen zu loben, weil …

»Du hast mich angelogen, *zajchik*«, sagt er mit tödlich-sanfter Stimme, und mein Herz rutscht bis zum Boden.

Ich lag falsch.

Das hier hat nichts mit Slava zu tun.

Es ist unendlich viel schlimmer.

Ich schnappe nach Luft. »Nikolai, ich …«

Er hält eine Hand hoch, dann klappt er einen Laptop auf, von dem ich gerade erst bemerke, dass er auf dem Tisch lag. »Sieh dir das an«, befiehlt er und dreht den Bildschirm zu mir.

Ich schaue hin – und was ich sehe, lässt mein Blut zu eiskaltem Matsch werden.

Das bin ich, an diesem Tag in Boise.

Dem Tag, an dem sie direkt auf mich geschossen haben.

Es gibt nichts Belastenderes, auf das Nikolai hätte stoßen können, keinen Vorfall, der deutlicher die Gefahr aufzeigt, die ich für seine Familie darstelle – eine Gefahr, über die ich nicht wirklich nachgedacht hatte, da ich mich stattdessen auf *meine* Situation, *mein* Überleben konzentriert hatte. Erst jetzt, mit dem körnigen Video vor mir, begreife ich, wie gedankenlos, wie egoistisch ich gewesen bin.

Zwei gewalttätige Mörder sind hinter mir her, und ich bin hier und spiele in der Kleidung, die er für mich gekauft hat, Prinzessin. Ich tue so, als wäre ich in einem Haus, das er für seinen Sohn gebaut hat – ein aufgewecktes, süßes Kind, das ich bereits liebgewonnen habe – in Sicherheit.

Ein Kind, das in jeder Sekunde, die ich hier bin, in Gefahr ist.

Ich hatte das irgendwie aus meinem Gedächtnis verdrängt, zusammen mit den schrecklichen Geschehnissen jenes Tages, aber das kann ich jetzt nicht mehr. Mir ist übel, und ich zittere, als ich aufstehe. »Nikolai, es tut mir so, so leid. Ich werde gehen. Ich werde sofort gehen …«

»Setz dich.« Seine Stimme ist noch weicher, ein

erschreckender Kontrast zu der Wildheit in seinen Augen. »Du gehst nirgendwohin.«

»Aber ...«

»Setz dich.«

Meine Knie knicken unter mir ein und gehorchen seinem Befehl.

Er beugt sich nach vorne, und sein Blick hält mich fest. »Ich will die Wahrheit. Die volle Wahrheit. Verstanden?«

Ich nicke, obwohl ich innerlich zusammenbreche, als all meine Hoffnungen und Träume um mich herum zerschellen.

Ich werde es ihm sagen.

Ich werde ihm alles erzählen.

Nach all den Lügen hat er die Wahrheit verdient.

285

42

CHLOE

»Es begann alles, als ich nach meinem College-Abschluss nach Hause fuhr«, erzähle ich und versuche – und scheitere –, meine Stimme ruhig zu halten. »Ich sollte eigentlich pünktlich zum Abendessen ankommen, aber der Verkehr war ungewöhnlich stark, und ich war fast eine Stunde zu spät. Sobald ich einen Parkplatz vor unserem Haus gefunden hatte, rannte ich in die Wohnung, ohne meinen Koffer aus dem Auto zu nehmen. Ich dachte mir, ich würde ihn nach dem Essen holen. Ich hatte meine Schlüssel, also ging ich ohne zu klingeln hinein und direkt in die Küche, weil ich dachte, dass Mom etwas vom Essen aufwärmte. Aber als ich dort ankam ...« Ich halte inne und schlucke den Kloß hinunter, der sich in meinem Hals festgesetzt hat.

»War sie tot«, vermutet Nikolai grimmig, und ich nicke mit heißen, brennenden Tränen in meinen Augen.

»Sie lag in einer Blutlache auf dem Küchenboden, ihre Handgelenke waren aufgeschnitten. Ich konnte keinen Puls fühlen, also rannte ich los, um mein Telefon zu holen – ich war so in Eile gewesen, dass ich meine Handtasche mit dem Telefon im Auto vergessen hatte. Aber bevor ich die Wohnung verlassen konnte, hörte ich Stimmen, männliche Stimmen, die aus Moms Schlafzimmer kamen.«

Seine Augen verengen sich gefährlich. »Sie waren da? Mit dir in der Wohnung?«

»Ja. Ich sprang in die kleine Schranknische neben der Tür und versteckte mich dort hinter den Mänteln. Ich habe sie damals gesehen. Zwei große Männer mit Skimasken. Sie verließen die Wohnung, aber kamen dann sofort wieder herein. Ich hörte, wie sie zurück ins Schlafzimmer gingen, und da ich direkt an der Tür war, rannte ich los. Ich rannte alle fünf Stockwerke hinunter und dann weiter, bis ich zu meinem Auto kam.« Ich atme zitternd ein und verdränge die Erinnerung an diese betäubende Panik, an das Hyperventilieren und Schluchzen, als ich darum kämpfte, meine Schlüssel ins Zündschloss zu stecken.

Nikolai gibt mir einen Moment, damit ich mich sammeln kann. »Was ist dann passiert?«

»Ich wählte den Notruf und fuhr zur nächsten Polizeistation. Ich erzählte ihnen, was passiert war, und sie schickten eine Einheit zu meiner Wohnung. Aber die Mörder waren da schon weg und die Polizei hat es als ...« Meine Stimme bricht. »Sie haben es als Selbstmord eingestuft.«

Seine Augenbrauen ziehen sich zusammen. »Das verstehe ich nicht. Hast du ihnen von den beiden Männern erzählt? Hast du eine offizielle Aussage bei der Polizei gemacht?«

»Das habe ich. Ich erzählte ihnen von den Masken und den Waffen mit Schalldämpfern und ...«

»Pistolen mit Schalldämpfern?«

Ich nicke und schlinge meine Arme um mich. Mir ist so kalt, dass meine Zähne anfangen zu klappern. »Ich habe sie gesehen, durch die Mäntel im Flur. Nun, technisch gesehen habe ich nur eine Waffe erkannt, aber später, als ich sie wieder sah, waren es zwei, also nehme ich an …«

»Später?« Sein Kiefer spannt sich an. »Du hast sie wieder aus der Nähe gesehen?«

»Nicht aus der Nähe, nein. Sie waren etwa einen Block entfernt. Es war nach dem hier.« Ich schiebe mein Kinn in Richtung Laptop. »Sie rannten hinter mir her, und ich sah sie. Jeder von ihnen hatte eine Waffe.«

»Auch Skimasken?«

»Ja.« Ich bemühe mich, mich an die beiden Gestalten zu erinnern, aber außer ihrer groben Größe und den Waffen in ihren Händen sind sie in meinem Gedächtnis verschwommen. »Zumindest bin ich mir ziemlich sicher.«

Nikolais Blick wird schärfer. »Aber nicht ganz sicher?«

»Ich … nein.« Was dumm von mir ist. Ich hätte aufpassen sollen, hätte mir jedes winzige Detail einprägen sollen, damit ich …

»War das das einzige andere Mal, dass du sie gesehen hast? Das einzige Mal, dass sie hinter dir her waren?«

»Nein.« Ein Schauer durchfährt meinen Körper. »Nicht einmal annähernd.«

Sein Gesicht ist eine Maske aus kaum gezügelter Wut. »Erzähl mir alles.«

Das tue ich. Ich erzähle ihm von dem schwarzen Pick-up mit den getönten Scheiben, der mich fast überfahren hat, als ich aus dem Polizeirevier kam, und wie es auf einem Walmart-Parkplatz kaum eine Stunde, nachdem ich den ersten Versuch gemeldet hatte, erneut passiert ist. Ich erzähle ihm von dem

Feuer im örtlichen Motel, in dem ich mir ein Zimmer genommen hatte, um nicht in der Wohnung zu schlafen, und von einem Van, der mich fast von der Straße gedrängt hat, als ich schon auf der Flucht war. Ich erzähle ihm von meiner knappen Flucht aus einem Airbnb in Omaha, wo ich vor ein paar Wochen für etwas dringend benötigte Ruhe einkehrte, nur um am Ende mitten in der Nacht durch das Fenster zu fliehen, als ich Kratzgeräusche an der Tür hörte.

»Das Schloss. Sie haben es aufgebrochen.« Nikolais Kiefer ist fest zusammengepresst. »Wenn du nicht aufgewacht wärst ...«

»Ja. Und es gab noch andere Fälle, in denen ich dachte, dass sie vielleicht in der Nähe waren, wie das eine Mal, als ich einen schwarzen Pick-up mit getönten Scheiben entdeckte, der auf eine Tankstelle zufuhr, als ich gerade herausfuhr. Allerdings war ich zu dem Zeitpunkt schon so paranoid, dass es meine Einbildung gewesen sein könnte. Oder vielleicht auch nicht. Vielleicht waren sie es. Ich weiß es nicht. Ich weiß nur, dass sie immer wieder hinter mir her waren, und das Einzige, was ich tun konnte, war, in Bewegung zu bleiben. Das heißt, bis mir das Geld ausging.«

»Da bist du auf meine Anzeige gestoßen.«

»Ja.« Ich schlucke trocken. »Es tut mir leid, Nikolai. Das tut es wirklich. Ich habe nicht klar gedacht, als ich mich für die Stelle beworben habe. Ich hatte nur noch ein paar Dollar, und ich hatte große Angst, weil sie mich gerade wieder gefunden hatten und immer dreister wurden, als sie am helllichten Tag auf mich schossen. Ich werde gehen, ich schwöre es. Du brauchst mich nicht einmal für die Woche zu bezahlen. Ich werde einen anderen Job finden und ...«

»Wovon zum Teufel redest du?« Mit einem Ruck steht er

auf, stützt seine Fäuste auf den Tisch und lehnt sich vor. Seine Stimme ist rau. »Ich habe dir doch gesagt, dass du nirgendwohin gehst.«

Ich stehe auf und weiche zurück. »Nikolai, bitte. Es tut mir *wirklich* leid. Ich wollte deine Familie nicht in Gefahr bringen. Ich werde heute gehen. Jetzt sofort. Bevor sie herausfinden, dass ich hier bin und ...« Mein Herz klettert mir in die Kehle, als er auf mich zukommt, mit Augen wie Feuer und Schwefel. »Bitte. Ich schwöre, ich ...«

Seine Hände schließen sich in einem eisernen Griff um meine Oberarme. »Du gehst nicht«, knurrt er und reißt mich an sich, um seine Lippen auf die meinen zu pressen.

43

NIKOLAI

Ich verschlinge ihren Mund mit all der Wut und Angst in mir, all dem Hunger, den ich zurückgehalten habe. So vieles ergibt jetzt Sinn: ihr ausgehungertes Aussehen und ihr Holzfällerappetit, die Einstichwunden an ihrem Arm und die Alpträume, die sie jede Nacht quälen. Wochenlang haben sie sie gejagt und versucht, sie zu vernichten, sie auszulöschen, und an diesem Tag in Boise hätten sie es fast geschafft.

Ein paar Zentimeter weiter rechts, und die Kugel hätte ihren Schädel durchschlagen.

Den ganzen Heimflug über zitterte ich vor Wut, und das war, bevor ich den Rest kannte. Bevor ich wusste, wie viele Male sie dem Tod nahe gewesen war. Wenn sie nicht aufgewacht wäre, als sie hörte, wie das Schloss geknackt wurde, oder dem Pick-up aus dem Weg gesprungen wäre … Verdammt, wenn sie in der Garderobe nur etwas lauter geatmet hätte, wäre sie heute nicht hier.

Ich würde sie nicht halten, sie nicht schmecken.

Ich wüsste nicht, wie es ist, die andere Hälfte meiner Seele gefunden zu haben.

Ihr Kopf fällt unter dem brutalen Druck meiner Lippen zurück, ihre Hände klammern sich verzweifelt an meine Arme, und ich weiß, ich sollte langsamer werden, sanft sein, aber ich kann nicht. Was auch immer ich an Zurückhaltung besaß ist weg, verbrannt zu Asche im Feuer meiner Wut, dezimiert durch meine Angst um sie.

Es gab so wenig von dem, was sie mir gerade erzählt hat, in Konstantins Bericht, so viele verdächtige Leerstellen in den Polizeiakten, die er für mich gefunden hatte. Keine Erwähnung der beiden maskierten Männer in der Wohnung ihrer Mutter, nichts über die versuchte Fahrerflucht. Sogar ihre E-Mails an die Journalisten, die Konstantins Hacker in ihrem gesendeten Ordner gefunden haben, scheinen ihr Ziel nicht erreicht zu haben, als ob jemand ihre Nachrichten blockiert oder als Spam markiert hätte. Und dann sind da noch all die gelöschten und beschädigten Bänder, wahrscheinlich die, die ein Beweis für die anderen Versuche, ihr Leben auszulöschen, gewesen wären.

Jemand hat sich enorme Mühe gegeben, ihre Mutter zu töten und seine Spuren zu verwischen, jemand mit massiven Ressourcen, und die Tatsache, dass ich nicht weiß, wer es ist, brennt an mir wie Säure.

Schwer atmend reiße ich meinen Mund von ihrem weg und begegne ihrem benommenen Blick. »Du wirst nicht gehen.«

Ich wollte sie schon vorher nicht gehen lassen, aber jetzt, wo ich weiß, dass sie in tödlicher Gefahr ist, werde ich alles tun, was nötig ist, um sie hierzubehalten. Ich werde sie buchstäblich an mich ketten, wenn ich es muss.

Sie blinzelt zu mir hoch, und ihre vom Küssen geschwollenen Lippen öffnen sich. »Aber ...«

»Kein Aber. Ich will das nicht mehr hören. Du gehörst jetzt mir, verstanden?« Meine Stimme ist rau, kehlig. Ich mache ihr Angst, ich kann es sehen, aber ich kann mich nicht zurückhalten, kann das Monster nicht wieder an die Leine legen.

Sie öffnet ihren Mund, um zu antworten, aber ich verhindere es. Grob schiebe ich meine Hand in ihr Haar und greife eine Handvoll, halte sie still, während ich zu einem weiteren tiefen, vereinnahmenden Kuss ansetze. Es gibt etwas Dunkles und Verdrehtes in der Art, wie ich sie brauche, in diesem Zwang, sie zu beanspruchen, den ich fühle. Mein Hunger nach ihr entspringt dem tiefsten, wildesten Teil von mir, den ich so gut wie möglich vor ihr und der ganzen Welt verstecke ... den meine Schwester leider in jener schrecklichen Winternacht gesehen hat.

Chloe hat recht, wenn sie mir gegenüber misstrauisch ist.

Ich bin kein normaler, sanftmütiger Mann.

Die Zivilisation ist nur ein weiterer Anzug, den ich trage.

Sie versteift sich zuerst bei meinem Angriff, aber nach einem Moment wird ihr Körper weicher, und ihre Arme legen sich um meinen Hals, als sie dem heißen Bedürfnis nachgibt, das uns verzehrt. Sie umarmt mich, während ich sie mit meiner Zunge ficke und an ihren weichen, üppigen Lippen knabbere. Sie hält sich an mir fest, als ich sie zum Tisch trage, bevor meine Hände gierig über ihre Hüften, ihren Brustkorb, die kleinen, prallen Hügel ihrer Brüste wandern.

Ihr Kleid ist im Weg, also reiße ich es am Mieder auf, zu ungeduldig, um all die Haken und Reißverschlüsse zu öffnen. Darunter trägt sie keinen BH, und ihre Brüste ergießen sich in meine Hände, rund und perfekt, gespickt mit wunderschönen braunen Nippeln. Bei diesem Anblick läuft mir das Wasser im Mund zusammen, und ich neige meinen Kopf, um einen in den Mund zu saugen. Er schmeckt nach Salz und Beeren, nach allem, von dem ich nie wusste, dass ich mich danach sehne, und als sie sich mir mit einem keuchenden Aufschrei entgegenwölbt und ihre kleinen Hände sich in meinen Haaren ballen, weiß ich, dass ich nie genug von ihr bekommen werde.

Das ist völlig unmöglich.

Mein Schwanz ist so hart, dass es wehtut, meine Eier liegen eng an meinem Körper, als ich meinen Fokus auf den anderen Nippel wechsele und ihn tief einsauge, bevor ich mit kontrollierter Kraft hineinbeiße. Sie schreit wieder auf, ihre Nägel graben sich in meinen Schädel, und ich lindere den Schmerz mit sanften Zungenschlägen, bevor ich erneut leicht zubeiße.

Sie hechelt jetzt, windet sich unter mir, und ich weiß, dass ich recht hatte mit ihr, mit unserer Kompatibilität in dieser Hinsicht. Das Tier in mir ruft nach seinem Seelenverwandten in Chloe und verstärkt die dunkle Chemie zwischen uns. Schmerz und Vergnügen, Gewalt und Lust – sie koexistieren seit Anbeginn der Zeit, nähren sich gegenseitig und bilden eine sinnliche Symphonie wie keine andere.

Eine Symphonie, die ich mit ihr zu spielen plane.

Ich lasse ihren Nippel los und bewege mich ihren Körper hinunter, wobei ich ihr Kleid in zwei Teile zerreiße. Es war ein feines, hübsches Kleid, aber ich werde ihr ein neues kaufen. Ich werde ihr alles kaufen, mich um alle ihre Bedürfnisse kümmern. Sie wird nie mehr hungern, wird nie mehr Mangel kennen. Weil sie jetzt mir gehört, ihr Körper und ihr Geist, ihre Geheimnisse und ihre Ängste und ihre Wünsche.

Ich will alles von ihr.

Ich halte ihre Hände fest und drücke sie an ihre Seiten, während ich brennende Küsse über ihren hüpfenden Brustkorb, ihren flachen Bauch und das empfindliche V unter ihrem Bauchnabel platziere. Sie trägt einen weißen Tanga, den ich ihr ebenfalls ausziehe und dann ihre Hände wieder festhalte, während ich ihren Körper weiter mit meinem Mund erforsche. Sie ist wunderschön, schlank und durchtrainiert, und ihre bronzefarbene Haut wie warme Seide unter meinen Lippen. Das Haar auf ihrer Muschi ist zart und fein, als ob es gerade nach einer Wachsenthaarung nachwächst, und die Eifersucht zerfrisst mich wie Höllenbrut, als ich mir vorstelle, wie sie sich für einen Ex-Freund pflegt ... für einen Mann, der nicht ich ist.

Nie wieder.

Kein anderer wird sie jemals mehr berühren.

Ich werde jeden Mann ausweiden, der es versucht.

Ihre Atemzüge beschleunigen sich, als sich meine Lippen ihrem Geschlecht nähern. Die Muskeln in ihren Schenkeln spannen sich an, als sich ihre Beine spreizen und ihre Hüften vom Tisch abheben. Sie will das unbedingt, und obwohl ich darauf brenne, sie ganz zu schmecken, verlängere ich ihre Qualen, indem ich nur die Außenseite ihrer zarten Falten lecke, ihren Duft einatme und die Vorfreude wachsen lasse.

»Nikolai, bitte ...« Ihre Stimme zittert, und ihre Hände bewegen sich in meinem Griff, während ich die Naht ihrer Öffnung küsse und lecke, um ihr noch ein wenig mehr zu geben. »Oh Gott, bitte ...« Sie keucht, als meine Zunge endlich zwischen ihre Falten eindringt, ich den cremigen Beweis ihres Verlangens genieße und ihre süße, reiche Essenz schmecke. Sie ist genau, wie ich sie mir vorgestellt habe, alles, was ich jemals wollte, und mein Schwanz pocht heftig mit dem Bedürfnis, in ihr zu sein, tief in ihre enge, feuchte Hitze zu gleiten. Stattdessen suche ich ihre Klitoris und bearbeite sie gierig, abwechselnd saugend und leckend, und als sie mit einem erstickten Schrei kommt, schiebe ich zwei Finger in ihr krampfendes Fleisch, um ihren Orgasmus zu intensivieren und sie auf das vorzubereiten, was kommen wird.

Denn ich werde nicht sanft sein, wenn ich sie nehme.

Das kann ich nicht sein.

Nicht dieses Mal.

44

CHLOE

Ein Nachbeben durchfährt noch immer meinen Körper, als ich meine Augen öffne und Nikolai über mir lehnt. Eine Hand liegt auf dem Tisch neben mir und die andere besitzergreifend auf meinem Geschlecht, in dem zwei lange, dicke Finger vergraben sind. Seine Augen sind grimmig zusammengekniffen, sein Kiefer angespannt. »Ich werde dich jetzt ficken.« Seine Stimme ist hart, kehlig, und gefährlich brutal. »Verstanden?«

Das habe ich. Es ist sowohl eine Warnung als auch eine Feststellung von Tatsachen.

Das wird passieren, und es gibt kein Zurück mehr.

Der vernünftige Teil von mir möchte weglaufen, vor der dunklen Intensität in seinem Blick zurückschrecken, auch wenn etwas Verdrehtes in mir in seinem Kontrollverlust schwelgt, in dem blanken, unmaskierten Hunger in seinem Gesicht. Sein glattes, schwarzes Haar ist von meinen Fingern zerzaust, seine Lippen glänzen von meiner Nässe, und die oberen Knöpfe seines Hemdes fehlen, als hätte er sie abgerissen.

Dies ist nicht der elegante, kultivierte Mann, der feste Essenszeiten vorschreibt.

Das ist das wilde Wesen, von dem ich gespürt habe, dass es darunter lauerte.

»Ich …« Ich befeuchte meine Lippen, und mein Körper zieht sich um seine Finger zusammen. »Ich verstehe.«

Sein Kiefer bewegt sich heftig, und dann ist er auf mir, seine Lippen und Zunge verschlingen mich, während seine Finger tiefer eindringen und eine Stelle finden, die Funken an den Rändern meines Blickfeldes tanzen lässt. Er schmeckt wie der Wald, ursprünglich und wild, und sein Zedern- und Bergamottenduft vermischt sich mit dem moschusartigen Unterton meiner Erregung. Ich keuche in seinen Mund, wölbe mich gegen ihn und klammere mich an seine Seiten, während er anfängt, mich mit diesen Fingern zu ficken, sie mit einem harten, unerbittlichen Rhythmus in mich zu treiben, der die Anspannung in meinem Inneren in die Höhe schnellen lässt. Ich spüre, wie der Orgasmus mit der Geschwindigkeit einer durchdrehenden Lokomotive auf mich zukommt und dann über mich hereinbricht, mich mit gleißender, schwindelerregender Lust überrollt.

Keuchend lasse ich mich auf die harte Oberfläche des Tisches fallen, aber Nikolai ist noch nicht fertig mit mir. Bevor ich mich erholen kann, zieht er seine Finger heraus und entfernt sich von mir. Ich zwinge meine schweren Augenlider dazu, sich zu öffnen, und beobachte, wie er seinen Reißverschluss herunterzieht und ein Kondom über seine Erektion rollt.

Eine sehr große Erektion.

Ich hatte recht mit seiner Größe. Er ist größer als die der anderen zuvor.

Weibliche Alarmiertheit überkommt mich, aber er ist schon über mir und greift nach meinen Handgelenken, um sie über meinem Kopf festzuhalten, während er meine Lippen in einem weiteren sengenden Kuss beansprucht. Seine dicke Eichel stößt an meinen Eingang, richtet sich aus und drückt sich hinein.

Ich bin nass und weich von den zwei Orgasmen, aber die Dehnung brennt immer noch, und mein Körper kämpft damit, seine Größe aufzunehmen, während er tiefer gleitet. Ein Laut der Verzweiflung entweicht meiner Kehle, und er hält inne und hebt den Kopf.

Schwer atmend starren wir uns an, und aus dem Nichts erinnere ich mich an seine Worte. Verrückte Worte, über Vorbestimmung und Schicksalsfäden … über die Unausweichlichkeit von uns. Ich weiß immer noch nicht, ob ich es glaube, aber ich kann die starke Verbindung zwischen uns nicht leugnen, kann nicht widerlegen, dass es sich mehr nach Bindung anfühlt als nach bloßem Sex.

Er muss es auch spüren, denn das wilde Feuer in seinen Augen verstärkt sich, und sein Griff um meine Handgelenke wird fester. »Ja, *zajchik* …« Seine Stimme ist ein tiefes, dunkles Raspeln. »Du gehörst jetzt mir.«

Und mit einem kräftigen Stoß schiebt er sich ganz hinein.

Der Schock der Invasion hallt immer noch durch meinen Körper, als er sich zu bewegen beginnt und seine Augen auf die meinen gerichtet sind. Seine Stöße sind unbarmherzig, so hart und tief, dass sie schmerzen, aber der Schmerz wird bald von einer dunkleren Art von Lust verdrängt, die nur teilweise mit der erneuten Anspannung in meinem Inneren zu tun hat. Mit jedem gnadenlosen Stoß stößt sein Becken gegen meines und drückt gegen meine Klitoris, aber es ist der Blick in seinen Augen, der meine Erregung immer mehr verstärkt und einen weiteren Orgasmus durch mich hindurchschießen lässt.

Es ist ein Blick der absoluten Besitzergreifung, gemischt mit etwas gefährlich Zartem und Intensivem.

Er kommt ein paar Augenblicke nach mir, ohne seinen Augen von meinen zu trennen. Mein Herz pocht wild, als ich sehe, wie sich sein wunderschönes Gesicht vor quälender Lust verzieht, während er sich tief in meinem Körper entleert.

Es ist das Intimste, was ich je erlebt habe, und das Schönste.

Unsere Körper sind immer noch verbunden, meine Handgelenke sind in seinem Griff gefangen, als er seinen Kopf senkt, um mich sanft und lieb auf die Lippen zu küssen, und danach seine Wange an die meine legt, wobei sein warmer Atem über meine nackte Schulter streicht. Ich will meine Hände frei haben, damit ich ihn umarmen kann, aber auch das hier fühlt sich richtig an, tröstlich auf eine seltsame Art. Der Tisch ist kalt und hart unter meinem Rücken, mein inneres Fleisch pocht von seiner rauen Besitznahme, aber ich fühle mich vollkommen friedlich, als sich meine schnelle Atmung verlangsamt, während jeder Rest von Spannung aus meinem Körper entweicht.

Ich könnte stundenlang, tagelang, wochenlang so liegen, aber nach ein paar langen Momenten rührt er sich und hebt den Kopf, um mich mit einem zärtlichen Lächeln anzuschauen. Er lässt meine Handgelenke los, zieht sich vorsichtig von mir zurück und steht auf. »Geht es dir gut, *zajchik?*«, murmelt er, streicht mit seiner warmen, schwieligen Handfläche über meinen Arm, und ich nicke und werde rot, als ich mich aufsetze.

»Mehr als gut«, gebe ich zu und ziehe die Ränder meines

zerrissenen Kleides zusammen, während er das Kondom in einem Mülleimer neben dem Schreibtisch entsorgt.

»Gut«, sagt er leise und macht den Reißverschluss seiner Hose zu. »Weil wir noch lange nicht fertig sind.«

Er hebt mich an seine Brust und trägt mich aus dem Büro.

45

CHLOE

*I*ch erwarte beinahe, dass wir Alina oder Lyudmila begegnen werden, aber wir schaffen es in Nikolais Schlafzimmer, ohne auf jemanden zu treffen. Es ist eine große Erleichterung, angesichts des Zustands meines Kleides – und, wie ich feststelle, als ich einen Blick auf uns im Spiegel werfe, meines Gesichtes und meiner Haare.

Mit den von seinen Küssen geschwollenen Lippen und den wilden Haaren sehe ich nicht einfach nur frisch gefickt aus.

Ich sehe aus, als hätte sich jemand an mir ausgetobt.

Und so fühle ich mich auch, als er mich auf sein Kingsize-Bett legt und beginnt, sich auszuziehen, während vulkanische Hitze in seinen goldenen Augen aufflammt. Ich weiß nicht, ob ich so schnell mehr will, vor allem mit den Fragen, die das Video aufgeworfen hat, aber als er völlig nackt ist und seinen prächtigen Körper zur Schau stellt, finde ich nicht den Willen, zu protestieren, als er auf mich klettert und meine Lippen tief und zärtlich küsst.

Diesmal ist es ein Lieben, kein Ficken. Er verehrt jeden Zentimeter meines Körpers und bringt mich mit seinen Lippen und seiner Zunge zu einem weiteren Orgasmus, bevor er sich vorsichtig in mein wundes Fleisch einhüllt. Irgendwie schaffe ich es, noch einmal gleichzeitig mit ihm zu kommen, und dann liege ich erschöpft wie eine Stoffpuppe in seinen Armen, bevor ich einschlafe.

Ich wache mit dem Gefühl auf, in warmes Wasser getaucht zu sein. Blinzelnd öffne ich die Augen und stelle fest, dass wir beide halb in einem Schaumbad liegen, wobei Nikolai mich von unten stützt, damit ich nicht abrutsche und ertrinke.

»Entspann dich, *zajchik*«, murmelt er in mein Ohr und fährt mit einem seifigen Schwamm über meine Brüste und meinen Bauch. »Schließe die Augen und lass mich mich um dich kümmern.«

Das muss er mir nicht zweimal sagen. Nach der schlaflosen Nacht, die ich hatte, und mit meinem Körper, der von all diesen Orgasmen erschöpft wurde, treibe ich bereits wieder ins Land der süßen Träume. Vage nehme ich wahr, wie er mich am ganzen Körper wäscht, mich aus der Wanne hebt und ein großes, flauschiges Handtuch um mich wickelt. An diesem Punkt bin ich wach genug, um ihn um Privatsphäre zu bitten, weil ich die Toilette benutzen muss, und dann stolpere ich ins Bett, wo er mit einem Tablett mit Essen auf mich wartet.

Schläfrig lasse ich mich von ihm mit Weintrauben, Käse und verschiedenen bestrichenen Crackern füttern – da wir das Abendessen zugunsten von Sex und allem anderen ausgelassen

303

haben – und dann schlafe ich mit dem Gefühl, sicher, geborgen und umsorgt zu sein, in seiner Umarmung ein.

Ich habe das Gefühl, dass ich mein neues Zuhause gefunden habe.

46

CHLOE

Wir lieben uns noch zweimal in der Nacht, wobei Nikolai mir jedes Mal zwei Orgasmen schenkt. Am Morgen bin ich so wund, dass ich mich nicht bewegen kann, aber so zufrieden, dass es sich lohnt. Natürlich ist es auch möglich, dass ich mich deswegen nicht bewegen kann, weil sein schwerer Arm über meinen Brustkorb geschlungen ist und mich festhält, während er schläft – fast wie ein Kind mit einem Teddybär.

Grinsend über den unpassenden Gedanken, entziehe ich mich vorsichtig seiner Umarmung und schleiche auf Zehenspitzen in das angrenzende Badezimmer, wo fürsorglich eine nagelneue Zahnbürste für mich liegt. Ich versuche, so leise wie möglich zu sein, während ich mir die Zähne putze und mein Geschäft erledige, bevor ich mir einen riesigen, weichen Bademantel anziehe, der an der Tür hängt. Er gehört offensichtlich ihm, und hoffentlich stört es ihn nicht, wenn ich ihn mir ausleihe, um zurück in mein Zimmer zu kommen.

Immerhin hat er mein Kleid zerrissen.

Der Gedanke ist sowohl beunruhigend als auch erheiternd. Mein Puls beschleunigt sich, wenn ich daran denke, wie er reagiert hat, als ich vorgeschlagen habe, zu gehen. Ich weiß nicht, was ich gedacht hatte, wie er reagieren würde, wenn er von meiner misslichen Lage erfährt, aber es war definitiv nicht das hier gewesen.

Nichts ist zwischen uns geklärt, aber eines weiß ich jetzt mit Sicherheit, und das erfüllt mich mit großer Dankbarkeit und Hoffnung.

Trotz der Gefahr, die ich mitgebracht habe, will Nikolai nicht, dass ich gehe.

Ich bin nicht überrascht, dass er noch schläft, als ich ins Schlafzimmer zurückkehre. Mit dem Jetlag und dem langen Flug – und all dem Sex – muss er erschöpft sein. Ich halte die Seiten des Bademantels hoch, um zu verhindern, dass er auf dem Boden schleift, und gehe leise zur Tür, aber als ich am Bett vorbeigehe, kann ich dem Drang nicht widerstehen, stehen zu bleiben und meinen neuen Liebhaber anzustarren.

Denn das ist es, was mein wunderschöner, geheimnisvoller russischer Arbeitgeber jetzt ist.

Mein Liebhaber.

Er ist bis zur Hüfte mit einer Decke zugedeckt und liegt halb auf der Seite, halb auf dem Rücken, das Gesicht ist mir teilweise zugewandt, und ein muskulöser Arm ist um seinen Kopf gelegt. Manche Männer sehen schlafend jünger und weicher aus, aber nicht Nikolai. Der Schlaf verstärkt nur die gefährliche, animalische Seite, die ich in ihm gespürt habe – auch wenn das seine markante männliche Schönheit noch verstärkt. Da seine intensiven Augen geschlossen sind, kann ich sehen, wie lang und dicht seine tiefschwarzen Wimpern sind, wie scharf seine Wangenknochen. Seine Lippen sind leicht geöffnet, aber selbst in diesem entspannten Zustand liegt etwas Zynisches in ihrer Wölbung, eine böse Sinnlichkeit in der Art und Weise, wie ihre Weichheit im Gegensatz zu dem Hauch von Stoppeln steht, die die harten, gemeißelten Linien seines Kiefers verdunkeln.

Ich könnte hier eine ganze Stunde lang stehen und ihn anstarren, aber das wäre gruselig, und außerdem muss ich zurück in mein Zimmer und mich anziehen, bevor der Rest des Haushalts aufwacht. Ich weiß nicht, wie spät es ist, aber dem sanften Licht nach zu urteilen, das durch die Jalousien dringt, ist es nicht lange nach Sonnenaufgang – was Sinn ergibt, wenn man bedenkt, wie früh ich letzte Nacht eingeschlafen bin.

Mit einem letzten Blick auf den schlafenden Nikolai schleiche ich mich aus dem Zimmer. Wie ich gehofft hatte, ist niemand in der Nähe, und das Haus ist völlig still, als ich mich auf den Weg zu meinem Schlafzimmer mache. Es ist mir nicht besonders peinlich, was passiert ist – früher oder später wird jeder wissen, dass wir zusammen sind – aber Nikolai und ich müssen zuerst darüber reden, genauso wie über alles andere.

Ich fühle mich immer noch schrecklich, weil ich ihn und seine Familie in Gefahr bringe, und nur das Wissen, dass sie all diese Wachen und Sicherheitsmaßnahmen haben, hält mich davon ab, in mein Auto zu springen und trotzdem zu fliehen. Na ja, das und die Tatsache, dass ich immer noch nicht meine Autoschlüssel habe.

Ich werde ernsthaft darauf bestehen, so schnell wie möglich einen Schlüsseldienst kommen zu lassen.

Ich trete in mein Zimmer, schließe die Tür hinter mir und will gerade den Morgenmantel ausziehen, als ich die Gestalt auf meinem Bett entdecke.

Mein Herz springt in meinen Hals, selbst als ich erkenne, wer es ist.

»Hatten du und Kolya einen schönen Fick?«, fragt Alina und erhebt sich. Als sie unsicher auf mich zukommt, barfuß und nur mit einem durchsichtigen Peignoir bekleidet, sehe ich das übermäßig helle Glitzern ihrer Augen und erkenne, dass sie etwas genommen hat.

Etwas viel Stärkeres als Gras.

47

CHLOE

»Was machst du hier?«, frage ich, und mein Herzschlag erhöht sich, als sie schwankend vor mir stehen bleibt. Wenn ich irgendwelche Zweifel an ihrem Zustand gehabt hätte, hätten sie sich spätestens in dem Moment aufgelöst, als ich ihre riesigen schwarzen Pupillen betrachte und ihren kränklich-süßen Atem rieche. Zum ersten Mal, seit ich Nikolais Schwester kenne, trägt sie kein Make-up, und ihr schönes Gesicht ist blass und geschwollen, ihre grünen Augen rot umrandet und von Schatten umgeben.

»Ich habe auf dich gewartet.« Ihre hübschen Lippen sind blutleer, als sie sich zu einem ungleichmäßigen Lächeln ausdehnen. »Mein Bruder wollte, dass du gestern Mittag das Geld für die erste Woche bekommst, aber ich fühlte mich nicht gut genug, um früher als am Abend aus dem Bett zu kommen, also bin ich vorbeigekommen, um das abzugeben.« Sie winkt mit einer Hand auf den dicken Umschlag, der auf dem Nachttisch liegt.

»Warst du die *ganze Nacht* hier?«

Sie lacht zu mir hoch. »Sei nicht albern. Ich ließ den Umschlag hier und ging. Aber ich konnte nicht schlafen, also bin ich heute Morgen nochmal vorbeigekommen, um nach dir zu sehen – und du warst immer noch nicht da. Also ...« Ihr Blick fällt auf meinen Bademantel. »Hattest du eine schöne Zeit beim Ficken mit meinem Bruder? Man munkelt, dass er unglaubliche Fähigkeiten hat.«

Hitze bereitet sich auf meinem Gesicht aus. »Ich denke, du solltest besser gehen.«

»Das werde ich. Sag mir nur noch eins, Chloe ... Hast du dich schon in ihn verliebt? Hat dich sein hübsches Gesicht dazu verleitet, zu denken, dass er doch dein Prinz mit goldenem Umhang ist?«

Ich atme tief ein. »Alina, hör zu ... Ich weiß nicht, welchen Streit du mit deinem Bruder hast, aber ich denke, es ist das Beste, wenn wir reden, wenn es dir besser geht. Nikolai und ich *haben* angefangen, uns näher kennenzulernen, aber das bedeutet nicht ...«

Sie schwankt auf mich zu. »Armes Kind. Er hat dich umgarnt, nicht wahr?«

»Langsam.« Ich ergreife ihre Schultern, um ihr Halt zu geben, dann drehe ich sie um und marschiere mit ihr zur Tür. »Wir werden später darüber reden.«

Sie windet sich aus meinem Griff. »Du verstehst das nicht. Ich versuche, dir zu helfen.« Ihre glasigen Augen sind groß und flehend. »Du musst mir zuhören. Er ist genau wie *er*.«

Ich sollte in diesem Zustand auf nichts hören, was sie sagt, aber ich kann einfach nicht anders. »Er?«

»Unser Vater. Kolya ist in *jeder* Hinsicht sein Abbild.« Sie greift nach dem Revers meines Bademantels. »Verstehst du das?

Er ist ein Monster, ein Killer. Er …« Sie hält inne, und ihr Gesicht wird noch blasser, als sie erkennt, was sie gesagt hat.

Sie lässt meinen Bademantel los und weicht zurück, während ich sie anstarre. Mein Magen zieht sich zusammen, als jeder Verdacht, den ich jemals bezüglich der Molotows hegte, auftaucht wie ein vergifteter Korken in einem Brunnen. Alina hat eindeutig den Verstand verloren, aber ihren Bruder einen Mörder zu nennen?

Das ist keine Anschuldigung, die man grundlos in den Raum wirft, selbst wenn man betrunken oder high ist.

Sie tastet bereits nach dem Türgriff, als ich meine schockbedingte Lähmung abschüttele und ihr hinterherrase. »Wovon redest du?« Ich ergreife ihren Arm und drehe sie zu mir herum. »Wovon zum Teufel redest du?«

Sie schüttelt den Kopf, und Tränen laufen aus ihren Augenwinkeln. »Nichts. Es ist nichts. Vergiss es. Ich wollte einfach nicht, dass du so endest wie sie.«

»Sie?«

»Geh einfach, Chloe. Geh, bevor es zu spät ist.«

Ich beiße die Zähne zusammen. »Ich kann nicht. Pavel hat meine Autoschlüssel verloren. Aber selbst wenn ich sie hätte, würde ich auf keinen Fall einfach …«

»Ich habe sie gefunden. In Kolyas Nachttischschublade.«

Ich taumele zurück. »Was? Wann?«

»Gestern Morgen, als ich in sein Zimmer ging, um das Geld für dich zu holen.« Ihre jadegrünen Augen sehen gequält aus. »In dem Moment wusste ich es.«

Ein Schauer legt sich um meine Wirbelsäule. »Was wusstest du?«

Sie ignoriert meine Frage, geht um mich herum und macht sich unsicher auf den Weg zum Bett, wo sie anfängt, mit der

Hand durch die Falten der Decke zu fahren. »Hier.« Sie hält ein paar Schlüssel an einem pinken, pelzigen Schlüsselbund hoch. »Das ist ein weiterer Grund, warum ich hierhergekommen bin – um dir das zu geben.«

Das unwohle Gefühl in meinem Magen verstärkt sich. Sie lügt. Sie muss lügen. Sie hätte die Schlüssel überall finden können, wo auch immer Pavel sie verloren hat. Denn wenn sie nicht lügt, wenn sie gestern Morgen in Nikolais Nachttisch waren, dann waren sie nie weg. Das – oder Nikolai hat sie gefunden, bevor er zu seiner Reise aufbrach. Vor unserem Video-Chat, in dem er behauptete, Pavel könne sie nicht finden.

Als ob sie meine Gedanken lesen könnte, sagt Alina: »Pavel verliert übrigens keine Dinge. Ich kenne ihn schon mein ganzes Leben lang, und er hat noch nie auch nur eine löchrige Socke verlegt – zumindest nicht aus Versehen. In dieser Hinsicht ist er wie mein Bruder. Was auch immer er tut, es ist geplant.«

Mein Herz hämmert gegen meinen Brustkorb wie ein Holzhammer. »Gib mir die Schlüssel.« Ich gehe auf sie zu, reiße sie ihr aus der Hand und stecke sie in die Tasche des Bademantels. Mein Verstand rast, und meine Gedanken sind durcheinander wie bunte Glasstücke in einem Kaleidoskop. Ich weiß nicht, was ich denken, was ich glauben soll.

Warum sollte Nikolai wegen meiner Schlüssel lügen?

Warum sollte Alina es tun?

»Was hast du gemeint, als du deinen Bruder einen Mörder genannt hast?«, frage ich und schaue in ihre von den Drogen benebelten Augen. »Wer ist *sie*?«

Ihr Gesicht verzieht sich. »Das willst du nicht wissen. Glaub mir, das willst du nicht.«

»Ich will. Sag es mir.«

Sie schüttelt den Kopf, und weitere Tränen fließen aus ihren Augen.

»Alina, bitte … ich muss es wissen. Ich muss es wissen, weil – weil du recht hast. *Ich* …« Ich hole tief Luft, und meine Brust zieht sich zusammen, als die Wahrheit zu mir durchdringt. »Ich *bin* dabei, mich in ihn zu verlieben, und zwar schnell.«

Ihre Schultern zittern vor lauten Schluchzern, als sie auf den Boden sinkt, den Rücken gegen das Bett lehnt, ihr langes Haar nach vorne fällt und sie ihr Gesicht verbirgt, während sie ihre Knie umarmt.

Verzweifelt knie ich mich vor ihr hin. »Bitte, Alina. Ich muss es wissen. Wieso ist er wie dein Vater? Wie kann er ein Monster sein? Was ist passiert? Wen soll er denn getötet haben?«

Für mehrere lange Momente gibt es keine Antwort. Schließlich hebt sie ihren Kopf, und durch den schwarzen Schleier ihrer Haare sehe ich die Qualen in ihren Augen. »Unseren Vater.« Die Worte kommen in einem gebrochenen, abgehackten Flüstern heraus. »Er hat sie getötet. Und dann hat Kolya ihn getötet. Hat ihn aufgeschlitzt, genau hier …« Ihre Stimme bricht. »Direkt vor meinen Augen.«

Und während ich sie anstarre, stumm vor Entsetzen, vergräbt sie ihr Gesicht an ihren Knien und weint.

48

CHLOE

*M*ein Magen ist eine Grube aus Eis und aufgewühlter Säure, und meine Finger sind taub und ungeschickt, als ich meine alten Klamotten in den Koffer stopfe. Alina liegt auf meinem Bett und schläft, da die Drogen und die schlaflose Nacht endlich ihren Tribut gefordert haben.

Ich weiß nicht, wohin ich gehe oder was ich tue. Ich weiß nur, dass ich gehen muss. Jetzt sofort. Bevor Nikolai aufwacht. Wahrheit oder Lüge, Realität oder Wahnsinn, ich habe keine Chance, das alles zu klären, solange ich hier bin, unter seinem Dach und seiner Gnade ausgeliefert, mit dieser überwältigenden Chemie, die zwischen uns brodelt und mich immer tiefer in seinen tödlichen Bann zieht.

Ich bin mir nicht sicher, was ich erwartet hatte, von Alina zu hören. Ein Eingeständnis, dass sie zur Mafia gehören? Und vielleicht tun sie das auch. An diesem Punkt würde mich nichts mehr überraschen. Von Anfang an haben mich meine

Instinkte vor Nikolai gewarnt, und ich hätte sie beherzigen sollen.

Ich hätte auf die Stimme in meinem Kopf hören sollen.

Du wirst nicht gehen.

Gestern wirkte seine inbrünstig geäußerte Aussage romantisch, wenn auch etwas selbstherrlich, sein Besitzanspruch eher erregend als Grund zur Sorge. Aber jetzt, wo Alinas Enthüllungen in meinen Ohren nachklingen und meine nicht mehr verlorenen Schlüssel durch die Tasche meiner Jeans gegen mein Bein drücken, kann ich nicht anders, als seine Worte in einem anderen, unendlich viel düstereren Licht zu sehen.

Wollte er mir die Schlüssel nie zurückgeben?

War ich de facto die ganze Zeit eine Gefangene?

Hektisch werfe ich die letzten Klamotten hinein und schließe den Koffer, dann schlüpfe ich in meine alten Turnschuhe und nehme den Umschlag mit dem Geld vom Nachttisch und stopfe ihn in meine Tasche. Mein Herz klopft so stark, dass mir davon schlecht wird, oder vielleicht bin ich auch einfach nur herzkrank.

Ich wollte einfach nicht, dass du so endest wie sie.

Ich habe immer noch keine Ahnung, auf wen sich Alina bezog, da sie nach dem Aufschlitzen zusammenhangslos wurde und schluchzte, bis sie vor Erschöpfung einschlief – kein Wunder. Es hört sich so an, als ob sie Zeuge des Mordes von Nikolai an ihrem Vater war – und vielleicht auch dieser mysteriösen *Sie*. Eine Ex-Freundin von ihm? Oder, noch schlimmer, ihre Mutter? Oder bezog sich der *Er-hat-sie-getötet*-Teil auf ihren Vater, der angeblich auch ein Monster war?

Ich bemühe mein Gedächtnis, um mich an irgendeine Erwähnung zu erinnern, wie Nikolai und Alinas Eltern gestorben sind, aber in den russischen Artikeln, auf die ich gestoßen bin, gab es nichts. Nikolai hat heftig reagiert, als ich ihn nach seinen Eltern gefragt habe, aber ich habe es auf Trauer zurückgeführt. Aber was ist, wenn mehr dahintersteckt? Was, wenn es Schuld und Wut gibt, den Selbsthass eines Mannes, der das Unverzeihliche getan hat, das abscheulichste aller Verbrechen begangen hat?

Ich weiß nicht, ob ich das von Nikolai glaube. Ich will es nicht glauben. Trotz der Dunkelheit, die ich in ihm gespürt habe, trotz seines wilden Hungers nach mir, habe ich mich letzte Nacht in seiner Umarmung sicher gefühlt. Seine Rauheit war mit Zärtlichkeit gemildert worden, seine Kraft sorgfältig kontrolliert. Und die Art und Weise, wie er sich danach um mich kümmerte, mich wusch, mich fütterte, mich so zärtlich hielt ...

Ist ein Monster fähig, sich zu kümmern?

Kann ein Psychopath so gut Gefühle vortäuschen?

Vielleicht stimmt nichts von dem, was Alina gesagt hat. Vielleicht war es ein Trick, um mich zum Gehen zu bewegen, um eine Beziehung zu beenden, die sie von Anfang an missbilligt hat. Wenn ich mit Nikolai spreche, wird er mir vielleicht alles erklären und mir beweisen, dass Alina einfach nur krank ist, verrückt geworden von all den Drogen.

Das ist ein verlockender Gedanke, so verlockend, dass ich, als ich aus meinem Zimmer trete, stehen bleibe und sehnsüchtig den Flur hinunterschaue, wo die Tür zu Nikolais Schlafzimmer noch fest verschlossen ist. Ich möchte ihm so gerne vertrauen, und unter anderen Umständen würde ich das auch. Wenn wir ein normales Paar in einer Wohnung in einer Stadt wären, würde ich den Flur hinuntergehen und eine Erklärung verlangen, mir seine Seite der Geschichte anhören, bevor ich entscheide, was zu tun ist. Aber ich kann dieses Risiko nicht eingehen, nicht, wenn ich auf diesem abgelegenen, hochsicheren Anwesen so vollständig in seiner Macht stehe.

Niemand weiß, dass ich hier bin.

Niemand wird es wissen oder sich darum kümmern, wenn ich für immer verschwinde.

Das einzig Vernünftige ist, jetzt zu gehen, zu gehen und die Situation aus der Ferne zu beurteilen. Sobald ich irgendwo in einem Motel bin, kann ich Nikolai kontaktieren und ihn wissen lassen, was passiert ist, warum ich gegangen bin. Wir können das per E-Mail oder am Telefon besprechen, und ich kann noch weiter im Internet recherchieren, um zu sehen, ob ich etwas über den Tod seiner Eltern herausfinden kann.

Das muss nicht für immer sein, nur für jetzt.

Nur bis ich die Wahrheit kenne.

Trotzdem fühlt sich mein Herz quälend schwer an, als ich meinen Koffer die Treppe hinunter und zur Garageneinfahrt im hinteren Bereich trage. Nicht nur, dass ich Slava vermissen werde, auch die bloße Möglichkeit, Nikolai nie wiederzusehen, erfüllt mich mit tiefer Furcht. Genauso wie das Wissen, dass ich hinausgehe, dorthin, wo die Mörder meiner Mutter immer noch Jagd auf mich machen. Aber ich bin ihnen schon einmal ausgewichen, und ich muss daran glauben, dass ich es wieder tun kann – vor allem mit all dem Bargeld in der Hand. Als ich aus Boston floh, hatte ich nur ein paar Zwanziger in meinem Portemonnaie, plus die fünfhundert, die ich von einem Geldautomaten abhob, bevor ich meine Geldkarte zusammen mit allem anderen, was verfolgt werden konnte, wegwarf.

Es wird schon gut gehen.

Ich werde es schaffen.

Das muss ich glauben.

Ich schlucke den wachsenden Knoten in meinem Hals herunter, nähere mich meinem Auto und werfe meinen Koffer in den Kofferraum. Dann drücke ich den Knopf, um das Garagentor zu öffnen, und beobachte, wie es sich lautlos hebt. Keine langsamen, lauten Mechanismen hier, Gott sei Dank. So leise ich kann, starte ich das Auto, verlasse die Garage und fahre um das Haus herum zur Einfahrt.

Ich muss mich zusammenreißen, um den Berg ruhig und gelassen hinunterzufahren, so als hätte ich es nicht eilig. Wenn die Wachen die Straße beobachten, dürfen sie keinen Verdacht schöpfen. Eiskalter Schweiß rinnt mir den Rücken hinunter, und meine Fingerknöchel werden weiß am Lenkrad, als ich auf das große Metalltor zufahre.

Was ist, wenn Nikolai ihnen Anweisungen gegeben hat, mich nicht hinauszulassen?

Was, wenn ich hier wirklich eine Gefangene bin?

Aber das Tor gleitet auf, als ich mich ihm nähere, und niemand hält mich auf, als ich hindurchfahre. Ich zittere vor Erleichterung und behalte mein langsames, gleichmäßiges Tempo für weitere dreißig Sekunden bei, bis ich außer Sichtweite bin. Dann gebe ich Gas und fahre weg von dem sicheren Hafen, der die Höhle des Teufels sein könnte.

Weg von dem Mann, nach dem ich mich mit jeder Faser meines Herzens sehne.

49

NIKOLAI

Als ich aufwache, summt mein Körper vor Zufriedenheit, und mein Geist ist mit einem größeren Frieden erfüllt, als ich ihn je gekannt habe. Die letzte Nacht war genau so, wie ich sie mir vorgestellt hatte, nur noch besser. Ich kann sie immer noch fühlen, riechen, auf meinen Lippen schmecken. Lächelnd drehe ich mich auf die Seite und taste nach ihrem kleinen, warmen Körper. Als meine Hand nur auf eine zusammengeknüllte Decke stößt, öffne ich die Augen und sehe mich im Raum um.

Chloe ist nicht da. Das ist enttäuschend, aber nicht überraschend, wenn man das helle Sonnenlicht betrachtet. Sie hat wahrscheinlich schon gefrühstückt und unterrichtet Slava. Vielleicht sind sie sogar auf einer Wanderung. Normalerweise hätte ich gehört, wenn sie aufsteht – ich habe einen leichten Schlaf –, aber ich hatte über dreißig Stunden nicht geschlafen, und der Jetlag hat mich hart getroffen.

Meine Stimmung verdüstert sich ein wenig, und mein

Adrenalinspiegel steigt, als ich an das Video denke, das meine Gedanken auf dem Flug dominierte und mich davon abhielt, zu schlafen. Und an alles andere, was Chloe mir erzählt hat. Die Vorstellung, dass jemand da draußen sie verletzen, sie töten will, erfüllt mich mit glühender Wut, die nur durch das Wissen gemildert wird, dass sie nicht an sie herankommen können, solange sie sich auf meinem Grund und Boden befindet.

Die Vorsichtsmaßnahmen, die meine Familie vor unseren Feinden schützen, werden Chloe vor ihnen schützen, während ich daran arbeite, herauszufinden, wer sie sind.

Ich stehe auf und schreibe eine E-Mail an Konstantin, in der ich ihm alles mitteile, was ich gestern Abend erfahren habe. Dann gehe ich unter die Dusche, ziehe mich an und mache mich auf die Suche nach Chloe.

Ich beginne mit dem Zimmer meines Sohnes. Dort ist niemand, also gehe ich nach unten. Das Esszimmer ist leer, aber ich höre Stimmen aus der Küche, und als ich hineingehe, bin ich überrascht, dass Lyudmila Slava ganz allein mit Frühstück versorgt.

Er lächelt mich schüchtern an, und meine Brust füllt sich mit ungewohnter Wärme, als ich mich daran erinnere, wie er mich gestern Abend begrüßt hat. So sehr ich mich auch darauf konzentrierte, Antworten von Chloe zu bekommen, konnte ich nicht anders, als auf diese kleine, süße Stimme zu reagieren, die mich *Daddy* rief.

Ich wusste nicht, wie sehr ich mich danach gesehnt hatte, bis es passierte.

Bis *sie* es möglich machte.

»Guten Morgen, Slavochka«, murmele ich und lasse mich vor seinem Stuhl auf die Knie fallen. Ich wechsele ins Russische und frage: »Hattest du eine gute Nacht?«

Er nickt mit großen und wachsamen Augen, und mein Brustkorb zieht sich mit einem vertrauten, drückenden Schmerz zusammen. Ich möchte weggehen, das Gespräch beenden, um das Unbehagen loszuwerden, aber stattdessen nehme ich es an und lasse es mich fühlen, während ich meinen Sohn sanft anlächele.

Er ist so sehr – zu sehr – wie ich, aber vielleicht wird er mit Chloe in seinem Leben nicht in meine Fußstapfen treten.

Vielleicht wird er nicht aufwachsen und mich so hassen, wie ich meinen alten Herrn gehasst habe.

»Wo ist Chloe?«, frage ich, und mein Lächeln wird breiter, als seine Augen bei der Erwähnung ihres Namens aufleuchten.

»Ich weiß es nicht«, sagt er schüchtern und blickt zu Lyudmila auf, die gerade Beeren in seine Schüssel mit Weizenbrei gibt.

»Ich habe sie heute Morgen noch nicht gesehen«, sagt sie. »Vielleicht schläft sie noch?«

Mein Lächeln verblasst, und ein unangenehmes Gefühl regt sich tief in meinem Bauch. Ich habe nicht in Chloes Zimmer nachgesehen, aber ich nahm an, dass sie mein Bett verließ, um in den Tag zu starten, nicht, um in ihrem Zimmer zu schlafen. Ich stehe auf und sage zu Slava: »Ich werde deine Lehrerin suchen gehen. Du freust dich auf deinen Englischunterricht, richtig?«

Er nickt entschieden, und ich grinse ihn an. Aus einem Impuls heraus zerzause ich sein Haar, so wie ich es bei Chloe gesehen habe, und ignoriere Lyudmilas überraschten Gesichtsausdruck, während ich wieder nach oben gehe.

Die Tür zu Chloes Zimmer ist geschlossen, also klopfe ich und warte ein paar Sekunden. Als keine Antwort kommt, öffne ich sie und gehe hinein.

Die Jalousien sind noch geschlossen und sperren das meiste Tageslicht aus, aber ich kann eine kleine Erhebung auf dem Bett unter der Decke erkennen.

Sie *schläft* wirklich.

Ein zärtliches Lächeln umspielt meine Lippen, als ich mich dem Bett nähere und mich auf die Kante setze. Sie liegt von mir abgewandt, die Decke bedeckt sie bis zum Hals, und nur ihr Haar liegt ausgebreitet auf dem Kissen. Aus irgendeinem Grund sieht es in diesem Licht viel dunkler aus, die goldenen Strähnen fehlen.

Ich lehne mich über sie, hebe meine Hand, um ihr sanft die Haare aus dem Gesicht zu streichen – aber dann reiße ich blitzschnell meine Finger zurück, während mein Herz zu rasen beginnt.

»Was zum Teufel machst du hier?«, knurre ich meine Schwester an, als sie sich auf den Rücken rollt und blinzelnd ihre Augen öffnet. »Wo ist Chloe?«

Sie blinzelt noch ein paarmal, dann setzt sie sich langsam auf. »Was?«, fragt sie heiser und schiebt sich mit einer unsicheren Hand die Haare aus dem Gesicht. Sie riecht wie ein Drogencocktail, stelle ich fest, und meine Wut wächst, als sie benommen fragt: »Was machst du in meinem Zimmer?«

Ich springe auf. »*Dein* verdammtes Zimmer?«

Sie starrt mich an. »Ich weiß nicht …« Ihr Blick schweift durch das Schlafzimmer, und die Verwirrung in ihrem Gesicht verwandelt sich langsam in entsetztes Verständnis. »Oh Scheiße. Chloe.«

Mein Magen zieht sich mit einer schrecklichen Vorahnung

zusammen, und es kostet mich jedes Quäntchen Beherrschung, sie nicht zu packen und zu schütteln. »Wo zum Teufel ist sie? Was hast du getan?«

Meine Schwester richtet sich auf, und ihre Augen verengen sich auf mein Gesicht. »Ich? Was macht *du* in ihrem Schlafzimmer?«

»Alina«, warne ich sie durch zusammengebissene Zähne, und was immer sie in meinem Gesicht sieht, überzeugt sie davon, dass sie sich jetzt nicht mit mir anlegen sollte.

»Schau, ich habe vielleicht …« Sie befeuchtet ihre Lippen. »Ich habe ihr vielleicht ein paar Dinge erzählt.«

»Welche Dinge?«

»Über dich und … und unseren Vater.«

Scheiße. »Was genau hast du ihr gesagt?«

»Wahrscheinlich mehr, als ich sollte«, gibt Alina zu, auch wenn sich ihr Kinn trotzig hebt. »Aber sie verdient es, zu wissen, worauf sie sich einlässt, meinst du nicht?«

Meine Hände ballen sich an meinen Seiten zu Fäusten, und Wut pulsiert durch jede Faser meines Körpers. Wenn es jemand anderes als meine Schwester wäre, würde er bereits verbluten. »Du hast ihr also *was* gesagt? Dass ich ihn getötet habe? Ihn wie einen verdammten Fisch ausgeweidet habe?«

Sie wird bleich, schaut aber nicht weg. »Ich weiß es nicht mehr genau.«

Natürlich tut sie das nicht. Sie war verdammt high – ist es wahrscheinlich immer noch.

Ich beuge mich über das Bett und ziehe ihr die Decke weg. Das ist meine Schuld, weil ich sie verhätschelt habe und sie in ihrer Schwäche schwelgen ließ. »Steh auf und zieh dich an«, knurre ich, als sie mit großen Augen zurückkrabbelt. »Wir werden diesen Ort von oben bis unten durchsuchen, und wenn wir sie finden, wirst du ihr sagen, dass du dir alles ausgedacht hast. Jedes einzelne Wort, verstanden?«

»Kolya …« Es gibt einen seltsamen Unterton in ihrer Stimme. »Hast du in der Garage nachgesehen?«

Mein Blut gefriert. »Was?«

»Ich habe die Schlüssel in deiner Nachttischschublade gefunden«, sagt sie trotzig. »Und ich gab sie ihr zurück. Sie ist eine Person, kein Ding, und wenn sie gehen will, hast du kein Recht …«

»Du verdammte Idiotin«, flüstere ich, so überwältigt von Wut und Schrecken, dass ich kaum sprechen kann. »Sie wird von Attentätern verfolgt. Wenn sie hier weg ist und sie sie erwischen …«

Und während meine Schwester erblasst, drehe ich mich auf dem Absatz um und renne zur Garage.

———

Der Toyota ist definitiv verschwunden, und das Garagentor hochgefahren.

Heftig fluchend renne ich zurück ins Haus – und reiße fast Lyudmila um, die aus der Küche gekommen ist, um zu sehen, was der Lärm soll.

»Sag Pavel, dass ich ihn brauche. Jetzt«, rufe ich knapp in ihr erschrockenes Gesicht und renne die Treppe hinauf in mein Büro.

Ich schnappe mir meinen Computer, rufe die Aufnahmen der Torkameras auf und spule die Aufzeichnung zurück, bis ich Chloes Auto am Tor vorfahren sehe. Der Zeitstempel zeigt 7:05 Uhr an – vor gut zwei Stunden.

Mittlerweile könnte sie überall sein.

Sie könnte tot sein.

Der Gedanke ist so unerträglich, so lähmend, dass ich für einen Moment aufhöre, zu atmen. Dann setzt die Logik ein.

Es ist unmöglich, dass sie sie so schnell gefunden haben, außer, Chloes Feinde lagerten direkt vor meinem Gelände. Und mit unseren Infrarot-Drohnen, die das Gebiet patrouillieren, hätten meine Wachen es gewusst, wenn sie dort gewesen wären.

Das wahrscheinlichste Szenario ist, dass es Chloe gut geht, auch wenn sie durch Alinas Enthüllungen ausgeflippt ist. Ich habe immer noch Zeit, sie zu finden und sie hierher zurückzubringen, wo sie in Sicherheit ist.

Ein bisschen ruhiger, rufe ich Konstantin per Videochat an.

»Ich möchte, dass du das Bildmaterial jeder Kamera im Umkreis von zweihundert Meilen um mein Grundstück nach jeder Sichtung von Chloes Auto in den letzten zwei Stunden durchsuchst«, sage ich, sobald das Gesicht meines Bruders den Bildschirm füllt. »Fang mit den Tankstellen an – Pavel erwähnte, dass das Auto kaum noch Sprit hat.«

Zu Konstantins Ehrenrettung sei gesagt, dass er keine Fragen stellt. »Ich werde meine Jungs gleich darauf ansetzen.«

»Ruf mich auf meinem Telefon an, wenn du etwas hast. Ich werde im Auto sein.«

Er nickt und trennt die Verbindung.

Ich rufe als Nächstes meine Wachen an. »Hol Kirilov und komm hoch zum Haus«, befehle ich, als Arkash abhebt. »Volle Ausrüstung. Wir gehen auf einen Roadtrip.«

Ich erwarte nicht, dass ich Probleme bekomme, Chloe zurückzuholen, aber nur ein Idiot ist nicht auf das Schlimmste vorbereitet.

»Bin in zehn Minuten da«, antwortet Arkash.

Als ich auflege, klopft es an meiner Tür, und Pavel kommt herein.

»Das Mädchen?«, fragt er knapp, und ich nicke und schreite bereits auf die Wand im Hintergrund zu.

Ich drücke meine Handfläche auf eine verborgene Platte, und ein Teil der Wand gleitet beiseite und enthüllt einen kleinen Raum voller Waffen und Kampfausrüstung – die Hauptwaffenkammer des Hauses.

»Die volle Ausrüstung«, sage ich zu ihm und ziehe mein Shirt aus. »Wir werden sie zurückholen.«

Ich lege eine kugelsichere Weste an und ziehe ein Hemd darüber, um nicht aufzufallen. Pavel macht das Gleiche, und jeder von uns schnallt sich mehrere Waffen um.

Wenn wir in Schwierigkeiten geraten, werden wir bereit sein.

Kirilov und Arkash fahren bereits mit einem gepanzerten Geländewagen vor das Haus, als wir nach draußen treten. Pavel und ich springen auf den Rücksitz, und das Auto rast dermaßen die Auffahrt hinunter, dass der Kies fliegt. Ich habe kein konkretes Ziel vor Augen, aber es gibt nur eine Straße, die den Berg hinunterführt, und wo auch immer Chloe ist, wenn Konstantin mich anruft, werden wir näher an ihr dran sein, als wenn wir hierbleiben und warten würden. Außerdem können wir auch mit den nahegelegenen Tankstellen anfangen und schauen, ob jemand Chloe an einer von ihnen gesehen hat.

»Was ist passiert?«, fragt Pavel leise, als wir das Tor passieren. »Warum ist sie gegangen?«

Meine Oberlippe verzieht sich. »Alina.«

»Ah.« Dann verstummt er und starrt aus dem Fenster. Ich tue dasselbe und versuche, das schwere Pochen in meiner Brust zu ignorieren – und den wachsenden Schmerz des Verrats, der sich in ihr ausbreitet.

Mein *zajchik* ist weggelaufen.

Sie hat mich verlassen.

Einfach so, ohne ein Wort des Abschieds.

Es ist unvernünftig, so zu empfinden, ich weiß. Ich *bin* die Art von Mann, die sie fürchten und verachten sollte. Was auch immer meine Schwester in ihrem zugedröhnten Zustand ihr erzählt hat, muss mich in ein schlechtes Licht gerückt haben, aber das bedeutet nicht, dass Alinas Geschichte nicht stimmt.

Ich habe unseren Vater vor ihren Augen getötet.

Trotzdem tut es weh, dass Chloe mich verlassen hat. Sie hat sich mir hingegeben. Sie kam bereitwillig in meine Arme. Die letzte Nacht war so viel mehr als nur Sex, unsere Verbindung war so tief, dass ich sie in meinen Knochen spürte. Aber das scheint bei ihr nicht der Fall zu sein. Denn dann hätte sie gewusst, dass ich ihr nie etwas antun würde. Sie hätte mir vertraut, dass ich sie beschützen würde. Die Tatsache, dass sie lieber da draußen ist und sich der tödlichen Gefahr stellt, spricht Bände über ihre Meinung mich betreffend.

Sie hat Angst vor mir.

Sie hält mich für ein Monster.

Mein Kiefer verhärtet sich, und eine dunkle Entschlossenheit macht sich breit, als das Auto an Geschwindigkeit gewinnt. Ich hätte die Schlüssel in einem Safe aufbewahren sollen, nicht in meinem Nachttisch – und ich hätte definitiv die Wachen anweisen sollen, das Tor nicht für ihr Auto zu öffnen. Es ist mir nicht in den Sinn gekommen, dass sie nach der letzten Nacht weglaufen könnte, aber das hätte es sollen – und ich werde diesen Fehler nicht noch einmal machen.

Wenn ich sie zurückbekomme, wird sie nie wieder gehen.

Das werde ich nicht zulassen.

Ich werde alles tun, was nötig ist, um sie in Sicherheit zu bringen.

Die erste Tankstelle, an der wir halten, ist mit einem blassen, pickeligen Mittzwanziger mit einem Hauch von Bierbauch besetzt.

»Nein, die habe ich nicht gesehen«, sagt er, nachdem er sich Chloes Bild angeschaut hat. »Trotzdem eine Süße. Was ist mit ihr? Ist sie Halb-Asiatin? Latina?«

»Wie wäre es mit einem blauen Toyota Corolla, circa von Ende der Neunzigerjahre?«, frage ich leise, und was immer der Typ in meinem Gesicht sieht lässt ihn das bisschen Farbe verlieren, das er noch hatte. »Ist so ein Auto vorbeigekommen?«

»Nein, tut mir leid, Mann.« Er schluckt. »Ich hätte es gesehen. Ich habe heute nur zwei andere Kunden gehabt.«

Ich werfe einen Blick auf Pavel, der sein Kinn in Richtung Ausgang schüttelt.

Genau wie ich glaubt er nicht, dass der Typ lügt.

Die nächste Tankstelle ist diejenige bei der Stadt. Eine weißhaarige Kassiererin schaut von einer Zeitung auf, als Pavel und ich hereinkommen, und ihr trüber Blick schärft sich, während sie uns betrachtet.

Ich nähere mich dem Tresen und ziehe Chloes Foto heraus. »Haben Sie dieses Mädchen gesehen? Oder einen blauen Corolla, schätzungsweise von Ende der Neunzigerjahre?«

Die alte Frau setzt eine Brille auf und begutachtet das Foto sorgfältig, bevor sie zu mir aufschaut. »Sind Sie zwei Polizisten oder so?«, fragt sie mit heiserer Stimme.

Ich zügele meine Ungeduld nur mit Mühe. »Oder so. Haben Sie sie heute Morgen gesehen oder nicht?«

»Nicht heute Morgen, nein.« Sie blinzelt durch ihre Brille zu mir hoch. »Sehen Sie sich dieses hübsche Gesicht an ... wie aus einem dieser Magazine. Und auch so schön gekleidet. Sind Sie ihr Freund, mein Lieber?«

Meine Hand verkrampft sich an der Kante der Theke. »Wann haben Sie sie gesehen?«

»Oh, vor etwa einer Woche. Sie hielt an, um zu tanken, und fragte nach einer Stellenanzeige in der Zeitung. Seitdem habe ich sie nicht mehr gesehen, und das habe ich auch ihnen gesagt.«

Eis füllt meine Brust. »Ihnen?«

»Zwei Kerle, etwa so groß wie Sie. Kamen gestern gegen Abend vorbei. Haben mir ihr Bild gezeigt und so. Ich habe ihnen gesagt, dass ich sie nur das eine Mal gesehen habe und keine Ahnung habe, wo sie hin ist ...«

»Wie sahen sie denn genau aus?«, schaltet sich Pavel ein, während ich wie erstarrt dastehe und mein Verstand eine Meile pro Sekunde rast.

Sie sind hier.

Sie wissen, dass sie hier war.

Schlimmer noch, sie wissen, dass sie sich meine Stellenanzeige angesehen hat.

»Die beiden Kerle? Na ja, groß, wie ich schon sagte. Der eine hat dunkles Haar, ein bisschen heller als er«, sie deutet auf mich, »der andere ist eher wie Sie. Sie wissen schon, grau gesprenkelt, aber schon ein wenig lichter.«

Pavels Kiefer spannt sich an. »Alter? Herkunft? Körperbau?«

»Nordischer Typ. Dreißig bis vierzig der Ältere, vielleicht. Irgendwie groß und muskulös.« Sie schaut mich von oben bis unten an. »Nicht so hübsch wie er, das ist sicher.«

»Sonst noch etwas?«, fragt Pavel. »Tattoos, Narben? Was hatten sie an?«

»Jeans, glaube ich. Oder Khakis? Ich weiß es nicht mehr genau. Schwarze oder graue Hemden, vielleicht auch marineblau. Etwas Dunkles. Keine Narben, ich glaube nicht. Oh, aber«, sie erstrahlt, »der ältere hatte ein Tattoo auf der Innenseite seines Handgelenks. Ich habe den Rand davon unter seinem Ärmel gesehen.«

»Haben sie nach der Stellenausschreibung gefragt?«, frage ich und halte meine Stimme trotz der Wut und der Angst, die in mir aufsteigen, ruhig.

Ich muss wissen, wie schlimm die Situation ist, wie nah sie daran sind, sie zu finden.

Die Frau nickt. »Aber sicher doch. Sie wollten alles darüber wissen, wer und was und wo. Ich sagte ihnen, dass ich es nicht genau weiß, aber dass es wahrscheinlich das alte Jamieson-Grundstück oben in den Bergen war, das von dem reichen Russen aufgekauft wurde. Sagen Sie mal«, sie blinzelt zu Pavel hoch, »woher kommt eigentlich Ihr Akzent? Sie sind nicht zufällig vom …«

»Danke«, sage ich knapp und ziehe mein Handy heraus, um Konstantin anzurufen, während wir zurück zum Auto eilen.

Als mein Bruder abhebt, rattere ich die Beschreibung herunter, die wir bekommen haben, und verlange ein Update der Suche.

Jetzt ist es unendlich viel dringender, dass wir Chloe finden, bevor die Attentäter es tun.

»Noch nichts«, sagt Konstantin. »Obwohl – Moment mal.

Ich rufe dich gleich zurück. Ich glaube, wir haben gerade einen Treffer gelandet.«

Ich war kurz davor, in den Geländewagen zu springen, aber jetzt gehe ich vor ihm hin und her, und mein Adrenalinspiegel steigt mit jeder verstreichenden Sekunde.

Wir sind vielleicht schon zu spät dran.

Sie wissen von meinem Anwesen und Chloes Interesse daran.

Vielleicht lauerten sie nicht am Tor, als sie hinausfuhr, aber sie konnten nicht weit sein.

Ich drehe mich um und klopfe an das Fenster neben Pavel. »Lass ein medizinisches Team zum Gelände kommen«, sage ich ihm knapp. »Wir könnten es brauchen.«

Mein Handy vibriert in meiner Tasche und ich nehme es in die Hand. »Ja?«

»Keine Sichtungen, aber wir haben ein teilweise gelöschtes Band«, berichtet Konstantin. »Dieselbe digitale Signatur wie bei den anderen. Zwei Stunden ausgelöscht – und es sieht so aus, als wäre es vor etwa einer halben Stunde fertig gewesen. Wenn ich raten müsste, würde ich sagen, sie haben ihre Fährte aufgenommen und wollen nicht, dass das jemand erfährt.«

Ich bin schon halb im Auto. »Woher kommt das Band?«

»Eine Tankstelle etwa vierzig Meilen westlich von dir. Ich schicke dir die Koordinaten.«

Ich lege auf und befehle Kirilov, Gas zu geben.

50

CHLOE

Die Straße verschwimmt zum x-ten Mal vor meinen Augen, und ich wische mir ruckartig die Nässe von den Wangen. Ich weiß nicht, warum ich die Tränen nicht zurückhalten kann, warum meine Brust schmerzt, als hätte ich Mom gerade ein zweites Mal verloren. Die Banane, die ich an einer Tankstelle mitgenommen habe, liegt halb aufgegessen auf dem Beifahrersitz, und obwohl sie das einzige ist, was ich heute gegessen habe, muss ich mich bei dem Gedanken an einen weiteren Bissen übergeben.

Ich fahre wieder blindlings, in Richtung nirgendwo. Ich muss die ersten paar Stunden unter Schock gestanden haben, denn ich kann mich kaum daran erinnern, wie ich hierhergekommen bin. Ich weiß, dass ich das Auto irgendwo vollgetankt habe, denn die Tankanzeige zeigt an, dass der Tank voll ist, aber ich habe nur eine vage Erinnerung daran, wie ich in einen schmuddeligen Laden gegangen bin und bezahlt habe. Ich bin mir sicher, die Banane stammt auch von dort – ich habe sie automatisch mitgenommen –, aber ich erinnere mich nicht daran, dass ich sie gegessen habe, obwohl ich es getan haben muss.

Ich bin mir ziemlich sicher, dass sie selbst an den schmuddeligsten Tankstellen kein halb gegessenes Obst verkaufen.

Die Straße vor mir steigt an und macht scharfe Kurven, und ich zwinge mich zur Konzentration. Das Letzte, was ich brauche, ist, über eine Klippe zu fahren. Ich habe das Gefühl, dass ich mit jedem Kilometer, den ich zwischen mich und Nikolai bringe, mehr oder weniger genau das tue.

Ich habe das Richtige getan, das Kluge.

Ich sage mir das immer wieder, aber es hilft nicht, mindert nicht das Gefühl, dass ich einen schrecklichen Fehler gemacht habe. Es ist erst ein paar Stunden her, seit ich gegangen bin, doch ich vermisse Nikolai so sehr, als wären wir schon seit Monaten getrennt. Als er auf Geschäftsreise war, wusste ich, dass ich ihn wiedersehen würde, wusste, dass wir jeden Abend miteinander sprechen würden, aber jetzt gibt es keine solche Gewissheit.

Er kann sich weigern, mit mir zu sprechen, wenn ich ihn anrufe.

Vielleicht ist er so wütend, dass ich gegangen bin, dass er nicht will, dass ich zurückkomme.

Jetzt, wo ich hier draußen bin, weit weg von dem Anwesen, erscheinen mir Alinas Enthüllungen noch mehr wie das Geschwätz eines kranken, zugedröhnten Kopfes, und obwohl ich sie nicht einfach abtun kann, schaudert es mich bei dem Gedanken, Nikolai zur Rede zu stellen und ihn zu fragen, ob er tatsächlich seinen Vater getötet hat.

Welcher unschuldige Mann wäre von dieser Frage nicht beleidigt?

Welcher Freund wäre nicht wütend, dass seine Freundin solche monströsen Lügen glaubt?

Ich hätte bleiben sollen. Scheiße, ich hätte bleiben sollen. Auch wenn es sich zu dem Zeitpunkt riskant anfühlte, hätte ich Nikolai eine faire Anhörung ermöglichen sollen. Die Schlüssel beweisen nichts. Alina hätte sie die ganze Zeit haben können. Sie hätte sie sogar von Pavel gestohlen haben können. Wenn Nikolai mich meiner Freiheit berauben wollte, hätte er alle möglichen anderen Maßnahmen ergreifen können – zum Beispiel, den Wachen zu sagen, dass sie mich nicht hinauslassen sollen.

Und genau das ist der Knackpunkt, wird mir voller Entsetzen klar. Deshalb fühlt sich das, was mir beim Packen so vernünftig erschien, jetzt wie ein furchtbarer Fehler an. Denn in dem Moment, als ich durch das Tor fuhr, hatte ich den Beweis, dass ich gehen *konnte*, dass Nikolai nicht vorhatte, mich mit irgendwelchen finsteren Absichten dortzubehalten. Zuerst war ich zu panisch, um es zu bemerken, aber je weiter ich fuhr, desto tiefer setzte sich dieses Wissen fest und die Konsequenzen meiner impulsiven Handlungen lasteten mit jedem Kilometer mehr auf mir.

Ich hätte schon vor Stunden umkehren sollen.

Eigentlich hätte ich es in dem Moment tun sollen, als ich das Tor passierte.

Ich werfe einen hektischen Blick um mich. Überall Bäume und Klippen. Ich bin wieder tief in den Bergen, die Straße vor mir ist so schmal, dass sie kaum zweispurig ist. Ich kann hier nicht umdrehen. Das zu versuchen wäre Selbstmord.

Ich umklammere das Lenkrad fester und fahre weiter – und endlich sehe ich es.

Ein bisschen mehr Platz auf der linken Seite, wo die Straße eine Kurve macht.

Ich schaue in den Spiegel, dann geradeaus und zurück.

Nichts. Keine Autos. Ich bin ganz allein.

Ich bremse hart, mache eine illegale Kehrtwende und fahre zurück.

Ich bin zwanzig Minuten auf dem Rückweg und versuche verzweifelt, mich daran zu erinnern, ob ich an der kommenden Kreuzung rechts oder links abbiegen muss, als ein schwarzer Pick-up auf die Straße einbiegt und mir entgegenkommt.

Ein Schauer läuft mir über den Rücken, und die feinen Haare in meinem Nacken stellen sich auf.

Es könnte sein, dass meine Paranoia wieder Überstunden macht, aber diese getönten Scheiben kommen mir bekannt vor.

Es bleibt keine Zeit, um an mir zu zweifeln – in weiteren dreißig Sekunden werden wir aneinander vorbeifahren. Mit einem kräftigen Ruck am Lenkrad steuere ich das Auto auf eine kleine Schotterpiste, die den Berg zu meiner Rechten hinaufführt, und drücke aufs Gas, das klagende Wimmern des uralten Motors des Corollas ignorierend.

Wenn sie es nicht sind, werden sie mir nicht folgen.

Ich werde mich wie ein Idiot fühlen, aber besser so als tot.

Mein Herz pocht heftig in der Brust. Jede Sekunde ist von einem halben Dutzend Schlägen geprägt, während mein Blick zwischen dem Rückspiegel und der steilen Straße voller

Schlaglöcher vor mir hin und her wechselt. *Bitte lass es nicht sie sein. Bitte lass es nicht zu, ...*

Der Pick-up erscheint im Spiegel, und seine dunkle Karosserie holt mich schnell ein.

Ich drücke das Gaspedal durch, und mein Atem ist abgehackt, während mein Auto über eine Reihe von Schlaglöchern hüpft. Das Adrenalin schwappt durch meine Adern und treibt meinen Puls in die Höhe, bis ich nur noch das Rauschen in meinen Ohren hören kann.

Pop!

Mein rechter Seitenspiegel explodiert, und mein Entsetzen verdoppelt sich, als ich einen Mann erblicke, der sich mit einer Waffe in der Hand aus dem Beifahrerfenster des Trucks lehnt. Instinktiv reiße ich das Lenkrad nach links und die nächste Kugel zertrümmert die Heckscheibe und schlägt ein Loch in die Windschutzscheibe, kaum einen Meter von meinem Kopf entfernt.

Die dritte Kugel zischt an meiner Schulter vorbei, und ich schmecke den Tod. Ich spüre seine eisigen, schuppigen Finger. Es ist all das Unerledigte, Ungesagte, all die Dinge, die nicht in Erfüllung gehen werden. Nikolai flüstert mir ins Ohr, wie sehr er mich will, wie sehr er mich liebt, und Slava kichert, während er mich fest umarmt. Es ist das bittere Wissen, dass diese Männer damit durchkommen werden, so wie sie mit Moms Mord durchgekommen sind, und das Bedauern, dass niemand jemals erfahren wird, wie ich gestorben bin.

Eine vierte Kugel durchschlägt den Sitz nur wenige Zentimeter von meiner rechten Seite entfernt, und ich reiße wieder am Lenkrad, will verzweifelt das Unvermeidliche vermeiden, um wenigstens eine Sekunde länger zu leben. Der Pick-up ist jetzt direkt hinter mir und ragt wie ein schwarzer

Berg über meinem Corolla auf. Als ich versuche, dem nächsten Geschoss auszuweichen, rammt seine Stoßstange die meine so hart, dass mein Kopf nach vorne geschleudert wird.

Pop!

Feuer brennt durch meinen Oberarm, und das Gefühl ist so schneidend und plötzlich, dass es zunächst nicht wehtut. Stattdessen spüre ich, wie etwas Heißes und Nasses meinen Arm hinunterläuft, als der Truck wieder in mein Auto knallt und es durch den massiven Ruck erzittern lässt. Dann trifft mich eine übelkeitserregende Schmerzwelle, und mit der Verzweiflung eines sterbenden Tieres schnalle ich mich ab und stoße meine Tür auf.

Pop!

Was von der Windschutzscheibe übrig geblieben ist, zerspringt, als ich so hart auf dem Boden aufschlage, dass die Luft aus meinen Lungen zischt. Fassungslos drehe ich mich zweimal, bevor ich auf dem Rücken lande und entsetzt zuschaue, wie der LKW ein letztes Mal meinen Corolla rammt, ihn von der Straße drängt und gegen einen dicken Baum drückt. Mit einem ohrenbetäubenden Kreischen von Metall, das Metall zerquetscht, wird das alte Auto zusammengedrückt und fängt dann, genau wie in den Filmen, Feuer. Der Truck fährt sofort zurück und ein Rest an Kraft bringt mich auf die Füße.

Lauf, Chloe.

Ich atme keuchend ein und taumele auf meinen Beinen, die sich wie zerbrochene Streichhölzer anfühlen, auf die Bäume zu, wobei meine Knie bei jedem Schritt nachzugeben drohen. Mein Fuß bleibt an einer Wurzel hängen, und Schmerzen schießen durch meinen linken Knöchel – denselben Knöchel, den ich in Moms Schrank verdreht habe – aber ich beiße einfach die

Zähne zusammen und zwinge mich, meine Schritte zu verlängern. Ich ignoriere das heiße Blut, das meinen Arm hinuntertropft, und den Schwindel, der mich wellenförmig überkommt. Ich kann nicht aufgeben, nicht, wenn ich leben will, also gehe ich weiter, humpele weiter vorwärts in einer zombiehaften Mischung aus gehen und laufen.

Eine männliche Stimme schreit etwas hinter mir, und ich zwinge mich dazu, das Tempo zu erhöhen. Abgehackte Schluchzer entweichen meinen Lippen, als eine weitere Kugel an meinem Ohr vorbeizischt und ein Ast vor mir zersplittert.

»Verdammte Schlampe!«

Ein sechster Sinn bringt mich dazu, mich zu ducken, und eine Kugel knallt in einen Baum, anstatt in mich, während ich zur Seite taumele.

Lauf, Chloe.

Moms Stimme ist klarer als je zuvor, und mit einem Kraftschub, von dem ich gar nicht wusste, dass ich ihn haben könnte, starte ich einen regelrechten Lauf. Mein Knöchel schreit jedes Mal auf, wenn mein Fuß den Boden berührt, meine Wahrnehmung verschwimmt vor Übelkeit und den Schmerzenswellen, aber ich renne mit allem, was ich habe.

Nur ist das nicht genug.

Nicht annähernd genug.

Eine lastwagenähnliche Kraft rammt mich, wirft mich von den Füßen, und ein massives Gewicht drückt mich in den mit Blättern übersäten Dreck. Ich kann nicht einmal keuchen, als alle Luft meine Lungen verlässt – und dann, wie durch ein Wunder, ist das Gewicht weg, und ich werde auf den Rücken gedreht.

Als sich mein Blick klärt, sehe ich einen riesigen dunkelhaarigen Mann auf mir sitzen, eine Waffe auf mein

Gesicht gerichtet und den Mund zu einem triumphierenden Grinsen verzogen.

»Hab ich dich, du kleine Schlampe«, sagt er keuchend. »Und da du uns dafür arbeiten lassen hast, schuldest du uns etwas Spaß.«

51

CHLOE

*L*uft strömt in meine sauerstoffarmen Lungen, und ich schwinge blindlings meine Faust auf dieses selbstgefällige Gesicht. Er wehrt sie mit Leichtigkeit ab, und brutale Finger fangen mein Handgelenk ab und drücken es auf den Boden, während er den Lauf der Waffe unter mein Kinn klemmt.

»Noch eine Bewegung, und ich blase dir deinen verdammten Kopf weg«, knurrt er, und ich glaube ihm.

Ich sehe meinen Tod in seinen ausdruckslosen, dunklen Augen.

»Was soll der Scheiß, Arnold?«, ruft eine zweite Stimme, und ein weiterer Mann erscheint über uns. Er ist ebenfalls mit einer Pistole bewaffnet und sieht ein paar Dutzend Jahre älter aus als mein Verfolger. Er hat schütteres, grau gesprenkeltes Haar, und seine Haut ist von der Anstrengung des Laufens gerötet. Schwer atmend befiehlt er: »Schieß ihr eine Kugel in den Kopf – und fertig.«

»Noch nicht«, murmelt Arnold, dessen Blicke an meinem Mund kleben. »Sie ist hübsch. Ist dir das jemals aufgefallen?«

Die Stimme des anderen Mannes wird schroff. »Das ist nicht die Art, wie wir die Dinge erledigen.«

»Wen kümmert das einen Scheiß? Sie ist sowieso totes Fleisch. Wen kümmert es, wenn wir sie genießen, bevor wir sie begraben?«

Mein Magen hebt sich mit einer neuen Übelkeitswelle, und nur der kalte Lauf, der unter meinem Kinn klemmt, hält mich davon ab, dem Arschloch die Augen auszukratzen, als er mein Handgelenk loslässt und einen dicken, dreckigen Daumen auf meine fest zusammengepressten Lippen drückt.

»Beende einfach den verdammten Job.«

Der Tonfall des älteren Mannes ist schärfer, ungeduldiger, und für einen Moment habe ich halb Angst, halb Hoffnung, dass Arnold gehorchen wird. Aber er beugt sich einfach vor und fährt wie ein Hund mit einer feuchten, nach Fleisch riechenden Zunge über meine Wange – und als mir ein ungewollter Ekelschrei entweicht, stößt er seinen Daumen in meinen Mund und schiebt ihn so weit hinein, dass ich würge.

»Das ist gut, Schlampe«, flüstert er, und seine Augen glänzen vor Lust und wilder Erregung. »Das ist wirklich …«

Ein scharfes *Pop* durchbricht die Stille, und er reißt seine Hand zurück. Eine Millisekunde später ist er über mir auf den Beinen, die Waffe im Anschlag, während er sich blitzschnell herumdreht – aber nicht schnell genug.

Die zweite Kugel wirft ihn in den Baum hinter mir, und als ich auf Händen und Füßen nach hinten krabbele, sehe ich, dass der ältere Mann bereits am Boden liegt, mit offenem Mund und aufgerissenem Schädel, aus dem das Hirn herausquillt wie schimmeliger Hüttenkäse.

52

NIKOLAI

$\mathcal{N}$och bevor das Geräusch meines letzten Schusses verklingt, bewege ich mich und springe hinter der Deckung der Bäume hervor, um den Abstand zwischen mir und Chloe zu verringern. Ihr Blick schreckt von dem toten Mann an ihrer Seite hoch, ihr Gesicht ist mit Dreck und Blut verschmiert, und ihre braunen Augen blicken verständnislos, als sie zurückweicht und sich ihr Mund bei meiner Annäherung zu einem stummen Schrei öffnet.

»Schscht, es ist alles gut. Ich bin es.« Ich lasse mich auf die Knie fallen, ziehe sie an mich und spüre das krampfhafte Zittern ihres Körpers – und meines. Ich zittere vor Erleichterung, Wut und den Nachwirkungen des Entsetzens bis in die Knochen, der schrecklichen Angst, dass wir zu spät waren.

Wir waren schon fast an der Tankstelle, als Konstantin mich erneut anrief, um mir mitzuteilen, dass sein Team das fast Unmögliche vollbracht hatte, sich in einen NSA-Satelliten zu hacken, und die genaue Position von Chloes Auto zu bestimmen – und die des schwarzen Pick-ups, der weniger als eine halbe Stunde hinter ihr war.

Zu sagen, dass wir jedes Tempolimit gebrochen haben, wäre eine Untertreibung. Arkash erholt sich immer noch von dem halben Dutzend Malen, die wir fast von einer Klippe geflogen sind. Und fast hätten wir es sowieso nicht geschafft. Das Entsetzen, das mich überkam, als ich ihr Auto als zusammengedrückten, brennenden Haufen sah ... Wäre nicht der leere Pick-up daneben gewesen und der Klang der Schüsse in der Nähe, hätte ich meinen verdammten Verstand verloren.

Als ich sie auf dem Boden liegen sah, mit dem dunkelhaarigen Attentäter auf ihr, dessen Gesicht von verdrehter Lust gezeichnet war, drehte ich tatsächlich durch.

Der Wichser wollte sie vergewaltigen, bevor er sie tötete.

Das war der einzige Grund, warum sie nicht schon tot war.

Meine Arme ziehen sich reflexartig um sie zusammen, und sie gibt einen schwachen Laut der Verzweiflung von sich.

Ich ziehe mich sofort zurück. »Bist du verletzt, *zajchik*? Auf irgendeine Weise verletzt?«

Sie antwortet nicht, sondern starrt mich nur mit großen, leeren Augen an, deren Pupillen so weit geöffnet sind, dass ihre Iris schwarz aussehen. Sie steht unter Schock, und das ist kein Wunder. Selbst ein ausgebildeter Soldat wäre traumatisiert.

Vorsichtig lege ich sie hin und beginne, sie auf Verletzungen zu untersuchen, angefangen bei ihren Rippen und ihrem Bauch. Ich bin erleichtert, nur Schrammen und blaue Flecken an ihrem Oberkörper zu finden, aber als meine Hand über ihren rechten Arm streicht, zuckt sie mit einem schmerzerfüllten Schrei zusammen, und ihr Gesicht wird grau. Ich reiße meine Hand zurück, mein Puls schlägt doppelt so schnell beim Anblick des roten Fleckes auf meinen Fingern, während sie ihre Augen zusammenpresst und vor Schmerzen flach atmet.

Scheiße. Sie *ist* verletzt.

Ich beruhige meine Hände und reiße ihren Ärmel auf.

»Schusswunde?«, fragt Pavel auf Russisch, der an meiner Seite auftaucht. Ich nicke grimmig und reiße ein Stück von meinem Hemd ab, um einen provisorischen Verband zu machen.

»Sieht aus, als wäre sie sauber durchgegangen, aber sie verliert eine ordentliche Menge Blut.«

»Das tut er auch«, sagt Pavel und ich reiße meinen Blick von Chloe los, um ihren Angreifer anzusehen. Er sitzt zusammengesunken an einem Baumstamm ein paar Meter entfernt, Kirilov übt Druck auf seine Brustwunde aus, und Arkash steht über ihnen Wache.

»Ich glaube nicht, dass er lange genug durchhält, um ihn zurück auf das Gelände zu bringen«, sagt Pavel, während ich schnell den Verband fertigbinde und Chloe weiter untersuche. Ihre Farbe ist ein wenig besser, aber ihre Augen sind immer noch geschlossen, und ihre Atemzüge sind für meinen Geschmack zu flach. »Wenn du ihn verhören willst, muss es jetzt sein.«

Scheiße. Ich habe absichtlich versucht, den Wichser nur zu verwunden, damit wir ihn verhören können. Wenn er stirbt, stirbt auch unsere Chance, Antworten zu bekommen.

Ich taste Chloe schnell zu Ende ab und springe auf. So sehr ich mein *zajchik* auch sofort zu einem Arzt bringen möchte, ihre Verletzungen sind nicht lebensbedrohlich – aber nicht zu wissen, wer ihre Feinde sind, könnte es sein.

Diese Männer sind Profis, was bedeutet, dass jemand sie

angeheuert hat, jemand Mächtiges, und ich muss wissen, wer es ist.

»Pass auf sie auf«, sage ich zu Pavel und gehe zu unserem Gefangenen hinüber.

Er atmet ruckartig, sein Gesicht ist leichenblass, und die gesamte Vorderseite seines Körpers ist blutgetränkt.

Pavel hat recht. Er hat nicht mehr viel Zeit. Ich wollte ihm in die Schulter schießen, aber er hat sich zu schnell umgedreht, alarmiert durch die Kugel, die ich seinem Kollegen durch den Schädel jagen musste. Da Pavel und der Rest des Teams nicht mit meinem Terror-Sprint mithalten konnten, hatte ich keine andere Wahl, als die beiden Attentäter schnell auszuschalten, bevor sie Chloe etwas antun konnten.

Im Nachhinein betrachtet, hätte ich sie beide verwunden sollen.

Als ich mich vor den sterbenden Mann hocke, heben sich seine Lider und geben den Blick auf seine dunklen Augen frei.

»Wer zum Teufel seid ihr?«, fragt er mit heiserer Stimme, nur um dann erschöpft die Augen zu schließen.

»Mach dir darüber keine Sorgen.« Trotz der vulkanischen Wut, die in meinen Adern kocht, ist meine Stimme tödlich ruhig, kontrolliert. »Wer hat euch angeheuert? Warum seid ihr hinter ihr her?«

Seine Oberlippe verzieht sich zu einem Knurren. »Fick dich.«

»Du stirbst, weißt du? Ich kann dich in Frieden gehen lassen oder«, ich nehme mein Springmesser heraus und klappe es auf, »ich kann dich in Stücke hacken und dich jedes einzelne Stück spüren lassen.«

Seine Augen öffnen sich schwer. »Verpiss dich.«

Ich werfe einen Blick über meine Schulter. Chloe liegt

vollkommen bewegungslos da, und ihre Augen sind geschlossen. Hoffentlich ist sie ohnmächtig oder zumindest so tief im Schock, dass sie den nächsten Teil nicht registriert.

So oder so, ich habe keine Wahl.

Ich muss Antworten bekommen, und zwar schnell.

Ich fange Arkashs Blick auf. »Tu es.«

Der Wachmann zieht eine Spritze heraus und sticht dem sterbenden Attentäter in den Nacken. Er injiziert ihm das patentierte Medikament unserer pharmazeutischen Abteilung – das, wofür das russische Militär Millionen bezahlt.

Der Mann reagiert zunächst kaum, er schlägt nur schwach mit einer Hand auf die Stelle der Injektion. Einen Moment später jedoch weiten sich seine Augen, und er setzt sich aufrecht hin. Seine Atmung beschleunigt sich, während Farbe in seine blassen Wangen schießt.

»Epinephrin gemischt mit ein paar anderen lustigen Substanzen«, sage ich ihm grausam. »Es wird dich hellwach halten bis zu dem Moment, an dem du abkratzt. Das werden entweder ein paar neutrale oder ein paar schreckliche Minuten von jetzt an sein. Deine Entscheidung.«

Er keucht jetzt, und der Schweiß läuft ihm über das Gesicht. »Wer zum Teufel *bist* du?«

»Wenn du nicht anfängst zu reden … der Mann, der dir deine letzten Momente zur Hölle macht.« Ich nicke Arkash und Kirilov zu, und sie ergreifen die Arme des Mannes und heben sie leicht über seinen Kopf, obwohl er sich wehrt.

»Letzte Chance«, fordere ich ihn auf, aber der Wichser starrt mich nur an.

Ich lächele düster. Ich hatte gehofft, dass er sich als schwierig erweisen würde. So sehr ich es auch bevorzuge, fair zu spielen, so sehr freue ich mich darauf, die Fähigkeiten, die Pavel mir beigebracht hat, anzuwenden.

Mit der Geschwindigkeit einer angreifenden Klapperschlange steche ich mein Messer in die Niere des Mannes und drehe die Klinge um.

Der Schrei, der aus seiner Kehle dringt, ist kaum noch menschlich. Die Droge hält ihn nicht nur bei Bewusstsein, sie verstärkt auch alle Empfindungen und vergrößert den Schmerz um das Tausendfache.

Bevor er sich erholen kann, ziehe ich die Klinge heraus und schneide zweimal in seinen Bauch, wobei ich ein großes X in Haut, Fett und Muskeln hinterlasse.

Seine Augen wölben sich, und ein weiterer unmenschlicher Schrei dringt aus seinem Hals, als ich die dreieckigen Fleischlappen zurückklappe und sein Inneres offenbare.

»Hast du dich jemals gefragt, wie es sich anfühlt, wenn man dir ohne Betäubung die Eingeweide herausschneidet?«, frage ich im Plauderton. »Nein? Denn das wirst du gleich herausfinden. Eigentlich, Moment – ich glaube, das könnte dich zu schnell umbringen. Wir fangen unten an.« Mit einer weiteren schnellen Bewegung schlitze ich die Leiste seiner Jeans auf und entblöße seinen schlaffen Schwanz und seine Eier.

»Warte!« Seine Augen sind aufgerissen, als sich meine Klinge wieder senkt. »Ich – ich werde es dir sagen.«

Ich halte einen Zentimeter vor seinem verschrumpelten Schwanz inne. »Nur zu.«

»Ich weiß nicht, warum, okay? Er hat es uns nie erzählt.« Er hustet und spuckt Blut aus. »Er hat nur gesagt, dass wir sie ausschalten müssen.«

»Sie?«

»Die Frau und ... das Mädchen.«

Scheiße. »Ihr solltet sie beide an diesem Tag töten?«

»Ja.« Sein Gesicht wird mit jedem Moment blasser. »Aber das Mädchen war zu spät. Und dann hat sie uns irgendwie gesehen und ...« Er hustet wieder, schwach, und ich weiß, dass das Medikament den Kampf gegen seinen sterbenden Körper verliert.

»Wer war es?«, frage ich eindringlich, während seine Augenlider zufallen. »Wer hat dich angeheuert?« Ich drücke die scharfe Spitze des Messers gegen seine Eier. »Gib mir einen verdammten Namen!«

Seine Augen öffnen sich trübe, und er krächzt drei Silben heraus – einen Namen, der mich fast dazu bringt, mein Messer fallen zu lassen. Mein fassungsloser Blick trifft auf den Arkashs und Kirilovs. Auf ihren Gesichtern liegt der gleiche ungläubige Blick.

»Hast du gerade gesagt ...«, beginne ich zu sagen und richte meine Aufmerksamkeit wieder auf den Attentäter, nur um dann frustriert zu verstummen.

Seine Augen sind leer, sein Brustkorb unbeweglich, und sein Kopf fällt schlaff auf eine Seite.

Es ist vorbei. Der Wichser ist tot.

Ich springe auf, und mein Verstand geht wütend alles durch, was ich weiß.

Der Mann, den er genannt hat, hätte definitiv die Mittel, um dies zu tun, aber was ist seine Motivation? Die Verbindung? Wie hätten sich seine und Chloes Wege überhaupt kreuzen können?

Es sei denn ... sie haben es nicht.

Chloe war nicht die einzige Person auf seiner Abschussliste, auch ihre Mutter stand darauf.

Und dann trifft es mich wie eine Lawine.

Kalifornien. Junge Mutter, zum Zeitpunkt von Chloes Geburt noch minderjährig. Ein Vater, den sie nie kannte. Ein Vollstipendium, das aus dem Nichts kam.

Ein anderer Mann, einer mit einer normalen, liebenden Familie, würde niemals zu so einer verdrehten, dunklen Schlussfolgerung kommen. Aber ich bin ein Molotow, und ich weiß, dass geteiltes Blut keine Loyalität oder Sicherheit bedeutet.

Ich weiß, dass Liebe gewalttätiger sein kann als Hass.

Mit klopfendem Herzen drehe ich mich zu Chloe um.

Wenn ich recht habe, ist ihre bloße Existenz ein Skandal, der seine Karriere beenden würde – und ein weiterer sogenannter Vater verdient mein Messer.

53

CHLOE

Ich bin in der Hölle. Entweder das – oder gefangen in einem Alptraum. Mein Arm brennt, mein Inneres brodelt, und jedes Mal, wenn sich der dunkle Dunst in meinem Kopf auflöst und ich meine Augenlider aufreiße, sehe ich, wie Nikolai etwas immer Schrecklicheres tut, während seine tiefe, sanfte Stimme Drohungen ausstößt, die Galle in mir aufsteigen lassen. Mein Magen krampft, und ich muss mich anstrengen, um mich nicht umzudrehen und mich zu übergeben.

Das ist nicht real.

Das kann nicht sein.

Der dunkle Schleier droht mich wieder zu überwältigen, und ich konzentriere mich darauf, kleine, flache Atemzüge zu nehmen, und meine Augen geschlossen zu halten. Es muss ein Traum sein, ein schrecklicher, bildhafter Traum oder eine Halluzination, die durch extremes Entsetzen hervorgerufen wird. Wie sonst sollte Nikolai hier sein? Wie hätte er mich finden können?

Andererseits ... wie haben es die Mörder meiner Mutter geschafft?

Als ich die Augen wieder öffne, befinde ich mich auf dem Rücksitz eines fahrenden Geländewagens, bequem auf dem Schoß eines Mannes. Nikolais Schoß – ich würde diesen Zedern- und Bergamottenduft überall erkennen. Seine kraftvollen Arme sind um mich gelegt, halten mich fest, und mein Puls springt vor freudiger Erleichterung, als ich merke, dass dies kein Traum ist.

Nikolai ist hier.

Er ist gekommen, um mich zurückzuholen.

Ich muss irgendeinen Laut von mir geben, denn er zieht sich mit goldenen Augen in seinem angespannten Gesicht zurück. »Fast geschafft«, verspricht er, und seine Stimme ist rauer, als ich sie je gehört habe. »Der Arzt wartet schon.«

Während er spricht, spüre ich einen pochenden Schmerz in meinem rechten Arm, und ein allgemeines Gefühl von Benommenheit und extremer Schwäche, zusammen mit dem Gefühl, dass ich mit einem Knüppel auf den ganzen Körper geschlagen wurde. Letzteres muss vom Springen aus dem Auto stammen – und auch davon, dass ich von dem jüngeren Killer zu Boden gedrückt wurde. Mein Herzschlag verdreifacht sich, als ich mich an sein Gesicht über mir erinnere, den verdrehten Hunger in diesen gefühllosen, dunklen Augen.

Wie bin ich von dort hierhergekommen?

Wie kommt es, dass Nikolai ...

Abrupt klärt sich mein Verstand, und die Erinnerungen stürmen herein, eine ekliger als die andere. Der ältere Mann, dem der Schädel weggeblasen wurde ... Nikolai sprang auf mich zu, die Waffe wie eine Verlängerung seiner Hand haltend ... Sein Verhör des Mannes, der mich vergewaltigen wollte; die Drohungen, die Nikolai aussprach und die brutale, geschickte Art, wie er das Springmesser führte ... Und die Schreie, diese rohen Schreie, die mir das Blut gerinnen ließen ...

Ich fange an zu zittern, als mein Blick durch das Auto schweift. Ich nehme Pavels steinernes Gesicht neben uns wahr und die beiden gefährlich aussehenden Männer vorne. Ich habe sie noch nie gesehen, aber es müssen Wächter von dem Anwesen sein. Mein Blick fällt zurück auf Nikolais Gesicht, dieses perfekt geformte Gesicht, das abwechselnd wild und zart aussehen kann, und ich bemerke einen rötlich-braunen Streifen über einem hohen Wangenknochen.

Blut. Getrocknetes Blut.

Mein Zittern verstärkt sich. Nikolai interpretiert die Ursache falsch und streichelt meinen Kiefer, wobei sein wilder Ausdruck weicher wird. »Es ist okay, *zajchik*, du bist in Sicherheit. Sie können dich nicht mehr verletzen.«

Aber *er* kann es. Ich bin mir schmerzlich bewusst, dass ich diesem schönen, furchterregenden Mann ausgeliefert bin. Auf seinem Schoß gehalten zu werden unterstreicht nur die Größen- und Kraftunterschiede zwischen uns. Sein großer, kraftvoller Körper umschließt mich komplett, das muskulöse Band seines Armes an meinem Rücken ist so unentrinnbar wie jede Eisenkette. Nicht, dass ich überhaupt entkommen könnte – nicht mit seinen Männern hier, nicht, während der SUV mit voller Geschwindigkeit fährt.

Ich bin besser dran, wenn ich es nicht weiß, aber ich kann mir die Frage nicht verkneifen. »Das warst du, nicht wahr?« Meine Stimme kommt als angestrengtes Flüstern heraus. »Du hast ihm in den Kopf geschossen.«

Es ist, als ob sich ein Schleier über Nikolais Gesicht legt und jeder Hauch eines Gesichtsausdrucks verschwindet. »Ich hatte keine Wahl. Wenn ich ihn nur verletzt hätte, hätte er dich töten können, während ich mich um seinen Partner gekümmert hätte. Da sie zu zweit waren, musste ich schnell einen eliminieren.«

»Und der andere Mann …« Ich schlucke einen Schwall von Übelkeit hinunter, als ich mich an die Schreie erinnere. »Ist er …?«

»Tot, durch seine Verletzungen, ja.« Es liegt keine Reue in Nikolais Stimme, kein Anzeichen von Schuldgefühlen in seinem gleichmäßigen Blick, und in meinen Adern bilden sich Eissplitter, als mir klar wird, dass er das nicht zum ersten Mal getan hat.

Er hat andere getötet und gefoltert.

Einschließlich, höchstwahrscheinlich, seines eigenen Vaters.

»Halt an!« Die Worte fliegen aus meinem Mund, bevor ich über sie nachdenken kann. Ich ignoriere den schwindelerregenden Schmerz in meinem Arm, klemme meine Hände zwischen uns und drücke gegen seine Brust, die sich aus irgendeinem Grund anfühlt, als wäre sie mit Stahl überzogen. In meiner Verzweiflung versuche ich es mit Betteln. »Bitte, Nikolai, lass mich raus. Ich brauche … ich brauche nur eine Minute.«

Er rührt sich nicht, und auch keiner seiner Männer, als er leise sagt: »Wir sind fast zu Hause, *zajchik*. Nur noch ein paar Minuten.«

Zu Hause? Mein panischer Blick springt zum Fenster, und meine Brust zieht sich aus Angst zusammen, als ich die Straße erkenne, die zum Anwesen hinaufführt, deren steile Kurven ich erst heute Morgen entlanggefahren bin, als ich vor dem Mann geflohen bin, der mich festhält ... dem Mann, von dem ich nicht wirklich glaubte, dass er ein Mörder ist.

»Mach dir keine Sorgen. Ich habe den Arzt und sein Team hierherkommen lassen«, sagt Nikolai und beantwortet eine Frage, die sich gerade in meinem Kopf zu formen beginnt. »Sie haben alles mitgebracht, was sie brauchen, um dich zu behandeln.«

Ich betrachte seinen unnachgiebigen Gesichtsausdruck, und meine Angst wächst mit jeder Sekunde. »Ich würde ein Krankenhaus bevorzugen. Bitte, Nikolai ... bring mich einfach in ein Krankenhaus.«

»Das kann ich nicht.« Seine gemeißelten Züge könnten genauso gut aus Granit sein. »Es ist nicht sicher.«

»Sicher? Aber ...«

»Die beiden waren nur angeheuerte Killer. Es gibt noch viele mehr, dort, wo sie herkommen.«

Meine Kehle wird trocken. In meiner Panik habe ich fast das Geheimnis um die Motivation der Mörder vergessen. »Ist es das, was er dir gesagt hat? Der Mann, den du ... befragt hast?« Ist meine Theorie am Ende doch richtig? Hat meine Mutter etwas mitbekommen, was sie nicht hätte mitbekommen sollen?

»Ja. Und, Chloe ...« Er umrahmt meine Wange mit seiner großen, warmen Handfläche, die zärtliche Geste täuscht über seine harten Züge hinweg. »Sie waren da, um euch beide zu töten.«

»Was?« Ich zucke zurück. »Nein, das ist unmöglich ...«

»Das hat der Attentäter gesagt. Wenn du nicht so spät nach Hause gekommen wärst ...« Er lässt seine Hand sinken, und ein Muskel zuckt heftig in seinem Kiefer.

»Aber das ist nicht ...« Ich halte inne, als Fragmente des

Gesprächs, das ich an diesem Tag belauscht habe, in meinem Kopf auftauchen.

Sollte hier sein ... Vielleicht gibt es Staus ...

Ich hatte gehört, wie die Killer das gesagt hatten, aber aus irgendeinem Grund hatte ich nicht zwei und zwei zusammengezählt, hatte nicht bemerkt, dass sie über *mich* sprachen und auf *mich* warteten.

»Ich verstehe das nicht.« Ich zittere wieder, zittere vor einer Kälte, die nichts mit der Klimaanlage im Auto zu tun hat. »Warum sollte jemand meinen Tod wollen? Ich habe nichts getan, ich kenne niemanden, ich bin einfach – einfach nur ich.«

Nikolais Ausdruck verändert sich, und ein seltsames Mitleid tritt in seinen Blick. »Nein, *zajchik*, ich glaube nicht, dass du das bist.«

»Was?« Ich drücke wieder gegen seine bizarr harte Brust – und werde fast ohnmächtig von der erneuten Explosion des Schmerzes in meinem Arm. Sein Gesicht verschwimmt vor meinen Augen, und ich kämpfe immer noch dagegen an, nicht ohnmächtig zu werden, als mich eine verblüffende Erkenntnis einholt.

Diese Härte ist eine kugelsichere Weste.

Im nächsten Moment jedoch vergesse ich das alles, denn Nikolai fragt: »Sagt dir der Name *Tom Bransford* etwas?«

Die Silben ergeben zunächst keinen Sinn. »Du meinst ... der Präsidentschaftskandidat?« Sobald die Frage meine Lippen verlassen hat, wird mir klar, wie absurd sie ist. Er kann unmöglich von dem kalifornischen Senator sprechen, der in diesen Tagen überall in den Nachrichten zu sehen ist, derjenige, den sie mit John F. Kennedy vergleichen. Ich muss mich verhört haben oder ...

»Genau den.« Seine Augen glänzen wie antikes Gold. »Es

sei denn, es gibt noch einen Tom Bransford, der die Mittel hat, professionelle Attentäter anzuheuern, Überwachungsbänder zu löschen und Polizeiakten zu ändern.«

»Polizeiakten? Was …«

»Ich bin alle Akten zu deinem Fall durchgegangen«, sagt er sanft, »und es ist darin nichts über die maskierten Männer in der Wohnung deiner Mutter zu finden – oder den schwarzen Pick-up, der dich fast überfahren hat. Tatsächlich war es laut den offiziellen Unterlagen ein Nachbar, der deine Mutter entdeckt hat. Du bist angeblich nicht einmal aufgetaucht, um die Leiche zu identifizieren.«

»Das ist nicht wahr! Ich bin zum Revier gegangen und …«

»Ich weiß.« Sein Blick verfinstert sich. »Und es gibt noch mehr. Deine E-Mails an die Journalisten haben ihr Ziel nie erreicht. Jemand mit sehr speziellen Fähigkeiten hat dafür gesorgt, dass sie blockiert oder als Spam markiert wurden – und sie haben auch alle Beweise für deine Geschichte beseitigt, wie zum Beispiel Aufnahmen von Verkehrskameras und Überwachungsbändern, die gezeigt hätten, dass du angegriffen wurdest.«

Ich habe das Gefühl, dass sich unter mir ein Erdloch auftut. »Woher weißt du das alles?« Meine Stimme zittert, und meine Gedanken drehen sich wie Zweige in einem Tornado. Ich weiß nicht, was ich denken soll, was ich glauben soll, und der pochende Schmerz in meinem Arm ist nicht gerade hilfreich. »Wie hast du …«

»Weil ich auch Ressourcen habe. Darunter auch welche, die Bransford nicht hat.«

Natürlich. Deshalb hat er mich heute so schnell gefunden – und deshalb bin ich völlig am Arsch, wenn er mir etwas antun will. Mein Herz pocht schmerzhaft, kalter Schweiß durchtränkt mein Hemd, während eine weitere Welle von Schwindel mich überrollt und schwarze Punkte an den Rändern meines Sichtfeldes tanzen lässt. Blutverlust, erkenne ich schemenhaft – das muss die Ursache dafür sein. Verzweifelt sauge ich Luft ein, aber es hilft nur wenig, und meine Stimme klingt, als käme sie aus weiter Ferne, als ich zittrig frage: »Warum bist du mir heute gefolgt? Warum ...« Ich atme erneut ein. »Warum bringst du mich zurück?«

Seine Augen kehren zu ihrem hellen, wilden Tiger-Farbton zurück. »Warum sollte ich nicht?«

Weil ich weggelaufen bin, denke ich benommen. *Weil du höchstwahrscheinlich ein Psychopath bist, der unfähig ist, echte Gefühle zu empfinden. Denn nichts von alledem, vor allem nicht du und ich, ergibt einen Sinn.*

Am Ende nenne ich den einzigen Grund, den ich nennen kann und der mich am meisten belastet. »Weil wenn du mit Bransford recht hast, sind du und deine Familie in noch größerer Gefahr.« Meine Stimme schwankt, als eine weitere Welle der Benommenheit über mich hereinbricht. Trotzdem bleibe ich hartnäckig. »Du musst mich gehen lassen. Jetzt. Bevor es zu spät ist.«

Eine dunkle Wölbung berührt seine sinnlichen Lippen, und ein Schimmer von ironischer Belustigung entzündet sich in seinem Blick, während er sanft meine Wange streichelt. »Ich weiß nicht, ob du es mitbekommen hast, *zajchik*«, sagt er leise, »aber meiner Familie und mir ist Gefahr nicht gerade fremd. Tatsächlich sind wir damit bestens vertraut.«

Dann küsst er mich, erst sanft, dann mit zunehmender Dringlichkeit, und trotz allem entfacht sich eine vertraute Hitze tief in meinem Inneren. Er vertieft den Kuss, seine Zunge paart sich mit meiner in einem urwüchsigen Tanz, der keine

Rücksicht auf unsere fehlende Privatsphäre nimmt, und mein Kopf dreht sich, mein Schwindelgefühl nimmt zu, bis er der einzige feste Anker in meiner Welt ist. Überwältigt klammere ich mich an ihn, umklammere sein Hemd und während sich meine Gedanken im dunklen Sog des Verlangens auflösen, spielt es keine Rolle, dass ich gesehen habe, wie er heute zwei Leben genommen hat, dass er vielleicht die Definition eines Monsters ist.

Nichts ist wichtig, außer uns beiden, und als er mich nach Luft schnappen lässt, sind wir schon hinter dem Tor, zurück in seinem Reich.

»Keine Sorge, *zajchik*«, murmelt er, sein Daumen streicht über meine Unterlippe, während ein Schauer meinen geschundenen Körper durchfährt. »Wir werden der Sache auf den Grund gehen, das verspreche ich dir. Ich werde dich beschützen.« Und in seinen Augen lese ich das Unausgesprochene:

Auch ohne deine Zustimmung.

DER KÄFIG DES ENGELS

1

CHLOE

Ich bin zurück. Zurück in der Höhle des Teufels.

Dieser Gedanke schießt mir durch meinen schmerzenden Kopf, als das Auto vor Nikolais hochmoderner Bergvilla zum Stehen kommt. Ein Mann und zwei Frauen in Krankenhauskleidung – vermutlich der von Nikolai erwähnte Arzt mit seinem Team – warten auf der Einfahrt mit einer Trage auf uns. Hinter ihnen steht Alina, Nikolais Schwester, und ihr schönes Gesicht ist blass und besorgt.

Ich nehme das alles nur am Rande wahr. Alle meine Sinne werden von dem Mann vereinnahmt, der mich besitzergreifend auf seinem Schoß hält.

Nikolai Molotow.

Der Teufel höchstpersönlich.

Seine kräftigen Arme sind um mich geschlungen und drücken mich an seinen großen Körper. Obwohl ich gerade gesehen habe, wie er zwei Männer getötet hat, kann ich nicht anders, als mich von seiner Berührung, seiner Wärme und seinem vertrauten Zedern- und Bergamotteduft trösten zu lassen. Sein Geschmack liegt mir immer noch auf der Zunge, meine Lippen pochen von seinem Kuss, und so sehr ich es auch leugnen möchte, ist Angst nicht das einzige Gefühl, das meine Magengrube bei dem Gedanken füllt, dass er mich gegen meinen Willen hier festhält.

»Nur noch ein paar Sekunden, *zajchik*«, murmelt er, streicht mein Haar zurück, und ein Schauder durchfährt mich, als meine Augen seinen tigerhellen begegnen.

Ich kann das Monster unter seiner schönen Fassade sehen. Jetzt ist es sonnenklar.

Pavel springt als Erster aus dem Auto und öffnet die Tür für uns. Ein Schwindel überkommt mich, als Nikolai aussteigt und mich an seine Brust drückt. Obwohl er vorsichtig ist, schickt die Bewegung einen Stich von ekelerregendem Schmerz durch meinen Arm, und die fernen Berggipfel drehen sich übelkeitserregend, während er mich sanft auf die Trage legt.

Ich kneife die Augen zu und konzentriere mich darauf, zu atmen und nicht ohnmächtig zu werden, während ich ins Haus gerollt werde. Nikolai ruft dem medizinischen Team Anweisungen zu, während er zu Alina und Lyudmila etwas auf Russisch sagt. Ich nehme an, dass er erklärt, was passiert ist, aber ich habe zu große Schmerzen, um mich darauf zu konzentrieren.

Ich bin noch nie zuvor angeschossen worden, und es ist wirklich nicht angenehm.

Als ich die Augen wieder öffne, bin ich in meinem Schlafzimmer, und der Arzt und sein Team wuseln um meine Bahre herum. Innerhalb von Sekunden wird eine Infusion an meinen linken Arm geklebt, und ich werde an mehrere Monitore angeschlossen. Ich habe keine Ahnung, woher all diese medizinischen Geräte kommen, aber mein Schlafzimmer scheint sich in ein Krankenhauszimmer verwandelt zu haben.

Der Arzt, der bereits einen Kittel und eine OP-Maske trägt, fragt mich, ob ich allergisch auf Latex oder Medikamente reagiere, während er sich ein Paar Handschuhe überstreift.

»Nein«, krächze ich heraus, und eine der Krankenschwestern befestigt einen Beutel mit Flüssigkeit am Infusionsständer. Sofort breitet sich eine angenehme Müdigkeit in mir aus, die meine Lider schwer werden lässt.

Das Letzte, was ich sehe, bevor die Welt verblasst, ist Nikolai, der in der Ecke des Raumes steht und seine goldenen Augen mit grimmiger Intensität auf mich gerichtet hat. Auf seinem Wangenknochen ist immer noch ein dunkler Fleck – das Blut des Mannes, den er gefoltert hat, um Antworten zu bekommen – aber mit der süßen Erleichterung der Narkose, die sich in meinen Adern ausbreitet, kann ich nicht verhindern, dass sich ein Lächeln auf meinen Lippen ausbreitet.

Ich werde dich beschützen, sagte er, und als die Dunkelheit mich einzuhüllen beginnt, glaube ich ihm.

Er wird mich vor jedem beschützen, außer vor sich selbst.

2

NIKOLAI

Meine Schwester fängt mich ab, sobald ich aus Chloes Zimmer trete. Sie muss die ganze Zeit im Flur gewartet haben.

»Wie geht es ihr?«

»Sie wird überleben, aber nicht dank dir.« Mein Tonfall ist hart, aber das ist mir scheißegal.

Es ist Alinas Schuld, dass wir in diesem Schlamassel stecken. Sie hat Chloe erzählt, dass ich unseren Vater getötet habe. Sie gab ihr die Autoschlüssel und ermöglichte ihr damit die Flucht.

Bei meinen Worten zuckt Alina zusammen, aber sie bleibt stehen. Ihr Gesicht ist immer noch blass und aufgedunsen, aber ihre grünen Augen sind klar, und sie riecht nicht mehr nach einem Drogencocktail. »Ich meine, wie ist ihr Zustand? Was hat der Arzt gesagt?«

Ich seufze und fahre mir mit einer Hand durch die Haare. »Sie hatte Glück. Die Kugel ging direkt durch ihren Arm und verfehlte nur knapp den Knochen. Sie hat eine ganze Menge

Blut verloren, aber nicht genug, um eine Transfusion zu benötigen. Außerdem hat sie einen verstauchten Knöchel. Ansonsten hat sie nur blaue Flecken und Schürfwunden am ganzen Körper.«

»Kolya …« Meine Schwester sieht so unglücklich aus, wie ich sie noch nie gesehen habe. »Es tut mir wirklich leid. Ich wusste nichts von dem …«

»Hör auf damit.« Ich bin nicht in der Stimmung, mir ihre Entschuldigungen und Rechtfertigungen anzuhören. Sie hat vielleicht nicht gewusst, dass die Mörder Chloe jagen, aber das entschuldigt nicht, was sie getan hat. Auch nicht die Tatsache, dass sie high von ihren Medikamenten war. Bevor ich etwas sage, was ich später bereue, frage ich: »Wo ist Slava?«

»Lyudmila ist mit ihm die Wachen besuchen. Ich habe sie gebeten, ihn vorerst aus dem Weg zu halten, da … du weißt schon.« Sie winkt in Richtung Chloes Tür.

»Gute Idee.« Ich weiß, dass ich meinen Sohn nicht verhätscheln sollte, aber es widerstrebt mir seltsamerweise, ihn der brutalen Realität unseres Lebens auszusetzen, so wie es unser Vater mit mir getan hat. Jagen und Fischen ist eine Sache – ich bin froh, dass Pavel Slava das beibringt, zusammen mit anderen vielleicht überlebenswichtigen Dingen – aber ich möchte lieber nicht, dass er seine Lehrerin blutverschmiert sieht.

Irgendwann wird er lernen, was es heißt, ein Molotow zu sein, aber jetzt noch nicht.

Alina sieht erleichtert über mein Lob aus. »Also, was ist passiert?«, fragt sie und folgt mir, als ich in mein Zimmer gehe. »Wer hat die Attentäter auf sie angesetzt?«

»Das ist eine lange Geschichte.« Eine, die ich selbst noch

verdaue. »Es genügt, zu wissen, dass sie immer noch in Gefahr ist.«

Alina ergreift meinen Ärmel und hält mich fest. »Du hast also nicht ...?«

»Das habe ich.« Ich schoss einem der Attentäter eine Kugel ins Gehirn und verwundete den anderen so schwer, dass er kurz darauf starb – aber nicht, bevor ich nicht einen Namen aus ihm herausbekommen hatte.

Einen Namen, mit dem ich immer noch versuche klarzukommen.

Meine Schwester schaut mich stirnrunzelnd an. »Aber du glaubst, es kommen noch mehr.«

»Da bin ich mir ganz sicher.«

»Warum? Wer ist sie, Kolya?«

»Genau das will ich herausfinden.«

Ich ziehe mich aus ihrem Griff, gehe in mein Zimmer und schließe die Tür.

Obwohl Chloe immer noch bewusstlos ist, will ich unbedingt zu ihr zurück, also dusche ich schnell und ziehe mich um. Dann schicke ich eine Nachricht an Konstantin, in der ich ihn auf den neuesten Stand bringe und sein Team von Hackern bitte, den Mann zu überprüfen, den der Attentäter als seinen Auftraggeber genannt hat.

Tom Bransford.

Der Präsidentschaftskandidat, der der Vater von Chloe sein könnte.

Den letzten Teil weiß sie noch nicht, und ich weiß nicht, ob ich etwas über meinen Verdacht sagen soll, bis ich konkretere

Beweise habe. Im Moment sind die Beweise bestenfalls Indizien, und wenn ich mich irre, hat Chloe noch mehr Grund, mich für ein verdrehtes Monster zu halten.

Was ich auch bin. Aber ich will einfach nicht, dass sie so über mich denkt.

Meine Brust zieht sich zusammen, als ich an das süße, strahlende Lächeln denke, das sie mir schenkte, bevor die Medikamente in der Infusion wirkten. Ich will mehr davon, und nicht den leeren, verängstigten Blick, den sie im Wald hatte, als ich mit der Waffe in der Hand auf sie zukam, nachdem ich einen ihrer Angreifer getötet und den anderen verwundet hatte.

Ich will nie wieder diesen Blick auf ihrem Gesicht sehen.

Alina ist weg, als ich auf den Flur trete und zurück in Chloes Zimmer eile. Ich weiß, dass es ihr gut geht, wenn der Arzt und die Schwestern sie beobachten, aber ich kann nichts gegen die Angst tun, die in jedem Moment, in dem ich sie nicht im Blick habe, an mir nagt. Sie war so verdammt nah dran, zu sterben. Wenn ich ein paar Minuten später aufgetaucht wäre, wenn Konstantins Team nicht in der Lage gewesen wäre, sich in den NSA-Satelliten zu hacken, um ihre genaue Position herauszufinden, wenn die Kugel ihren Körper ein paar Zentimeter weiter links durchschlagen hätte – es gibt eine unendliche Anzahl von Möglichkeiten, wie das anders hätte ausgehen können.

Eine unendliche Anzahl von Möglichkeiten, wie ich sie hätte verlieren können.

»Sie sollte in ein paar Minuten zu sich kommen«, informiert mich der Arzt, als ich ihr Zimmer betrete. Er ist einer der besten Unfallchirurgen im Staat. Pavel hat ihn und sein Team mit einem Hubschrauber aus Boise einfliegen lassen, für eine exorbitante Gebühr, die sowohl ihre Dienste als auch ihre Diskretion erkauft.

»Gut. Danke.« Ich ignoriere die Blicke der beiden Krankenschwestern und nähere mich Chloe. Mein Brustkorb zieht sich schmerzhaft zusammen, als ich die gräuliche Färbung ihrer gebräunten Haut bemerke. Sie haben das Blut und den Dreck von ihrem Gesicht und ihren Armen gewaschen und ihr einen Krankenhauskittel angezogen, aber ihr Haar ist immer noch verfilzt, mit ein paar Zweigen und Blättern in den goldbraunen Strähnen.

Ich entferne den Schmutz und lasse ihn auf den kleinen Tisch neben ihrer Trage fallen. Ich hasse es, sie so zu sehen, so klein und zerbrechlich und verwundet. Ich würde alles dafür geben, wenn ich die Kugel für sie hätte abfangen können, oder noch besser, wenn ich ein paar Stunden früher aufgewacht wäre und sie davon abgehalten hätte, zu gehen.

Ich streiche zärtlich mit meinen Knöcheln über ihren zarten Kiefer. Ihre Haut ist weich und warm. Ich kann mich nicht zurückhalten, mit meinem Daumen über ihre leicht geöffneten Lippen zu streichen. Weiche, puppenhafte Lippen, die obere etwas voller als die untere. Sündige Lippen, die einen Heiligen verführen könnten – nicht, dass ich einer wäre oder jemals einer war.

Ich ziehe meine Hand weg, bevor mein Körper unangemessen reagieren kann. Ich gehe zu einem Stuhl in der Ecke des Raumes und setze mich hin, um zu warten, während der Arzt im Badezimmer verschwindet. Die Krankenschwestern packen die Ausrüstung zusammen – sobald Chloe wieder zu Bewusstsein kommt und stabil ist, werden sie gehen.

Wie der Arzt gesagt hatte, vergehen nur wenige Minuten,

bevor Chloe sich rührt und ein leises Geräusch ihren Lippen entweicht, während sie die Augenlider öffnet. Ich bin sofort auf den Beinen und durchquere den Raum in ihre Richtung.

»Hi«, murmelt sie schläfrig und blinzelt zu mir hoch. »Haben sie schon …«

»Ja, *zajchik*.« Ich umfasse sanft ihre linke Hand, wobei ich darauf achte, die Infusion in ihrem Arm nicht zu berühren. Ihre zarten Finger sind kalt in meinen, obwohl das Laken sie bis zur Brust bedeckt. »Wie fühlst du dich? Möchtest du etwas trinken?«

Sie blinzelt wieder, immer noch deutlich benommen, also drücke ich einen Knopf, um die Liege in eine halb sitzende Position zu heben, und dann halte ich einen Becher Wasser mit einem Strohhalm an ihre Lippen. Sie saugt gierig daran, was mich zum Lächeln bringt.

Der Arzt eilt herbei, und ich trete zurück, um ihn und sein Team arbeiten zu lassen. Die Krankenschwestern legen Chloes rechten Arm in eine Schlinge, während er ihr ein paar Fragen stellt und ihre Werte misst. Dann entfernen sie die Infusion und alle Überwachungsgeräte.

Sie wurde als wach und stabil eingestuft.

»Nehmen Sie das je nach Bedarf gegen die Schmerzen«, sagt der Arzt und legt eine Packung Tabletten auf den Tisch. »Und achten Sie darauf, dass der Verband nicht nass wird. Er muss alle vierundzwanzig Stunden gewechselt werden.« Er blickt zu mir, und ich nicke.

Ich habe ziemlich viel Erfahrung mit Schusswunden und übernehme gerne die Rolle von Chloes Krankenschwester. Worüber ich nicht glücklich bin, sind die Schmerzmittel, aber ich weiß, dass sie sie brauchen wird.

Ihre Verletzung ist vielleicht nicht lebensbedrohlich, aber sie wird trotzdem höllisch wehtun.

»Ich mach das«, sage ich, als die Krankenschwestern Chloe hochheben, vermutlich, um sie in ihr Bett zu bringen. Ich scheuche sie weg, hebe sie vorsichtig hoch und trage sie selbst hinüber – keine schwierige Aufgabe, denn sie ist kaum schwerer als Slava. Obwohl sie in der Woche, in der sie hier war, wie ein Holzfäller gegessen hat, ist mein Zajchik immer noch viel zu dünn von dem Monat auf der Flucht.

Chloe zuckt zusammen, als ich sie hinlege, und ich spüre es wie einen Stich in den Magen. Ich war noch nie zuvor so sehr mit einer anderen Person verbunden, dass ich ihren Schmerz als meinen eigenen empfand. Wenn es irgendeinen Zweifel in meinem Kopf darüber gab, was sie mir bedeutet, verschwand er in dem Moment, als ich sah, dass ihr Toyota aus der Garage verschwunden war.

Ich hatte noch nie so viel Wut und Angst verspürt wie in dem Moment, als ich erfuhr, dass die Attentäter in der Gegend waren – als ich dachte, ich würde sie nicht rechtzeitig finden.

Mein Bauch rumort, und ich schiebe den Gedanken beiseite, bevor ich versucht bin, Alina zu erwürgen. Das Wichtigste ist jetzt, dass Chloe hier bei mir in Sicherheit ist. Ich habe Pavel bereits gesagt, dass er unsere Sicherheitsvorkehrungen verstärken soll, für den Fall, dass die Attentäter herausgefunden haben, wer Chloe angeheuert hat, und diese Information an ihren Auftraggeber weitergegeben haben, bevor ich sie gefunden habe. Ich bezweifele es – derjenige, den ich gefoltert habe, schien keine Ahnung zu haben, wer ich bin –, aber ich werde kein Risiko eingehen.

Außerdem gibt es immer die Bedrohung durch die Leonows. Alexej wird jetzt noch wütender sein, da wir den lukrativen tadschikischen Atomreaktorvertrag von Atomprom, dem Unternehmen seiner Familie, gestohlen haben.

Ich verdränge auch diesen Gedanken und konzentriere mich darauf, Chloe auf ein paar Kissen zu stützen und sie mit einer Decke zuzudecken, während der Arzt und sein Team die Trage und die gesamte Ausrüstung aus dem Raum fahren.

Eine Minute später sind wir endlich allein.

Ich setze mich auf die Kante ihres Bettes und nehme ihre kleine Hand in meine. »Liegst du bequem, *zajchik?*«, frage ich und reibe ihre kalte Handfläche. »Kann ich dir etwas bringen? Etwas zu trinken oder zu essen? Ich kann mir vorstellen, dass du Hunger hast.«

Sie schluckt und nickt. »Etwas Essen wäre toll.« Sie sieht jetzt wacher aus, und ihre großen, braunen Augen sind deutlich vorsichtiger. Ihre Angst hat eine zweischneidige Wirkung auf mich. Sie lässt meine Brust schmerzen, während sie den primitiven, verdrehten Teil von mir erweckt, der sie jagen und markieren will, um sie auf die brutalste Art und Weise zu beanspruchen.

Ich unterdrücke den dunklen Instinkt, hebe ihre Hand an meine Lippen und küsse ihre Knöchel. »Ich werde dir etwas bringen. Willst du etwas zur Unterhaltung, während du wartest? Ein Buch oder ...«

»Ich werde einfach fernsehen.«

Ich lächele und reiche ihr die Fernbedienung. »Okay. Ich bin gleich wieder da.«

Ich beuge mich vor, gebe ihr einen schnellen Kuss auf die Stirn und verlasse eilig das Zimmer.

3

CHLOE

Mein Herz schlägt ungleichmäßig, während ich dabei zusehe, wie sich die Tür hinter Nikolais großer, breitschultriger Gestalt schließt. Meine Stirn kribbelt immer noch an der Stelle, wo seine Lippen meine Haut berührt haben, auch wenn sich in meinem Kopf die rauen, qualvollen Schreie des Mannes abspielen, den er gefoltert hat.

Wie kann ein rücksichtsloser Killer so fürsorglich und zärtlich sein?

Ist irgendetwas davon echt – oder ist es nur eine Maske, die er trägt, um den Psychopathen in seinem Inneren zu verstecken?

Ich bin eigentlich nicht hungrig – mir ist etwas schlecht von der Narkose –, aber ich brauche ein paar Minuten für mich. Alles passierte so schnell, dass ich keine Chance hatte, meine Fragen zu formulieren, geschweige denn, zu versuchen, irgendwelche Antworten zu finden. In einem Moment spreizte einer der Mörder meiner Mutter voller Lust in seinen gefühllosen, dunklen Augen meine Beine, und im nächsten lag das Gehirn seines Partners überall auf dem Waldboden, und Nikolai schlitzte meinen Angreifer auf und drohte, ihm die Eingeweide herauszuschneiden.

Ich schlucke einen Anflug von Übelkeit hinunter und unterdrücke die Erinnerung. So brutal Nikolais Verhörmethoden auch waren, sie brachten doch einige Ergebnisse, und nachdem der Schock abgeklungen ist und sich mein Verstand vom Dunst der Narkose befreit hat, kann ich endlich über die Auswirkungen dessen nachdenken, was ich erfahren habe.

Sie waren da, um euch beide zu töten, hatte Nikolai mir im Auto gesagt, bevor er mich fragte, ob mir der Name *Tom Bransford* etwas sagt.

Was er auch tut.

Weil er in letzter Zeit überall in den Nachrichten war.

Mit unsicherer Hand greife ich zur Fernbedienung, mache den Fernseher an und schalte einen Nachrichtensender ein.

Natürlich berichten sie über die Vorwahldebatten, die Bransford zu gewinnen scheint, da er in allen Umfragen vorne liegt.

Mein Inneres kocht, während ich sein Bild auf dem Bildschirm betrachte. Wenn Nikolai die Wahrheit sagt, ist das der Mann, der für den Mord an meiner Mutter verantwortlich ist.

Mit seinen fünfundfünfzig Jahren ist der kalifornische Senator jung und schlank und versprüht Charme und Charisma. Sein dichtes, goldblondes Haar ist kaum mit Grau durchzogen, seine Augen sind strahlend blau und sein Lächeln ist strahlend genug, um ein Lagerhaus zu beleuchten.

Kein Wunder, dass man ihn mit John F. Kennedy vergleicht

– er könnte der noch schönere Bruder des toten Präsidenten sein.

Ich suche nach Zeichen des Bösen in seinem ebenmäßigen Gesicht und finde keine. Aber dann wiederum … warum sollte ich? Wie gut Bransford auch aussehen mag, er kann Nikolais dunkel-magnetischer Anziehungskraft nicht das Wasser reichen, und ich weiß, wozu *er* fähig ist. Ich bin auch nicht die Einzige, die von Nikolai geblendet ist. Selbst als ich von der Narkose benebelt war, konnte ich die begehrlichen Blicke nicht übersehen, die die Krankenschwestern ihm heimlich zuwarfen.

Ich war noch nie mit meinem Arbeitgeber in der Öffentlichkeit unterwegs, aber ich stelle mir vor, dass links und rechts Höschen fallen, wenn er die Straße entlanggeht.

Ein bizarrer Anflug von Eifersucht befällt mich bei dem Gedanken, und ich merke, dass ich von der eigentlichen Frage abgelenkt werde.

Warum?

Warum sollte ein führender Präsidentschaftskandidat mich und meine Mutter töten wollen?

Das ergibt keinen Sinn. Überhaupt keinen. Mom hätte nicht weiter von der Politik entfernt sein können, wenn sie im Amazonas-Dschungel gelebt hätte, und Gott weiß, dass ich das Zeug nicht verfolge. So peinlich es auch ist, das zuzugeben, aber bei der letzten Wahl habe ich nicht einmal gewählt, da ich zu sehr damit beschäftigt war, das College zu beginnen. Bransford habe ich auch noch nie getroffen. Ich habe ein gutes Gedächtnis für Gesichter, und seines ist einprägsamer als die meisten.

Vielleicht war Mom ihm irgendwo begegnet? Vielleicht in dem Restaurant, in dem sie arbeitete?

Theoretisch ist das möglich. Das gehobene Hotel, an das das

Restaurant angeschlossen ist, wird von allen möglichen VIPs besucht. Vielleicht hatte Bransford dort während eines Besuchs in Boston übernachtet, und Mom wurde Zeuge, wie er etwas tat, was er nicht hätte tun sollen.

Aber warum sollte er mich dann auch noch töten wollen? Es sei denn ... er hat Angst, dass Mom mir erzählt hatte, was immer sie über ihn wusste?

Heilige Scheiße. Vielleicht hat sie irgendwelche Beweise in ihrer Wohnung versteckt und er denkt, ich weiß, wo sie sind.

Aufgeregt setze ich mich auf, nur um mit einem Stöhnen zurück auf den Kissenberg zu fallen. Die Betäubung lässt definitiv nach, denn diese Bewegung *schmerzt*. Sehr sogar. Es fühlt sich an, als würden heiße Messer in meinen Arm einsinken, und dem Rest meines Körpers geht es nicht viel besser.

Es ist, als ob ich von einem echten LKW umgerissen worden wäre, anstatt von einem Attentäter in der Größe eines LKWs.

Bevor ich zu Atem kommen und mich wieder konzentrieren kann, öffnet sich die Tür, und Nikolai kommt mit einem Tablett mit abgedecktem Geschirr herein.

Mein Herz beginnt zu rasen, und das bisschen Atem, das ich noch hatte, entweicht aus meinen Lungen.

Ohne den Schleier des Schocks, der meine Sinne trübt und die Ablenkung durch das medizinische Personal, das um mich herumwuselt, ist seine Wirkung auf mich verheerend und erschreckend stark. Ich habe noch nie einen Mann gekannt, der meinen Körper dazu bringen kann, zu reagieren, nur weil er einen Raum betritt. Und es ist nicht nur sein Aussehen; es ist alles an ihm, von der rohen, animalischen Intensität in seinen markanten bernstein-grünen Augen bis hin zu der Aura der

Macht, die er so bequem wie einen seiner maßgeschneiderten Anzüge trägt.

Im Moment ist er legerer gekleidet, mit einer dunklen Jeans und einem hellblauen Button-up-Hemd, dessen Ärmel bis zu den Ellenbogen hochgekrempelt sind. Er muss sich umgezogen und geduscht haben, während ich operiert wurde. Nicht nur seine Kleidung ist anders als im Auto, sondern auch der Fleck auf seinem Wangenknochen ist verschwunden, und sein rabenschwarzes Haar ist nass nach hinten geglättet, was die scharfe Symmetrie seiner markanten Gesichtszüge offenbart.

Gierig fahren meine Augen über sein Gesicht, von den dicken schwarzen Augenbrauen bis hin zu der vollen, sinnlichen Form seines Mundes. Ausnahmsweise ist er nicht auf seine dunkle, zynische Art gekrümmt – stattdessen ist das Lächeln auf seinen Lippen warm, voller beunruhigender Zärtlichkeit.

»Ich habe Pavel gebeten, ein paar Reste aufzuwärmen und eine Auswahl an verschiedenen Snacks vorzubereiten«, sagt er und durchquert den Raum in meine Richtung, während ich reflexartig den Fernseher ausschalte. Seine tiefe, rau-seidige Stimme ist wie eine Liebkosung für meine Ohren, so viel angenehmer als die schrillen Töne des Nachrichtensprechers. Er stellt das Tablett auf meinen Nachttisch, setzt sich neben mich und fängt an, die Teller einen nach dem anderen abzudecken. »Ich dachte mir, dass du vielleicht mit etwas Übelkeit zu kämpfen hast, deshalb habe ich hier auch ein paar einfache Toasts.«

Wow. Könnte er noch rücksichtsvoller sein? Hätte ich nicht mit eigenen Augen gesehen, wie er tötet und foltert, hätte ich ihm niemals solche Grausamkeiten zugetraut – trotz der dunklen, gefährlichen Aura, die ich immer wieder bei ihm wahrnahm.

»Danke«, murmele ich und versuche, nicht daran zu denken, wie seine Hände ein Messer geschwungen haben, um einen Mann aufzuschlitzen, während er mir das Tablett entgegenhält und mich auswählen lässt, was ich möchte. Es gibt alles, von aufgeschnittenem Obst über gefüllte Blintze bis hin zu Aufschnitt und verschiedenen Käsesorten. Aber mir *ist* immer noch schlecht, vor allem, weil die grausamen Bilder nicht aus meinem Kopf verschwinden wollen, also nehme ich nur den einfachen Toast und eine Handvoll Weintrauben.

Er sieht mir mit einem zufriedenen halben Lächeln beim Essen zu, und ich versuche, nicht daran zu denken, wie warm angenehm ich mich durch dieses Lächeln fühle – und das nicht nur auf eine sexuelle Art und Weise. Es ist eine Illusion, dieses Gefühl der Sicherheit und des Trostes, das er mir gibt, ein Überbleibsel aus der Zeit, als ich dachte, er sei ein guter Mann, der nur Schwierigkeiten hatte, eine Basis mit seinem kleinen Sohn zu finden.

Ich fing an, mich in diesen Mann zu verlieben.

Nein. Ich belüge mich selbst. Ich *habe* mich in ihn verliebt, so sehr, dass ich trotz Alinas erschreckender Enthüllungen, die mir in den Ohren klangen, mein Auto wendete und auf dem Weg zurück war, als die Attentäter mich überfielen.

Seine eigene Schwester sagte mir, dass er ein Monster sei, und ich glaubte ihr nicht. Ich *wollte* ihr nicht glauben.

Das will ich immer noch nicht.

»Wo ist Slava? Wie geht es ihm?«, frage ich und entscheide mich damit für das unverfänglichste Thema, das mir einfällt. Es gibt so viele Dinge, die wir besprechen müssen, von Bransfords

377

Motivationen bis hin zu der Frage, ob ich hier eine Gefangene bin oder nicht, aber ich bin noch nicht bereit, das zu tun.

Vor allem die letzte Frage ist im Moment zu beunruhigend, um darüber nachzudenken.

»Er ist gerade von einem Spaziergang mit Lyudmila zurückgekehrt«, antwortet Nikolai. »Alina hat ihn vor unserer Ankunft wegbringen lassen.«

»Ah, gut.« Ich war besorgt, dass das Kind uns von seinem Fenster aus gesehen haben könnte. »Was wirst du ihm erzählen ... du weißt schon ...?« Ich zeige mit der linken Hand auf meine Schlinge.

»Wir werden einfach sagen, dass du auf einen Ast gefallen bist.« Sein Kiefer strafft sich. »Mir wäre es lieber, er wüsste nicht, dass du ihn verlassen hast.«

»Ich habe ihn nicht ...« Ich halte inne, denn genau das habe ich. Ich wollte zurückkommen, aber Nikolai weiß das nicht. Ich habe auch nicht vor, es ihm zu sagen.

Ich will nicht, dass er weiß, wie leicht er mich getäuscht hat, und dass ein Teil von mir sich selbst jetzt noch weigert, zu glauben, dass er ein ebenso skrupelloser Killer ist wie die Männer, die meine Mutter ermordet haben.

Seine Tigeraugen verengen sich mit spekulativem Interesse. »Du hast *was* nicht?«

»Nichts.« Das Wort kommt zu schnell aus meinem Mund. Ich rede weiter, um es zu überspielen. »Ich meinte nur, ich habe nicht *ihn* verlassen.«

Es ist, als würde eine Gewitterwolke über Nikolais Gesicht ziehen, die alles Licht und alle Wärme ausblendet. Sein Blick wird verschlossen, und seine umwerfenden Gesichtszüge nehmen eine statuenhafte Härte an. »Ah. Du hast *mich* verlassen. Wegen dem, was Alina dir erzählt hat.«

Ich schlucke trocken. Ich bin mir auch nicht sicher, ob ich schon bereit bin, darüber zu reden, aber es sieht so aus, als hätte ich keine Wahl. Ich ignoriere den pochenden Schmerz in meinem Arm und drücke mich in eine aufrechtere Position. »Hat sie gelogen?« Meine Stimme zittert leicht. »Hat sie sich das alles ausgedacht?«

Er blickt mich an, und die Stille dehnt sich zu schmerzhaft langen Sekunden aus. »Nein«, sagt er schließlich. »Hat sie nicht.«

Etwas in mir verdorrt. Bis zu diesem Moment hatte ich immer noch die Hoffnung, dass seine Schwester sich geirrt hat, dass er trotz dessen, was er den beiden Attentätern angetan hat, nicht seinen eigenen Vater umgebracht hat. Aber jetzt gibt es keinen Raum mehr für Zweifel.

Der Mann vor mir hat gerade zugegeben, seinen Vater ermordet zu haben.

»Was ist passiert? Warum ...« Meine Stimme versagt. »Warum hast du das getan?«

Er antwortet für einen weiteren langen, nervenaufreibenden Moment nicht. Sein Gesicht ist das eines Fremden, dunkel und verschlossen. »Weil er es verdient hat.« Seine Worte fallen wie ein Hammer, schwer und brutal. »Weil er ein Molotow war. Wie ich.«

Ich befeuchte meine trockenen Lippen. »Ich verstehe das nicht.« Mein Herz pocht gegen meinen Brustkorb, jeder Schlag hallt in meinen Ohren wider. Ein Teil von mir will die Sache beenden und schreiend weglaufen, während ein anderer, unendlich viel törichterer Teil, sich danach sehnt, meine Handfläche über die harte, kompromisslose Linie seines Kiefers zu legen und mit meiner Berührung Trost zu spenden.

Denn unter dieser harten, emotionslosen Fassade verbirgt sich Schmerz.

Das muss er.

Er öffnet seinen Mund, um zu antworten, als jemand an die Tür klopft. Das Geräusch ist leise, zaghaft, aber es tötet den Moment so sicher wie ein Pistolenschuss.

Nikolai springt auf und geht zur Tür, um sie zu öffnen.

»Konstantin ist am Telefon«, sagt Alina von der Tür her. »Sein Team hat etwas gefunden.«

4

CHLOE

*A*ls Nikolai zurückkommt, ist mein Magen wie verknotet, und der Toast, den ich gegessen habe, liegt wie ein Stein darin. Ich weiß, dass Konstantin sein älterer Bruder ist, das technische Genie der Familie, und ich vermute stark, dass das *Etwas*, das sein Team gefunden hat, sich auf meine Situation bezieht.

Jetzt, wo ich die Chance hatte, darüber nachzudenken, ist Konstantin wahrscheinlich der Grund, warum Nikolai von Anfang an all diese Dinge über mich wusste – wie zum Beispiel die Tatsache, dass ich während meines Monats auf der Flucht nichts auf meinen höchst privaten sozialen Medien gepostet hatte. Durch ihn bekam Nikolai auch Zugang zu den Polizeiakten und entdeckte, dass sie verändert wurden, um den Mord an meiner Mutter noch mehr wie einen Selbstmord aussehen zu lassen.

Konstantin und sein Team müssen die *Ressourcen* sein, die

Nikolai während der Autofahrt hierher erwähnte, der Vorteil, den er gegenüber Bransford hat.

Auf jeden Fall ist Nikolais Gesicht grimmig, als er auf der Kante meines Bettes Platz nimmt und meine linke Hand fest umfasst. Seine Berührung wärmt mich und ruft gleichzeitig eine Gänsehaut hervor. »Chloe, *zajchik* …« Sein Ton ist besorgniserregend sanft. »Es gibt etwas, was du wissen solltest.«

Mein Herz, das bereits in meiner Brust rast, macht einen Rückwärtssalto. Sein Blick ist nicht mehr der eines Fremden, stattdessen liegt Mitleid in seinen goldenen Tigeraugen.

Was auch immer er sagen wird, ist schrecklich, das kann ich sehen.

»Wie viel weißt du über die Umstände deiner Empfängnis?«, fragt er mit derselben sanften Stimme. »Hat deine Mutter jemals darüber gesprochen?«

Es ist, als würde ein eisiger Wind durch mein Inneres fegen und jede Zelle auf dem Weg dorthin einfrieren. »Meine Empfängnis?« Meine Stimme klingt, als käme sie aus einem anderen Teil des Raumes, von einer anderen Person.

Er kann nicht meinen, was ich denke, was er sagt. Auf keinen Fall ist Bransford …

»Vor vierundzwanzig Jahren lebte deine Mutter in Kalifornien«, sagt Nikolai leise. »In San Diego.«

Ich nicke automatisch. So viel hatte mir meine Mutter erzählt. Sie hat überall in Südkalifornien gelebt, um genau zu sein. Nachdem das Missionarsehepaar, das sie aus Kambodscha adoptiert hatte, bei einem Autounfall ums Leben kam, wanderte sie von einer Pflegefamilie zur nächsten, bis sie sich mit siebzehn Jahren emanzipierte – im selben Jahr, in dem sie mich zur Welt brachte.

»Sie war nicht die Einzige, die zu der Zeit in San Diego lebte«, fährt Nikolai fort. »Das tat auch ein gewisser brillanter junger Politiker, bei dessen lokalem Wahlkampf sie sich freiwillig meldete, um zusätzliche Punkte für amerikanische Geschichte zu bekommen.«

Der eisige Wind in mir verwandelt sich in einen Wintersturm. »Bransford.« Meine Stimme ist kaum ein Flüstern, aber Nikolai hört sie und nickt, drückt sanft meine Hand.

»Genau der.«

Ich starre ihn an und koche gleichzeitig mit Emotionen und Taubheit über. »Was willst du damit sagen?«

»Deine Mutter hat versucht, Selbstmord zu begehen, als sie sechzehn war. Hast du davon gewusst?«

Mein Kopf nickt wie von selbst. Als ich ein Kind war, hatte Mom immer Armbänder und Armreifen um ihre Handgelenke getragen, auch zu Hause, sogar beim Kochen und Putzen und Baden von mir. Erst als ich fast zehn Jahre alt war, kam ich zu ihr, um mich umzuziehen, und entdeckte die schwachen weißen Linien an ihren Handgelenken. Sie setzte sich zu mir und erklärte mir, dass sie als Teenager eine schwierige Zeit durchgemacht hatte, die darin gipfelte, dass sie versucht hatte, sich das Leben zu nehmen.

»Sie sagte, es sei ein Fehler gewesen.« Mein Hals ist so eng, dass jedes Wort auf dem Weg nach draußen an ihm kratzt. »Sie sagte mir, sie sei froh, dass sie versagt hatte, denn kurz darauf erfuhr sie, dass sie schwanger war. Mit mir.«

Seine Augen werden undurchsichtig. »Ich verstehe.«

Er versteht? Was? Plötzlich wütend, reiße ich meine Hand aus seinem Griff, setze mich ganz auf und ignoriere die begleitende Welle von Schwindel und Schmerz. »Was genau willst du mir damit sagen? Was hat ihr Selbstmordversuch mit Bransford zu tun? Hat er auch damals versucht, sie zu töten? Ist das seine verdammte Masche?«

»Nein, *zajchik*.« Nikolais Blick füllt sich wieder mit diesem beunruhigenden Mitleid. »Ich fürchte, dieser Versuch war nicht inszeniert. Aber es gibt Grund zu der Annahme, dass Bransford dafür verantwortlich *war*. Laut den Krankenhausunterlagen, die das Team meines Bruders ausgegraben hat, war deine Mutter in diesem Jahr zweimal in der Notaufnahme: einmal wegen des Selbstmordversuchs, und zwei Monate zuvor als Opfer einer Vergewaltigung.«

Ein Vergewaltigungsopfer? Ich starre ihn an, und schwarze Flecken sprenkeln die Ränder meines Blickfeldes. »Willst du damit sagen, dass Bransford sie *vergewaltigt* hat?«

»Sie hat nie Anzeige erstattet oder ihren Angreifer benannt, also können wir es nicht mit Sicherheit wissen, aber ihr erster Besuch in der Notaufnahme fiel mit dem letzten Tag ihrer Freiwilligenarbeit beim Wahlkampf zusammen. Sie ging danach nie wieder zurück – und neun Monate später, fast auf den Tag genau, brachte sie ein kleines Mädchen zur Welt. Dich.«

Die schwarzen Punkte vervielfachen sich und nehmen immer mehr Platz ein. »Nein. Nein, das ist nicht … Nein.« Ich schwanke, als der Raum in meiner Sicht verschwimmt.

Nikolais starke Arme liegen bereits um mich. »Hier, lehn dich zurück.« Ich werde zurück auf den Kissenberg gedrückt. »Nimm ein paar tiefe Atemzüge.« Seine warme Handfläche streicht mein Haar von meiner klammen Stirn. »Genau, genau so«, murmelt er, während ich versuche zu gehorchen und flach in meine unnatürlich steifen Lungen atme. »Es ist okay, *zajchik*. Einfach atmen …«

Das Schwindelgefühl lässt langsam, aber sicher nach, und als Nikolai sich zurückzieht, funktioniert mein Gehirn wieder – und ich beginne zu verarbeiten, was er mir gesagt hat.

Mom war vergewaltigt worden.

Neun Monate später wurde ich geboren.

Ich möchte kotzen.

Ich möchte meine Haut blankschrubben und meine DNA in Desinfektionsmittel kochen.

»Sie hat nie …« Meine Stimme stockt. »Sie hat nie über meinen Vater gesprochen. Nicht ein einziges Mal. Und ich habe gefragt, immer wieder.«

Nikolai nickt und beobachtet mich mit dem gleichen beunruhigenden, mitfühlenden Blick.

Die Worte kommen immer wieder aus meinem Mund, wie Wasser, das aus einem defekten Rohr austritt. »Sie erzählte mir, dass es eine schwierige Zeit in ihrem Leben war. Sie hat die Highschool abgebrochen. Sie bekam einen Job als Kellnerin und beantragte die rechtliche Volljährigkeit, wegen der Schwangerschaft und so.«

Er nickt wieder und lässt mich das selbst zusammenpuzzeln – und das tue ich. Denn zum ersten Mal ergibt so vieles mit meiner Mutter Sinn. Es war mir immer ein Rätsel, wie sie schwanger werden konnte, denn soweit ich wusste, war sie das genaue Gegenteil eines wilden Teenagers. Obwohl Mom selten über sich selbst sprach, hatte ich genug erfahren, um zu wissen, dass sie eine Einser-Schülerin war, bevor sie die Schule abbrach, zu ruhig und introvertiert, um auf Partys zu gehen und mit Jungs zu flirten. Sie hatte auch kein Interesse daran gezeigt, sich als Erwachsene zu verabreden. Sie hatte nie einen einzigen Freund mit nach Hause gebracht, hat mich nie mit einem Babysitter allein gelassen, um auszugehen und Spaß zu haben. Als Kind dachte ich, dass das normal sei, aber als ich älter wurde, wurde mir klar, wie seltsam es für eine hübsche junge Frau war, so zurückgezogen zu leben.

Es war, als hätte sie ein Keuschheitsgelübde abgelegt … *oder sich nie von dem Trauma der Vergewaltigung erholt.*

»Denkst du …« Ich schlucke die saure Galle in meiner Kehle herunter. »Meinst du, er wusste es? Dass sie schwanger war? Dass es mich gab?«

Ich dachte immer, mein Vater hätte sich einfach aus der Verantwortung gestohlen, obwohl Mom das nie direkt gesagt, sondern nur angedeutet hatte. Ich dachte mir, dass er selbst ein Teenager war, jemand, der einfach noch nicht bereit war, Vater zu sein. Aber das – das ändert alles. Mom hat ihm vielleicht nicht einmal von meiner Existenz erzählt. Warum sollte sie das tun, wenn er sie vergewaltigt hat?

Nur … er muss es jetzt wissen.

Weil er sie getötet und versucht hat, dasselbe mit mir zu machen.

Oh Gott.

Ich kann einen Schwall von Erbrochenem kaum zurückhalten.

Mein biologischer Vater ist nicht nur ein Vergewaltiger – er ist auch ein Mörder.

Nikolai nimmt wieder meine Hand in seine, seine Berührung ist schockierend warm auf meiner eisigen Haut. »Ich denke, er musste es wissen«, sagt er und gibt meine Gedanken wieder. »Vielleicht nicht von Anfang an, aber später ganz sicher.«

»Weil er versucht hat, uns zu töten.«

»Ja – und wegen des Stipendiums, das du bekommen hast.«

Ich blinzele und begreife zunächst nicht. Dann dringen

seine Worte durch. »Du meinst … *er* hat für mein College bezahlt?«

»Konstantin spürt die genaue Quelle dieser Gelder auf, aber ich bin mir fast sicher, was er aufdecken wird.« Nikolais Blick ist düster auf mein Gesicht gerichtet. »Es war ein privates Stipendium, *zajchik*, das nur für einen Empfänger bestimmt war: dich. Weißt du noch, wie du mir erzählt hast, dass deine Freundin sich dafür beworben hat und die Stelle nicht bekommen hat, obwohl sie sogar qualifizierter war als du? Das liegt daran, dass es nie für sie bestimmt war. Das Geld war die ganze Zeit für dich.«

Scheiße. Er hat recht. Meine Freundin Tanisha war die Abschiedsrednerin unserer Klasse mit perfekten Bewerbungstestergebnissen, aber sie bekam nicht das Vollstipendium für Middlebury – ich schon. Ich habe sogar Nikolai erzählt, wie seltsam das war. Aber …

»Ich verstehe das nicht. Warum sollte er das tun? Warum sollte er für meine Ausbildung bezahlen, wenn er mich und meine Mutter hasst? Wenn er … geplant hat, uns zu töten?« Ich kann die letzten Worte kaum aussprechen.

Nikolai drückt meine Hand. »Ich weiß es nicht genau, aber ich habe eine Theorie. Ich glaube, deine Mutter hat ihn irgendwann kontaktiert und ihm von dir erzählt. Und ich glaube, sie hat ihn bedroht. Es war wahrscheinlich etwas in der Art von ›wenn du nicht das Geld für die Ausbildung unserer Tochter zur Verfügung stellst, werde ich mit meiner Geschichte an die Öffentlichkeit gehen‹.«

»Du denkst, sie hat ihn erpresst?«

Auf Nikolais Nicken hin sinke ich tiefer in die Kissen und schüttele den Kopf. »Nein. Nein, du liegst falsch. Mom hätte das nicht getan. Sie ist nicht – sie war keine …« Zu meiner

Schande füllen sich meine Augen mit Tränen, und meine Kehle schnürt sich zu, als mich eine Welle erdrückender Trauer unvorbereitet erwischt.

»Kriminelle? Erpresserin?« Nikolais tiefe Stimme ist sanft, während sein Daumen meine Handfläche in beruhigenden Kreisen massiert. Taktvoll wartet er, bis ich mich unter Kontrolle habe, dann sagt er leise: »Du darfst nicht vergessen, *zajchik*, sie war vor allem eine Mutter. Eine alleinerziehende Mutter, die als Kellnerin arbeitete und deren Verdienst nicht einmal einen Bruchteil der exorbitanten Kosten einer College-Ausbildung in diesem Land hätte decken können. Was hättest *du* getan, um die Zukunft deines Kindes zu sichern?«

Ich hätte alles getan, was getan werden müsste – und höchstwahrscheinlich hat Mom das auch.

»Wenn das wahr ist, warum hat er dann gewartet?«, frage ich verzweifelt. Ein kindlicher Teil von mir hofft immer noch, dass das alles ein riesiges Missverständnis ist, dass mein biologischer Vater kein Monster ist. »Warum zahlte er für alle vier Jahre meiner Ausbildung und versuchte dann, uns zu töten? Wenn er das Geld schon ausgegeben hatte …«

»Es ging nicht um das Geld. Er ist reich genug, um für zehn uneheliche Töchter zu bezahlen.« Nikolais Ton wird härter. »Es geht um seine Karriere. Seine Präsidentschaftskandidatur.«

Natürlich. Während einige Politiker von Skandalen profitieren, ist Bransford eine amerikanische Ikone der Mittelklasse, mit einem blitzsauberen Ruf, der einen solchen Schlag nicht überleben würde.

Trotzdem, wenn das alles stimmt, gibt es etwas, was nicht vollständig Sinn ergibt. Ich kann verstehen, dass Mom eine Bedrohung für ihn war, da sie jederzeit mit ihrer Geschichte an die Öffentlichkeit hätte gehen können. Aber warum will er mich töten?

Wie niederträchtig muss man sein, um Attentäter auf sein eigenes Kind anzusetzen? Vor allem, wenn es nichts über dich weiß?

Aber dann verstehe ich es plötzlich.

»Ich bin der wandelnde Beweis für sein Verbrechen, nicht wahr?«, sage ich und blicke Nikolai an. »Ein einziger DNA-Test, und er ist weg vom Fenster. Selbst wenn er versucht, zu behaupten, dass es einvernehmlich war, war Mom zum Zeitpunkt meiner Empfängnis noch minderjährig. Sechzehn Jahre alt im Gegensatz zu seinen über dreißig.«

Nikolai nickt. »Zumindest ist er der Vergewaltigung schuldig. Es ist der seltene Fall, dass nicht sein Wort gegen ihres steht. Egal wie er versucht, es zu drehen, was er getan hat, es ist ein Vergehen.«

»Und er weiß wahrscheinlich nicht, dass Mom mir nie von ihm erzählt hat. In seinem Kopf könnte ich jeden Moment auftauchen und ihn öffentlich als meinen Vater bezichtigen.«

»Ich fürchte ja, *zajchik*.« Er legt den Kopf schief und mustert mich aufmerksam. »Geht es dir gut?«

Ich nicke automatisch, dann schüttele ich den Kopf. »Nein. Nein, es geht mir nicht gut. Ich brauche eine Minute.« Oder zehntausend Minuten. Oder den Rest meines Lebens.

Mein biologischer Vater ist ein Vergewaltiger und ein Mörder, der mich umbringen will.

Ich weiß nicht, wie ich das überhaupt verarbeiten soll.

Mit verständnisvollem Blick drückt Nikolai wieder meine Hand, dann legt er seine Handfläche über meinen Kiefer und beugt sich vor, um mit seinem Daumen über meine Wange zu streichen. »Ich werde dich ausruhen lassen, *zajchik*«, murmelt er, und sein Atem dringt warm und leicht süß an meine Lippen. »Wir reden weiter, wenn es dir besser geht.«

Er überbrückt den kleinen Abstand zwischen uns und küsst mich. Seine Lippen sind sanft auf meinen, zärtlich, doch ich kann den hungrigen Besitzanspruch unter der Zurückhaltung spüren. Sie erschreckt mich fast so sehr wie die instinktive Reaktion meines Körpers.

Ich kann Bransford mit seiner Hilfe entkommen, aber ich werde *ihm* nicht entkommen können.

Dem Teufel kann man nicht entkommen.

5

NIKOLAI

Ich schließe die Tür hinter mir und behalte im Hinterkopf, dass ich in Chloes Zimmer ein paar Kameras installieren werde, so wie ich es in Slavas getan habe. Nicht, weil ich mich gezwungen fühle, sie jeden Moment des Tages zu beobachten – obwohl dieses Bedürfnis definitiv vorhanden ist – sondern weil ich mir Sorgen um sie mache.

Ich hatte mein ganzes Leben lang Zeit, mich mit meinem beschissenen Erbe zu arrangieren, und es gibt immer noch Tage, an denen ich versucht bin, mir selbst die Kehle aufzuschlitzen. Das – oder eine Vasektomie, damit sich der Fehler, den ich in der Nacht mit Ksenia gemacht hatte, nie wiederholen kann. Ich war mir nicht einmal bewusst, dass das Kondom defekt war, aber das muss es gewesen sein.

Das ist die einzige Erklärung für die Existenz meines Sohnes.

Ich hatte vor, in mein Büro zu gehen, aber meine Füße

tragen mich stattdessen in sein Zimmer, angetrieben von demselben Zwang, den ich bei Chloe verspüre.

Daddy hat er mich gerufen, als ich gestern Abend nach Hause kam. Ich war zu sehr von allem, was mit Chloe zu tun hatte, abgelenkt, um es vollständig zu verarbeiten, aber jetzt kann ich nicht anders, als an dieses Wort zu denken und daran, wie sich mein Brustkorb mit einem seltsamen, stechend süßen Schmerz gefüllt hat. Und das alles nur ihretwegen.

Chloe Emmons hatte nicht nur meinen tiefsten, geheimsten Wunsch bezüglich meines Sohnes erkannt, sie hatte ihn mir auch erfüllt.

Leise drücke ich die Tür zu Slavas Schlafzimmer auf und trete ein. Wie immer liegt er auf dem Boden und arbeitet fleißig an seiner Legoburg. Lyudmila sagte mir einmal, dass mein Sohn eine bemerkenswert lange Aufmerksamkeitsspanne für ein Kind hat, das noch nicht fünf Jahre alt ist, und ich nehme an, das muss stimmen. Soweit ich mich an meinen jüngeren Bruder Valery in diesem Alter erinnern kann, rannte er immer herum und brachte sich in Schwierigkeiten. Slava hingegen ist ruhig und konzentriert, viel mehr so, wie Konstantin als Kind war. Ich frage mich, ob Slava auch die Begabung meines älteren Bruders für Mathe und Programmieren geerbt hat. Ich sollte ihn wahrscheinlich in diese Themen einführen und es herausfinden.

Als ich eintrete, fliegen seine Augen – meine Augen in klein – zu meinem Gesicht hoch, und der Blick in ihnen ist zu gleichen Teilen neugierig und wachsam. Meine Brust zieht sich mit dem üblichen Unbehagen zusammen, aber ich ignoriere den Drang, zurückzutreten und mich von dem beunruhigenden Gefühl zu distanzieren. Stattdessen hocke ich mich vor meinen Sohn und schenke seiner Kreation meine volle Aufmerksamkeit, so wie ich es bei Chloe gesehen habe.

»Das ist eine sehr schöne Burg«, sage ich auf Russisch und betrachte die sorgfältig zusammengebauten Bausteine vor mir. Obwohl Slavas Englischkenntnisse sich unter Chloes Anleitung schnell verbessern, ist er weit davon entfernt, die Sprache unserer Wahlheimat fließend zu sprechen. »Hast du lange gebraucht, um sie zu bauen?«

Er blinzelt mich ein paar Momente lang an, bevor ein schüchternes Lächeln auf seinem Gesicht erblüht. »Gefällt sie dir?«

»Ja, das tut sie.« Ich meine es auch so. Die Burg zeigt eine bewundernswerte Symmetrie und Komplexität, vor allem wenn man bedenkt, dass sie von so winzigen Händen zusammengebaut wurde. Selbst wenn sich herausstellt, dass Mathe und Computer nicht Slavas Stärken sind, könnte er eine Zukunft in der Architektur und im Bauwesen haben.

Das heißt, wenn er nicht nach mir und Valery – und jedem anderen Molotow vor uns – kommt.

Meine Stimmung verdüstert sich, aber ich zwinge mich, einen ruhigen, neugierigen Gesichtsausdruck beizubehalten, als ich wieder frage, wie lange er für den Bau der Burg gebraucht hat.

»Ich habe am Morgen daran gebaut, und dann weiter, nachdem ich aus dem Wald zurückkam«, sagt Slava, der sich jetzt sichtlich wohler bei mir fühlt. Er ist immer noch nicht so gesprächig und lebhaft wie bei Chloe, aber ich betrachte das als Fortschritt. Früher hat er auf die meisten meiner Fragen nur mit ein oder zwei Wörtern geantwortet, oder er blieb ganz still.

In den nächsten Minuten zeigt er mir alles von der Burg – es gibt Türme und große Fenster, die denen in unserem Haus ähneln – und dann fragt er schüchtern, wo Chloe ist und warum er sie den ganzen Tag nicht gesehen hat.

»Sie ruht sich aus«, sage ich zu ihm. »Ein Ast hat ihren Arm verletzt, also mussten wir ein paar Ärzte kommen lassen, um ihn zu richten. Es geht ihr jetzt besser, aber sie wird noch ein paar Tage im Bett bleiben, während er verheilt.«

Während ich spreche, werden seine Augen vor Sorge groß. »Chloe ist verletzt?«

»Nur ein kleines bisschen. Es wird ihr bald besser gehen.«

Er sieht immer noch besorgt aus. »Sie wird nicht sterben, wie Mama?«

Es ist, als ob eine Glasscherbe durch meine Brust schneidet. »Nein, Slavochka. Das werde ich nicht zulassen.« Alina hat mir erzählt, dass er sie gelegentlich nach Ksenia fragt, aber das ist das erste Mal, dass ich ihn über seine Mutter sprechen höre – und ich hasse es.

Ich hasse sie dafür, dass sie ihn all die Jahre vor mir versteckt hat, und ich hasse es noch mehr, dass sie bei einem Autounfall ums Leben gekommen ist und ihn bei ihrer abscheulichen Familie zurückgelassen hat.

Bei meinen Worten hellt sich Slavas Gesichtsausdruck auf. »Kann Chloe für immer bei uns bleiben?«

Das ist eine Frage, die ich gerne beantworte. »Ja.« Ich schaue meinem Sohn in die Augen. »Sie kann, und sie wird.«

Keine Macht der Welt ist mächtig genug, um mir Chloe wegzunehmen, jetzt, wo ich sie zurückhabe. Ich werde alles tun, was nötig ist, um sie zu behalten – sowohl für Slava als auch für mich selbst.

Sie schläft schon, als ich auf dem Weg in mein Büro bei ihrem Zimmer vorbeikomme, also lasse ich sie sich ausruhen. Das ist es, was sie jetzt braucht. Ihre körperlichen Verletzungen werden in ein paar Wochen heilen, aber die emotionalen Wunden sind eine andere Sache. Ich hatte erwogen, ihr nicht zu sagen, was Konstantin über Bransford und seine Beziehung zu ihrer Mutter aufgedeckt hatte, aber ich entschied, dass es wichtig ist, dass sie es weiß – dass sie das volle Ausmaß der Gefahr versteht, in der sie schwebt.

Ich habe ihr aber nicht alles erzählt, wie z. B. die Tatsache, dass sich ihre Mutter im Teenageralter die Pulsadern aufgeschnitten hat, *nachdem* sie erfahren hatte, dass sie schwanger war. Oder dass sie nach dem erfolglosen Selbstmordversuch zweimal eine Abtreibungsklinik aufsuchte, nur um beide Male in letzter Minute zu kneifen. Nichts davon ist wichtig. Was zählt, ist, dass Marianna nach Chloes Geburt in der Lage war, ihr Trauma zu überwinden und die fürsorgliche Mutter zu werden, die Chloe gekannt und geliebt hat.

Das Erste, was ich mache, als ich in mein Büro komme, ist, Pavel anzurufen und ihm zu sagen, dass er hochkommen soll. Das Zweite ist ein Videocall mit Valery.

»Du musst ein Dutzend deiner besten Männer herschicken«, sage ich zu meinem jüngeren Bruder anstelle einer Begrüßung. »Ich brauche sie sofort.«

»Bin dabei«, sagt Valery, so kühl und emotionslos wie immer. Konstantin muss ihn bereits über meine Situation informiert haben. »Sonst noch etwas? Waffen? Sprengstoff?«

»Ja. Alles.« Ich habe bereits einen großen Vorrat hier auf dem Gelände, aber mehr kann nicht schaden. »Schick auch ein paar Medikamente rüber.«

»Kein Problem.«

Er legt gerade auf, als es an meiner Tür klopft.

Ich gehe zu ihr, um Pavel zu öffnen.

Die metallischen Augen meiner rechten Hand blinzeln nicht. »Krieg?«

»Krieg«, bestätige ich grimmig.

Ich warte nicht darauf, dass Bransford noch mehr Attentäter zu Chloe schickt.

Jetzt, wo wir wissen, wer ihr Feind ist, nehmen wir den Kampf mit ihm auf.

6

CHLOE

Meine Augen springen auf, als ich mit einem Keuchen aufwache. Mein Herz rast, und mein Krankenhauskittel ist schweißgetränkt. Nur die pochenden Schmerzen in meinem Arm und meinem ganzen Körper halten mich davon ab, mich reflexartig aufzusetzen. Stattdessen zwinge ich mich dazu, stillzuliegen und den atemberaubenden Blick auf die Sonne zu genießen, die hinter den fernen Berggipfeln außerhalb meines bodentiefen Fensters untergeht.

Langsam beginne ich, mich zu beruhigen.

Ein Alptraum.

Es war nur ein weiterer Alptraum.

Im Gegensatz zu den lebhaften Träumen im Stil eines Horrorfilms, die mich seit Moms Tod quälen, war dieser Traum eher ein Durcheinander von Bildern und Eindrücken. Das Zischen einer Kugel, die an meinem Ohr vorbeifliegt, Äste, die mich im Gesicht treffen, als ich vor einer bestialischen Kreatur durch den Wald renne, ein schweres Gewicht, das mich zu

Boden wirft – man muss kein Psychologe sein, um zu wissen, dass mein Verstand die Begegnung mit den Attentätern noch einmal durchgespielt hat, um den anhaltenden Schrecken zu verarbeiten.

Ein leises Klopfen lenkt mich von der herrlichen Aussicht ab. Bevor ich etwas sagen kann, schwingt die Tür auf, und Nikolai tritt ein. Ein warmes Lächeln umspielt seine sinnlichen Lippen, als er mich wach sieht.

Mein Herzschlag beschleunigt sich wieder, aber mit einer Emotion, die viel komplexer ist als Angst. Er hat sich schon wieder umgezogen, dieses Mal trägt er einen der perfekt geschneiderten Anzüge, die er beim Abendessen bevorzugt. Ein enganliegendes weißes Hemd und eine schmale schwarze Krawatte vervollständigen das formelle Outfit und betonen seine männliche Schönheit auf eine Art und Weise, die eigentlich illegal sein sollte – nicht, dass er sich um etwas so Triviales wie Legalität kümmern würde.

Nach dem, was ich ihn heute von ihm gesehen habe, ist mein Entführer nicht gerade ein Freund der Rechtsstaatlichkeit.

Zumindest vermute ich, dass er mein Entführer ist. *Dieses* Gespräch müssen wir auch noch führen.

»Wie geht es dir?«, fragt er leise und bleibt neben meinem Bett stehen. Bevor ich antworten kann, tastet er meine Stirn mit dem Handrücken ab und zieht stirnrunzelnd ein Thermometer aus der Innentasche seiner Jacke.

Hm. Ich glaube, ich fühle mich ein bisschen fiebrig.

»Öffnen«, befiehlt er und bringt das Thermometer an meine Lippen. Ich gehorche und fühle mich unangenehm wie ein Kind, als er es mir in den Mund steckt und mir befiehlt, es zu halten. Ein paar Sekunden später piept das

Thermometer, und er blickt auf den kleinen Bildschirm an der Seite.

»Achtunddreißig«, sagt er und sieht erleichtert aus, als er das Gerät wieder in seiner Tasche verstaut und sich auf die Bettkante setzt. »Der Arzt hat mich gewarnt, dass du leichtes Fieber bekommen könntest, bevor die Antibiotika wirken.«

»Wirklich? Ist das normal? Ich bin noch nie angeschossen worden.«

Seine weißen Zähne werden in einem umwerfenden Grinsen freigelegt. »Das ist es – ich weiß es aus eigener Erfahrung.«

Mein widerspenstiges Herz nimmt wieder Fahrt auf, und meine Haut erwärmt sich auf eine Weise, die nichts mit dem leichten Fieber zu tun hat. »Großartig. Ich schätze, wir haben jetzt alle unsere Kriegsgeschichten.«

»Ich schätze, das tun wir.« Sein Lächeln verblasst. »Wie geht es dir, abgesehen von dem Fieber?«

»Als hätte mich jemand als Tennisball in einem Match mit Serena Williams benutzt«, sage ich, ohne nachzudenken, nur um es zu bereuen, als sich seine Miene verfinstert und sein Kiefer sich gefährlich anspannt.

»Diese Scheißkerle. Wenn ich nur früher gekommen wäre …« Seine Finger krümmen sich bedrohlich auf seinem Oberschenkel.

»Nein, nicht.« Instinktiv greife ich hinüber, um seine Hand mit meiner zu bedecken. »Wenn du nicht gewesen wärst, hätte ich nicht …« Ich schlucke, als unzusammenhängende Bilder des Alptraums in meinem Kopf aufsteigen. »Ich hätte das nicht überlebt.«

Und das ist hundertprozentig die Wahrheit. Ich hatte noch keine Gelegenheit, wirklich darüber nachzudenken, aber wenn er nicht hinter mir her gewesen wäre, wenn er nicht seine unheimlichen *Ressourcen* genutzt hätte, um mich so schnell aufzuspüren, wie er es tat, wäre ich bereits zwei Meter unter der Erde, nachdem ich zuerst eine brutale Vergewaltigung durchlitten hätte.

Nikolai hat mich gerettet.

So schrecklich seine Methoden auch waren, er hat mir das Leben gerettet.

Sein Blick fällt für eine Sekunde auf meine Hand, und sein Ausdruck verändert sich erneut. Die Bedrohung in seinen Tigeraugen weicht einer dunklen Hitze, die sich unendlich viel gefährlicher anfühlt. »Zajchik …« Seine Stimme wird weicher, tiefer. »Ich …«

»Also danke«, platzt es aus mir heraus, und ich ziehe meine Hand zurück. Retter oder nicht, ich kann nicht zulassen, dass ich wieder in seinen Bann gerate, kann nicht zulassen, dass ich vergesse, was er ist und was er getan hat. »Es tut mir leid, dass ich es nicht schon früher gesagt habe, aber ich bin wirklich sehr dankbar. Ich weiß, dass ich dir mein Leben verdanke und mehr. Du musstest mir nicht folgen, aber du hast es getan, und ich weiß das sehr zu schätzen. Wenn du nicht da gewesen wärst, wäre ich …«

Er drückt zwei Finger an meine Lippen und stoppt mein Gestammel. »Du brauchst mir nicht zu danken.« Er lehnt sich über mich, stützt eine Handfläche auf das Kissen neben mir und streicht mit der anderen über meine Wange. Sein Blick ist düster, und sein Ton ernst. »Ich werde dich immer beschützen, *zajchik*. Immer.«

Ich blicke zu ihm hoch, und meine Brust bläht sich mit einer widersprüchlichen Mischung aus Gefühlen auf. Erleichterung und Sorge, Dankbarkeit und Angst, Freude und Schmerz – es ist, als hätte ich ein Pendel in mir, das zwischen den beiden Extremen hin und her schwingt, den beiden Versionen von Nikolai, die in meinem Kopf existieren.

Die vor Alinas Geschichte und die danach.

Der fürsorgliche Liebhaber und der brutale Killer.

Welcher von ihnen ist echt?

Mühsam halte ich meine wirbelnden Gedanken im Zaum und blinzele, um die hypnotische Anziehungskraft dieses goldenen Blicks zu brechen. Das Wichtigste ist jetzt, herauszufinden, wo wir stehen.

»Du musst mich nicht beschützen«, sage ich und verleihe meinem Tonfall eine Zuversicht, die ich nicht annähernd verspüre. »Moms Mörder sind tot, und selbst wenn Bransford andere schickt, gibt es keine Garantie, dass sie mich finden werden. Ich kann einfach das Land verlassen, verschwinden und …«

»Nein.« Das Wort ist mit harter Endgültigkeit gefüllt, als er sich aufrichtet und seine Hand zurückzieht. Sein schönes Gesicht ist hart und kompromisslos. »Du gehst nirgendwohin.«

»Aber du bist mit mir hier in Gefahr. Deine Familie ist in Gefahr.«

Ich habe dieses Argument schon einmal vorgebracht, und es ist heute noch genauso unwirksam wie damals. Nikolais Gesichtsausdruck verhärtet sich noch mehr, und eine wilde Intensität tritt in seinen Blick. »Du wirst nicht gehen. Die Wachen werden dich aufhalten, wenn du es versuchst.«

Dann stimmt es also. Ich habe seine Weigerung, mich aus dem Auto zu lassen, nicht falsch interpretiert. Ich *bin* seine Gefangene.

Dieses Wissen erfüllt mich zu gleichen Teilen mit Angst und Erleichterung. Jetzt ist es raus – wir sind fertig damit, uns zu verstellen. Natürlich wird er mich nicht gehen lassen. Ich kenne das schreckliche Geheimnis seiner Familie. Ich habe ihn mit meinen eigenen Augen töten sehen. Die Verbrechen, die er begangen hat, würden einen normalen Mann auf den elektrischen Stuhl bringen, aber Nikolai Molotow ist zu reich, zu mächtig – und vor allem zu skrupellos, um jemals für seine Taten bezahlen zu müssen.

Was auch immer seine Absichten mir gegenüber vor Alinas Enthüllungen waren, jetzt kann er nur noch eines tun.

Mich festhalten. Mich dort festhalten, wo ich niemals preisgeben kann, was ich weiß.

Zumindest hoffe ich, dass das die einzige Möglichkeit ist, die er in Betracht zieht. Denn es gibt einen viel effizienteren Weg, mein Schweigen zu gewährleisten, den, den mein biologischer Vater anscheinend gewählt hat.

Aber nein. Es mag naiv von mir sein, aber ich kann mich nicht dazu durchringen, zu glauben, dass Nikolai mich töten würde. Nicht mit der starken, emotional geladenen Verbindung, die zwischen uns brodelt. Nicht, wenn er sich so viel Mühe gegeben hat, mein Leben zu retten.

Und genau das ist es, merke ich, während ich auf sein unnachgiebiges Gesicht starre. Deshalb ist es auf eine verdrehte Weise eine Erleichterung zu wissen, dass ich nicht gehen kann. Ich sollte gehen wollen. Ich sollte so weit wie möglich von diesem gefährlichen Mann und seiner scheinbaren Besessenheit von mir weglaufen wollen. Aber das will ich nicht. Nicht tief im Inneren, wo es von Bedeutung ist – und das nicht nur wegen meiner dummen Verliebtheit in ihn.

Die Wahrheit ist, dass ich nicht mutig und stark bin. Das habe ich heute gelernt, als ich dem Tod von Angesicht zu Angesicht gegenüberstand, als ich spürte, wie die Kugel durch mein Fleisch riss und in die ausdruckslosen Augen des Attentäters blickte. Ich war schon früher dem Tod nahe gewesen – als ich mich in Moms Kleiderschrank versteckt hatte, nachdem ich ihre Leiche gefunden hatte, in der Nacht, in der ich durch kratzende Geräusche an der Tür meines Airbnb aufgewacht war, als die Attentäter mich ein paar Male fast mit ihrem Auto überfahren hatten und als sie in Boise auf mich geschossen hatten – aber ich hatte noch nie eine so anhaltende, ekelerregende Angst verspürt wie diesmal, als ich mit meinem klapprigen Toyota auf dieser schlaglochübersäten Schotterstraße fuhr und die Kugeln an meinen Ohren vorbeiheulten.

Ich will nicht sterben. Ich bin noch lange nicht bereit, zu sterben – und ich weiß, dass Nikolai, so skrupellos er auch sein mag, mir nicht den Tod wünscht. Ganz im Gegenteil.

Er verspricht, mich zu beschützen.

Mich gefangen zu halten und mich zu beschützen.

Ich schlucke, um meine trockene Kehle zu befeuchten. »Darf ich bitte einen Schluck Wasser haben? Ich habe Durst.«

Der grimmige Ausdruck auf Nikolais Gesicht lässt nach. »Natürlich, *zajchik*. Und du musst auch Hunger haben. Ich bringe dir gleich das Essen.« Er beugt sich über mich, drapiert die Kissen zu einem Hügel und lehnt mich sanft dagegen.

Mein Atem stockt bei seiner Nähe, auch wenn mein Arm bei der Bewegung härter pocht und ich froh bin, dass ich das nicht allein versucht habe.

Ich muss trotzdem das Gesicht verzerrt haben, denn er streicht mir die Haare aus der Stirn und sieht mich besorgt an. »Willst du eine Schmerztablette?«, fragt er, aber ich schüttele den Kopf, als er mir einen Becher Wasser mit Strohhalm an die Lippen hält.

Der Schmerz ist nicht unerträglich, und ich will erst einmal einen klaren Kopf behalten.

Ich trinke den ganzen Becher aus, und als ich fertig bin, wird mir ein anderes dringendes Bedürfnis bewusst. »Ähm …« Mein Gesicht brennt, als ich mich zwinge, mich aufzusetzen und den Schmerz ignoriere, der die Bewegung begleitet. »Ich brauche eigentlich …«

»Das Badezimmer? Natürlich.« Er hebt mich hoch und trägt mich in das angrenzende Badezimmer, wo er mich vorsichtig vor der Toilette auf die Füße stellt. »Brauchst du hier Hilfe?«

»Nein, danke.« Ich hätte auch allein hierherlaufen können – oder zumindest humpeln –, aber es ist wohl das Beste, wenn ich meinen verletzten Knöchel ausruhe. Außerdem genießt ein schwacher, bedürftiger Teil von mir seine zärtliche Fürsorge, schwelgt in seiner Nähe, seiner Stärke, seiner offensichtlichen Sorge um mich.

Er kann kein kompletter Psychopath sein, wenn er sich so um mich kümmert, oder?

»In Ordnung«, sagt er, obwohl sein Blick immer noch von Sorge erfüllt ist. »Schließ die Tür nicht ab und ruf mich, wenn du etwas brauchst, okay?«

Auf mein gemurmeltes Einverständnis hin drückt er mir einen leichten Kuss auf die Stirn, geht hinaus und schließt die Tür hinter sich.

Ich erledige mein Geschäft so schnell ich kann – was gar nicht so schnell ist, da ich nur einen Arm benutzen kann – und humpele dann zum Waschbecken, um mir die Hände zu waschen. Mein Spiegelbild lässt mich zusammenzucken. Ich kann nicht glauben, dass Nikolai mich vorhin küssen wollte. Ich sehe völlig mitgenommen aus, vollkommen zerkratzt und zerschrammt, mein Haar schlaff und verfilzt. Und ... ist das ein *Zweig* an meinem Ohr?

Ich schaue auf die Duschkabine, dann auf die Schlinge, die meinen rechten Arm an meiner Seite festhält. Könnte ich es schaffen, zu duschen? Vielleicht nicht komplett mit Haarewaschen, aber zumindest ein schnelles Abspülen ...

Ein Klopfen an der Tür beendet meine Grübeleien. »Zajchik, bist du fertig? Darf ich reinkommen?«

»Ja, okay.« Ich versuche, nicht vor Verlegenheit zusammenzuzucken, als er sich mir nähert, ganz sauber, elegant gekleidet und umwerfend gutaussehend. Im Vergleich dazu bin ich in einem Krankenhauskittel, den ich während des Alptraums durchgeschwitzt habe, und sehe aus – und rieche wahrscheinlich auch so – als hätte ich seit Wochen nicht mehr geduscht.

Ich muss wieder sehnsüchtig zur Dusche schauen, denn Nikolai fragt: »Möchtest du ein Bad nehmen?«

Ein Bad? Das klingt sogar noch himmlischer als eine Dusche. Allein der Gedanke, meine blauen Flecken und schmerzenden Muskeln in heißes Wasser zu tauchen, lässt mich beinahe laut aufstöhnen.

Nikolai liest die Antwort in meinem Gesicht. »Ich bereite es für dich vor, während du isst«, sagt er lächelnd und hebt mich hoch, um mich zurück zum Bett zu tragen, wo bereits ein Tablett mit abgedecktem Geschirr auf dem Nachttisch steht.

Vorsichtig setzt er mich auf der Matratze ab, lehnt mich wieder gegen den Kissenhügel und deckt einen der Teller auf. Ein reichhaltiges, herzhaftes Aroma erfüllt den Raum und lässt mir das Wasser im Mund zusammenlaufen. Es sind Knoblauchkartoffeln nach russischer Art mit Champignons, mit denen ich mich am liebsten jeden Tag vollstopfen würde, wenn ich könnte.

Während ich vor Vorfreude sabbere, deckt er die restlichen Angebote auf dem Tablett auf, darunter einen griechischen Salat mit prallen schwarzen Oliven, eine Platte mit gebratener Ente und pochierten Birnen sowie gebutterte Baguettescheiben mit schwarzem Kaviar.

Es ist ganz eindeutig: Pavel ist zurück in der Küche. Die Kochkünste seiner Frau sind bei weitem nicht so ausgefallen und gut.

Was mich erstaunt, ist, dass Nikolai es geschafft hat, alles zusammenzusuchen und hier hochzubringen, während ich im Bad war. Er muss die Treppe hinunter und zurück geflogen sein, wie Superman.

»Pavel hat das hochgebracht«, sagt er und greift wieder einmal meine Gedanken auf. Es ist unheimlich, wie er das macht – wie er das schon immer gemacht hat. Von dem Moment an, als wir uns trafen, hatte ich das beunruhigende Gefühl, dass er direkt in mein Gehirn sehen kann und meine privatesten Ängste und Sehnsüchte wahrnimmt.

Es ist, als ob wir wirklich durch diese Schicksalsfäden verbunden sind, von denen er gesprochen hat, verbunden auf einer Ebene, die viel tiefer ist, als es die kurze Dauer unserer Beziehung erlauben sollte.

Aber nein. Das kaufe ich ihm nicht ab – vor allem jetzt nicht, wo ich weiß, was für ein Mann er ist. Es ist schon schlimm genug, dass ich die sexuelle Chemie, die zwischen uns wie ein Lauffeuer brennt, nicht löschen und auch nicht die Gefühle unterdrücken kann, die ich für ihn entwickelt hatte, bevor ich die Wahrheit erfuhr. Zu glauben, dass wir irgendwie füreinander bestimmt sind, dass dies etwas Dauerhaftes und Echtes sein kann, wäre mehr als dumm.

So etwas wie Schicksal gibt es nicht, und selbst wenn es so wäre, kann es nicht mein Schicksal sein, ein Monster zu lieben.

»Hier, *zajchik*«, sagt das besagte Monster, stellt einen Teller mit einer Auswahl von allem auf meinen Schoß und reicht mir eine Gabel. Sein wunderschöner Mund verzieht sich zu einem warmen Lächeln. »Fang an, zu essen, während ich dir ein Bad einlasse.«

Meine Brust zieht sich zusammen, als er sanft mit seinen Fingern über mein Ohr streicht, den Zweig herauszieht, den ich vorhin bemerkt hatte, und aus dem Zimmer geht – vermutlich, um mir ein Bad in seinem Badezimmer einzulassen, wo es eine riesige Wanne gibt. Wir haben dort gestern Abend ein Schaumbad genommen, nachdem er mich mit dem heißesten und intensivsten Sex meines Lebens erschöpft hatte.

Eine Welle sengender Hitze durchfährt mich bei der Erinnerung und verstärkt die schmerzende Enge in meiner Brust. Ich schließe die Augen, will das Gefühl unterdrücken, aber es ist vergeblich.

Die Erregung, die meinen Körper elektrisiert, ist nichts im Vergleich zu dem verzweifelten Verlangen in meinem Herzen.

Als Nikolai ein paar Minuten später zurückkommt, habe ich mich unter Kontrolle und arbeite daran, das Essen auf meinem Teller zu verschlingen. Es ist ein wenig unangenehm, mit der linken Hand zu essen, aber ich bin so hungrig, dass ich mit den Füßen essen würde, wenn ich müsste.

»Hier, *zajchik*, lass mich dir helfen«, sagt Nikolai und nimmt mir die Gabel ab, nachdem mir ein Stück Pilz auf die Brust gefallen ist. Er ignoriert meine Einwände und füttert mich, als wäre ich ein ungeschicktes Kleinkind – was ich, ehrlich gesagt, im Moment auch sein könnte –, und als ich so vollgestopft bin, dass ich keinen weiteren Bissen mehr schlucken kann, tupft er meine Lippen mit einer Serviette ab, trägt das Tablett weg und kommt ein paar Minuten später zurück, um mir zu sagen, dass das Bad fertig ist.

Zu meiner Überraschung kommt Lyudmila hinter ihm mit einem vorsichtig neutralen Gesicht in mein Zimmer, während Nikolai mich aufhebt und an ihr vorbei nach draußen trägt. »Sie wird die Bettwäsche wechseln, während du badest«, erklärt er und geht mit langen, leichten Schritten den Flur entlang, als ob mein Gewicht in seinen Armen nichts wäre.

Er ist stark, mein Entführer.

So stark, dass ich viel mehr Angst haben sollte als ich habe.

Er stößt die Tür zu seinem Schlafzimmer mit dem Rücken auf und trägt mich an dem Kingsize-Bett vorbei, in dem er mich letzte Nacht so oft genommen hat. Zumindest ein Teil des Schmerzes in meinem Körper muss davon kommen, stelle ich mit einem Erröten fest. Nikolai war unersättlich, und ich auch.

Ich habe aufgehört zu zählen, wie viele Orgasmen er mir geschenkt hat.

Die Erinnerungen spielen sich immer noch in meinem Kopf ab, als er mich vor der Wanne auf die Füße stellt und nach der Schleife meines Krankenhauskittels greift. Diese Erinnerungen müssen der Grund sein, warum ich wie ein gehorsames Kind dastehe, mir von ihm den Kittel abnehmen lasse und meinen Körper seinem Blick aussetze – und warum ich keinen einzigen Einwand erhebe, als er mich wieder hochhebt und mich in das heiße, sprudelnde Wasser legt, wobei er darauf achtet, meinen bandagierten Arm über den Wannenrand zu legen, damit er nicht nass wird.

Ich kann die Anspannung in ihm spüren, als seine Hände über meine nackte Haut streichen, dieselbe Spannung, die sich in mir zusammenzieht, meine Haut brennen und meinen Puls in meinen Ohren donnern lässt.

Mörder. Foltermeister. Monster. Die verdammenden Worte schweben durch meinen Kopf, aber sie tun nichts, um das Feuer zu kühlen, das in meinem Blut wütet. Nachdem ich das verheerende, süchtig machende Vergnügen seines Verlangens erlebt habe, sehnt sich mein Körper nach mehr, braucht mehr. Es ist ihm egal, dass die Hände, die den seifigen Schwamm über meine Brust und Schultern führen, vor wenigen Stunden zwei Leben genommen haben, dass ich nicht seine Geliebte, sondern seine Gefangene bin.

»Tauch ein bisschen tiefer ein«, murmelt er mit leiser und sinnlicher Stimme. Ich gehorche gedankenlos und genieße das Gefühl seiner starken Finger auf meinem Schädel, während er meinen Hinterkopf massiert und mein Gesicht über dem Wasser hält, während er mein Haar durchnässt.

Ich muss immer noch unter dem Einfluss des Medikaments stehe, das für die Anästhesie verwendet wurden, denn das hier fühlt sich nicht ganz real an, besonders dann nicht, als ich meine Augen schließe, um sie vor verirrten Wassertropfen zu schützen. Es ist, als ob ich mich in einem Traum befinde, in dem nichts anderes zählt als das warme Vergnügen seiner Berührung und der beruhigende Trost seiner Zärtlichkeit. Alles daran sollte sich falsch anfühlen, abstoßend, aber stattdessen fühle ich mich wie ein verwöhntes Haustier, als er meinen Kopf aus dem Wasser hebt und das Shampoo auf meine nassen Strähnen aufträgt, es aufschäumt und in den Ansatz einmassiert, wo seine Finger genau den richtigen Druck ausüben und seine kurzen Fingernägel sanft über mein Haupt kratzen.

Es ist die beste Kopfmassage, die ich je bekommen habe, und ich kann nicht anders, als mir mehr davon zu wünschen, als er nach ein paar Minuten mein Haar für ausreichend eingeschäumt hält und meinen Kopf zurück ins Wasser führt.

Zum Glück ist es noch nicht vorbei. Als Nächstes trägt er Spülung auf mein Haar auf und reibt auch sie ein. Ich möchte ihm sagen, dass das falsch ist, aber ich genieße es zu sehr, um mich darum zu kümmern, dass meine Haare morgen flach liegen und schneller fettig werden. Letzteres könnte sogar ein Vorteil sein, wenn es ihn anspornt, dies bald zu wiederholen.

»Tauch deinen Kopf wieder ein«, befiehlt er heiser, und ich gehorche, während er mit seinen Fingern durch meine Strähnen fährt, die Spülung ausspült und die Haare dabei entwirrt.

Er macht das gut, so gut, dass er entweder ein Naturtalent ist oder Übung darin hat.

Ein scharfer Stich der Eifersucht überrascht mich. Ich öffne meine Augen, und die warme Müdigkeit, die mich umgibt, verblasst, während ich ihn mit meinem Kopf immer noch halb im Wasser anschaue.

Mit wie vielen Frauen hat er das schon gemacht?

Wie viele haben dieses knochenerweichende Vergnügen kennengelernt?

»Was ist los, *zajchik*?« Seine dunklen Augenbrauen ziehen sich zusammen, während er mir hilft, mich aufzusetzen. »Habe ich dir wehgetan?«

»Nein.« Ich weiß, ich sollte nichts sagen, aber ich kann nicht anders. »Du hast das schon für viele Frauen gemacht, oder?«

Er sieht eine Sekunde lang überrascht aus. Dann breitet sich ein verruchtes, sinnliches Lächeln auf seinem Gesicht aus. »Nicht vielen, nein. Tatsächlich bist du die einzige.«

»Oh.« Jetzt fühle ich mich wie ein Idiot. »Ach so. Ich habe nur ...«

Ich will gerade meine Augen schließen und zurück ins Wasser gleiten, um meine Beschämung zu verbergen, als er mein Kinn sanft ergreift und mich zwingt, seinem Blick zu begegnen.

»Aber selbst wenn das nicht der Fall wäre«, sagt er leise, »jede andere Frau ist Vergangenheit. Du bist ab jetzt die einzige für mich. Vergiss nicht, *zajchik*.« Er beugt sich so nah zu mir, dass ich die waldgrünen Flecken im satten Bernstein seiner Iris sehen kann, »ich bin jetzt auch der Einzige für dich. Kein anderer Mann wird dich jemals berühren. Du gehörst genauso zu mir wie ich zu dir.«

Ich starre in diese hypnotischen Augen, fasziniert und erschrocken von der besitzergreifenden Intensität in ihnen. Er meint es ernst, das kann ich sehen. Aus welchem Grund auch immer, er hat entschieden, dass wir zusammengehören, und es gibt nichts, was ich sagen oder tun kann, um diese Überzeugung zu ändern – eine Überzeugung, die selbst dann gefährlich wäre, wenn der Mann nicht die Verkörperung von Dunkelheit wäre.

Es ist, als ob er von mir besessen ist ... und das auf eine nicht völlig gesunde Art und Weise.

Er begegnet meinem Blick noch einige Sekunden länger, dann beugt er sich vor und drückt mir einen Kuss auf die Stirn. Die Geste sollte sich zärtlich anfühlen, sogar väterlich, aber stattdessen ist es ein Abdruck, ein Brandzeichen. Seine Lippen verweilen ein paar Sekunden zu lange auf meiner Haut, sein

Griff um mein Kinn wird fester, um mich an Ort und Stelle zu halten. *Du gehörst mir*, sagt dieser Kuss. Als er sich schließlich zurückzieht, wiederholt sich dieselbe Botschaft in seinen Augen und in seiner Berührung. Er nimmt den Schwamm und wäscht mich weiter, wobei seine Hände mit einer platonischen Zurückhaltung über meinen Körper wandern, die nur den Hunger betont, den er so sorgfältig im Zaum hält.

Er denkt, dass dieser Hunger gefährlich ist, wird mir klar. Zu gefährlich, um ihm nachzugeben, während ich schwach und verletzt bin.

Mühsam schiebe ich den Gedanken beiseite und schließe die Augen, um einfach den Moment zu genießen. Morgen werde ich mir Gedanken über die Zukunft machen, und darüber, was Nikolais Besessenheit von mir bedeutet – was der Preis für seine Fürsorge und seinen Schutz sein könnte. Heute Abend werde ich einfach in der Tatsache schwelgen, dass ich sein wertvollster Besitz bin.

Dass ich in den Armen des Teufels so sicher bin, wie man nur sein kann.

7

NIKOLAI

Es ist zwei Uhr nachts, und ich bin immer noch hellwach und starre an die dunkle Decke über meinem Bett. Zum Teil liegt es daran, dass mein Körper immer noch auf Duschanbe-Zeit eingestellt ist, aber hauptsächlich bin ich einfach zu aufgedreht. Meine Gedanken pendeln zwischen meinen Plänen für Bransford und den adrenalingeladenen Erinnerungen an gestern hin und her. Letztere sind besonders aufdringlich und füllen meine Brust mit allen möglichen heftigen Emotionen.

Chloe ist vor mir weggelaufen. Ich hätte sie fast verloren. Noch ein paar Minuten länger und …

Scheiße. Das reicht.

Ich springe aus dem Bett und gehe zum Schrank, um meine Laufshorts anzuziehen. Ich war heute Abend schon laufen. Sobald ich Chloe gebadet und ins Bett gebracht hatte, zog ich meine Turnschuhe an und machte mich auf den Weg. Aber ich brauche noch einen Lauf. Das – oder ein schönes, hartes

Sparring mit Pavel oder den Wächtern. Oder noch besser einen Lauf *und* ein Sparring, denn ich muss auch ernsthafte sexuelle Frustration abarbeiten.

Chloes nassen, nackten Körper zu berühren, ohne sie zu ficken, erforderte meine ganze Willenskraft und noch einiges mehr.

Bevor ich den Raum verlasse, rufe ich eine Videoübertragung von Chloe auf meinem Handy auf. Ich ließ Pavel eine kleine Kamera auf dem Fernseher über ihrem Bett installieren, während ich sie badete, damit ich sie im Auge behalten kann, ohne in ihr Schlafzimmer zu kommen und ihren Schlaf zu stören.

Wie erwartet zeigt mein Handy-Display, wie sie sich in der Dunkelheit unter der Decke versteckt und nur das Geräusch ihres gleichmäßigen Atems die Stille erfüllt. Im Gegensatz zu mir schläft sie friedlich, und das freut mich. Sie braucht viel Ruhe, um sich zu erholen – deshalb muss ich die Finger von ihr lassen, egal wie sehr es mich umbringt.

Ich bin stärker als die wilde Bestie in mir.

Zumindest hoffe ich das.

Ich lasse das Telefon in meinem Zimmer, gehe die Treppe hinunter, und meine Brust weitet sich, als ich nach draußen trete. Die Nacht ist dunkel und kühl, die Bergluft klar und rein.

Ich mache mich auf den Weg in den Wald. Ich laufe wie immer den Berg hinunter und in den Wald hinein. Aber dieses Mal gehe ich nicht ins Haus zurück, nachdem ich den Großteil meiner unruhigen Energie abgearbeitet habe, sondern gehe zur Nordseite des Geländes, zum Bunker der Wachen.

Ich bin nicht überrascht, Pavel dort mit Arkash und Burev an einem Lagerfeuer kartenspielend anzutreffen. Wie ich muss er zu angespannt sein, um schlafen zu können, selbst mit Lyudmila an seiner Seite.

Als er mich sieht, springt er auf, und die anderen auch. »Alles gut«, sage ich und gebe ihnen ein Zeichen, sich zu entspannen. »Ich brauche nur ein Workout, das ist alles.«

»Das sollst du haben«, sagt Pavel, dessen Augen vor Eifer glänzen. »Messer oder nicht?«

»Natürlich Messer.«

Die Wachen stellen die Waffen zur Verfügung, und für die nächsten vierzig Minuten ist mein Kopf glücklicherweise frei von allem, außer dem primitiven Ziel, zu überleben und zu vermeiden, von Pavels rücksichtslos geschwungener Klinge in Stücke geschnitten zu werden. Zweimal werde ich fast ausgeweidet, dreimal wird mir beinahe die Halsschlagader durchgeschnitten. Pavel macht keine halben Sachen, und als ich endlich die scharfe Kante meiner Klinge an seinem Hals habe, sind wir beide mit brennenden Kerben und Schnitten übersät.

Keuchend trete ich zurück und gebe das Messer an Arkash zurück, der mir gratulierend auf die Schulter klopft. Keiner der Wächter ist gut genug, um mit einem Messer gegen Pavel anzutreten und zu gewinnen, aber andererseits wurde auch keiner von ihnen von ihm trainiert, seit sie so alt waren wie mein Sohn.

Pavel und ich gehen zusammen zurück zum Haus und überlassen sie ihren Pflichten. Zuerst sind wir beide zu kaputt, um viel zu reden – der Kampf war so kräftezehrend, wie ich gehofft hatte – aber als das Haus in Sichtweite kommt, sagt Pavel leise: »Du solltest ihr wirklich verzeihen, weißt du.«

Ich schaue ihn überrascht an. »Chloe? Das habe ich schon.« So sehr es mich auch ärgert, dass sie weggelaufen ist, ich verstehe, warum sie es getan hat. Was meine Schwester ihr erzählte, hätte jeden erschreckt, nicht nur eine verletzliche junge Frau, die schon das Schlimmste der Menschheit gesehen hatte.

»Nein. Alina.« Pavel wirft mir einen Blick von der Seite zu. »Sie ist aufgewühlt. Lyudmila hat sie beim Weinen erwischt.«

Scheiße. Ich hätte wissen sollen, dass er in dieser Sache auf der Seite meiner Schwester stehen würde. »Sie sollte aufgewühlt sein. Sie hat es versaut, aber so richtig.« Meine Worte klingen härter, als ich beabsichtigt habe. Ich habe versucht, nicht auf Alinas Rolle in all dem einzugehen, aber Tatsache ist, dass Chloe fast *gestorben ist*.

Ich weiß nicht, ob ich Alina das jemals verzeihen kann.

»Sie weiß, dass sie es versaut hat«, sagt Pavel ruhig. »Aber sie ist immer noch deine Schwester.«

»Und Blut ist dicker als Wasser, richtig?«

Er ignoriert meinen Sarkasmus. »Es ist nicht gut für sie, wenn sie so aufgeregt ist. Die Kopfschmerzen …«

»Ich weiß alles über ihre verdammten Kopfschmerzen.« Ich nehme einen beruhigenden Atemzug. »Schau, ich schicke sie nicht weg oder bestrafe sie in irgendeiner Weise. Wir werden ihren Geburtstag am Freitag trotzdem wie geplant feiern. Aber du kannst nicht von mir erwarten, dass ich einfach vergebe und vergesse. High oder nicht, Alina wusste, was sie tat, als sie ihre große Klappe öffnete und Chloe die Autoschlüssel übergab.«

»Nein, sie hat es nicht gewusst.« Pavels Gesichtsausdruck ist grimmig, als er sich vor mich stellt und mir den Weg versperrt. »Du hattest ihr nicht gesagt, dass Chloe in tödlicher Gefahr war. Und vergiss nicht, *warum* sie letzte Nacht high war.«

Meine Backenzähne knirschen aneinander. »Geh mir verdammt nochmal aus dem Weg. Jetzt.« Er mag mein Freund und Mentor sein, aber ich bin kurz davor, ihm mein Messer an den Hals zu halten – ich habe zu viele dunkle Erinnerungen, die in meinem Kopf auftauchen und meinen Magen mit einem giftigen Gebräu aus Wut, Horror, Trauer und Schuld füllen.

Alinas Bedarf an Medikamenten *ist* meine Schuld, ich weiß.

Egal wie viel Mist sie gebaut hat, sie kann mir nicht das Wasser reichen.

Pavel muss merken, dass er zu weit gegangen ist, denn er geht mir klugerweise aus dem Weg und lässt das Thema fallen. Wir legen die restliche Strecke zum Haus in angespannter Stille zurück, und die Entspannung durch unser Sparring ist durch diesen kurzen Austausch zunichtegemacht worden.

Ich kann jetzt auf keinen Fall einschlafen.

Nicht, wenn ich noch einmal spüre, wie sich meine Klinge in den Bauch meines Vaters bohrt und ich wie das Monster, das ich bin, in seine sterbenden Augen schaue.

8

CHLOE

Ich bin gerade dabei, die Gabel mit Rührei in den Mund zu nehmen, die Nikolai mir an den Mund hält, als ich Stimmen im Flur höre, gefolgt von einem Klopfen an der Tür. Mein Blick springt zu Nikolais Gesicht, und meine Wangen flammen bei dem amüsierten Schimmer in seinen Augen auf.

Wir wissen beide, dass ich nicht so behindert bin, dass er mich mit dem Löffel füttern müsste; es ist einfach eine seltsame, leicht perverse Dynamik, in die wir hineingeraten sind. Als er mir heute Morgen das Frühstück brachte, habe ich nicht einmal versucht, mit der linken Hand zu essen – er fing einfach an, mich zu füttern, und ich ließ ihn gewähren.

Sogar sein Vierjähriger isst ohne Hilfe, doch hier bin ich, mit einem voll funktionsfähigen Arm, und tue so, als ob ich nicht selbst eine Gabel halten könnte.

In meiner Verlegenheit schnappe ich Nikolai die Gabel weg

und lege sie auf das Tablett, das auf dem Nachttisch steht. »Herein!«

Ich habe Pavel oder Lyudmila erwartet, aber es ist Alina, die in mein Zimmer tritt, und Slavas winzige Hand in der ihren hält.

Die Augen des Kindes leuchten, als es mich sieht. »Chloe!« Er lässt Alina los und stürzt auf mich zu, wobei er aufgeregt auf Russisch plappert.

»Er hat sich Sorgen um dich gemacht«, übersetzt Nikolai und lächelt verschmitzt, als Slava mit der grenzenlosen Energie eines Welpen auf mein Bett springt. »Obwohl ich ihm gesagt habe, dass du nicht wie seine Mutter sterben wirst, hat er befürchtet, dass du es tun könntest, also hat er darum gebeten, dich zu sehen, als er heute Morgen aufgewacht ist. Was eine Ewigkeit her ist, weil – ich zitiere – du *so, so lange* geschlafen hast.«

»Oh, nein, Liebling, mir geht es gut.« Ich klopfe ihm mit meiner linken Hand auf den Rücken, während er seine Arme in einer so heftigen Umarmung um mich schlingt, wie es seine kindliche Kraft erlaubt. »Es ist nur mein Arm, der verletzt ist, siehst du?« Ich zeige ihm die Schlinge, als er sich zurückzieht.

Er runzelt die Stirn und rasselt eine Frage herunter.

»Er fragt, warum du im Bett liegst, wenn es nur dein Arm ist«, sagt Alina, und als ich aufschaue, steht sie neben dem Nachttisch. Ihr auffallend schönes Gesicht ist wieder makellos geschminkt, und sie trägt ein ärmelloses gelbes Kleid, das aussieht, als käme es vom Laufsteg. Keine Spur mehr von der gequälten, gebrochenen Frau, die mich gestern Morgen mit erschreckenden Warnungen vor dem Mann an meiner Seite konfrontiert hatte.

Ich schenke ihr ein vorsichtiges Lächeln, bevor ich meine

Aufmerksamkeit wieder auf Slava richte. »Das liegt daran, dass mein Knöchel auch ein wenig wehtut«, sage ich zu ihm, und Nikolai übersetzt meine Worte. Ich bemerke, dass er es vermeidet, Alina anzuschauen – er hat ihre Anwesenheit überhaupt nicht zur Kenntnis genommen.

Slava starrt auf meine mit einer Decke bedeckten Füße und stellt eine weitere Frage.

»Er will wissen, wie du dir den Knöchel verletzt hast«, sagt Nikolai. »Ich werde ihm sagen, dass du ihn verdreht hast, als du auf den Ast gefallen bist.«

»Das macht Sinn.«

Während er mit dem Jungen spricht, blicke ich zu Alina auf und schenke ihr ein breiteres Lächeln. Sie ist wahrscheinlich besorgt, dass ich sauer auf sie bin, aber das bin ich nicht. Ich bin ihr sogar dankbar. Ich weiß nicht, was passiert wäre, wenn ich nicht weggelaufen wäre, aber ich vermute, dass es bestenfalls den Schlamassel, in dem ich mich jetzt befinde, verzögert hätte. Die Attentäter hätten mich irgendwann aufgespürt, und entweder dann oder zu einem späteren Zeitpunkt hätte ich erfahren, wozu Nikolai fähig ist. Zu diesem Zeitpunkt hätte ich vielleicht schon einige Wochen oder Monate eine intensive Beziehung mit ihm geführt, und es wäre noch viel verheerender gewesen, wenn meine Illusionen zerstört worden wären.

Oder vielleicht, aber nur vielleicht, hätte er es geschafft, mich im Dunkeln zu lassen, und ich hätte nie herausgefunden, dass er tötet und foltert, so einfach wie andere Männer Rasen mähen. Ich hätte in seinen Armen geschlafen und ihn in meinen Körper aufgenommen, während ich mir selbst eingeredet hätte, dass meine Instinkte falsch sind, dass der Faden der Dunkelheit, den ich in ihm gespürt habe, nichts weiter als meine überaktive Fantasie ist.

Pfui Teufel. Vielleicht sollte ich *sauer* auf Alina sein. Diese Art von Ignoranz klingt nach Glückseligkeit.

Sichtlich erleichtert erwidert Alina mein Lächeln, und ich schiebe die dummen Gedanken darüber beiseite, wie schön es gewesen wäre, der Wahrheit über Nikolai nie ins Auge sehen zu müssen – oder über Bransford und dem ganzen Rest davon. Wenn ich so denken würde, könnte ich mir genauso gut wünschen, dass meine Mutter noch am Leben wäre, oder noch besser, dass sie meinen leiblichen Vater nie kennengelernt hätte.

Im letzteren Fall würde ich nicht existieren, aber das wäre es wert, sie lebendig und glücklich in einem Leben zu haben, das nicht entgleist wäre, als sie ein Teenager war.

Als ich merke, dass ich mich wieder in sinnlosen Was-wäre-wenn-Fragen verliere, sehe ich zu Nikolai auf und sage fröhlich: »Wie wäre es, wenn Slava und Alina eine Weile bei mir bleiben? Ich möchte deine Zeit nicht nur für mich beanspruchen. Ich bin mir sicher, dass du viel zu tun hast, und ich kann Slava von meinem Bett aus genauso gut unterrichten wie überall anders.«

Nikolais Gesicht spannt sich bei meinem klaren Hinweis, dass ich ihn loswerden will, an, aber er steht auf und sagt ruhig: »In Ordnung. Bis nachher. Vergiss nicht, zu essen, okay?«

»Schon dabei.« Ich greife nach der Gabel und führe die Eier mit übertriebener Unbeholfenheit zum Mund. Mein Ziel ist es, Slava zum Lachen zu bringen, und das gelingt mir auch.

Als ich hinüberschaue, ist Nikolai schon weg.

Alinas Gesicht ist düster, als sie sich auf den Rand des Bettes setzt und Nikolais Platz einnimmt. »Wie fühlst du dich?«, fragt sie leise, während Slava zum Fenster hinüberläuft, offenbar neugierig auf die Aussicht aus meinem Zimmer.

»Gut. Schon auf dem Weg der Besserung.« Ich stopfe mir eine große Gabel voll Eier in den Mund, um zu zeigen, wie schnell ich gesund werde. Ich lüge auch nicht. Mein Arm tut immer noch weh, aber mit der Schmerztablette, die ich beim Aufwachen geschluckt habe, ist es erträglich, und ich kann etwas Druck auf den Knöchel ausüben, ohne dass er zu sehr protestiert.

Alina lächelt zögernd. »Das ist gut.« Sie atmet hörbar auf. »Hör zu, Chloe ... ich war gestern Morgen in schlechter Verfassung. Wirklich schlechter Verfassung. Ich habe vielleicht Dinge gesagt, die keinen Sinn gemacht haben. Dinge, die nicht ... unbedingt wahr waren.«

Ich lege meine Gabel weg, da mein Appetit spurlos verschwunden ist. Ich verstehe, was sie versucht zu tun, und ich hasse es. »Du musst nicht lügen. Er hat es zugegeben. Und ich habe gesehen, was er mit den Männern gemacht hat, die mich angegriffen haben.«

Eine bunte Mischung von Ausdrücken zieht über Alinas Gesicht, bevor es vorsichtig neutral wird. »Ich verstehe. Und das ist ... okay für dich?«

Okay? Ist *nicht* aus dem Fenster zu springen oder schreiend aus der Tür zu rennen, ein Zeichen dafür, dass es okay ist? Wenn ja, ist es okay, und es geht mir gut, oder zumindest so gut, wie es einem gehen kann, nachdem man herausgefunden hat, dass der leibliche Vater ein Vergewaltiger und Mörder ist, der einen umbringen will, und dass man von einem Mann gefangen gehalten wird, der vielleicht sogar noch skrupelloser ist als dieser Vater.

»Ich komme damit zurecht«, sage ich, und zu meiner Überraschung ist es keine glatte Lüge. Vielleicht ist es der Monat, in dem ich auf der Flucht gelebt habe, oder der Horror,

Moms Leiche zu finden und mich vor ihren Mördern im Kleiderschrank zu verstecken, aber ich flippe nicht annähernd so sehr aus, wie ich es erwartet hätte. Über alles – aber besonders über die Tatsache, dass ich Nikolais Gefangene bin. Es ist, als ob mein Geist eine Mauer zwischen der Gegenwart und der jüngsten Vergangenheit errichtet hat, zwischen dem, was ich erlebe, und dem, was ich weiß.

Im Moment habe ich es bequem, werde gut versorgt, und meine Sicherheit wird durch die gleichen Sicherheitsmaßnahmen gewährleistet, die mich daran hindern würden, zu gehen, wenn ich es versuchen würde. Und es ist möglich, sich nur auf diesen ersten Aspekt zu konzentrieren. Genauso wie es möglich ist, Nikolais wahre Natur zu vergessen, wenn er so liebevoll und zärtlich ist ... wenn sich mein Blut bei seiner Berührung in warme Melasse verwandelt.

Irgendwie schaffe ich es, den ganzen Horror in eine kleine Schachtel zu packen und so zu tun, als ob er nicht da wäre.

»Gut«, sagt Alina. »Das freut mich. Aber wenn du jemals Probleme hast, damit umzugehen, oder einfach jemanden zum Reden brauchst, sollst du wissen, dass du immer zu mir kommen kannst.« Mit leuchtenden Jadeaugen fügt sie hinzu: »Egal, was du gerade durchmachst, ich würde es verstehen.«

Und das würde sie, das weiß ich. Mein Hals schnürt sich zu, als ich echtes Mitleid in ihrem Blick wahrnehme. Bis zu diesem Moment wusste ich nicht, wie sehr ich mich danach gesehnt hatte: es ist nicht gerade ein Freundschaftsangebot, aber etwas, was sich sehr danach anfühlt. »Danke«, sage ich mit belegter Stimme. »Ich weiß das zu schätzen – genauso wie ich es zu schätzen weiß, dass du vorher versucht hast, mich zu warnen und so.«

Vielleicht ist es eine weitere Illusion, die bald zerbricht, aber ich habe das Gefühl, dass ich in Nikolais Schwester eine Verbündete habe. Dass ich nicht ganz allein in diesem Schlamassel feststecke.

Sie lächelt verschmitzt und steht auf. »Ja, das ist nicht ganz so gelaufen, wie ich gehofft hatte. Ich …« Sie hält inne, als Slava uns von seinem Platz am Fenster aus etwas zuruft und zu uns kommt, während er aufgeregt auf Russisch redet.

»Er sagt, dass eine Waschbärenfamilie in unserer Einfahrt ist«, übersetzt Alina grinsend. »Anscheinend ist sie gerade aus dem Wald gekommen.«

»Wirklich? Ich will sie sehen.« Ich setze mich aufrechter hin, ignoriere die Schmerzen in meinem Arm und schwinge meine Füße zu Boden. Vorsichtig stehe ich auf und achte darauf, dass mein Gewicht nicht zu sehr auf dem verstauchten Knöchel lastet.

So weit, so gut.

»Hier, stütz dich auf mich.« Alina hält mir ihren Ellenbogen hin, und mit ihrer Hilfe humpele ich zum Fenster, wo die Waschbären – eine Mama und zwei Babys – tatsächlich in aller Öffentlichkeit herumtollen.

Slava lacht aufgeregt, als eines der Babys spielerisch auf das andere springt. Ich zerzause sein seidiges Haar, und meine Brust weitet sich, als er mir ein strahlendes Lächeln schenkt.

»Waschbären«, sage ich und erinnere mich an meine Rolle als seine Englischnachhilfelehrerin. »Sie heißen *Waschbären*.«

Gehorsam wiederholt er das Wort, und wir drei beobachten die Tiere, bis sie wieder im Wald verschwinden. Dann hilft mir Alina, zurück zum Bett zu humpeln, und ich bitte sie, mir ein Buch zu bringen, das ich mit Slava lesen kann.

»Kein Problem«, sagt sie und macht sich bereits auf den Weg zur Tür. Sie kommt ein paar Minuten später mit einem

Stapel Kinderbücher zurück, die sie neben mir auf die Decke legt. »Soll ich das wegnehmen?«, fragt sie und deutet auf das Tablett auf dem Nachttisch, und ich nicke, während Slava es sich an meiner unverletzten Seite bequem macht.

Es ist bald Mittag, und ich habe genug gegessen, um bis dahin durchzuhalten.

Sie nimmt das Tablett und geht wieder hinaus. Erst als sie fast an der Tür ist, merke ich, dass ich sie etwas Wichtiges nicht gefragt habe.

»Alina, warte«, rufe ich, als sie mit einem Fuß in Absatzschuhen die Tür öffnet.

Sie dreht sich mit einem fragenden Blick auf ihrem Gesicht um.

»Kommst du bald wieder? Ich würde gerne mehr darüber wissen, was passiert ist.« Meine Stimme wird unsicher. »Mit Nikolai und … und deinem Vater.«

Sie versteift sich, und ihr Gesicht wird ausdruckslos.

»Bitte, Alina. Ich muss es wissen.«

Ich muss herausfinden, in was für ein Monster ich mich verliebt habe.

Sie schließt ihre Augen und atmet tief ein, dann öffnet sie sie wieder. »Das ist nicht meine Geschichte.« Ihre Stimme ist tief und angestrengt. »Das war sie nie. Nikolai ist derjenige, mit dem du reden solltest.«

Und bevor ich sie weiter anflehen kann, tritt sie hinaus und schließt die Tür.

425

9

NIKOLAI

*I*ch löse meine fest geballte Faust, klicke die Videoübertragung von Chloes Zimmer weg und öffne meinen Posteingang. Ich weiß nicht, was ich mit Alina gemacht hätte, wenn sie auf Chloes Bitte eingegangen wäre. Glücklicherweise hat meine Schwester genug von ihrem Verstand wiedererlangt, um zu erkennen, dass sie ihren Mund halten muss.

Es *ist* meine Geschichte – und ich bin mir nicht sicher, ob ich sie erzählen will.

Als Chloe mich gestern fragte, ob das, was Alina ihr erzählt hatte, wahr sei, war ich versucht, zu lügen, und ihr zu sagen, dass Alina sich das alles nur ausgedacht hatte – dass sie wegen der ganzen Medikamente wahnhaft war. Aber aus irgendeinem Grund, als ich in Chloes weiche braune Augen schaute, weigerten sich die Worte, sich in meinem Mund zu formen. So sehr ich es auch hasse, dass mein *zajchik* mich als böse ansieht, etwas tief in mir will, dass es mein wahres Ich kennt.

Mich kennt und mich trotzdem liebt.

Scheiße. Das ist ein Problem – aber nicht so ein großes wie die E-Mail von Valery, die gerade in meinem Posteingang aufgetaucht ist.

LEONOW IN AMERIKA, heißt es in der Betreffzeile in Großbuchstaben, und als ich die Nachricht öffne, informiert sie mich darüber, dass die US-Kontakte meines jüngeren Bruders von Alexej Leonows Anwesenheit in New York City erfahren haben. Was er dort macht, weiß niemand, aber allein die Tatsache, dass er sich auf dem gleichen Kontinent wie meine Schwester und mein Sohn befindet, ist eine schlechte Nachricht. Ich habe nicht vergessen, was er auf der Toilette des tadschikischen Restaurants zu mir sagte, die Drohung, Alina an ihren archaischen Verlobungsvertrag zu binden. Damals dachte ich, dass er mich nur ärgern wollte – und ich vermute immer noch, dass das der Fall ist – aber es besteht die Möglichkeit, dass er es ernst meinte.

Sag Alina, dass es Zeit ist. Ich bin es leid, geduldig zu sein.

Ich beiße die Zähne zusammen und verdränge die Erinnerung an diese leisen Worte. Was auch immer Alexej vorhat, er wird nicht in Alinas Nähe kommen. Es ist schon schlimm genug, dass mein Sohn fast zwei Monate in der zärtlichen Obhut des älteren Leonow verbracht hat, bevor ich ihn herausholen konnte. Das Letzte, was ich will, ist, dass meine emotional zerbrechliche Schwester in dieses Schlangennest gezogen wird.

Alina und ich mögen unsere Differenzen haben, aber sie ist meine Verantwortung, mein Kreuz, das ich zu tragen habe, und ich werde sie vor jedem beschützen, der ihr Schaden zufügen will – vor allem vor dem, der ihr zugedacht ist.

Ich unterdrücke die Wut, die in meinem Magen brennt, und

lese die E-Mail erneut. New York City – weiter weg von Idaho geht es nicht. Könnte Alexejs Anwesenheit in den USA so kurz nach unserem Zusammentreffen in Duschanbe vielleicht doch ein Zufall sein? Ich bin mit unserem Privatjet nach Tadschikistan geflogen, und ich weiß, dass Konstantins Team Sicherheitsvorkehrungen getroffen hat, um zu verhindern, dass jemand meinen Flugplan erfährt, also ist es möglich, dass Alexej aus einem Grund in New York ist, der nichts mit meiner Familie zu tun hat.

Und es ist auch möglich, dass er erfahren hat, dass ich in Amerika bin, aber er weiß nicht, wo, also beginnt er seine Suche mit dem logischsten Ort: dem Big Apple.

So oder so, es ist ein Problem, das ich nicht gebrauchen kann, vor allem, da ich bereits die *Mission Impossible* habe, einen Präsidentschaftskandidaten zu ermorden.

Ich konzentriere mich darauf und rufe die E-Mail auf, in der Bransfords Termine für Reisen und öffentliche Auftritte aufgeführt sind. Schritt eins ist es, zu überprüfen, ob er tatsächlich Chloes Vater ist. Dafür brauchen wir seine DNA.

Es gibt ein Dutzend Möglichkeiten, dies zu tun, aber die einfachste wäre, wenn ich unter dem Deckmantel eines potenziellen Spenders an einer seiner Spendenaktionen teilnehme und mir diskret eine Probe besorge – zum Beispiel, indem ich sein Weinglas stehle. Das Problem bei dieser Strategie ist, dass diese Ereignisse weitaus öffentlicher wären, als mir lieb ist, vor allem in Anbetracht der unerwarteten Ankunft Alexejs in den Staaten. Jetzt muss ich mehr denn je unter dem Radar bleiben, um unseren Standort nicht zu verraten – was eine andere einfache Lösung ausschließt: ein persönliches Treffen mit Bransford.

In Anbetracht seines Status als Spitzenkandidat im

Vorwahlkampf seiner Partei würde ich gründlich überprüft werden und meine Informationen würden in einer Datenbank landen, auf die die Hacker der Leonows zugreifen könnten. Außerdem wäre es nicht klug, sich auf Bransfords Radar zu begeben. Selbst wenn die Attentäter die Verbindung zwischen mir und Chloe nicht hergestellt haben, bevor ich sie ausgeschaltet habe, könnte Bransford wissen, dass sie zuletzt in dieser Gegend von Idaho gesehen wurde und wenn er irgendwie erfährt, dass ich hier wohne, könnte er misstrauisch werden.

Nein, so bequem und befriedigend es auch wäre, ich kann mir seine DNA nicht selbst holen – oder das Attentat persönlich ausführen. Nicht, ohne meine Familie und Chloe in größere Gefahr zu bringen. So wie es ist, tickt die Uhr. Wenn die Attentäter ihrem Arbeitgeber erzählt haben, dass Chloe sich bei der örtlichen Tankstelle nach meiner Stellenausschreibung erkundigt hat, ist es nur eine Frage der Zeit, bis ein paar andere von ihm angeheuerte Mörder vor meiner Tür auftauchen.

Ich muss Bransford als Bedrohung ausschalten, und zwar schnell.

Als ich eine Entscheidung getroffen habe, schreibe ich eine E-Mail, in der ich einen von Valerys Neuankömmlingen anweise, sich bei der nächsten Veranstaltung als Kellner auszugeben, damit er Bransfords DNA von einem gebrauchten Glas oder einem Besteck bekommen kann. An diesem Punkt ist es nur noch eine Formalität; ich weiß, dass ich mit ihm richtig liege – ich kann es in meinem Bauch spüren. Aber angesichts des Ausmaßes meines Vorhabens brauche ich eiserne Beweise, und das ist der beste Weg, sie zu bekommen. Der einzige stärkere Beweis wäre ein offenes Schuldeingeständnis seinerseits, aber ich sehe keine

Möglichkeit, das zu bekommen, ohne den Mann zu entführen – eine Aufgabe, die noch schwieriger ist, als ihn direkt zu töten.

Für den Moment werde ich so vorgehen, als ob er schuldig ist, und den Anschlag planen. Auf diese Weise kann ich, sobald der DNA-Test seine Beziehung zu Chloe bestätigt, den Abzug betätigen – bildlich, wenn auch nicht wörtlich. Eine Scharfschützenkugel würde zu viel Aufsehen erregen, also ist unsere beste Chance, eines unserer sorgfältig hergestellten Medikamente zu verwenden oder eine Art Unfall zu inszenieren.

So oder so, er wird dafür bezahlen, dass er Chloes Mutter getötet und versucht hat, auch sie umzubringen.

Tom Bransford weiß es vielleicht noch nicht, aber er ist bereits tot.

Ich verbringe die nächsten zwei Stunden damit, verschiedene logistische Abläufe auszuarbeiten, und überprüfe dann noch einmal die Kameraansicht aus Chloes Zimmer.

Sie ist immer noch mit Slava zusammen. Er kampiert auf ihrem Bett, und seine Bücher und Legosteine sind überall auf ihrer Decke verstreut. Sie scheinen ein Spiel zu spielen, bei dem sie ihm etwas in einem Buch zeigt und er es für sie nachspielt. Als ich zuschaue, springt er vom Bett und hüpft durch den Raum, um ein Kaninchen zu imitieren.

»Das ist ein *zajchik*, richtig?«, fragt sie lächelnd, und Slavas Augen werden groß, bevor ein riesiges Lächeln sein kleines Gesicht erobert.

»*Da!*«

»Ja«, korrigiert sie, und ihr eigenes Lächeln wird breiter. »Wir sagen *ja*.«

Mein Sohn wippt energisch mit dem Kopf. »Ja, ja, ja!« Er springt jetzt auf und ab, zu aufgeregt, um stillzustehen, und ich mache mir im Geiste eine Notiz, Chloe noch ein paar Worte auf Russisch beizubringen. Auf diese Weise kann sie ihn wieder überraschen, und ich werde es genießen, ihr süßes, amerikanisch akzentuiertes Russisch zu hören.

Wenn ich so darüber nachdenke, sollte ich ihr auch ein paar Sex-Wörter beibringen, damit sie sie mir mit ihrer weichen, heiseren Stimme im Bett zuflüstern kann.

Mein Körper verhärtet sich bei dieser Vorstellung, und ich muss tief Luft holen, um mich zu beherrschen. Ich hatte sie schon einmal – oder besser gesagt, mehrere Male in einer Nacht – und das ist bei weitem nicht genug. Ich fühle mich wie ein ausgehungerter Mann, dem ein einziger Bissen Eiscreme erlaubt wurde.

Ich will mehr. Ich will sie jede Nacht ficken, jede ihrer Öffnungen nehmen und sie auf jede erdenkliche Weise beglücken. Ich möchte mit ihr in den Armen einschlafen und tief in ihr vergraben aufwachen. Ich will alle möglichen dunklen, verdorbenen Dinge mit ihr machen und sie danach knuddeln, wenn sie vom Lust-Schmerz-Rausch herunterkommt.

Ich will sie so vollständig besitzen, dass sie vergisst, mich verlassen zu wollen.

Bald, verspreche ich mir und klappe den Laptop zu, während ich aufstehe. Es wird ihr bald besser gehen, und dann werde ich sie haben.

In der Zwischenzeit muss ich alles tun, was nötig ist, um sie zu beschützen.

10

CHLOE

$\mathcal{E}$in paar Minuten vor der offiziellen Mittagszeit von zwölf Uhr dreißig kommt Lyudmila, um Slava nach unten zu bringen.

»Nikolai kommt bald mit dem Essen«, sagt sie in ihrem Englisch mit dem starken Akzent und vermutet richtig, dass die knurrenden Geräusche von meinem hungrigen Magen kommen. Ich lächele sie schüchtern an, aber sie drängt Slava bereits zur Tür hinaus, während sie in schnellem Russisch mit ihm spricht.

Um Punkt zwölf Uhr dreißig erscheint Nikolai mit einem Tablett.

»Was soll dieses militärische Festhalten an bestimmten Essenszeiten?«, frage ich, als er sich neben mich setzt und das Tablett auf den Nachttisch stellt, bevor er die köstlich duftenden Speisen abdeckt.

Das ist etwas, worüber ich schon seit Tagen nachdenke, aber noch keine Gelegenheit hatte, es zu fragen – und ich denke, diese Frage ist viel einfacher zu beantworten als die anderen, die ich noch habe.

Ein schiefes Lächeln zieht Nikolais sinnliche Lippen auf einer Seite nach oben. »Du hast es bereits gesagt: Es ist ein Überbleibsel vom Militär. Genauer gesagt Pavels Zeit beim Militär. Er führt unseren Haushalt, seit er vor etwa dreißig Jahren aus der Armee kam, und dies ist eine seiner Regeln. Sie stört mich nicht. Ich bin so aufgewachsen, deshalb finde ich das Ritual beruhigend.«

»Was ist mit der formellen Kleidung beim Abendessen? Ist das auch etwas von Pavel?« Das wäre seltsam, da ich den bärenartigen Russen noch nie in einem Anzug oder Smoking gesehen habe, aber in diesem Haushalt gibt es eine Menge seltsamer Dinge.

Die winzigen Muskeln um Nikolais Augen ziehen sich zusammen, obwohl das Lächeln auf seinen Lippen bleibt. »Nicht ganz. Das ist etwas, worauf meine Mutter bestanden hat. Sie sagte, wir bräuchten etwas Schönes in unserem Leben, um all das Hässliche zu überdecken.«

»Oh, ich verstehe.« Mein Puls beschleunigt sich vor Vorfreude. Das ist das erste Mal, dass er mit mir über seine Mutter spricht – oder überhaupt über einen seiner Elternteile. Alles, was ich vor Alinas erschreckenden Enthüllungen wusste, war, dass beide Eltern tot waren.

»Hier«, sagt Nikolai und hebt ein Stück französisches Brot, mit Butter und Kaviar bestrichen, an meine Lippen. »Aufmachen.«

Ich beiße gehorsam in das Gourmet-Angebot, wie die Invalidin, von der wir beide so tun, als ob ich es wäre. Meine Gedanken sind aber nicht bei unserem seltsamen Spiel, sondern bei all den Fragen. Es gibt noch so viel, was ich nicht über meinen gefährlichen Beschützer weiß, aber unbedingt wissen muss.

Ich muss alles wissen, denn ein kleiner, irrationaler Teil von mir hofft immer noch, dass die Dunkelheit in ihm nicht so pechschwarz ist, wie sie scheint.

Ich lasse mich von ihm mit einigen der anderen Vorspeisen auf dem Tablett füttern, ebenso wie mit dem saftigen weißen Fisch mit Zitronensoße und überbackenen Kartoffeln, die das Hauptgericht darstellen, und als er zum Dessert übergeht – pochierte Birnen mit Schwarzen Johannisbeeren und honigfarbenen Walnüssen – stähle ich mein Rückgrat und beginne mit meinem geplanten Verhör.

»Also«, sage ich so beiläufig, wie ich kann, »seid ihr die Mafia?«

Ich bin mir ziemlich sicher, dass ich die Antwort auf diese Frage schon kenne, aber ich kann sie genauso gut aus seinem großartigen Mund hören.

Zu meiner Überraschung verzieht sich besagter Mund nicht beleidigt oder wütend, sondern zuckt vor Belustigung. »Nein, *zajchik*. Zumindest nicht so, wie du es dir vorstellst. Wir haben nichts mit illegalen Drogen oder Waffen oder irgendetwas in dieser Richtung zu tun – das ist eher die Sache der Leonows. Die überwiegende Mehrheit unserer Geschäfte ist legal, und der kleine Teil, der es nicht ist, fällt in Konstantins Bereich – Dark Web, Hacking, Social-Media-Bots, all dieser Hightech-Kram.«

Ich blinzele ihn ungläubig an, und das Bild der Waffe in seiner Hand ist klar und deutlich in meinem Kopf. Es gibt keine Möglichkeit, dass ein normaler wohlhabender Geschäftsmann, selbst einer mit militärischer Ausbildung, in der Lage wäre, so geübt zu töten und zu foltern, wie er es getan hat. »Aber ich habe dich gesehen … und deine Männer … und …«

»Ich habe nicht gesagt, dass wir Engel sind. Aufmachen.« Er führt eine Gabel voll Johannisbeer-Birne an meine Lippen und wartet, bis ich anfange zu kauen, bevor er fortfährt. »In Russland muss man rücksichtslos sein, um Macht zu erlangen und zu behalten. Man muss bereit sein, alles zu tun, was nötig ist. Das war schon immer so, seit Menschengedenken.«

Ich öffne den Mund, um etwas zu sagen, aber er füttert mich mit einem weiteren Bissen der Birne und fährt in einem ungezwungenen, ruhigen Tonfall fort, als würde er eine Gutenachtgeschichte vorlesen.

»Meine Familie hat das immer verstanden«, sagt er, »deshalb sind wir seit den Zeiten der Mongolenherrschaft erfolgreich. Tatsächlich war unser erster bekannter Vorfahre eine von Dschingis Khans rechten Händen – ein netter, freundlicher Kerl, der sich seinen Weg durch Sibirien und in die Moskauer Region im dreizehnten Jahrhundert plünderte, brannte und vergewaltigte. Seine Kinder traten in seine Fußstapfen, und zu der Zeit, als Peter der Große seine Stadt baute, waren die Molotows – oder Nebelevskys, wie sie sich damals nannten – ein fester Bestandteil des zaristischen Hofes, der die nationale Politik hinter den Kulissen lenkte und dirigierte. Wir waren auch stinkreich und besaßen Tausende von Leibeigenen – was es besonders ironisch macht, dass mein Urgroßvater während der Revolution einer derjenigen war, die den ›verachtenswerten Adel‹ und die ›böse Bourgeoisie‹ wegen Verbrechen gegen das einfache Volk vor Gericht stellten. Er änderte sogar seinen Namen in Molotow, dessen Wortstamm im Russischen *Hammer* bedeutet – ein viel kommunistenfreundlicherer Nachname als Nebelevsky. Aber so sind wir nun mal.« Ein Hauch von Bitterkeit umspielt Nikolais Lippen. »Wir tun alles, was nötig ist, um an der Spitze zu bleiben: ob es die Leitung der Gulag-Arbeitslager während Stalins Ära ist oder die Speerspitze der Propagandamaschine der Kommunistischen Partei in den Fünfziger- und Sechzigerjahren – oder der Sprung auf die Öl- und Gasgutscheine während der Perestroika und die anschließende Diversifizierung, um die daraus resultierenden Milliarden an Reichtum zu behalten. Wir sind wie Kakerlaken – nur, dass wir nicht nur wissen, wie wir überleben, sondern auch, wie wir unsere Ecke der Welt beherrschen können.«

Ich bin sowohl verwirrt als auch fasziniert, so sehr, dass ich vergesse, den nächsten Bissen des Desserts zu kauen, bevor ich frage: »Ihr seid also nicht wirklich die Mafia?«

Mein Mund ist so voll, dass die Worte unverständlich sind, aber Nikolai versteht mich und lächelt. »Nein – aber das bedeutet nicht, dass wir davor zurückschrecken, uns die Hände schmutzig zu machen. In Russland an der Spitze zu bleiben ist wie ein Haus am Sandstrand zu bauen: Der Boden darunter wird mit jeder Flut weggespült, und am Horizont braut sich immer ein Sturm zusammen. Mein verstorbener Großvater zum Beispiel – der Vater meines Vaters – wurde in den Fünfzigerjahren fast hingerichtet, als ein hochrangiger Parteirivale ihn fälschlicherweise der Illoyalität gegenüber dem kommunistischen Regime beschuldigte. Er verbrachte zwei Jahre in einem der sibirischen Gulags, die er beaufsichtigt hatte, und als er wieder herauskam, war das Erste, was er tat, seinem Rivalen Beweise unterzuschieben und *ihn* in die Gulags schicken zu lassen, während die Regierung sein gesamtes Eigentum auf ihn übertrug. Dann, später, mein Vater ...« Er hält inne, und seine Miene verfinstert sich.

Ich setze mich aufrechter hin. »Dein Vater, *was?*«

Nikolais Gesicht wird ausdruckslos. »Nichts. Die Neunzigerjahre in Russland waren einfach eine besonders korrupte und unbeständige Zeit, deshalb musste meine Familie besonders wachsam und rücksichtslos sein.«

»Genauer gesagt dein Vater.« Ich werde nicht zulassen, dass er das Thema wechselt, nicht, wenn ich endlich dabei bin, ein paar Antworten zu bekommen.

»Und sein Bruder, Vyacheslav – mein Onkel. Sein Sohn, Roman, ist jetzt fast so reich wie wir.«

»Aha.« Zu jeder anderen Zeit würde ich die Chance ergreifen, mehr über Nikolais erweiterte Familie zu erfahren, aber im Moment konzentriere ich mich nur auf seinen Vater. Ich lasse mir von ihm noch ein paar Gabeln des Desserts geben, und nachdem ich heruntergeschluckt habe, frage ich vorsichtig: »Was musste dein Vater denn alles tun, um in den Neunzigern oben zu bleiben?«

Nikolais Augen werden grüner und bernsteinfarbener. »Nichts Schlimmeres als jeder andere Oligarch seiner Generation: eine Menge Bestechung, etwas Erpressung, ein wenig physische Nötigung und – wenn nötig – die gewaltsame Beseitigung von Hindernissen. Eine Taktik, die man vielleicht in den Bereich des organisierten Verbrechens einordnen würde, aber in Russland waren sie zu dieser Zeit Standard-Geschäftsstrategien. Und es waren nicht nur die Oligarchen – die Regierung spielte die gleiche Klaviatur. Das ist bis zu einem gewissen Grad immer noch der Fall. Rechtmäßigkeit und Kriminalität sind in meinem Land hochflexible, sich ständig weiterentwickelnde Konzepte, die jeweils viel Raum für Interpretationen zulassen.«

Ich gebe mein Bestes, um meinen Gesichtsausdruck neutral

zu halten, auch wenn es in meinen Armen kribbelt. *Körperliche Nötigung* und *gewaltsame Beseitigung* – das sind offensichtlich Euphemismen für Folter und Mord. Und das ist das, was er als Standard-Geschäftsstrategie gelernt hat?

Die Molotows sind vielleicht nicht die Mafia im formalen Sinne des Wortes, aber in mancher Hinsicht sind sie sogar noch gefährlicher.

»Hast du deshalb Slava hierhergebracht? Weil Russland so ein gesetzloser Ort ist?«, frage ich, weil ich mich einfach nicht zurückhalten kann. Das ist ein weiteres Mysterium, das an mir nagt, und obwohl ich vorhatte, mich bei diesem Verhör auf seinen Vater zu konzentrieren, kann ich mir die Chance nicht entgehen lassen, ein paar Antworten an dieser Front zu bekommen.

Nach dem, was er mir gerade über sein Zuhause erzählt hat, kann ich es ihm nicht verübeln, dass er seinen Sohn so weit weg von Russland wie möglich aufziehen möchte.

»Nein, *zajchik.*« Sein schöner Mund nimmt die zynische Kurve an, die er so oft hat. »Ich bin kein so guter Vater, fürchte ich.«

»Also, warum *bist* du hier? Du hast versprochen, dass du es mir sagst.« Eigentlich hat er das nicht versprochen. Alles, was er in dem Videotelefonat sagte, in dem ich ihn dazu befragte, war, dass es eine lange Geschichte sei.

Daran muss er sich auch erinnern, denn seine Augen glänzen vor Belustigung. »Netter Versuch.« Er wirft einen Blick auf das nun fast leere Tablett. »Bist du satt, oder möchtest du noch etwas?«

Ich bin so voll, dass mein Magen zu explodieren droht, aber ich will noch nicht, dass er geht. Nicht, wenn wir gerade zu den Dingen kommen, über die ich unbedingt etwas wissen will.

»Ich hätte gerne etwas Obst«, sage ich hoffnungsvoll. »Vielleicht ein paar Beeren, wenn du welche hast? Und Kaffee. Ich würde gerne einen Kaffee trinken.«

Er sieht noch amüsierter aus, steht aber auf, ohne zu widersprechen. »In Ordnung. Ich bin gleich wieder da.«

Er drückt mir einen Kuss auf die Stirn, hebt das Tablett auf und geht hinaus.

11

NIKOLAI

Ich lächele immer noch, als ich die Küche betrete. Mein *zajchik* ist so wunderbar transparent in seinen Manipulationsversuchen. *Du hast es mir versprochen.* Ich musste mich zusammenreißen, um Chloe nicht auf der Stelle zu packen und zu küssen – vor allem, weil sie, als sie es sagte, ihre Unterlippe in einem kleinen Schmollmund vorschob, wie ein flehendes Kind.

Ich liebe es, dass sie jetzt weniger Angst vor mir hat, dass statt Entsetzen Neugierde in ihren hübschen braunen Augen liegt. Ich habe mein Bestes getan, um die Bestie in mir in ihrer Gegenwart an der Leine zu halten, damit sie sich wohl und sicher fühlt, und es sieht so aus, als ob ich damit Erfolg habe – was die ganze Zurückhaltung wert ist. Was also, wenn meine Hände fast durch das Bedürfnis zittern, sie zu berühren, sie fest an mich zu drücken, während ich mich tief in ihren glatten, warmen Körper schiebe?

Ich kann geduldig sein.

Ich kann sanft sein.

Ich kann mich um sie kümmern wie ein verdammter Eunuch, wenn es das ist, was nötig ist, um die Erinnerung an die Geschichte meiner Schwester aus ihrem Kopf zu löschen.

Nicht dass es wahrscheinlich ist, dass das passiert. Ich weiß, worauf Chloe mit all ihren Fragen hinauswollte. Sie will die ganze Geschichte wissen, und ich kann es ihr nicht verübeln. Der Kaffee, die Beeren – das ist nur ein Vorwand. Was sie will, ist mehr Zeit mit mir, mehr Zeit, um mich auszufragen, und ich muss entscheiden, wie viel von der Wahrheit ich bereit bin, ihr zu geben – wenn überhaupt.

»Wie geht es ihr?«, fragt Lyudmila, als ich das Tablett auf den Tresen stelle, und ich berichte ihr von Chloes Zustand – nämlich, dass es ihr besser geht. Ich habe heute Morgen ihren Verband gewechselt, und die Wunde sah aus, als würde sie gut heilen. Ich habe auch heimlich die Tabletten auf ihrem Nachttisch gezählt, und es sieht aus, als hätte sie bisher nur ein paar genommen – ein weiteres gutes Zeichen.

Rational gesehen weiß ich, dass Chloe von ein paar Schmerztabletten nicht süchtig werden wird, aber nachdem ich Alinas Kämpfe miterlebt habe, kann ich nicht anders, als mir Sorgen zu machen.

»Es ist gut, dass sie so einen großen Appetit hat«, sagt Lyudmila, nachdem ich Chloes Wünsche ausgerichtet habe. »Es wäre aber besser, wenn sie Tee trinken würde.«

»Das stimmt. Aber geben wir ihr den Kaffee, den sie will.«

Lyudmila grunzt zustimmend und bereitet ein Tablett mit kunstvoll arrangierten Erdbeeren, Himbeeren und Blaubeeren vor, zusammen mit einer Tasse dampfendem, heißem Kaffee. Ich danke ihr und eile wieder nach oben, wo mein *zajchik* wartet.

Ich habe beschlossen, dass es eine Frage von Chloe *gibt*, die ich heute beantworten kann, einen Teil der Wahrheit, den ich ihr sagen kann.

Ihre Augen leuchten neugierig, als ich ihr Zimmer betrete, mich auf die Bettkante setze und das Tablett auf seinen Platz auf dem Nachttisch stelle.

»Also«, beginnt sie, »wegen ...«

»Aufmachen«, befehle ich leise und nehme eine Erdbeere. Als sich ihre prallen Lippen gehorsam öffnen, schiebe ich die saftige Beere hinein und beobachte, wie ihre weißen Zähne in dem Fruchtfleisch versinken – so wie ich meine Zähne in ihrem Fleisch versenken möchte.

Mein Verlangen kommt so plötzlich, ist so stark, dass ich jeden Muskel in meinem Körper anspannen muss, um mich davon abzuhalten, dem Drang nachzugeben. Es liegt etwas fast Kannibalisches in der Art, wie ich sie will, wie mir das Wasser im Mund zusammenläuft bei dem Gedanken, ihre glatte, gebräunte Haut zu schmecken und die Schweißtropfen von ihrem nackten Körper zu lecken, nachdem ich sie wieder einmal bis zur Erschöpfung gefickt habe. Ich erinnere mich, wie sich ihre Nippel auf meiner Zunge anfühlten, an ihre salzige und beerige Essenz, und die Kontrolle, auf die ich gerade noch stolz war, fühlt sich plötzlich so dünn und ausgefranst an wie ein altes Seil.

Auch sie spannt sich an, ihre Augen sind auf meine gerichtet, und ihr schlanker Körper versteift mit dem Urbewusstsein der Beute. Ein Rinnsal Erdbeersaft läuft aus ihrem Mund, und ich fange ihn instinktiv mit meinem Daumen auf. Mein Herz hämmert heftig, als ich ihre warme Haut spüre, die Fülle ihrer Unterlippe, die rot und klebrig vom Saft glänzt. Ich schaue ihr in die Augen, während ich meinen Daumen zum

Mund führe und ihn sauber sauge, so wie ich an ihren süßen, von den Beeren klebrigen Lippen saugen würde, wenn ich mir zutrauen würde, dort aufzuhören.

Ihre Augen weiten sich, und ihr Atem stockt, während ihr Blick für einen Moment auf meine Lippen fällt, bevor er sich wieder auf meine Augen richtet. Sie ist genauso erregt wie ich, das kann ich sehen. Die sengende Spannung schwelt in der Luft zwischen uns und heizt den Raum auf, bis sich meine Knochen anfühlen, als würden sie brennen, und mein Schwanz so hart ist, dass der Reißverschluss einen Abdruck auf seiner Länge hinterlassen wird. Ich kann ihr geschmeidiges Fleisch unter meinen Handflächen fast spüren, ich kann diese glitzernden, rot gefärbten Lippen fast schmecken.

Ein entferntes, kindliches Lachen bringt mich zur Besinnung, und mir fällt auf, dass ich mich zu ihr gelehnt habe und meine Hand bereits ihre Decke umklammert. *Fuck.* Ich balle meine Faust, stehe auf und gehe zum Fenster. Ich atme tief ein und betrachte meinen Sohn, wie er auf der Einfahrt umherrennt und Arkash ihn verfolgt. Er lacht so sehr, dass ich ihn sogar durch das Panzerglas hören kann, und der Klang lichtet den Nebel der Lust, der mein Gehirn umhüllt, weiter.

Verdammte Scheiße. Ich dachte, ich hätte mich im Griff – da war ich mir sicher, nachdem ich sie gestern gebadet und dabei eine strenge Selbstbeherrschung aufrechterhalten hatte. Ich wollte sie, ja, aber ich konnte mich von diesem Wunsch lösen und mich nur auf ihr Wohlergehen konzentrieren, auf die Tatsache, dass sie gerade eine Operation hinter sich hatte und mich als ihren Pfleger brauchte. Heute geht es ihr allerdings besser – und meiner Selbstbeherrschung tausendmal schlechter.

»Ähm, Nikolai …« Chloes Tonfall ist unsicher, ihre Stimme

leise und leicht heiser. Sie zu hören lässt mich wieder einmal vor Hunger erschaudern. Doch dieses Mal ist sie nicht genau hier neben mir, und es fällt mir leichter, mich zusammenzureißen und das wilde Verlangen zu zügeln.

Ich entspanne meinen Gesichtsausdruck, verschränke meine Hände hinter meinem Rücken und drehe mich zu ihr um. »Ja, *zajchik?*«

Ihr zarter Hals bewegt sich, als sie schluckt. »Was macht Slava da draußen?«

»Er spielt Fangen mit einem meiner Wächter.« Ich gehe zurück zum Bett und setze mich ans Fußende, so weit weg von ihr, wie es auf demselben Möbelstück möglich ist. »Pavel muss ihn gebeten haben, auf Slava aufzupassen, während er nach dem Mittagessen aufräumt.«

Ihre kleinen weißen Zähne kauen auf ihrer Unterlippe. »Ah. Alles klar.« Sie sieht mich aufmerksam an, nimmt die Kaffeetasse und bläst auf die heiße Flüssigkeit. Ich kann erahnen, was ihr durch den Kopf geht – sie überlegt, wie sie das Thema, das sie am meisten interessiert, am besten angehen kann – also beschließe ich, ihr zu helfen.

Ich bin nicht bereit, über meinen Vater zu sprechen, aber ich kann ihr die Wahrheit über meinen Sohn sagen.

Ich begegne weiter ihrem Blick und sage ruhig: »Vor fünf Jahren feierte mein Bruder Valery seinen zweiundzwanzigsten Geburtstag in einem Nachtklub in Moskau. Es war die Party des Jahres. Jeder, der in unserem Teil der Welt etwas auf sich hält, war da – einschließlich, wie ich später erfuhr, Ksenia Leonowa, die zurückgezogen lebende Tochter des langjährigen Feindes und Rivalen unserer Familie.«

Chloe runzelt verwirrt die Stirn. »Leonowa? Wie bei den

Leonows, die du vorhin erwähnt hast? Die eigentliche russische Mafiafamilie?«

»Sie würden dieses Etikett auch ablehnen, aber ja. Sie fischen in einem viel schmutzigeren Teich. Auf jeden Fall hatte sich Ksenia, anders als ihr Bruder Alexej, immer aus der Öffentlichkeit herausgehalten, so dass ich keine Ahnung hatte, wer sie war, als sie mich ansprach.« Ich atme tief durch, um die vertraute Wut zu kontrollieren, die in mir aufkeimt. »Ich dachte, sie wäre nur eine weitere Möchtegern-High-Society-Tochter oder ein Model, also tanzten wir, kippten ein paar Kurze und gingen dann zum Ficken in ein Hotel.«

Chloe zuckt leicht zusammen, und der Kaffeebecher wackelt in ihrer Hand. Mit einer schnellen Bewegung schnappe ich ihn mir und stelle ihn zurück auf das Tablett, bevor etwas von der dunklen Flüssigkeit überschwappen kann. Dann setze ich mich näher zu ihr.

Das Gute an der Erinnerung an Ksenia ist, dass sie meine Libido totschlägt.

»Ich habe ein Kondom benutzt, wie ich es immer tue«, fahre ich fort, und Chloes Augen weiten sich. Sie muss erkennen, wohin die Geschichte führt. »Ja«, sage ich, bevor sie fragen kann, »es war kaputt. Entweder das – oder sie hat es irgendwie manipuliert. Ich weiß es immer noch nicht. Zum damaligen Zeitpunkt habe ich nichts bemerkt. Ich hatte ein paar Drinks gehabt, und die Nacht war nicht besonders erinnerungswürdig. Tatsächlich hatte ich alles vergessen, bis ich vor etwas mehr als acht Monaten einen Anruf von einer Freundin Ksenias bekam, der mir mitteilte, dass Ksenia bei einem Autounfall gestorben war und einen Sohn hinterlassen hatte – *meinen* Sohn, laut ihrem Tagebuch.«

»Oh mein Gott«, haucht Chloe entsetzt. »Also war Slavas Mutter …«

»Jemand, den ich nicht in einem Schutzanzug angefasst hätte, wenn ich gewusst hätte, wer sie ist, ja. Die Beziehungen zwischen unseren Familien waren seit Jahrzehnten angespannt, um es vorsichtig auszudrücken.«

»Jahrzehnten? Warum?«

»Erinnerst du dich an die Geschichte, die ich dir gerade erzählt habe, über meinen Großvater, der in den Gulag geschickt wurde?«

Chloe nickt und nimmt vorsichtig ihren Kaffee wieder in die Hand.

»Der Mann, der ihn der Illoyalität gegenüber der Partei beschuldigte, war Matvey Leonow, Ksenias Großvater.«

Sie erstarrt mit dem Becher auf halbem Weg zu ihrem Mund. »Oh. Wow.«

»Ja. Er war eine giftige Schlange, wie alle Leonows – und besonders Ksenia.« Obwohl ich ruhig bleiben will, trieft meine Stimme vor bitterem Hass. »Bis heute weiß ich nicht, ob sie die ganze Zeit geplant hatte, mich zu hintergehen, oder ob es ein Unfall war, dass sie schwanger wurde. Wie auch immer, sie hat mir nicht gesagt, dass ich einen Sohn habe. Sie hätte es mir wahrscheinlich nie gesagt. Wäre sie nicht gestorben, hätte ich vielleicht nie von Slavas Existenz erfahren – zumindest nicht, bis er alt genug gewesen wäre, um in unseren Kreisen zu erscheinen. Zu diesem Zeitpunkt hätte die Ähnlichkeit jeden auf sein Molotow-Erbe aufmerksam gemacht, wenn auch nicht unbedingt auf seine tatsächliche Vaterschaft.« Mein Mund verzieht sich. »Du hast meine Brüder und meinen Cousin nicht gesehen, aber wir sehen uns alle sehr ähnlich.«

Chloe stellt den Kaffee zurück auf den Nachttisch, ohne

auch nur einen Schluck zu nehmen. »Was glaubst du, warum sie dich in dieser Nacht angesprochen hat? Sie muss doch gewusst haben, wer *du* bist, oder?«

»Natürlich hat sie das.« Im Gegensatz zu ihr war ich in der Moskauer High Society gut bekannt. »Ich habe immer noch keine Ahnung, warum. Vielleicht hat sie die ganze Sache geplant, bis hin zu dem kaputten Kondom, oder vielleicht war sie einfach nur jung und dumm und wollte mit der Gefahr flirten. Ich weiß nicht einmal, warum sie auf der Party war oder wie sie hineingekommen ist – auf jeden Fall war keiner der Leonows eingeladen. So oder so, das Ergebnis ist dasselbe: Ich habe einen Sohn, von dem ich bis vor acht Monaten nichts wusste. Einen Sohn, der ein halber Leonow ist.«

Chloe holt tief Luft. »Warte mal kurz. Ist das der Grund, warum du …«

»Warum ich hier bin?« Auf ihr Nicken hin lächele ich humorlos. »Du hast es erraten, *zajchik*. Die Familie seiner Mutter hat ihn nicht gerade in meine Obhut gegeben. Ich erfuhr von Slavas Existenz eine Woche nach Ksenias Tod, und zu diesem Zeitpunkt lebte er bereits bei Boris Leonow, Ksenias Vater – einem Mann, der für seine grausamen und gewalttätigen Neigungen bekannt ist. Ich wollte nie Kinder, hatte nie vor, welche zu haben, aber ich konnte meinen Sohn nicht in seinen Fängen lassen, konnte ihn nicht im Stich und in dieser Schlangengrube aufwachsen lassen.«

»Also hast du was getan? Ihn entführt?«

Ich nicke. »Meine Brüder und ich haben fast zwei Monate gebraucht, um einen Weg zu finden, ihre Sicherheitsvorkehrungen zu durchbrechen, aber wir haben ihn rausgeholt, und ich habe ihn hierhergebracht, wo niemand

447

weiß, wer wir sind, und den Leonows berichten kann, dass ich plötzlich ein Kind habe.«

Ihre glatte Stirn legt sich verwirrt in Falten. »Ich verstehe das nicht. Warum hast du nicht einfach den Rechtsweg beschritten? Du bist Slavas Vater. Hättest du das Sorgerecht nicht mit einem einfachen Vaterschaftstest bekommen können?«

»Ich hätte es tun können – und würde es tun –, wenn es jemand anderes als die Leonows gewesen wäre. Sie hassen unsere Familie genauso wie wir ihre, und sie würden alles tun, um Dinge für uns zu vereiteln ... *für mich*. In dem Moment, in dem ich das Sorgerecht beantragt hätte – in dem Moment, in dem sie gemerkt hätten, dass ich von Slavas Existenz weiß –, wäre er weggebracht worden, irgendwo versteckt, wo wir ihn nie gefunden hätten. Vielleicht wäre sein Tod für die Justiz vorgetäuscht worden – vielleicht hätten sie ihn aber auch tatsächlich getötet. Alles, um mir die Chance zu nehmen, meinen Sohn aufzuziehen.«

Chloe keucht entsetzt auf. »Denkst du, sie hätten ...?«

»Ich würde dem alten Leonow alles zutrauen.« Oder Alexej und Ruslan, Ksenias ebenso rücksichtslosen Brüdern.

Chloe sieht entsetzt aus. »Das ist schrecklich.« Dann weiten sich ihre Augen, und sie keucht erneut. »Opa Ente! Oh Gott ... glaubst du, dass Ksenias Vater Slava wehgetan hat, als er bei ihm lebte?«

»Es würde mich nicht überraschen.« Ich versuche, meine Stimme ruhig zu halten, aber dunkle Wut sickert hinein und macht sie hart und kehlig. »Slava hat nie über die Zeit mit seinem Großvater gesprochen, aber die Art und Weise, wie er sich anfangs mir und Pavel gegenüber verhalten hat ... die Art und Weise, wie er sich immer noch mir gegenüber verhält, bis zu einem gewissen Grad ...« Ich halte inne, und mein Hals schnürt sich auf einer Welle von Wut zu.

Der vage Verdacht, den ich darüber hegte, wie Boris Leonow meinen Sohn behandelt hat, kristallisierte sich als nahezu sicher heraus, als Chloe mir von Slavas seltsamer Reaktion auf Opa Ente in der Kindergeschichte erzählte. Der einzige Grund, warum Ksenias Vater noch am Leben ist, ist, dass Konstantins Team die sorgfältig verheimlichte Tatsache aufgedeckt hat, dass er Bauchspeicheldrüsenkrebs im Endstadium hat und voraussichtlich nicht länger als ein paar qualvolle Monate überleben wird.

Ihn zu töten wäre eine Gnade, die ich ihm zu gewähren nicht bereit bin.

Chloe legt ihre Hand auf mein Knie. »Es tut mir so leid, Nikolai.« Ihre weichen, braunen Augen sind voller Mitgefühl und ein Echo der gleichen Wut, die in mir brennt.

Auch sie würde am liebsten jeden in Stücke reißen, der Slava verletzt hat, das merke ich.

Mühsam zügele ich meine Wut. Die Natur hat sich bereits die exquisiteste Folter für Boris Leonow ausgedacht, und damit muss ich mich zufriedengeben. Das Einzige, was ein Auftragsmord an Ksenias Vater bewirken würde, wäre, sein Leiden zu verkürzen und einen regelrechten Krieg zwischen unseren Familien auszulösen. Im Moment haben wir, wenn nicht gerade einen Waffenstillstand, so doch zumindest eine Entspannung: Seit einigen Jahren ist kein Blut mehr geflossen, trotz ständiger Reibereien auf geschäftlicher und persönlicher Ebene.

Das wird sich ändern, wenn ich Boris töte – oder wenn sie erfahren, dass ich hinter Slavas Entführung stecke. Sie mögen einen Verdacht hegen – Alexej hat während unserer Begegnung in Duschanbe einige Andeutungen gemacht – aber sie werden nicht auf diesen Verdacht hin handeln, wenn sie nicht sicher sind. Nicht nur, weil das bedeuten würde, diesen Krieg zu beginnen, sondern auch, weil, wenn sie sich irren und ich nichts über Slava weiß, ihr Angriff mich aufklären könnte, was ein ganzes hässliches Wespennest aufscheuchen würde.

Von meiner Seite aus habe ich mein Bestes getan, um sicherzustellen, dass Vermutungen alles sind, was sie haben. Ich verließ Russland drei Wochen, bevor wir Slava aus dem Lager holten, so dass die Zeitlinien nicht allzu sehr übereinstimmen, und Ksenias Freundin, die mich angerufen hatte, nachdem sie das Tagebuch gefunden hatte, wurde mit einer Million Dollar und einer neuen Identität nach Neuseeland umgesiedelt – und dem Versprechen, dass ihre Familie in Russland den Preis dafür zahlen würde, sollte sie einen der Leonows kontaktieren, um unser Gespräch weiterzugeben.

Ich gehe jetzt mit Chloe nicht auf all diese Details ein. Das ist nicht nötig – sie kann ihre eigenen Schlüsse aus dem ziehen, was ich ihr erzählt habe. Stattdessen bedecke ich ihre Hand mit der meinen und sage ernst: »Danke, *zajchik*.« Ihr Mitgefühl und ihre Wut in Slavas Namen kühlen meine Wut, und die Wärme ihrer kleinen Handfläche dringt trotz des dicken Stoffes meiner Jeans in meine Haut ein.

Sie schluckt, zieht ihre Hand zurück, und wendet ihren Blick ab. Sie hat Angst davor, das merke ich mit einem Stich – Angst vor emotionaler Intimität mit mir. Es ist entmutigend und ermutigend zugleich. Entmutigend, denn ich möchte, dass wir das hinter uns haben, dass wir wieder so werden, wie vor Alinas Enthüllungen. Und ermutigend, weil es mir sagt, dass es Hoffnung für uns gibt ... dass, egal wie sehr sie sich von mir abgestoßen und erschreckt fühlen mag, ihre Gefühle komplexer sind.

Um meine Frustration zu zügeln, warte ich darauf, dass sie mich wieder ansieht, und als sie das tut, nehme ich den Kaffee und reiche ihn ihr. »Hier, *zajchik*.« Mein Tonfall ist ruhig. »Du solltest ihn trinken, bevor er kalt wird.«

Ich lasse sie sich vorerst vor der Wahrheit verstecken, erlaube ihr, ihre Mauern und Abwehrlinien aufzubauen. Sie werden sie nicht vor mir retten. Nichts wird das tun.

Ob sie es mag oder nicht, ich werde sie besitzen.

Herz, Kopf, Körper und Seele.

12

CHLOE

Obwohl ich die volle Tasse Kaffee trinke, schlafe ich gleich nach dem Mittagessen ein und halte ein Nickerchen, bis Nikolai mir das Abendessen bringt. Ich denke, es sind die Schmerzmittel, die mich so schläfrig machen – oder mein Gehirn nutzt den Schlaf, um die jüngsten Enthüllungen zu verarbeiten und sich vor den angstauslösenden, unbeantworteten Fragen zu verstecken.

Sie haben Slava entführt und ihn der Familie seiner Mutter gestohlen. Ich sollte eigentlich schockiert sein, aber ich bin es nicht. Ich denke, dass ich so etwas auf einer gewissen Ebene vermutet habe. Es war Teil dieses beunruhigenden Gefühls, dass etwas nicht stimmt, das ich immer wieder von dieser Familie verspürte – besonders von meinem düsteren, hypnotisierenden Entführer.

Ich möchte seine Taten verurteilen, aber stattdessen kann ich nicht anders, als sie zu begrüßen. Um seinen Sohn aus einer potenziell missbräuchlichen Situation zu befreien, hat Nikolai sein Leben komplett umgekrempelt, sein Heimatland verlassen und seine Rolle als Chef des Molotow-Konglomerats aufgegeben. Nicht jeder Vater würde das für sein Kind tun, schon gar nicht für ein Kind, von dem er nichts wusste.

Ein Kind, von dem er sagt, es nie gewollt zu haben.

Meine Brust zieht sich zusammen, als ich mich an dieses Geständnis erinnere, das so beiläufig ausgesprochen wurde, als ob es keine Rolle spielen würde. Er hat es nicht erklärt, ist nicht ins Detail gegangen, aber ich konnte zwischen den Zeilen lesen.

Es war nicht der Wunsch, für sich selbst zu leben oder zu reisen oder eine Überbevölkerung zu verhindern – oder irgendein anderer Grund, den Menschen typischerweise angeben, wenn sie keine Kinder wollen. Nikolai wollte kein Vater sein, weil er glaubte, dass er kein guter Vater sein würde … und weil er nicht wollte, dass seine Linie fortgesetzt wird. Es gibt einen Teil meines Entführers, der sich selbst verachtet, entweder aufgrund dessen, was er getan hat – oder was er ist.

Ein Molotow.

Ich habe über die Geschichte nachgedacht, die er mir erzählt hat, über die Geschichte seiner Familie und die Art, wie er aufgewachsen ist. Über Letzteres hat er nicht viel gesagt, aber seine Auslassungen waren genauso aufschlussreich wie die Dinge, die er erzählt hat. Es war offensichtlich, dass ihm beigebracht wurde, das Leben als einen nie endenden Kampf ums Überleben und die Vorherrschaft zu sehen, einen Kampf, den nur die Rücksichtslosesten gewinnen können.

Ich würde alles darauf wetten, dass seine Erziehung durch seinen Vater nicht weit von dem entfernt war, wie sein mongolischer Vorfahre *seinen* Sohn im dreizehnten Jahrhundert erzogen hat, mit Foltertechniken und allem.

Ich versuche, während des Abendessens tiefer zu bohren, aber Nikolai ist nicht mehr in der Stimmung, über sich selbst zu sprechen. Stattdessen füttert er mich mit in Wein pochiertem Wildbret mit Pilzsoße und Süßkartoffelpüree, während sich das Gespräch auf mich konzentriert: meine Vorlieben und Abneigungen beim Essen, meine Lieblingsfilme, meine Freunde im College. Und er macht das so gekonnt, dass ich mich dabei ertappe, wie ich ohne Vorbehalte mit ihm spreche, lächele und lache, wenn ich beschreibe, wie die Katze meiner Mitbewohnerin auf mein Bett gepinkelt hat, und wie einer meiner männlichen Freunde meine Mutter für eine Studentin hielt und sie während unserer Orientierungsphase im ersten Semester anbaggerte.

Es ist, als wären wir wieder bei unseren Videochats, und als wäre alles, was seit seiner Rückkehr passiert ist, nichts weiter als ein schrecklicher Fiebertraum gewesen.

Erst als das Abendessen fertig ist und er mir einen Gute-Nacht-Kuss gibt, wobei ich seine Lippen weich und kühl auf meiner Stirn spüre, wird mir klar, dass ich die Gelegenheit verpasst habe, Antworten auf den Rest meiner brennenden Fragen zu bekommen.

Das Muster wiederholt sich am nächsten Morgen, als Nikolai mir das Frühstück bringt. Er weicht meinen Versuchen, ein Gespräch auf seinen Vater – oder *meinen* Vater – zu lenken, gekonnt aus. Stattdessen füttert er mich mit *grechka* – dem gerösteten Buchweizen-Kascha, den Alina anstelle von Haferflocken mag –, und wir besprechen Slavas Fortschritte und die nächsten Lektionen, die ich geplant habe. Dann hilft er mir beim Duschen, wechselt meinen Verband und zieht mir auf mein Drängen hin eine Yogahose und ein weiches T-Shirt an.

Meinem Knöchel geht es besser, ebenso wie meinem Arm, so dass ich vorhabe, auf den Beinen zu sein.

»Übertreib es nicht«, warnt er mich, während ich entschlossen zu Slavas Zimmer humpele, anstatt mich von ihm dorthin tragen zu lassen. »Du brauchst noch Zeit, um gesund zu werden.«

»Ich werde es ruhig angehen lassen, keine Sorge«, sage ich und lasse mich auf Slavas Bett fallen – sehr zur Freude des Jungen. »Wir werden ein paar Bücher lesen, ein paar Burgen bauen ... Nichts Anstrengendes, versprochen.«

Nikolai schaut immer noch besorgt, also schenke ich ihm ein strahlendes Lächeln. »Mir geht es schon besser, wirklich. Ich habe heute Morgen nicht einmal eine Schmerztablette gebraucht.« Letzteres stimmt nicht ganz – ich könnte definitiv eine Schmerztablette gegen die dumpfen, nagenden Schmerzen in meinem Arm vertragen – aber ich habe mich dagegen entschieden, um zu sehen, ob ich es ohne aushalten kann.

So oder so, meine Beruhigung funktioniert wie beabsichtigt. Nikolais Gesicht entspannt sich. »Also gut«, sagt er, und mit ein paar Worten auf Russisch an seinen Sohn überlässt er uns dem Unterricht.

Am Vormittag schmerzt mein Arm stärker – Slava ist versehentlich gegen die Schlinge gestoßen, als er auf meinen Schoß geklettert ist – also humpele ich zurück in mein Zimmer, um das Schmerzmittel doch noch zu nehmen.

Im Flur treffe ich auf Lyudmila, die einen riesigen

Blumenstrauß trägt, alles von üppigen Rosen bis zu Sonnenblumen und Tulpen. »Alina hat Geburtstag«, informiert sie mich, als ich frage, wofür es ist. »Ein großer. Heute wird sie fünfundzwanzig.«

Oh, Mist. Alina hat erwähnt, dass sie diese Woche Geburtstag hat, als wir zusammen Gras geraucht haben. Ich hatte allerdings keine Ahnung, dass dieser heute ist.

Ich denke schnell nach und frage Lyudmila: »Wo ist Nikolai?«

Ich brauche eine Art Geschenk, und das Einzige, was mir einfällt, ist ein eigener Strauß – Wildblumen aus dem nahegelegenen Wald. Während meiner Wanderungen habe ich ein paar Stellen entdeckt, an denen sie in Hülle und Fülle wachsen.

Das Problem ist, an einen dieser Orte zu gelangen, wenn sich mein Knöchel danebenbenimmt, aber da kommt hoffentlich Nikolai ins Spiel.

Lyudmila nickt in Richtung seines Büros. »Er arbeitet.«

Sie geht an mir vorbei zu Alinas Zimmer, und ich beiße mir auf die Lippe, während ich Nikolais geschlossene Bürotür betrachte. Traue ich mich, ihn zu unterbrechen?

Ein trillerndes weibliches Lachen und angeregtes russisches Geplapper, das aus Alinas Zimmer kommt, nehmen mir die Entscheidung ab.

Ich komme nicht umhin, mindestens *etwas* für Nikolais Schwester zu besorgen.

Ich humpele hinüber zu Nikolais Büro und klopfe leise.

»*Da*«, antwortet seine tiefe Stimme – *ja* auf Russisch.

Ich atme tief ein. »Ich bin es, Chloe. Ich habe mich nur gefragt, ob …«

Die Tür schwingt auf, und die Worte ersterben auf meinen

Lippen, als ich in atemberaubende grün-goldene Augen schaue, die mir den Atem rauben und meinen Herzschlag beschleunigen.

Verdammt.

Wird mein Körper jemals aufhören, so stark auf ihn zu reagieren? Zu diesem Zeitpunkt haben wir gefickt, und er hat mich mehrmals gebadet, aber seine männliche Schönheit blendet mich immer noch jedes Mal, wenn wir ein paar Stunden getrennt waren.

»Was ist los, *zajchik*?«, fragt er und zieht seine dunklen Augenbrauen zusammen, während er mir einen schnellen, besorgten Blick zuwirft. Bevor ich antworten kann, ergreift er meine Hände. »Ist alles in Ordnung?«

»Ja, alles ist in Ordnung. Ich habe gerade …« Ich werfe einen kurzen Blick über meine Schulter. Der Korridor ist leer, aber ich senke trotzdem meine Stimme, nur für den Fall. »Ich brauche ein Geschenk für Alina.«

»Ah. Komm rein.« Er schiebt mich in sein Büro und führt mich zu einem Stuhl, auf den ich dankbar sinke. Vielleicht habe ich es mit dem vielen Laufen heute übertrieben – meinem Knöchel geht es besser, aber er ist definitiv noch nicht ganz gesund. Mein Arm ist es auch nicht.

Das Schmerzmittel wird von Minute zu Minute notwendiger.

»Hier«, sagt Nikolai und zieht eine Schublade in seinem Schreibtisch auf. Er nimmt eine kleine schwarze Box heraus und reicht sie mir. »Das kannst du ihr geben.«

Verwirrt öffne ich sie – und blicke auf ein diamantbesetztes Armband.

Was zum Teufel …?

Mein Blick richtet sich auf sein Gesicht. »Was meinst du damit, es ihr zu geben?«

»Es kann dein Geschenk sein«, sagt Nikolai sachlich. »Ich schenke ihr ein weiteres Schmuckstück.«

Meint er es ernst?

»Natürlich kann es nicht mein Geschenk sein«, sage ich, als ich meine Fähigkeit zu sprechen wiedererlangt habe. »*Du* hast es für sie besorgt, nicht ich. Ich kann mir keinen einzigen Stein in diesem Armband leisten, und Alina weiß das.«

Er zuckt mit den Schultern. »Na und? Sie wird sich trotzdem freuen.«

Oh mein Gott. Ich atme tief durch und zähle bis drei. »Nein, wird sie nicht. Denn ich werde ihr etwas anderes geben – etwas, was wirklich von mir ist.«

»Zum Beispiel?«

»Blumen. Ich würde gerne einen Blumenstrauß für sie zusammenstellen. Ich habe ein paar wirklich schöne gesehen, die nicht weit von hier blühen.«

Seine Augenbrauen ziehen sich wieder zusammen. »Mit diesem Knöchel wirst du auf keinen Fall wandern gehen.«

»Es ist nicht weit. Ich kann es schaffen. Vor allem, wenn du mit mir kommst und mir hilfst.«

Ein eigenartiges Glitzern erscheint in seinen Tigeraugen. »Willst du, dass ich dich beim Blumenpflücken begleite?«

Jetzt, wo er es gesagt hat, wird mir klar, wie lächerlich es klingt – und wie groß die Bitte ist. Was zum Teufel habe ich mir dabei gedacht? Er ist nicht mein Freund; er ist mein Entführer, ein mächtiger, gefährlicher Mann, der weitaus wichtigere …

»In Ordnung«, sagt er, bevor ich einen Rückzieher machen kann. »Gib mir eine Minute, um hier fertig zu werden, und dann gehen wir.«

13

NIKOLAI

*I*ch ignoriere Chloes Behauptungen, dass sie *richtig gut* laufen kann, trage sie in ihr Zimmer und kehre zurück, um die Nachricht zu beenden, die ich geschrieben habe, um Valerys Neuzugang zu instruieren, wie und wo ich die DNA-Probe genommen haben möchte. Es ist kein Mann, den mein Bruder für diesen Job schickt, sondern eine Frau – was noch besser ist.

Es eröffnet einige interessante Möglichkeiten in Bezug auf die Annäherung an Bransford.

Dann beantworte ich noch ein paar dringende Nachrichten und hole Chloe für unsere Blumensammel-Expedition ab.

Mein Herz pocht vor Vorfreude, als ich mich ihrem Zimmer nähere. Vielleicht interpretiere ich da zu viel hinein, aber ich fühle mich ermutigt, dass sie aktiv nach mir sucht, dass sie Zeit mit mir verbringen will, auch wenn es unter diesem bescheuerten Vorwand ist.

Meine Strategie, nichts weiter als ihr geduldiger,

platonischer Betreuer zu sein, funktioniert. Langsam, aber sicher verliert mein *zajchik* seine Angst vor mir und gibt seine Deckung auf. Und das ist gut – denn ich weiß nicht, wie lange ich noch geduldig bleiben kann.

Je besser Chloe sich fühlt, desto schwieriger ist es, die Bestie in mir zu kontrollieren, mich davon abzuhalten, sie zu beanspruchen, wie es meine Instinkte verlangen.

Sie schaut gerade die Nachrichten, als ich ihr Zimmer betrete. Als sie mich sieht, schaltet sie den Fernseher aus und steht mit einem strahlenden Lächeln im Gesicht auf. »Ich bin bereit.«

Etwas tief in meiner Brust dehnt sich gleichzeitig aus und zieht sich zusammen. »Dann lass uns die Blumen holen.«

Ich lasse sie allein auf mich zugehen, nur um zu sehen, wie gut ihr Knöchel verheilt. Sobald sie mich erreicht, hebe ich sie jedoch hoch und ignoriere ihre erneuten Einwände. Ich kann ihr nicht beim Hinken zusehen – es tut mir zu sehr weh – also ist die einzige Möglichkeit, diese Wanderung zu machen, sie in meinen Armen zu halten.

»Du hast doch nicht ernsthaft vor, mich den ganzen Weg dorthin zu tragen?«, sagt sie, als wir das Haus verlassen.

Ich lächele zu ihr herunter. »Warum nicht, *zajchik*?«

Ich liebe es, sie zu halten und an mich zu drücken. Bis ihr Knöchel geheilt ist, habe ich vor, sie so viel wie möglich herumzutragen – und vielleicht auch noch danach.

»Also erstens ist es fast einen Kilometer bis zu dem Ort, den ich im Sinn habe«, sagt sie mit äußerster Ernsthaftigkeit, als ob ein Kilometer irgendeine Art von realer Entfernung wäre. »Wenn du mir nur deinen Ellenbogen leihst, könnte ich langsam dorthin laufen.«

»Das wird nicht passieren.«

»Aber ich bin schwer. Es ist unmöglich ...«

»Du machst Witze, oder?« Ich grinse in ihr kleines, entrüstetes Gesicht. »Zajchik, ich habe ganze Tage lang Rucksäcke getragen, die schwerer waren als du.«

Sie blinzelt. »Du meinst ... als du bei der Armee warst?«

»Und jetzt. Pavel und ich trainieren häufig mit den Wächtern, um fit zu bleiben.«

»So, so. Aber trotzdem ...«

»Wie wäre es damit? Ich verspreche, dass ich dich gehen lasse, wenn ich müde werde.« Eher, wenn ich tot umfalle. Nur so kann sie mit ihrem Knöchel durch diese Wälder wandern.

Sie schnauft. »Gut. Sei ganz der Macho, mal sehen, ob es mich kümmert, wenn deine Arme abfallen. Die Blumen sind in dieser Richtung.« Sie zeigt auf einen kleinen Feldweg, der östlich von uns in den Wald führt und legt dann ihren Kopf auf meine Schulter, als wolle sie ein Nickerchen machen.

Ich lache und gehe den von ihr angedeuteten Weg hinunter, wobei ich darauf achte, sie vor tief hängenden Ästen und Sträuchern zu schützen. Ich kann mich nicht erinnern, wann ich mich das letzte Mal so leicht gefühlt habe, sowohl körperlich als auch geistig. Anstatt mich zu ermüden, beflügelt mich ihr geringes Gewicht in meinen Armen. Das Gefühl ihres Körpers an meinem ruft nicht nur den üblichen fleischlichen Hunger hervor, sondern auch etwas Warmes und Reines ... fast etwas wie Freude.

Es ist, als ob sich die dunklen Wolken, die in den letzten Jahren über mir hingen, für einen Moment gelichtet haben und ein Stück sonnenbeschienener Himmel zum Vorschein kam.

Das Gefühl hält den ganzen Weg über bis zu unserem Ziel an und wird durch ihr gelegentliches Gemurre über dumme Macho-Männer und deren Egos verstärkt. Ich bin mir sicher, dass sie beleidigend sein will, aber alles, was ich fühle, ist Belustigung gemischt mit Erleichterung. Ich mag es, wenn sie bissig und mürrisch ist. Es bedeutet, dass sie sich bei mir sicher fühlt und die Dinge vergisst, die sie von mir gehört und gesehen hat.

Vergisst, dass ich ein Monster bin.

Als wir zu einer kleinen, mit Wildblumen übersäten Wiese kommen, setze ich sie ab und lasse sie die Blumen pflücken. Trotz der Schlinge ist sie schnell und effizient. Ihre flinken Finger zupfen die verstreuten Pflanzen und arrangieren sie zu etwas Schönem. Als sie fertig ist, muss ich zugeben, dass es eine gute Geschenkidee *ist* – meine Schwester wird diesen ungewöhnlichen, nach Wald duftenden Strauß lieben.

»Ich bin bereit für den Heimweg«, sagt sie mit falschem Hochmut, und ich lache, während ich sie hochhebe, vorsichtig, um die Blumen, die sie in der Hand hält, nicht zu zerdrücken. Ihr Aroma vermischt sich mit dem frischen, berauschenden Duft ihres Haares, und mein Körper entzündet sich mit einer Welle der Erregung. Mein Schwanz verhärtet sich, als sie ihren Kopf auf meine Schulter legt und ihre Nase meinen Hals streift.

»Bergauf ist es härter, nicht wahr?«, fragt sie fröhlich, als ich den Weg zurück zum Haus antrete. Sie hebt den Kopf, legt ihre Handfläche auf meine Brust und grinst. »Dein Herz schlägt schon schneller.«

So ist es – aber nicht aus dem Grund, an den sie denkt. Ich muss mich zusammenreißen, um sie nicht gegen den nächsten Baum zu drücken und tief in ihren engen kleinen Körper zu fahren. Sie zu fühlen, ihr Geruch, das schelmische Funkeln in ihren Augen – all das schürt das Feuer, das in mir brennt, den heftigen Hunger, den ich so sehr zu unterdrücken versucht habe.

Mein Tempo verlangsamt sich, als mein Blick auf ihre Lippen fällt, die so schön und weich sind, so verführerisch geschwungen in diesem strahlenden, neckischen Lächeln.

Tu es nicht.

Mein pochender Herzschlag verstärkt sich zu einem Dröhnen in meinen Ohren.

Tu es verdammt nochmal nicht.

Ich bekomme einen Tunnelblick, die Welt um uns herum verschwimmt und gerät aus dem Fokus. Alles, was ich sehen kann, ist ihr Lächeln, strahlend und warm wie die Sonne. Alles, was ich fühlen kann, ist die Hitze, die meine Adern versengt.

Tu es verdammt nochmal nicht.

Ihr Lächeln verblasst, und ein misstrauischer Blick tritt in ihre weichen braunen Augen, als ich stehen bleibe und sie anstarre. »Nikolai, ich wollte nicht ...«

Meine Lippen bedecken die ihren und verschlucken den Rest ihrer Worte. *Fuck, sie schmeckt gut.* Wie Äpfel und Beeren und Blumen, etwas Gesundes und Wildes und Frisches. Der berauschende Geschmack füttert den dunklen Hunger in mir und verstärkt das wilde Bedürfnis, das unter meiner Haut brodelt.

Ihre Lippen öffnen sich unter dem Druck der meinen, und meine Zunge dringt in die feuchten, warmen Tiefen ihres Mundes ein und sucht nach jedem Stückchen ihres Geschmacks, ihres süßen, reinen Wesens. Gierig atme ich ihr keuchendes Ausatmen ein und schwelge in dem Stöhnen, das ihre Kehle vibrieren lässt, während ich mit meinen Zähnen an ihrer Unterlippe ziehe und dabei fast die empfindliche Haut verletze.

Meine. Sie gehört verdammt nochmal mir. Ich will sie verzehren, verschlingen, brandmarken ... sie nehmen, verwüsten, zerstören. Nein, nicht zerstören – besitzen, auch wenn das als Molotow im Grunde ein und dasselbe ist. Mein Bedürfnis nach ihr ist obsessiv und dunkel, gefährlich für sie und für mich. Aber ich weigere mich, jetzt daran zu denken, weigere mich, mich an die Streitereien meiner Eltern und die Warnungen meiner Großmutter zu erinnern. Das Schicksal hat Chloe zu mir gebracht, und das Schicksal wird unseren Weg bestimmen. Im Moment will ich sie beanspruchen, sie besitzen.

Hungrig vertiefe ich den Kuss, und sie antwortet mit gleicher Inbrunst, ihre Zunge duelliert sich mit meiner, während ihr linker Arm sich um meinen Hals schlingt. Meine Arme legen sich um sie, drücken sie gegen meine Brust und entlocken ihr einen schmerzhaften Schrei.

Scheiße. Ihre Schlinge.

Was tue ich gerade?

Mit übermenschlicher Anstrengung reiße ich meinen Mund weg und setze sie ab. Schwer atmend weiche ich zurück, als sie mich mit großen Augen und vom Kuss geschwollenen Lippen anstarrt.

Schockiert. Sie ist geschockt von dem, was passiert ist, und ich bin es auch. Schockiert, dass ich sie losgelassen habe, dass ich die Kraft gefunden habe, sie freizulassen, während das Tier in mir heult und wütet und verlangt, dass ich sie hier und jetzt nehme, egal wie verletzt und zerbrechlich sie ist.

»Nikolai, ich …« Sie schluckt heftig und legt ihre linke Hand auf ihre Brust. Der Strauß, den sie in der Hand hält, ist beschädigt, einige Blumen sind zerdrückt und in der Mitte geknickt. »Ich glaube nicht, dass das eine gute Idee ist. Ich meine, du und ich …«

»Ich weiß, was du meinst.« Mein Tonfall ist so schneidend

wie der Hunger, der in mir wütet und an meiner Selbstbeherrschung nagt.

Ich war so nah dran, sie zu ficken. Noch eine Minute, und ich wäre tief in ihre enge, feuchte Hitze eingetaucht und hätte alle ihre Verletzungen vergessen.

Es ist amtlich. Ich bin ein verdammter Höhlenmensch.

Es gibt keinen Zweifel mehr in meinem Kopf.

Sie kaut auf ihrer prallen Unterlippe, was mich dazu bringt, dasselbe zu tun. »Das tue ich nicht …«

»Du solltest sie in Ordnung bringen.« Auf ihren leeren Blick hin knurre ich: »Die Blumen. Sie sind zerdrückt.«

Sie blinzelt und schaut nach unten, als ob sie erst jetzt merken würde, dass sie noch in ihrer Hand sind. »Stimmt.« Sie tritt unsicher zurück. »Das werde ich.«

Sie kniet nieder, um die wenigen einsamen Blumen zu pflücken, die auf diesem Weg wachsen, und ich wende mich ab und atme tief durch. Als sie wieder meinen Namen ruft, habe ich mich unter Kontrolle. *Größtenteils.*

Ich drehe mich wieder zu ihr um und halte meinen Gesichtsausdruck neutral. »Gehen wir.«

Sie kommt humpelnd auf mich zu, und ich beiße die Zähne zusammen, als ich sie hochhebe. Probleme mit der Selbstkontrolle hin oder her, ich lasse sie nicht allein zurückwandern.

Ich drücke sie fest an meine Brust und verlängere meine Schritte, bis ich fast renne. Sie bleibt stumm, obwohl sie hören muss, wie mein Atem vor Anstrengung schneller wird. Es gibt keine Hänseleien mehr über Macho-Männer, keine Proteste mehr darüber, dass sie allein laufen kann. Sie will nicht meine Aufmerksamkeit auf sich ziehen, und das ist auch gut so.

Meine Zurückhaltung hängt nur noch an einem seidenen Faden.

Erst als wir uns dem Haus nähern, spricht sie wieder. »Danke«, sagt sie leise und zwingt mich, ihren Blick zu erwidern – etwas, was ich den ganzen Rückweg lang vermieden habe. »Ich weiß das wirklich zu schätzen.«

»Natürlich. Ich helfe gerne.« Mein Ton ist lässig, ruhig, als ob wir darüber sprechen, dass Ich sie zum Blumenpflücken begleitet habe. Aber wir beide wissen, dass wir das nicht tun.

Sie ist dankbar für die Tatsache, dass ich sie nicht gefickt habe – dass sie jetzt ihre Mauern errichten und sich verstellen kann.

14

CHLOE

Sobald Nikolai mich in meinem Zimmer abgesetzt hat, mache ich mich auf die Suche nach Alina. Ich finde sie in der Küche, wo sie mit Lyudmila plaudert, und überreiche ihr die Blumen zusammen mit den Geburtstagsglückwünschen.

»Danke.« Sie nimmt den Strauß mit einem strahlenden Lächeln entgegen. »Wo in aller Welt hast du die denn her? Sie sind wunderschön.«

Ich lächele zurück. »Ach, nur hier in der Nähe.«

»Wirklich? Mit deinem Knöchel?«

Meine Wangen werden heiß bei der Erinnerung an das, was im Wald fast passiert wäre. »Nikolai hat vielleicht geholfen.«

Ihr Lächeln verblasst leicht, aber sie sagt nichts dazu. Stattdessen wendet sie sich an Lyudmila, die an der Spüle Gemüse schnippelt, und spricht ein paar Worte auf Russisch mit ihr. Die blonde Frau eilt davon, um eine hübsche Vase mit Wasser zu füllen, und Alina arrangiert die Blumen darin, bevor sie sie ins Esszimmer bringt, wo sie sich zu dem anderen Strauß gesellen, der den Tisch schmückt.

»Wie geht es dir?«, frage ich, während ich ihr folge. Der Tisch ist bereits mit einer Vielzahl von Vorspeisen gedeckt; es sieht so aus, als würde es heute ein besonders ausgefallenes Mittagessen werden. »Hast du noch Kopfschmerzen?«

»Das sollte ich dich fragen.« Sie schaut mich an, und ihre jadefarbenen Augen glänzen. »Wie geht es deinem Arm? Deinem Knöchel?«

»Alles besser.« Der Knöchel im Moment nicht so sehr – ich habe es heute definitiv übertrieben – aber darüber schweige ich.

»Das freut mich.« Sie zögert, dann fragt sie leise: »Hast du mit Nikolai gesprochen?«

Mein Puls wird schneller. »Er hat mir von Slava und den Leonows erzählt.« Wird sie mir noch mehr erzählen? Hat sie sich doch noch entschieden, mir die ganze Geschichte zu enthüllen?

Ihr Gesicht nimmt einen sphinxartigen Ausdruck an. »Ich verstehe.«

Ich denke die Antwort ist Nein. Ich bin versucht, sie zu bedrängen, aber ich möchte an ihrem Geburtstag kein traumatisches Thema ansprechen – obwohl man argumentieren könnte, dass sie es gerade selbst angesprochen hat.

»Wollen wir heute Abend nach dem Essen etwas zusammen machen?«, frage ich spontan. »Vielleicht ein paar Brettspiele spielen, ein paar Bierchen trinken? Natürlich auch gerne mit Lyudmila.«

Mein Angebot ist nur teilweise durch meinen Wunsch motiviert, nach mehr Informationen zu suchen. Hauptsächlich möchte ich Alina besser kennenlernen, denn ich fange an, sie wirklich zu mögen.

Sie sieht erschrocken aus, erholt sich aber schnell. Mit einem herzlichen Lächeln sagt sie: »Das klingt toll. Mal sehen, wie lange das Essen dauert, und dann entscheiden wir, was wir tun.«

Da ich schon unten bin, gehe ich mit allen zum Mittagessen, anstatt mich von Nikolai in meinem Zimmer füttern zu lassen. Nicht nur, dass ich mich gut genug fühle, um wieder eine funktionierende Erwachsene zu sein, sondern nach dem, was fast im Wald passiert wäre, fühlt sich das Alleinsein mit Nikolai wie ein gefährliches Unterfangen an – besonders im Beisein eines Bettes.

Ich bin mir sicher, dass er nur aufgehört hat, weil er Angst hatte, meinen Arm zu verletzen. Das wäre viel weniger ein Problem, wenn er bequem auf einem Kissen liegen würde.

Mein Herz hämmert schneller bei dem Gedanken, und ich werfe ihm einen heimlichen Blick zu. Ich kann immer noch spüren, wie seine Lippen die meinen verschlingen, kann immer noch seinen warmen, minzigen Atem schmecken. Meine Brustwarzen fühlen sich übermäßig empfindlich an, und meine Unterlippe pocht an der Stelle, an der er sie gebissen hat, das Pulsieren hallt tief in meinem Inneren wider.

Ich will ihn. Und nicht auf eine ungezwungene Es-wäre-schön-wenn-Art-und-Weise. Obwohl ich weiß, was er ist, sehne ich mich so verzweifelt nach ihm, dass es wie eine Krankheit ist, eine Sucht, die so ungesund und gefährlich ist wie die eines Heroinabhängigen. Ich habe keine Willenskraft in seiner Nähe, keine Fähigkeit, seiner Berührung zu widerstehen. Eigentlich sollte er mich erschrecken und abstoßen, aber stattdessen fühle ich mich genauso sehr zu ihm hingezogen wie vorher, wenn nicht sogar noch mehr.

Es ist verdreht. Es ist falsch. Ich weiß das, aber ich kann es nicht ändern.

Mein Körper und mein Herz weigern sich, sich mit meinem Kopf zu synchronisieren.

Er registriert meinen Blick auf ihn, und seine Tigeraugen werden schwer, gefüllt mit unverkennbar dunkler Hitze. Mein Puls steigt weiter an, und mein Atem geht stoßweise, während ich wegschaue. Wie sehr ich ihn auch will, er will mich noch mehr. Und sein Verlangen ist nicht von der weichen und süßen Sorte. Ich spürte heute die wilde Dringlichkeit in ihm, das Bedürfnis zu dominieren und zu erobern. Wären meine Verletzungen nicht gewesen, hätte er mich auf der Stelle genommen, auf dem mit Laub bedeckten Boden. Und sanft wäre er auch nicht gewesen.

Wenn wir wieder Sex haben, wird es für mich verheerend sein, sowohl körperlich als auch psychisch, und die einzige Möglichkeit, das zu verhindern, ist, ihm aus dem Weg zu gehen – etwas, was in meiner derzeitigen Situation unmöglich ist. Selbst wenn ich bereit wäre, eine Begegnung mit neuen Lakaien von Bransford zu riskieren, würde Nikolai mich nicht gehen lassen.

Zum ersten Mal erlaube ich mir, an die Zukunft zu denken, und an das, was sie bringen wird. Wird Nikolai mich jemals gehen lassen? Und wenn er es tut, werde ich dann jemals sicher sein? Wenn Tom Bransford mich tatsächlich tot sehen will, was hält ihn dann davon ab, mich weiterhin zu verfolgen? Den Umfragen nach zu urteilen wird er höchstwahrscheinlich der

Kandidat seiner Partei sein. Wenn er dann die Parlamentswahlen gewinnt, wird seine Macht nahezu grenzenlos sein – nicht, dass es im Moment viele Grenzen gäbe.

Laute Stimmen reißen mich aus meinen dunklen Grübeleien. Es sind Alina und Nikolai, die sich, wie es sich anhört, auf Russisch streiten. Ich war so in meine Gedanken versunken, dass ich die angespannte Atmosphäre am Tisch nicht bemerkt habe, aber jetzt kann ich sie nicht mehr ignorieren.

Bruder und Schwester haben eindeutig eine Meinungsverschiedenheit, und Slava beobachtet sie mit seinen goldenen Augen, die vor Neugierde und mehr als nur einem Hauch von Sorge glänzen.

Ich ziehe an seinem Ärmel. »Hey. Wie nennen wir das auf Englisch?« Ich zeige auf die Tomate auf seinem Teller.

Er blinzelt zu mir hoch.

»Wir haben es erst heute Morgen gelernt, erinnerst du dich?« Er sieht immer noch ratlos aus, also beschließe ich, ihm einen Hinweis zu geben. »Es ist ein Gemüse, das wir To...«

»Tomate!«, ruft er aus und strahlt mich an.

»Das ist richtig.« Grinsend streiche ich über sein seidiges Haar. Mein Ziel war es, ihn von dem Streit der Erwachsenen abzulenken, aber es sieht so aus, als ob meine Einmischung den Streit ganz beendet hat, da Alina und Nikolai ihre Aufmerksamkeit stattdessen auf uns gerichtet haben.

»Er lernt so schnell«, sage ich, und Slava bläht stolz seine Brust auf, während Alina ihm ein warmes Lächeln schenkt und etwas auf Russisch sagt, was wie ein Lob klingt.

»Wir sollten Englisch mit ihm sprechen.« Nikolais Ton ist

immer noch schroff. »Zumindest wenn Chloe in der Nähe ist. Auf diese Weise wird er noch schneller lernen.«

Alinas Lippen spannen sich an, aber sie nickt. »Wie du willst. Er ist dein Sohn.«

Ich bin mehr als neugierig, worum es bei ihrem Streit ging, aber ich denke nicht, dass es eine gute Idee ist, nachzufragen. Stattdessen will ich von Alina wissen, wie sie ihren Geburtstag normalerweise feiert, und sie unterhält mich mit Beschreibungen von Reisen zu exotischen Orten und üppigen Partys in Moskau, die von allen möglichen Prominenten besucht werden.

»Moment mal«, sage ich, als sie beiläufig erwähnt, wie ein Filmstar während einer Geburtstagsparty in Mykonos auf ihrer Yacht ohnmächtig wurde. »Du kennst Hollywood-Promis?«

Sie lacht. »Natürlich nicht alle, aber einige. Sie sind auch nur Menschen, weißt du. Nichts Besonderes im Großen und Ganzen.«

Nichts Besonderes für *sie* vielleicht, aber ich bin fasziniert. Ich bringe sie dazu, mir alles über ihre berühmten Freunde und Bekannten zu erzählen, und ehe ich mich versehe, sind wir mit dem Essen fertig. Das ist auch gut so, denn selbst boulevardszeitungswürdige Geschichten über sich danebenbenehmende Promis haben mein Bewusstsein für Nikolai und seinen absichtlichen, unerschütterlichen Fokus auf mich nicht gemindert.

Während der gesamten Mahlzeit hat er mich mit der tödlichen Geduld eines Raubtiers beobachtet, das weiß, dass es nur eine Frage der Zeit ist, bis es seine Beute verschlingt.

Unsere Blicke treffen sich, als wir vom Tisch aufstehen. Ich schaue sofort wieder weg, und meine Haut kribbelt, während mein Puls unkontrolliert rast.

Das ist schlimm. Ich hatte damit gerechnet, dass Nikolai sich zumindest noch ein paar Tage zurückhalten würde, aber ich glaube nicht, dass ich auch nur annähernd so viel Zeit bekommen werde. Vielleicht noch einen weiteren Tag, wenn ich Glück habe.

Wenn nicht, werde ich heute Nacht in seinem Bett landen.

»Lass uns in dein Zimmer gehen«, sage ich zu Slava und versuche, die Röte zu ignorieren, die meinen ganzen Körper erhitzt. »Wir können Batman und Robin spielen – oder Batman und Superman.«

Das Kind ergreift eifrig meine Hand, und wir gehen gemeinsam aus dem Esszimmer, während Nikolai und Alina einen weiteren Streit auf Russisch auszutragen beginnen.

15

NIKOLAI

»*I*ch sage dir, du kannst sie nicht im Dunkeln darüber lassen«, sagt Alina erneut, während Chloe und mein Sohn aus dem Blickfeld verschwinden. »Es ist ihr Vater. Sie verdient es, zu wissen, was du vorhast.«

Verdammter Pavel. Er hat Lyudmila von Bransford erzählt, und sie konnte natürlich nicht widerstehen, meiner Schwester davon zu erzählen – die wieder einmal entschlossen ist, ein Mitspracherecht in einer Sache zu haben, die sie nichts angeht.

Ich funkele sie an. »Du musst dich verdammt nochmal da raushalten. Das geht nur mich und Chloe etwas an, verstanden?«

Alinas grüne Augen blinzeln mich ganz unschuldig und verletzt an. »Ich wollte mich nicht einmischen. Ich sage nur, wenn du eine Chance auf eine echte Beziehung mit ihr haben willst, musst du ...«

Ich schnaube. »Was weißt du schon über echte Beziehungen?«

Sie holt tief Luft und lässt die Schultern hängen. »Schau, es war falsch von mir, mich vorher einzumischen. Dafür kann ich mich nicht genug entschuldigen. Aber die Tatsache bleibt bestehen: Chloe ist nicht wie wir. Egal, was Bransford getan hat, er ist immer noch ihr biologischer Vater ...«

»Er ist der Vergewaltiger ihrer Mutter, nichts weiter.« Ich kann mich nicht einmal dazu durchringen, ihn einen Samenspender zu nennen. Das war *ich* für Slava in den ersten vier Jahren seines Lebens, aber sobald ich von seiner Existenz erfuhr, konnte ich mir nicht vorstellen, ihm auch nur ein Haar zu krümmen, geschweige denn einen Anschlag auf ihn zu befehlen ... nicht einmal, wenn er eines Tages einen auf mich befiehlt.

Alina zuckt bei meinem scharfen Ton zusammen. »Ich weiß. Ich sage nicht, dass sie ihn als Familie betrachtet oder so. Aber sie verdient es trotzdem, ein Mitspracherecht zu haben.«

»Warum? Damit sie seinen Tod auf dem Gewissen haben kann?«

»Was ist, wenn sie ihn nicht tot sehen will?«

»Das ist nicht ihre Entscheidung.« Auf keinen Fall lasse ich den Wichser am Leben, nicht einmal, wenn Chloe darum bettelt.

»Aber das sollte sie«, sagt Alina frustriert. »Wenn ich sie wäre ...«

»Ich würde auch dir diese Last nicht aufbürden.« Ich würde sie selbst tragen, so wie ich es jetzt tue.

Ihre Augen verdunkeln sich. »Kolya ...«

»Lass es.« Der Tod unseres Vaters ist kein Thema, das ich mit ihr besprechen möchte. Niemals. »Halt dich einfach aus meiner Beziehung zu Chloe raus, verstanden?«

Und bevor sie mich noch weiter verärgern kann, gehe ich fort.

Ich verbringe den Nachmittag damit, mich um das Geschäftliche zu kümmern – auch wenn meine Brüder die meiste Verantwortung für das Familienkonglomerat übernommen haben, gibt es genug für mich zu tun – und dann schalte ich die Videoübertragung aus Chloes Zimmer ein, wo sie sich gerade für das Abendessen fertig machen sollte.

Ich erwische sie dabei, wie sie, bereits mit einem Abendkleid bekleidet, aus ihrem Schrank kommt. Eine Sekunde lang frage ich mich, wie sie es geschafft hat, sich ohne Hilfe umzuziehen – ich hatte vor, ihr gleich zu helfen – aber dann tritt meine Schwester ins Bild.

»Stell dich hierhin«, sagt sie zu Chloe und führt sie zum Fenster. »Da dein Arm außer Gefecht gesetzt ist, werde ich dein Make-up machen.«

Ich lehne mich in meinem Stuhl zurück und beobachte amüsiert, wie sie beginnt, Chloes Gesicht mit den verschiedenen Tuben und Pinseln zu bemalen, die sie aus einer kleinen Tasche holt. Ich erinnere mich, dass sie ihre Puppen auf die gleiche Weise bemalt hat, als sie klein war; ich denke, sie ist dem nie entwachsen. Das stört mich nicht. Chloe braucht kein Make-up – sie ist auch ohne wunderschön –, aber das ist etwas, was Frauen tun, wenn sie sich herausputzen, und ich mag mein *zajchik* herausgeputzt. Oder leicht bekleidet. Oder besser noch … komplett nackt.

Mein Körper verhärtet sich bei dem Gedanken, und ich

muss ein paarmal tief durchatmen, um meinen beschleunigten Puls zu kontrollieren. Ich kann sie nicht haben. Noch nicht. Egal, wie sehr es körperlich schmerzt, es mir zu verweigern.

Im Moment kann ich nur beobachten und planen, was ich mit ihr machen werde, wenn sie wieder ganz gesund ist.

muss erst nämlich tief durchatmen, um mich zu beschwichtigen,
falls zu kontrollieren. Ich kann sie nicht haben. Noch nicht.
Egal, wie sehr es körperlich schmerzt, es mir zu verweigern.

Im Moment kann ich nur hoffen und planen, was ich
mit ihr machen werde, wenn sie wieder ganz gesund ist.

16

CHLOE

Zu meiner Erleichterung ist die Atmosphäre beim
Abendessen nicht im Geringsten angespannt, auch
weil Pavel und Lyudmila sich zu uns gesellen, anstatt in der
Küche zu bleiben. Ihre Anwesenheit trägt zur festlichen
Stimmung des Essens bei, fast so sehr wie all die exotischen,
bunten Gerichte, die den Tisch füllen.

Pavel hat sich heute selbst übertroffen; es ist eher eine
Gourmet-Hochzeitsfeier als ein Geburtstag zu Hause.

Neben dem herrlich arrangierten leckeren Essen gibt es
reichlich Alkohol, alles, von Wein über Wodka bis hin zu
Cognac. Alle paar Minuten bringen entweder Pavel, Lyudmila
oder Nikolai einen Toast auf das Geburtstagskind aus, und wir
trinken einen Kurzen – oder, in meinem Fall, nehmen einen
Schluck Wein. Ich kann auf keinen Fall mit den Unmengen an
hochprozentigem Alkohol mithalten, die die Russen
konsumieren. Nun, alle außer Slava. Er trinkt
Orangenlimonade – ein Leckerbissen für besondere Anlässe,

vermute ich, denn es ist das erste Mal, dass ich das Kind etwas anderes als Wasser trinken sehe.

Als der Fleischgang kommt, steigt die Lautstärke und die Häufigkeit der Trinksprüche, bis es sich anfühlt, als würde jemand nonstop ein Glas auf Alinas Gesundheit, Schönheit, Klugheit oder zukünftigen Erfolg erheben. Die Unterhaltung ist eine ungestüme Mischung aus Russisch und Englisch, Letzteres wahrscheinlich nur mir zuliebe. Es gibt auch viel zu lachen, zusammen mit Witzen, die nicht immer einen Sinn ergeben, wenn man sie aus dem Russischen übersetzt – *Anekdoten*, wie Nikolai sie nennt. Sie sind so etwas wie *Ein Esel und ein Pferd gehen in eine Bar*, aber viel kreativer und aufwändiger. Er erklärt, dass das Erzählen dieser lustigen Anekdoten bei geselligen Zusammenkünften eine Tradition in seinem Land ist und dass so ziemlich jeder Russe, der etwas auf sich hält, ein Repertoire hat, das er ständig auffrischt, indem er das Internet durchforstet und spezielle Bücher kauft.

Als Pavel in der Küche verschwindet und mit einem Teetablett und einem dreistöckigen, kerzengeschmückten Kuchen wieder auftaucht, lache ich so sehr, dass ich überzeugt bin, trotz aller Vorsichtsmaßnahmen betrunken zu sein. Nikolai, der darauf aus ist, jemanden zum Lachen zu bringen, habe ich so noch nie gesehen, und ich habe nichts, was ich seinem trockenen, witzigen Charme entgegensetzen könnte. Genauso wenig wie alle anderen am Tisch, wie es scheint. Slava, vollgepumpt mit Zucker und erwachsener Fröhlichkeit, vergisst, sich von seinem Vater fernzuhalten und klettert auf seinen Schoß, während Alina betrunken ihren Arm um Nikolais Hals schlingt und ihm einen dicken Knutscher auf die Wange drückt – das erste Mal, dass ich sie wie eine verspielte kleine Schwester agieren sehe.

Das macht mir bewusst, wie reserviert sie und alle anderen in diesem Haushalt normalerweise sind, und wie wenig von einer normalen Familiendynamik ich zwischen ihnen bis jetzt gesehen habe.

Die Erkenntnis bringt mich wieder zur Besinnung und weckt meine Vorsicht, aber dann bläst Alina die Kerzen unter lautem Jubel aus, und ich vergesse, dass ich nicht auf einer typischen Geburtstagsfeier bin, dass der umwerfend gekleidete Mann, der mit seiner Familie lacht, genauso mein Entführer wie mein Beschützer ist.

Nikolai ist gefährlich, und das nicht nur, weil ich ihn mit eigenen Augen habe töten sehen.

Das liegt daran, dass er so viel komplexer ist, als ein Mann ohne Gewissen sein sollte.

Als ich ihn näher beobachte, stelle ich fest, dass er im Gegensatz zu allen anderen nicht betrunken zu sein scheint. Sein Lachen und seine Witze haben eine gewisse kalkulierte Qualität, die charmante, unbeschwerte Fassade, die er angenommen hat. Es erinnert mich an Alinas Behauptung, dass ihr Bruder nichts zufällig tut, dass alle seine Handlungen geplant sind.

Doch selbst das kann mein Herz nicht davon abhalten, sich vor Zärtlichkeit zusammenzuziehen, als ich die echte Sanftheit in seinen Augen bemerke, während er seinen Sohn vorsichtig umarmt – der jetzt kichernd auf seinem Schoß hüpft und dabei auf Russisch plappert. Ich höre das Wort *Papa* in dem schnellen Strom von Worten, und meine Brust schwillt mit einem Gefühl an, das so intensiv ist, dass Tränen hinter meinen Augenlidern kribbeln.

Papa hat Slava ihn unaufgefordert auf Russisch genannt.

Sie kommen sich endlich als Vater und Sohn näher.

Ich blinzele die brennende Feuchtigkeit zurück und schaue auf mein halb gegessenes Dessert hinunter – nur um zu spüren, wie es in meinem Nacken kribbelt. Als ich aufschaue, ist Nikolais Blick auf mich gerichtet, und seine Tigeraugen sind von nervtötender Intensität.

Ich hatte recht. Er ist nicht im Geringsten betrunken. Wenn überhaupt, dann hat ihn der Alkohol schärfer und fokussierter gemacht.

»Magst du den Kuchen nicht, *zajchik?*«, murmelt er, und seine Stimme ist zu leise, um zum Rest des Tisches zu gelangen, wo Pavel und Lyudmila wieder lautstark auf Alina anstoßen. »Oder bist du einfach zu voll?«

Mein Gesicht erwärmt sich. Warum fühlt sich diese einfache Frage wie eine sexuelle Anspielung an? Das sollte es nicht, nicht einmal mit diesem verführerischen, intimen Unterton in seiner Stimme.

Er hält seinen Sohn im Arm, verdammt nochmal.

»Ich bin voll«, sage ich, nur um die Worte sofort wieder zurückzunehmen, als sich sein Mund zu einem verruchten Halb-Lächeln verzieht.

Es ist Slava, der mir zu Hilfe kommt. »Daddy«, sagt er laut auf Englisch und dreht seinen kleinen Körper so, dass er seine Arme um Nikolais Hals schlingen kann. »*Mein* Daddy.«

Nikolais Blick wandert zu seinem Sohn, und das anzügliche Funkeln in seinen Augen wird von einem Ausdruck ersetzt, der so schmerzhaft zärtlich ist, dass sich mein Herz in meiner Brust fast auflöst. Das ist so viel mehr, als wenn das Kind beiläufig ein *Papa* fallen lässt.

Slava beansprucht Nikolai offiziell als seinen Vater und umarmt ihn mit all der Besitzergreifung in seinem kleinen Molotow-Herzen.

Ich zwinge die Worte durch den wachsenden Kloß in meinem Hals heraus. »Ja, mein Schatz. Das ist *dein* Daddy. Gut gemacht.« Die dummen Tränen brennen wieder auf meinen Augenlidern, und ich merke, dass meine Freude, dies mitzuerleben, bittersüß ist, gefärbt mit Neid.

Als Kind habe ich davon geträumt, meinen Vater zu treffen und ihn genau so zu umarmen.

Zum Glück sieht Nikolai mich nicht an. Seine ganze Aufmerksamkeit ist auf seinen Sohn gerichtet. Er murmelt etwas auf Russisch und streicht Slavas Haare sanft zurück ... und mein Hals droht sich komplett zu schließen, als ich ein winziges Zittern in seiner starken, schwieligen Hand wahrnehme.

Was ich in Nikolais Gesicht sehe, ist nur die Spitze des emotionalen Eisbergs. Der mächtige, rücksichtslose Mann vor mir wird von seinem Sohn völlig aus dem Konzept gebracht.

Ich schlucke belegt und zwinge mich, wegzuschauen, bevor ich auch aus der Fassung gebracht werde. Es ist schon schlimm genug, dass mein Körper für ihn schmilzt, und jetzt schließt sich auch noch mein Herz an. Es gibt keine Möglichkeit, ihn als Psychopathen abzustempeln, keine Möglichkeit für mich, so zu tun, als ob der skrupellose Killer, in den ich mich verliebt habe, unfähig zu echten Gefühlen ist.

Was auch immer Nikolai für mich empfinden mag oder nicht, er liebt seinen kleinen Sohn von ganzem Herzen.

17

CHLOE

$\mathcal{D}$ ie Dinnerparty dauert bis spät in den Abend hinein, so dass ich keine Chance habe, danach Zeit mit Alina zu verbringen. Als Nikolai mich in mein Zimmer trägt und mir beim Duschen und Umziehen hilft, bin ich so betrunken und erschöpft, dass ich fast in seinen Armen einschlafe.

Erst am nächsten Morgen wird mir klar, dass ich entgegen meiner Befürchtungen nicht in Nikolais Bett gelandet bin. Einmal mehr war er das perfekte Kindermädchen, das sich um mich kümmerte, ohne eine Gegenleistung dafür zu verlangen. Selbst die große Menge an Alkohol hatte seine Selbstbeherrschung nicht untergraben – obwohl ich vermute, dass die Tatsache, dass ich mehr oder weniger komatös war, als er mich nach oben brachte, seiner Entschlossenheit half.

Nach der Szene mit seinem Sohn habe ich mich dem Wein zugewandt, um meine widerspenstigen Emotionen in den Griff zu bekommen, und mit dem Wein, dem Schmerzmittel, das ich früher am Tag genommen hatte, und meinem immer noch heilenden Körper, war ich im Grunde ein Zombie.

Glücklicherweise habe ich keinen großen Kater, so dass ich es rechtzeitig zum Frühstück schaffe. Zu meiner Erleichterung – und mehr als nur leichten Enttäuschung – ist Nikolai nicht da.

»Am Telefon mit Russland«, erklärt Alina. Genau wie ich, scheint sie nicht übermäßig unter den Nachwirkungen der nächtlichen Feierlichkeiten zu leiden. Nach dem Frühstück schließt sie sich mir und Slava bei unseren Spielstunden an und geht sogar so weit, ihren Neffen beim Fangen zu jagen, obwohl sie ihre übliche Uniform aus einem schicken Kleid und hohen Schuhen trägt.

»Ich habe keine Ahnung, wie du es schaffst, dass deine Zehen nicht abfallen«, sage ich und beäuge ihre Absatzschuhe. Sie lacht und erklärt, dass sie es so sehr gewohnt ist, solche Schuhe zu tragen, dass sich Turnschuhe für sie komisch anfühlen.

»Russische Frauen sind stolz darauf, dass sie im Namen der Schönheit alle Arten von Unannehmlichkeiten ertragen können«, erzählt sie mir augenzwinkernd. »Es ist unsere langmütige, masochistische Natur. Auch wenn Leggings und Co. in meiner Heimat Einzug gehalten haben, müsst ihr uns die hochhackigen Schuhe von unseren kalten, toten Füßen reißen.«

Ich lache und lasse das Thema fallen. Ich mag Alina wirklich sehr. Ihre Schönheit war anfangs so einschüchternd, dass ich eine Weile brauchte, um darüber hinwegzusehen. Jetzt, wo ich das getan habe, erkenne ich, dass viel von ihrer anfänglichen Zurückhaltung eine Form des Selbstschutzes war. Da ihre Familie so ist, wie sie ist, braucht sie ihre glänzende, stachelige Fassade, um ihre Verletzlichkeit zu verbergen – und das Trauma, von dem sie sich immer noch erholt.

In den nächsten Tagen geht mein Wunsch, Alina besser kennenzulernen, in Erfüllung, auch weil Nikolai einen Großteil meiner Pflege an sie delegiert hat. Jetzt hilft sie mir beim Anziehen und Duschen, obwohl er immer noch derjenige ist, der den Verband an meinem Arm wechselt, wenn es nötig ist.

Ich vermute, dass es daran liegt, dass er, während es mir besser geht, nicht darauf vertraut, dass er seine Selbstbeherrschung unter Kontrolle hat.

Das stört mich nicht. Es ermöglicht es mir nicht nur, ein gewisses emotionales Gleichgewicht aufrechtzuerhalten, wenn ich ihn sehe, sondern Alina und ich entwickeln auch eine echte Beziehung zueinander. Da sich mein Knöchel schnell erholt, und mein Arm endlich aus der Schlinge heraus ist, machen wir kurze Wanderungen in der Nähe des Hauses – wobei sie ihre Stilettos gegen stylische Stiefel tauscht –, und wir verbringen viel Zeit mit Slava, dessen Englisch blitzschnell Fortschritte macht.

Ich glaube, es hilft ihm, mir zuzuhören, wenn ich mit Alina spreche. Er fängt an, Wörter und Sätze aufzuschnappen, die ich ihm nicht offiziell beigebracht habe.

Der einzige Wermutstropfen ist Alinas Weigerung, darüber zu sprechen, was mit ihrem Vater passiert ist – oder generell über ihre Familie und ihre Vergangenheit. Egal, wie sehr ich nachbohre, sie gibt nichts preis, und da Nikolai mich außer beim Verbandswechsel und bei den Mahlzeiten meidet, bin ich keinen Schritt weiter, Antworten zu bekommen.

Auf gewisse Weise stört mich das auch nicht. So sehr ich auch darauf brenne, zu verstehen, wie ein Mann, der sich so offen zu seinem Sohn hingezogen fühlt, das schreckliche Verbrechen des Vatermordes begehen konnte, zwingt mich die Unkenntnis aller Details dazu, es aus meinem Kopf zu verbannen. Das Gleiche gilt für die Situation mit Bransford. Wenn ich keine Neuigkeiten erfahre, kann ich stundenlang, ja sogar tagelang, nicht an die Gefahr denken, die von meinem biologischen Vater ausgeht, und daran, was meine Zukunft bringen könnte.

Diese ruhigen, leichten Tage fühlen sich wie ein Zwischenspiel aus der Zeit an, eine Atempause von der erschreckenden Realität, die mein Leben ist.

Eine Atempause, die endet, als das mysteriöse Mädchen eintrifft.

18

CHLOE

Slava und ich stehen vor dem Haus und beobachten drei Eichhörnchen, die sich gegenseitig von Baum zu Baum jagen, als der schwarze Pick-up die Einfahrt hochrollt. Die Scheiben sind nicht so dunkel getönt wie die des Fahrzeugs der verstorbenen Attentäter, aber ich erstarre trotzdem an Ort und Stelle und werde von einem so intensiven Flashback überfallen, dass mir der kalte Schweiß ausbricht.

»Chloe? Chloe, wer ist das? Wer ist das, Chloe?«

Ich blinzele Slava an, der beharrlich an meinem Ärmel zerrt, und verdränge die grausamen Erinnerungen an meinen Toyota, der gegen den Baum geknallt ist. Ich dachte, ich wäre über das Geschehene hinweggekommen – sogar meine Alpträume haben in diesen glücklichen Tagen nachgelassen –, aber ich schätze, ich habe mir selbst etwas vorgemacht.

Ich habe mich genauso wenig von meinem Trauma erholt wie Alina von ihrem.

»Wer ist das?«, fragt Slava erneut und wippt auf seinen

Fersen, als das Fahrzeug einige Dutzend Meter von uns entfernt zum Stehen kommt. Da sich sowohl seine Englischkenntnisse als auch seine Beziehung zu Nikolai verbessert haben, ist er zu meiner großen Freude zu einem selbstbewussten – und manchmal auch nervigen – kleinen Jungen geworden.

Ich schaffe es, ihn herzlich anzulächeln. »Ich weiß es nicht, Liebling. Schauen wir mal.«

Wir beide starren gebannt auf das Auto, als sich die Fahrerseite öffnet und eine zierliche junge Frau in Jeans, einem eng anliegenden weißen T-Shirt und abgewetzten Wanderschuhen aus dem Sitz hüpft. Sie sieht aus wie siebzehn oder achtzehn und erinnert mich an eine Kreuzung aus Saoirse Ronan und Marilyn Monroe – wenn beide auf Speed wären. Sie hat zarte, symmetrische Gesichtszüge und dickes, blondes Haar, das zu einem unordentlichen Dutt hochgesteckt ist.

Wie ein Wirbelwind stürzt sie sich auf uns. »Hey! Du musst Chloe sein.« Bevor ich antworten kann, ergreift sie meine Hand und schüttelt sie enthusiastisch. Dann fällt sie auf die Knie und strahlt Slava an. »*A ti Slavochka, da?*«

Ihr plötzlicher Wechsel ins Russische überrascht mich – sie hatte mit mir in reinem amerikanischen Englisch gesprochen. Slava scheint ebenfalls überrascht zu sein. Keiner der Erwachsenen um ihn herum ist normalerweise so quirlig und energiegeladen.

»Hi«, sage ich, als sie wieder auf die Beine springt. Buchstäblich springt, wie ein Kind. Vielleicht ist sie sogar jünger, als ich dachte? »Ich *bin* Chloe. Und wer bist du?«

Ihr breites Grinsen hat Grübchen, und ihre grauen Augen funkeln verlockend. »Du kannst mich Mascha nennen.«

»Schön, dich kennenzulernen, Mascha. Bist du …«

»Wo ist Nikolai?«, unterbricht sie mich. »Ich bin hier, um ihn zu treffen.«

Etwas zwickt tief in mir, und ein hässlicher Verdacht regt sich in meinem Kopf. »Er sollte in seinem Büro sein. Willst du, dass ich dich dort hinbringe?«

»Nicht nötig«, sagt sie lässig und rennt zum Haus hinauf.

Das zwickende Gefühl verwandelt sich in ein regelrechtes Aufstoßen in meinem Magen. Dieses Mädchen ist hübsch – mehr als hübsch. Sie ist umwerfend, sogar in ihrer Freizeitkleidung. Steckte man sie in eines von Alinas Kleidern, sie könnte über den Laufsteg stolzieren – oder zumindest über den roten Teppich, dabei ist sie nicht einmal so groß wie ich. Und obwohl sie jung ist, ist sie alles andere als kindlich; tatsächlich lässt mich ihr selbstbewusstes Auftreten denken, dass sie vielleicht gar kein Teenager ist. Als ich sie im Haus verschwinden sehe, muss ich daran denken, dass Nikolai, bevor er mich kennenlernte, die Angewohnheit hatte, alle möglichen schönen Frauen einfliegen zu lassen – vielleicht auch diese Mascha.

Wie sonst scheint sie zu wissen, wohin sie gehen soll? Oder hat von Slava gehört?

Oder mir?

Das letzte Stück passt nicht zu dieser Theorie, muss ich zugeben. Wenn sie Nikolais Geliebte wäre, egal ob in der Gegenwart oder Vergangenheit, warum sollte er ihr von mir erzählen? Es sei denn, sie haben eine seltsame Freundschaft mit Extras am Laufen, und im Gegensatz zu mir ist sie nicht das kleinste bisschen eifersüchtig.

»Hast du sie schon mal gesehen?«, frage ich Slava und gebe mein Bestes, meinen Tonfall entspannt zu halten. »Ich meine, vor heute?«

Slava blinzelt zu mir hoch. Er versteht jetzt einiges von dem, was ich sage, aber nicht alles.

Seufzend nehme ich seine Hand und führe ihn zum Haus. Ich verstehe nicht, warum ich so erpicht darauf bin, herauszufinden, wer diese junge Frau ist – wenn Nikolai das Interesse an mir verliert, kann das nur zum Besten sein. Doch egal, was mein rationaler Verstand sagt, der bloße Gedanke an ihn mit Mascha bringt mich dazu, jeden Knochen in ihrem winzigen, Marylin Monroe so ähnlichen Körper brechen zu wollen.

19

CHLOE

Ich lasse Slava mit Lyudmila in der Küche zurück, gehe zu Nikolais Büro, und mein Brustkorb spannt sich an, als ich die Treppe hochgehe.

Es ist dumm, eifersüchtig zu sein. Irrational. Aber ich kann nichts gegen das grüne Monster tun, das an meiner Brust kratzt. Was ist, wenn ich es völlig falsch interpretiert habe, dass Nikolai mir in den letzten zwei Wochen aus dem Weg gegangen ist? Vielleicht hat er, anstatt sein Verlangen nach mir zu bekämpfen, einfach aufgehört, mich zu wollen. Immerhin hätte die Versorgung meiner Verletzungen ihn dazu bringen können, meinen Körper in einem anderen Licht zu sehen.

Ich war noch nie besonders unsicher, was meinen Körper angeht, aber ich war auch noch nie in einer Beziehung mit einem Mann, der so umwerfend schön ist wie Nikolai.

Moment, nein, wir sind nicht in einer Beziehung. Das war vielleicht früher einmal so, als ich dachte, er sei ein normaler, gesetzestreuer, wenn auch obszön reicher Mann. Ich weiß nicht, wie ich es jetzt nennen soll. Wenn die Person, mit der man geschlafen hat, einen gefangen hält und gleichzeitig vor jemandem beschützt, der einen töten will, ist das dann eine Beziehung? Zumindest eine von der Nicht-Stockholm-Syndrom-Variante? Ganz zu schweigen davon, dass er technisch gesehen immer noch mein Arbeitgeber ist – die Geldumschläge kommen pünktlich jeden Dienstag in meinem Zimmer an.

Ich verwerfe diese Überlegungen vorerst und nähere mich seiner Bürotür. Sie ist geschlossen, und als ich mein Ohr dagegen drücke, höre ich Stimmen, die Russisch sprechen. Ich kann die hellen, weiblichen Töne des Neuankömmlings wahrnehmen, zusammen mit Nikolais tiefen, weichen, gefährlich verführerischen.

»Was machst du da?«

Erschrocken drehe ich mich um und sehe Alina an, die im Flur steht und den Kopf neugierig schieflegt. »Ähm …«

Belustigung schimmert in ihren Augen. »Spionierst du meinem Bruder nach?«

»Nein, natürlich nicht.« Ich spüre, wie mein Gesicht brennt, während ich nach einer guten Erklärung krame. »Ich war nur …«

»Komm.« Sie packt mich am Ellenbogen und zieht mich den Flur hinunter in ihr Zimmer, wo sie mich fast hineinstößt, bevor sie sich zu mir umdreht. »Okay, jetzt sag schon. Was ist los?«

»Nichts.«

Sie wölbt eine Augenbraue und sieht ihrem Bruder verblüffend ähnlich.

Ich knicke ein. »Okay, gut. Da ist diese junge Frau, die gerade angekommen ist, und …«

»Du meinst Mascha?«

Mein Herz wird schwer. »Du kennst sie?«

»Sie ist Valerys neuester Fund.« Auf meinen verständnislosen Blick hin sagt sie: »Mein jüngster Bruder sammelt Menschen mit verschiedenen nützlichen Fähigkeiten. Ich habe keine Ahnung, was ihre sind, aber ich habe sie kurz bei ihm getroffen, bevor wir Moskau verlassen haben, und im Gegensatz zu seinen anderen Haustieren hat sie sich vorgestellt.«

»Seine Haustiere?«

Sie nickt. »So nenne ich sie. Er weckt eine fast krankhafte Loyalität in diesen Menschen.«

Aha, okay. Vielleicht ist sie nicht Nikolais Affäre – oder zumindest nicht nur.

»Hat Nikolai sie auch schon getroffen? Damals in Moskau zum Beispiel? Oder …«

»Chloe …« Alina zögert, dann sagt sie sanft: »Ich glaube nicht, dass du dir, was das betrifft, Sorgen machen musst.«

Mein Gesicht wird wieder heiß. »Das tue ich nicht …«

»Das tust du, und ich verstehe es. Sie ist ungewöhnlich hübsch. Aber sie ist nicht hier, um Nikolais Bett zu wärmen.«

»Du weißt also, weswegen sie hier ist?« Meine Erleichterung wird schnell von ängstlicher Neugierde verdrängt. Aus irgendeinem Grund fühlt sich Maschas Ankunft wie ein böses Omen an.

Alina zögert wieder, dann schüttelt sie den Kopf. »Nicht wirklich. Du solltest mit Nikolai darüber reden.«

»Worüber? Hat es mit eurem Vater zu tun?«

Ihr Zusammenzucken ist fast unmerklich, ebenso wie ihre schnell versteckte Überraschung. »Das kann ich nicht sagen«, sagt sie und verschleiert ihre Miene sorgfältig. »Mein Bruder ist derjenige, der alle Antworten hat.«

Ich starre sie an, und mein Kopf dreht sich. Wenn es nicht um ihren Vater geht … »Hat das etwas mit *meinem* zu tun?«

Sie seufzt. »Sprich einfach mit Nikolai, Chloe. Bitte.«

Und bevor ich sie weiter bedrängen kann, schiebt sie mich aus ihrem Zimmer.

Ich habe erst später am Abend die Möglichkeit, mit Nikolai zu sprechen. Er verbringt den ganzen Nachmittag mit Mascha in seinem Büro – ich weiß das, weil ich dutzende Male an seiner Tür vorbeigehe. Irgendwann gesellt sich Pavel zu ihnen, und aus zwei Stimmen werden drei, wobei das Knurren des Bärenmannes leicht zu erkennen ist.

Vor dem Abendessen fährt Mascha wieder weg – Slava und ich beobachten ihren Pick-up durch sein Schlafzimmerfenster – aber ein Familienessen ist kein guter Zeitpunkt, um Nikolai über ein potenziell heißes Thema auszufragen, also schlucke ich meine brennenden Fragen herunter und warte ab.

Mein Moment kommt nach dem Abendessen, als Lyudmila den Tisch abräumt und alle aufstehen, um auf ihre Zimmer zu gehen. Das ganze Abendessen über habe ich Nikolais intensiven Tigerblick auf mir gespürt, habe die Spekulation in seinem Blick gespürt.

Was auch immer vor sich geht, es betrifft mich. Ich bin mir jetzt fast sicher.

Als ob sie meinen Plan durchschaut hätte, schnappt sich

Alina Slava, verschwindet in Rekordtempo die Treppe hinauf und lässt mich und Nikolai allein im Esszimmer zurück.

»Können wir noch einen Schlummertrunk nehmen?«, frage ich, als er sich umdreht, um zu gehen. Meine Stimme ist ruhig, auch wenn mein Herz unregelmäßig schlägt. Das ist in mehr als einer Hinsicht gefährlich. Nicht nur, dass ich riskiere, dass der Frieden und die Ruhe, die in den letzten zwei Wochen in meinem Leben geherrscht haben, ein Ende finden, auch meine Schusswunde ist fast vollständig verheilt.

Wenn Nikolai immer noch auf diese Weise an mir interessiert ist, gibt es wenig, was ihn davon abhalten wird, diesem Wunsch nachzugeben.

Er dreht sich wieder zu mir um. Sein Kiefer ist angespannt, und seine Augen schimmern wie alter Bernstein. »Ein Schlummertrunk? Ich dachte, du stehst nicht auf härtere Getränke, *zajchik*.«

Ich schlucke gegen die Trockenheit in meiner Kehle an. »Ich bin in der Stimmung für einen kleinen Cognac.«

Wenn überhaupt, dann könnte ich ihn gebrauchen, um meinen Mut zu stärken.

Nikolais Stimme wird rau. »In Ordnung. Gib mir eine Minute.« Er verschwindet in der Küche und taucht mit einem Tablett mit Kristallkaraffen, umgeben von passenden Gläsern, wieder auf. Pavel scheint heute Abend keinen Dienst zu haben – oder Nikolai will auch seine Ruhe haben.

Während er uns beiden einen Drink einschenkt, setze ich mich wieder hin und wische mir heimlich die feuchten Handflächen am Rock meines Abendkleides ab. Es ist aus einem Seidenstoff in einem korallen-pfirsichfarbenen Ton, der laut Alina meinen Teint *ganz golden und leuchtend* aussehen lässt.

Ich frage mich, ob Nikolai das auch denkt, oder ob er nur die Erzieherin seines Sohnes sieht, wenn er mich anblickt.

Was auch in Ordnung wäre. Sogar toll. Ich sollte nicht wollen, dass ein so gefährlicher Mann auf mich fixiert ist, der alle möglichen beängstigenden Behauptungen über Schicksalsfäden aufstellt und …

»Was wolltest du besprechen, *zajchik?*« Nikolais Stimme ist wieder einmal samtig, als er sich auf den Stuhl mir gegenüber sinken lässt. Er schwenkt den Cognac in seinem Glas und betrachtet mich über den Rand hinweg mit halb geschlossenen Augen. »Ich nehme an, du bist nicht hier, weil du dich plötzlich nach meiner Gesellschaft sehnst.«

Meine Haut errötet am ganzen Körper. Ich sehne mich tatsächlich nach seiner Gesellschaft, so ungern ich es auch zugebe. Seit unserer Blumenpflück-Expedition haben wir nicht mehr viel Zeit miteinander verbracht – zumindest nicht allein. Bei den Mahlzeiten dienen Alina und Slava als Puffer, und Lyudmila und Pavel sind immer im Hintergrund dabei. Sogar das Wechseln der Verbände, das einzige Mal, dass er mein Zimmer allein betrat, hörte auf, sobald meine Wunde verschorft war und nicht mehr abgedeckt werden musste.

Die Wahrheit ist, dass ich in den letzten Tagen kaum mit ihm interagiert habe, und ich habe es vermisst. Ich habe unsere Gespräche vermisst, seinen unerschütterlichen Fokus auf mich … sogar die Art und Weise, wie er mir das Gefühl gibt, ein Mäuschen zu sein, mit dem eine furchterregend heiße Katze spielt. Natürlich kann ich ihn das nicht wissen lassen. Nicht, wenn ich noch einen Funken Hoffnung habe, dass mein Leben eines Tages wieder normal werden wird – normal, ohne gefährliche Männer, die foltern und töten.

Ich atme tief durch und komme direkt zum Punkt. »Warum war sie hier? Wer ist sie?«

Er schweigt für ein paar Momente und betrachtet mich auf seine intensive Art, während der Cognac in seiner Hand unberührt bleibt. »Sie ist ein Aktivposten«, sagt er schließlich. »Mein Bruder Valery hat sie hergeschickt, nachdem ich ihm deine Situation erklärt habe.«

Mein Herz macht einen Sprung, und mein Mund wird trocken. Nach meinem Gespräch mit Alina habe ich mich gefragt, ob das der Fall sein könnte, aber es so unverblümt bestätigt zu bekommen ... Zitternd greife ich nach meinem Cognac, nehme einen Schluck und lasse ihn einen Pfad des Feuers meine Speiseröhre hinunter entzünden. »Was für ein Aktivposten?«, frage ich, als der Drang, zu husten, nachlässt.

»Ursprünglich einer der Regierung. Jetzt unserer.«

Eine Spionin also, oder eine andere Art von Agentin – und nicht annähernd so jung, wie ich dachte, wenn sie diese Art von Hintergrund hat. Ich denke, ich kann das verstehen. Wenn ich Mascha auf der Straße getroffen hätte, hätte ich nie vermutet, dass sie irgendeine Art von *Aktivposten* ist, aber das ist wahrscheinlich genau der Punkt. Dieses spritzige, jugendliche Äußere sorgt für eine effektive Maske.

Bevor ich fragen kann, was genau ihre Rolle in meiner Situation ist, spricht Nikolai wieder. »*Zajchik* ...« Sein Tonfall ist wieder einmal beunruhigend sanft. »Es ist bestätigt. Bransford ist dein biologischer Vater.«

Meine Herzfrequenz steigt weiter an, und Gänsehaut überzieht meine Arme. »Du meinst ...«

»Mascha hat eine DNA-Probe von Bransford bekommen. Sie passt zu deiner.«

Passt zu meiner. Mein Magen dreht sich ekelerregend um, die

Kälte breitet sich aus und erfasst den Rest meines Körpers. Ich wusste, dass dies der Fall sein musste, seit Nikolai mir erzählt hatte, was sein älterer Bruder aufgedeckt hatte, aber ein Teil von mir muss immer noch einen Funken Hoffnung in sich getragen haben.

Eine Hoffnung, die nun zerschlagen und zu Staub zermahlen ist.

»Warum hast du …« Ich halte inne und räuspere mich, um die Heiserkeit in meinem Hals zu klären. »Warum wolltest du es bestätigt haben?«

Ich möchte nicht darüber nachdenken, wie diese Mascha an Bransfords Probe gekommen ist, oder an meine. Eigentlich muss Letzteres einfach gewesen sein: meine Zahnbürste, ein paar lose Haare auf meinem Kopfkissen, eine Tasse, aus der ich getrunken habe … Ein Präsidentschaftskandidat mit all den dazugehörigen Sicherheiten allerdings …

»Weil ich mir sicher sein musste.«

Ich blinzele und merke, dass ich meine Gedanken von der Kernfrage abschweifen lasse. »Aber warum? Ich meine, versteh mich nicht falsch, ich bin dankbar.« Zumindest denke ich, dass ich das bin. Ist es besser, zu wissen, dass man der Nachkomme eines mordenden Vergewaltigers ist, oder ist es besser, es nur ganz stark zu vermuten?

Nikolai stellt sein Glas ab, und die Flüssigkeit darin ist noch unberührt. »Ich habe versprochen, dich zu beschützen, *zajchik*.«

Das Frösteln überkommt mich wieder, und meine Gedanken schlagen einen Weg ein, von dem ich mir wünschte, sie würden es nicht tun. »Das hast du. Und das hast du auch getan. Ich bin hier in Sicherheit, oder nicht?« Zumindest vor Bransford.

Er beugt sich vor, und seine großen, warmen Handflächen

bedecken meine eiskalten Hände. »Das bist du. Und du wirst noch sicherer sein, wenn er keine Bedrohung mehr für dich ist.«

Ich starre in seine hypnotische Iris, dieses satte, tiefe Gold, gesprenkelt mit Grün. »Inwiefern keine Bedrohung?« Ich habe es aus genau diesem Grund vermieden, über die Zukunft nachzudenken: weil ich mir keine vorstellen kann, in der Bransford *keine* Bedrohung sein wird. Wie eine Schildkröte habe ich mich in meinem Panzer versteckt und einen Tag, eine Stunde nach der anderen gelebt, während ich mir sagte, dass ich es irgendwann herausfinden und Moms Mörder zur Rechenschaft ziehen werde.

Aber nicht Nikolai. Er hat sich nicht vor der Realität versteckt – er hat geplant. Und es liegt in der Natur dieser Pläne, dass eisige Finger über meinen Rücken tanzen.

Ich habe das Gefühl, Nikolais Vorstellung von Gerechtigkeit unterscheidet sich drastisch von meiner.

Er lächelt, als wäre ich ein naives Kind. »Du brauchst dir keine Sorgen zu machen, *zajchik*. Ich kümmere mich darum.«

Für einen kurzen, feigen Moment bin ich versucht, genau das zu tun: mich nicht zu sorgen, die Sache in seine fähigen, rücksichtslosen Hände zu geben ... die, die meine so besitzergreifend, so sanft halten.

Dieselben Hände, die ohne zu zögern zwei Leben vor meinen Augen genommen haben.

Es ist diese lebendige Erinnerung an die Schreie des gequälten Attentäters, die für mich entscheidet. Ich mag ein Händchen dafür entwickelt haben, der Realität aus dem Weg zu gehen, aber selbst ich kann nicht die Augen schließen und so tun, als wäre ich blind.

»Was wirst du mit ihm machen?« Meine Stimme ist so

unsicher wie mein Puls. »Nikolai, bitte, ich muss es wissen. Was wirst du tun?«

Die winzigen Muskeln um seine Augen spannen sich an, und das ist die einzige Veränderung in seinem Ausdruck. »Nichts, was er nicht verdient hätte.«

Ich ziehe mich zurück und reiße meine Hände aus seinem Griff. »Du kannst ihn nicht töten.«

»Warum nicht?« Seine Stimme ist ruhig, sein Ton so gelassen als ob wir über den Besuch einer Party sprechen würden. Er lehnt sich zurück und nimmt wieder seinen Cognac in die Hand. Diesmal nimmt er gemächlich einen Schluck, bevor er ihn wieder abstellt.

Ich blicke ihn ungläubig an. »Weil er ein *Mensch* ist.« Wie kann das nicht selbstverständlich sein? »Ein böser Mensch, sicher, aber du kannst nicht einfach jeden umbringen, der …«

»Der versucht, dich zu töten? Ich kann und ich werde.«

Mein Herz setzt einen Schlag aus. Er meint es ernst, ich kann es sehen, und die Erkenntnis erfüllt mich mit allen möglichen beschissenen Gefühlen: Dankbarkeit überlagert von Schrecken, Hoffnung umrandet von Furcht, und, am beunruhigendsten, eine rachsüchtige Art von Freude.

Ich will Bransford tot sehen, für das, was er meiner Mutter angetan hat. Ich will es so sehr, dass ich es schmecken kann. Und ich will es auch für mich selbst. Ich will mein Leben zurück, meine Freiheit, meinen Seelenfrieden. Ich möchte die Nacht ohne Alpträume durchschlafen und ohne Angst die Straße entlanggehen. Ich will aufhören, in jedem Pick-up, in jedem unbekannten Gesicht eine Gefahr zu sehen.

Ich will, dass Bransford die Radieschen von unten sieht, und wenn Nikolai das schafft, bin ich frei … und genauso ein Mörder wie er.

Es ist dieser letzte Gedanke, der meine dunkle Sehnsucht zerdrückt. So sehr ich mir auch Freiheit und Rache wünsche, wir reden hier über Mord – kaltblütigen, vorsätzlichen Mord. Es war eine Sache, dass Nikolai die beiden bewaffneten Attentäter im Wald ausgeschaltet hat. So verstörend es auch war, Zeuge dessen zu werden, was er tat, unterscheidet es sich letztendlich nicht von dem, was ein Polizist in so einer Situation getan hätte – abgesehen vom Folterteil. Was wir jetzt besprechen, ist eine ganz andere Ebene, und obwohl ein Teil von mir nicht anders kann, als sich über Nikolais Bereitschaft zu freuen, mich in diesem Ausmaß zu beschützen, kann ich nicht danebenstehen und es geschehen lassen.

Da der Appell an die Moral des gesunden Menschenverstandes nicht funktioniert hat, versuche ich einen anderen Ansatz. »Nikolai, bitte. Sei vernünftig. Er ist eine prominente politische Persönlichkeit. Du kannst ihn nicht einfach umbringen. Es wäre ein Attentat, eines mit großen globalen Auswirkungen. Das FBI, die CIA, die Medien …«

»Ich weiß. Deshalb musste ich mir seiner Schuld sicher sein.«

Ein weiterer Schauer läuft mir über den Rücken. Sein Gesicht ist unerbittlich, seine Stimme immer noch beunruhigend gleichmäßig. Er hat sich das gut überlegt. Das ist nicht irgendein Impuls seinerseits.

Um mich zu beschützen, wird er einen Präsidentschaftskandidaten ausschalten, und es gibt nichts, was ich tun kann, um ihn umzustimmen.

Ich versuche es trotzdem, wenn auch nur aus dem Grund, *ihn* zu schützen. »Was ist mit deiner Familie? Das Leben, das du dir hier mit Slava aufbaust? Wenn sie herausfinden, dass du dahintersteckst …«

»Das werden sie nicht.«

»Wie kannst du dir so sicher sein? Es wird eine weltweite Fahndung geben, wie es sie nicht mehr gegeben hat, seit ...«

»Zajchik ...« Er lehnt sich nach vorne und bedeckt wieder meine Hände, wodurch ich merke, dass ich sie auf dem Tisch gerungen habe. Seine Stimme ist sanft, und sein Tonfall unheimlich ruhig, während er mir in die Augen schaut. »Ich weiß, was ich tue. Bransford wird sterben, und es wird ein natürlicher Tod sein. Seine Partei wird trauern, die Nation wird trauern, und dann werden sie weiterziehen, zu einem anderen redegewandten Politiker.«

»Natürliche Ursachen? Mit fünfundfünfzig?«

»Ein Herzfehler, der bisher nicht diagnostiziert wurde. Es wird richtig tragisch werden.« Er lehnt sich zurück und nimmt sein Glas in die Hand. »Wo ein Wille ist, ist auch ein Weg – und wir Molotows sind hervorragend darin, diese Wege zu finden.«

20

NIKOLAI

Sie steht zitternd auf, blickt mich an, und ich kämpfe gegen den Drang, sie in meine Arme zu nehmen. Ich kämpfe dagegen an, denn unter dem Bedürfnis, sie zu trösten, liegen dunklere, gefährlichere Triebe, die aus einem Hunger geboren sind, der so tief und wild ist, dass er sogar mich erschreckt.

Wenn ich einmal nachgebe, wenn ich die Bestie in mir entfessele, gibt es kein Zurück mehr.

Zwei Wochen habe ich mir nur gegeben. Zwei Wochen lang, die sich wie Jahrhunderte angefühlt haben, habe ich das Unmögliche getan und habe mich von ihr ferngehalten. Na ja, nicht ganz. Ich habe Dutzende von Stunden damit verbracht, sie durch die Kameras in Slavas Zimmer und in ihrem Schlafzimmer zu beobachten, aber das und unsere kurzen Interaktionen bei den Mahlzeiten haben meine Qualen nur noch vergrößert.

Ich habe mich nie für einen Masochisten gehalten, aber ich muss einer sein, denn ich habe mich bereitwillig auf die exquisite Folter eingelassen, sie in Reichweite zu haben, aber mir nicht erlaubt, sie zu besitzen.

Und heute Abend, so scheint es, ist der ultimative Test für meine Selbstbeherrschung. Denn sie hat mich endlich aufgesucht, wenn auch nicht aus den Gründen, die ich mir gewünscht hätte. Ein Teil von mir hoffte, dass sie mich vermissen würde, dass sie zu mir kommen würde, weil sie mich mit derselben Verzweiflung will, mit der ich sie will.

Weil sie bereit ist, mir zu gehören, mit allem, was dazugehört.

»Ich sollte ins Bett gehen«, sagt sie mit unsicherer Stimme, und ich muss einen Anflug von Enttäuschung unterdrücken. Was habe ich erwartet? Sie ist schockiert, und das aus gutem Grund. Nur wenige normale Bürger erkennen, wie einfach es ist, einen Mord wie etwas anderes aussehen zu lassen – wenn das das gewünschte Ergebnis ist. All die hochkarätigen Attentate und Strahlenvergiftungen, die es in die Nachrichten schaffen, sollen Nachrichtenwert haben. Sie sind eine Botschaft, eine Warnung an andere, die versuchen könnten, sich gegen das Establishment zu stellen.

Für jedes exotische Gift, das man nachweisen kann und das auf eine geheime Regierungsbeteiligung hindeutet, gibt es Dutzende von gesundheitlichen Ausfällen und Unfällen, die die Hindernisse in den Wegen von mächtigen, rücksichtslosen Menschen wegräumen … Menschen wie meine Familie.

Das ist nicht das erste verdeckte Attentat, das ich plane.

Ursprünglich wollte ich Chloe nichts davon erzählen. Sie hätte von Bransfords Tod aus den Nachrichten erfahren, so wie jeder andere auch, und der Verdacht, den sie zu diesem

Zeitpunkt hegte, wäre nicht annähernd so belastend gewesen wie das Wissen, das sie jetzt in sich trägt. Aber sie kam heute Abend zu mir und verlangte Antworten, und ich konnte mich nicht dazu durchringen, sie anzulügen. In gewisser Weise ist auch meine Schwester daran schuld. Obwohl Alina in der Nähe von Chloe ihren Mund gehalten hat, kommt sie fast täglich zu mir und besteht darauf, dass Chloe ein Recht darauf hat zu erfahren, was ich plane, dass es ihre Entscheidung sein sollte.

Ich bin mit Letzterem nicht einverstanden, aber ich sehe einige Vorteile in Ersterem. Ich möchte nicht, dass mein *zajchik* wegen seiner Situation gestresst ist und sich Sorgen macht, dass jeden Moment weitere Attentäter vor unserer Haustür auftauchen könnten. Nicht, dass sie durchkommen würden, aber trotzdem muss sie das Wissen belasten, dass jemand da draußen ihren Tod will.

Dass ihr biologischer Vater sie tot sehen will.

Nein, es ist das Beste, dass ich es ihr gesagt habe. Mascha braucht mindestens ein paar Wochen, um ihre Mission zu vollenden, und auf diese Weise weiß Chloe, dass ich mich darum kümmere und sie sich keine Sorgen machen muss.

Nachdem sie ihre Einwände vorgebracht hat, kann sie sich mit gutem Gewissen entspannen. Es ist meine Entscheidung, meine Sünde, nicht ihre.

Ich stehe auf und lächele sie an, in der Hoffnung, dass sie den verdrehten Hunger in meinen Augen nicht sehen kann, das dunkle Bedürfnis, das in meinen Adern brodelt wie frische Lava. »Natürlich. Wenn du müde bist, geh ins Bett, *zajchik*.«

So sehr ich sie auch beanspruchen möchte, heute Nacht ist nicht die Nacht. Ich bin zu hungrig, zu nahe am Abgrund, und obwohl ihre Verletzungen fast verheilt sind, ist sie noch lange nicht da, wo sie sein muss, um mit mir fertig zu werden.

Sie weicht zurück, als ob sie meine Gedanken gelesen hätte, aber dann ziehen sich ihre Schultern zurück und ihr zartes Kinn kommt hoch. »Nein«, sagt sie fest und tritt um den Tisch herum auf mich zu. »Ich gehe nicht, bevor du mir nicht versprichst, einen anderen dieser *Wege* zu finden.«

21

CHLOE

Ich weiß, dass das eine schlechte Idee ist. Aber ich weiß auch, dass ich kein Feigling sein und mich wegschleichen kann, als hätte er mir gegenüber nicht gerade zugegeben, dass er plant, einen Mann in meinem Namen zu ermorden. Einen schrecklichen, furchtbaren Mann, aber trotzdem einen Mann … der zufällig mein biologischer Vater ist.

Etwas Dunkles flackert in Nikolais Augen auf, als er auf mich herabblickt, und erst zu spät bemerke ich die gefährliche Anspannung seines Kiefers.

»Zajchik …« Seine Stimme ist ein leises Knurren. »Du solltest gehen. Jetzt sofort. Solange du noch kannst.«

Mein Atem stockt, als die Erkenntnis, was er meint, auf mich einprasselt, meinen Puls hochschnellen lässt und meine Muskeln lähmt.

Er will mich immer noch, sehr, doch aus welchem Grund auch immer hält er sich zurück.

Ich sollte auf ihn hören. Ich sollte mich zurückziehen und weggehen, solange er mir diese Gelegenheit gibt. Wenn ich es nicht tue, wird es alles verändern, diese Auszeit von der Realität beenden, die Distanz zwischen uns überbrücken, die mich in Sicherheit gehalten hat.

Denn die größte Gefahr für mich ist nicht da draußen.

Sie ist hier drin.

Das war sie schon immer.

Ich will, dass sich meine Muskeln bewegen, um den verzweifelten Befehlen meines Gehirns zu gehorchen, aber ich könnte mir genauso gut wünschen, ein Auto beim Bankdrücken zu schlagen. Alles, was ich tun kann, ist, ihn anzustarren, mit trockenem Mund und pochendem Herzen, während sich pulsierende Spannung in meinem Bauch sammelt, meine Brustwarzen anschwellen lässt und meine Haut mit Hitzewirbeln überzieht.

Ich kann den wilden Sturm sehen, der sich in seinen Augen zusammenbraut, kann das Knistern der elektrischen Ladung in der Luft spüren, doch ich bleibe still, erstarrt und stumm wie die perfekte Beute.

»Chloe ...« Das heiser ausgesprochene Wort ist zu gleichen Teilen Warnung und Kapitulation. Langsam, mit übertriebener Sanftheit, umschließt er mein Gesicht mit beiden Händen, und die Hitze seiner breiten Handflächen brennt auf meiner kalten Haut. Seine Augen sind wie das Gold eines hypnotischen Alchemisten, als er flüstert: »Mein süßes *zajchik*, das war es. Du hast deine letzte Chance, zu entkommen, verpasst.«

22

CHLOE

Ich bin immer noch wie erstarrt, als sich seine Lippen auf meine senken, so unausweichlich und heftig wie ein Blitz, der in einen Baum auf einer Ebene einschlägt. Die Hitze durchzieht meinen ganzen Körper und verbrennt jede Zelle auf ihrem Weg.

Es gibt keine Finesse in seinem Kuss, keine Sanftheit. Er bittet nicht, er nimmt. Mit meinem Kopf zwischen seinen Handflächen plündert er jeden Zentimeter meines Mundes, saugt mich in einen Strudel wilder Lust, einer Lust, die so dunkel und vulkanisch ist, dass sie mich von tief innen versengt.

Er schmeckt nach Cognac und Gefahr, nach jeder verdrehten, heimlichen Sehnsucht von mir. Der umwerfende Geschmack berauscht mich, die sinnlichen Noten seines Zedern- und Bergamotte-Parfums lassen mir den Kopf schwirren. Jeder Gedanke an Widerstand, den ich noch hatte, verflüchtigt sich, und meine Willenskraft löst sich auf wie ein

Zuckerkorn im heißen Tee. Mit einem hilflosen Stöhnen wölbe ich mich ihm entgegen, und mein Bauch drückt gegen seinen Unterleib, während meine Hände ihn seitlich umklammern.

Er ist ganz hart, die dicke Ausbuchtung in seiner Hose stößt gegen meine Weichheit und erinnert mich daran, wie es sich anfühlte, ihn in mir zu haben. Die Erinnerung ruft sowohl Erregung als auch Beklemmung hervor – es war nicht einfach, etwas von dieser Größe aufzunehmen. Aber auch dieser Gedanke verschwindet bald, weggebrannt von der heftigen Hitze des Verlangens, zerstört von der brutalen Verführung seines gnadenlosen Kusses.

Ich habe vergessen, wo wir sind. Ich vergesse alles, so sehr, dass ich erschrecke, als er sich zurückzieht und mich an seine Brust drückt. Erst als er die Treppe hochgeht und zwei Stufen auf einmal nimmt, wird mein Kopf frei für einen Funken rationalen Denkens.

Was um alles in der Welt mache ich da? Das ist nicht das, was ich beabsichtigt habe. Eigentlich ist es das genaue Gegenteil. Mein Ziel war es, mit ihm zu reden und ihn davon zu überzeugen, nicht …

Mit einem leisen Knurren drückt er mich gegen die Wand im oberen Flur und fordert meinen Mund erneut ein, als ob er es nicht ertragen kann, mich bis zu seinem Zimmer nicht zu schmecken, und ich vergesse alles, was ich eigentlich wollte. Ich vergesse, dass ich außerhalb dieses Moments existiere, dass es da draußen etwas anderes gibt als ihn.

Wir verschmelzen, oder zumindest fühlt es sich so an. Sein Mund ist eins mit meinem, sein Atem ist in meiner Lunge, sein Duft in meinen Nasenlöchern. Sein kraftvoller Körper umgibt mich voller Hitze, Härte und roher, ursprünglicher Männlichkeit. Ich stehe jetzt auf Zehenspitzen, während er meine Lippen verschlingt und seine Hände über meinen Rücken, meine Seiten und meinen Po wandern. Sie drücken und kneten ihn und schieben das lange Kleid an meinen Schenkeln hoch. Atemlos greife ich in die kühlen, seidigen Strähnen seines Haares, während er mich hochhebt, bis meine Beine um seine Hüften geschlungen sind, und mein Becken auf seinem reitet, während mein schmerzendes Geschlecht sich an seiner Erektion reibt.

Wir küssen uns, und unsere Zungen duellieren sich, bis uns die Luft ausgeht. Dann wandert sein Mund hinüber zu meinem Hals und lässt heiße, knabbernde Küsse auf die zarte Vertiefung in der Nähe meines Ohrs regnen. Stöhnend wölbe ich meinen Kopf zurück und reibe mich fester gegen Nikolai, verloren für alles außer der dunklen, brennenden Lust. Die Spannung in mir windet sich und baut sich auf, bis meine Nervenenden so empfindlich sind, dass sich die Bewegung der Luft wie eine Berührung auf meiner Haut anfühlt.

Ich werde schon davonkommen, stelle ich mit benebelter Überraschung fest.

Es wird wieder passieren.

Und dann passiert es, und die Entladung ist so überraschend wie willkommen. Meine Finger krallen sich krampfhaft in sein Haar, und meine inneren Muskeln ziehen sich zusammen, als die Ekstase meinen Körper durchfährt. Meine Zehen ziehen sich zusammen, und ein Schrei entweicht mir. Aber Nikolai hört nicht auf, er macht weiter, wiegt seine Hüften gegen mein Becken und intensiviert die Nachbeben, die mein Inneres erschüttern. Mit zusammengekniffenen Augen schreie ich erneut auf, und wie ein Tier, das seine Gefährtin einfordert, beißt er in meinen Hals, während seine große, schwielige Hand sich unter mein Mieder schiebt und meine nackte Brust drückt, während sein Daumen über meine ...

»Chloe? Nikolai, was macht ihr ... oh, Scheiße. Vergesst es.«

Alinas Stimme reißt mich aus dem erhitzten Delirium. Ich versteife, und meine Augen fliegen auf. Über Nikolais Schulter sehe ich, wie sie sich zurückzieht und ihr blasses Gesicht untypisch rosa ist. Bevor ich etwas sagen oder die Tatsache verarbeiten kann, dass sie uns schon zum zweiten Mal fast beim Sex erwischt hat, dreht sie sich auf dem Absatz um und verschwindet wieder in ihrem Zimmer.

Das ist gleich den Flur hinunter.

Den Flur runter, wo uns jeder hätte sehen können – und mich kommen hören.

Mein Gesicht, mein Körper, sogar meine Haarwurzeln fühlen sich an, als würden sie in Flammen stehen, als Nikolai sich zurückzieht, um mich anzublicken. Seine goldenen Augen haben schwere Augenlider; sein Haar, in dem meine Hände sich immer noch festkrallen, ist zerzaust; seine sinnlichen Lippen sind feucht und geschwollen, geöffnet in einem Ausdruck reiner Lust.

So könnte ein gefallener Engel aussehen, nachdem er seine erste Sünde begangen hat – nur, dass dieser Engel nie eine unschuldige Existenz kannte.

Er war die ganze Zeit der Teufel.

Ich befeuchte meine Lippen. »Deine Schwester ...«

»Scheiß auf meine Schwester.«

Bevor ich dieses wütend geknurrte Gefühl ansprechen kann, reißt er mich in seine kräftigen Arme und trägt mich mit langen, ungeduldigen Schritten in sein Zimmer.

23

NIKOLAI

Ich sollte aufhören, oder zumindest langsamer werden, aber ich kann nicht. Jetzt, wo ich sie wieder gekostet habe, ist der Hunger in mir zu stark, zu wild. Wie ein Alkoholiker, der seinen ersten Drink der Nacht hinuntergespült hat, kann ich mir nicht einmal vorstellen, mich zu mäßigen. Das dunkle Bedürfnis pulsiert in meinen Adern, ist ein Trommelschlag aus sexuellem Verlangen und einer tieferen, weniger definierten Sehnsucht, einem Verlangen, das aus meiner Seele zu kommen scheint.

Mit den fransigen Resten meiner Selbstbeherrschung lege ich sie auf das Bett, vorsichtig, um ihren Arm nicht zu verletzen. Dort ist jetzt ein Schorf, der ihre seidige, goldfarbene Haut verunstaltet. Der Anblick nährt die wilde Bestie in mir und füllt meine Brust zu gleichen Teilen mit Besitzgier und Wut.

Sie gehört mir, und ich werde jeden vernichten, der ihr jemals etwas angetan hat.

Niemand wird jemals einen Finger an sie legen ... außer mir.

Schon jetzt, ohne dass ich es will, sind meine Hände an ihrem Kleid, zerren an dem hübschen, dünnen Stoff, reißen ihn wütend von ihrem Körper, um ihn für meine Augen zu entblößen. Ihre Brüste ragen als Erstes aus ihrem Mieder, zwei kleine, köstliche Kugeln mit erigierten braunen Nippeln, gefolgt von ihrem schmalen Brustkorb und dem flachen Bauch, alles bedeckt von dieser strahlenden, gebräunten Haut, die mich an eingefangenen Sonnenschein denken lässt, an Wärme, Licht und Reinheit – all die Dinge, nach denen ich hungere, alles, was ich will.

Ihr Unterkörper ist als Nächstes an der Reihe. Ihr kaum vorhandener Tanga löst sich in meinen Händen fast auf und entblößt eine Muschi, die so zart und weich ist, wie ich sie in Erinnerung habe. Mir läuft das Wasser im Mund zusammen bei der Erinnerung an ihren süßen, vollen Geschmack, daran, wie sich diese zarten Falten auf meinen Lippen anfühlten, unter meiner Zunge, in meinen Fingern ... Finger, die nicht anders können, als ihre Schenkel zu ergreifen und sie weit auseinanderzuziehen.

Der Blick aus ihren weichen braunen Augen trifft schwer vor Verlangen und doch umrandet von dieser provozierenden Vorsicht auf meinen, und die letzten Fetzen meiner Selbstbeherrschung lösen sich auf. Wie ein hungriges Tier stürze ich mich auf sie, vergrabe mein Gesicht zwischen ihren Schenkeln, lecke an ihrer Glätte, nehme ihren salzigen Kern, die Wärme und das Sonnenlicht, das sie ist, in mir auf.

Sie keucht, hält meinen Kopf fest, und ihre Finger krallen sich in mein Haar, während sie sich unter mir wölbt und sich bei jedem gierigen Schlag meiner Zunge windet. Bald kommen auch meine Finger dazu und spielen mit ihrer Klitoris, während ich ihre Öffnung lecke und die Nässe genieße, die ich dort finde. Sie ist so köstlich, wie ich sie in Erinnerung habe, ganz Seide und Hitze und geschmolzener Honig, und obwohl mein Schwanz kurz davor ist, zu platzen, kann ich mich nicht von dem losreißen, was ich tue, kann nicht aufhören, bis ich spüre, dass sie erneut kommt.

Und sie kommt. Mit einem erstickten Schrei bäumt sie sich unter mir auf, ihr Rücken hebt sich vom Bett ab, während ihre Finger sich in meine Haare krallen und sie fast an den Wurzeln ausreißen, während noch mehr köstliche Nässe meine Lippen und Zunge überzieht.

Die Welle der Befriedigung ist so intensiv wie kurz, und meine Lust hat sich mit ihrem Orgasmus nur noch verstärkt. Heißes Blut pocht in meinen Schläfen, meine Eier ziehen sich zusammen, und jeder Muskel in meinem Körper spannt sich vor Verlangen an. Es gibt keine Sanftheit mehr in mir, keine Geduld, nur noch rohen, urwüchsigen Hunger, meinen pochenden Schwanz in ihrer Hitze zu vergraben.

Von einem rein animalischen Instinkt getrieben, drehe ich sie um, lege meinen Arm unter ihre Hüften und hebe ihren wohlgeformten kleinen Arsch zu mir, bis sie auf allen vieren ist. Ihre glatten Wangen sind ein wenig voller, ein wenig runder als das letzte Mal, als ich sie nackt gesehen habe, die Rosenknospe ihres Schließmuskels ein winziger, verführerischer Punkt, und mein Hunger steigert sich zu Messerschärfe, mein Körper spannt sich zu einem unerträglichen Grad an. Ich bin mir meiner Handlungen kaum bewusst, als ich meinen Hosenstall aufreiße und meinen Schwanz befreie, um ihn an ihren feucht glänzenden Schlitz zu führen.

Ich muss sie haben. Jetzt.

Der Trommelschlag des Verlangens wird ohrenbetäubend, übertönt alles und lässt die Welt um uns herum verschwimmen. Ich bin kein Mensch mehr; ich bin nichts weiter als Ur-Hunger, ein wildes, ursprüngliches Bedürfnis.

Ich ergreife ihre schlanken Hüften und stoße in sie hinein. Ich genieße die Nässe ihrer glatten Innenwände, ihre köstliche Enge. Sie schreit auf, ein schmerzerfülltes Geräusch, aber ich kann nicht aufhören, kann nichts anderes tun, als noch tiefer in sie zu stoßen, sie zu nehmen, sie zu beanspruchen, die wilde Lust zu befriedigen, die mich innerlich versengt.

Meine. Alles meins, verdammt! Meine Hüften stoßen wild, und mein Herz hämmert wie eine Faust gegen meine Brust. Aus der Ferne ist mir bewusst, dass ich viel zu grob bin, aber ich kann genauso wenig langsamer werden, wie ich sie loslassen kann. Sie ist eine seidige Enge und feuchte Hitze, das, was dem Himmel für einen Mann am nächsten kommt. Ihr flehendes Keuchen und Schreien spornt mich nur an, steigert meine Lust und heizt das Tier in mir an.

Ich ficke sie, als gäbe es kein Morgen, als wäre nichts außerhalb dieses Moments wichtig. Während ich sie mit einer Hand festhalte, schiebe ich die andere in ihr Haar und ziehe, so dass sie ihren Rücken krümmt, während ich härter und tiefer eindringe und mein Brandzeichen in ihr zartes Fleisch drücke. Ich spüre, wie der Orgasmus in mir hochkocht, meine Eier sich zusammenziehen, bis sie fast so hart sind wie mein pochender Schwanz, und als sie meinen Namen schreit und um mich herum zuckt, bricht die Entladung wie ein Tsunami über mich herein, lässt die Ekstase durch meine Nervenenden explodieren und taucht die Welt um mich herum in strahlendes Weiß.

24

CHLOE

Benommen falle ich auf meinen Bauch, sobald Nikolai meine Haare loslässt und sich aus meinem geschwollenen, zuckenden Fleisch herauszieht. Obwohl die Nachwehen des Orgasmus noch durch mich hindurchfahren, fühlt sich mein Geschlecht angeschlagen an, mein Inneres wund. Auch meine Gedanken sind verwirrt, und mein Geist ist so träge, als würde ich aus einem tiefen Schlaf erwachen.

Trotzdem, als er mich an seine Seite zieht und süße Koseworte murmelt, erlebe ich wieder dieses ungewöhnliche Gefühl des Friedens, das ich nur in seinen Armen kenne. Die Augen fallen mir zu, und ein Gefühl, als würde ich schweben, überkommt mich, während er mich streichelt, leichte, beruhigende Küsse auf mein Gesicht und meinen Hals regnen lässt und die Schmerzen und blauen Flecken von seiner groben Behandlung wegmassiert. Schließlich fügen sich meine unzusammenhängenden Gedanken zu etwas Zusammenhängendem zusammen, und ich öffne die

Augenlider, um seine hypnotisierenden Augen zu sehen, die in meine blicken.

»Zajchik ...« Seine Stimme ist sanft, sein Gesichtsausdruck schwer zu interpretieren, als er seine große Handfläche auf meine Wange legt. »Ich habe kein Kondom benutzt.«

Für einen Moment ergeben die Worte keinen Sinn für mich. Dann, mit einem Adrenalinstoß, werde ich mir einer warmen Nässe zwischen meinen Beinen und auf meinen Schenkeln bewusst.

Einer Menge Nässe. Viel mehr, als ich jemals gefühlt habe.

Mein Herzschlag beschleunigt sich, und das schwebende Gefühl verschwindet. Ich ziehe mich ruckartig zurück und setze mich auf. »Was meinst du damit? Ich nehme keine Verhütungsmittel. Die Pille ist mir schon vor Wochen ausgegangen. Ich dachte – ich dachte, du nimmst immer ein Kondom.« Ich werfe einen Blick auf die dicke, weiße Flüssigkeit auf meinen nackten Oberschenkeln und versuche, nicht in Panik zu geraten, während ich verzweifelt die Tage zähle.

Wann war meine Periode? War es diese Woche oder letzte Woche? Warum habe ich mir nicht die Mühe gemacht, den Überblick zu behalten? Ich weiß, es ist schon einige Tage her, dass ich aufgehört habe zu bluten, aber vielleicht ...

»Das tue ich.« Nikolai setzt sich ebenfalls auf, und die kräftigen Muskeln in seiner Brust und seinem Arm spannen sich an, während er sich mit der Hand durch die Haare fährt und die schwarzen Locken noch mehr zerzaust. »Zumindest habe ich das bis heute immer getan.«

Ich erinnere mich endlich daran, wann meine Periode eingesetzt hat: Anfang letzter Woche, vor fast zwölf Tagen. Letzten Montag musste ich Alina um Nachschub bitten.

Ich bin ungefähr in der Mitte meines Zyklus.

Ich muss genauso panisch aussehen, wie ich mich fühle, denn Nikolai legt den Kopf schief und betrachtet mich mit demselben unverständlichen Blick. »Das Timing ist genau richtig, nicht wahr? Oder besser gesagt falsch?«

Ich nicke, und meine Hand wandert instinktiv zu meinem Bauch. »Warum …« Ich halte inne, um meine zitternde Stimme zu beruhigen. »Warum hast du kein Kondom benutzt?«

Der rätselhafte Glanz in seinen Augen vertieft sich, während er sich auf mich zubewegt. »Warum machen wir uns nicht frisch und reden dann weiter?«

Ich muss immer noch unter Schock stehen, denn ich erhebe keinen Einspruch, als er mich hochhebt und ins Bad trägt. Stattdessen lasse ich es zu, dass er sich unter der Dusche um mich kümmert, so wie er es getan hatte, als ich verletzt war. Seine Berührung ist wieder sanft, beruhigend und zärtlich, auch wenn sein Schwanz mit jeder Streicheleinheit seiner schwieligen Hände über meinen nassen, nackten Körper härter wird.

Als er damit fertig ist, die Beweise unseres Fehlers abzuwaschen, ist er voll erigiert, und seine Hände bewegen sich mit wachsender Absicht über mich, umschließen meine Brüste, spielen mit meinen Nippeln und wagen sich zwischen meine Schenkel, um meinen Kitzler zu finden. Es sollte zu viel sein, zu früh, aber mein Körper reagiert, als ob er nicht gerade eine katastrophale Umwälzung seiner Sinne überlebt hätte, als ob der wilde Fick, der mich so überwältigt hat, nur eine Vorschau auf das Hauptereignis gewesen wäre.

Meine Atmung beschleunigt sich, und die Anspannung tief in meinem Unterleib wächst, als seine Lippen in einem tiefen, suchenden Kuss über meine gleiten, dann zu meinem Ohr wandern, meinem Hals, meiner Schulter. Keuchend klammere ich mich an seine Schultern, als er mein nasses Haar um seine Faust wickelt und mich rückwärts über seinen kraftvollen, muskulösen Arm beugt, um meine Brüste wie eine Opfergabe zu sich zu heben. Sein breiter Rücken schirmt mich vor dem Wasserstrahl ab, während er sich über mich beugt und erst eine Brustwarze in seinen Mund saugt, dann die andere. Der heiße, kraftvolle Sog seines Mundes sendet Lustschauer bis in mein tiefstes Inneres und steigert meine wachsende Erregung.

Trotzdem, ich bin innerlich wund, viel zu wund, um Lust zu empfinden, als zwei seiner Finger in mich eindringen und das geschwollene, zarte Gewebe auseinanderdrücken. Das heißt, bis sich diese Finger in mir krümmen und eine Stelle finden, die Funken hinter meinen geschlossenen Augenlidern sprühen und mich so schnell kommen lässt, dass ich kaum noch seinen Namen sagen kann.

Die Krämpfe ziehen sich immer noch durch meinen Körper, als er meinen Nippel mit einem nassen *Pop* loslässt und mich auf die Knie drückt, während er mich immer noch mit seinem Körper vor dem Duschstrahl abschirmt. Benommen blinzele ich zu ihm hoch und verstehe, was er will, als er seinen harten, massiven Schwanz gegen meine Wange schlägt und dann seine Eichel über meinen Mund zieht.

Instinktiv stütze ich meine Hände auf seine muskulösen Oberschenkel und öffne meine Lippen, um ihn so weit wie möglich in mich aufzunehmen. Ich habe schon öfters Blowjobs gegeben, aber das hier fühlt sich anders an, nicht wie die lockeren, spielerischen Zeiten mit meinen Ex-Freunden. Ich habe nicht die Kontrolle – er schon –, und es gibt nichts Spielerisches an der gnadenlosen Art, wie er meinen Mund fickt. Seine Hände umklammern meinen Kopf und halten mich still für seine tiefen, langsamen Stöße, und ich muss mich anstrengen, nicht zu würgen, als er mit jedem Stoß tiefer in meinen Hals eindringt.

Das sollte nicht heiß sein – er benutzt mich nur zu seinem Vergnügen – aber irgendetwas daran, wie eine Fickpuppe behandelt zu werden, schickt pulsierende Hitze direkt zu meiner Klitoris. Er nimmt sich von meinem Körper, was er will, und das ist sowohl erniedrigend als auch pervers befreiend. Es gibt nichts Kompliziertes an diesem Austausch – ich verschaffe ihm Lust, indem ich existiere, indem ich nicht mehr bin als ein warmer, feuchter Mund, den er benutzen kann. Ich kneife die Augen zusammen, und Tränen laufen mir aus den Augenwinkeln, als er das Tempo erhöht und seinen großen Schwanz in meine schmerzende Kehle zwingt. Trotzdem behalte ich den Drang, zu würgen, unter Kontrolle, selbst als mein Mund mit genug Speichel überflutet wird, um einen See zu füllen. Er tropft über mein Kinn, meinen Hals, meine Brust, aber das ist alles egal, denn ich spüre, wie sich die Spannung in seinem Körper aufbaut, kann fühlen, wie sein dicker Schaft in meinem Mund noch mehr anschwillt. Mit einem Stöhnen stößt er so tief in mich hinein, dass ich nicht mehr atmen kann, während warme Flüssigkeit in meine Kehle spritzt und seine Finger sich so fest in meinen Haaren verkrallen und an den Wurzeln zerren, dass ich zusammenzucke.

Als er sich zurückzieht, ringe ich so verzweifelt nach Luft, dass sich meine Nägel wie wild in seine Oberschenkel graben. Doch als ich meine tränenden Augen öffne und aufschaue, um seinem Blick zu begegnen, erschaudere ich vor Freude über den warmen Besitzanspruch, der sich darin spiegelt.

»Zajchik …« Seine Stimme ist ein dunkles, samtiges Raspeln, als er seine Hände unter meinen Armen einhakt, mich auf die Füße stellt und mich dann festhält, bis ich mein Gleichgewicht wiedergefunden habe. Er hält meine Schulter sanft mit einer Hand und spült mit der anderen das Sperma und den Speichel von mir ab, bevor er mein Kinn in die Hand nimmt und mich mit einem merkwürdig intensiven Blick anstarrt.

Mein Puls schießt erneut in die Höhe, und mein Magen zieht sich mit einer seltsamen Vorahnung zusammen, als er leise sagt: »Du bedeutest mir alles, bist die Quelle meines größten Glücks und meiner Freude. Ich will dich für den Rest unseres Lebens bei mir haben, solange der Atem in unseren Körpern bleibt. Das Schicksal hat dich an meine Tür gebracht, hat dich mir geliefert wie das Geschenk, das du bist, und ich könnte nicht dankbarer sein.«

Das Herz schlägt mir jetzt bis in den Hals, und mein Atem ist so schnell, dass meine Sicht unscharf wird. Das kann unmöglich dorthin führen, wohin ich denke. Auf keinen Fall wird er ...

»Chloe Emmons ...« Er umfasst mein Gesicht mit seinen breiten Handflächen, und seine Tigeraugen sind von einem wilden, zärtlichen Licht erfüllt. »Ich möchte, dass du mich heiratest. Ich möchte, dass du meine Frau wirst.«

25

CHLOE

Einen Moment lang bin ich überzeugt, dass ich ihn falsch verstanden habe. Denn auf keinen Fall wird er mir einen Antrag machen, nicht wenn wir uns weniger als einen Monat kennen. Aber die Intensität seines hypnotischen Blicks ist nicht zu übersehen, und ich kann nicht leugnen, dass er gerade die Worte *heiraten* und *Frau* benutzt hat.

Meine Gedanken kreisen wie wild, als ich seine kräftigen Handgelenke umklammere und instinktiv seine Hände von meinem Gesicht wegziehe. Die Dusche hinter ihm läuft noch und füllt die geräumige Kabine mit Dampf, aber ich friere plötzlich, und eine Gänsehaut breitet sich auf meiner nassen Haut aus.

»Nikolai, ich …« Ich habe keine Ahnung, was ich sagen soll, wie ich auf etwas so Verrücktes reagieren soll. Schließlich platze ich damit heraus: »Das ist ein Scherz, stimmt's?«

Sein Blick verfinstert sich. »Warum sollte ich darüber einen Scherz machen?«

»Weil ... weil wir uns kaum kennen!«

Er legt seine Hände auf meine Schultern, drückt leicht zu, und sein Ton bleibt weich, auch wenn sich sein Kiefer gefährlich verhärtet. »Ich weiß alles, was ich über dich wissen muss.«

»Nun, das tue ich nicht. Alles über dich wissen, meine ich.« Ich entziehe mich seinem Griff und wische mit einer zitternden Hand über mein Gesicht, um es von den Wassertropfen zu befreien. Mein Herz hämmert ungleichmäßig, und mein Magen verknotet sich bei seinem sich schnell verfinsternden Gesichtsausdruck, während ich nach der Tür der Duschkabine taste. »Nikolai, bitte, versteh mich nicht falsch – ich bin super geschmeichelt. Es ist nur ... das ist im Moment keine gute Idee.« Oder jemals.

Ich mag mich in diesen tödlich schönen Mann verliebt haben, aber ich habe nicht vergessen, wer und was er ist – oder was er für mich tun will.

Ich bin nicht dafür gemacht, eine Mafiaehefrau zu sein, auch wenn das nicht die offizielle Bezeichnung ist.

Er beobachtet meinen Rückzug mit zusammengekniffenen Augen, der Dampf wabert in der Luft hinter seinem kraftvollen Körper und ich muss mich konzentrieren, um nicht über die Badezimmermatte zu stolpern, als ich aussteige und mir ein Handtuch schnappe.

Es gibt keinen Grund dafür, dass ich derart nervös bin.

Er hat gefragt und ich habe abgelehnt.

Ende der Geschichte.

»Was musst du über mich wissen?« Er steigt hinter mir aus der Wanne, und seine Bewegungen sind weich und bedächtig. Ein Raubtier, das seiner Beute folgt. »Was brauchst du, um Ja zu sagen?«

»Nun …« Ich wickele das Handtuch um mich und suche verzweifelt nach der am wenigsten beleidigenden Antwort. Es gibt keine, also bin ich gezwungen, mich für die Wahrheit zu entscheiden. »Nikolai, ich kann dich einfach nicht heiraten. Wir sind zu unterschiedlich. Unsere Werte, die Art und Weise, wie wir an die Dinge herangehen … Die Wahrheit ist, dass ich nicht glaube …« Mein Herz macht einen Sprung, als sich der Sturm in seinen Augen zusammenbraut, aber ich bin entschlossen, also mache ich weiter. »Ich glaube nicht, dass das auf Dauer funktionieren kann.«

Er hält mit seiner Hand auf halbem Weg zu seinem eigenen Handtuch inne. Dann, langsam und bedächtig, zieht er es vom Ständer und trocknet sich ab. Seine Augen sind die ganze Zeit auf mich gerichtet, und sein Gesicht ist jetzt dunkler als eine mondlose Nacht.

Ich schlucke trocken, als die angespannte Stille wächst. »Ich sollte ins Bett gehen. Wir können morgen früh weiterreden.«

Er bewegt sich wie die große Raubkatze, an die er mich erinnert. Eine explosive Bewegung, und schon ist er zwischen mir und der Badezimmertür. Seine gemeißelten Muskeln spannen sich an, während er mich mit seinen zu Schlitzen zusammengezogenen goldenen Augen anschaut.

»Nein, *zajchik*«, sagt er leise. »*Wir* sollten ins Bett gehen. Und morgen wirst du mich heiraten. Egal, was du darüber denkst.«

26

CHLOE

Ich wache mit müden Augen auf, mein Kopf pocht, und mein ganzer Körper schmerzt. Ich unterdrücke ein Stöhnen und versuche, mich auf die Seite zu drehen, aber ein schwerer Arm, der über meinem Oberkörper liegt, hält mich fest.

Adrenalin durchflutet meine Adern, vertreibt den Nebel des Schlafes, und ich erkenne, wo ich bin.

Im Bett mit Nikolai.

Mein Atem stockt, und ich drehe vorsichtig meinen Kopf, um ihn anzusehen. Ich habe ihn bisher nur einmal schlafend gesehen, das eine Mal, als wir die Nacht zusammen verbracht haben, und ich bin wieder beeindruckt, wie schön und gefährlich animalisch er im Schlaf aussieht, mit tiefschwarzen Wimpern, die wie Fächer über seine scharfen Wangenknochen fallen und dunklen Bartstoppeln, die die markanten Linien seines Kiefers überschatten. Der Schlaf mildert seine stark ausgeprägten Gesichtszüge nicht, sondern verleiht ihnen eine wilde Sinnlichkeit, einen dunklen, primitiven Reiz.

Selbst jetzt gibt es etwas Raubtierhaftes, etwas Verruchtes in der Art, wie seine sinnlichen Lippen gebogen und leicht geöffnet sind.

Als ich merke, dass ich eine kostbare Gelegenheit verpasse, indem ich ihn wie ein Groupie anstarre, schlängele ich mich vorsichtig unter seinem Arm hervor und schleiche nackt zur Tür, wobei mein Herz gegen meinen Brustkorb schlägt.

Ich muss fliehen, wenn auch nur in mein eigenes Zimmer.

Ich muss etwas Abstand zwischen uns bringen.

Die letzte Nacht, zumindest der Teil nach der Dusche, ist in meinem Kopf verschwommen, ein Wirrwarr aus dunkel sexuellen Empfindungen und wilden Emotionen. Ich glaube, ich war so überwältigt von seiner Erklärung, dass ich in eine Art Schock verfiel und als ich mich wieder erholte, lag ich bereits in seinem Bett, mit meinen Handgelenken über meinem Kopf und mit ihm in meinem wunden, aber pervers begierigen Körper.

Ich kann mich nicht erinnern, Nein gesagt zu haben, aber ich muss es getan haben. Ich will nicht glauben, dass ich mich von ihm ficken ließ, nach dem, was er gesagt hatte ... oder dass ich noch mehrere Male kam, als er mich mit ungezügelter Wildheit immer wieder nahm.

Wenigstens hatte er bei den anderen Malen ein Kondom benutzt – ich würde jetzt hyperventilieren, wenn es ohne gewesen wäre.

Als ich die Tür erreiche, werfe ich einen Blick hinter meine Schulter. Gott sei Dank schläft er noch. Ich weiß nicht, wie ich ihm gegenübertreten soll – oder was ich mit seiner Heiratsdrohung anfangen soll. Und ja, sie ist eine Drohung. Ich habe keine Ahnung, wie er mich zwingen kann, gegen meinen Willen Ja zu sagen, aber ich weiß, dass es in seinen Möglichkeiten liegt. Die Dunkelheit, die ich immer in ihm gespürt habe, ist jetzt auf mich gerichtet.

Wie er mir gestern erzählte, ist er hervorragend darin, alles zu tun, was nötig ist, um seinen Willen durchzusetzen.

Mit angehaltenem Atem greife ich nach dem Türknauf und drehe ihn, wobei ich innerlich zusammenzucke, als er leise klickt. Zu meiner Erleichterung schläft er weiter, also stecke ich meinen Kopf in den Flur, um mich zu vergewissern, dass er frei ist, und laufe dann hinunter in mein Zimmer, wobei ich den stechenden Schmerz in meinem kaum verheilten Knöchel ignoriere.

Ich komme ohne Zwischenfälle dort an und mache mich auf den Weg in mein Badezimmer, wo ich unter die Dusche springe und mich mit Seife abschrubbe, um die Erinnerung an seine raue Berührung abzuwaschen. Es ist zwecklos – die Spuren seines Besitzes sind überall auf meinem Körper, meine Haut ist an dutzenden Stellen von seinen Stoppeln zerkratzt, meine Brustwarzen schmerzen, wo er an ihnen gesaugt und sie mit seinen Zähnen gekratzt hat. Das Schlimmste aber ist der Schmerz tief in mir, eine Erinnerung an seinen unstillbaren Hunger nach mir – und meine völlige Unfähigkeit, ihm zu widerstehen, selbst angesichts des Wahnsinns, den er geplant hat.

Ich stelle das Wasser ab, trete aus der Kabine und atme tief ein, um meine wachsende Panik unter Kontrolle zu bekommen. Vielleicht hat er es nicht so gemeint. Er könnte einfach nur verärgert gewesen sein, dass ich seinen Vorschlag abgelehnt habe, und wenn er heute Morgen aufwacht, wird ihm klar, wie verfrüht das war.

Er hat mich vor etwas mehr als drei Wochen eingestellt, und wir haben insgesamt zwei Nächte miteinander verbracht. Wie kann er sich so sicher sein, dass er mich ein Leben lang will, dass ich tatsächlich die Eine bin?

Doch egal, was ich mir sage, meine Panik lässt nicht nach. Trotz dem, was ich gestern Abend gesagt habe, kenne ich Nikolai. Tief im Inneren kenne ich ihn – und ich weiß, dass er keine Dinge sagt, die er nicht ernst meint. Er entschied, dass wir füreinander bestimmt sind, als ich gerade einmal eine Woche hier war, und nichts, was seitdem passiert ist, hat ihn vom Gegenteil überzeugt.

Was noch beängstigender ist, ist, dass er nicht behauptet, mich zu lieben – und ich glaube nicht, dass er das tut. Was er für mich empfindet, ist eher eine Besessenheit. Plötzlich erinnere ich mich daran, dass Alina mich in der Nacht, in der wir zusammen Gras geraucht haben, davor gewarnt hat und mir sagte, dass ihr Bruder nicht mein Traumprinz ist.

»Molotow-Männer lieben nicht, sie besitzen«, sagte sie. »Und Nikolai ist da keine Ausnahme.«

Ich wickele ein Handtuch um mein nasses Haar und betrachte mein Spiegelbild. Ich bemerke die vollen, geröteten Lippen, die noch immer von seinen Küssen geschwollen sind. In der Nähe meines Schlüsselbeins ist ein Knutschfleck, und auf meinen Hüften sind schwache dunkle Abdrücke in Form von männlichen Fingern.

Nein, das ist keine Liebe. Nicht einmal annähernd.

Im besten Fall ist es eine gegenseitige Fixierung – denn selbst jetzt, wo ich hier stehe und aussehe, als wäre ich überfallen worden, lassen mich die Erinnerungen daran, wie jeder Fleck auf meinem Körper entstanden ist, mein Herz tief in mir pochen.

Während ich mich anziehe, entscheide ich, wie ich am besten vorgehen soll.

Alina.

Sie hat mir einmal geholfen. Vielleicht kann sie es wieder tun.

Ich weiß nicht einmal, welche Art von Hilfe ich im Sinn habe – nach meinem Beinahezusammenstoß mit den Attentätern ist die Idee eines weiteren Fluchtversuchs wenig reizvoll. Nichtsdestoweniger spüre ich einen Funken Hoffnung, als ich an die Tür ihres Schlafzimmers klopfe und sie sie mir, in ihren Peignoir gekleidet, öffnet. Bevor ich mich dafür entschuldigen kann, dass ich sie geweckt habe, blickt sie sich im Flur um und zieht mich schnell hinein.

»Geht es dir gut?«, fragt sie und tritt einen Schritt zurück, um mich gründlich zu untersuchen. Ihr Blick richtet sich auf meine geschwollenen Lippen, und ihre dunklen Augenbrauen ziehen sich zusammen. »Hat Kolya …«

»Nein, nein, Es geht mir gut.« Mein Gesicht brennt heiß, so dass ich dankbar bin, dass meine gebräunte Haut meine Rötung verdeckt – und mein hochgeschlossenes T-Shirt den Knutschfleck. »Er würde nicht … es war alles einvernehmlich.«

Sie atmet hörbar aus. »Okay, gut. Ich dachte mir, dass das der Fall ist. Es ist nur … mein Bruder ist nicht ganz zurechnungsfähig, wenn es um dich geht.«

»Das kannst du laut sagen«, murmele ich leise.

Sie hört mich trotzdem, und ihr Stirnrunzeln kehrt zurück. »Was ist passiert?« Sie ergreift meine Hand, führt mich zu ihrem ungemachten Bett und lässt mich neben ihr Platz nehmen. Da sie gerade erst aufgewacht ist, ist ihr Gesicht ungeschminkt, wie damals, als sie mich in meinem Schlafzimmer überfallen hat, aber ihre jadegrünen Augen sind klar, nur von Sorge getrübt. »Was ist passiert? Sag es mir, Chloe. Bitte.«

Ich atme tief ein und mache mich auf ihre Reaktion gefasst. »Nikolai hat mir einen Antrag gemacht.«

Null Reaktion. Nicht einmal ein Wimpernzucken.

Hat sie mich nicht gehört?

»Er hat mich gebeten, ihn zu heiraten«, erkläre ich, falls das nicht klar war. »Gestern Abend hat er mich gefragt, ob ich seine Frau werden will.«

Jetzt legen sich ihre langen Wimpern über ihre Augen. »Ich verstehe.«

»Warum bist du nicht überraschter?«, frage ich, fassungslos und mehr als nur ein wenig beunruhigt über ihre ruhige Akzeptanz. »Wusstest du, dass er das tun würde?«

»Wissen? Nein. Ob ich es vermutet habe? Ja.« Sie seufzt und schiebt ihr Haar mit einer Hand zurück. »Von dem Moment an, als ich deine Schlüssel in seiner Schublade gesehen habe, dachte ich mir, dass es darauf hinauslaufen könnte. Aber natürlich redet Kolya nicht mit mir über diese Dinge, also kann ich nicht sagen, dass ich sie mit Sicherheit weiß.«

Mein Unbehagen wächst. »Das verstehe ich nicht.«

»Chloe …« Sie wendet sich mir zu und nimmt meine Hände in ihre. »Mein Bruder ist besessen von dir. Ich habe vom ersten Tag an Anzeichen dafür gesehen, aber ich dachte – ich hoffte –, es wäre nur eine vorübergehende Anziehung, dass du nur ein weiteres Mädchen wärst, das er ficken und vergessen würde.«

»Wow, danke.«

»Das ist nichts gegen dich. Es wäre eine gute Sache gewesen, glaub mir.« Sie drückt meine Hände. »Schau, Nikolai ist … Er ist unserem Vater sehr ähnlich. Und unserem Großvater. Und nach den Geschichten, die ich gehört habe, auch den anderen Molotow-Männern vor ihnen. Konstantin und Valery – sie sind ein bisschen anders, aber Nikolai … er ist ein Molotow-Mann durch und durch.«

»Was soll das heißen?«, frage ich frustriert. »Er hat was? Die Neigung, einer Frau einen Heiratsantrag zu machen, nachdem er sie einen Monat lang kennt?«

Sie schüttelt den Kopf. »Soweit ich weiß, hat er noch nie einer anderen einen Antrag gemacht – oder war so besessen von einer Frau.« Sie holt tief Luft. »Du bist die Erste, und, wenn ich raten müsste, die Letzte. So ist es oft bei den Männern in unserer Familie. Unser Vater sah unsere Mutter auf einer Party, überhäufte sie mit Geschenken und heiratete sie zwei Wochen später. Und sein Vater – unser Großvater väterlicherseits – hat unsere Großmutter buchstäblich entführt, als sie sechzehn war, und sie aus ihrem Dorf geraubt, als er sie zufällig beim Hacken eines Feldes mit anderen Schulmädchen sah.«

»Du machst Witze.«

»Ich wünschte, das täte ich.« Ihr Gesicht ist düster. »Unsere Großmutter starb, als ich zehn Jahre alt war, aber ich erinnere mich an die Geschichten, die sie mir über ihr Leben mit meinem Großvater erzählte, die Art und Weise, wie er jeden ihrer Schritte kontrollierte und absoluten Gehorsam verlangte. Sie war zutiefst unglücklich mit ihm, aber sie war nur ein armes Bauernmädchen, und er war ein mächtiger, gut vernetzter Mann, also gab es nichts, was sie dagegen tun konnte. Er wollte nicht, dass sie ihn verließ.«

Ich starre sie an, mein Magen zieht sich zusammen. »Und deine Mutter? War sie auch unglücklich?«

Sie zieht ihre Hände zurück, und ihr Gesicht ist verschlossen. »Am Anfang nicht. Sie wusste erst viel später, was für einen Mann sie geheiratet hatte. Als sie es herausfand, begannen die Dinge auseinanderzubrechen ...« Sie hält inne und holt noch einmal tief Luft. »Auf jeden Fall ist das nicht dieselbe Situation. Ich will damit sagen, dass Nikolai dieselbe intensive, leidenschaftliche Persönlichkeit besitzt, eine obsessive Tendenz, die etwas sucht und schließlich findet – jemanden, an dem sie sich festhalten kann. Wie unser Vater und unser Großvater vor ihm ist er zielstrebig, wenn es darum geht, die Frau zu bekommen, die er will, und er will dich, Chloe. Und er will dich haben, um jeden Preis.«

Ich weiß nicht, was ich sagen soll. Stumm starre ich sie an, als sie leise sagt: »Ich weiß nicht, ob du es bemerkt hast, aber Nikolai hat einen Hauch von Mystik in sich, diesen Glauben an Schicksal und Bestimmung, den er von unserer Großmutter geerbt hat. Sie wuchs in einem kleinen ländlichen Dorf auf, war sowohl religiös als auch zutiefst abergläubisch und verbrachte viel Zeit mit Nikolai, als er ein kleiner Junge war. Er würde es wahrscheinlich abstreiten – er betrachtet sich selbst nicht im Geringsten als religiös –, aber er hat viele ihrer Überzeugungen übernommen, einschließlich ihrer Ansichten über unsere Familie und wie unser Blut das Böse in sich trägt ... wie es unvermeidlich war, dass unser Vater, ihr Sohn, so werden würde, wie sein Vater es war.«

Ich schlucke trocken. »Wie war das?« Und was noch wichtiger ist, ist Nikolai auch so geworden?

Alinas Lippen verziehen sich. »Das ist egal. Wir reden hier gerade über Nikolai.«

»Und mich. Alina ...« Jetzt bin ich an der Reihe, ihre Hände zu ergreifen. »Was soll ich tun? Ich habe ihm gesagt, dass ich ihn nicht heiraten kann, aber er hört nicht auf die Vernunft. Er besteht darauf, dass wir heute heiraten.«

Ihr Gesicht zeigt endlich einen Anflug von Überraschung. »Heute?«

»Ja, heute!« Ich lasse ihre Hände los und bekomme meine Stimme wieder unter Kontrolle. »Schau, vielleicht flippe ich umsonst aus. Ich weiß nicht, wie er mich in die Ehe zwingen kann – wir sind nicht mehr im Mittelalter. Aber nur für den Fall, kannst du ihn vielleicht zur Vernunft bringen? Oder mir helfen, herauszufinden, wie man das macht?«

Sie neigt ihren Kopf, und ihre jadefarbenen Augen glänzen. »Nur um das klarzustellen, du willst ihn also nicht heiraten?«

Ich blinzele. »Natürlich nicht. Ich meine ... ich kenne ihn noch nicht einmal einen Monat.«

»Aber du willst ihn, oder? Letzte Nacht und das andere Mal ...«

»Das ist etwas anderes.« Mein Gesicht wird wieder heiß. »Das ist einfach biologisch. Er ist ein sehr attraktiver Mann und ...«

»Also ist es für dich nur Sex?«

Ich öffne den Mund, um Ja zu sagen, aber das Wort will nicht herauskommen.

»Ich verstehe.« Das Funkeln in ihren Augen wird intensiver. »Liebst du ihn?«

»Ich ...« Ich schlucke gegen die plötzliche Trockenheit in meinem Hals an. »Ich weiß es nicht. Ist das wichtig? Ich kann ihn trotzdem nicht heiraten. Er ist ... das heißt, er ist nicht ...«

»Das, was du dir als Ehemann vorgestellt hast?«, fragt sie, als ich abschweife. Ein schiefes Lächeln umspielt ihre Lippen. »Weißt du, die meisten Frauen würden die Chance ergreifen, einen reichen, gutaussehenden Mann zu heiraten, der verrückt nach ihnen ist.«

»Würdest du es? Die Chance ergreifen, jemanden wie deinen Bruder zu heiraten?«

Ihre Gesichtszüge spannen sich an, und das Lächeln verschwindet aus ihrem Gesicht. »Wir reden nicht über mich.« Sie steht abrupt auf und schreitet zum Fenster. Ihr Rücken ist steif, während sie auf die fernen Gipfel starrt.

Verwirrt gehe ich zu ihr hinüber. Ich habe keine Ahnung, was sie aufgeregt hat, aber irgendetwas hat das offensichtlich getan. Vorsichtig berühre ich ihre Schulter. »Hey, ich …«

Sie dreht sich zu mir um, und ihre Gesichtszüge sind wieder ruhig. »Hör mir zu, Chloe. Du hast recht, auszuflippen. Wenn mein Bruder sagt, dass du ihn heute heiratest, dann wird das auch passieren. Ich weiß nicht genau wie, aber er ist einfallsreich. Wenn du das wirklich nicht willst, ist es das Beste, wenn du die Hochzeit verzögerst.«

»Verzögern? Aber …«

»Verzögern«, sagt sie bestimmt. »Eine direkte Ablehnung wird nicht funktionieren – sie wird ihn nur noch entschlossener machen –, also musst du Ja sagen und dann einen Weg finden, einige Bedingungen zu stellen. Vielleicht hast du schon immer von einer bestimmten Hochzeitslocation geträumt oder von einem besonderen Kleid oder davon, deine College-Freundinnen als Brautjungfern zu haben. Er kann das beherzigen, oder auch nicht. So oder so, einen Versuch ist es wert.«

Ich starre sie an, und mein Puls rast. Sie hat recht: Ich bin das alles falsch angegangen. Letzte Nacht, bis ich Nikolai die Wahrheit sagte – dass ich nicht glaube, dass es zwischen uns langfristig funktionieren könnte –, schien er der Vernunft zugänglich gewesen zu sein, mehr daran interessiert, mich zu überzeugen, als mich seinem Willen zu unterwerfen.

Vielleicht, wenn ich zustimme, ihn irgendwann in der Zukunft zu heiraten, können wir zu einer gesünderen Dynamik zurückkehren und die Dinge wieder so machen, wie sie waren.

»Es tut mir leid, dass ich nicht hilfreicher sein kann«, sagt Alina, und ich sehe, dass sie es ernst meint. »Alles, was ich zu ihm sage, wird nur nach hinten losgehen. Es ist besser, wenn du das selbst mit ihm klärst.«

»Nein, das war sehr hilfreich, danke.« Ich drehe mich um, um zu gehen, als mir etwas einfällt. Hoffnungsvoll drehe ich mich um. »Du hast nicht zufällig die Pille danach, oder? Es gab gestern Abend einen kleinen ... Gedächtnisverlust unsererseits.«

Sie hält inne und blinzelt. Als sie spricht, klingt ihre Stimme seltsam. »Nein, ich fürchte, so etwas habe ich nicht. Und Chloe ... du solltest dir vielleicht eine wirklich gute Verzögerungstaktik überlegen. Weißt du noch, was ich dir über meinen Bruder und Zufälle erzählt habe? Das Gleiche gilt für Gedächtnislücken.«

Ich starre sie an, und mein Magen zieht sich zusammen. »Du meinst ...«

»Für mich hört es sich so an, als wolle er dich unbedingt an sich binden – und er zieht bereits alle Register.«

27

NIKOLAI

Ich wache mit einem beunruhigenden Gefühl von Déjà-vu auf. Noch bevor ich mich umdrehe und die kühlen, leeren Laken neben mir spüre, weiß ich, dass Chloe nicht da ist.

Ich kann ihre Abwesenheit tief in mir spüren.

Die Logik sagt mir, dass sie nicht noch einmal weggelaufen sein kann – die Wachen haben den strikten Befehl, dass sie das Gelände nicht verlassen darf –, aber mein Herz klopft immer noch schwer in meiner Brust, als ich vom Bett springe und mich mit militärischer Geschwindigkeit anziehe.

Ich muss sie finden. Jetzt.

Bevor ich den Raum verlassen kann, fällt mir eine Bewegung draußen ins Auge. Ich trete zum Fenster, und eine Welle der Erleichterung überschwemmt mich.

Es sind Chloe und Slava, die zusammen am Rand der Einfahrt stehen und in die Baumgruppe an der Seite schauen. Als ich näher hinschaue, bemerke ich ein graubraunes

Fellknäuel vor ihnen – ein Wildkaninchen. Ich erhasche auch einen Blick auf eine lange, dünne Karotte in der Hand meines Sohnes.

Die Erleichterung geht über in ein neues, schier glühendes Gefühl, eine glühende Art von Wärme, die jede Spalte meiner Brust ausfüllt. Mein Sohn und meine zukünftige Frau – es fühlt sich so richtig an, so perfekt.

So was von abgefuckt.

Ich verdiene das nicht. Tief im Inneren weiß ich das. Einem Mann wie mir ist es nicht vergönnt, diese Art von Glück zu erleben, sich für längere Zeit in echter Freude zu sonnen. Und Chloe hat mich ganz sicher nicht verdient. Das Blut, das durch meine Adern fließt, ist reines Gift, meine Natur durch und durch rücksichtslos. Ein besserer Mann hätte sie schon vor langer Zeit gehen lassen und sie vor den dunkelsten Teilen seiner selbst beschützt, anstatt diese Fata Morgana des Glücks mit beiden Händen zu ergreifen.

Aber ich ergreife sie. Weil ich ein egoistisches Monster bin. Denn als ich sie letzte Nacht endlich in meinen Armen hatte, wusste ich, dass sie dorthin gehörte. Und ich wusste, dass es nicht genug war, sie einfach dazuhaben.

Ich möchte, dass die Welt weiß, dass sie mir gehört, dass sie nur mir gehört.

Ich beobachte sie und Slava noch eine Weile und genieße das unverdiente Glück, diese erschlichenen Momente der unkomplizierten Freude. Ich weiß nicht, wie ich mich die ganze Zeit zurückhalten konnte, wie ich es geschafft habe, mich zurückzuhalten und ihr die zweiwöchige Gnadenfrist zu geben. Jetzt, wo ich sie wiederhabe, kann ich mir nicht vorstellen, noch eine Nacht ohne sie zu verbringen, kann nicht einmal versuchen, das Tier wieder an die Leine zu legen.

Sie will mich nicht heiraten. So soll es sein. Die brennende Wut und der Schmerz über ihre Weigerung sind immer noch da, aber sie sind leicht abgekühlt und haben sich zu einer grimmigen Entschlossenheit verhärtet.

Es wird Zeit, dass Chloe versteht, mit wem sie es zu tun hat. So oder so wird sie meinen Ring an ihrem Finger tragen.

Heute Abend wird sie meine Frau werden.

28

CHLOE

Ich überstehe den Morgen mit reiner Willenskraft
und gehe mit einem Lächeln in den Unterricht mit
Slava, obwohl die Angst an meinen Nerven zerrt. Es hilft, dass
Nikolai beim Frühstück nicht auftaucht und sich stattdessen
mit Pavel in seinem Büro einschließt. Tatsächlich sehe ich ihn
gar nicht, außer kurz auf dem Flur, als er an mir
vorbeischreitet, mit nichts weiter als einem erhitzten Blick und
einem gemurmelten »Entschuldigung, *zajchik*.«

Es ist, als ob die letzte Nacht nie passiert wäre, als ob mein
Körper nicht den Abdruck seiner Besessenheit trüge und mein
Magen sich nicht verknotete, während ich versuche, den Mut
aufzubringen, mit ihm zu reden.

Erst um elf Uhr gibt es das erste Anzeichen für die
kommenden Veränderungen. Bis dahin habe ich die Hoffnung,
dass Nikolai seine Meinung geändert hat und seine Drohung
doch eine leere war. Aber nein. Ich gehe in mein Zimmer und
finde Lyudmila in meinem begehbaren Kleiderschrank. Sie

packt dutzende Kleider samt Bügel zusammen und trägt sie ohne ein einziges Wort an mir vorbei.

»Hey!« Ich eile ihr hinterher, als sie zügig den Flur entlangläuft. »Was geht hier vor?«

Sie wirft mir einen Blick von der Seite zu, als ich sie einhole. »Du ziehst heute um. In Nikolais Zimmer, oder nicht?«

»Was? Nein! Gib mir die.« Ich versuche, ihr die Klamotten zu entreißen, aber sie erweist sich als erstaunlich agil. Sie weicht mir aus und geht in Nikolais Schlafzimmer, um dreißig Sekunden später wieder aufzutauchen und wieder mein Zimmer zu betreten.

Scheiße.

Ich renne ihr hinterher. »Tu das nicht. Lass sie einfach liegen.«

Sie hört nicht auf mich, schnappt sich einen weiteren Stapel Klamotten und schiebt sich mit ausdruckslosem Matroschka-Gesicht an mir vorbei. »Wenn du mir im Weg stehst, hole ich Pavel zu Hilfe.«

Verdammt.

Voller Wut trete ich zurück und lasse sie ihre Arbeit machen. Die Alternative – sie und ihren Berg von Ehemann körperlich zu bekämpfen – wäre sowohl sinnlos als auch dumm. Wen kümmert es, wo sich meine Kleidung befindet? Es geht darum, was dieser Schritt bedeutet.

Nikolai nimmt mir mein Zimmer weg, meinen privaten Raum … meinen einzigen Zufluchtsort vor ihm.

Ich kann die Konfrontation nicht länger aufschieben. Wenn ich heute nicht seine Frau werden will, muss ich handeln.

Ich lasse Lyudmila mit meinem Kleiderschrank machen, was sie will, gehe zu Nikolais Büro und klopfe entschlossen an die Tür.

»Ja?«

»Ich bin's, Chloe.« Meine Stimme ist tief und wütend, da meine Wut alle Vorsicht verbrennt.

Die Tür schwingt auf und gibt den Blick auf Nikolais große, breitschultrige Gestalt frei. Er stützt einen muskulösen Unterarm auf den Türrahmen über seinem Kopf und lässt seinen Blick über meinen Körper wandern. Als seine Augen zu meinem Gesicht zurückkehren, haben sie einen hellen und raubtierhaften Goldton. »Was ist los, *zajchik?*«

»Wir müssen reden.«

Er tritt einen halben Schritt zurück, und seine sinnlichen Lippen wölben sich mit dunkler Belustigung. »Dann komm rein.«

Er steht immer noch teilweise in der Tür, also habe ich keine andere Wahl, als mich an ihm vorbeizudrängen. Meine Schulter streift seine harte, muskulöse Brust, und ich nehme einen schwachen Hauch von Bergamotte und Zedernholz wahr, gemischt mit dem verlockenden Moschus der warmen Männerhaut. Eine vertraute Hitze versengt meine Adern, und mein Inneres verflüssigt sich trotz der Wut, die in meiner Brust brennt.

Verdammte Biologie. Das ist das Letzte, was ich brauche.

Mit zusammengebissenen Zähnen gehe ich zum runden Tisch, wo ich mich auf einen Stuhl setze und ihm herausfordernd ins Gesicht blicke. Ich weigere mich, meinen Körper mein Handeln diktieren zu lassen, sexuelle Bedürfnisse über mein Schicksal entscheiden zu lassen.

Ich werde diesen schönen, amoralischen Mann nicht heiraten, wenn ich es verhindern kann. Egal, wie ich im Bett auf ihn reagiere.

»Also …« Er lehnt sich zurück und verschränkt seine langen

Finger vor seiner Brust. Seine Stimme ist wie gebürstete Seide, als er leise sagt: »Du wolltest reden.«

Ich hatte den ganzen Vormittag Zeit, mir zu überlegen, wie ich ihn am besten anspreche, doch ich bin immer noch sprachlos, und meine Gedanken sind ein einziges Durcheinander. Teilweise ist es die Art, wie er mich beobachtet, mit diesem zynischen, spöttischen Halb-Lächeln, als ob er bereits in die Zukunft schaut und genau weiß, was ich tun und sagen werde. Aber hauptsächlich ist es die kühle Entschlossenheit, die ich in ihm spüre. Die Argumente, die ich vorbereitet habe, scheinen plötzlich unzureichend zu sein, die Prämisse, mit ihm zu verhandeln, ist zutiefst fehlerhaft.

»Wie hast du vor, es zu tun?«, platze ich schließlich damit heraus. Es ist nicht das, womit ich anfangen wollte, aber ich muss wissen, was auf mich zukommt, falls ich versage. »Wie kannst du mich zwingen, dich gegen meinen Willen zu heiraten?«

Die Muskeln um seine Augen spannen sich geringfügig an, auch wenn das Lächeln auf seinen Lippen bleibt. »Gegen deinen Willen? Ist das die Lüge, die du dir selbst einredest, *zajchik*? Dass du gezwungen wirst?«

Das Blut schießt mir ins Gesicht, und Wut vermischt sich mit unlogischer Verlegenheit. »Was willst du damit sagen?«

»Ich will damit sagen, dass ich dir einen Gefallen tue.« Sein Lächeln wird intensiver. »Entscheidungen können eine schwere Last sein, vor allem, wenn deine Vorstellungen von dem, was richtig ist, mit deinen tatsächlichen Wünschen kollidieren.«

Meine Nägel graben sich in meine Handflächen. »Ich *will* dich nicht heiraten. Du hast gefragt, und ich habe Nein gesagt, erinnerst du dich?«

»Oh, das tue ich.« Er setzt sich ruckartig nach vorne, und das Lächeln verschwindet aus seinem Gesicht. »Manche Dinge sind dazu bestimmt, dass sie geschehen. Eines Tages wirst du das erkennen und dankbar sein, *zajchik*. Für den Moment werde ich tun, was ich tun muss.«

»Und was wäre das? Eine Art Amtsperson hierherholen? Und was dann? Wie willst du mich dazu bringen, Ja zu sagen?«

Er antwortet nicht, lehnt sich nur mit einem unergründlichen Ausdruck zurück, und meine Fantasie macht einen Sprung.

Ich starre ihn entsetzt an und stoße hervor: »Du wirst mich unter Drogen setzen, nicht wahr? Das ist dein Plan.«

29

NIKOLAI

*M*ein kluges *zajchik*. Chloe kennt mich, egal, was sie behauptet.

Das kleine Fläschchen liegt bereits auf meinem Schreibtisch, die Flüssigkeit darin bereit, um in eine Spritze gesaugt und in ihre Venen gepumpt zu werden. Es ist die mildeste und sanfteste Form einer unserer Spezialdrogen. Die Dosis reicht gerade aus, um die Grenzen der Realität zu verwischen und die Hemmungen einer Person zu senken.

Wenn ich sie bei Chloe anwende, wird sie sich dessen bewusst sein, was passiert, aber sie wird nichts dagegen haben … denn tief im Inneren will sie das auch.

Ich kenne sie mittlerweile gut.

Deshalb bin ich auch nicht überrascht, als sie durchatmet und ihre schmalen Schultern in die Waagerechte bringt, anstatt zu flehen oder zu weinen. »Gut«, sagt sie, und ihre Stimme zittert nur leicht. »Du hast gewonnen. Aber nur damit du es weißt, ich werde dir nicht verzeihen, wenn du das durchziehst.

Es wird alles zwischen uns vergiften ... so wie die Taten deines Großvaters jede Chance seiner Ehe ruiniert haben.«

Verdammte Alina. Ich hätte damit rechnen müssen, doch Chloes Worte durchbohren mich immer noch wie ein Angelhaken, der tief in mein Herz eindringt und sich dort festsetzt.

Ich beuge mich vor, und mein Tonfall wird schärfer. »Du lässt mir keine andere Wahl.«

»Nein. Du versuchst, *mir* keine Wahl zu lassen.« Sie lehnt sich ebenfalls nach vorne und starrt mich wütend von der anderen Seite des Tisches an. »Das Ding ohne Kondom – das war doch Absicht, oder? Du hast es nicht wirklich vergessen.«

Ich halte ihrem Blick stand, und das Aufflackern der Wut kühlt ab, während sich ein seltsamer Schmerz um meine Brust legt. Hat sie recht? Zu diesem Zeitpunkt schien es keine bewusste Entscheidung zu sein, eher wie eine ursprüngliche Anweisung, ein überwältigender Drang, in ihr zu sein, ohne irgendwelche Barrieren. Das Kondom war nicht einmal eine Überlegung wert – es war, als ob mein Verstand die Existenz solcher Schutzmaßnahmen verdrängt hätte, geschweige denn die Notwendigkeit dafür sah.

Ich will keine weiteren Kinder – oder zumindest dachte ich, dass ich das nicht will. Dann sah ich meinen Samen auf Chloes Schenkeln, und alle möglichen verlockenden Bilder überfluteten meinen Geist: von Chloe, die mit unserem Kind rund wird, von ihr, die einen pausbäckigen Säugling stillt ... von uns, die mit einem braunäugigen Kleinkind spielen, dessen strahlendes Lächeln einen Raum erhellt.

Es war wie eine Collage aus einem beschissenen Hallmark-Film, nur dass es mich tief im Inneren schmerzte.

Mit Mühe schalte ich diesen Gedankengang aus. Ob ich

bewusst gehandelt habe oder nicht, spielt keine Rolle. Das Ergebnis ist so oder so das gleiche.

Ich zwinge meine Schultern, sich zu entspannen, lehne mich zurück und betrachte Chloes fest angespannten Gesichtszüge. »Sag es mir, *zajchik* … was brauchst du, damit du unsere Ehe akzeptierst und glücklich bist? Damit wir beide das Schicksal meiner Großeltern vermeiden können?«

Sie ist zu klug, zu vorsichtig, um hierherzukommen, nur um mich zu züchtigen. Es gibt etwas, hinter dem sie her ist, eine Art Ziel, das sie zu erreichen hofft, und ich vermute, ich weiß, was es ist.

Sie blickt mich für ein paar lange Sekunden an, und ich spüre den Kampf, der sich in ihrem Kopf abspielt. Mich weiter mit der Kondomfrage bedrängen oder zu ihrem eigentlichen Anliegen übergehen?

Sie muss sich für die Kombination aus beidem entscheiden, denn sie setzt sich aufrechter hin und sagt: »Nun, zum einen möchte ich, dass wir uns immer schützen, solange ich nicht zustimme, ein Baby zu bekommen. Ich möchte sogar, dass du mir sofort wieder die Antibabypille besorgst und mir heute noch die Pille danach gibst.«

»Erledigt«, sage ich und unterdrücke eine irrationale Welle der Enttäuschung.

Es ist wirklich das Beste – ein weiterer Molotow ist das Letzte, was diese Welt braucht. Ich weiß nicht, was letzte Nacht über mich gekommen ist, aber ich nehme mir vor, mich in Zukunft besser zu kontrollieren. In der Tat habe ich den Rest der Nacht Kondome benutzt, also werde ich das, was passiert ist, als kurzzeitiges Versagen der Vernunft abhaken.

Chloe blinzelt, sichtlich überrascht von meiner kampflosen Zustimmung. »Okay. Gut. Wie wäre es dann, wenn wir den

Zeitpunkt der Hochzeit besprechen? Ich denke, nächsten Sommer oder Herbst sollte …«

»Nein.« Ich hatte nicht vor, sie in die Ehe zu drängen, aber jetzt, wo wir diesen Weg eingeschlagen haben, kann ich mir nicht vorstellen, auch nur einen Tag länger zu warten. So ungeduldig ich auch war, sie in meinem Bett zu haben, es ist nichts im Vergleich zu meinem brennenden Drang, sie an mich zu binden. Ich hatte nicht vor, ihr bis in einigen Wochen einen Antrag zu machen, nachdem ich mich mit Bransford auseinandergesetzt hatte, aber alles änderte sich in dem Moment, als ich meinen Samen an ihr sah und wusste, dass ich sie hätte schwängern können. In diesem Moment wurde es meine oberste Priorität, ihr meinen Ring an den Finger zu stecken – und das ist es immer noch, unabhängig davon, ob es ein Kind geben wird oder nicht.

Die bloße Möglichkeit machte mir klar, dass nichts weniger als sie als meine Frau zu haben ausreicht.

Sie atmet hörbar ein. »Aber …«

»Nein. Der Zeitpunkt ist nicht verhandelbar.« Ich weiß, dass ich unvernünftig bin, aber ich kann – und will – das nicht verzögern. Irgendetwas Irrationales in mir ist davon überzeugt, dass ich sie verlieren werde, wenn ich das jetzt nicht mache … dass ich diese Chance auf Glück ergreifen muss, so illusorisch sie auch sein mag.

Sie ballt ihre Hände zu Fäusten, während dunklere Flecken auf ihren Wangen erscheinen. »Ich dachte, du wolltest, dass es funktioniert, dass wir in dieser Ehe wirklich glücklich sind.«

»Das tue ich … und wir werden es sein. Aber zuerst muss es eine Ehe geben. Und dafür muss es eine Hochzeit geben – und die findet heute um fünf Uhr statt.«

»Heute Nachmittag?« Ihre Stimme wird eine Tonlage höher. »Ist dir klar, wie verrückt das klingt?«

Ich lächele grimmig. »Vernunft ist überbewertet, *zajchik*. Welcher vernünftige Mensch ist jemals glücklich? Auf jeden Fall brauchst du dir keinen Stress wegen der Logistik zu machen. Alles ist bereits arrangiert.«

Ein paar Sekunden lang starrt sie mich nur an und atmet zittrig, dann schiebt sie ihren Stuhl zurück und steht auf. »Was ist mit dem, was ich will? Was ich brauche, um diese Ehe zu akzeptieren?«

»Sag mir, was es ist, und ich werde mein Bestes tun, um es zu ermöglichen – solange es nicht zu einer Verzögerung führt.« Ich stehe ebenfalls auf, gehe um den Tisch herum und umfasse ihr zartes Kinn, um ihr Gesicht nach oben zu neigen und ihren meuternden Gesichtsausdruck zu betrachten. »Sag es mir, *zajchik*. Was kann ich tun, um dich glücklich zu machen? Was brauchst du?«

Sie ergreift mein Handgelenk, und ihre Augen sind dunkel vor turbulenten Emotionen. »Dass du mich nicht dazu zwingst, das zu tun.«

Ich lächele, beuge meinen Kopf, um ihr zartes Ohr zu küssen, und mein Körper spannt sich an, während ich ihren Wildblumenduft einatme. »Nein, *zajchik*«, murmele ich, als ich spüre, wie sie zittert. »Das ist genau das, was du brauchst.«

Jemand, der so unschuldig ist wie sie, wird niemals einen Mann wie mich umarmen, ohne sich Gedanken darüber zu machen, wie es ihre von der Gesellschaft auferlegte Moral kompromittiert und zumindest eine Form von Schuldgefühlen zu haben.

Ich meinte, was ich sagte. Auf meine egoistische Art und Weise *tue* ich ihr einen Gefallen. Auf diese Weise kann sie vorgeben, dass sie das nicht will, dass sie mich gegen ihren Willen umarmt.

Ihr zarter Hals bewegt sich, als sie schluckt, und sie atmet keuchend ein, um sich aus meinem Griff zu befreien. Ihre Augen sind noch dunkler, als ihr Blick auf den meinen trifft, und ihre zarten Züge sind fest angespannt.

»In diesem Fall«, sagt sie unsicher, »habe ich zwei weitere Bedingungen. Wenn du sie erfüllen kannst, werde ich dich heute um fünf Uhr heiraten, ohne dass eine Droge nötig ist.«

Fasziniert neige ich meinen Kopf. »Fahr fort.«

»Zuerst möchte ich, dass du mir erzählst, was genau mit deinem Vater passiert ist. Und zweitens …« Ihre Stimme zittert leicht. »Du musst mir versprechen, meinen nicht zu töten. Ich will, dass Bransford bezahlt, aber nicht auf diese Weise.«

30

CHLOE

$\mathcal{N}$ ikolais Kiefer wird zu Stein, und vulkanische Wolken sammeln sich in seinen Augen. Mit gefährlich leiser Stimme sagt er: »Das Erste kann ich machen, aber das Zweite nicht. Bransford ist eine Bedrohung für dich, solange er lebt.«

»Nicht, wenn er entlarvt wird und die Leute wissen, was er ist. Ich kann mit meinen DNA-Ergebnissen an die Öffentlichkeit gehen; mit dieser Art von Beweis werden die Medien zuhören müssen.«

Ich weiß nicht, wann mir die Idee zu diesem faustischen Handel mit Nikolai kam. Zu diesem Zeitpunkt beschloss ich, dass ich, da es keinen Weg gibt, den Kampf um die Ehe nicht zu verlieren, zumindest zu meinen eigenen Bedingungen aufgeben werde. Diese beiden Angelegenheiten – die Wahrheit über Nikolais Vergangenheit herauszufinden und ihn dazu zu bringen, Bransford am Leben zu lassen – sind für mich gleichermaßen wichtig, und ich muss das kleine Druckmittel, das ich habe, nutzen.

Bransford muss für seine Verbrechen bezahlen, aber ich will nicht, dass sein Blut an Nikolais Händen klebt und damit auch an meinem Gewissen.

»Die Medien?« Nikolais Lippen verziehen sich. »Du verstehst doch, was das bedeuten würde, nicht wahr, *zajchik*? Sie würden über dich herfallen wie ein Schwarm hungriger Möwen. Jedes bisschen deines Lebens wird seziert, der Tod deiner Mutter und alles über ihre Vergangenheit in ekelerregenden Details analysiert. Du wirst nie wieder einen Moment Ruhe haben. Und während der Skandal wahrscheinlich Bransfords politische Karriere beenden wird, gibt es keine Garantie, dass er für die Vergewaltigung deiner Mutter ins Gefängnis kommt; die Verjährungsfrist könnte das verhindern.«

»Er ist auch schuldig, den Mord an ihr angeordnet zu haben.«

»Ja, aber viel Glück dabei, das zu beweisen, wenn die Attentäter tot sind.«

Verdammt. Er hat recht. In meiner Eile, mir eine Alternative zu Bransfords Tod auszudenken, habe ich den letzten Teil nicht bedacht. Ich habe keine Ahnung, was Nikolai mit den Leichen der Attentäter gemacht hat, aber so oder so, tote Männer können nicht zur Identität ihres Auftraggebers aussagen. Schlimmer noch, die Behörden auf die Gräber der Attentäter hinzuweisen – oder auch nur den Vorfall im Wald zu enthüllen – könnte Nikolai alle möglichen Probleme bereiten. Das Letzte, was ich will, ist, dass er verhaftet wird, weil er mich beschützt ... oder dass die Medien sich auf ihn stürzen, was sie zwangsläufig tun werden, wenn wir verheiratet sind.

Da Slava vor der Familie seiner Mutter versteckt bleiben muss, kann ich meine Beziehung zu Bransford nicht öffentlich machen. Die Idee selbst ist eine Totgeburt.

Trotzdem bin ich nicht bereit, aufzugeben. »Was, wenn ich es nicht bin? Ich wette, dass es außer meiner Mutter noch andere Frauen gibt, denen er das angetan hat, andere Mädchen, an denen er sich irgendwann vergriffen hat. Männer wie er neigen dazu, eine bestimmte Vorgehensweise zu haben, also können wir vielleicht seine anderen Opfer finden und …«

»Sie finden, wie?« Nikolais Ton wird sanfter. »Ich verstehe, was du zu tun versuchst, *zajchik*, glaub mir, aber selbst wenn einige Opfer bequem in den Kulissen lauern würden, könnte es Monate oder Jahre dauern, sie zu finden und sie zu überreden, sich zu melden. Bis dahin könnte er Präsident der Vereinigten Staaten sein, und ihn zu Fall zu bringen, wird unendlich größere Anstrengungen erfordern. In der Zwischenzeit wird er dich weiter jagen … und möglicherweise auch andere Opfer hinterlassen. Hast du daran gedacht? Wenn er tatsächlich eine Vorliebe für unwillige Teenager-Mädchen hat, dann stellt er in jeder Minute, in der er lebt, nicht nur eine Bedrohung für *dich* dar. Indem ich ihn ausschalte, tue ich der Welt einen Gefallen.«

Pfui Teufel. Ich wende mich ab und reibe mir die Stirn. Er hat wieder recht, aber ich kann nicht akzeptieren, dass ein Attentat die einzige Lösung ist. Es muss etwas anderes geben, was wir tun können. Ich wäre sogar mit etwas Zwielichtigem einverstanden, wie Erpressung oder …

Ich drehe mich herum. »Was wäre, wenn wir sie nicht finden müssten, die Opfer? Was wäre, wenn wir sie selbst erschaffen?«

Nikolais dunkle Augenbrauen wölben sich, und sein Blick leuchtet mit einem Hauch von Amüsement. »Schlägst du vor, einige Frauen zu bezahlen, damit sie ihn beschuldigen? Falsche Beweise erschaffen? Findest du das nicht unethisch und falsch?«

»Nicht, wenn die Alternative ist, ihn zu töten. Außerdem ist es ja nicht so, dass er unschuldig ist.«

»Nein«, sagt Nikolai tonlos, nun ganz ohne einen Funken Humors. »Das ist er nicht.«

»Also ist das ein Ja?« Ich trete näher und schaue hoffnungsvoll zu ihm hoch. »Können wir das ausprobieren, um zu sehen, ob es klappt?«

Er streicht mir eine Haarsträhne aus dem Gesicht. »Nein, zajchik. Falsche Anschuldigungen werden nicht funktionieren.«

»Aber ...«

»Wenn wir Opfer erschaffen wollen, müssen sie echt sein ... oder zumindest müssen die Beweise echt sein.«

Ich blinzele ihn an. »Wie meinst du das?«

»Ich habe eine Idee, aber ich muss sie erst mit Valery besprechen.«

Eine Glühbirne geht in meinem Kopf auf. »Redest du von Mascha?« Egal, wie alt der *Aktivposten* seines Bruders wirklich ist, sie könnte leicht als Teenager durchgehen, also wenn wir sie in Bransfords Nähe bekommen ...

»Genau.« Nikolai geht hinüber zu seinem Schreibtisch und öffnet seinen Laptop. Ich beobachte mit angehaltenem Atem, wie seine langen Finger über die Tastatur tanzen und eine Nachricht schreiben.

Vielleicht lobe ich den Tag vor dem Abend, aber es scheint so, als ob er dabei ist. Er denkt, dass diese Idee funktionieren könnte.

»In Ordnung«, sagt er nach einer Minute und klappt den

Laptop zu. »Mal sehen, was Valery denkt, und ob Mascha bereit wäre, den aktuellen Plan zu ändern.«

»Der da wäre?«

Seine Lippen verziehen sich leicht ironisch. »Sagen wir einfach, der erste Teil ist nicht allzu anders.«

Ich blinzele. »Wollte sie ihn verführen?«

»Gerade genug, um ihn dazu zu bringen, mit ihr zu essen.«

Wo sie ihm das geben würde, was zu diesem tödlichen *Herzfehler* führen sollte.

Ich tue mein Bestes, um meine Stimme ruhig zu halten. »Okay, also dann sollte es einfach sein, oder? Vielleicht könnte sie ihn noch ein bisschen weiter verführen und ein paar kompromittierende Fotos machen. Oder …«

»Mach dir keine Gedanken über die Einzelheiten, zajchik.« Er geht um seinen Schreibtisch herum und bleibt vor mir stehen. Seine Augen haben den Farbton von dunklem Bernstein, während er eine weitere Haarsträhne hinter mein Ohr streicht. »Deine einzige Aufgabe heute ist es, dich für ein Kleid zu entscheiden.«

31

CHLOE

Nikolai lag falsch. Es ist nicht nur das Kleid. Nach dem Mittagessen dringt eine Meute modisch gekleideter Menschen in das Haus ein und bringt alles mit, von Schuhen im Wert eines Kaufhauses bis hin zu Haarstyling-Tools. Alina dirigiert sie alle mit zügiger Effizienz, und bevor ich mich versehe, bin ich gewaschen, gewachst, gezupft, parfümiert, gestylt und geschminkt.

Als wir dann tatsächlich zur Kleiderauswahl kommen, fühle ich mich, als hätte ich eine leichte Form der Folter hinter mir, und alles hat eine surreale Atmosphäre. Mein Hochzeitstag – allein diese Worte sind wie etwas aus einem Buch oder Film, eine fiktive Geschichte mit einem Mädchen, das unmöglich ich sein kann.

Heiraten war nie mein Traum. Nicht so wie für manch andere Frauen. Es war einfach etwas, von dem ich dachte, dass es in der Zukunft passieren würde, wenn ich die richtige Person treffe und alles stimmt. Sagen wir, wenn es uns beiden beruflich gut geht, wir die Familien und Freunde des anderen mögen und viele gemeinsame Interessen haben. Auch, wenn wir in einem angemessenen Alter wären, was für mich frühestens Ende zwanzig ist.

Ich hätte nie gedacht, dass ich mit dreiundzwanzig heiraten würde – und schon gar nicht einen russischen Mafioso. Denn das ist es, was Nikolai ist, ob er dieses Etikett akzeptiert oder nicht. Die Molotows tarnen sich mit High-Society-Kleidung, aber im Kern sind Nikolai und seine Brüder Wilde, so gewalttätig und amoralisch wie alle Kartellführer.

Der Gedanke, mein Leben mit einem solchen Mann zu verbinden, sollte mich eigentlich erschrecken, aber ich fühle mich stattdessen wie betäubt, so überwältigt, dass sich alles wie weißes Rauschen anfühlt. Vor weniger als zwei Monaten war meine einzige Sorge, einen Job nach dem Studium zu finden, und dann geriet mein Leben so sehr aus den Fugen, dass nichts von dem, was heute passiert, wirklich erschreckend oder seltsam erscheint.

Oder vielleicht ist das eine Lüge, die ich mir einrede, um diesen Tag zu überstehen. Vielleicht wird mich das Ausmaß von allem später treffen, wenn ich besser ausgerüstet bin, es zu verarbeiten.

Die Kleider, die mir gezeigt werden, sind atemberaubend, jedes einzelne ein Kunstwerk. Es gibt insgesamt vierzehn, und Alina lässt mich alle anprobieren, bevor sie sich für Nummer sieben entscheidet – ein elfenbeinfarbenes Kleid mit Meerjungfrauenschwanz und schulterfreiem Ausschnitt ist das richtige.

Ich weiß nicht, ob ich mit ihr übereinstimme – für mich sind alle Kleider direkt aus einem Märchen –, aber ich bin dankbar, dass ich auf ihre Unterstützung zurückgreifen kann.

Was auch immer sie von den heutigen Vorgängen halten mag, sie hat das Kommando übernommen und lenkt die Meute in meinem Namen. Dank ihr muss ich keine kniffligen Entscheidungen treffen, wie zum Beispiel welche Farbe der Lidschatten haben soll. Sie sagt ihnen, was sie mit mir machen sollen und wie, und ich muss einfach nur wie eine Zombiepuppe dasitzen, während sie all die Dinge tun, einschließlich etwas Concealer auf meinen Hals tupfen, um den Knutschfleck und andere Spuren von Nikolais Liebesspiel zu verstecken.

Es ist fast fünf, als ich fertig bin, und als die ganzen Eindringlinge wegfahren, kommen zwei neue Autos an. In dem einen befinden sich zwei Personen mit ausgefallener Kameraausrüstung, das andere gehört einem schlanken Mann mittleren Alters, der einen schwarzen Anzug mit weißem Kragen trägt.

»Konfessionsloser Priester«, erklärt Alina und stellt sich neben mich an das Fenster. »Er wird die Zeremonie durchführen.«

Zeremonie, okay. Mein Herz gibt ein panisches Pochen von sich, und etwas von meiner Taubheit schwindet. Das *ist* echt. Es geschieht. Eine richtige Hochzeit, mit einem schicken Kleid, einem Priester und einem Fotografen-Videografen-Team. Ich habe keine Ahnung, wie Nikolai das so kurzfristig hinbekommen hat, aber ich schätze, wenn man genug Geld hat, muss man sich nicht um solche Belange des einfachen Volkes, wie die Buchung von hochbegehrten Profis, im Voraus kümmern.

»Wo ist Slava?«, frage ich und merke mit Verspätung, dass ich den Jungen seit unserem Unterricht am Morgen nicht mehr gesehen habe. »Wird er auch bei der Zeremonie dabei sein?«

Alina nickt. »Lyudmila hat ihn außer Sichtweite gehalten, denn je weniger Menschen von seiner Anwesenheit hier wissen, desto besser. Aber Nikolai will ihn bei der Hochzeit und auf den Bildern haben, also hat er die entsprechenden Vorkehrungen mit dem Priester und dem Fotografenteam getroffen.«

»Vorsichtsmaßnahmen? Also eine Art Geheimhaltungsvertrag? Moment, wenn ich es mir recht überlege, will ich es gar nicht wissen.«

Sie schenkt mir ein umwerfendes Grinsen. »Klug von dir. Aber ja, eine Vertraulichkeitsvereinbarung gehört dazu, glaube ich. Zusammen mit einigen stärkeren Maßnahmen.«

Mein Herz klopft noch einmal, dann beginnt es zu rasen. Die Realität holt mich ein, schnell, und mit ihr erfüllt mich ein Gefühl der Panik.

Was tue ich gerade? Warum habe ich dem zugestimmt? Woher weiß ich, dass Nikolai seinen Teil der Abmachung einhalten wird? Er hat mir immer noch nicht erzählt, was mit seinem Vater passiert ist – obwohl, um fair zu sein, mit all den Hochzeitsvorbereitungen hatten wir nicht viel Zeit, zu reden. Was an und für sich schon ein Problem ist. Alles passiert viel zu schnell, alle Entscheidungen liegen nicht in meiner Hand, die Auswirkungen sind riesig. Zum ersten Mal dämmert es mir, dass ich durch die Heirat mit Nikolai nicht nur einen Ehemann, sondern auch einen Sohn bekomme.

Ich werde Stiefmutter eines vierjährigen Kindes.

Ich muss wohl ein bisschen panisch aussehen, denn Alina reicht mir die Hand und drückt sie. »Atme. Es wird alles gut werden. Nimm einfach eine Minute nach der anderen.«

Das ist ein guter Ratschlag. Das hat mir Mom immer gesagt: Konzentriere dich einfach auf den nächsten Schritt, die nächste

Sache, die passieren muss. Niemand hat eine Kristallkugel, wenn es um die ferne Zukunft geht, also ist es sinnlos, zu weit vorauszudenken. Auf jeden Fall ist die Tatsache, dass ich Slavas Stiefmutter werde, der am wenigsten beängstigende Teil dieses Unterfangens, denn ich liebe den Jungen bereits und kann mir nicht vorstellen, dass er nicht zu meinem Leben gehört.

Ich atme tief ein, um meinen rasenden Herzschlag zu beruhigen. »Danke. Wir sollten wahrscheinlich nach unten gehen, bevor Nikolai nach uns sucht.« Ich trete zurück und werfe einen schnellen Blick auf ihr meerfarbenes Kleid. »Du siehst übrigens umwerfend aus.«

Alinas Grinsen kehrt zurück. »Ich? Du bist die wunderschöne Braut.«

Das mag sein, aber sie überstrahlt mich, wie immer. An einem normalen Tag könnte Nikolais Schwester als Starlet auf dem roten Teppich durchgehen, aber wenn sie sich, wie heute, besonders viel Mühe mit ihren Haaren und ihrem Make-up gibt, ist ihre Schönheit fast unwirklich. Wenn ich so ein Bild von ihr sehen würde, wäre ich mir sicher, dass es zu Tode gephotoshoppt und mit allen möglichen Filtern perfektioniert wurde. Doch hier ist sie und steht neben mir, so real wie es nur geht.

»Hast du einen Freund in Russland?«, frage ich impulsiv. »Oder etwas in der Art?«

Trotz unserer wachsenden Freundschaft war Alina bei diesem Thema genauso verschlossen wie bei dem Thema ihrer Familie, und ich frage mich, warum. Ich habe ihr alles über meine Ex-Freunde erzählt, aber sie hat nie eigene Geschichten preisgegeben.

Wenn ich es nicht besser wüsste, würde ich denken, dass sie noch nicht viel gedatet hat.

»Einen Freund?« Ihr schallendes Lachen klingt gezwungen. »Nein. Den gibt es nicht.«

Und wir sind wieder am Anfang.

»Warum nicht?«, frage ich, unfähig, das Thema fallenzulassen. Es ist viel besser, sich auf Alinas Liebesleben zu konzentrieren, als sich Gedanken darüber zu machen, wohin sich mein Leben entwickelt. »Sicherlich ...«

»Wir sollten nach unten gehen«, sagt sie und wendet sich ab, »bevor wir zu spät kommen.«

32

NIKOLAI

»Slavochka …« Ich hocke mich vor meinen Sohn. »Ich muss mit dir über etwas reden.«

Er blickt mich ohne zu blinzeln an, und Unbehagen liegt auf seinem Gesicht. Er konnte all die Leute, die im Haus ein und aus gingen, nicht übersehen, und ich weiß, dass er sich darüber gewundert hat, was hier los ist. Lyudmila hat mir erzählt, dass er sie den ganzen Nachmittag mit Fragen gelöchert hat – Fragen, die sie nicht beantwortet hat, weil sie dachte, ich sollte derjenige sein, der ihm die Nachricht überbringt.

»Es ist nichts Schlimmes«, sage ich, als er schweigt. »Es ist eigentlich etwas wirklich Großartiges. Weißt du noch, als ich dir versprochen habe, dass Chloe für immer bei uns bleiben wird?«

Er nickt misstrauisch.

»Nun, genau darum geht es heute.« Ich lächele breit. »Wir werden heiraten. Chloe wird nicht nur deine Betreuerin sein, sondern auch deine neue Mutter.«

Seine Augen werden groß, und sein kleines Kinn bebt. »Meine Mutter?«

»Technisch gesehen Stiefmutter, aber ich bin mir sicher, dass Chloe es mögen würde, wenn du sie mit der Zeit als deine Mutter betrachten würdest.«

Ich erwarte, dass Slava mit Freude reagieren wird, da er Chloe absolut anbetet. Stattdessen bebt sein Kinn stärker, und glänzende Tränen sammeln sich in seinen Augen. »Heißt das …« Seine kindliche Stimme versagt. »Heißt das, sie wird sterben?«

Scheiße. Das schon wieder. Ich fühle mich, als hätte jemand mit einem Hammer auf meine Brust eingeschlagen.

Wenn Ksenia nicht schon tot wäre, würde ich sie umbringen, weil sie bei diesem Autounfall gestorben ist und unserem Sohn diese Angst eingeflößt hat.

Ich umfasse seine Arme fest. »Nein, Slavochka. Das wird sie nicht. Ich heirate sie, um sicherzustellen, dass ihr nie etwas Schlimmes zustößt. Sie wird hier bei uns in Sicherheit sein.«

Sein Kinn hört auf zu zittern, auch wenn an seinen unteren Wimpern feuchte Tropfen hängen und sie zum Glitzern bringen. »Versprochen?«

»Versprochen.«

»Sie wird für immer bei uns bleiben?«

»Für immer.« Oder zumindest so lange, wie ich noch atme – aber das werde ich nicht sagen, damit er nicht anfängt, sich Sorgen zu machen, dass ich auch sterbe.

Er belohnt mich mit einem strahlenden Lächeln, und der Hammer trifft erneut meine Brust, wobei der Schmerz tief nachhallt. Nur ist es dieses Mal ein anderer Schmerz, einer, den ich zu begrüßen gelernt habe. Es ist schwer, in Worte zu fassen, wie ich mich mit meinem Sohn fühle. Ich weiß nur, dass ich mir ein Leben ohne ihn nicht mehr vorstellen kann, ohne diese starken Gefühle, die sich oft so anfühlen, als würden sie mich zerreißen.

In den letzten zwei Wochen hat sich das zaghafte Verhältnis, das wir dank Chloe aufgebaut haben, vertieft, und unsere Beziehung hat sich in etwas verwandelt, von dem ich nie gedacht hätte, dass ich es einmal haben würde ... etwas, was in mir die Frage entstehen lässt, ob ein weiteres Kind, eines mit Chloe, doch nicht so schlecht wäre.

Aber nein. Ich habe versprochen, dass es ihre Entscheidung sein würde – und das muss es auch sein, wenn unser Kind eine Chance haben soll, den Molotow-Fluch zu überwinden. Ich möchte nicht, dass es von einer Mutter aufgezogen wird, die ihm seine Existenz verübelt und ihm sagt, dass alles, was er ist, sie anwidert, dass das Böse ein Teil von ihm ist und immer sein wird.

Ich will nicht, dass er so endet wie mein Vater.

Ich verdränge diesen düsteren Gedanken und lächele Slava an. »Lass uns dich anziehen und fertig machen. Es ist fast Zeit für die Hochzeit.«

Ich stehe auf, reiche ihm meine Hand, und als sich seine kleinen Finger vertrauensvoll um meine Handfläche schließen, fühle ich mich sicherer denn je, dass ich das Richtige tue ... für mich, für Chloe und für meinen Sohn.

33

CHLOE

Wir geben uns das Jawort auf der gläsernen Terrasse mit Blick auf die Schlucht, wo der Blick auf die Berge eine instagramwürdige Kulisse bietet und die späte Nachmittagssonne alles in ein warmes, goldenes Licht taucht.

Für einen Außenstehenden sieht es aus wie eine kleine Hochzeit aus dem Bilderbuch, bis hin zu der Musik, die aus den Lautsprechern an der Decke ertönt. und dem süßen Kind im Smoking, das aufgeregt zu unserer Rechten strahlt.

»Nimmst du, Chloe Emmons, Nikolai Molotow … zu deinem rechtmäßig angetrauten Ehemann … und in schlechten Zeiten.« Die Worte des Priesters verschwinden wie ein schwacher Radiosender, das Störgeräusch kehrt zurück und erzeugt ein konstantes Summen in meinen Ohren. Ich bin mir vage bewusst, dass Alina neben mir steht und inoffiziell die Trauzeugin spielt und dass Pavel neben Nikolai wie ein Bär wirkt. Ist er sein Trauzeuge? Gibt es so etwas überhaupt in Russland?

»Ja, ich will«, sage ich, als ich merke, dass der Priester schweigt, und das schon seit einer Weile. Nikolai hat seinen Teil schon gesagt, alle warten nur noch auf mich.

Lyudmila, die Slavas Hand hält, sagt etwas auf Russisch zu dem Jungen, während der Priester lächelt und sagt: »Jetzt tauscht die Ringe.«

Wir haben Ringe?

Definitiv, denn Nikolais starke Finger ergreifen bereits mein rechtes Handgelenk. Er dreht meine Hand mit der Handfläche nach oben und legt einen schlichten goldenen Ring in die Mitte, bevor er meine linke Hand ergreift und einen zarten, mit Diamanten besetzten auf meinen Ringfinger schiebt.

Hm. Ja, wir haben Ringe.

Unbeholfen schiebe ich den schlichten Ring auf Nikolais Ringfinger und schaue auf. Seine Augen haben die gleiche Farbe wie das Edelmetall an seiner Hand. Die sengende Hitze in ihnen vertreibt das Rauschen in meinen Ohren und lässt mich die Realität des eben Geschehenen begreifen.

Heilige Scheiße.

Wir haben gerade geheiratet.

Der Mann vor mir ist jetzt *mein Mann*.

»Herzlichen Glückwunsch. Du darfst die Braut jetzt küssen«, sagt der Priester, und mein Herz schlägt schneller, als Nikolai mein Gesicht nach oben neigt und seinen Kopf beugt. Ein dunkles, zufriedenes Lächeln umspielt seine Lippen, während sie sich auf meine senken.

Es ist ein kurzer, fast platonischer Kuss, aber es ist nicht zu übersehen, wie besitzergreifend er ist, genauso wenig wie in der Art und Weise, wie er meine Hand ergreift, als er sich umdreht, um die Flut von Applaus und Glückwünschen entgegenzunehmen. Selbst als uns alle umarmen, hält er sich an mir fest und weigert sich, loszulassen.

Schließlich ziehen sich die Erwachsenen zurück, und Nikolai kniet vor Slava, meine Hand immer noch fest in seinem Griff.

»Slavochka …« Sein Ton ist feierlich, seine englischen Worte sorgfältig formuliert. »Wir sind jetzt eine Familie. Chloe ist meine Frau – und deine neue Mutter.«

Okay, wow. Damit habe ich nicht gerechnet. Sollten wir das nicht langsam angehen? Ich will nicht, dass Slava es mir übelnimmt, dass ich den Platz seiner verstorbenen Mutter eingenommen habe. Sicher, ich bin technisch gesehen seine Stiefmutter, aber das bedeutet nicht, dass er mich nicht weiterhin als Chloe sehen kann, und später, wenn der richtige Zeitpunkt gekommen ist, können wir …

Meine Gedanken kommen zum Stillstand, als Slava mich mit einem breiten, strahlenden Grinsen anfunkelt und seine kurzen Arme um meinen Rock wirft, um meine Beine mit all seiner Kraft zu umarmen.

»Mama Chloe«, ruft er aus und schaut mich mit einem noch breiteren Grinsen an. Ich kann nur schwer meinen Schock darüber verbergen, dass er diese Veränderung in unserer Beziehung so einfach akzeptiert. Wo ist der Groll? Das Misstrauen gegenüber der plötzlichen Veränderung in seinem Leben? Nicht, dass ich nicht froh bin, dass er so mit an Bord ist. Nikolai muss heute irgendwann mit ihm gesprochen haben, ihn gewarnt haben, was passieren wird. Trotzdem hätte ich zumindest eine kurze Eingewöhnungszeit erwartet. Es sei denn…

Ich stoppe mich selbst. Nichts davon ist im Moment wichtig. Ich umfasse Slavas Gesicht mit meiner Handfläche und schenke ihm das schönste Lächeln, das ich aufbringen kann. »Ja, mein Schatz. Wir sind jetzt eine Familie. Du kannst mich Mama nennen oder was auch immer du willst.«

So erschütternd es auch ist, mich plötzlich in der Rolle eines Elternteils wiederzufinden, ich habe das Gefühl, dass Slava der am wenigsten komplizierte Teil dieser Ehe sein wird, und das nicht nur, weil das Kind bereits mein Herz erobert hat, wie ich zugeben muss.

Als ich zu Nikolai hinüberschaue, ist seine Mimik herzlich und zufrieden. Lächelnd führt er die Hand, die er hält, an seine Lippen und küsst meine Knöchel einen nach dem anderen, was mir ein Kribbeln über den Rücken schickt und Slava kichern lässt.

»Mama Chloe«, wiederholt er aufgeregt und hüpft zu Alina hinüber, um sie auf Russisch vollzusprudeln.

»Nochmals Glückwunsch«, sagt sie, als ich ihren Blick auffange. Leise fügt sie hinzu: »Ich bin froh, dass ich dich als meine Schwester habe.«

Schwester. Richtig. Denn das ist es, was es bedeutet, zu heiraten. Man gewinnt nicht nur einen Ehemann, sondern auch eine Familie. Wie einen Sohn, eine Schwester, zwei Brüder und viele Cousins und Cousinen … all die Geschwister und Verwandten, die ich nie hatte.

Zum ersten Mal begreife ich, wie sehr sich mein Leben verändert hat.

Ich bin kein Waisenkind mehr, das seinen Weg in der Welt allein sucht.

Die Erkenntnis hallt immer noch in mir nach, als der Fotograf uns nach draußen schickt, um eine Million Bilder auf der Klippe zu machen, wo die Sommerbrise unsere Gesichter mit nach Kiefern duftender Kühle küsst.

Kein Waisenkind mehr.

Kein Einzelkind einer alleinerziehenden Mutter, die keine eigene Familie hatte.

Wie lange habe ich mir insgeheim so etwas gewünscht? In meiner Vorstellung war es mein Vater, der in mein Leben trat und mir all die Cousins, Tanten und Onkel vorstellte, von denen ich gar nicht wusste, dass ich sie hatte, die sich aber als wunderbar herausstellten. Jetzt, mit dem was ich über Bransford weiß, kann ich mir das nicht mehr vorstellen. Allein der Gedanke, jemanden zu treffen, der mit dem Mann verwandt ist, der versucht, mich zu töten, ist ekelhaft. Gott sei Dank hat er keine anderen biologischen Kinder – zumindest keine, von denen die Medien wissen. Von dem Wenigen, was ich mir erlaubt habe über ihn zu lesen, weiß ich, dass er ein Witwer ist, der kürzlich wieder geheiratet hat. Seine erste Frau kämpfte ein Jahrzehnt lang gegen eine seltene Form von Krebs, bevor sie vor ein paar Jahren verstarb, und seine neue Frau hat zwei kleine Kinder aus ihrer vorherigen Ehe – ein Mädchen und einen Jungen, die er regelmäßig vor den Kameras vorführt und dabei die Rolle des liebevollen, amerikanischen Ehemanns und Vaters perfekt spielt.

Wenn die nur wüssten.

Gedankenverloren befolge ich die Anweisungen des Fotografen wie ferngesteuert, und als ich mich das nächste Mal umschaue, geht die Sonne hinter den Berggipfeln unter und taucht alles in ein rötlich-oranges Licht.

»Das sollte genug sein«, sagt Nikolai, und wir kehren ins Haus zurück, wo das Gourmet-Buffet auf dem Esstisch Alinas Geburtstagsfeier in den Schatten stellt. Es gibt alles, von Meeresfrüchten über traditionelle russische Gerichte bis hin zu einer riesigen Auswahl an Sushi und internationalen Köstlichkeiten wie Schnecken.

Sie müssen das meiste davon eingeflogen haben – es ist unmöglich, dass Pavel die Zeit hatte, auch nur einen Bruchteil von dem zuzubereiten, was hier vor uns liegt.

Mein Magen gibt ein Knurren von sich, und ich merke plötzlich, dass ich einen Bärenhunger habe. Das ganze Fotografieren muss anstrengender gewesen sein, als es schien. Oder vielleicht ist es der Stress. So oder so, sobald wir sitzen und Pavel den ersten Toast auf unsere Gesundheit ausspricht, belade ich meinen Teller mit fünf verschiedenen Arten von Kaviar-Sandwiches, gefolgt von Blintze, Blätterteiggebäck, einer enormen Vielfalt an eingelegtem Obst und Gemüse, Hummerschwänzen, Aufschnitt, Gourmet-Käsen und Salaten aller Art. Alles ist so köstlich, wie es aussieht, und mein Kleid platzt aus allen Nähten, als ich endlich eine Pause mache, um Luft zu holen.

Als ich von meinem Teller aufschaue, sehe ich Nikolai, der mich mit einem nachsichtigen Lächeln beobachtet.

»Was?«, frage ich ertappt und lege meine Gabel zur Seite.

»Nichts. Es macht mir einfach Spaß, dich essen zu sehen.«

Eher, zu sehen, wie ich mich vollstopfe. Meine Ohren brennen, aber ich schnappe mir noch einen Hummerschwanz. Dieses Essen ist einfach zu gut, und wenn ich während meines Monats auf der Flucht etwas gelernt habe, dann ist es, gutes

Essen – oder jedes Essen – nicht als selbstverständlich anzusehen.

Zwei Toasts später muss ich mich jedoch geschlagen geben. Ich kann auf keinen Fall noch mehr essen, und es gab noch nicht einmal den Hauptgang. Um mich von dem übervollen Gefühl abzulenken, schaue ich zu Nikolai hinüber, der Pavel gerade etwas auf Russisch erklärt.

Ich warte, bis er fertig ist, und als er mich ansieht, sage ich: »Deine Brüder ... Hast du ihnen von der Hochzeit erzählt?« Mir ist gerade eingefallen, dass ich meine neuen Schwager noch nicht kennengelernt habe und sie vielleicht keine Ahnung haben, dass ich jetzt Teil der Familie bin.

Nikolai deutet in Richtung des Videofilmers, der mit seiner Kamera diskret um den Tisch kreist. »Valery und Konstantin bekommen die Live-Übertragung und werden gleich per Video anrufen, um uns zu gratulieren.«

Natürlich. Er hat an alles gedacht. Warum bin ich überhaupt überrascht? Eine Hochzeit in wenigen Stunden zu organisieren muss ein Kinderspiel sein, verglichen mit der Planung eines hochkarätigen Attentats. Nicht, dass Letzteres passieren wird – zumindest nicht, wenn Nikolai sein Wort hält.

Mit Mühe konzentriere ich mich wieder auf die Feier, die mich sehr an Alinas Geburtstag erinnert, nur dass all die Trinksprüche diesmal an mich und Nikolai gerichtet sind. Die meisten davon kommen von Pavel und Lyudmila, die sich gegenseitig mit guten Wünschen zu übertrumpfen scheinen, aber auch Alina erhebt ihr Glas ein paarmal, zuerst, um uns eine lange und glückliche Ehe zu wünschen, und dann, um auf mich als »die Schwester, die sie sich immer gewünscht hat« anzustoßen.

Ich weiß, dass sie zu diesem Zeitpunkt schon mindestens

vier Wodkas getrunken hat, aber ihre Worte berühren mich immer noch und zerren an dem kleinen, geheimen Teil von mir, der sich auch immer eine Schwester gewünscht hat.

Vielleicht ist es gar nicht so schlecht, eine Molotowa zu sein. Eine Familie zu gewinnen – sogar eine Mafia-Familie – könnte es wert sein.

Mein zaghafter Enthusiasmus hält den Hauptgang und das Dessert über an, angeheizt von mehreren Gläsern Wein und zwei Wodka. Alle um mich herum sind ebenfalls fröhlich angeheitert, mit Ausnahme von Slava und Nikolai.

Wie bei Alinas Geburtstag habe ich das Gefühl, dass Alkohol die Fähigkeiten meines frischgebackenen Mannes nur schärft, dass Wodka für ihn eher wie Red Bull oder Kaffee ist. Oder vielleicht ist es einfach so, dass es etwas von seiner polierten, eleganten Fassade entfernt, die er benutzt, um die mächtige Kraft seiner Persönlichkeit zu verschleiern, diese dunkle Intensität, die in ihm brodelt und danach strebt, alles und jeden nach seinem Willen zu biegen.

Mich zu biegen, so zu formen, wie er mich haben will.

Seine Frau. Sein Besitz. Seine in jeder Hinsicht ... denn der Ring an meinem Finger ist ein Käfig, aus dem es kein Entkommen geben wird.

Die Erkenntnis sollte mich erschrecken – und normalerweise würde sie das auch – aber Alkohol wirkt bei mir nicht wie Red Bull. Stattdessen malt er meine Welt in warmen, verschwommenen Schattierungen, wie das Aquarell eines Sonnenuntergangs – weshalb ich nichts dagegen habe, als Nikolai mich auf seinen Schoß zieht, wo er mir mit den Fingern schokoladenüberzogene Erdbeeren füttert, während wir uns mit seinen Brüdern auf einem Laptop unterhalten, den Pavel an den Tisch bringt.

Konstantin meldet sich zuerst. Sein hageres Gesicht erinnert mich so sehr an das von Nikolai, dass mein Herz einen Schlag aussetzt, als es auf dem Bildschirm erscheint. Bei näherer Betrachtung werden die Unterschiede jedoch deutlich. Konstantins Nase ist etwas größer und hakenartiger, sein kräftiges Kinn hat ein Grübchen, und seine Augen liegen tiefer in ihren Höhlen, wobei ihre markante Farbe hinter seiner schwarz umrandeten Brille verborgen ist. Noch entscheidender ist, dass seinen Lippen der zynische, verruchte Schwung von Nikolais Lippen fehlt, obwohl sie auf ihre eigene, strenge Art genauso schön sind.

Aus irgendeinem Grund fällt es mir leicht, mir Nikolais älteren Bruder als kriegerischen Mönch vorzustellen, der uralte Schriftrollen von Hand abschreibt, während er Horden von einfallenden Barbaren dezimiert.

»Herzlichen Glückwunsch zu eurer Hochzeit«, sagt er zu uns. Seine Stimme ist tief wie Nikolais, und sein Akzent perfekt amerikanisch. Ich frage mich, ob er auch hier in den Staaten studiert hat. »Ich freue mich für euch beide.« Sein Blick richtet sich auf mich. »Willkommen in der Familie, Chloe.«

»Vielen Dank. Es ist so schön, dich kennenzulernen.«

Wir tauschen noch ein paar Nettigkeiten aus, während Nikolai mich weiter mit Erdbeeren füttert und dabei seinen Arm besitzergreifend um meinen Brustkorb geschlungen hat. Erst als Konstantin auflegt, wird mir klar, dass er in keiner Weise auf den Anblick reagiert hat, wie ich auf dem Schoß seines Bruders gehalten und wie ein Kind gefüttert werde. Es gab kein neckisches Lächeln, nichts, was darauf hindeutete, dass er sich dessen überhaupt bewusst war.

Es ist, als ob wir gerade mit einer KI statt mit einem Menschen gesprochen hätten – was, wenn man bedenkt, was ich über Konstantins IQ und sein technisches Genie gehört habe, nicht außerhalb des Möglichen liegt.

Valery ist als Nächstes dran, und seine Ausstrahlung ist völlig anders. Wenn möglich, sieht Nikolais jüngerer Bruder sogar noch mehr wie sein Zwilling aus – oder besser gesagt wie sein Klon, wenn man den Altersunterschied von vier Jahren zwischen ihnen bedenkt. Aber da enden die Ähnlichkeiten auch schon. Valery hat etwas Kaltes und Kalkuliertes an sich. Das Lächeln auf seinen sinnlichen Lippen erreicht nicht ganz seine Augen, die mein Gesicht mit einer beunruhigenden Emotionslosigkeit betrachten.

Ein Puppenspieler – daran erinnert er mich, stelle ich fest, als er uns in kühlem, gleichmäßigem Ton gratuliert, wobei seine tiefe Stimme so akzentfrei wie die seiner Brüder ist.

Auch unser Gespräch mit Valery ist kurz, nur ein einfaches Meet and Greet. Am Ende habe ich keine Ahnung, was er von mir oder unserer überstürzten Hochzeit hält – oder von irgendetwas anderem.

»Deine Brüder sind … interessant«, sage ich zu Nikolai, als wir das Gespräch beendet haben. »Standet ihr euch nahe, als ihr aufgewachsen seid?«

Er führt eine weitere Erdbeere an meine Lippen. »Nicht wirklich.« Bevor ich ihn bitten kann, das näher zu erläutern, schiebt er mir die süße Beere in den Mund, dann nimmt er ein Glas Champagner und reicht es mir.

Ich schlucke die Beere und nehme einen Schluck des sprudelnden, leicht süßen Getränks, während Nikolai ein weiteres Glas Champagner nimmt und wartet, bis alle Augen auf uns gerichtet sind.

»Auf meine wunderschöne Braut«, sagt er und betrachtet mich mit seinem intensiven Tigerblick. »Zajchik … ich könnte nicht glücklicher sein, dich in meinem Leben zu haben, und ich werde alles in meiner Macht Stehende tun, um *dich* glücklich zu machen.«

Und wieder höre ich das unausgesprochene *Auch wenn du Einwände hast.*

mich glücklich, sie für den morgigen Abend zu haben, und ich werde alles in meiner Macht stehende tun, um sie glücklich zu machen.

Und wieder höre ich das unartige gackernde Kichern der Bräutigam.

34

NIKOLAI

Noch zwei weitere Trinksprüche von Pavel und Lyudmila, und das Abendessen ist vorbei. Ich nehme Chloe in meine Arme und trage sie die Treppe hoch in mein Schlafzimmer.

Nein, *unser* Schlafzimmer. Jetzt, wo sie meine Frau ist, wird sie jede Nacht in meinen Armen schlafen.

Mein Herz pocht heftig, als ich die Tür mit meiner Schulter aufstoße und Chloe hineintrage, wo ich sie vorsichtig vor dem Bett auf die Füße stelle. Sie schwankt leicht und kichert – offensichtlich ist ihr der ganze Wein und Champagner zu Kopf gestiegen.

Mein Kopf ist auch benebelt, aber nicht vom Alkohol. Es ist die Lust, die meine Gedanken verwirrt und meine Adern mit langsam fließender Lava füllt. Die ausgedehnte Feier war ein weiterer Test meiner Selbstbeherrschung, den ich nur knapp bestanden habe.

Ich wollte mir Chloe schnappen und sie ins Bett tragen,

gleich nachdem wir unser Gelübde gesprochen hatten, um unsere Verbindung auf die ursprünglichste Art und Weise zu besiegeln. Der einzige Grund, warum ich widerstanden habe, war wegen der Erinnerungen.

Wenn wir alt und grau sind, möchte ich auf die Bilder und Videos zurückblicken und mich an jedes Detail dieses Tages erinnern.

Chloe schwankt wieder, blinzelt eulenhaft zu mir hoch, und ich halte ihre Schultern fest, damit sie nicht umfällt. Ich ignoriere den Hunger, der in mir aufsteigt, schaue sie an und präge mir jedes Merkmal, jede Wimper ein. Denn die Bilder und Videos werden nicht genug sein. Ich möchte mich an all die Empfindungen erinnern, von der seidigen Wärme ihrer Haut bis zur Champagner-Erdbeer-Süße ihres Atems.

Meine Braut.

Meine Frau.

Keine zwei Worte haben sich jemals so richtig, so befriedigend angefühlt.

Sie ist heute besonders schön, in diesem weißen, zarten Kleid, das meine Hände dazu bringt, es ihr vom Leib reißen zu wollen, um mehr von ihrer herrlichen, strahlenden Haut zu offenbaren. Ihr golddurchwirktes Haar ist zu einer kunstvollen Hochsteckfrisur arrangiert, ihre prallen Lippen mit einer satten Beerenfarbe bemalt, ihre braunen Augen mit rauchigem Make-up noch größer und weicher gemacht. Doch alles, woran ich denken kann, ist, wie sehr ich sie mit ihrem ungeschminkten und vom Schlaf aufgedunsenen Gesicht sehen möchte, ihre Haare von meinen Fingern verheddert.

Ich möchte sie morgen früh in meiner Umarmung aufwachen sehen, und jeden Morgen für den Rest unseres Lebens.

Ich ignoriere das Verlangen, das mein Inneres versengt, streichele ihre Wange, senke meinen Kopf und atme ihren überaus frischen Duft in meine Lungen, während ich den zarten Rand ihrer Ohrmuschel küsse. So hungrig ich auch nach ihr bin, heute Abend werde ich sanft sein und meine Wildheit von gestern Abend wiedergutmachen.

Egal, was es mich kostet, ich werde unsere Hochzeitsnacht so gestalten, wie sie sich mein *zajchik* immer erträumt hat.

35

CHLOE

*I*ch erwarte, dass Nikolai so wild über mich herfällt wie immer, aber er ist unerträglich zärtlich, knöpft langsam das Kleid auf und drückt mir weiche, warme Küsse auf Hals und Nacken, bis die ganze vorweggenommene Spannung aus meinem Körper entweicht und eine warme Entspannung hinterlässt. Als ich nackt bin, fühlen sich meine Knochen an, als wären sie geschmolzen, auch wenn sich eine andere Art von Anspannung in meinem Inneren aufbaut und sich mein Körper von innen heraus erhitzt.

Er legt mich auf die Matratze, tritt zurück, um sich auszuziehen, und ich sehe mit schnellem Herzschlag zu, wie er seine schwarze Smokingjacke und Fliege abnimmt. Darunter trägt er eine silberne Weste über einem eng anliegenden weißen Hemd, und beides schmiegt sich so an seinen muskulösen, breitschultrigen Oberkörper, dass kein Zweifel daran besteht, dass es für ihn maßgeschneidert wurde.

Schnell entledigt er sich beider Kleidungsstücke, gefolgt von seiner Hose und seinem Slip. Anders als bei meinem Kleid sind seine Bewegungen ruckartig und ungeduldig, was mir verdeutlicht, dass er sich nicht annähernd so gut unter Kontrolle hat, wie es scheint. Seine Erektion, hart und massiv, wölbt sich nach oben in Richtung seines muskulösen Bauches und verrät seinen Hunger nach mir.

Als er auf das Bett klettert, ist er vorsichtig und zärtlich. Er nimmt einen meiner Füße und drückt kleine Küsse auf die Spitze des Spanns, bevor er sich weiter mein Bein hinaufbewegt. Mein Atem stockt, als sich sein Mund dem V zwischen meinen Schenkeln nähert, aber er überspringt es und küsst und streichelt stattdessen meinen Unterleib, dann meinen wogenden Brustkorb und meine Brüste.

Der sanft beleuchtete Raum um mich herum dreht sich, und die Decke verschwimmt vor meinen Augen, als er sich zu meinem linken Nippel bewegt und ihn liebevoll mit seiner Zunge umspielt, bevor er seine Aufmerksamkeit auf die andere Brust lenkt, während ich stöhne und meine Hände sich auf sein kühles seidiges Haar legen. Es ist der Alkohol, ich weiß, aber ich fühle mich, als würde ich im Raum schweben, verankert nur durch die feuchte Wärme seines Mundes auf meinen Brüsten und das sanfte Streicheln seiner schwieligen Hände über meine brennende Haut.

Unsere Hochzeitsnacht.

Sie fühlt sich so surreal an wie das klingt.

Meine Augen fallen zu, als Nikolais Lippen höher wandern, um mein Schlüsselbein und meinen Hals zu küssen, bevor sie meine Lippen in einem tiefen, süß anbetenden Kuss beanspruchen. Dieser Kuss ist wie eine Droge, ein Aphrodisiakum der stärksten Art. Nikolais sinnlicher Duft erfüllt meine Nasenlöcher, vermischt sich mit dem schwachen

Wodka-Aroma in seinem Atem, und meine Erregung wächst, als seine Zunge die Vertiefungen meines Mundes streichelt und liebkost, mich mit zärtlichem Geschick verwöhnt.

Er küsst mich immer noch und lässt seine Hand zwischen unsere Körper gleiten, um meinen schmerzenden Kitzler zu finden. Ich stöhne in seinen Mund, als seine Finger genau auf die richtige Stelle drücken, den Schmerz verstärken und die Anspannung in mir erhöhen. Eine Anspannung, die schnell unerträglich wird, als seine Finger in einem wahnsinnig ungleichmäßigen Rhythmus zu reiben beginnen, während seine Lippen zu meinem Nacken zurückkehren, wo die feuchte Wärme seines Atems Lustschauer über meinen Arm schickt.

Ich bin so erregt, dass ich explodieren könnte, doch der Orgasmus ist irgendwie unerreichbar.

Keuchend wölbe ich mich gegen seine Hand, suche verzweifelt nach einem sanfteren, härteren Rhythmus, und seine Zähne streifen warnend über mein Ohrläppchen. »Nein, *zajchik*«, flüstert er, und ich spüre die verruchte Kurve seines Mundes an meinem Hals. »Du bist noch nicht bereit.«

Nicht bereit? Ich bin bereit zu betteln, zu flehen und mein Erstgeborenes zu verkaufen. Mit jeder leichten kreisenden Bewegung seiner Finger komme ich dem Orgasmus näher, aber ich kann ihn nicht auslösen, egal wie sehr ich es versuche.

»Bitte …« Verzweifelt wackele ich mit den Hüften, während sich meine Hände in sein Haar krallen. »Bitte, ich brauche …«

Er leckt gemächlich an der Unterseite meines Ohres. »Was? Was brauchst du?«

»Meinen Orgasmus«, keuche ich und stemme mich wieder gegen seine Hand. »Bitte, Nikolai, ich brauche meinen Orgasmus.«

»Falsche Antwort.« Seine Finger hören ganz auf, sich zu

bewegen. Leicht beißt er in mein Ohrläppchen, hebt seinen Kopf, und seine Augen glänzen dunkel. »Sag mir die Wahrheit, *zajchik*. Was brauchst du?«

»Dich«, flüstere ich und schaue zu ihm hoch. »Ich brauche dich.«

Und es ist die Wahrheit. Ich kann mir nicht vorstellen, irgendwo anders zu sein, mit jemand anderem, niemals. Ich brauche ihn nicht nur für diesen Orgasmus, sondern um seinetwillen, wegen dem, was er ist, gut und schlecht, erhaben und erschreckend.

Es muss die richtige Antwort sein, denn er küsst mich erneut, und seine Finger kehren zu meinem Kitzler zurück, um mich wieder dem Orgasmus näher zu bringen, diesem schwer fassbaren, verrückten Gipfel der Ekstase. Aber da er ein Sadist ist, hält er mich kurz vor dem Höhepunkt und verlängert die exquisite Qual, bis ich keuche und ihm über den Rücken kratze. Erst dann, als ich bereit bin, vor Frust zu schreien, lässt er mich kommen.

Die Welle der Lust ist so intensiv, als würde eine Endorphinbombe in meinem Gehirn explodieren. Jedes Nervenende in meinem Körper leuchtet durch die Intensität auf, und meine Sicht schwindet, während meine inneren Muskeln sich zusammenziehen. Die Empfindungen sind so überwältigend, dass ich mich in ihnen verliere, und als ich wieder auf den Boden komme, stößt er bereits in mich, und sein dicker Schwanz drückt mein zartes Gewebe auseinander. Sein Gesicht ist angespannt, sein Kiefer verkrampft von der Anstrengung, sich zurückzuhalten, und obwohl er immer noch vorsichtig und sanft ist, bin ich so wund von letzter Nacht, dass ich nicht anders kann, als zusammenzuzucken.

Er hält inne, erlaubt mir, sich an ihn anzupassen, lenkt mich mit mehr dieser tiefen, süßen, betäubenden Küsse ab, und als ich ein zitterndes Häufchen voller Verlangen bin, mein Körper nass und geschmeidig, beginnt er zuzustoßen. Sein Tempo ist zunächst langsam, kontrolliert, aber als ich meine Beine um seinen muskulösen Po schlinge und ihn tiefer in mich hineinziehe, verliert er seine Kontrolle, und er nimmt mich mit der ganzen treibenden Kraft seines harten Körpers.

Ich komme erneut und schreie seinen Namen, während er über mir erschaudert. Erst als er sich einige Minuten später zurückzieht, merke ich, dass er sein Wort gehalten und ein Kondom benutzt hat. Ein Kondom, das er entsorgt, bevor er mich ins Badezimmer trägt, wo er mich in eine bereits vorbereitete Badewanne legt.

»Danke«, murmele ich und begegne seinem Blick, als er sich zu mir ins warme, blubbernde Wasser gesellt. Er lächelt, und der Blick in seinen Tigeraugen ist so schmerzhaft zärtlich, dass sich mein Herz in meiner Brust zusammenzieht.

»Wofür, *zajchik*?«

Für dich. Es kostet mich alles, diese Worte zurückzuhalten, Worte, die viel zu nah an einem Eingeständnis meiner Gefühle sind. Stattdessen lege ich meine Handfläche an die harte Kontur seines Kiefers und drücke meine Lippen auf seine, um mit meinem Körper auszudrücken, was ich mich nicht traue, laut auszusprechen.

Zumindest noch nicht.

36

CHLOE

*I*ch wache auf und spüre immer noch dieses warme Glühen, ein Hoch, das sich noch verstärkt, als ich meine Augen öffne, ihn auf seinem Ellenbogen neben mir liegend vorfinde, und er mich mit einem zärtlich-besitzergreifenden Lächeln beobachtet.

»Guten Morgen«, murmele ich, streiche mir die Haare aus dem Gesicht und bekämpfe den Drang, mir den Schlaf aus den Augen zu reiben.

Wie lange ist er schon wach und starrt mich so an? Viel wichtiger: Wie sehr bin ich heute Morgen durcheinander? Ich habe mein Bestes getan, um mich gestern Abend im Bad abzuschminken, aber ich bin mir sicher, dass immer noch Spuren von Lidschatten und Wimperntusche um meine Augen herum im Waschbär-Stil verschmiert sind und mein Atem nach all dem Alkohol auch nicht der frischeste ist.

Das scheint ihm nichts auszumachen, denn er beugt sich vor und küsst mich so hungrig, dass ich mir sicher bin, dass er mich sofort ficken wird. Aber er zieht sich zurück und lächelt mich stattdessen an, wobei er mein Gesicht in seiner großen Handfläche wiegt. »Guten Morgen, *zajchik*. Wie geht es dir?«

Vielleicht ist diese Ehe doch nicht so schlecht. »Mir geht es gut«, sage ich und lächele zurück. Es ist erst einen Tag her, aber es ist schon schwer, sich daran zu erinnern, warum ich so ausgeflippt bin, als er mir den Antrag gemacht hat. Wie Alina schon sagte, ist das so ziemlich der Traum, der in jedem Märchen lebt: ein umwerfender, reicher Ehemann, der verrückt nach einem ist.

Zugegeben, Nikolai hat mehr mit dem Fürsten der Finsternis als mit einem Märchenprinzen gemein, aber so ziemlich alle schrecklichen Dinge, die er getan hat – oder plante zu tun – geschahen, um mich zu beschützen.

Bis auf den Teil mit seinem Vater.

Die verunsichernden Worte gehen mir durch den Kopf, aber ich verdränge sie. Daran möchte ich heute Morgen nicht denken. Ich bin mir sicher, dass es für alles eine vernünftige Erklärung gibt, und ich bald erfahren werde, welche.

Für den Moment will ich den ersten Morgen meines Lebens als Ehefrau mit dem Mann genießen, der mich ansieht, als wäre ich aus Schokolade und Sternenlicht gemacht.

Und ich genieße ihn. Wir duschen zusammen, was zu langem, heißem – wortwörtlich, denn die Kabine ist beschlagen – Sex führt, bei der Nikolai mich verschlingt, als wäre ich sein Frühstück, und mich dreimal hintereinander kommen lässt, bevor er mich gegen das Glas drückt und mich so hart fickt, dass ich seinen Namen schreie.

Ich schätze, er hat entschieden, dass es ausreicht, mich letzte Nacht nur einmal zu nehmen, um meine Wunden verheilen zu lassen – und er hatte recht. Natürlich bin ich ein wenig wund nach *diesem* Mal, aber so zufrieden, dass es sich gelohnt hat.

Danach beschließt Nikolai, dass wir ein richtiges Frühstück brauchen, also bringt Lyudmila uns ein Tablett mit Obst und Resten von letzter Nacht, zusammen mit Tee und Kaffee, und wir füttern uns gegenseitig im Bett. Oder besser gesagt, Nikolai füttert mich, und ich versuche, ihm ebenfalls Essen in den Mund zu schieben – aber er schnappt sich meine Gabel und küsst mich, bis ich ganz vergesse, was ich eigentlich tun wollte. Etwas Honig kommt auch noch ins Spiel, und das Nächste, was ich weiß, ist, dass ich eine weitere Dusche brauche und deutlich mehr Schmerzen habe.

Als wir endlich aus dem Schlafzimmer kommen, ist es schon fast Mittag, und als wir uns auf den Weg zur Treppe machen, kommt Slava mit Lyudmila auf den Fersen aus seinem Zimmer gerannt.

»Mama Chloe!« Seine Tigeraugen leuchten, als er seine kurzen Arme um meine Beine wirft und fest zudrückt, bevor er seine Aufmerksamkeit auf Nikolai richtet. Er umarmt dessen Beine und sieht zu ihm auf. »Papa! Ich habe dich und Chloe vermisst!«

Bei dem Blick auf Nikolais Gesicht schmelze ich dahin. Es gibt kein anderes Wort dafür. Statt eines Muskels mit lebenserhaltenden Funktionen verwandelt sich mein Herz in eine klebrige Pfütze, und der Rest von mir folgt diesem Beispiel.

Nikolai bückt sich, hebt seinen Sohn auf und setzt ihn mit einer natürlich wirkenden Leichtigkeit auf seine Hüfte.

»Slavochka …« Seine Stimme ist angespannt, als er in das Gesicht des Kindes blickt. »Wir haben dich auch vermisst.«

Lyudmilas Blick trifft auf meinen, und ich sehe, wie sich meine Gefühle in ihrem normalerweise teilnahmslosen Gesicht widerspiegeln. Sie räuspert sich und sagt mit einem starken Akzent: »Ich helfe Pavel, okay?« Dann eilt sie die Treppe hinunter.

Wir folgen ihr in einem gemächlichen Tempo, wobei Nikolai Slava auf seiner Hüfte trägt, als wäre er ein Kleinkind. Dem Jungen scheint es dort aber zu gefallen, und ich kann das gut verstehen.

Das hat er in den ersten vier Jahren seines Lebens verpasst.

Als wir uns zu Alina an den Tisch setzen, kann ich nicht aufhören zu lächeln – und sie merkt es.

»Spaßige Nacht gehabt?«, flüstert sie mir verschmitzt zu, während Nikolai damit beschäftigt ist, Slavas Teller zu füllen.

Ich nicke, erröte und sie lacht, was Slava und Nikolai dazu bringt, uns fragend anzusehen.

Meine gute Laune muss ansteckend sein – oder alle sind noch in Feierlaune –, denn das Mittagessen verläuft ohne die üblichen Spannungen zwischen den Geschwistern. Stattdessen erzählen mir Nikolai und Alina amüsante Geschichten über Russland, von der Art und Weise, wie Amerikaner dort gesehen werden, bis hin zu der Familientradition, im Winter in zugefrorenen Seen zu baden.

»Das ist ja furchtbar«, rufe ich aus, als Alina beschreibt, wie sie mit sieben Jahren fast einen Zeh durch Erfrierungen verlor, als sie barfuß über das Eis lief. »Was haben sich eure Eltern dabei gedacht?«

Ich erkenne meinen Fehler, sobald ich die Worte ausgesprochen habe – das Letzte, was ich will, ist, sie an ihren

Vater zu erinnern – aber zu meiner Erleichterung blinzelt Alina nicht einmal. »Oh, das war nicht die Idee unserer Eltern. Unsere Großmutter war diejenige, die glaubte, dass Kälte gut für den Körper und die Seele ist. Und weißt du was? Die neuesten wissenschaftlichen Studien bestätigen es. Das Gleiche gilt für die Sauna, eine weitere russische Tradition. Die Hitzeschockproteine, die während des Schwitzens freigesetzt werden, können alles Mögliche bewirken, von der Verbesserung der Herzgesundheit bis hin zur Prävention von Krebs. Wenn du also ein langes, gesundes Leben führen willst, solltest du sowohl an den Eisbädern als auch an der Sauna teilnehmen – und am besten an beiden zusammen.«

»Nein, danke«, sage ich mit einem Schaudern, aber Nikolai lacht und sagt, dass er mich diesen Winter die extreme Kur ausprobieren lassen wird.

»Wir machen dich süchtig danach, das verspreche ich«, fügt er lächelnd hinzu, während ich die verblüffende Erkenntnis verarbeite, dass ich diesen Winter – und in absehbarer Zukunft jeden anderen Winter – mit ihm zusammen sein werde.

Denn das ist es, was die Ehe bedeutet.

Wir sind für den Rest unseres Lebens zusammen.

Ein Echo meiner früheren Panik kehrt zurück, aber ich unterdrücke es. Ich lasse nicht zu, dass meine irrationalen Ängste einen Schatten auf das werfen, was ein wunderschöner gemeinsamer Tag zu werden verspricht – hoffentlich der erste von vielen.

Schließlich ist Glück eine Entscheidung, und ich würde in dieser Zwangsehe lieber glücklich sein.

37

CHLOE

Ähnlich idyllisch verlaufen auch die nächsten Tage. Obwohl wir nirgendwo hingefahren sind, fühlt es sich an, als wären wir in den Flitterwochen. Wir lieben uns mehrmals in der Nacht – und oft auch am Tag –, schlafen lange aus, frühstücken im Bett und machen lange Spaziergänge und Wanderungen, sowohl allein als auch mit Slava. Einmal gesellt sich auch Alina zu uns, und wir schwimmen zu viert in einem nahegelegenen See, wo sich alle drei Russen über meinen Widerwillen, in das kühle Quellwasser zu gehen, lustig machen.

Es stellt sich heraus, dass Slava sich in der Kälte genauso wohlfühlt wie die Erwachsenen, so dass ich das einzige Weichei bin.

Am Ende schwimme ich aber doch, und als ich danach fröstele, wärmt mich Nikolai, indem er mich mit seinen großen, rauen Handflächen abreibt. Wenn wir allein wären, hätte er sicherlich mehr getan, aber zum Glück zieht selbst er eine Grenze, was das Liebemachen vor seinem kleinen Sohn und seiner Schwester betrifft.

Das ist aber so ziemlich das Einzige, bei dem er eine Grenze zieht. Wir können kaum die Hände voneinander lassen. Mein Mann hat keine Scham, wenn es darum geht, mich zu küssen, meinen Nacken und meine Schultern zu massieren und mich auf seinen Schoß zu ziehen, wann immer ihm danach ist. Es ist, als wäre ich ein Haustier, mit dem er gerne kuschelt. Ich kann nicht sagen, dass ich es hasse, im Gegenteil, ich genieße sogar insgeheim seine Aufmerksamkeit.

Anders wäre es, wenn sich jemand im Haushalt darüber lustig machen würde oder mich anderweitig in Verlegenheit brächte. Aber niemand tut das. Sogar Alina, mit ihren gelegentlichen sanften Neckereien, nimmt es als selbstverständlich hin, dass ihr Bruder die Finger nicht von mir lassen kann, so sehr, dass ich mich frage, ob es eine dieser legendären Eigenschaften der *Molotow-Männer* ist.

Ich würde einfach fragen, aber ich habe Angst, dass es zu nah an dem Thema sein könnte, das ich umschiffe, den Antworten, von denen ich mir sage, dass ich sie haben möchte, mich aber nicht dazu bringen kann, sie zu verlangen. Es fühlt sich einfach so gut an, nicht über die Dunkelheit in Nikolai und die schrecklichen Dinge, zu denen er fähig ist, nachzudenken. Ich habe mich noch nicht einmal nach Mascha und dem neuen Plan, Bransford zur Strecke zu bringen, erkundigt. Jedes Mal, wenn ich an meinen biologischen Vater denke, schießt mein Puls in die Höhe, und mein Magen zieht sich zu einem harten, festen Knoten zusammen.

Morgen früh, sage ich mir jeden Abend. *Ich werde gleich morgen früh mit Nikolai darüber sprechen.* Aber dann wache ich morgens in seiner Umarmung auf, fühle mich warm und geborgen, verehrt und angebetet, und ich bringe es nicht über mich, den Frieden zu riskieren, also sage ich mir, dass wir am Abend reden werden.

Ich weiß, dass irgendetwas passieren und unsere Glücksblase zerplatzen wird, aber ich will nicht, dass dieses Etwas ich bin.

So geht es noch drei weitere Wochen weiter. Ich genieße die Aufmerksamkeit, die er mir schenkt, und genieße sowohl seine Zärtlichkeit als auch seine Härte. Beide Versionen von Nikolai – der sanfte Liebhaber und der wilde Höhlenmensch – begeistern mich, was auch gut so ist, denn wenn es um meinen Mann geht, kann ich nie vorhersagen, was ich bekommen werde. In derselben Nacht könnte er meinen Körper verehren, als wäre ich aus Kristall, und mich ficken, bis ich am nächsten Tag kaum noch laufen kann. Manchmal habe ich das Gefühl, dass er noch mehr will, dass er mich eines Tages noch weiter drängen könnte, dass er versucht, mich noch mehr zu besitzen, aber dass er, genau wie ich, nicht bereit ist, irgendetwas zu tun, was wieder Streit und Spannungen in unser Leben bringen und unsere Flitterwochen beenden könnte.

Stattdessen überhäuft er mich mit Geschenken, von teurem Schmuck bis hin zu Accessoires und Kleidung. Es scheint, als ob täglich ein neues Kleid, ein Paar Schuhe, ein Schal oder *irgendetwas* in meinem Kleiderschrank auftaucht. Es ist fast zu viel für mich – viele der Ohrringe und Armbänder, die ich jetzt besitze, kosten mehr als das Haus mancher Leute – aber er besteht darauf, dass es ihm Freude bereitet, mir Dinge zu kaufen, also höre ich schließlich auf, mich dagegen zu wehren ... denn diese Dinge zu haben bereitet auch mir Freude.

Dank meiner Mutter, die pausenlos arbeitete, um uns über Wasser zu halten, habe ich nie wirkliche Armut kennengelernt, aber ich kann mich auch nicht an eine Zeit in meinem Leben erinnern, in der ich nicht jeden Pfennig zählen und jede Ausgabe sorgfältig planen musste. Die meisten Klamotten aus meiner Kindheit waren gebraucht gekauft, und der einzige Schmuck, den ich besaß, war billiger Modeschmuck. Jetzt ist mein Kleiderschrank wie Saks Fifth Avenue auf Steroiden, und obwohl es vielleicht oberflächlich von mir ist, liebe ich es. Reiche Leute wissen, was sie tun, wenn sie all diese Luxusgüter kaufen – sie können das Leben wirklich schöner machen.

Auch die Russischstunden, die Nikolai mir gibt – natürlich mit Slavas Hilfe –, bereichern mein Leben. Das Kind hat große Freude an meiner Unfähigkeit, die russischen Sätze, die es so leicht sagt, auszusprechen, während Nikolai sich an einer ganz anderen Sache erfreut: mich dazu zu bringen, im Bett liebe und sexy Dinge zu sagen.

»Sag *Ya hochu tebya*«, verlangt er, während er mich kurz vor einem Orgasmus hält. Und als ich gehorche, verzweifelt nach Erleichterung suchend, befiehlt er unbarmherzig: »Jetzt sag *Ya lyublyu tebya.*«

Also tue ich es. Ich sage alles, was er von mir will, auch so schmutzige Sätze, dass ich ganz rot werde, wenn ich sie später nachschlage. Aber ob schmutzig oder sauber, meine Russischkenntnisse verbessern sich von Tag zu Tag, was Alina und Lyudmila sehr amüsiert – Letztere findet meine Aussprache geradezu urkomisch.

»Du hast so einen starken amerikanischen Akzent«, sagt Pavels Frau lachend, als ich versuche, sie in ihrer

Muttersprache nach *zavtrak* – Frühstück – zu fragen. »Warum versuchst du es überhaupt? Alle hier sprechen Englisch, sogar ich.«

Ich würde ihr das gerne übelnehmen, aber sie hat recht. Selbst ihr Englisch, so unvollkommen es auch ist, ist tausendmal besser als mein Russisch. Ich habe ihr angeboten, ihr ein paar Stunden zu geben, um es weiter zu verbessern, aber sie hat das Angebot bisher nicht angenommen – weil sie hofft, zurück nach Russland zu gehen und es deshalb nicht zu brauchen, meint Alina.

»Sie vermisst Moskau wirklich«, erzählt sie mir. »Sie langweilt sich hier, hat nichts zu tun und niemanden, mit dem sie sich treffen könnte.«

Das kann ich nachempfinden. Trotz all dem modernen Luxus und der natürlichen Schönheit, die uns umgibt, ist das Gelände eine Art Gefängnis oder, um es positiver auszudrücken, ein Rückzugsort von der Welt. Auch ich vermisse meine Freunde und durchstöbere oft die sozialen Medien, um einen Einblick in ihr Leben nach dem Studium zu bekommen. Ich möchte sie so gerne kontaktieren, all ihre Nachrichten beantworten, in denen sie fragen, wo ich bin und warum ich seit Monaten nicht mehr auf meinen Profilen gepostet habe, aber ich traue mich nicht, es zu tun, für den Fall, dass das Bransford irgendwie zu mir führt, zu diesem Gelände und meiner neuen Familie.

Ich kann sie nicht in Gefahr bringen, nicht einmal, um die Sorgen meiner Freunde um mich zu zerstreuen.

Ich würde mich besonders schrecklich fühlen, wenn ich irgendetwas tun würde, was Slava gefährdet. Mit jedem Tag wächst meine Bindung zu Nikolais Sohn, und ich fühle mich immer wohler in der Rolle seiner Mutter. Anstatt dass Alina oder Lyudmila ihn baden und ins Bett bringen, tun Nikolai und ich das mittlerweile häufig zusammen und erzählen ihm Geschichten über Superhelden und lesen aus seinen Lieblingsbüchern vor, bis er einschläft.

Wir drei werden zu einer richtigen Familie, und das Wissen erfüllt mich mit einer sanften Wärme, einer Zufriedenheit, die mit einem gefährlichen, sprunghaften Mann wie Nikolai nicht möglich sein sollte.

Nicht, dass alles perfekt wäre. Zum einen sind wir beide nicht einer Meinung, wenn es darum geht, was ein noch nicht ganz Fünfjähriger dürfen sollte. Wie sich herausstellt, waren Nikolai und seine Brüder – und in geringerem Maße auch Alina – Schlüsselkinder, denen es erlaubt war und die sogar ermutigt wurden, allein draußen zu spielen und überhaupt gefährlich unabhängig zu sein. Während ich also jedes Mal in Panik gerate, wenn ich ein Steakmesser in Slavas Hand sehe oder ihn dabei erwische, wie er auf einen Baum klettert, der höher als zwei Meter ist, ist Nikolai bei solchen Dingen ärgerlich ruhig.

»Ist es dir egal, dass er fallen und sich alle Knochen brechen könnte?«, frage ich frustriert, als wir eine Wanderung machen und er Slava an einer alten Eiche hochklettern lässt, bis seine winzige Gestalt kaum noch durch das Laub zu sehen ist. »Oder noch schlimmer, auf den Kopf fallen und sich das Genick brechen könnte?«

»Natürlich bin ich mir dessen bewusst.« Seine goldenen Augen verengen sich gefährlich auf mich. »Denkst du, ich mache mir keine Sorgen über all die schrecklichen Dinge, die ihm an einem bestimmten Tag widerfahren können? Die Treppen, die er hinunterpurzeln kann, die Krankheiten, die er sich einfangen kann, die giftigen Beeren, die er finden und essen könnte? Manchmal ist es alles, woran ich denken kann, so sehr, dass ich überzeugt bin, verrückt zu werden. Aber so, wie wir nicht da sein können, um jedes Mal seine Hand zu halten, wenn er die Treppe nimmt, können wir auch nicht erwarten, dass wir für jeden Baum, dem er begegnet, oder jedes Messer, das ihm im Laufe seines Lebens in den Weg kommt, da sind. In der Tat gibt es keine Garantie, dass wir morgen für ihn da sein werden. Das Leben kann unvorhersehbar und brutal sein, und je besser er darauf vorbereitet ist, desto höher sind die Chancen, dass er überleben wird.«

»Aber er ist noch ein Kind. Du musst ihm beibringen, wie er überleben kann.«

»Ich bringe es ihm bei, indem ich ihn so viele Gefahren wie möglich selbst bewältigen lasse. Kinder in seinem Alter sind nicht dumm – sie sind schon oft genug gefallen, um zu wissen, dass es wehtut. Er würde nicht so hoch klettern, wenn er sich nicht seiner Stärke sicher fühlen würde. Und der einzige Weg, zu wachsen und diese Stärke zu testen, ist, sich selbst herauszufordern, wenn es darauf ankommt ... wenn keine Gummimatte darunterliegt. Außerdem«, fügt er hinzu, als ich gerade anfangen will, ihm zu widersprechen, »*habe* ich ein Auge auf ihn. Sollte er fallen, werde ich ihn auffangen.«

Damit verstumme ich, denn die Chancen, dass er es tut, stehen gut. Der Mann hat die Reflexe einer Katze. Neulich habe ich versehentlich ein Wasserglas mit meinem Ellenbogen vom Tisch gestoßen, und Nikolai hat es in der Luft aufgefangen, ohne das Gespräch zu unterbrechen. Ein anderes Mal bin ich über eine von Slavas Legofiguren gestolpert und wäre mit dem Gesicht zuerst auf den Boden gefallen, aber Nikolai hatte seine Arme um mich geschlungen, bevor ich aufschlug – obwohl er eine Sekunde vorher auf der anderen Seite des Raumes gewesen war.

Wenn ich es nicht besser wüsste, würde ich denken, dass er einer von Slavas Comic-Superhelden ist – oder, wahrscheinlicher, ein Superschurke.

Dieses Etikett passt genauso gut zu ihm.

Später in der Nacht, als wir unser Schlafzimmer betreten, fällt mir etwas ein, was mit unserer früheren Unterhaltung zu tun hat.

»Wenn du so entschlossen bist, Slavas Unabhängigkeit zu fördern, warum bist du dann so entschlossen, *mich* vor jeglicher Gefahr zu schützen?«, frage ich und setze mich auf das Bett, um Nikolai dabei zu beobachten, wie er seine Jacke und Krawatte abnimmt. Wir tragen beim Abendessen immer noch die formelle Kleidung, und ich muss zugeben, dass ich es mittlerweile mag. Nicht nur, dass ich jeden Tag wunderschöne Kleider tragen kann, auch mein Mann sieht in den eng geschnittenen Anzügen, die er bevorzugt, unheimlich gut aus.

Es ist, als würden wir zwischen zwei Welten hin und her wechseln: der Tageswelt, in der wir in der Wildnis wandern und uns schmutzig machen, und der Abendwelt, in der Glamour und Glitzer regieren.

»Weil du kein Kind bist und du nicht so erzogen wurdest, wie ich Slava erziehe«, antwortet Nikolai sanft und nimmt seine Manschettenknöpfe ab. »Deine Mutter, so wundervoll sie auch war, hat dich nicht dafür ausgerüstet, dich Mördern zu stellen, *zajchik* … oder Männern wie mir.«

Ich schlucke, und mein Blut wird heiß, als er seinen Blick über meinen immer noch vollständig bekleideten Körper gleiten lässt. Seit unserer Hochzeit bin ich besser darin geworden, Nikolais sexuelle Stimmungen zu deuten und zu verstehen, was für eine Nacht auf mich zukommt. Und der heutige Abend verspricht einer unserer wilderen zu werden, die, bei denen ich mir nie ganz sicher bin, wie weit er gehen wird.

Ich spüre die Dunkelheit in ihm und fühle, wie sie nahe an die Oberfläche steigt.

Nicht, dass ich Angst vor ihm hätte. Nicht wirklich. Ich weiß, dass er mich nicht verletzen wird, zumindest nicht auf eine schädliche Art und Weise. Ich habe nur manchmal das Gefühl, dass das, was wir haben, nicht völlig ausreichend für ihn ist, dass sein unersättlicher Hunger nach mir ungestillt bleibt.

Manchmal fühlt es sich so an, als wolle er mich verzehren, ganz und gar, und nichts weniger ausreichend ist.

Er zieht sein Hemd aus, enthüllt wunderschön definierte Muskeln und kommt auf mich zu. Seine Bewegungen erinnern mich wieder einmal an die geschmeidige, tödlich anmutige Bewegung einer Großkatze.

Vielleicht *war* er in einem anderen Leben ein Tiger.

Vielleicht war ich seine Beute.

Instinktiv rutsche ich auf dem Bett nach hinten, und auf seinen Lippen breitet sich ein verruchtes Lächeln aus. Wie immer weiß er, was ich denke und fühle – und er mag, was ich jetzt fühle.

Er mag es, mich ein wenig nervös zu machen.

Mit der gleichen raubtierhaften Bedächtigkeit klettert er auf das Bett und über mich und drückt mich flach nach unten, bevor er meine Handgelenke ergreift und sie mit einer Hand über meinem Kopf festhält.

Mein Mund wird trocken bei dem Blick in seinen Augen, bei der dunklen Intensität in ihnen. Ich befeuchte meine Lippen, sein Blick folgt dem Weg meiner Zunge, und sein Gesicht spannt sich an. Als sein Blick wieder auf den meinen trifft, sind seine Augen mit solch einer sengenden Hitze gefüllt, dass ich das Gefühl habe, ich könnte auf der Stelle verbrennen. Mein Herz hämmert wild, und meine Haut errötet am ganzen Körper, als er seinen Kopf senkt und hörbar einatmet, als wäre er hungrig nach dem Geruch meiner Haare.

»Ähm, Nikolai ...« Ich winde mich unter ihm, und mein Puls steigt, als ich seine Erektion an meinen Schenkeln spüre. Selbst mit den Schichten seiner Hose und meines Kleides, die uns trennen, kann ich spüren, wie heiß und hart sie ist, wie massiv. Ich schlucke wieder. »Als du sagtest ›Männern wie mir‹, was hast du da genau gemeint?«

Seine Lippen streifen mein Ohr, die Hitze seines Atems lässt mich erschaudern, als er flüstert: »Oh, mein süßes, neugieriges *zajchik* ... du wirst es gleich herausfinden.«

38

CHLOE

Ein Schauer durchfährt meinen Körper, und er hebt den Kopf, um mich anzusehen, während ein dunkles Lächeln seine Mundwinkel umspielt. Ich kann förmlich spüren, wie er sich an meiner Angst weidet und die Vorfreude sadistisch in die Länge zieht.

Ich versuche, meine Hände zu bewegen, um mich aus seinem Griff zu befreien, aber es ist vergeblich. Seine Finger sind eine eiserne Fessel um meine Handgelenke und fixieren sie über meinem Kopf. Sein Lächeln vertieft sich, der goldene Schimmer in seinen Augen wird intensiver, während ich mich wehre, und ich weiß, dass er es auch genießt, mich hilflos in seinem Griff zu sehen.

Er senkt seinen Kopf und atmet noch einmal begierig ein, dann lässt er endlich meine Handgelenke los. Bevor ich erleichtert aufatmen kann, dreht er mich auf den Bauch, hält mich mit einer großen Hand fest und zieht den Reißverschluss meines Kleides herunter. Als es bis zu meinem Steißbein offen ist, fährt er mit einer warmen Handfläche meine nackte Wirbelsäule hinunter, wobei die Rauheit seiner Schwielen angenehm über meine Haut kratzt.

»Habe ich dir jemals gesagt, wie sehr ich deinen Rücken liebe?« Das weiche, dunkle Timbre seiner Stimme ist beruhigend und doch beunruhigend. »So durchtrainiert und anmutig, wie der einer Ballerina. Meine Lieblingsstelle an dir ist aber dieser Po.« Seine Handfläche wölbt sich über meine Backe und drückt sie leicht zusammen. »So fest und rund und perfekt ... so fickbar.«

Mein Herz macht wieder einen Sprung, als er mich in eine sitzende Position zieht und meinen Rücken gegen seine Brust drückt. Er schlingt einen kräftigen Arm um meinen Brustkorb, um mich an Ort und Stelle zu halten, während er das Kleid an meinem Oberkörper herunterzieht. Er behandelt mich wie eine menschengroße Puppe, und das hat etwas pervers Erotisches an sich, etwas, was einen Teil von mir anspricht, an den ich nicht zu denken versuche ... den Teil, der von der Dunkelheit in ihm nicht abgeschreckt, sondern angezogen wird.

Ich trage keinen BH, und als er das Kleid bis zu meiner Taille herunterzieht, liegen meine nackten Brüste frei und legen sich mit bereits harten und schmerzenden Nippeln auf seinen Unterarm. Ein leises Knurren ertönt in seiner Brust, er beugt mich zurück über seinen Arm, so wie er es gerne macht, und ich fühle mich wie ein menschliches Opfer, ein Opfer für einen wilden, ursprünglichen Gott.

Sein heißer, feuchter Mund schließt sich um meine Brustwarze, und ich keuche, umklammere seinen Kopf, als er zubeißt und das Feuer direkt auf meine Klitoris schickt. Meine Nervenenden toben vor Verwirrung, und der Schmerz und das Vergnügen vermischen sich, bis ich verzweifelt nach mehr verlange. Und er liefert mehr und wiederholt das Gleiche mit meiner anderen Brust. Abwechselnd saugt er an der Brustwarze und fährt mit seinen Zähnen darüber. Als er seinen Kopf hebt, um mich anzuschauen, keuche ich und brenne vor Erregung.

Ich brauche ihn. Ich brauche ihn so verdammt sehr.

Ich vergesse meine Ängste, ziehe seinen Kopf zu mir, und unsere Lippen verschmelzen in einem harten, zutiefst fleischlichen Kuss. Unsere Zungen verflechten sich, während ich auf sein gewalttätiges Bedürfnis reagiere und es ihm Schlag für Schlag, Biss für Biss gleichtue. Es ist mir egal, was er heute Nacht mit mir macht, solange ich mehr von dieser dunklen, schwindelerregenden Lust haben kann, mehr von dem, wonach ich mich sehne.

Wir atmen beide schwer, als er den Kuss beendet und mich flach hinlegt, um mir das Kleid von den Hüften zu ziehen. Es lässt sich nicht so einfach lösen, also reißt er es an den Nähten auf, zu ungeduldig, um sich darum zu kümmern, dass er noch ein weiteres teures Kleid ruiniert. Und mit der Anspannung, die sich so schnell in mir aufbaut, und meinem ganzen Körper, der für ihn brennt, ist es mir auch egal.

Als ich nur noch mit einem Tanga bekleidet bin, dreht er mich auf den Bauch und stopft zwei Kissen unter meine Hüften, bevor er den Stofffetzen an meinen Beinen herunterzieht. Dann greift er nach rechts, und ich höre, wie sich eine Schublade öffnet.

Meine Angst kehrt zurück und verdrängt für einen Moment meine Erregung. Ich habe den starken Verdacht, dass ich weiß, was er vorhat, und ich sehe, dass ich Recht habe, als ich einen Blick über meine Schulter werfe und die Flasche Gleitgel und einen kleinen Buttplug in seinen Händen sehe. Trotzdem klopft mir das Herz bis zum Hals, und mein Brustkorb zieht sich um meine Lungen zusammen. »Nikolai, ich ...« Ich atme hörbar ein. »Ich habe noch nie ... das ist ...«

»Du bist noch nie in den Arsch gefickt worden?«

Mein Gesicht erhitzt sich unerträglich, da seine schmutzigen Worte mich weiter aus dem Gleichgewicht bringen. Irgendwie schaffe ich ein kleines Nicken, und seine Lippen verziehen sich mit männlicher Befriedigung, als er leise »Gut« sagt und kühles Gleitgel zwischen meine Backen träufelt.

Ich keuche und verkrampfe mich instinktiv, als er den Plug an meine Öffnung und meinen Kopf nach unten auf das Bett drückt. »Entspann dich, *zajchik*.« Seine Stimme ist rauer Samt und dunkle Hitze. »Ich verspreche dir, dass du das genießen wirst.«

Ich möchte mich dagegen wehren – das eine Mal, als mein Ex-Freund versucht hat, einen Finger hineinzustecken, habe ich jede Sekunde davon gehasst – aber das ist Nikolai, dessen Beherrschung meines Körpers erschreckend vollkommen ist. In seiner Umarmung verliere ich jeden Sinn für mich selbst, und jedes bisschen Verstand, das ich noch besitze. Also bleibe ich ruhig und gebe mein Bestes, durch die Nase zu atmen, während die spitz zulaufende, gummiartige Spitze des Plugs sich an dem engen Ring meines Schließmuskels vorbeidrückt.

Langsam gleitet er tiefer hinein, und ich verkneife mir ein Stöhnen gegen die Matratze, überwältigt von den seltsamen Empfindungen. Wie auch das andere Mal gibt es eine fast ekelerregende Fülle, ein Gefühl, gedehnt und durchdrungen zu sein, auf eine unnatürliche, unangenehme Weise voll. Aber da ist noch etwas anderes, eine besondere Art von Druck, der meinen Puls in die Höhe treibt und mein Inneres zusammenzieht – ein Gefühl, das stärker wird, als Nikolai sich über mich beugt, mich mit seinem großen, harten Körper bedeckt und mich mit seinem sinnlichen, männlichen Duft einhüllt.

Sein Atem wärmt mein Ohr, während er die empfindliche Halsbeuge küsst und mir Lustschauer über den Arm jagt. Gleichzeitig schiebt er eine Hand unter meinen Bauch und findet meinen Kitzler, während er beginnt, mich langsam mit dem Spielzeug zu ficken. Sofort verstärkt sich der Druck und verwandelt sich in eine erotische Spannung, eine dunkle, erhitzte Lust, die mit dem Unbehagen kollidiert und irgendwie daran wächst. Seine Finger auf meinem Kitzler, das Spielzeug in meinem Po, seine Lippen auf meinem Hals – es ist eine Reizüberflutung, eine Wippe aus Lust und Schmerz, die hin und her schaukelt und jedes Mal höher klettert.

Mit einem gedämpften Schrei komme ich, erschaudernd und zitternd, aber er ist noch nicht fertig mit mir. Mit einem glitschigen *Pop* zieht er das Spielzeug aus mir heraus, dringt erst mit einem Finger, dann mit zwei zusammen in mich ein, und die stechende Dehnung ist nur erträglich wegen der bösen Magie, die seine andere Hand auf meinem Kitzler ausübt. Es tut weh, es brennt, doch der Schmerz wechselt sich wieder einmal mit starkem Vergnügen ab und steigert es auf eine seltsame Weise. Keuchend komme ich erneut zum Orgasmus, und mein Po zieht sich um seine großen, rauen Finger zusammen, während meine Sicht sich mit schwarzen und weißen Flecken trübt, und mir ein keuchender Schrei entweicht.

Bevor ich mich erholen kann, zieht er seine Finger aus meinem immer noch krampfenden Körper, und ich spüre stattdessen seine breite, glatte Eichel an meiner Öffnung. Ich spanne mich an, mein Puls schießt erneut in die Höhe, und er fährt mit einer beruhigenden Hand über meine Wirbelsäule.

»Atme, *zajchik*. Du kannst mich aufnehmen.« Die Worte sind ein leises, tiefes Murmeln, so tröstlich wie das sanfte Streicheln meines Rückens. Doch in dem Moment, in dem er meine Hüften packt und sich gegen den engen Muskelring drückt, kippt die Waage in Richtung Schmerz, und ich weiß, dass er falschliegt.

Ich kann es nicht.

Er ist viel zu groß für mich.

»Nikolai, bitte, ni…«, keuche ich, und die Bitte bleibt mir im Hals stecken, als mein Schließmuskel unter dem Druck nachgibt und die Spitze seines massiven Schwanzes in mich eindringt. Alle Luft rauscht aus meinen Lungen, meine Sicht wird für einen schwindelerregenden Moment komplett schwarz. Er ist so groß und dick, dass es sich anfühlt, als würde er mich aufreißen, und als er mit seinem Schwanz langsam tiefer in mich eindringt, bin ich mir sicher, dass ich in Ohnmacht falle.

Aber das tue ich nicht. Stattdessen spüre ich jeden langen, harten Zentimeter von ihm, erlebe jedes bisschen der unerträglich vorsichtigen Invasion. Mein Magen zieht sich zusammen, meine Haut wird klamm vor kaltem Schweiß, doch ich kann keine Worte finden, um dem Ganzen Einhalt zu gebieten, da mein Gehirn genauso überwältigt ist wie mein Körper.

Es hilft auch nicht, dass er sich wieder über mich lehnt, meinen Hals küsst und mir mit seiner sanften Stimme, die doch rau vor Verlangen ist, beruhigende Worte ins Ohr murmelt. Auch nicht, dass seine geschickten Finger wieder mit meiner Klitoris spielen und mir Empfindungen entlocken, die nicht gemeinsam mit dieser Art von Schmerz existieren können – oder sollten. Es ist keine Lust, aber etwas Ähnliches, eine Mischung aus Qual und Ekstase, die mich wieder aufrüttelt und meinem Körper einen gequälten Höhepunkt entlockt.

Dann werde ich tatsächlich ohnmächtig, zumindest für einen Moment, denn das Nächste, was ich registriere, ist, wie er sanft in meinen Arsch hinein- und wieder herausgleitet, und jeder Stoß erzeugt ein eigenes Gefühl, während die Wippe wieder hin und her schaukelt und die kraftvoll erotische Spannung aufbaut. Mein Körper wird von Hitze überflutet, mein Herz rast in meinem Brustkorb, und als ich zum vierten Mal mit einem markerschütternden Schrei komme, stöhnt er und erschaudert über mir, während das warme Sperma mein wundes Inneres überflutet.

Kaputt und erschüttert liege ich da, zu schwach, um mich zu bewegen, als er sich von mir zurückzieht und das Bett verlässt, um eine Minute später mit einem warmen, nassen Handtuch zurückzukehren. Er säubert mich, dann dreht er mich um und zieht mich auf seinen Schoß. Ich öffne meine schweren Augenlider und sehe, dass seine Tigeraugen auf meinem Gesicht ruhen und mich mit ihrer typischen Intensität betrachten.

Sanft, ehrfürchtig streichelt er meine Wange, und seine Stimme ist rau, als er murmelt: »Ich werde dich niemals gehen lassen. Nicht einmal, wenn du bettelst.«

Ich halte seinen Blick. »Ich weiß.«

»Hasst du mich dafür?«

Ich sollte es tun. So schön diese Flitterwochen auch waren, die Wahrheit ist, dass er mich in die Ehe gezwungen hat, mir meine Freiheit genommen hat, meine Wahlmöglichkeiten. In so ziemlich jeder Hinsicht bin ich seine Gefangene, seinen dunklen Launen und Leidenschaften ausgeliefert. Doch die

Lüge weigert sich, meine Lippen zu verlassen. Stattdessen sage ich ihm die Wahrheit. »Ich liebe dich.«

Weil ich es tue. So falsch es auch ist, ich liebe diesen schönen, erschreckenden, komplizierten Mann. Ich liebe ihn, auch wenn ich seine unerbittliche Besessenheit von mir fürchte.

Ich weiß, dass ich im hellen Licht von morgen dieses Geständnis bereuen werde, dass ich es für einen Fehler halten werde. In diesem Moment, in diesem sanft beleuchteten Raum, mit seinen starken Armen um mich herum und meinem Körper, der immer noch von den Echos der Qualen und der Ekstase pulsiert, die er mich fühlen lassen hat, fühlt es sich nicht wie ein Fehler an – vor allem, weil das zärtliche Lächeln, das auf seinem Gesicht erblüht, das Schönste ist, was ich je gesehen habe.

»Und ich liebe dich, *zajchik*«, sagt er leise. »Das werde ich immer.«

39

NIKOLAI

*I*ch wache mit Chloes kleinem Körper in meinen Armen auf, und mein Gehirn sprudelt über vor Glück. So gleißend, dass es sich so flackernd und flüchtig anfühlt wie der brennende Docht einer Kerze.

Wie schon die ganze letzten Woche, seit wir uns unsere Gefühle eingestanden haben, nehme ich das Gefühl von ihr in mich auf, das Gefühl ihrer warmen Haut, die sich gegen die meine presst, ihrer zarten Kurven, die sich an die harten Flächen meines Körpers schmiegen, ihres Atems, der über meinen Unterarm streicht. Und wie schon in der ganzen letzten Woche kämpfe ich mit dem Drang, sie zu wecken und zu verlangen, die Worte wieder auszusprechen, damit ich ihre weiche, heisere Stimme hören kann, die mir sagt, dass sie mich liebt.

Es ist schlimm genug, dass ich sie zwinge, es mir jeden Abend zu sagen, jedes Mal, wenn ich sie nehme.

Ich vergrabe mein Gesicht in ihrem Haar und atme ihren Duft ein, die süße Frische von Blumen auf schlafgewärmter weiblicher Haut. Und wie schon in den letzten zwei Monaten kämpfe ich gegen eine Welle von furchtbarer Angst an.

Angst, dass ich sie verlieren werde. Dass der Docht abbrennt und nichts als Asche zurückbleibt.

Das ist irrational und unlogisch, aber ich kann es nicht ändern. Ich dachte, die Worte von ihr zu hören würde diese Angst zügeln und mich in dem Wissen, dass sie mir gehört, ruhig und sicher durch den Tag kommen lassen, aber wenn überhaupt, ist die Sorge stärker geworden, durchdringender. Manchmal ist es alles, woran ich denken kann, wie zerbrechlich dieses Glück ist, wie illusorisch.

Schließlich hat meine Mutter anfangs auch meinen Vater geliebt. Einst waren auch sie glücklich gewesen.

Ich versuche, nicht daran zu denken, wie alles in die Brüche ging, aber es gibt Zeiten, in denen ich Chloe anschaue und das Gesicht meiner Mutter sehe. Nicht hell und gesund, wie es war, als ich ein Kind war, sondern gezeichnet und blass, zutiefst unglücklich – so wie die ganzen letzten Jahre.

Teilweise liegt es daran, dass ich Chloe immer noch nicht erzählt habe, was in dieser Winternacht passiert ist – und sie nicht gefragt hat. Obwohl sie es als Bedingung für unsere Hochzeit gefordert hatte, scheint sie zu zögern, die ganze Geschichte hören zu wollen. Ich denke, es ist, weil sie Angst vor der Wahrheit hat, Angst davor, herauszufinden, was für ein schreckliches Monster sie geheiratet hat. Also umgeht sie das Thema, und das tue ich auch.

Es besteht die Möglichkeit, dass sie mich für das, was ich getan habe, hassen wird, dass sie mich mit Schrecken und Abscheu ansehen wird.

Es hilft nicht, dass ich mir bewusst bin, dass ich Chloe wie eine gefangene Prinzessin in einem hohen Turm halte, völlig isoliert von allem und jedem. Wir verlassen das Gelände nicht; wir gehen nirgendwo hin. Wir existieren in unserer eigenen kleinen Welt, in der sie keine andere Wahl hat, als die meine zu sein. Es ist für ihre Sicherheit, das stimmt, aber auch für meinen Seelenfrieden.

Wenn sie die Möglichkeit hätte, würde sie wieder fliehen?

Wenn die Gefahr für sie beseitigt wäre, würde sie dann gehen wollen?

Ich kenne die Antworten nicht, und die Fragen quälen mich so sehr, dass ich sogar noch besessener davon geworden bin, sie immer im Auge zu behalten. Ich weiß, dass sie nicht gehen kann – und mit Bransford, der sie jagt, will sie wahrscheinlich auch nicht gehen wollen – aber ich fühle mich trotzdem gezwungen, in jedem Moment, in dem wir getrennt sind, zu wissen, wo sie ist. Zu diesem Zweck habe ich Kameras in unserem Schlafzimmer und in jeder Ecke des Hauses installiert, mit Ausnahme des Zimmers meiner Schwester und des privaten Quartiers von Pavel und Lyudmila, und ich überprüfe die Übertragung auf meinem Handy mit der sinnlosen Häufigkeit eines Social-Media-Süchtigen.

»Was guckst du denn immer?«, fragt Alina, als sie eines Tages das Esszimmer betritt, während ich darauf warte, dass Chloe ihre Stunde mit Slava beendet und zum Mittagessen herunterkommt. »Geht irgendetwas vor sich?«

Ich lege mein Handy weg. »Es geht immer irgendetwas vor sich.«

Das ist keine Lüge. Nicht nur Mascha arbeitet daran, Bransford näherzukommen, und schickt mir täglich Updates über ihre Fortschritte, sondern ich habe auch Männer, die

Alexej Leonow im Auge behalten. Er ist immer noch hier in den Staaten, die letzten paar Tage in Chicago. Es scheint, dass er für geschäftliche Besprechungen da ist, aber ich kann nichts gegen mein schlechtes Gefühl bei der Sache tun.

Chicago ist so viel näher an Idaho, an meinem Anwesen und meinem Sohn.

Alina betrachtet mich nachdenklich. »Ist es die Sache mit Volkov? Konstantin erwähnte, dass er sich nach einer Investition in sein nukleares Projekt erkundigt hat.«

»Das auch.« Ich bin nicht überrascht, dass sie davon gehört hat. Als Selfmade-Oligarch ist Alexander Volkov einer der reichsten – und gefährlichsten – Männer in Russland. Ein Bündnis mit ihm wäre sowohl vorteilhaft als auch riskant, vor allem wenn man bedenkt, dass er zu ebenso rücksichtslosen Geschäftspraktiken neigt wie wir.

Wenn die Dinge aus irgendeinem Grund den Bach runtergehen, haben wir einen weiteren mächtigen Feind, aber wenn alles gut geht, könnte er dabei helfen, den Zulassungsprozess für die neue Technologie und ihre weltweite Einführung zu beschleunigen.

Alina seufzt. »Ich wünschte, er würde es nicht tun, aber Konstantin hört selten auf mich. Vielleicht kannst du mit ihm reden – es sei denn, du hältst es für eine gute Idee, sich mit Volkov einzulassen?«

Ich zucke mit den Schultern und wechsele das Thema. Die Wahrheit ist, dass Volkov und das potenzielle Joint Venture nicht auf meiner Sorgenliste stehen, also ist es mir recht, dass Konstantin sich darum kümmert. Unser genialer Bruder mag manchmal zu intellektuell für sein eigenes Wohl sein, aber er ist immer noch ein Molotow und somit durchaus in der Lage, die Risiken für sich selbst einzuschätzen.

Meine Prioritäten in diesen Tagen sind Slava und Chloe, und ich beabsichtige, alles zu tun, was nötig ist, um sie beide zu behalten und zu schützen.

In dieser Nacht wird eine meiner schlimmsten Befürchtungen wahr. Kurz nach Mitternacht fliegt die Tür zu unserem Zimmer auf, und Lyudmila stürmt, meinen Namen rufend, herein.

Ich bin auf den Beinen und habe die Waffe in der Hand, die ich unter der Matratze aufbewahre, bevor sie erklären kann, was los ist – und als sie es tut, lege ich die Waffe weg und renne so schnell ich kann in unseren Schrank.

»Was ist passiert?«, fragt Chloe und läuft hinter mir her, während Lyudmila aus dem Zimmer stürmt. Als sie sieht, dass ich mich anziehe, zieht sie sich ebenfalls an. »Was hat sie gesagt?«

Als ich verstehe, dass Lyudmila Russisch gesprochen haben muss, erkläre ich ihr schnell, dass Slava krank geworden ist. »Er erbricht unkontrolliert und hat hohes Fieber«, sage ich, während ich mir eilig ein Hemd überwerfe. »Er muss sofort in ein Krankenhaus.«

Chloes Augen weiten sich. »Oh nein. Ich komme mit.«

»Scheiße, nein.« Mein Ton ist viel zu harsch, aber das ist mir egal. Angst, scharf und metallisch, überzieht meine Zunge. Mein Sohn ist krank. So krank, dass ich keine andere Wahl habe, als zu riskieren, seinen Aufenthaltsort zu verraten. Das Letzte, was ich brauche, ist, dass Chloe auch in Gefahr ist. »Du bleibst hier, in Sicherheit.«

Sie blinzelt zu mir hoch. »Aber …«

»Ich rufe dich von unterwegs aus an.« Ich ergreife ihr Kinn und gebe ihr einen kurzen, intensiven Kuss, dann renne ich zu Slavas Zimmer. Meine Gedanken sind nur bei meinem Sohn und dem schnellsten Weg, ihn ins Krankenhaus zu bringen.

40

CHLOE

»Noch Kaffee?«, fragt Alina, und ich nicke, springe vom Barhocker und gehe hinüber zum Küchenfenster. Draußen ist es stockdunkel, und hinter den dicken Wolken ist nicht einmal ein Hauch von Mondlicht zu sehen.

Für heute Abend sind Regenschauer angesagt – was nicht gut ist, wenn man bedenkt, wie schnell Nikolai, Pavel und vier der Wachen in ihren Geländewagen die kurvenreichen Bergstraßen hinunterfahren. Lyudmila ist bei ihnen, um sich um Slava zu kümmern, also sind Alina und ich die Einzigen, die im Haus geblieben sind.

Die Einzigen, denen es nicht *erlaubt* war, das Haus zu verlassen.

Laut Alina hat Nikolai alle verbliebenen Wachen in höchste Alarmbereitschaft versetzt, so dass fünf von ihnen das Haus selbst bewachen, während der Rest im Falle eines Übergriffs in der Umgebung des Geländes patrouilliert.

»Was für ein Übergriff?«, fragte ich, als sie mir es erzählte. »Slava ist einfach krank.«

Sie warf mir einen Blick zu, der andeutete, dass ich ein naiver Idiot bin. »Es gibt krank und es gibt krank – und wir wissen nicht, um was es sich hier handelt.«

»Du denkst, er könnte *vergiftet* worden sein?«

»Wir können nichts ausschließen«, antwortete sie und machte mir wieder einmal klar, wie unterschiedlich ihre und die Erziehung ihrer Brüder im Vergleich zu meiner war.

In meiner Welt würde niemand absichtlich ein Kind verletzen.

Ich wende mich vom Fenster ab und gehe zurück zur Küchentheke. »Gibt es weitere Neuigkeiten von Pavel oder Lyudmila?«

»Nein.« Alina reicht mir eine frische Tasse Kaffee. Ihre Augen sind genauso müde wie meine, aber ihr Make-up und ihr Kleid sind tadellos – wohl für den Fall, dass wir mitten in der Nacht zu einer Gala eingeladen werden. »Ich glaube, sie sind noch nicht im Krankenhaus angekommen«, fährt sie fort, während ich einen großen Schluck von meinem Kaffee nehme. »Lyudmila hat gesagt, sie schickt mir eine SMS, sobald sie da sind.«

Die heiße Flüssigkeit verbrennt meinen Gaumen, aber ich trinke den Rest der Tasse trotzdem und genieße masochistisch den Schmerz. Er hält mich davon ab, mich mit den schrecklichsten Möglichkeiten zu beschäftigen – wie zum Beispiel, dass Slava vergiftet wurde, um ihn und Nikolai aus der Sicherheit des Geländes zu locken, oder dass ihr Auto auf einer dunklen, regennassen Straße von einer Klippe stürzt.

Zu allem Überfluss kann ich Nikolai nicht einmal anrufen

oder ihm Nachrichten schicken, da er sein Telefon hier vergessen hat.

»Das sieht ihm so gar nicht ähnlich«, murmele ich und schaue wieder auf das Gerät, das ich hierhergebracht habe, nachdem ich es in unserem Schlafzimmer gefunden habe. »Er vergisst nie etwas.«

Alina nickt düster. »Ich weiß. Ich habe ihn noch nie so besorgt gesehen. Na ja, bis auf das eine Mal mit dir.«

Richtig. Als ich weglief und er mich vor den Attentätern retten musste – ein Vorfall, der sich jetzt wie eine Ewigkeit anfühlt.

Ich stelle die leere Tasse ab und kehre zum Fenster zurück. Meine Brust ist angespannt, und mein Magen brennt vor Nervosität und zu viel Koffein. Ich habe mich noch nie so nutzlos und hilflos gefühlt – oder so sehr wie eine Gefangene. Obwohl ich die ganze Zeit gewusst habe, dass Nikolai mich das Gelände nicht verlassen lässt, habe ich es erst heute Abend richtig begriffen, als er sich schlichtweg weigerte, mich mitzunehmen.

Logischerweise verstehe ich, warum – damit er sich nicht um mich und um Slava Sorgen machen muss – aber das ändert nichts an der Tatsache, dass ich nicht mit den zwei Menschen zusammen sein kann, die mir am wichtigsten sind … dass ich hier festsitze, egal, was passiert.

»Ich bin gleich wieder da«, sagt Alina und schlüpft aus der Küche – vermutlich, um zur Toilette zu gehen. Ich überlege, ob ich mir noch eine Tasse Kaffee einschenken soll, während ich warte, aber ich entscheide mich dafür, dass drei Tassen erst einmal ausreichen sollten. Stattdessen nehme ich Nikolais Handy in die Hand und wische über den Bildschirm, um nachzuschauen, ob es zufälligerweise entsperrt ist.

Das ist es natürlich nicht. Mein sicherheitsbesessener Ehemann würde niemals so unvorsichtig sein, ein entsperrtes Telefon herumliegen zu lassen. Das Gerät verlangt entweder einen Fingerabdruck oder einen Code, und ich habe beides nicht.

Seufzend lege ich das Telefon auf den Tresen und beginne, hin und her zu laufen. Das ist Folter im wahrsten Sinne des Wortes. Ich bin so besorgt um Slava und Nikolai, dass ich mich körperlich krank fühle, ein Gefühl, das durch das gelegentliche entfernte Flackern von Blitzen und dem Dröhnen von Donner verstärkt wird.

Der Sturm ist noch nicht hier angekommen, aber er könnte schon da sein, wo sie sind.

Gott, was ist, wenn sie das Krankenhaus nicht rechtzeitig erreichen? Eine eisige Nadel sticht in mein Herz. *Was ist, wenn Slava so krank ist, dass er stirbt?* Es ist ein Gedanke, den ich mir vorher nicht erlaubt hatte, aber jetzt, wo er sich eingeschlichen hat, kann ich ihn nicht verbannen, und die übelkeitserregende Angst breitet sich aus und verdrängt die Luft in meiner Lunge.

Ich sollte mit ihnen dort sein.

Ich sollte in diesem Auto sein.

»Wo du sein solltest, ist in deinem Schlafzimmer, um dich auszuruhen«, sagt Alina leise, und als ich mich erschrocken umdrehe, sehe ich, dass sie wieder auf ihrem Barhocker sitzt.

Wann ist sie zurückgekommen? Und habe ich laut gesprochen?

Das muss ich, denn sie sieht mich mit müdem Mitleid an, während sie eine weitere Tasse Kaffee in den Händen hält. Obwohl sie normalerweise eine Teetrinkerin ist, trinkt sie heute Abend das *echte* Zeug, genau wie ich.

»Glaubst du wirklich, dass wir überfallen werden?«, frage

ich und ignoriere ihren unsinnigen Vorschlag. »Und wenn ja, von wem? Meinem Vater?«

Alina seufzt und stützt ihr Kinn in ihre Hand. »Oder einem unserer Feinde. Und davon haben wir eine ganze Menge – nicht, dass Nikolai oder Valery mir etwas erzählen.«

»Aber Konstantin schon?« Nach dem, was ich in den letzten Wochen mitbekommen habe, hat sie eine viel engere Beziehung zu ihrem ältesten Bruder, dem Technikgenie. Die beiden reden mindestens ein paarmal in der Woche miteinander.

»Manchmal. Wenn er denkt, dass es mich nicht aufregen wird.« Ihr schöner Mund verzieht sich. »Er denkt, ich bin so zerbrechlich, dass ich bei der kleinsten Andeutung von schlechten Nachrichten zusammenbreche. Besonders alles, was mit …« Sie hört auf. »Vergiss es. Der Punkt ist, dass ich nicht wirklich auf dem Laufenden bin.«

Ich auch nicht – und ich habe auch nicht die Ausrede von Alinas Kopfschmerzen, die, wie mir Nikolai sagte, fast ausschließlich von ihrem psychischen Zustand herrühren.

»Manche Menschen bekommen Bauchschmerzen, wenn sie gestresst sind, sie bekommt Kopfschmerzen. Schlimme«, hatte er erklärt, als sie eines Tages wegen einer Migräne nicht zum Abendessen gekommen war. »Manchmal halten sie mehrere Tage an und werden so schmerzhaft, dass sie sich mit einem ganzen Cocktail von süchtig machendem Zeug betäuben muss. Hoffentlich wird das nicht so ein Fall sein.«

Zum Glück war das nicht der Fall und Alina am nächsten Tag wieder ganz die Alte gewesen. Aber ich kann verstehen, warum Konstantin sich Sorgen macht – ich werde nie vergessen, wie zugedröhnt sie an diesem Morgen in meinem Zimmer war.

Wenn Alina nicht schon ein Problem mit

verschreibungspflichtigen Schmerzmitteln hat, ist sie nicht weit davon entfernt.

»Glaubst du, so etwas wie eine Reha könnte ihr helfen?«, hatte ich Nikolai später am Tag gefragt. »Oder wenigstens eine Therapie?«

»Sie hasst Psychiater und weigert sich, mit ihnen zu sprechen«, hatte er geantwortet. »Was die Reha angeht, haben wir sie in Betracht gezogen, aber es ist nicht klar, ob sie tatsächlich süchtig ist. Ihr Drogenkonsum ist sporadisch und konzentriert sich auf Zeiten mit besonders viel Stress. Es beginnt mit häufigeren Kopfschmerzen, und dann dreht sich die Spirale, bis die Kopfschmerzen nicht mehr das Hauptproblem sind. Sie war aber immer in der Lage, die Pillen nach einer Weile abzusetzen, weshalb ich ihr erlaube, sie weiterhin zu nehmen. Nur so kann sie dem lähmenden Schmerz entkommen, wenn er zuschlägt.«

»Was ist mit Gras?« Ich fragte vorsichtig, da ich Alina nicht verraten wollte, falls Nikolai nichts von ihrem gelegentlichen Kiffen mit Lyudmila wusste. »Vielleicht könnte das auch helfen?«

Sein Mund verzog sich. »Sicher. Deshalb sage ich auch nichts, wenn sie hereinkommt und wie ein Amsterdamer Coffeeshop riecht.«

Also wusste er es. Ich bin nicht überrascht. Er sieht alles, was hier vor sich geht – auch die verworrenen Widersprüche in meinem Kopf.

Ich liebe ihn. Ich habe kein Problem damit, das jetzt zuzugeben, vor mir selbst und vor ihm. Und er sagt, dass er mich liebt. Das sollte genug sein, mehr als genug, und doch ist es das nicht. Sogar wenn ich in seinen Armen liege, im Nachglühen von umwerfendem Sex, gibt es da eine unerklärliche Distanz zwischen uns, ungesagte Worte und unausgesprochene Ängste.

Es ist hauptsächlich meine Schuld, denke ich. Zum einen habe ich mich immer noch nicht dazu durchringen können, nach seinem Vater zu fragen. Jedes Mal, wenn sich eine Gelegenheit ergibt, kneife ich. Die Dunkelheit in Nikolai ist wie ein zweiseitiger Magnet, der mich gleichzeitig anzieht und abstößt. Ich möchte ihn ganz und gar kennenlernen, seine Vergangenheit so gut verstehen, wie er meine versteht, doch ich habe Angst davor, tiefer in den Teil von ihm einzudringen, den ich an jenem Tag im Wald gesehen habe, als er mit den Attentätern zu tun hatte.

Manchmal, wenn ich mitten in der Nacht an ihn gekuschelt aufwache, höre ich die Schreie des gequälten Attentäters und möchte auch schreien.

Ich kann auch Nikolais Drohung nicht vergessen, mich unter Drogen zu setzen, damit ich ihn heirate. Es ist nicht dazu gekommen, aber ich weiß, dass es dazu gekommen wäre. Denn für meinen Mann sind Liebe und Besitz das Gleiche.

Er würde alles tun, um mich zu haben.

Da ich ein widersprüchliches Durcheinander bin, stört mich seine Rücksichtslosigkeit nicht immer. Es gibt Zeiten, in denen ich froh bin, dass er das Thema forciert und die normalen Phasen einer Beziehung zugunsten der Ehe übersprungen hat. Und es gibt definitiv Zeiten, in denen ich seine dunklere Seite im Bett genieße – so ziemlich immer, wenn er sie zum Vorschein kommen lässt. Unser Sexleben ist ebenso heiß wie abwechslungsreich, und so überwältigend sein Hunger nach mir auch sein mag, ich bleibe nie unbefriedigt, bis zu dem Punkt, an dem ich mich frage, ob vielleicht etwas mit mir nicht stimmt ... ob es gesund ist, mich so vollständig in seiner Umarmung zu verlieren.

In der Umarmung eines Mannes, der in vielerlei Hinsicht immer noch mein Entführer ist.

Ich lasse mich auf einen Barhocker neben Alina fallen, schnappe mir Nikolais Handy und wische wieder geistesabwesend über den Bildschirm.

Jepp, da ist sie, die Passwortabfrage.

Wie auch immer. Ich weiß nicht einmal, warum ich es entsperren will. Ich muss unbedingt mit Nikolai sprechen, aber ich bin mir sicher, dass er alle Hände voll mit Slava und dem Navigieren auf diesen kniffligen Straßen zu tun hat.

»Warum machst du das immer wieder?«, fragt Alina, als ich wieder über den Bildschirm wische. »Willst du seine Nachrichten lesen?«

Ich schiebe das Telefon weg. »Nein. Vielleicht. Ich weiß es nicht.« Was ich will ist Nikolai im Bett neben mir, und Slava, der am Ende des Flures schläft, aber beides ist im Moment nicht möglich.

»Versuch 785418«, sagt Alina. Auf meinen erschrockenen Blick hin erklärt sie: »Ich habe ein gutes Zahlengedächtnis und ich habe gesehen, wie Nikolai das vor ein paar Wochen eingetippt hat. Vielleicht hat er den Pin aber auch schon geändert.«

Meine Finger fliegen bereits über den Touchscreen. »Ich bin drin!« Ich grinse sie triumphierend an. »*Wir* sind drin.«

Dann trifft mich die Erkenntnis.

Alina hat mir gerade geholfen, in Nikolais Privatsphäre einzudringen.

Plötzlich fühle ich mich nicht mehr wohl dabei.

Sie muss es in meinem Gesicht lesen. »Er klebt seit einer

Woche an diesem Ding«, sagt sie, und ich höre die Frustration in ihrer Stimme. »Er hat mir nicht gesagt, warum, aber es könnte etwas damit zu tun haben, dass alle Wachen auf Code Rot gestellt wurden – und ich weiß nicht, wie es dir geht, aber wenn es da draußen eine Bedrohung gibt, dann will ich wissen, was es ist. Ich bin es leid, im Dunkeln gelassen zu werden.«

Ich hingegen habe mich wochenlang bewusst im Dunkeln gehalten und mich auch diesmal nicht nach den Fortschritten unserer Pläne für Bransford erkundigt.

Mein Unbehagen verwandelt sich in Scham über meine Feigheit. Ich stähle mich und gebe Alina das Telefon. »Hier. Du wirst besser wissen, wo du suchen musst.« Ich werde mich bei Nikolai dafür entschuldigen, dass ich in seine Privatsphäre eingedrungen bin, sobald diese Krise vorbei ist.

Sie nickt, und ich rutsche auf sie zu, während ihre rotlackierten Finger über den Bildschirm fliegen. Die erste Stelle, an der sie nachsieht, ist der Posteingang, wo sie schnell durch die Betreffzeilen scrollt, von denen viele auf Russisch sind. Sie öffnet eine Nachricht, überfliegt sie, und zwischen ihren dunklen Brauen erscheint ein Stirnrunzeln, während ihre Augen über den russischen Text wandern.

»Und?«, frage ich, als sie die E-Mail schließt und weiter durch den Posteingang scrollt. »Irgendetwas?«

Sie schaut vom Bildschirm auf und blinzelt, als hätte sie vergessen, dass ich da bin. »Nicht wirklich.« Ihre Stimme ist allerdings seltsam angespannt und ein wenig erstickt. Genauso wie das Lächeln, das sie in meine Richtung lenkt, als sie hinzufügt: »Nur der übliche Schwachsinn.«

»Darf ich?« Ohne auf ihre Antwort zu warten, nehme ich das Telefon zurück und überfliege die Betreffzeilen selbst. Meine Unfähigkeit, Russisch zu lesen, ist allerdings ein ernsthaftes Hindernis, also verlasse ich den Posteingang und checke stattdessen die Textnachrichten. Nikolai benutzt dafür eine App, die ich noch nie gesehen habe. Wahrscheinlich ist sie verschlüsselt. und die meisten dieser Nachrichten sind auch auf Russisch.

So viel zu meinem großen Hacking-Versuch.

Ich will das Telefon gerade weglegen, als ein Symbol in der oberen linken Ecke des Bildschirms meine Aufmerksamkeit erregt. Es ist eine der wenigen Apps auf diesem Telefon, und die zentrale Lage sagt mir, dass es etwas ist, das Nikolai oft benutzt.

Fasziniert klicke ich auf das Symbol – ein winziges Haus –, und eine Reihe von Bildern oder eher Videos füllt den Bildschirm. Jedes einzelne ist zu klein, um irgendetwas im Detail zu erkennen, also klicke ich auf jenes, auf dem ich eine Bewegung entdecke.

Alina blickt über meine Schulter auf den Bildschirm. »Ist das ...«

»Unsere Küche, ja.« In der Tat sehe ich uns beide an, wie wir zusammengekauert über dem Telefon hängen. Stirnrunzelnd schaue ich an die Decke und zu den Schränken hinüber. Der Winkel des Videos lässt vermuten, dass die Kameras hoch oben und links von uns sind, aber egal wie sehr ich hinschaue, ich sehe sie nicht.

Ich schließe die Küchenansicht und zoome auf ein anderes Bild, dann alle anderen der Reihe nach durch.

Wohnzimmer.

Esszimmer.

Terrasse mit Glaswänden.

Waschküche.

Flur im Obergeschoss.

Treppe.

Slavas Zimmer.

Mein ehemaliges Zimmer.

Mein Herz hämmert schneller, und eine unangenehme Enge legt sich um meine Brust.

Und tatsächlich, da ist es, unser Schlafzimmer.

»Ist mein Zimmer da auch dabei?«, fragt Alina, und ihr Tonfall ist bedächtig ruhig. Sie muss auch nichts von den Kameras gewusst haben – unglaublich, dass ich mich noch vor einem Moment schlecht gefühlt habe, weil ich in Nikolais Privatsphäre eingedrungen bin.

Ich kehre zum Startbildschirm der App zurück und schaue mir die Sammlung der winzigen Kameraansichten genau an. »Ich kann es nicht feststellen«, sage ich zu Alina. »Hier, schau einfach selbst.«

Sie geht methodisch jede Übertragung durch. »Nichts in meinem Zimmer«, sagt sie schließlich und klingt erleichtert. »Auch nicht in Pavels und Lyudmilas. Was Sinn macht – wahrscheinlich hat Pavel die Kameras installiert. Er kennt sich mit Sicherheitstechnik aus.«

»Wann wurden sie installiert?« Meine Vermutung ist, dass dies eine erweiterte Version einer Nanny-Cam ist, etwas, was Nikolai implementiert hat, als er sich entschied, die Anzeige für einen Nachhilfelehrer zu schalten. Wenn ja, dann wurden die Kameras entweder kurz vor oder kurz nach meiner Ankunft installiert, als ich noch eine Fremde war und man mir Slava nicht anvertrauen konnte. Warum unser Schlafzimmer, das ursprünglich Nikolais Schlafzimmer war, ebenfalls verkabelt wurde, ist mir ein Rätsel.

»Sieht aus, als wäre die App vor ein paar Monaten installiert worden«, sagt Alina und wühlt sich durch die Einstellungen.

»Aber es gab seitdem zwei Updates: eines im Juli, direkt nach deiner Ankunft, und ein weiteres, viel größeres, erst kürzlich. Vor einer Woche, um genau zu sein.« Ihr Blick trifft auf meinen. »Genau zu der Zeit, als ich anfing, Kolya immer am Handy kleben zu sehen.«

Auch genau zu der Zeit, als ich ihm sagte, dass ich ihn liebe.

Vielleicht ist das alles nur ein Zufall. Vielleicht hat es nichts mit mir zu tun, sondern mit der E-Mail, auf die Alina so seltsam reagiert hat, aber mein Instinkt sagt mir etwas anderes.

Die Kameras sind meinetwegen da. Um mich zu beobachten.

Die Besessenheit meines Mannes von mir nimmt erschreckend zu – und weil ich meinen Kopf wie ein Vogel Strauß in den Sand gesteckt habe, weiß ich immer noch nicht, wozu er wirklich fähig ist.

41

NIKOLAI

»*D*ie Tests sind gerade zurückgekommen«, informiert mich der Arzt, als ich in Slavas Zimmer zurückkehre, nachdem ich die Toilette aufgesucht habe. »Salmonellenvergiftung.«

Mein Atem entweicht hörbar aus meinem engen Hals, als eine Welle der Erleichterung über mich hereinbricht. Sie haben Slavas Erbrechen bereits gestoppt und ihn an eine Infusion angeschlossen, aber bis zu diesem Moment hatten wir keine Ahnung, was ihn so krank gemacht hat.

Salmonellen.

Nicht irgendein exotisches Designer-Gift, für das es vielleicht kein Gegenmittel gibt.

Verdammte Salmonellen.

Ich wende mich an Lyudmila, die das Pech hat, die einzige andere Person im Raum zu sein. »Hast du ihn rohes Fleisch oder Eier anfassen lassen?«

Sie erbleicht. »Nein, ich schwöre! Er hat heute nicht einmal

Eier gegessen, es sei denn …« Ihre Augen weiten sich, und sie presst ihre Hand auf den Mund. »Oh nein.«

»Was? Spuck es aus.«

»Keksteig«, flüstert sie, und ihr rundes Gesicht ist blass. »Ich glaube, er muss rohen Keksteig gekostet haben. Pavel hat diese Schokoladenkekse zum Abendessen gemacht, und Slava und ich sind reingekommen, um etwas Obst für einen Snack zu holen …«

Was für ein verdammtes Pech. Es muss ein Ei gewesen sein, das die Bakterien enthielt, und natürlich musste Slava diesen Keksteig essen. Im Nachhinein betrachtet musste es so etwas sein. Ich habe jede einzelne Wache persönlich überprüft, und da unsere Sicherheitsvorkehrungen so streng sind, waren die Chancen, dass ein Attentäter Gift auf das Gelände schmuggeln könnte, gleich null. Trotzdem konnte ich es nicht ganz ausschließen – nicht, bis diese Testergebnisse eintrafen.

»Diese Vergiftungen kommen viel häufiger vor, als man denkt, vor allem bei älteren und jungen Menschen«, wirft der Arzt ein, der das Wesentliche meines Gesprächs mit Lyudmila mitbekommen hat, obwohl es auf Russisch war. »Salmonellen sind notorisch hartnäckig, wenn sie sich im Eigelb befinden. Man müsste das Ei über acht Minuten kochen, um sicherzustellen, dass man alles abtötet, und das macht kaum jemand.« Er seufzt. »Sie würden nicht glauben, wie viele Menschen nach einem einfachen Omelett oder Rührei in der Notaufnahme landen – und ich spreche nicht einmal von Spiegelei oder Sauce Hollandaise und so weiter. Die sind gewissermaßen russisches Roulette … nichts für ungut.«

Ich bin zu erleichtert, um mich zu ärgern. »Was sind die nächsten Schritte?« Ich werfe einen besorgten Blick auf das Bett in Erwachsenengröße, in dem Slava schläft. Sein kleines

Gesicht ist blass und gezeichnet von all dem Erbrechen und Durchfall. Durch die viele Flüssigkeit sieht er schon besser aus, aber mich schaudert es immer noch bei der Erinnerung an unsere verzweifelte Fahrt hierher, bei der ich nur daran denken konnte, ob er es schaffen würde oder nicht.

»Normalerweise würden wir die Krankheit einfach ihren Lauf nehmen lassen, aber er hat Fieber, also geben wir ihm vorsichtshalber ein paar Antibiotika. Zusammen mit der Flüssigkeit sollte es ihm bald deutlich besser gehen. Ich würde ihn aber gerne noch einen Tag oder so zur Beobachtung hierbehalten.«

»Natürlich.« Wenn ich gewusst hätte, dass es Salmonellen waren, hätte ich ein medizinisches Team organisiert, das sich zu Hause um Slava kümmert, so wie ich es bei Chloe getan habe, aber ich hatte solche Angst, dass mein Sohn vergiftet wurde oder einem seltenen Nervengift ausgesetzt war, dass ich nicht riskieren konnte, nicht die richtigen Spezialisten oder die richtige Ausrüstung zur Hand zu haben. Und jetzt, wo wir im Krankenhaus sind, hat es keinen Sinn, Slava von allen Maschinen abzukoppeln und im Sturm zurückzufahren. Für eine schnelle Genesung muss er sich ausruhen und die Antibiotika ihre Arbeit machen lassen.

Ich kann nur hoffen, dass die Leonows keinen Wind von unserer Anwesenheit bekommen – oder dass wir schon längst weg sind, wenn sie es tun.

Der Arzt geht, und eine zerknirscht dreinblickende Lyudmila entschuldigt sich ebenfalls für eine Toilettenpause. Wir beide haben an Slavas Bett gewartet, während Pavel und die Wachen im Flur patrouillieren. Nicht, dass ich einen Anschlag in einem amerikanischen Krankenhaus erwarte – zumindest nicht jetzt, wo ich weiß, dass mein Sohn nicht absichtlich vergiftet wurde. Das Gelände ist wahrscheinlich auch nicht in größerer Gefahr, obwohl ich den Wachen nicht sagen werde, dass sie von Code Rot herunterschalten sollen, bis wir zurück sind.

Ich habe mein verdammtes Handy vergessen, und obwohl Lyudmila mit Alina Textnachrichten austauscht und ich weiß, dass zu Hause alles in Ordnung ist, beunruhigt es mich zutiefst, Chloe nicht durch die Kameras beobachten zu können.

Es ist, als hätte mir jemand die Augen verbunden – oder sie herausgeschnitten.

»Lass mich kurz dein Telefon benutzen«, sage ich zu Lyudmila, als sie zurückkommt, und sie gibt es mir, bevor sie diskret aus dem Zimmer verschwindet.

Sobald sie weg ist, rufe ich meine Schwester an und bitte sie, Chloe zu holen, falls sie noch wach ist.

Wenn ich mein *zajchik* nicht sehen kann, dann werde ich wenigstens seine Stimme hören.

»Sag mir zuerst, wie es Slava geht«, sagt Alina.

Ich informiere sie schnell über seinen Zustand – Lyudmila hat sie bereits über die Salmonellen-Diagnose in Kenntnis gesetzt – und bitte erneut darum, mit Chloe zu sprechen.

»Gib mir eine Minute.« Alinas Stimme hat einen merkwürdigen Tonfall. Ich hoffe, dass sie nicht kurz davor ist, noch eine Migräne zu bekommen, obwohl es mich nicht überraschen würde, wenn es wegen der Ereignisse dieser Nacht so wäre.

Ich neige nicht zu Kopfschmerzen, aber meine Schläfen fühlen sich an, als würden sie von Hämmern bearbeitet werden.

Ich warte ungeduldig darauf, dass Chloe ans Telefon kommt. Wahrscheinlich hätte ich früher anrufen sollen, anstatt sie von Lyudmila auf dem neuesten Stand bringen zu lassen, aber ich musste zuerst wissen, was mit Slava los war. Die Angst lastete wie ein Felsbrocken auf meiner Brust, aber jetzt kann ich endlich atmen – und wie ein vernünftiger Mensch reden.

Vor einer Stunde war ich kurz davor, dem medizinischen Personal mit bloßen Zähnen die Kehle herauszureißen, weil sie versuchten, uns warten zu lassen, bis wir mit der Aufnahme an der Reihe waren.

Glücklicherweise öffnet sogar in dieser Gegend das Geld Türen. Sobald ich also der Empfangsdame der Notaufnahme sagte, dass ich der Kinderabteilung eine Million Dollar spenden werde, wenn mein Sohn sofort behandelt wird, wurden die Dinge viel einfacher und schneller, und ich musste nicht zu extremeren Maßnahmen greifen – wie zum Beispiel Kugeln in ein paar der größeren Dickköpfe zu pflanzen.

»Nikolai, hi.« Chloes sanfte Stimme ist wie eine warme Decke, die sich um mich legt, das Hämmern in meinem Kopf mildert und die Verspannungen in meinem Nacken und meinen Schultern löst. Bis zu diesem Moment hatte ich nicht bemerkt, wie verspannt sie waren.

Ich wende mich von Slavas Bett ab und gehe zum Fenster, um sicherzustellen, dass ich ihn nicht aufwecke. »Hi, *zajchik*. Wie geht es dir?«

»Besser, jetzt, wo ich weiß, dass du und Slava in Sicherheit seid«, sagt sie leise, und ich höre einen kleinen Aussetzer in ihrer Atmung. »Ich war so besorgt, mit dem Sturm und allem.«

Meine Brust zieht sich vor Zärtlichkeit zusammen. »Uns geht es gut. Wir haben es geschafft.« Mit leiser Stimme erzähle ich ihr von der schrecklichen Fahrt, wie krank Slava die ganze Zeit war und wie wir ein Dutzend Mal anhalten mussten, damit er sich übergeben und im strömenden Regen zur Toilette gehen konnte. Wie sehr ich mir wünschte, derjenige zu sein, dessen

Inneres nach außen gewrungen wird, und wie sehr ich Angst hatte, dass wir zu spät im Krankenhaus ankommen würden.

»Ich wusste, dass Kinder auch mal krank werden«, sage ich zerknirscht. »Und ich wusste, dass Slava sich eines Tages etwas einfangen könnte, auch wenn er stark und gesund ist. Was ich nicht wusste, war, dass es sich so anfühlen würde ... als würde jemand mit einem stumpfen Messer durch mein Herz sägen und es eine Zelle nach der anderen aufschneiden.«

»Natürlich.« Chloes Ton ist weich, sanft mitfühlend. »Eltern fühlen sich immer so, wenn etwas mit ihren Kindern nicht stimmt. Mom hat mir einmal gesagt, dass sie nicht wusste, was Sorgen bedeuten, bis sie mich bekam – und dann wusste sie nicht mehr, wie es ist, *ohne* Sorgen zu existieren.«

Ich kneife mir in den Nasenrücken. »Großartig. Einfach toll.«

»Sie hat mir auch gesagt, dass sie um nichts in der Welt dagegen tauschen würde, meine Mutter zu sein.« Sie hält inne und fragt dann leise: »Würdest du? Slavas Vater zu sein gegen deinen Seelenfrieden eintauschen?«

»Verdammt, nein.« Ich werfe einen Blick auf die winzige Gestalt auf dem Bett, und das enge, unangenehme Gefühl, das ich anfangs zu unterdrücken versuchte, breitet sich wieder in meiner Brust aus. Doch dieses Mal verstehe ich, dass es Besorgnis ist. Besorgnis und tiefe, alles verzehrende Liebe. Eine andere Art von Liebe als die obsessive Leidenschaft, die Chloe in mir weckt, aber eine, die nicht weniger stark ist.

Ich würde für sie beide töten.

Ich würde für sie beide sterben.

Wenn ich einen von beiden verlieren würde, wüsste ich nicht, wie es weitergehen sollte.

»Und wann glaubst du, dass ihr nach Hause kommt?«, fragt

Chloe, und wie schon bei Alina höre ich einen seltsamen Tonfall in ihrer Stimme. Nicht gerade eine Enge, aber etwas, was nicht stimmt.

»Wir sollten vor dem Abend zurück sein«, sage ich und werfe einen Blick auf die Uhr. Es ist fünf Uhr morgens, fast schon Morgen, obwohl es draußen noch dunkel ist. »Zajchik … ist alles in Ordnung?«

Chloes Tonfall ist nun merklich angespannt. »Natürlich. Warum sollte es das nicht sein?«

»Sag du es mir. Stimmt etwas nicht?«

»Nein, nichts. Komm einfach nach Hause, und wir reden.«

»Reden? Worüber? Ist etwas passiert, während ich weg war?«

»Nein, natürlich nicht.« Sie holt tief Luft. »Es ist alles in Ordnung. Alles ist gut. Ich bin nur müde, weil ich die ganze Nacht wach war, das ist alles.«

Sie lügt. Ich bin mir sicher, dass sie lügt, und will sie gerade zu einer Antwort drängen, als Pavel den Raum betritt.

»Mascha ist am Telefon«, sagt er knapp und reicht mir sein Handy. »Die Operation ist endlich im Gange. Er kommt in fünfzehn Minuten zu ihr nach Hause.«

Scheiße. »Zajchik, ich muss auflegen. Schlaf dich aus, und ich rufe dich später nochmal an, okay?«

Ohne auf Chloes Antwort zu warten, lege ich auf und halte mir Pavels Telefon ans Ohr. »Hast du die Kameras vorbereitet? Und die Live-Übertragung?«

Maschas Stimme ist so fröhlich wie immer. »Natürlich.«

»Schick die Aufnahme an Konstantin zum Bearbeiten und den Stream direkt auf dieses Telefon. Ich habe meines nicht bei mir.«

»Kein Problem. Nun zu Plan B.«

»Konzentriere dich einfach auf Plan A.« Ich will, dass Bransford kompromittiert wird, nicht tot ist, genau so, wie es mit Chloe abgemacht ist.

Mascha stößt einen verzweifelten Seufzer aus. »Ja, natürlich. Aber wenn etwas schiefgeht und ich ihn nicht zu fassen bekomme, willst du immer noch, dass ich ihn heute eliminiere, richtig? Ich werde nicht noch einmal so nahe an ihn herankommen können.«

Ich reibe meine linke Augenbraue, hinter der die Hämmer wieder am Werk sind. Valerys Aktivposten hat kristallklar festgelegt, was sie in diesem Job tun wird und was nicht, und obwohl sie nicht abgeneigt ist, sich von Bransford für ein überzeugendes Video ein bisschen aufmischen zu lassen, wird sie sich nicht von ihm ficken lassen.

»Tu einfach dein Bestes, damit es nicht so weit kommt«, sage ich schließlich. »Und wenn du doch zu Plan B greifen musst, nimm das Medikament.«

Auch wenn es schwer sein wird, Chloe Bransfords Tod zu erklären, werde ich alles tun, um sie zu schützen.

Sogar mein Wort brechen.

42

CHLOE

Ich wache mit einem trockenen Mund auf, und meine Augen sind so trüb, als wären sie mit Sand gefüllt. Ich blinzele gegen das helle Licht an, das den Raum füllt, schaue auf meine Uhr und richte mich im Bett auf.

Fünf Uhr nachmittags.

Was soll der Scheiß?

Bevor ich meine Gedanken sammeln kann, klopft es leise an der Schlafzimmertür, und Alina steckt ihren Kopf herein. »Ah, gut. Du bist endlich wach.«

Ich nehme eine Wasserflasche vom Nachttisch und trinke, um das trockene Gefühl in meiner Kehle zu lindern. »Was ist passiert?«, krächze ich, als jeder kostbare Tropfen der Flüssigkeit weg ist. Ich fühle mich benommen und groggy, als ob ich unter Drogen gesetzt worden wäre.

Alina kommt herein und sieht frisch und glamourös aus, als käme sie gerade aus einem Full-Service-Salon-Spa. Ich hingegen fühle mich – und sehe wahrscheinlich auch so aus –

wie etwas, was nicht einmal Waschbären aus einem Mülleimer fischen würden.

»Du konntest den Rest der Nacht nicht schlafen, also wolltest du am Vormittag ein Nickerchen machen, erinnerst du dich?«, sagt sie und setzt sich anmutig auf die Bettkante.

Ich schaue wieder auf die Uhr, als ob sich dadurch die angezeigte Zeit ändern würde. »Aber es ist schon fünf. Wie kann es fünf sein, wenn ich mich am Morgen hingelegt habe?«

Sie grinst. »Was soll ich sagen? Wenn du schläfst, schläfst du wie ein Stein.« Sie kreuzt ihre langen Beine. »Mein Bruder hat bis jetzt ungefähr zehnmal angerufen und verlangt, mit dir zu sprechen. Ich habe ihm gesagt, dass ich dich schlafen lasse.«

Meine Herzfrequenz steigt. »Stimmt etwas nicht? Hat Slava …«

»Nein, nein, alles ist in Ordnung. Sie sind schon auf dem Heimweg und sollten in weniger als einer Stunde hier sein.«

»Oh. Ist Slava …«

»Es geht ihm viel besser«, versichert sie mir. »Der Arzt wollte ihn bis heute Abend zur Beobachtung dabehalten, aber er hat sich seit dem Morgen nicht ein einziges Mal übergeben und war in der Lage, etwas Hühnersuppe und Wackelpudding zum Mittagessen zu essen, also haben sie ihn früher entlassen.«

»Oh, Gott sei Dank.« Ich kann es kaum erwarten, Slava zu umarmen und ihn zu küssen. Ich habe nur einen flüchtigen Blick auf ihn erhascht, als Nikolai letzte Nacht mit dem Kind im Arm aus dem Haus rannte, aber seine blasse, fahle Erscheinung hat mich heimgesucht und mich genauso fühlen lassen, wie Nikolai es beschrieben hat: als ob eine stumpfe Klinge mein Herz zersägen würde.

Ich schätze, mein Mann ist nicht der Einzige, der sich mittlerweile wie ein Elternteil fühlt. Mit jeder Woche, die vergeht, hat sich Nikolais Sohn tiefer in mein Herz geschlichen, und ich bin jetzt an dem Punkt, an dem ich ihn nicht mehr lieben könnte, wenn er aus meinem eigenen Körper gekommen wäre – und ich wäre am Boden zerstört, wenn ihm etwas zustoßen würde.

»Hast du dein Handy dabei?«, frage ich Alina. »Ich will Nikolai zurückrufen.«

Ich will selbst mit Slava sprechen und mich vergewissern, dass es ihm wirklich besser geht, und ich brenne auch darauf, Nikolais Stimme zu hören.

Egal, wie abschreckend ich diese Kameras finde, ich kann nicht anders, als ihn zu vermissen, mich mit Körper und Geist nach ihm zu sehnen – weshalb mich der Gedanke an unser bevorstehendes Gespräch letzte Nacht vom Einschlafen abhielt, selbst nachdem sie das Krankenhaus sicher erreicht hatten und ich wusste, dass es Slava gut gehen würde.

»Ich habe es nicht bei mir, aber ich kann es holen«, sagt Alina und steht auf. »Ich weiß allerdings nicht, ob du ihn zu diesem Zeitpunkt anrufen solltest. Sie werden bald hier sein, und dann könnt ihr reden.«

Ich zögere, dann nicke ich. »Okay.«

Sie hat recht. Jetzt, wo sie fast da sind, kann ich genauso gut warten. So kurz unser Gespräch gestern Abend auch gewesen war, Nikolai hat irgendwie gespürt, dass ich aufgeregt war, und wenn er nicht durch irgendetwas abgelenkt worden wäre, hätte er mich sicher zu einer Antwort gedrängt. Das muss der Grund sein, warum er den ganzen Tag über angerufen hat und warum es das Beste ist, wenn ich einfach persönlich mit ihm rede.

Es ist an der Zeit, dass ich aufhöre, ein Vogel Strauß zu sein und die Wahrheit erfahre – und wir beide die Karten auf den Tisch legen.

Es ist vierzig Minuten später und fast Essenszeit, als ihr SUV vor dem Haus vorfährt. Ich habe diese vierzig Minuten damit verbracht, mich vorzubereiten, sowohl geistig als auch körperlich. Meine Haare sind gebürstet und zu einer Hochsteckfrisur aufgetürmt, mein Make-up fast so perfekt wie Alinas, und ich trage ein schimmerndes weißes Kleid mit zwei Seitenschlitzen, die meine Beine und meine goldenen Riemchenschuhe zur Geltung bringen. In meinen Ohren trage ich ein Paar diamantene Stecker, die Nikolai mir geschenkt hat, und um meinen Hals liegt die herzförmige Kette, die Alina mir schon einmal für mein erstes elegantes Abendessen hier geliehen hat. Ich wollte eigentlich eines meiner eigenen Stücke tragen, aber sie hatte darauf bestanden, dass ihre Kette das Richtige für das Outfit sei.

»Vertrau mir«, sagte sie geheimnisvoll. »Das ist genau das, was Nikolai heute Abend sehen muss.«

Ich hatte beschlossen, genau das zu tun und ihr für den Moment zu vertrauen, obwohl ich mehr als neugierig war, was sie meinte. Wenn ich heute Abend nicht alle Antworten von Nikolai bekäme, würde ich sie aus ihr *herausholen*.

Nicht mehr den Kopf in den Sand stecken.

Ich bin es leid, ein Feigling zu sein.

Trotz meiner Entschlossenheit pocht mein Herz unregelmäßig, als ich die Treppe hinuntereile, um meinen Mann und unseren Sohn zu begrüßen.

Slava kommt als Erster herein – oder besser gesagt stürmt er herein wie ein kleines Energiebündel, typisch für einen Jungen seines Alters.

»Mama Chloe!« Er rennt direkt auf mich zu, und ich fange

ihn mitten im Sprung auf. Ich taumele unter dem Gewicht seines kleinen, aber kräftigen Körpers zurück, während mein zuvor verletzter Knöchel in dem Riemchenabsatzschuh wackelt. Er riecht nach Medizin und Babyshampoo, und ich bin so glücklich, seine kurzen Arme zu spüren, die sich um meinen Nacken legen, dass ich mich nicht um eine mögliche erneute Verletzung kümmere – oder darum, dass mein Make-up verschmiert wird, als er feuchte, laute Knutscher auf meinen Wangen verteilt.

»Ich kotze viel«, verkündet er triumphierend, nachdem ich ihn endlich abgesetzt habe, und ich kann mir ein Lachen nicht verkneifen, als er in einer verworrenen Mischung aus Englisch und Russisch von seinen Abenteuern im Krankenhaus erzählt, wobei der Kern der Geschichte darin besteht, wie ekelhaft das ganze Erbrechen war.

»Was ist das? Müsstest du nicht ganz schwach und kränklich sein?«, fragt Alina amüsiert, und ich merke, dass sie sich neben mich gestellt hat. Mit einem breiten Grinsen geht sie auf die Knie und umarmt Slava, während sie ihm verschwörerisch auf Russisch zuflüstert.

»Ja, ich bin Superman«, erklärt er, als sie fertig ist, und ich lache wieder, überglücklich, dass es ihm so gut geht.

»Er hat die meiste Zeit des Weges hierher geschlafen und ist mit all dieser Energie aufgewacht«, sagt Nikolai. Seine tiefe Stimme erschreckt mich so sehr, dass ich mich ruckartig drehe – und fast falle, als der dumme Knöchel unter mir einknickt und ein Schmerzensschub mein Bein hochschießt.

Ich sage *fast*, weil Nikolai mich wie immer auffängt und seine starken Arme um mich schließt, bevor ich auf dem Boden aufschlage.

»Ganz ruhig, *zajchik*«, murmelt er, seine Augen haben einen grüneren Goldton, als er mich gegen seinen großen, warmen Körper drückt und mich an den Oberarmen festhält. »Eine Reise ins Krankenhaus ist genug.«

Das Herz schlägt mir bis in den Hals, als mich die volle Wucht seiner Nähe wie eine Abrissbirne trifft. Meine Knie knicken zusammen mit meinen Knöcheln ein, und meine Haut entzündet sich, als die Gefühlswelle durch mich hindurchschießt. Jede Zelle trinkt die Hitze, die von seinen Fingern ausgeht, und die köstliche Stärke und Rauheit seiner schwieligen Handflächen. Wie Slava riecht er nach Krankenhaus, aber darunter liegt ein verführerischer Hauch von Bergamotte und eine noch schwächere Spur von Zedernholz, gemischt mit diesem warmen, männlichen Aroma, das ganz ihm gehört.

»Du bist hier.« Es ist ein dummer Kommentar, aber alle meine Neuronen scheinen auf eine Wanderung gegangen zu sein. Ich kann nur auf sein Gesicht mit den hohen, breiten Wangenknochen und dem grimmigen Kiefer starren, fasziniert von dem Nebeneinander von Wildheit und Eleganz, das ihn zu einem so gefährlich verführerischen Widerspruch macht.

Mein Mann.

Mein Beschützer.

Mein heimlicher Beobachter.

Ist seine Liebe etwas, wonach man sich sehnt oder was man fürchtet?

Er streichelt meine Wange, und seine Augen verdunkeln sich, als sein Blick auf meine Lippen fällt. »Ich bin hier, *zajchik*.« Er ignoriert unser Publikum, neigt den Kopf und legt seinen Mund auf meinen, um ihn in einem tiefen, seelenverzehrenden Kuss zu erobern.

Mein Herz rast in der Brust, und meine Haut ist übermäßig

warm, als er sich zurückzieht. Wie immer ignorieren alle unseren Austausch von Zärtlichkeiten in der Öffentlichkeit. Pavel und Lyudmila sind ebenfalls hereingekommen und unterhalten sich mit Alina auf Russisch, während Slava sie mit seinen eigenen Geschichten unterbricht.

Ich schaue zurück zu Nikolai – nur um bei seinem kalten Gesichtsausdruck zu erstarren. Sein Blick klebt an meinem Hals, und ein Muskel zuckt heftig in seinem Kiefer. Was zum ...?

Und dann wird mir klar, was er anschaut.

Nicht meinen Hals.

Die Halskette, die Alina mir gegeben hat, die, von der sie sagte, dass er sie heute Abend sehen muss.

Mit plötzlicher Klarheit erinnere ich mich an ihr drogengeschwängertes Gemurmel an jenem schrecklichen Morgen, als ich floh. Wie bei so vielen anderen Dingen, die mit meiner Situation zu tun haben, habe ich mir in den letzten Wochen nicht erlaubt, über ihre Worte nachzudenken. Aber jetzt erinnere ich mich an sie, zusammen mit allem anderen, was ich über diese Familie gehört habe, darüber, dass Nikolai seinem Vater so ähnlich ist.

Wenn ich noch irgendwelche Zweifel hatte, dass mein Mann und ich dieses Gespräch führen müssen, dann sind sie in diesem Moment verflogen – denn wenn der Verdacht, der sich in meinem Kopf bildet, richtig ist, dann ist Alina nicht die Einzige, die mit einem schweren Trauma zu kämpfen hat.

Ich tue so, als sei alles normal, wende mich von Nikolai ab und gehe hinüber, um Slavas Hand zu ergreifen. »Komm, mein Schatz, lass uns dich ins Bett bringen, bevor du zusammenbrichst. Wir werden dir dein Essen dort hinbringen.«

»Ich mache es«, bietet Lyudmila an, aber ich schüttele lächelnd den Kopf.

»Lass mich. Ich habe ihn vermisst.«

»Ich schließe mich dir an«, sagt Nikolai mit einem unleserlichen Blick, und mein Puls beschleunigt sich weiter, als er Slava hochhebt und ihn vor mir die Treppe hinaufträgt.

Wir baden Slava gemeinsam und bringen ihn ins Bett, wo er etwas Suppe isst und sofort einschläft, da sein Energieschub schnell vergangen ist.

»Ist das immer so mit Kindern?«, fragt Nikolai in einem leisen Tonfall und streicht mit seiner breiten Handfläche über Slavas Stirn. Sein verwirrter Blick wandert zu mir. »Wenn sie krank werden, meine ich? Von null auf hundert und dann wieder zurück?«

Ich lächele trotz des Aufruhrs in meiner Brust. »Nein, nicht immer. Slava ist einfach Superman. Hast du das nicht gewusst?«

Sein Antwortlächeln löst eine Explosion von Endorphinen in meinem Gehirn aus. »Oh ja, da *ist* ein Gerücht im Umlauf.«

Und für ein paar Herzschläge reicht das – dieser unkomplizierte Moment der gemeinsamen Freude, der Erleichterung, dass es dem Kind, das wir lieben, gut gehen wird. Doch dann verblasst Nikolais Lächeln, und mein Puls schaltet auf Hochtouren, während sich der Raum zwischen uns mit brodelndem Bewusstsein füllt, mit dieser glühenden Chemie, die sich anfühlt, als würde ein geladener Draht über meine Haut tanzen. Wir sitzen nur einen Meter voneinander entfernt, aber selbst dieser kleine Abstand fühlt sich plötzlich wie zu viel an ... zu viel und nicht genug zugleich.

Ich schlucke, als er seine Hand hebt und sie um meine Wange legt. Sein rauer Daumen streicht über meine Unterlippe und lässt sie kribbeln.

»Zajchik ...« Seine Stimme ist wie dunkler Samt. »Ich habe dich vermisst.«

Und ich habe dich auch vermisst. Unglaublich viel. Die Worte tanzen auf meiner Zungenspitze, bereit zum Abheben. Es wäre so einfach, sich wieder in seine Umarmung fallen zu lassen, zu vergessen, was ich auf seinem Handy gesehen habe, und keinen Staub aufzuwirbeln. Wieder in unsere Pseudo-Honeymoon-Gewohnheiten einzutauchen und so zu tun, als ob es nichts Beängstigendes an einem Ehemann gibt, der mich obsessiv beobachtet, wenn wir getrennt sind ... einem Mörder, dessen komplizierte Vergangenheit immer noch ein erschreckendes Geheimnis ist.

»Nikolai, ich ...« Ich atme tief ein und zwinge einen anderen Satz heraus, den ich vermieden habe. »Wir müssen reden. Es wird Zeit, dass du mir genau erzählst, was mit deinem Vater passiert ist.«

43

CHLOE

Es ist, als ob eine dunkle Jalousie über Nikolais Gesicht fällt und es in das eines Fremden verwandelt. Alle Wärme verlässt seine Stimme, als er seine Hand zurückzieht und aufsteht. »Dann lass uns gehen. Wir werden in meinem Büro reden.«

Mein Herz hämmert, als ich ihm aus Slavas Zimmer den Flur entlang folge. Während wir gehen, ertönt ein Klingeln in seiner Tasche, er holt sein Handy heraus und schaut auf den Bildschirm. Er muss das Gerät sofort nach der Ankunft an sich genommen haben.

Was auch immer er dort sieht, sorgt dafür, dass sich sein Kiefer anspannt, und als sein Blick zu mir zurückkehrt, sind seine Augen von einem eigenartigen Licht erfüllt.

Eine schreckliche Vorahnung zieht mir den Magen zusammen. »Was ist passiert? Was ist los?«

»Es gibt etwas, das du sehen solltest«, sagt er, und sobald wir sein Büro betreten, geht er direkt zu seinem Laptop und klappt ihn auf, wobei er sich über seinen Schreibtisch beugt. Seine Finger fliegen für eine Sekunde über die Tastatur, dann dreht er den Bildschirm zu mir.

Mein Herz macht einen Sprung, und meine Knie werden zu Gummi.

Auf dem Bildschirm ist eine beliebte Nachrichtenseite zu sehen, auf der die Schlagzeile in Großbuchstaben lautet: »FÜHRENDER PRÄSIDENTSCHAFTSKANDIDAT VERSUCHT IN EINEM SCHOCKIERENDEM VIDEO, EINE FRAU ZU VERGEWALTIGEN.«

Eisige Nadeln tanzen über meine Haut, als ich mir den Laptop schnappe und ihn zu dem kleinen, runden Tisch trage, wo ich auf einen Stuhl sinke und den ganzen Artikel lese.

Die Nachricht ist noch ganz neu, aber es scheint, dass vor knapp einer Stunde ein Video von Bransford, der eine junge Frau vergewaltigen will, auf Twitter erschienen ist und sich sofort viral verbreitete. Laut der Nachrichtenseite zeigen die »eindrücklichen und verstörenden« Aufnahmen, wie er ihr ins Gesicht schlägt und ihr Shirt aufreißt, während sie sich verzweifelt wehrt. Nach ein paar Minuten heftigen Kampfes entkommt sie, indem sie ihm ein Knie in die Leistengegend rammt und aus der Tür rennt, während er ihr Obszönitäten hinterherschreit.

»Du kannst dir das Video ansehen, wenn du willst«, sagt Nikolai leise, und ich merke, dass er sich neben mich gestellt hat und sein Blick auf dem Bildschirm klebt. »Konstantins Team hat mit dem, was Mascha geschickt hat, Wunder vollbracht.«

Meine Stimme ist dünn. »Das wurde heute gefilmt?«

Er nickt, und sein Gesichtsausdruck ist unleserlich. »Heute Morgen, etwa zwanzig Minuten nach unserem Gespräch. Sie ließ ihn vor der Arbeit in ihrem Wohnheim vorbeischauen, um ihre Praktikumsunterlagen zu unterschreiben, damit sie als Freiwillige bei seinem Wahlkampf mitarbeiten konnte und eine Anerkennung für ihren AP-American-Government-Kurs bekam.«

»AP?« Ich spüre eine Welle der Übelkeit. »Wie in einem Fortgeschrittenenkurs in der Highschool?«

»Genau. Er denkt, dass sie siebzehn ist, eine Schülerin auf einem Internat in der Gegend von Washington.« Nikolai hält inne und fügt dann leise hinzu: »Ein Waisenkind, dessen Eltern bei einem Autounfall ums Leben kamen und es in der Obhut eines gleichgültigen Onkels zurückließen, der nichts mit ihr zu tun haben will.«

»Der perfekte Köder für ein Raubtier«, flüstere ich, und meine Augen brennen. »Die verletzlichste Art von Opfern ... wie meine Mutter.«

»Ja. Das scheint seine Vorgehensweise zu sein. Wir haben zwei weitere Frauen ausfindig gemacht, denen er das im Laufe der Jahre angetan hat.« Nikolais Kiefer spannt sich an. »Er mag sie klug, hübsch und viel zu jung – und ohne jemanden, an den sie sich wenden können.«

Ich atme tief ein, und die eisigen Nadeln stechen tiefer. »Du hast sie gefunden? Werden sie auspacken?«

»Das werden sie jetzt.«

Ich schlucke, um den Inhalt meines Magens bei mir zu behalten, während ich meine Aufmerksamkeit wieder auf den Bildschirm richte. So widerlich das auch sein mag, ich muss dieses Video mit eigenen Augen sehen, um genau zu wissen, was für ein Monster meine Mutter verletzt hat, als *sie* ein verletzlicher Teenager war.

Ich bin über den Punkt hinaus, mich vor der Realität zu verstecken.

Als ich das Video finde, klicke ich auf *Play* – und meine Übelkeit verstärkt sich, mein Magen verkrampft sich bei dem Wissen, dass ich die Gene dieses Mannes teile.

Die Aufnahme beginnt mit einer kurzen, aber heftigen Verfolgungsjagd, bei der ein großer, fitter, gutaussehender älterer Mann – unverkennbar Tom Bransford – eine zierliche Blondine in winzigen Shorts und einem kurzen Oberteil angreift. Die Kamera ist so geneigt, dass nur ein Teil von Maschas Gesicht zu erkennen ist, aber man kann die jugendliche Linie ihres Kiefers nicht übersehen – und auch nicht die Panik in ihren hektischen Bewegungen.

Sie schafft den größten Teil des Weges durch den engen, unübersichtlichen Raum, bevor er sie von hinten erwischt, sie gegen eine Wand neben ein BTS-Poster knallt und sie dann herumwirbelt, damit sie ihn anschaut. Panisch schluchzend wehrt sie sich, kratzt ihn mit kleinen, schlanken Fingern, aber er schlägt ihr erst brutal ins Gesicht und dann mit einer Faust in den Magen.

Ich spanne mich an, spüre den Schlag, als ob ich ihn selbst abbekommen hätte, aber das Schlimmste fängt gerade erst an. Während Mascha gebückt nach Luft schnappt, zerrt er an ihrem Shirt und reißt es an der Schulter auf.

Eine zarte, sanft gerundete Schulter, die zu einem jungen Teenager oder einem Kind gehören könnte.

Ich weiß, dass das nicht der Fall ist – ich weiß, dass Mascha mit ihrem Regierungshintergrund mindestens Anfang zwanzig sein muss – aber es ist leicht, auszublenden, dass ich nicht Zeuge eines tatsächlichen Angriffs auf ein unschuldiges jugendliches Opfer bin.

Oder vielmehr, dass der Angriff wahrscheinlich echt ist, aber nicht das Opfer.

Wie auch immer, ich kann nicht anders, als erleichtert auszuatmen, als Mascha nach ein paar weiteren Momenten des quälenden Kampfes eine Drehbewegung macht, die ihr Knie zufällig in Kontakt mit der Leiste ihres Angreifers bringt. Er taumelt mit einem hohen Schrei zurück, die Hände über dem Schritt, während sie erneut flüchtet, diesmal die Tür erreicht, verschwindet, und Bransford schreit: »Du verdammte Fotze! Komm zurück, du verdammte Schlampe, oder ich bringe dich verdammt nochmal um!«

Das Video bricht dann ab, aber nicht, bevor die Kamera auf Bransfords Gesicht zoomt, auf die gutaussehenden, ebenmäßigen Züge, die zu einer roten Maske aus brodelnder Wut verzogen sind, und die herausquellenden Augen, die so monströs sind wie der Mann selbst.

Zitternd klappe ich den Laptop zu und atme tief ein, um Sauerstoff in meinen engen Brustkorb zu bekommen und mich davon abzuhalten, mich zu übergeben.

Um es mit Nikolais Worten zu sagen: eine kotzende Person ist genug für diese Woche.

Als ich mir sicher bin, dass mein Magen seinen Inhalt nicht ausstößt, drehe ich mich um und sehe zu Nikolai auf. »Wie hast du das gemacht?« Meine Stimme ist nur unwesentlich unsicherer. »Wie hat Mascha ihn dazu gebracht … du weißt schon …?«

»Dass er sie vergewaltigen wollte?« Auf mein Nicken hin sagt er: »Ich kenne nicht alle Einzelheiten, aber ich vermute, sie hat genau das getan, was er ihr am Ende vorwarf.«

»Als er sie Schlampe genannt hat?«

»Wie auch immer du es nennen würdest, seine

Aufmerksamkeiten stark zu fördern und sich dann absichtlich zurückzuziehen – was Männer wie er denken, dass alle Frauen es tun. Nur in diesem Fall *hat* Mascha es tatsächlich getan, nur mit einem anderen Ziel als dem, was er dachte.« Nikolais Oberlippe verzieht sich. »Er hat zweifellos gedacht, dass sie so erpicht darauf war, eine Anerkennung für ihre freiwillige Mitarbeit bei seinem Wahlkampf zu bekommen, dass sie sich von ihm ficken lassen würde, und als sie das nicht tat, eskalierten die Dinge schnell ... wie wir es uns angesichts seiner Vorgeschichte schon gedacht haben.«

Ich schlucke eine weitere Welle der Übelkeit hinunter. »Also hat alles, was in dem Video passiert ist, wirklich stattgefunden? Keine der Einstellungen war gefälscht?«

»Die Aufnahme war stark bearbeitet, aber nicht gestellt, nein.«

»Warum bearbeitet?«

Nikolai nimmt mir gegenüber Platz. »Um ihr Gesicht zu verstecken und seines hervorzuheben, zum einen. Anonymität ist ihr wichtig.«

Ich spiele das Video im Geiste noch einmal ab und merke, dass er recht hat: Maschas Gesicht kommt darin eigentlich nie vor. Der Winkel ist immer falsch. Selbst als Bransford sie an die Wand drückt und die Kamera direkt auf ihr Gesicht schaut, versperrt seine Schulter oder etwas anderes die Sicht, so dass der Betrachter nur einen flüchtigen Blick auf ihre Wange, ihr Ohr oder ihren Kiefer erhaschen kann – genug, um einen Eindruck von Jugend und Schönheit zu bekommen, aber nicht, um ein druckfähiges Foto anfertigen zu können.

»Sie wird also nicht aussagen?«, frage ich, und Nikolai schüttelt den Kopf.

»Zu riskant. Wir haben eine falsche Identität für sie

erschaffen, aber es ist keine, die einer wirklichen Prüfung standhalten würde. Das Video wurde anonym ins Internet hochgeladen, von einem unauffindbaren Server – aber natürlich werden sie es russischen Hackern in die Schuhe schieben, wie so viele Dinge in diesen Tagen.«

»Aber in diesem Fall werden sie recht haben.«

Seine Lippen zucken ironisch. »In den meisten Fällen haben sie recht, *zajchik*. Konstantin und seinesgleichen sind eine Bedrohung, besonders für eure unglücklichen Politiker. In jedem Fall spielt es keine Rolle, was sie über die Quelle des Videos sagen – oder ob sie es als Fake bezeichnen. Der Schaden für Bransfords Karriere ist angerichtet, seine beiden wirklichen Opfer sind ermutigt. Sobald sie sich melden ... Nun, sagen wir einfach, dass dein liebster Papa so gut wie erledigt ist.«

Liebster Papa. Mein Magen zieht sich so heftig zusammen, dass ich mich doch fast übergeben muss. »Er ist nicht mein liebster Papa.« Ich springe auf meine Füße, da ich plötzlich voller Wut bin. »Er ist nur ...«

»Der Vergewaltiger und Mörder deiner Mutter, ich weiß«, sagt Nikolai leise und steht ebenfalls auf. »Das ist alles, was er ist, *zajchik*. Nichts weiter, nichts, was mit dir zu tun hat.«

Die Wut verfliegt so schnell, wie sie gekommen ist, und ich lasse mich auf den Stuhl zurücksinken und stütze den Kopf in die Hände. Mein Schädel fühlt sich unerklärlich eng und schwer an, als wäre mein Gehirn in Blei verwandelt worden.

Große, warme Hände landen auf meinem Nacken und meinen Schultern, und starke Finger graben sich mit genau dem richtigen Maß an Druck in meine verspannten Muskeln. »Es tut mir leid, *zajchik*.« Nikolais Stimme ist wieder weich und warm. »Ich weiß, es ist eine Menge zu verarbeiten, aber ich dachte, du musst dieses Video sehen ... um zu wissen, dass deine Mutter gerächt wurde.«

Ich möchte mit dem verführerischen Komfort dieser massierenden Finger verschmelzen, mich in ihrer geschickten, beruhigenden Berührung verlieren. Ich schiebe es wieder einmal vor mir her, zu erfahren, was ich fürchte, und genieße stattdessen Bransfords Unglück, indem ich mich in der Schadenfreude des Ganzen sonne. Der Schaden, den wir seiner Karriere zugefügt haben, reicht nicht annähernd an das heran, was er meiner Mutter oder den anderen Frauen angetan hat, aber es ist ein Anfang – und hoffentlich werden sich die Mühlen der Justiz nun, da der Glanz von seinem goldenen Image verschwunden ist, schneller mahlend auf ihn zubewegen.

Ich nehme all meine Kraft zusammen, hebe meinen bleiernen Kopf und bedecke Nikolais Hände mit meinen eigenen, während ich mich umdrehe, um seinem Blick zu begegnen.

»Was ist mit deiner Mutter?«, frage ich leise. »Ist *sie* jemals gerächt worden?«

44

NIKOLAI

Meine Hände verkrampfen sich auf Chloes Schultern, da ihre Frage mich wie ein Schlag unter die Gürtellinie trifft. Die Kette, die an ihrem Hals glänzte, hätte mir die Richtung ihres bevorstehenden Verhörs verraten sollen, aber ich hatte trotzdem nicht erwartet, dass sie genau diesen Weg einschlagen würde ... dass sie so viel über die Geschehnisse weiß.

»Ich schätze, Alina hat wieder mit dir gesprochen.« Meine Stimme wird rau, als ich zurücktrete. Mein Blick fällt auf ihren Anhänger, und der herzförmige Diamant verhöhnt mich, erinnert mich an Dinge, die ich zu vergessen versucht habe. Mühsam reiße ich meine Augen davon los und konzentriere mich wieder auf Chloes Gesicht. »Was genau hat sie dir erzählt?«

Sie beißt sich auf die Lippe und steht auf. »Nicht viel. Sie hat nicht mehr mit mir gesprochen – es war nur an diesem Morgen, kurz bevor ich ging. Sie sagte etwas wie: ›Er hat sie getötet. Und dann hat Kolya ihn umgebracht.‹ Ich war mir damals nicht sicher, wen sie damit meinte, aber ich habe in letzter Zeit darüber nachgedacht, und ich denke … ich denke, es muss deine Mutter sein.« Sie hebt ihre Hand, um den Anhänger zu berühren, und ihre braunen Augen sind weich und dunkel. »Gehörte er ihr? Ist das der Grund, warum Alina wollte, dass ich ihn heute und in der anderen Nacht trage? Als eine Art Erinnerung für dich an all das?«

Meine Kehle schnürt sich zu, und ich wende mich abrupt von den Erinnerungen ab – und der brennenden Wut und Trauer, die damit einhergehen. Und unter alldem lauert die schrecklichste Schuld, das Wissen, dass das, was ich getan habe, letztendlich unverzeihlich ist. Der Giftcocktail ist so kurz vor dem Überkochen, dass ich nicht sicher bin, ob ich mein Wort halten und Chloe die ganze Geschichte erzählen kann, aber dann berührt ihre kleine Hand meine, und ihre Finger legen sich um meine Handfläche und geben mir stille Unterstützung.

»Sag es mir«, murmelt sie und stellt sich vor mich hin. Sie schaut zu mir auf und hebt unsere verbundenen Hände, um sie an ihre Brust zu drücken. »Bitte, Nikolai. Ich muss es wissen.«

Und das muss sie. Ich schulde ihr die Wahrheit, egal, wie hässlich sie ist.

Ich schaue in ihr nach oben gewandtes Gesicht, atme tief durch und fange an zu erzählen.

45

NIKOLAI

»Als ich ungefähr in Slavas Alter war, dachte ich, meine Mutter wäre eine Prinzessin«, sage ich, und mein Tonfall ist trotz des Hexengebräus, das in meinen Adern kocht, kühl und ruhig. »Sie war groß, schlank, immer parfümiert und geschminkt, trug hübsche Kleider, funkelnden Schmuck und hochhackige Schuhe, sogar im Haus, und sie bestand darauf, dass alles um sie herum so schön sein sollte, wie wir es machen konnten – besonders wir selbst.« Die Erinnerungen sind wie ein Gewicht auf mir und geben mir das Gefühl, dass die Luft aus dem Raum verschwindet, aber ich fahre fort. »Valery war damals noch ein Baby, und Alina war noch nicht geboren, also sind Konstantin und ich die Einzigen, die sich an diese Jahre erinnern … die, in denen unsere Mutter noch einigermaßen glücklich war.«

»Einigermaßen?« Chloes Gesicht spiegelt sowohl Mitleid als auch misstrauische Neugier wider, während sie meine Handfläche an ihre Brust drückt. »Sie war nie ganz glücklich?«

»Nicht in meiner Erinnerung.« Ich befreie meine Hand aus ihrem Griff und gehe hinüber, um hinter meinem Schreibtisch Platz zu nehmen. Auf diese Weise fühle ich mich etwas kontrollierter, und es ist unwahrscheinlicher, dass ich dem Drang nachgebe, Chloe zu packen und sie zu ficken, bis keiner von uns beiden mehr klar denken kann, schon gar nicht daran, den giftigen Schlamm meiner Vergangenheit auszugraben.

Sie folgt mir, setzt sich auf die Ecke des Schreibtisches und wirkt wie eine Erscheinung aus Weiß und Gold in ihrem Abendkleid, ein eingefangener Sonnenstrahl, der ganz mir gehört. »Warum? Waren sie nie verliebt? Oder ist etwas passiert?«

Ich tue mein Bestes, um meinen Blick auf ihr Gesicht zu richten und nicht auf ihr Dekolleté, wo der Anhänger mir spöttisch zuzwinkert. »Ich weiß es nicht genau, aber ich vermute, dass es mit Konstantin angefangen hat. Mein Vater wollte einen Sohn wie sich selbst, jemanden, der irgendwann das neu errichtete kapitalistische Imperium übernehmen würde, aber schon als Kleinkind war mein älterer Bruder anders. Unglaublich schlau, aber anders. Ich glaube, er hat bis zum Alter von drei oder vier Jahren nicht einmal gesprochen.«

Chloes Augen weiten sich. »Oh. Also ist er ...«

»Autist? Vielleicht. Er ist nie offiziell damit diagnostiziert worden. Auf jeden Fall mag das der Beginn des Zerwürfnisses zwischen ihnen gewesen sein ... oder vielleicht war es einfach, dass meine Mutter herausfand, was für ein Mann mein Vater war. Was auch immer der Grund war, ich erinnere mich, dass sich ihre Ehe von Jahr zu Jahr verschlechterte. Jedes Mal, wenn ich aus dem Internat nach Hause kam, war die Atmosphäre zwischen ihnen um einige Grade eisiger, ihre Streitereien häufiger ... die Stimmung meines Vaters immer düsterer.«

Chloes Augenbrauen ziehen sich zusammen. »Warum haben sie sich nicht einfach scheiden lassen?«

»Er hat das nicht zugelassen. Er wollte sie, egal um welchen Preis.« Ich erinnere mich, wie meine Mutter ihn während einer dieser Kämpfe anschrie, bettelte und flehte, sie gehen zu lassen. Mit zusammengebissenen Zähnen schiebe ich die Erinnerung beiseite – sie geht mir zu nahe.

»Auf jeden Fall«, fahre ich in ruhigem Tonfall fort, »je mehr Zeit verging, desto schlimmer wurde es. Als ich zwölf war, nahm er sich mehrere Geliebte und führte sie ihr vor. Ein Jahr später tötete er einen Mann, von dem es hieß, er sei ihr Liebhaber. Und ein paar Wochen nach meinem siebzehnten Geburtstag entdeckte ich einen blauen Fleck in ihrem Gesicht.« Als ich Chloes Gesichtsausdruck sehe, sage ich: »Sie hat es natürlich abgestritten, sagte, sie sei gestürzt oder so etwas. Ich habe ihr keine Sekunde lang geglaubt. Ich ging zu meinem Vater und sagte ihm, wenn ich sie jemals wieder verletzt sehen würde, würde er sich vor mir verantworten müssen – und ich würde sie an einen Ort bringen, wo er sie niemals finden würde.«

Chloe holt tief Luft. »Hat er dir geglaubt?«

»Das hat er.« Mein Mund verzieht sich. »Ich war sein Lieblingskind, der Sohn, der ihm am ähnlichsten war. Er wusste, dass ich selbst in diesem Alter einen Weg finden würde, mein Versprechen zu halten.«

»Und was ist dann passiert? Wie hast du …?«

»Ihn am Ende umgebracht?« Die Worte schmecken wie Gift auf meiner Zunge.

Sie nickt vorsichtig, und ihr Blick klebt an meinem Gesicht. »Wann ist es passiert?«

»Vor sechs – nein, sechseinhalb Jahren. Ich war gerade nach

Moskau zurückgekehrt, nachdem ich mehrere Jahre weg gewesen war – zuerst für den Dienst in der Armee, dann für mein Studium in Princeton. Während alledem habe ich meine Mutter, ihre Gesundheit und ihren psychischen Zustand im Auge behalten.« Mein Kiefer ist so fest geschlossen, dass es sich anfühlt, als wären meine Zähne miteinander verbunden. Ein Wort ist schwieriger herauszupressen als das andere. »Es gab keine weiteren blauen Flecken, soweit ich das beurteilen konnte, aber sie war unglücklich, völlig zerstört von ihren Streitereien. Doch egal, wie oft ich ihr anbot, ihr zu helfen, ihn zu verlassen, sie wollte nicht gehen. Sie sagte, sie hätte Angst.«

Chloe schluckt. »Vor ihm?«

»Vor ihm. Davor, ohne ihn dazustehen. Vor allem aber das eine. Bis dahin hatten sie fast dreißig Jahre zusammen verbracht. Sie hatten vier Kinder großgezogen.« Ich ertappe mich dabei, wie sich meine Hand unter dem Schreibtisch zu einer Faust formt, und zwinge meine Finger, sich zu entspannen. »Konstantin und Valery haben auch versucht, sie zum Gehen zu bewegen, aber sie wollte nicht hören. Die Ausreden waren endlos: Sie wollte sich nicht dem Urteil ihrer gemeinsamen Freunde stellen, wollte das Leben, das sie zusammen aufgebaut hatten, nicht verlieren, wollte die Familie nicht auseinanderreißen. Aber in Wirklichkeit war es nur die Angst. Angst vor meinem Vater und davor, wie ihr Leben ohne ihn aussehen würde ... ohne seine giftige Besessenheit von ihr.«

»Besessenheit?« Chloes Stimme zittert leicht.

Ich nicke und bin mir der Parallelen grimmig bewusst. »Im Guten wie im Schlechten war sie fast drei Jahrzehnte lang der Mittelpunkt seiner Welt gewesen, lange nachdem die Liebe, die sie geteilt hatten, sich in diesen bitteren Hass verwandelt hatte. Ich glaube, ein Teil von ihr hat es auch genossen, das Wissen, dass sie diese Art von Macht über ihn hatte, dass er sie letztendlich nicht gehen lassen *konnte*.« Ich atme scharf ein. »Auf jeden Fall habe ich sie im Auge behalten, aber was ich hätte tun sollen, war, *ihn* im Auge zu behalten. Denn als ihr Elend wuchs, wuchs auch seines – sie nährten sich gegenseitig. Er begann, zu viel zu trinken und, wie ich später erfuhr, Koks zu nehmen. Es half ihm, sich von ihr fernzuhalten. In gewisser Weise ersetzte er seine Sucht nach ihr durch eine potenziell weniger schädliche – und meine Mutter hasste diese Entwicklung. Liebe oder Hass, sie *wollte* seine Aufmerksamkeit.«

»Sie hat also was getan? Etwas, um sie zurückzubekommen?«

»Genau das hat sie getan. Sie nahm sich einen anderen Liebhaber – einen prominenten Regierungsbeamten, jemanden, den man nicht ohne ernsthafte Konsequenzen aus dem Weg schaffen konnte – und sagte meinem Vater, dass sie gehen würde. Ich glaube nicht, dass sie es ernst gemeint hat – es sollte das Äquivalent zu einer roten Fahne sein, die vor einem Stier geschwenkt wird. Aber das ist so eine Sache mit wütenden Stieren: Sie können dich töten.« Meine Stimme wird rau. »Und genau das hat mein Vater getan.«

Chloe faltet die Hände in ihrem Schoß, und ihre Knöchel werden weiß, als ich fortfahre. »Valery war weg für seinen Dienst in der Armee, und Konstantin war geschäftlich in Dubai, aber Alina war in den Winterferien zu Hause, nachdem sie gerade ihr erstes Semester an der Columbia beendet hatte. Sie ist diejenige, die mich in der Nacht angerufen hat, als der letzte Streit unserer Eltern begann.« Meine Kehle schnürt sich zu, und die Erinnerungen sind so erdrückend, dass ich nicht sicher bin, ob ich zur nächsten Sache kommen kann. Dennoch mache ich irgendwie weiter, und meine Stimme spiegelt nur einen Bruchteil des Schmerzes wider, der mich innerlich zerreißt. »Als ich dort ankam, sah das Wohnzimmer aus wie eine Szene aus einem Horrorfilm, mit Blutspritzern überall auf den glänzenden Holzböden und den weißen Möbeln. Alina muss versucht haben, einzugreifen, um unsere Mutter zu schützen, denn sie lag bewusstlos neben der Wand, und einer ihrer Unterarme war dort aufgeschlitzt, wo sie versucht hatte, sein Messer aufzuhalten. Und unsere Mutter ...« Ich halte inne und fahre dann mit kehliger Stimme fort: »Sie war kaum noch als Mensch zu erkennen. Er hatte sie zu Brei geschlagen, bevor er sie in Stücke geschnitten hat. Bis heute ist es einer der brutalsten Tode, die ich je gesehen habe.«

Chloes Gesicht ist aschfahl, und ein sichtbares Zittern läuft durch ihren schlanken Körper. Ich möchte aufhören, diese Geschichte beenden, bevor sich das Entsetzen in ihren Augen in Terror und Abscheu verwandelt, aber ich habe ihr die Wahrheit versprochen, also löse ich mich von den Worten, die ich sage, und der erstickenden Qual, die sie mit sich bringen.

»Er hockte über ihrem Körper und hatte das Messer immer noch in der Hand, als ich auf ihn zukam. Er hatte die Kontrolle verloren, sagte er mir. Es sei ein Unfall gewesen. Ich wusste es aber besser. Pavel und Lyudmila sollten an diesem Abend da sein, aber sie waren es nicht. Er hatte sie für die Nacht weggeschickt. Sie und Alina – nur meine Schwester hatte etwas vergessen und kam unerwartet zurück.«

»Also ...«, Chloe versagt die Stimme, »hatte er es geplant? Es war nicht das Koks?«

»Das war es. Er war unglaublich high, und seine Pupillen waren weit aufgerissen. Aber er wusste ganz genau, was er tun würde, während er in diesem Zustand war – ein

Aufräumkommando war schon früher am Abend benachrichtigt worden, um in Bereitschaft zu sein. Ich weiß das, weil …« Ich atme ein, und meine Kehle brennt von der Säure, die in meine Speiseröhre steigt. »Weil ich es hinterher angerufen habe. Nachdem er mit dem Messer auf mich losgegangen ist.«

Chloes scharfes Einatmen ist hörbar. »Wollte er dich umbringen?«

»Vielleicht. Ich weiß es nicht. Er wusste, dass ich ihm nicht glaubte, dass ich ihren Mord nicht auf sich beruhen lassen würde. Als er also mit Pupillen so groß wie Ein-Euro-Münzen auf mich zukam, handelte ich instinktiv.« Ich schaue in das angeschlagene Gesicht meiner Frau und sage heiser: »Wir haben gekämpft, und als ich das Messer in die Hand bekam, habe ich das getan, was Pavel mir beigebracht hatte. Ich habe ihn von der Leiste bis zur Speiseröhre aufgeschnitten.«

46

CHLOE

Dann springt er auf und geht zum Fenster, wo er mit dem Rücken zu mir dasteht, seine kräftigen Schultern angespannt sind und sein großer Körper so bewegungslos und hart ist, als wäre er einer der Berge da draußen.

Ich starre ihn ein paar Sekunden lang an, um zu verstehen, was er mir gesagt hat, und dann zwinge ich meine erstarrten Glieder, sich zu bewegen. »Alina ...«

»Sie ist in den letzten Momenten unseres Kampfes wieder zu Bewusstsein gekommen«, sagt er und starrt geradeaus, als ich mich neben ihn stelle. Sein Kiefer sieht aus, als wäre er in Granit verwandelt worden, und seine sinnlichen Lippen bilden einen harten Strich. »Ich habe es nicht bemerkt, habe nicht gehört, wie sie geschrien hat, dass ich aufhören soll – erst nachdem es getan war.«

»Also hat sie ...?«

»Sie hat gesehen, wie ich ihn getötet habe, ja. Sie hat zugesehen, wie ich ihn aufgeschlitzt habe.«

Ich atme angestrengt ein und erlebe diese schrecklichen Momente noch einmal, als *ich* ihn das Messer schwingen sah. Es war gegen meinen Angreifer gerichtet, den Mörder meiner Mutter, der mich vergewaltigen und mir das Leben nehmen wollte, doch mir ist immer noch schlecht bei der Erinnerung. Wie muss es für Alina mit gerade einmal achtzehn Jahren in der Nacht gewesen sein, in der sie ihre Eltern auf so brutale Weise sterben sah, ihre Mutter durch die Hand ihres Vaters und ihren Vater durch die ihres Bruders?

Noch wichtiger ist: Wie muss es für Nikolai gewesen sein?

Welchen Schaden hat diese Nacht *seiner* Psyche zugefügt?

Meine Hand zittert, als ich seinen Ärmel berühre und seinen Blick auf mich lenke. Sein wunderschönes gemeißeltes Gesicht ist absolut leer, es zeigt nichts von seinen Gefühlen. Aber ich kann die Qualen hinter seiner undurchsichtigen Maske spüren, kann den lähmenden Schmerz seiner Schuld und Scham fühlen.

»Weiß Alina es?«, frage ich unsicher. »Dass es Selbstverteidigung war? Dass du es nicht nur getan hast, um deine Mutter zu rächen?«

Seine schwarzen Wimpern senken sich und verschleiern seine Tigeraugen. »Ich weiß es nicht. Wir haben nie wirklich über diese Nacht gesprochen. Was würde es ändern? Ich war fünfundzwanzig, und er siebenundfünfzig. Ich war schneller und stärker. Ich hätte ihm das Messer entreißen und ihn festhalten können – ich hätte ihn nicht ermorden müssen.«

»Hättest du nicht?« Ich kann die Szene so deutlich sehen, als wäre sie vor meinen Augen passiert, kann mir die ältere Version von Nikolai vorstellen, die ich auf Zeitungsfotos gesehen habe, fit und stark trotz seines Alters … gefährlich, auch ohne dass er auf Blut und Koks ist. Und ich kann mir einen fünfundzwanzigjährigen Nikolai vorstellen, der in diesen Alptraum einer Szenerie hineingestoßen wird, fassungslos über den grausamen Tod seiner Mutter und voller Angst um seine bewusstlose, blutende Schwester.

Was wäre passiert, wenn er nicht das tödliche Messer seines Vaters in die Hand bekommen hätte?

Hätte sein Blut auch diese Klinge befleckt und hätte sein Körper sich zu dem seiner Mutter und Schwester in einem nicht gekennzeichneten Grab in einem russischen Wald gesellt?

»Was sagst du da?« Nikolais Stimme wird fester, und seine Augen glitzern grimmig, als seine Maske verrutscht und die rohe, eiternde Wunde darunter zum Vorschein kommt. »Ich habe ihn getötet. Meinen eigenen Vater. Wen interessiert es da, ob es aus Selbstverteidigung war oder nicht? Ich wollte ihn tot sehen für das, was er ihr angetan hat. Ich wollte sein Blut – *mein* Blut – an meinen Händen, und ich bereue nicht, dass ich es getan habe. Denn wie du siehst, *zajchik*, Alinas hat recht: Ich *bin* wie er. In jeder Hinsicht, die zählt, bin ich mein Vater.«

Mein Herz fühlt sich an, als würde es in Stücke gerissen werden, und sein Schmerz dringt so brutal wie ein Messer in mich ein. Wie hat er es geschafft, all diesen Schmerz für sich zu behalten? Wieso hat es ihn nicht zerrissen? »Nein«, sage ich, und meine Stimme wird mit jedem Wort fester. »Du bist nicht dein Vater. Und ich bin nicht deine Mutter. Ihr Schicksal wird nicht das unsere sein – nicht, wenn wir es verhindern.«

Ich weiß nicht, wann ich während seiner Erzählung verstanden habe, was ihn antreibt, an welchem Punkt ich begriffen habe, dass Nikolai *sich selbst vor sechseinhalb Jahren als Monster gebrandmarkt hat* – und seitdem sein Bestes tut, um dem gerecht zu werden, was er für seine Natur hält, dem Molotow-

Blut, das er als seinen Fluch ansieht. Nicht, dass an seinem Glauben nicht etwas Wahres dran wäre. Meine neue Familie ist düster und rücksichtslos, ein Rückblick auf die Zeiten, in denen Gewalt und Macht Recht schufen. Ihre Beziehungen verdienen ein eigenes Kapitel in einem Buch über zerbrochene Familiendynamik, und mein Mann ist ein Produkt dieser Erziehung, sein Charakter ist ebenso von der Tragödie der sich langsam auflösenden Beziehung seiner Eltern geprägt wie von ihrem explosiven, grausamen Ende.

Trotzdem, er ist nicht sein Vater. Weit davon entfernt. Und ich bin nicht seine Mutter. Sie kannte die Natur ihres Mannes nicht, als sie ihn heiratete, war nicht auf ein Leben mit einem so gewalttätigen und rücksichtslosen Mann vorbereitet. Ich hingegen bin dank meines biologischen Vaters durch die Hölle gegangen, und obwohl ich nicht sagen kann, dass ich nicht erschrocken war, als ich sah, wie Nikolai die beiden Attentäter tötete, hat das Wissen, wozu er fähig ist, meine Gefühle nicht verändert – sehr zu meiner anfänglichen Bestürzung.

Gnadenloser Killer oder nicht, er ist und wird immer mein Liebhaber und Beschützer sein.

»Nein?« Er greift nach meinen Oberarmen, und seine Finger sind wie Stahlbänder. »Wie werden wir ihrem Schicksal entgehen? Du hasst mich bereits auf einer gewissen Ebene, nicht wahr? Dafür, dass ich diese Männer vor deinen Augen getötet habe und dich zurückgebracht habe, als du mich angefleht hast, dich gehen zu lassen? Dafür, dass ich dich gezwungen habe, mich zu heiraten?«

Ich halte seinem goldenen Blick stand und weigere mich, angesichts des vulkanischen Aufruhrs, den ich dort sehe, zusammenzuzucken, angesichts all der lange verdrängten Emotionen, die sich wie ein Tsunami zu ergießen und alles in ihrem Weg zu zerstören drohen. »Nein, Nikolai.« Meine Stimme ist sanft und gleichmäßig, trotz des ungleichmäßigen Pochens meines Herzschlages. »Ich habe dir gesagt, dass ich dich liebe. Ich hasse dich nicht. Ich konnte es nie, also habe ich es nie getan – und ich werde es auch nie tun.«

Seine Finger ziehen sich zusammen und drücken tiefer in mein Fleisch. »Wie kannst du dir so sicher sein? Du hast gesehen, wozu ich fähig bin, wie ich bin ... wie ich mit dir bin. Wie genau bin ich anders als er?«

Ich kämpfe gegen den Drang an, vor dem Schmerz und der Wut, die in seinen Worten mitschwingen, zurückzuschrecken. Stattdessen frage ich leise: »Hat dein Vater dich und deine Geschwister so geliebt, wie du Slava liebst? Hat er wirklich jemanden außer sich selbst geliebt? Und ich meine nicht seine gewalttätige Fixierung auf deine Mutter.«

Sein Gesichtsausdruck ändert sich nicht, aber ich kann die Antwort spüren, als sich sein Griff um mich lockert, also spreche ich weiter. »Vielleicht bist du in mancher Hinsicht wie er, aber nicht in jeder Hinsicht. Nicht in der, die zählt. Würdest du mich jemals verletzen? Mich *wirklich* verletzen? Ich rede von Fäusten und Messern, nicht davon, im Bett grob zu sein.«

Er weicht zurück und zieht seine Hände weg. »Lieber würde ich mir selbst Schmerzen zufügen.«

»Was ist mit Slava? Würdest du jemals mit einem Messer auf ihn losgehen ... sagen wir, während du high oder betrunken bist?«

Wut blitzt in seinem Gesicht auf. »Scheiße, nein.«

»Genau.« Ich trete noch näher an ihn heran, mein Herz trommelt Sturm. »Weil du nicht wie dein Vater bist. Egal, was deine Schwester denkt ... egal, was ich befürchtet habe, nachdem du mich gerettet hast.«

Seine Nasenlöcher beben, während er auf mich hinunterstarrt. »Gefürchtet?« Seine Stimme ist sandpapierartig rau, und die Worte sind zum ersten Mal durch einen Hauch von russischem Akzent gefärbt. »Wie in der Vergangenheitsform?« Er ergreift wieder meine Arme, seine Augen sind ein wildes Goldgrün. »Du denkst, du bist bei mir sicher? Weil … warum? Weil du jetzt die ganze hässliche Wahrheit kennst? Weil du denkst, dass du mich verstehst?«

»Bei dir war ich immer sicher.« Und tief im Inneren habe ich es schon immer gewusst. Das ist der Grund, warum ich all die Wochen meinen Kopf in den Sand stecken konnte, warum ich nicht vor seinen Berührungen zurückschrecke, wenn ich sehe, wie er tötet und foltert – und warum es meine Gefühle nicht verändert hat, dass ich gezwungen war, ihn zu heiraten.

Selbst wenn ich mich unter seinem intensiven Tigerblick wie eine Beute fühle, weiß ich, dass er mich nie verletzen würde.

Sein Kiefer spannt sich heftig an. »Wie zum Teufel kannst du dir so sicher sein? Wie kannst du mir vertrauen, geschweige denn, mich lieben, angesichts des Giftes, das durch meine Adern fließt?«

»Liebst du *mich*? Vertraust du *mir*, trotz des Giftes, das durch *meine* Adern fließt?« Meine Stimme erhebt sich, als die Worte aus mir herausprudeln, gefüllt mit all der Wut, die ich noch nicht verarbeiten konnte, all dem Selbsthass, den ich unterdrückt habe. Es ist, als wäre ein Damm gebrochen, dessen bitteren Strom ich nicht aufhalten kann, genauso wenig wie ich die geistige Blockade, die mich all die Wochen bei Verstand gehalten hat, wieder aufbauen kann. »Ich bin ein Kind einer Vergewaltigung, das Ergebnis eines doppelzüngigen, soziopathischen Drecksacks, der meine jugendliche Mutter missbraucht hat. Wenigstens wollten sich deine Eltern irgendwann einmal – wenigstens wurdest du mit so etwas wie Liebe gezeugt.«

Er lässt mich los, und sein Blick wird wieder undurchsichtig. »Das ist nicht dasselbe.«

»Ist es das nicht?« Ich wickele meine Fäuste in sein Hemd und lasse nicht zu, dass er sich abwendet. »Denk darüber nach. Mein Blut ist befleckt, genau wie deins. Mein Vater hat auch meine Mutter getötet – nicht aus verdrehter Leidenschaft, sondern aus kalter Berechnung. Und er hätte mit Sicherheit auch mich umgebracht. Er könnte es immer noch versuchen. Wie genau unterscheiden sich also unsere Geschichten? Wie kann ich in irgendeiner Weise besser sein als du? Wenn überhaupt, dann passen wir perfekt zusammen – oder, wie du zu sagen pflegst, wir sind füreinander bestimmt.«

Er starrt auf mich herab, seine breite Brust bewegt sich in einem ungleichmäßigen Rhythmus, und ich kann sehen, dass ich zu ihm durchdringe, dass er diese grundlegende Wahrheit aufnimmt. Eine Wahrheit, die ich selbst bis zu diesem Moment nicht ganz begriffen habe.

Ich mag nicht an das Schicksal als solches glauben, aber *etwas* brachte mich hierher, zu dieser Familie mit all ihrer Hässlichkeit und Schönheit. Zu diesem wundervollen, tödlichen, beschädigten Mann, der niemals davor zurückschrecken wird, alles zu tun, was nötig ist, um mich zu beschützen und meine Dämonen zu töten ... solange ich auch seine töte.

Ich lasse sein Hemd los, lege meine Handflächen auf seine Wangen und spüre die harte Kraft seiner Knochen unter der warmen, stoppelrauen Haut. »Ich liebe dich, Nikolai ... Ich liebe dich und ich will mit dir zusammen sein, dunkle

Vergangenheit, Besessenheit und alles. Was auch immer unsere Väter getan haben, wie beschissen auch immer die Beziehungen unserer Eltern waren, wir sind nicht sie und wir müssen nicht in ihre Fußstapfen treten. Ich werde niemals ein junges Mädchen vergewaltigen – und du wirst mich niemals verletzen, egal wie stark deine Gefühle für mich werden ... egal, welche Prüfungen wir in der Zukunft durchmachen.«

Seine Brust hebt sich schneller, während ich spreche, und seine Augen verdunkeln sich, bis sie die Farbe von oxidierter Bronze haben. »Chloe ...« Seine Stimme ist heiser, als er seine Hände über die meinen legt. »Zajchik, du hast keine Ahnung, wie stark meine Gefühle für dich bereits sind, wie allumfassend meine Besessenheit von dir ist.«

Ich befeuchte meine Lippen. »Ich glaube schon.« Die Kameras sind ein gutes Indiz. Wir werden bald darüber reden müssen, aber im Moment habe ich wichtigere Dinge, auf die ich mich konzentrieren muss ... wie zum Beispiel die Art und Weise, wie sein Blick auf meinen Mund fällt und sich mit vertrauter vulkanischer Hitze entzündet. Auf den dunklen Hunger, der mich erregt, und der mir auf einer gewissen Ebene auch Angst macht – aber nur, weil er eine ebenso starke Reaktion in mir hervorruft.

Er ist nicht der Einzige, dessen Liebe nun an Besessenheit grenzt.

Er starrt für einen weiteren Moment auf meinen Mund, und seine Hände krallen sich um meine. Dann, mit einem scharfen Einatmen, presst er seine Lippen auf die meinen und schiebt eine Hand in meine Haare, während die andere meine Pobacke ergreift und meinen Unterkörper an den seinen presst.

Er ist bereits hart, und die Ausbuchtung seiner Erektion drückt gegen mich, während er mich zu seinem Schreibtisch zieht und mich mit einem brutalen Kuss verschlingt, den ich mit gleicher Inbrunst erwidere. Wir fallen in einem Gewirr von Gliedmaßen und hektisch tastenden Händen auf die harte Oberfläche, kommen zusammen in einer Raserei aus Lust und Liebe, in der zarten Gewalt der Leidenschaft.

Auf die perfekteste Art und Weise für zwei unvollkommene Menschen.

47

NIKOLAI

Als die letzten Echos der Ekstase verklingen, werde ich mir der harten Oberfläche des Schreibtisches unter meinem nackten Rücken bewusst und dem geringen Gewicht von Chloes Körper, der auf meiner schweißnassen Brust liegt. Mein Gehirn quillt über vor Endorphinen, und mein Herz pocht in einem neuen hoffnungsvollen Rhythmus in der Brust.

Ich hatte ihr alles erzählt, und statt abweisend zurückzuweichen, umarmte sie mich.

Ich entblößte die schlimmsten Seiten von mir, und anstatt vor Angst wegzulaufen, sagte sie mir, dass wir vom Schicksal füreinander bestimmt sind.

Was wir sind. Ich habe es von Anfang an gewusst, aber irgendwann in den letzten Wochen habe ich es aus den Augen verloren, habe angefangen zu zweifeln, ob unsere Beziehung das Gift, das in mir fließt, überleben kann ... ob wir dazu bestimmt sind, den quälenden Weg meiner Eltern zu gehen.

»Sind wir nicht«, murmelt Chloe, hebt ihren Kopf von

meiner Schulter, und ich merke, dass ich den letzten Teil laut gesagt habe. Zärtlich lächelnd zeichnet sie mit einem schlanken Finger die Ränder meiner Lippen nach, und ihre Augen sind so weich und warm, dass ihr Blick wie eine körperliche Liebkosung auf meinem Gesicht ist. »Wir entscheiden über unser Leben, unsere Zukunft.«

Ich setze mich auf und ziehe sie auf meinen Schoß. Eine Flut von Emotionen erfüllt meine Brust, als ich ihren Wildblumenduft einatme und spüre, wie sich ihre schlanken Arme vertrauensvoll um meinen Hals legen. Zärtlichkeit und Besitzanspruch, Liebe und Lust, Angst und Freude – sie kämpfen in mir, bis es sich anfühlt, als könne mein Brustkorb nicht mehr alles aufnehmen.

Ist das möglich?

Könnte Chloes Liebe zu mir mehr sein als eine süße Fata Morgana?

Kann diese Art von Glück wirklich und dauerhaft sein?

Es gibt so viel, worüber ich mit ihr reden möchte, so viele Dinge, die ich ihr sagen möchte … ein weiteres Geständnis, das ich bezüglich des Schicksals ihres Vaters machen möchte. Aber für den Moment ist das genug. Ich möchte diesen perfekten Moment nicht verderben, indem ich irgendwelche strittigen Themen anspreche. Also küsse ich sie auf den Kopf und umarme sie fest, zum ersten Mal in meinem Leben zufrieden – wirklich zufrieden.

48

CHLOE

*I*ch möchte für immer auf Nikolais Schoß gekuschelt bleiben, aber ich weiß, dass wir irgendwann weitermachen müssen. Aus den Augenwinkeln sehe ich mein Kleid auf dem Boden neben seinem Hemd – zusammen mit dem Laptop, den wir in unserer Leidenschaft vom Schreibtisch gestoßen haben. Wir sollten den Computer aufheben und sicherstellen, dass er in Ordnung ist … und vielleicht auch über die Kameras reden. Oder besser gesagt, generell über unsere Zukunft. Aber bevor wir dort ankommen, muss ich ihm noch etwas sagen.

Ich hebe meinen Kopf von seiner breiten Schulter und ziehe mich zurück, um seinem warmen, bernsteinfarbenen Blick zu begegnen. »Danke«, sage ich leise. »Danke, dass du Bransford das angetan hast. Ich weiß, es ist keine perfekte Lösung – ich weiß, dass er auch entthront gefährlich sein könnte – aber ich denke …«

Ein lautes Klopfen an der Tür lässt uns beide aufspringen.

»Nikolai!« Pavels tiefe Stimme ist angespannt, und der russische Wortschwall, der folgt, hört sich dringend an.

»Fuck!« Nikolai schiebt mich von seinem Schoß, springt auf, nimmt seine Klamotten und zieht sie mit einer Reihe von explosiven Bewegungen an.

Es ist ein so plötzlicher Kontrast zu dem Frieden, den wir gerade noch genossen haben, dass ich zuerst zu fassungslos bin, um es zu verarbeiten. Aber dann macht das Adrenalin meinen Kopf frei, und ich springe ebenfalls auf.

»Was ist los? Ist Slava wieder krank?« Ich krame nach meinem Kleid, und mein Herz schlägt mir bis zum Hals, als ich es anziehe.

Nikolai steht bereits an der Rückwand und drückt seine Handfläche gegen die glatte, weiße Oberfläche. »Slava geht es gut«, sagt er grimmig, als ein Teil der Wand weggleitet und einen erschreckenden Blick auf einen Raum voller Waffen freigibt. »Es sind unsere Wachen. Arkash hat Pavel eine Nachricht geschickt, dass er etwas Seltsames gesehen hat, und jetzt kann Pavel weder ihn noch einen unserer anderen Männer erreichen.«

Ich keuche, und meine Faust fliegt hoch und drückt sich gegen meine Lippen. »Du denkst …«

»Wir werden angegriffen? Ja.« Er schnappt sich eine furchterregend aussehende M16. »Und wenn ich wetten müsste, würde ich mein Geld auf die Leonows setzen.«

49

NIKOLAI

Chloes braune Augen sind geweitet vor Angst und
Schock, als ich meine Waffe auf den Schreibtisch lege
und sie in den Flur führe, wo Pavel schon wartet. Mein Herz
pocht wie wild in meiner Brust, und das Adrenalin pumpt
durch meine Adern, als ich barsch befehle: »Bring sie, Slava und
Alina in den Schutzraum.«

Er nickt und umschlingt Chloe wie ein Bär. »Lyudmila und
die beiden sind schon drin.«

»Warte!«, ruft Chloe , als er sie hochhebt und die Treppe
hinunterträgt. »Lass mich helfen. Ich kann ...«

Den Rest von dem, was sie sagt, höre ich nicht, weil ich
schon wieder in meinem Büro bin. Ich kann mir nicht die Zeit
nehmen, mein *zajchik* zu beruhigen, nicht, wenn jede
verstreichende Sekunde Alexej Leonow näher an unsere Tür
bringt. Und er muss es sein. Er muss derjenige sein, der
dahintersteckt. Unsere Gesichter müssen auf einer
Überwachungskamera im Krankenhaus aufgetaucht sein, und

seine Hacker haben uns hierher verfolgt. Das ist die einzige Erklärung, die irgendwie Sinn ergibt, die einzige Möglichkeit, wie sie unseren Aufenthaltsort herausfinden konnten.

Wenn es nur Pavel und ich wären, würde ich mir keine Sorgen machen. Wir sind dafür trainiert und darauf vorbereitet, jeden Moment in die Schlacht zu ziehen. Aber Chloe und Slava sind auch hier, ebenso wie meine Schwester und Lyudmila. Es ist der Gedanke, dass sie in Gefahr sind, der mich frösteln lässt und meinen Magen mit Säure füllt.

Ich werde Alexej Leonow mit meinen bloßen Zähnen in Stücke reißen, bevor ich zulasse, dass er mir meinen Sohn wegnimmt. Und wenn er Chloe oder Alina auch nur ein Haar krümmt, werde ich jedes Mitglied seiner Familie töten.

Mühsam zügele ich meine Wut und klappe meinen Laptop auf, um die Aufnahmen der Drohne und der Kameras im Umkreis aufzurufen. Jetzt geht es darum, die Situation einzuschätzen. Woher kommen unsere Angreifer? Wie viele sind es? Meine Brust zieht sich zusammen, als ich an Arkash und unsere anderen Wachen denke, viele von ihnen sind meine Freunde, gute Männer mit Familien zu Hause. Wie viele von ihnen sind bereits getötet worden? Wie viele verwundet?

Egal, was passiert, ich muss es wissen.

Ich schnappe mir meinen Laptop vom Boden und klappe ihn auf.

Der Bildschirm ist dunkel, still und reagiert nicht, als ich versuche, ihn manuell einzuschalten.

Scheiße. Der Sturz muss ihn beschädigt haben.

Ich greife stattdessen nach meinem Telefon – und spüre, wie mir das Blut gefriert.

Hier passiert dasselbe. Das Gerät ist tot, der Bildschirm schwarz, egal was ich damit mache.

Ich wirbele herum und drücke den Lichtschalter an der Wand.

Er funktioniert.

Mein Verstand arbeitet wie wild und springt von einer Möglichkeit zur nächsten. Könnten sie eine Art elektromagnetischen Impuls ausgesendet haben, der unsere Elektronik außer Gefecht setzt? Ist das der Grund, warum Pavel nicht mit den Wachen in Kontakt treten konnte? Weil ihre Geräte ebenfalls deaktiviert wurden? Aber was ist dann mit Pavels Telefon? Hätte er nicht gemerkt, dass es tot ist?

Es sei denn, das war es zu dem Zeitpunkt nicht.

Wenn der EMP hyper-gezielt war, könnte er zuerst unsere Wachen am Rande des Geländes und dann das Haus getroffen haben.

Ich habe keine Ahnung, wie Alexej in den Besitz einer so fortschrittlichen Waffe kommen konnte, aber eines weiß ich: Konstantin, der paranoide Techniker dachte, dass ein Impuls-Angriff nicht völlig ausgeschlossen ist. Deshalb ist unser Notstromaggregat analog und befindet sich in einem Faradayschen Käfig tief unter der Erde, und unsere wichtigsten Stromleitungen sind ebenfalls unterirdisch und mit Metallgehäusen abgeschirmt.

Die Wichser hätten uns sicher gerne den Strom abgedreht, aber sie mussten sich damit begnügen, unsere Drohnen und Kameras auszuschalten.

Ein entferntes *Rat-tat-tat* von Gewehrfeuer erreicht meine Ohren.

Gott sei Dank.

Die Wachen müssen noch am Leben sein und ihre Arbeit machen.

Ich werfe mein nutzloses Handy beiseite, ziehe mir eine

kugelsichere Weste an, schnalle mir dann mehrere Pistolen um und lege mir ein Dutzend Schuss Munition über die Schulter. Ich schnappe mir auch zwei funktionierende Funkgeräte aus der Rüstung – wie die metallgefütterte Kiste mit dem Generator ist auch der versteckte Raum ein Faradayscher Käfig.

Als ich fertig bin, stürmt Pavel in mein Büro, ebenfalls bis an die Zähne bewaffnet. »Die Telefone und Funkgeräte sind …«

»Tot, ich weiß. Hier.« Ich drücke ihm das zweite Funkgerät in die Hand. »Gehen wir. Es wird Zeit, dass die Leonows erfahren, mit wem sie sich anlegen.«

50

CHLOE

»Hör auf, Chloe«, schnauzt Alina mich an, und ich merke, dass ich wieder mit dem Fuß gewippt habe – eine körperliche Manifestation meiner Angst, die sie unerklärlicherweise verärgert. Überhaupt ist sie nervöser, als ich sie jemals gesehen habe, ihre Bewegungen sind ruckartig und ihre Wirbelsäule ist so angespannt, dass es ein Wunder ist, dass sie den Hals drehen kann.

»Das tut mir leid.« Ich schiebe Slava so, dass er bequemer auf meinem Schoß sitzt. »Ich mache mir einfach Sorgen um sie.«

Ich halte das Kind genauso sehr, um mich zu beruhigen, wie es selbst. Tatsächlich ist Slava derjenige von uns, der am wenigsten Angst hat – wahrscheinlich, weil er das Ausmaß der Bedrohung, der wir gegenüberstehen, nicht versteht. Lyudmila hat ihm gesagt, dass wir als Teil einer Sicherheitsübung hier sind, und obwohl ich mir sicher bin, dass er die Anspannung der Erwachsenen mitbekommt, hat er die Erklärung nicht in Frage gestellt.

Ich wünschte, ich könnte auch ruhig sein, aber ich bin es nicht. Mein Brustkorb ist quälend eng, mein Inneres pulsiert wie bei einem Hochgeschwindigkeitszyklus in einer Waschmaschine. Ich bin mir der Tatsache bewusst, dass Nikolai da draußen ist und einer unbekannten Anzahl von Feinden gegenübersteht – die vielleicht die Leonows sind, vielleicht auch nicht.

Soweit wir wissen, könnte Bransford eine ganze Armee von Attentätern auf mich angesetzt haben. Es könnte sehr wohl meine Schuld sein, dass wir in Gefahr sind.

Ich ertappe mich dabei, wie sich mein Atem wieder beschleunigt, und zwinge mich, tiefer einzuatmen, um nicht zu hyperventilieren. Der Schutzraum – ein Ort, von dessen Existenz ich nichts wusste, bis Pavel mich hierhergebracht hat – ist in den Berg unter der Garage gemeißelt und groß genug, um als Apartmentwohnung durchzugehen. Er ist komplett mit einem Kingsize-Bett, zwei Futons, einer vollständig bestückten Mini-Küche, einem kleinen Badezimmer und genug Vorräten in der Speisekammer ausgestattet, um einen nuklearen Winter zu überleben. Theoretisch gibt es hier genug Sauerstoff, aber ich habe das Gefühl, dass uns die Luft ausgeht und die Wände mit jeder Sekunde näher an mich heranrücken.

Nikolai ist da draußen, und ich sitze hier fest und kann nichts tun, um ihm zu helfen.

»Kannst du verdammt nochmal einfach aufhören?« Alina springt auf die Füße. Ihr Gesicht ist vampirblass im weißen Licht der LED-Deckenleiste, ihre Brust hebt sich, während sie mich anschaut, und ich merke, dass ich versehentlich wieder mit meinem Fuß geklopft habe.

Bevor ich ihr unfreundlich antworten kann – sie ist nicht die Einzige, deren Nerven blankliegen – sagt Lyudmila etwas auf Russisch. Obwohl ihr rundes Gesicht ebenfalls blass ist, ist der Tonfall ihrer Stimme beruhigend, und Alina sinkt zurück auf ihren Futon, schiebt ihr Haar mit einer zitternden Hand zurück, bevor sie ihr rotes Abendkleid glättet.

Ich starre sie an und bin erstaunt, wie verstört sie ist, viel mehr als bei dem Vorfall mit Slava. Weiß sie etwas, was ich nicht weiß?

Sind wir in einer noch größeren Gefahr, als mir bewusst ist?

Ich setze Slava auf dem Bett ab und gehe zu ihr hinüber. Der Zementboden ist kalt an meinen nackten Füßen – in der Eile, hierherzugelangen, habe ich meine Riemchenschuhe in Nikolais Büro zurückgelassen. Ich setze mich neben sie auf den Futon und frage leise: »Geht es dir gut?«

Sie sieht mich an, und ihre jadefarbenen Augen glitzern zu hell.

»Geht noch etwas anderes vor?«, frage ich. »Du scheinst ungewöhnlich aufgeregt zu sein – nicht, dass du keinen guten Grund dazu hättest.«

Sie öffnet den Mund, um etwas zu sagen, schüttelt dann aber den Kopf. »Es ist nichts.« Ihre Stimme ist fest. »Ich bekomme schlimme Kopfschmerzen, das ist alles.«

Natürlich. Das passiert, wenn sie unter Stress steht. Armes Ding. Ich bedecke ihre eisige Hand mit meiner, froh, mich auf etwas anderes als meine eigene lähmende Angst zu konzentrieren. »Hast du deine Medikamente dabei?«

»Nein.«

Ich werfe einen Blick auf die ausklappbare Leiter, die zur

Garage hinaufführt. Wie stehen die Chancen, dass ich schnell nach oben laufen und sie für sie holen kann?

»Denk nicht mal dran«, fährt mich Alina an, die mit der unheimlichen Fähigkeit ihres Bruders meine Gedanken liest. »Wenn ich sie will, dann hole ich sie mir selbst. Aber keiner von uns sollte …«

Das Deckenlicht flackert, als ein lautes *Bumm* den Raum erschüttert, und mein Magen krampft, während Gips auf unsere Köpfe regnet.

Gemeinsam springen wir auf, und ich eile zu Slava, dessen Augen jetzt vor Angst geweitet sind. »Mama Chloe.« Seine Stimme ist dünn, als ich ihn hochnehme und sein spürbares Gewicht auf meine Hüfte setze. »Wo ist Papa? Das gefällt mir nicht. Ich will ihn bei mir haben.«

Ich schließe meine Arme um ihn. »Ich auch, mein Schatz. Ich auch. Aber mach dir keine Sorgen. Es wird alles gut werden. Dein Daddy wird bald hier sein. Wir müssen nur warten.« Ich hoffe, Slava kann nicht spüren, dass ich zittere – oder den Ausdruck auf Alinas Gesicht sehen.

Es sieht so aus, als ob sie in den Todestrakt gebracht wurde und die Hinrichtung für heute geplant ist.

Lyudmila muss es bemerkt haben, denn sie geht auf Alina zu, legt einen Arm um ihre schlanken Schultern und murmelt etwas auf Russisch. Ich höre die Worte »Alexej« und »braht« – das russische Wort für *Bruder* – und wünsche mir zum hundertsten Mal, dass ich mehr Russisch könnte.

Ich wünschte auch verzweifelt, ich wüsste, was da oben passiert, ob Nikolai und Pavel okay sind. Zusätzlich zu den ganzen Vorräten gibt es auf der anderen Seite des Raumes ein Panel mit Monitoren – vermutlich ein Fenster zur Außenwelt –

aber das Einzige, was wir auf den Monitoren sehen konnten, als wir sie einschalteten, war Rauschen.

»Was denkst du, was das war?«, frage ich, da ich nicht in der Lage bin, länger zu schweigen. Trotz meiner Bemühungen verrät meine Stimme meine Aufregung und die schreckliche Angst, die in mir nagt, wenn ich daran denke, dass Nikolai verletzt werden könnte. Ich drücke Slava fester an mich und beruhige meinen Tonfall. »Was die Explosion verursacht hat, meine ich. Denkst du …«

»Könnte ein Granatwerfer sein.« Alinas Stimme ist jetzt tonlos, seltsam frei von Emotionen, als sie sich aus Lyudmilas stützender Umarmung befreit, und obwohl ihre Augen immer noch mit dieser schmerzhaften Helligkeit glitzern, sind ihre Züge wieder gefasst. »Sie hätten sie auf die Garage abfeuern können, um unsere Fahrzeuge auszuschalten und die Möglichkeit der Flucht zu eliminieren. Entweder das, oder sie haben Sprengstoff direkt an der Garageneinfahrt platziert – was bedeuten würde, dass sie bereits hier sind, im Haus.«

Und Nikolai schwer verletzt oder tot ist.

Die Übelkeit, von der sich mein Magen zusammenzieht, ist so stark, dass ich schlucken muss, um mich nicht zu übergeben. Ich muss meine ganze Kraft zusammennehmen, um meine Stimme um Slavas willen ruhig zu halten. »Gibt es hier unten irgendwelche Waffen? Ich war schon ein paarmal auf einem Schießstand, also kann ich …«

Alina geht bereits zu dem Panel mit den Monitoren, wo sie ihre Handfläche gegen die Wand drückt, so wie Nikolai es in seinem Büro getan hat. Und wie in seinem Büro gleitet die Wand weg und enthüllt eine Waffensammlung, die einen Waffenhändler stolz machen würde.

»Mein Bruder ist auf alles vorbereitet«, sagt sie und nimmt

sich eine Glock. »Es ist unwahrscheinlich, dass sie diesen Raum in nächster Zeit finden, aber wenn sie es tun, sind wir bereit.« Sie lädt die Waffe mit schnellen, sicheren Bewegungen, die mich erkennen lassen, dass sie mehr als nur ein paarmal auf einem Schießstand war.

In der Tat könnte sie mit dieser Waffe genauso gefährlich sein wie ihr Bruder – und der ist tödlich. Ich habe ihn in Aktion gesehen. Er kann auf sich aufpassen.

Zumindest sage ich mir das, um nicht völlig auszuflippen, während ich Slava absetze, um mich zu bewaffnen. Er hält sich sofort an meinen Beinen fest, starrt zu mir hoch, und Feuchtigkeit sammelt sich in seinen riesigen Augen. »Ich will zu Daddy.« Seine Unterlippe bebt. »Wo ist er?«

Ich streichele sein seidiges Haar, während sich meine Brust quälend zusammenzieht. »Ich weiß es nicht, Liebling, aber ich bin sicher, dass wir ihn bald sehen werden. Im Moment müssen wir einfach nur vorbereitet sein, okay? Damit dein Daddy weiß, dass wir bei der Übung nicht versagt haben und dass wir auf uns selbst aufpassen können – dass wir alle stark sind, wie Superman.«

Slava schnieft, lässt aber meine Beine los und tritt zurück, um mich vorbeizulassen.

»Guter Junge.« Ich werfe einen Blick auf Lyudmila, um zu sehen, ob sie ihn für den Moment übernehmen kann, aber sie bewaffnet sich ebenfalls und handhabt die Waffen mit der gleichen beeindruckenden Geschicklichkeit wie Alina. Was die Frage aufwirft …

»Was zum Teufel machen wir hier unten?«, platzt es aus mir heraus und vergesse mich für einen Moment. »Wir sollten da draußen sein und ihnen helfen!« Als ich merke, dass ich Slava Angst mache, senke ich meine Stimme, während ich eine Waffe nehme und sie lade. »Vielleicht kann einer von uns hier unten bleiben und aufpassen ...«

Ein weiteres *Bumm* lässt das Geschirr in der Küche klappern und noch mehr Gips von der Decke herabregnen. Die Lichter flackern einige Male, dann gehen sie aus und stürzen uns in die totale Dunkelheit.

In der darauffolgenden Stille ist nur mein abgehacktes Atmen zu hören – und der Klang von gedämpften Schüssen über mir.

51

NIKOLAI

Mein Funkgerät erwacht knisternd zum Leben, als ich aus dem Haus trete. »Kirilov hier. Kannst du mich hören?«

Mein Magen entspannt sich leicht. »Ich bin's, Nikolai. Ich höre dich.« Die Wachen müssen gemerkt haben, was los ist, und haben sich den Notvorrat an Funkgeräten aus ihrem eigenen Faradayschen Käfig geholt. »Statusbericht, jetzt.«

»Zwölf schwer bewaffnete Angreifer auf der Nordseite der Mauer, fünfzehn am Tor. Wir haben die Hälfte von ihnen ausgeschaltet und halten den Rest auf. Drohnen oder Kameras sind außer Betrieb, und wir haben den Kontakt zu Arkash und Ivanko an der Ostwand verloren.«

Scheiße. Das bedeutet, dass es höchstwahrscheinlich einen Verstoß gegeben hat. »Nimm so viele Männer, wie du entbehren kannst, und geh da rüber. Schicke auch Verstärkung zum Haus – Pavel und ich könnten sie brauchen.«

»Schon dabei.«

Das Funkgerät verstummt, und ich bewege mich schneller. Wenn unsere Feinde bereits hier sind, innerhalb der Umzäunung, bleibt nur noch sehr wenig Zeit, um eine wichtige Verteidigungslinie vorzubereiten – die Bomben, die ich rund um das Haus vergraben habe.

Die erste befindet sich auf der Auffahrt, genau dreieinhalb Meter von der Haustür entfernt. Ich trete auf den dezent markierten Kiesplatz, nehme einen ferngesteuerten Aktivierungsanhänger heraus und tippe die erforderliche PIN ein, um ihn mit dem darunter liegenden Sprengstoff zu verbinden. Es kann nur aus nächster Nähe geschehen, so dass niemand versehentlich die Bombe zünden kann, indem er sich das Gerät aus meinem Büro-Safe schnappt. Nicht, dass es wahrscheinlich ist, da Pavel die einzige andere Person ist, die den Code zu meinem Safe kennt, aber da mein Sohn hier immer spielt, konnte ich es nicht riskieren.

Die zweite Bombe befindet sich an der südöstlichen Ecke des Hauses, die dritte bei der Garage. Ich synchronisiere die Fernauslöser mit beiden und funke Pavel an, um seine Fortschritte im Haus zu überprüfen, von denen ich einen Teil – die schweren Metallfensterläden, die die Fenster bedecken – schon sehen kann.

»Alles bereit«, berichtet er. »Ich gehe rauf aufs Dach.«

»Ich komme gleich zu dir.«

Da wir an zwei Ecken positioniert sind, wird sich niemand ungesehen dem Haus nähern können, und die Scharfschützengewehre und Maschinengewehre, die wir dort stationiert haben, werden alles abhalten, was nicht gerade eine Armee ist.

Ich will Pavel gerade anweisen, zusätzliche Munition zu

holen, als eine flackernde Bewegung zu meiner Rechten meine Aufmerksamkeit erregt. Schnell trete ich hinter einen dicken Baum – und beobachte mit Wut und Unglauben, wie dutzende Gestalten in schwarzer SWAT-Ausrüstung aus dem Wald strömen.

52

NIKOLAI

*I*ch zähle dreiunddreißig Angreifer, bevor ich das Feuer eröffne und auf das ziele, was ich für die Lücken in ihren Ganzkörperpanzern vermute. Ich muss Alexej zugestehen, dass es sich um eine richtige militärische Operation handelt, mit einer kompletten, gut ausgerüsteten Armee.

Sie kamen vorbereitet für den Krieg, und Krieg ist das, was ich vorhabe, ihnen zu bieten.

Ich denke nicht an Chloe, Alina und meinen Sohn, die in dem Schutzraum unter dem Haus versteckt sind, konzentriere mich nicht darauf, was mit ihnen passieren wird, wenn ich versage. Ich kann nicht. Nicht, wenn ich hier erfolgreich sein will. Vor mir steht eine weitaus größere Streitmacht als erwartet – so sehr wir auch auf einen Angriff vorbereitet waren, überrascht mich diese Wildheit und dieses Ausmaß.

Ich habe unterschätzt, wie sehr die Leonows Slava zurückhaben wollen, was Alexej bereit ist zu tun, um mir

meinen Sohn – seinen Neffen – wegzunehmen. Es sei denn …
Slava ist nicht das einzige Mitglied meiner Familie, hinter dem
er her ist.

Aber nein. Das ist Wahnsinn. Dieser Verlobungsvertrag war
schon immer ein kranker Witz, ein nutzloses Stück Papier.

Es ist unmöglich, dass Alexej diese Armee mitgebracht hat,
um sich Alina zu holen.

Meine Kugeln schalten fünf der Angreifer aus, bevor sie
merken, wo ich bin und das Feuer in meine Richtung eröffnen.
Ich warte zehn Sekunden, während ihre Kugeln Stücke der
Rinde von meinem Baum reißen, dann feuere ich zurück, ohne
zu zielen. Das Ziel ist es nun, Zeit zu gewinnen, bis Pavel auf
dem Dach ankommt und unsere Verstärkung eintrifft –
vorausgesetzt, sie kommt überhaupt.

In Anbetracht der Anzahl an Feinden, mit denen wir es zu
tun haben, ist es möglich, dass Kirilov und seine Männer
bereits ausgeschaltet wurden.

Ein Kugelhagel prallt an den nahen Bäumen ab und verfehlt
meine Schulter nur um Zentimeter. Alexejs Männer kommen
näher und schwärmen aus, stelle ich grimmig fest. Wenn ich
hierbleibe, werde ich in kürzester Zeit umzingelt sein, aber
wenn ich weglaufe, werden mich ihre Kugeln noch schneller
niedermähen.

Ich lasse mich auf den Bauch fallen und schmiere mir
Schmutz ins Gesicht, um den hellen Farbton meiner Haut zu
verbergen. Dann spähe ich vorsichtig hinter dem Baum hervor
und nutze das hohe Unkraut um mich herum als Deckung.

Wie ich vermutet habe, haben sich die Angreifer in zwei
Gruppen aufgeteilt – eine, um mich zu umzingeln, die andere,
um weiter in Richtung Haus zu gehen. Acht der schwarz
gekleideten Gestalten befinden sich auf der Auffahrt und

nähern sich der Haustür, während fünf andere um das Haus herum zur Garage schleichen, um vermutlich zu versuchen, von dort aus ins Haus zu gelangen.

Mein Herzschlag dröhnt mir in den Ohren, Schweiß durchnässt meinen Rücken, während ein neuer Kugelhagel um mich herum Schmutzbrocken aufwirbelt, doch ich warte, still und stumm, habe meine ganze Aufmerksamkeit auf die Bedrohung meiner Familie gerichtet, auf die Frau und das Kind, die mein ganzes Leben sind.

Wenn ich sie retten kann, werde ich glücklich sterben.

Wenn ich ihre Sicherheit gewährleisten kann, ist nichts anderes wichtig.

Ich warte, und als der richtige Moment gekommen ist, zünde ich die Bombe in der Einfahrt und eine Sekunde später die neben der Garageneinfahrt. Sie explodieren mit der Wucht von Landminen, reißen jeden im Umkreis von drei Metern in Stücke und färben die nächtliche Landschaft rot.

Sie lenken auch die Männer ab, die mich jagen. Sie drehen sich um und sehen, wie ihre Teamkameraden in die Luft gejagt werden. Zwei Sekunden sind alles, was ich brauche, um aufzuspringen und zu der Baumgruppe an der Seite der Garage zu sprinten, um die Reihe der schwer bewaffneten Männer vor mir zu umrunden. Mein Ziel ist einfach: den Garageneingang um jeden Preis zu schützen und sie vom unterirdischen Schutzraum fernzuhalten.

Eine Kugel zischt an meinem Ohr vorbei, als ich renne. Eine andere küsst meinen Bizeps mit stechendem Feuer.

Sie sind mir auf den Fersen.

Es ist vorbei.

Eine merkwürdige Ruhe legt sich über mich, die Gewissheit, dass der Tod kommt. Mein Herzschlag verlangsamt sich fatalistisch, doch mein Körper bewegt sich weiter, und meine Beinmuskeln arbeiten mit größter Anstrengung. Ein sechster Sinn bringt mich dazu, eine scharfe Kurve nach rechts und dann nach links zu laufen, aber trotzdem streift eine Kugel meine rechte Schulter und hinterlässt einen weiteren Feuerschweif in ihrem Kielwasser.

Die Baumgruppe ist jetzt näher, ein paar weite Sprünge entfernt, aber selbst ein Meter ist zu weit, wenn man über freies Feld laufen muss und wer weiß wie viele Waffen im Rücken hat, die tödliche Bleiklumpen ausspucken.

Instinktiv drehe ich mich um, und mehrere Kugeln zischen über mich hinweg, genau dorthin, wo mein Oberkörper und mein Kopf gewesen wären. Aber gerade als ich mich darauf vorbereite, zu spüren, wie sie mein Fleisch zerreißen, bricht über mir eine gewaltige Explosion aus – und mein Puls beschleunigt sich wieder, als ich das Rattern eines Maschinengewehrs erkenne.

Pavel ist auf dem Dach angekommen.

Ich habe endlich Deckung.

Er mäht die schwarz gekleideten Gestalten nieder, während sie sich zurück in den Wald zerstreuen und ich es zu der Baumgruppe schaffe, wo ich ebenfalls anfange zu schießen. Es dauert nicht lange, bis sich alle Angreifer – die, die sich noch bewegen können – zurückgezogen haben und ihre Schüsse verstummt sind.

Auch das Maschinengewehr hört auf zu feuern.

Ich wische mir den Schweiß und Schmutz aus dem Gesicht und nehme mein Funkgerät heraus. »Kirilov? Bist du da?«

Ein Knistern, gefolgt von Rauschen.

Scheiße.

Ich wechsele den Kanal. »Pavel?«

»Immer noch hier. Aber ich glaube, sie haben die meisten unserer Männer erwischt.«

Ich ignoriere das scharfe Zwicken in meiner Brust. »Ich weiß. Es wird eine verdammt lange Nacht werden.«

Während ich spreche, betrachte ich den Wald, auf der Suche nach irgendeiner Andeutung von Bewegung. Nach meiner Zählung sind nur vierundzwanzig unserer Angreifer auf dem Boden, neun unentdeckt geblieben – plus wie viele ihrer Kameraden auch immer den Kampf mit unseren Wachen überlebt haben.

Ich bin so sehr auf meine Aufgabe konzentriert, dass ich fast die dunkle Gestalt übersehe, die direkt neben der Garageneinfahrt aus dem Schatten tritt – und als ich meine Waffe in ihre Richtung schwinge, ist es schon zu spät.

Als der Feind zur Seite springt, um meinen Kugeln auszuweichen, explodiert das Garagentor zu Einzelteilen, und die Schockwelle zerreißt fast mein Trommelfell.

53

NIKOLAI

Ich laufe los, bevor das Geräusch der Explosion verklungen ist.

»Gib mir Deckung«, zische ich in das Funkgerät, laufe auf das brennende Loch in der Garage zu, und ignoriere das hohe Klingeln in meinen Ohren.

Ich muss in die Garage, bevor sich der Angreifer von der Explosion erholt.

Ich muss ihn abfangen, bevor er hineinkommt und den Schutzraum findet.

Während ich renne, schlagen die Kugeln um mich herum ein und schleudern Gras- und Schmutzbrocken hoch, aber Pavels Maschinengewehr hält die Schützen auf ausreichend Abstand, um ihre Zielsicherheit zu stören.

Je näher ich der Garage komme, desto mehr wird das Ausmaß des Schadens deutlich. Der Wichser muss Sprengstoff direkt an die Unterseite der Tür geklebt haben, denn die Wucht der Explosion riss nicht nur das schwere Metall auseinander, sondern hinterließ auch ein geschwärztes Loch im Boden um sie herum. Und – *fuck*. Dort sind tatsächlich freiliegende Drähte.

Die Explosion muss auch den Strom im Schutzraum ausgeschaltet haben.

Er wird nicht ausbleiben – in ein paar Minuten wird das zweite Notstromaggregat anspringen, aber ich kann mir nur vorstellen, wie verängstigt Chloe und Slava jetzt sein müssen. So dick wie die Decke und die Wände des Tresorraums auch sind, ist es unmöglich, dass sie diese Explosion nicht gehört haben – oder auch die Bombe, die ich in der Nähe gezündet habe.

Egal. Ich werde sie trösten, sobald wir alle in Sicherheit sind.

Wo wir gerade dabei sind, wo ist der verdammte Bombenleger? Ist es zu viel, zu hoffen, dass der Bastard seine eigene Explosion nicht überlebt hat?

Mein Herz pumpt pures Adrenalin, und meine Nerven pulsieren mit erhöhter Aufmerksamkeit, als ich durch die brennende Öffnung in die dunkle Garage trete und den Atem anhalte, um keinen Rauch einzuatmen. Es ist vergeblich. Als ich tiefer vordringe, stelle ich fest, dass der Rauch jede Spalte des Raumes ausgefüllt hat, so dicht, dass er das rote Glühen der Flammen verdunkelt.

Leise fluchend reiße ich ein Stück Stoff von meinem Hemd und drücke das behelfsmäßige Tuch an mein Gesicht, um zu verhindern, dass ich huste, während ich um einen unserer SUVs herumgehe und die dunstige Dunkelheit nach Anzeichen von Bewegung absuche … und auf das Husten von jemand anderem lausche.

Und dann höre ich es.

Ein einzelnes Husten, gefolgt von einem ausgewachsenen Hustenanfall – nur ist es nicht das tiefe Husten eines Mannes, sondern ein kleiner, hoher Ton.

Der Husten eines kleinen Kindes.

54

CHLOE

»Slava? Slava, wo bist du?« Ich taste in der Dunkelheit um mich herum, mein Herz klopft unheimlich schnell, während ich die Waffe in mein Mieder stopfe. »Alina, Lyudmila, seid ihr da? Wo ist er? Ich kann Slava nicht finden.«

»Er war direkt neben dir.« Alinas Ton ist genauso angespannt wie meiner. »Slava! Slavochka, *ti gdye?*«

Keine Antwort.

Ich wirbele herum und strecke die Arme aus. »Slava! Das ist kein Spiel. Wir spielen hier nicht Verstecken. Lyudmila, siehst du ihn?«

»Nein.« Sie klingt ebenso besorgt. »Vielleicht hat er sich verletzt. Ich suche jetzt nach Licht.«

Richtig. Hier muss es doch ein paar Taschenlampen geben. Ich kneife die Augen zusammen, dann öffne ich sie und versuche, meine Sehkraft an die Dunkelheit anzupassen – und zu meiner Überraschung funktioniert es.

Es ist jetzt nicht stockdunkel um mich herum. Tatsächlich kommt ein schwaches Licht von der anderen Seite des Raumes.

Der Seite, auf der die Leiter steht.

Mein Herzschlag beschleunigt sich weiter, während ich auf sie zusteuere und mein Bestes gebe, um nicht zu stolpern. »Slava? Slava, komm her!« Meine Panik wächst von Sekunde zu Sekunde. Nicht nur das Kind ist verschwunden, sondern ich fange an, etwas Scharfes und Beißendes zu riechen.

Rauch.

»Slava!« Meine Stimme steigt in Tonlage und Lautstärke, als mehr des Lichts meine Augäpfel erreicht und meinen Magen mit kaltem Schrecken füllt.

Es gibt keinen Zweifel mehr, wohin Slava gegangen ist.

Die Deckentür am oberen Ende der Leiter ist aufgestoßen.

55

NIKOLAI

Der Schrecken, der mich ergreift, ist so absolut, dass ich für einen Moment sicher bin, dass ich mich verhört habe, dass der Husten des Kindes nichts weiter als eine Halluzination war, die durch den ganzen Rauch hervorgerufen wurde.

Das kann nicht mein Sohn sein. Er ist unten im Schutzraum, wo es verdammt nochmal sicher ist. Wo er mit Chloe und meiner Schwester sein sollte.

Aber nein. Da ist wieder dieses Husten, gefolgt von einem schmerzhaft vertrauten »Papa? Daddy?«.

Mein Magen ist ein Eisball, aber ich behalte genug Geistesgegenwart, um nicht zu schreien, dass ich hier bin, für den Fall, dass der Feind auch hier drin ist. Stattdessen gehe ich in die Hocke und bewege mich dorthin, wo ich Slavas Stimme gehört habe – ein Schritt, der mir hilft, sauberere Luft zu atmen, da weiter oben mehr Rauch ist.

Trotzdem wächst der Hustenreiz, als die giftigen Partikel

meine Lunge füllen. Meine Brust hebt sich krampfhaft, meine Augen tränen von der Anstrengung, den Reflex zu unterdrücken, und ich weiß, dass ich mich in Kürze verraten werde.

Ich muss Slava so schnell wie möglich ausfindig machen.

»Papa? Wo bist du?«

Scheiße. Seine Stimme klingt weiter weg.

Er steuert auf das Garagentor zu und versucht, dem Rauch zu entkommen.

Wieso zum Teufel ist er allein? Ist etwas mit Chloe und Alina passiert?

Ich bleibe unten am Boden und eile ihm hinterher. Mein Herz pocht heftig, während meine Lungen weiter schreien, dass ich husten muss, um die verunreinigte Luft auszustoßen.

»Daddy?«

Slavas winzige Gestalt wird kurz vom Schein der Flammen umrissen, dann tritt er durch das brennende Loch und verschwindet nach draußen.

Scheiß drauf. Hustend stehe ich ruckartig auf und starte einen Sprint.

Wenn ich mir eine Kugel einfange, dann soll es so sein.

Ich stürme nach draußen, die Waffe im Anschlag, und sehe ihn.

Mein Sohn, der nur ein paar Meter entfernt steht und dessen kleines Gesicht sich bei meinem Anblick aufhellt.

»Daddy!« Er fuchtelt mit einem Messer in der Luft herum. »Ich bin gekommen, um zu helfen – wie Superman.«

Mein Herz klopft mit einer Mischung aus Angst und Erleichterung, als ich mich auf ihn zubewege – nur um zu erstarren, als eine dunkle Gestalt aus dem Schatten hinter ihm auftaucht und eine Waffe auf mich richtet.

»Komm her, Slavchik«, sagt Alexej Leonow und zieht mit einer Hand seine Gesichtsmaske herunter, um schwarze Augen zu enthüllen, die im Licht der züngelnden Flammen hinter mir glühen. »Du bist jetzt in Sicherheit, Junge. Dein Onkel ist gekommen, um dich nach Hause zu holen.«

56

CHLOE

Ich vergesse alles, als ich den langen Rock meines Kleides hochziehe und die Leiter hinaufklettere. Mein Entsetzen wächst, als ich durch die offene Deckentür klettere und mich dichter Rauch einhüllt, dessen beißender Geruch sich in meine Nasenlöcher schlängelt und meine Augen brennen lässt.

»Slava!« Ich huste und spähe durch die trübe, rot gefärbte Dunkelheit. »Slava, komm zurück!«

Nichts. Keine Antwort.

»Chloe, warte!«

Ich ignoriere Alinas Ruf, klettere komplett hinaus und blicke über die rauchige Hölle, die das Innere der Garage ist. Es ist wie eine Szene aus einem Katastrophenfilm, komplett mit putzüberzogenen Autos mit zerbrochenen Scheiben und flackernden Flammen neben der großen Metalltür – einer Tür, die ein riesiges, brennendes Loch hat.

Mein Puls schießt in die Höhe, ich beginne zu laufen und

699

ignoriere die Glasscherben und steinartigen Betonbrocken, die sich in meine nackten Füße beißen. Der Schmerz ist nichts im Vergleich zu dem Grauen, das in meinem Magen rumort.

In diesem Loch muss Slava verschwunden sein.

Er muss direkt nach der Explosion hierhergekommen und nach draußen gerannt sein, direkt in Gott weiß was für eine Gefahr.

Wenigstens sind jetzt keine Schüsse zu hören – aber das kann sich jeden Moment ändern. Hustend ziehe ich die schwere Waffe aus meinem Mieder und halte sie mit beiden Händen fest umklammert, damit sie mir nicht aus den verschwitzten Fingern rutscht.

»Slava!« Ich renne durch das Loch, ignoriere die Flammen, die sich an den Rändern festfressen – nur um dann vor Entsetzen zum Stehen zu kommen.

Vor mir liegt eine Szenerie, die direkt aus einem Western zu stammen scheint: Nikolai und ein unbekannter Mann haben Gewehre in einem tödlichen Patt aufeinandergerichtet, und in ihrer Mitte steht Slava mit weit aufgerissenen Augen.

57

CHLOE

Hyperventilierend hebe ich meine Waffe und richte den Lauf auf den Fremden. »Lass deine Waffe fallen und geh zurück!«

Ich will autoritär klingen, aber stattdessen kommen meine Worte in einem heiseren, zitternden Krächzen heraus, da meine Kehle rau vom Rauch ist.

Der düstere Blick des Mannes zuckt für eine Millisekunde zu mir, aber er bewegt sich keinen Zentimeter. »*Idi syuda*, Slavchik.« Seine tiefe Stimme ist unheimlich ruhig. »*Bystro.*«

Zu meiner Überraschung verstehe ich den ersten Teil des Satzes.

Komm her, sagte der Fremde, und benutzte eine andere Verkleinerungsform des Namens unseres Kindes.

Nikolais Blick verlässt das Gesicht seines Gegners nicht, obwohl ich weiß, dass er sich meiner Anwesenheit bewusst ist. Ich kann die tödliche Spannung spüren, die von ihm ausgeht, sehe, wie sich sein harter Kiefer bewegt.

»Mein Sohn geht nirgendwo mit dir hin«, knurrt er den Fremden auf Englisch an. »Slavochka, stell dich hinter mich. Jetzt.«

Slava schaut verwirrt, sein Blick wandert zwischen den beiden Männern hin und her. »*Dyadya Lyosha? Papa?*«

Dyadya. Ich zermartere mir das Hirn für eine Übersetzung, und dann fällt es mir ein.

Onkel bedeutet dieses Wort. Und *Lyosha* ist wahrscheinlich die Verkleinerungsform von *Alexej*.

Nikolai hatte recht. Es *sind* die Leonows – oder zumindest einer von ihnen.

Slavas Onkel.

Die Waffe ist schwer in meinen ausgestreckten Händen, viel schwerer, als es in Filmen dargestellt wird. Meine Schultern und Nackenmuskeln beginnen zu schmerzen, meine Unterarme ermüden vom festen Umfassen der Waffe. Ich ignoriere das Unbehagen und halte sie auf den Mann gerichtet, während mein Verstand wild herumwirbelt und versucht, einen Ausweg aus dieser beschissenen Situation zu finden.

Nach allem, was Nikolai mir über die Leonows erzählt hat, habe ich beinahe Hörner und einen Schwanz erwartet, und es *gibt* etwas Dämonisches in Alexejs rauen Zügen – besonders in seinen Augen. Sie sind so dunkel, dass sie schwarz erscheinen und mich an Teertümpel in den Tiefen eines Vulkans denken lassen, komplett mit einem rötlichen Schimmer von den flackernden Flammen, die sich darin spiegeln. Doch der Mann ist nicht hässlich, ganz im Gegenteil.

Wenn Nikolai die Messlatte für männliche Schönheit nicht so hoch angesetzt hätte, hätte ich Slavas Onkel vielleicht gefährlich attraktiv gefunden.

Nicht, dass sein Aussehen eine Rolle spielt, wenn er die

Waffe auf Nikolai gerichtet hält, und *seine* dick bemuskelten Arme zeigen keine Anzeichen von Ermüdung. Genauso wenig wie Nikolais. Beide Männer könnten genauso gut aus Stahl sein, und ihre Gesichter sind vom gegenseitigen Hass angespannt.

Slava hingegen scheint dieses Gefühl nicht zu teilen. Wenn überhaupt, scheint er zwischen seinem Vater und seinem Onkel hin- und hergerissen zu sein. Sein Blick wandert von einem zum anderen, seine Haltung spricht eher von Verwirrung über die Spannung zwischen den beiden Erwachsenen als von Angst vor dem Eindringling.

Wenn das Kind missbraucht wurde, während es bei der Familie seiner Mutter lebte, dann war es nicht durch die Hände dieses Mannes.

Ich treffe eine Entscheidung und gehe vorsichtig vorwärts. So viel Angst ich auch um Nikolai habe, ich muss Slava aus der direkten Schusslinie bringen.

»Slavochka …« Ich mache meine Stimme so ruhig und sanft, wie ich kann. »Bitte komm zu mir. Mama Chloe braucht dich hier.«

Der Junge bewegt sich nicht. Irgendwie muss er spüren, dass seine Anwesenheit das Einzige ist, was die Gewalt von einer Eskalation abhält.

Ich riskiere einen weiteren halben Schritt nach vorne, und Slava bewegt sich endlich und stürzt auf mich zu. Sobald er nahe genug ist, packe ich ihn am Arm und schiebe ihn hinter mich, blockiere ihn mit meinem Körper, während ich beginne, zurückzutreten.

Der Fremde stößt ein raues Lachen aus, seine dunklen Augen blitzen kurz zu dem Ring an meinem Finger. »Mama Chloe also?« Wie Nikolais ist auch sein Englisch so amerikanisch wie nur möglich. »Schätzchen … wenn du noch einen Muskel bewegst, blase ich dir das Hirn weg, und dann das deines geliebten Mannes. Übrigens, herzlichen Glückwunsch zu eurer Hochzeit«, fährt er fort, während ich auf der Stelle erstarre. »Ich nehme an, sie war erst kürzlich?«

Nikolais Augen sind zu Schlitzen verengt, und seine Stimme ist tödlich leise. »Das geht dich einen Scheißdreck an. Jetzt geh, bevor ich den Boden mit *deinem* Gehirn bespritze. Da wir anscheinend eine Familie sind und so, werde ich dich gehen lassen, bevor die Wachen hier sind.«

»Welche Wachen?« Alexejs scharfkantiges Lächeln ist voller weißer Zähne und Grausamkeit. »Es sind jetzt nur noch ich und meine Männer hier. Und du bist verdammt high, wenn du denkst, dass ich ohne das gehe, wofür ich gekommen bin. Übergib mir den Sohn meiner Schwester und Alina – und vielleicht, nur vielleicht, lasse ich dich und deine hübsche Braut am Leben. Da wir bald eine noch engere Familie sein werden und so.«

Ich blinzele. Alina? Was hat sie mit irgendetwas zu tun? Und was meint er mit engerer Familie?

Nikolais Stimme wird noch weicher, eine tödliche Drohung in jeder sanft gesprochenen Silbe. »Du hast genau dreißig Sekunden, um die Klappe zu halten und zurückzutreten, bevor ich das Feuer eröffne.«

»Mit ihr und dem Kind hier? Das glaube ich nicht.« Sein Blick schweift für eine weitere Millisekunde zu mir. »Außerdem haben meine Scharfschützen euch beide im Visier.«

Mein Magen zieht sich noch enger zusammen, aber Nikolai fletscht nur die Zähne. »Blödsinn. Sie haben keine freie Sicht.«

»Nein? Wollen wir wetten?« Alexej grinst gefährlich. »So oder so, ich brauche nur zu warten, und meine Männer werden

den Schützen auf deinem Dach ausschalten – dann bist du komplett umzingelt, und ich nehme mir, was ich will.«

»Nicht, wenn du bis dahin tot bist.« Nikolais Gesichtsausdruck ist eisig dunkel. »Du hast noch zwanzig Sekunden Zeit. Neunzehn. Achtzehn …«

Mein Herzschlag beschleunigt sich, und meine Angst verdoppelt sich mit jeder gezählten Sekunde. Er meint es ernst, ich kann es sehen – und Alexej auch, dessen schwarze Augen sich ebenfalls verengen. Die nach Rauch duftende Luft ist so dicht mit beginnender Gewalt, dass ich praktisch den warmen, kupferfarbenen Sprühnebel des Blutes schmecken kann, wenn die Kugeln durch Fleisch und Knochen dringen.

Einer oder beide dieser Männer werden heute Abend hier sterben.

Nikolai wird nicht zulassen, dass sein Sohn entführt wird, und Alexej wird nicht nachgeben.

Ich muss etwas tun.

Wenn Nikolai recht hat, dass die Scharfschützen keine freie Schussbahn haben, sind wir zu zweit gegen Alexej. Wenn ich schieße, vielleicht …

»Stopp!« Wie ein Gespenst taucht Alina aus der rauchigen Dunkelheit der Garage auf. Das Blutrot ihres Kleides kontrastiert mit der gespenstischen Blässe ihrer Haut und dem tiefschwarzen Vorhang ihrer Haare.

Wie ich ist sie bewaffnet, aber im Gegensatz zu mir hält sie ihre Waffe locker an ihrer Seite, den Lauf auf den Boden gerichtet.

»Halt, Alexej, bitte.« Sie tritt durch die zerklüftete Öffnung, der Schein der verlöschenden Flammen färbt ihre jadefarbenen Augen in einen grünlichen Haselnusston. »Slava wird nirgendwo hingehen, das weißt du. Mein Bruder wird seinen

Sohn nicht aufgeben. Und er ist nicht ...« Ihre Stimme versagt. »Er ist sowieso nicht derjenige, den du willst.«

Ich hole tief Luft, um endlich zu begreifen, was hier passiert. Dieser Mann und Alina – sie kennen sich.

Mehr noch, er denkt, dass er eine Art Anspruch auf sie hat.

»Alina, geh zurück.« Nikolais Ton wird schärfer, als sich Alexejs gesamte Körperhaltung verändert und eine erschreckende Art von Hunger in seinem dämonischen Blick erscheint, als er Alinas Gesicht betrachtet.

Sie hebt ihre Waffe und zielt damit auf sein Gesicht. »Du hast die Wahl«, sagt sie ruhig. »Ich weiß, dass du ein exzellenter Schütze bist, aber das ist mein Bruder auch – und ich bin es ebenfalls. Und Lyudmila ist auch da drin.« Sie neigt ihren Kopf in Richtung der dunklen Garage. »Vielleicht kannst du ein oder zwei von uns ausschalten, bevor unsere Kugeln dich finden – und vielleicht können deine Scharfschützen helfen –, aber niemand wird ungeschoren davonkommen. Du hast vielleicht den Vorteil der Kräfte, die uns umgeben, aber hier sind wir in der Überzahl. Außerdem ...« Ihre Stimme nimmt einen hämischen Tonfall an. »Was nütze ich dir denn, wenn ich tot bin?«

»Alina, halt die Klappe und geh wieder rein«, knurrt Nikolai. »Du musst nicht ...«

»Ich werde mit dir kommen«, fährt sie fort und ignoriert ihren Bruder. »Ich werde den Verlobungsvertrag einhalten. Und im Gegenzug wirst du deine Männer zurückrufen und meinen Neffen vergessen. Er gehört hierher, zu seinem Vater und Chloe – das kannst du selbst sehen.«

Alexejs Augen zucken für einen weiteren Sekundenbruchteil zu mir, betrachten das Kind, das ich mit meinem Körper decke, nehmen die Art und Weise wahr, wie es sich an meine Beine klammert, während es das Geschehen mit großen, verständnislosen Augen beobachtet.

Deshalb sprechen alle Englisch, stelle ich auf einmal fest. Sie hoffen, dass Slava mit seinen noch begrenzten Sprachkenntnissen nicht alles versteht – und es funktioniert zumindest teilweise. Er kann sehen, wie die Erwachsenen mit ihren Waffen aufeinander zielen, aber er versteht nicht ganz, warum.

Alexejs Blick kehrt zu Alina zurück, und die schwarzen Augenhöhlen brennen mit noch dunklerem Hunger. »In Ordnung. Wir haben eine Abmachung. Leg die Waffe weg und komm zu mir.«

»Tu es verdammt nochmal nicht.« Nikolais Stimme ist peitschenscharf. »Ich kann es mit ihm aufnehmen.«

»Vielleicht.« Sie legt ihre Waffe auf den Boden. »Oder vielleicht werdet ihr beide sterben. Vielleicht werden Chloe und Slava das auch tun. Denk darüber nach.«

Nikolais Kiefer krampft sich zusammen. »Ich lasse dich das nicht tun.«

Ein bitteres Lächeln umspielt ihre Lippen. »Es ist nicht deine Entscheidung, Bruder. Es ist auch nicht meine. Diese ganze Schicksalsgeschichte, an die du glaubst? Nun, meine wurde entschieden, als ich fünfzehn war, und es ist Zeit, dass ich aufhöre, davor wegzulaufen. Du und Konstantin habt mich lange genug abgeschirmt.«

Nikolai will weiterargumentieren, das kann ich sehen, aber Alina kommt jeder weiteren Diskussion zuvor, indem sie schnell zu Alexej hinübergeht, der sie am Ellenbogen greift und an seine Seite zieht, sobald sie in Reichweite ist.

Die besitzergreifende Art, wie er sie an sich drückt, lässt keinen Zweifel an seinen Absichten. Seine dunkle Gestalt, die sich über ihr erhebt, lässt mich an Hades denken, der Persephone in die Unterwelt hinabzieht.

Nikolai muss das Gleiche denken, denn sein Gesicht verzieht sich vor Wut, und er macht einen halben Schritt nach vorne – nur um stehen zu bleiben, als Alexejs Finger sich warnend um den Abzug legt.

»Tu es nicht, Kolya.« Alinas Augen glitzern hell, als Alexej anfängt, rückwärts auf die Baumgrenze zuzugehen, sie mit sich ziehend, während er seine Waffe auf Nikolai gerichtet hält. »Ich schaffe das schon. Pass einfach auf Chloe und Slava auf, und wir sehen uns irgendwann in Moskau wieder, okay? Und sag Konstantin, er soll nicht nach mir suchen. Ich will nicht, dass meinetwegen Blut vergossen wird!«

Die letzten Worte erreichen uns wie ein Schrei aus der Ferne, und Nikolais Blick brennt vor Hass, als er seinen Feind mit seiner Beute in der Dunkelheit verschwinden sieht und die Schatten sich um sie schließen, wie die heftige Umarmung eines Liebhabers.

58

CHLOE

Ich wache auf und höre in der Ferne das laute Rattern von Bohrern und Hämmern – ein vertrautes Geräusch der letzten Tage. Seit dem Angriff in der letzten Woche wurden sowohl das Haus als auch das Gelände umfassend renoviert und die Sicherheitsvorkehrungen verbessert, einschließlich einer Verfünffachung unserer Wachmannschaft.

Nikolai ist fest entschlossen, dafür zu sorgen, dass niemand, seien es die Leonows oder ein anderer unserer Feinde, unsere Mauern noch einmal durchbrechen kann, egal wie viele Söldner oder fortschrittliche Waffen sie zur Verfügung haben.

Ich öffne die Augen und betrachte die leere Matratze neben mir sowie das schwache Morgenlicht, das durch die Jalousien dringt. Es ist gerade erst Sonnenaufgang, also muss mein Mann früh aufgestanden sein, um mit seinen Brüdern eine Videokonferenz über die Suche nach Alina zu halten – falls er letzte Nacht überhaupt geschlafen hat. Zu meiner großen Sorge haben seine nächtlichen Läufe seit der Attacke sowohl an Häufigkeit als auch an Dauer zugenommen, so dass ich nicht weiß, wann er überhaupt zur Ruhe kommt.

Die Tür schwingt auf, und das Objekt meiner Überlegungen betritt das Schlafzimmer.

Ich setze mich auf, und mein Herz zieht sich bei dem trostlosen Ausdruck auf seinem Gesicht zusammen.

»Nichts?«, frage ich leise, während er den Raum zu mir durchquert.

Er schüttelt den Kopf. »Es ist, als wären sie vom Angesicht des verdammten Planeten verschwunden. Konstantin glaubt, dass er sie irgendwo abseits des Netzes festhält, aber wo, weiß zu diesem Zeitpunkt niemand.«

»Es tut mir so leid.« Ich greife hinüber, um seine Hand zu drücken, als er sich auf die Bettkante setzt, aber er zieht mich stattdessen auf seinen Schoß. Er schlingt seine starken Arme fest um mich, vergräbt sein Gesicht in meinem Haar und atmet tief ein.

Als er sich zurückzieht, um meinen Blick zu erwidern, hat sich etwas von der Anspannung in seinem Gesicht gelöst. Er streichelt meine Wange und fragt sanft: »Wie fühlst du dich, *zajchik*? Hast du gut geschlafen?«

Ich drehe mein Gesicht und drücke ihm einen Kuss auf die Handfläche, bevor ich seine Hand auf meine Brust lege. »Ja.« Ich lächele, um die anhaltende Sorge in seinen Augen zu vertreiben. »Mir geht es gut, versprochen.«

Zu sagen, dass Nikolai mich in den letzten paar Tagen verhätschelt hat, wäre eine ausgesprochene Untertreibung. Obwohl ein paar oberflächliche Schnitte und Prellungen an meinen nackten Füßen das ganze Ausmaß meiner Verletzungen waren, hat er mich behandelt, als hätte ich eine weitere Schusswunde erlitten – oder zumindest ein schweres Trauma. Und obwohl es stimmt, dass ich wieder Alpträume habe, bin ich weit davon entfernt, zusammenzubrechen.

Nicht, dass ich mir keine Sorgen um Alina machen würde – das tue ich. Nikolai hat mir von dem Verlobungsvertrag erzählt, den ihr Vater mit Boris Leonow geschlossen hatte, als Alina kaum fünfzehn war – und wenn ich noch Zweifel hatte, dass der Mann sein Schicksal durch Nikolais Hände verdient hatte, verschwanden sie in diesem Moment.

Kein Wunder, dass Alexej so getan hatte, als hätte er einen Anspruch auf sie. Durch diesen barbarischen – und zweifelsohne illegalen – Vertrag tut er das. Ich kann nur hoffen, dass seine Gefühle für sie über die dunkle Lust hinausgehen, die ich in dieser Nacht auf seinem Gesicht gesehen habe, und dass er nicht so ein schrecklicher Mann ist, wie sein Ruf vermuten lässt.

Nikolais Lippen verziehen sich zu einem antwortenden Lächeln, während er mich von seinem Schoß schieben will, aber ich schlinge meine Arme um seinen Hals und weigere mich, ihn loszulassen. »Leg dich zu mir, bitte«, murmele ich in sein Ohr. »Ich bin noch nicht bereit, aufzustehen.«

So besorgt wie ich um Alina bin, so besorgt bin ich auch darüber, wie schwer Nikolai das Geschehene mitnimmt. Er hat in der letzten Woche keine einzige Nacht richtig geschlafen und das sieht man an den dunklen Vertiefungen um seine markanten Augen, den tiefen Furchen, die seinen sinnlichen Mund umschließen ... seine unerbittliche Besessenheit von Slavas und meiner Sicherheit.

Nikolai hat sich nicht nur geweigert, die Kameras aus dem Haus zu entfernen, als ich ihn darum gebeten habe, sondern er lässt mich und Slava Tracker-Armbänder tragen, die ihm jederzeit unseren genauen Standort mitteilen und unsere Vitalwerte messen.

Ich habe mich entschieden, ihm in diesem Punkt nicht zu widersprechen, da wir uns auf viel wichtigere Dinge konzentrieren müssen, wie zum Beispiel die Beerdigungen für die gefallenen Wachen – ein weiterer Grund für Nikolais düstere Stimmung. Mehr als ein Dutzend unserer Männer wurden bei dem Angriff getötet, und mehrere weitere wurden schwer verletzt – glücklicherweise waren die meisten von Nikolais Armeefreunden nicht darunter.

Alexejs Männer hielten sie in einer Schlucht fest und hinderten sie daran, uns zu Hilfe zu kommen oder um Hilfe zu funken, aber alle außer Ivanko überlebten. Sogar Arkash, den eine Kugel gefährlich nahe an der Wirbelsäule erwischt hat, wird voraussichtlich wieder vollständig genesen.

Der andere Lichtblick in alldem ist Slava. Nachdem wir ihm erklärt hatten, dass das, was er gesehen hatte, ein Teil der Sicherheitsübung war und dass Alina mit *Onkel Lyosha* in den Urlaub gefahren ist, kehrte der Junge wieder zu seinem fröhlichen Wesen zurück und löcherte mich, Pavel und Lyudmila mit einer Million Fragen über die neuen Wachen und die Bauarbeiten auf dem Gelände.

»Zajchik ...« Nikolais Stimme wird heiserer, als ich meine Lippen ach so unschuldig über sein Ohrläppchen streifen lasse. »Ich wünschte, ich könnte mich dir anschließen, aber ich habe heute Morgen eine Menge Arbeit.«

Natürlich hat er das, aber das kann warten, bis er etwas Schlaf bekommen hat. Ich lasse alle vorgetäuschte Unschuld beiseite, drücke mit meinem Hintern gegen die wachsende Beule in seiner Hose und küsse ihn auf den harten Unterkiefer. »Bitte ...«

Wenn es eine Sache gibt, die die Ereignisse der letzten Woche nicht beeinflusst haben, dann ist es Nikolais Sexualtrieb – und natürlich ist dieser Kuss alles, was er braucht, um mich auf den Rücken zu drehen und mich zu ficken, bis wir beide verschwitzt, wund und mehr als zufrieden sind. Und, wie ich gehofft hatte, erschöpft genug, um zu schlafen ... zumindest diejenigen von uns, die keinen Schlaf bekommen haben.

Ich warte, bis ich sicher bin, dass Nikolai tief schläft, bevor ich mich vorsichtig unter seinem Arm hervorwinde und ins Bad gehe, um zu duschen und mich für den Tag fertig zu machen.

Als ich herauskomme, schläft er immer noch, und die Erschöpfung lastet schwer auf seinen schönen Zügen. Zärtlich lächelnd beobachte ich ihn eine Weile. Dann lasse ich mich in einen Sessel am Fenster sinken und klappe meinen Laptop auf, um die Nachrichten zu checken, wie ich es in den letzten Tagen jeden Morgen gemacht habe.

Wie wir gehofft hatten, haben sich mehr von Bransfords Opfern gemeldet, seit die Geschichte über seinen Übergriff auf Mascha bekannt wurde – und nicht nur die beiden Frauen, die Nikolai gefunden hat. Jeder Tag hat neue, immer schrecklichere Enthüllungen gebracht ... deshalb bin ich so süchtig nach den Nachrichten.

Jede vernichtende Schlagzeile rächt meine Mutter weiter.

Ich öffne den Browser und navigiere zu meiner Lieblingsnachrichtenseite – nur um bei den fettgedruckten Worten auf dem Bildschirm zu erstarren:

BRANSFORD BEGEHT SELBSTMORD IM HOTELZIMMER

Mit aufgewühltem Magen klicke ich auf den Artikel.

Anscheinend wurde Tom Bransford vor etwa 39 Minuten mit aufgeschnittenen Pulsadern in einem Penthouse des Four Seasons aufgefunden. Der Abschiedsbrief an seinem Bett lässt wenig Zweifel daran, was passiert ist.

Das heißt, wenig Zweifel für alle, die meinen Mann nicht kennen und wissen, wozu er fähig ist.

Ich lege den Laptop beiseite, stehe auf und gehe zum Bett. Mein Herz klopft unregelmäßig, während ich den Mann anblicke, der dort schläft – den Ehemann, den ich inzwischen mehr liebe als das Leben selbst.

Hat er das getan?

Hat er entschieden, dass Bransford, selbst ohne seine politische Anziehungskraft und am Rande einer strafrechtlichen Verfolgung, eine zu große Gefahr für mich darstellt?

Ist Mascha oder jemand wie sie in das Four-Seasons-Penthouse eingedrungen und hat alles so arrangiert, dass es so aussieht, als hätte sich Bransford selbst umgebracht – so wie es seine Mörder bei meiner Mutter getan haben?

Ich sollte Nikolai aufwecken und eine Antwort auf diese Fragen verlangen, ihn dazu bringen, die Wahrheit zuzugeben – aber ich weiß, dass ich das nicht tun werde. Nicht, weil ich immer noch Angst habe, mich der Dunkelheit in ihm zu stellen, sondern weil ich merke, dass diese spezielle Wahrheit für mich keine Rolle spielt.

Selbstmord oder Attentat, Bransford ist weg, und der rachsüchtige Teil von mir – der Teil, den ich vorgeben wollte, nicht zu haben – ist glücklich. Nein, mehr als glücklich. Er ist geradezu ekstatisch.

Ob durch Nikolais Hand oder seine eigene, Tom Bransford bekam genau das, was er verdiente.

Ich bleibe noch eine Minute länger am Bett stehen, um die Erleichterung dieses Wissens in mich aufzusaugen, das Verschwinden der Last, von der ich gar nicht gemerkt hatte, dass sie noch auf meinen Schultern lag. Ich lasse dieses Gefühl zu, während ich über die tödliche Schönheit des Gesichtes meines Mannes und die schreckliche Dunkelheit in seiner Seele nachdenke – einer Dunkelheit, von der ich jetzt weiß, dass sie auch in mir existiert.

Dann lege ich mich vorsichtig, um seine dringend benötigte Ruhe nicht zu unterbrechen, neben ihn und meinen Arm über seine Brust. Seine Augen öffnen sich nicht, und seine Atmung verändert sich nicht, aber er dreht sich um, zieht mich an sich, und sein kraftvoller Körper wölbt sich um mich, wärmt mich, schirmt mich von der Welt ab.

Meine Brust dehnt sich aus, und mein Herz ist so erfüllt, dass es zu platzen droht. Noch vor ein paar Monaten war ich eine Waise auf der Flucht vor den Mördern meiner Mutter, eine Frau ganz allein auf der Welt mit einer Lebenserwartung, die in Tagen gemessen wurde. Jetzt habe ich einen Mann und einen Sohn, und eine Zukunft voller Möglichkeiten.

Vielleicht bleiben wir für die nächsten Jahre hier, und ich bekomme einen Job als Lehrerin an einer örtlichen Schule – einer Schule, die auch Slava besuchen wird. Oder vielleicht gehen wir nach Moskau, und Nikolai übernimmt wieder die Leitung seiner Familienorganisation, mit allem, was dazugehört. Oder vielleicht wird es etwas ganz anderes sein,

ein Weg, den ich mir im Moment noch gar nicht vorstellen kann.

Was auch immer dieser Weg ist, wohin wir von hier aus gehen, es spielt keine Rolle.

Solange ich meinen dunklen Beschützer habe, fürchte ich nichts.

Zusammen können Nikolai und ich es mit der ganzen Welt aufnehmen.

LESEPROBEN

Vielen Dank, dass Sie Chloe & Nikolais epische Liebesgeschichte gelesen haben! Wir würden uns sehr freuen, wenn Sie eine Rezension hinterlassen würden. Während *Der Käfig des Engels* ihre Geschichte abschließt, geht die Reise von Alina und Alexej in *Schreckliche Schönheit* weiter.

Um über meine zukünftigen Bücher informiert zu werden, einschließlich weiterer Geschichten mit der Molotov-Familie, melden Sie sich für meinen Newsletter auf www.annazaires.com/book-series/deutsch/ an.

Bitte blättern Sie jetzt um, um Auszüge aus *Schreckliche Schönheit* und *Weiße Nächte,* zu lesen.

AUSZUG AUS SCHRECKLICHE SCHÖNHEIT VON ANNA ZAIRES

Ein Familienvertrag. Eine dunkle Abmachung. Kein Entkommen.

Vor elf Jahren lernte ich ihn kennen. Ein Jahr später war ich mit ihm verlobt. Jetzt ist er gekommen, um mich zu holen, und schlachtet jeden ab, der sich ihm in den Weg stellt.

Mein zukünftiger Ehemann ist ein Monster aus einer ebenso skrupellosen und mächtigen Familie wie der meinen, ein Mann, der Gewalt und Zerstörung mit sich bringt ... ein Mann, der meinem Vater erschreckend ähnlich ist. Seit über einem Jahrzehnt verfolgt er mich und beschattet mein Leben.

Ich fürchte ihn. Ich hasse ihn. Aber das Schlimmste ist, dass ich ihn begehre.

Mein Name ist Alina Molotowa, und Alexej Leonow ist ein Schicksal, dem ich nicht entkommen kann.

Kühle Lippen streichen über meine pochende Stirn und bringen einen schwachen Duft von Kiefer, Meer und Leder mit sich. »Pst ... Ganz ruhig. Es geht dir gut. Ich habe dir nur etwas gegeben, um deine Kopfschmerzen zu lindern und das hier einfacher zu machen.«

Die männliche Stimme ist tief, dunkel und seltsam vertraut. Die Worte werden auf Russisch gesprochen. Mein unscharfer Verstand hat Mühe, sich zu konzentrieren. Warum Russisch? Ich bin in Amerika, oder nicht? Woher kenne ich diese Stimme? Diesen Duft?

Ich versuche, meine schweren Lider zu öffnen, aber sie lassen sich nicht bewegen. Das Gleiche gilt für meine Hand, als ich versuche, sie anzuheben. Alles fühlt sich unvorstellbar schwer an, als wären meine Knochen aus Metall und mein Fleisch aus Beton. Mein Kopf rollt zur Seite, da meine Nackenmuskeln das Gewicht nicht mehr tragen können. Es ist, als wäre ich ein Neugeborenes. Ich versuche, zu sprechen, aber ein unzusammenhängendes Geräusch entweicht meiner Kehle und vermischt sich mit einem entfernten Dröhnen, das meine Ohren jetzt wahrnehmen können.

Vielleicht bin ich ein Neugeborenes. Das würde erklären, warum ich so lächerlich hilflos bin und mir keinen Reim auf irgendetwas machen kann.

»Hier, leg dich hin.« Starke Hände ziehen mich auf eine weiche, flache Oberfläche. Nun, das meiste von mir. Mein Kopf landet auf etwas Erhöhtem, das hart, aber bequem ist. Kein Kopfkissen, dafür ist es zu hart, aber auch kein Stein. Das Objekt gibt nicht viel nach, aber es gibt etwas nach. Es ist auch merkwürdig warm.

Das Objekt verschiebt sich leicht, und aus den nebligen Vertiefungen meines Verstandes taucht die Antwort auf das Rätsel auf. *Ein Schoß.* Mein Kopf liegt auf dem Schoß von jemandem. Jemand männlichem, den stählernen, dick bemuskelten Oberschenkeln unter meinem schmerzenden Schädel nach zu urteilen.

Mein Puls beschleunigt sich. Auch wenn meine Gedanken träge und verworren sind, weiß ich, dass das nicht normal für mich ist. Keine Schöße oder Männer für mich. Zumindest nicht in meinen bisherigen fünfundzwanzig Jahren.

Fünfundzwanzig. Ich klammere mich an diesen Splitter des Wissens. Ich bin fünfundzwanzig Jahre alt und kein Neugeborenes. Ermutigt durchforste ich die verworrenen Erinnerungen und suche nach einer Antwort auf das, was passiert, aber sie entzieht sich mir, da die Erinnerungen nur langsam kommen, wenn überhaupt.

Dunkelheit. Feuer. Ein Dämon wie aus einem Alptraum kommt, um mich einzufordern.

Ist das eine Erinnerung oder etwas, was ich in einem Film gesehen habe?

Eine Nadel sticht tief in meinen Hals. Unerwünschte Müdigkeit breitet sich in meinem Körper aus.

Das letzte Stück fühlt sich echt an. Mein Verstand mag nicht funktionieren, aber mein Körper kennt die Wahrheit. Er spürt die Bedrohung. Mein Herzschlag beschleunigt sich, während das Adrenalin meine Adern füllt. Ja. Ja, das ist es. Ich kann das schaffen. Mit der Kraft des wachsenden Entsetzens öffne ich meine bleiernen Augenlider und blicke in Augen, die dunkler sind als die Nacht, die uns umgibt. Augen in einem grausam schönen Gesicht, das mich in meinen Träumen und Alpträumen verfolgt.

»Kämpf nicht dagegen an, Alinyonok«, murmelt Alexej Leonow. Seine dunkle Stimme klingt verheißungsvoll und bedrohlich zugleich, während er mit seinen Fingern sanft durch mein Haar fährt und die pochende Spannung in meinem Schädel massiert. »Du machst es dir nur noch schwerer.«

Die Ränder seiner Schwielen verhaken sich in meinem langen Haar und er zieht seine Finger heraus, nur um seine Handfläche um meinen Kiefer zu legen. Er hat große Hände, gefährliche Hände. Hände, die allein heute Dutzende von Menschen getötet haben. Von der Erkenntnis dreht sich mir der Magen um, während sich ein Knoten der Anspannung tief in mir löst. Zehn lange Jahre habe ich mich vor diesem Moment gefürchtet, und jetzt ist er endlich da.

Er ist hier.

Er ist gekommen, um mich einzufordern.

»Nicht weinen«, sagt mein zukünftiger Mann sanft und streicht mir mit der rauen Kante seines Daumens die Nässe aus dem Gesicht. »Es wird nicht helfen. Das weißt du.«

Ja, das weiß ich. Nichts und niemand kann mir jetzt helfen. Ich erkenne dieses ferne Dröhnen. Es ist das Geräusch eines Flugzeugmotors. Wir befinden uns in der Luft.

Ich schließe meine Augen und lasse mich von der dunstigen Dunkelheit einnehmen.

Möchten Sie mehr erfahren? Falls Sie mehr darüber erfahren möchten, besuchen Sie bitte meine Homepage www.annazaires.com/book-series/deutsch/.

AUSZUG AUS WEISSE NÄCHTE VON ANNA ZAIRES UND CHARMAINE PAULS

Macht. Daran denke ich, wenn ich ihn in der Notaufnahme sehe. Macht und Gefahr.

Alex Volkov, einer der reichsten russischen Oligarchen, ist ebenso rücksichtslos wie anziehend. Er bekommt immer, was er will, und das, was er will, bin ich, in seinem Bett.

Er ist die Art von Ärger, vor dem jede Frau weglaufen sollte. Die Kugel, die sein Leibwächter für ihn abgefangen hat, beweist das.

Ich sollte mich von ihm fernhalten, aber für eine Nacht gebe ich der Versuchung nach. Ehe ich mich versehe, zieht er mich tiefer in seine Welt voller Exzesse und Gewalt und dringt nicht nur in mein Leben, sondern auch in mein Herz ein.

Wie viel Vertrauen kann ich in einen so gefährlichen Mann setzen? Wie viel wage ich, für seine Liebe zu riskieren?

Ich drehe mich vom Waschbecken weg und schaue dorthin zurück, wo der verwundete Mann lag – und blicke in ein Paar stahlblaue Augen, das auf mich gerichtet ist.

Es ist einer der Männer, die in der Nähe des Opfers gestanden haben, wahrscheinlich einer seiner Verwandten. Nachts sind Besucher im Krankenhaus im Allgemeinen nicht erlaubt, aber die Notaufnahme ist eine Ausnahme.

Anstatt wegzuschauen, wie es die meisten Leute tun, wenn sie beim Hinstarren erwischt werden, beobachtet mich der Mann weiter.

Sowohl fasziniert als auch leicht genervt, starre ich ihn ebenfalls an.

Er ist groß, weit über ein Meter achtzig und breitschultrig. Er ist nicht gutaussehend im klassischen Sinne, das wäre ein zu schwaches Wort, um ihn zu beschreiben. Stattdessen ist er magnetisch.

Macht. Das ist es, was mir in den Sinn kommt, wenn ich ihn ansehe. Sie ist in der arroganten Neigung seines Kopfes, in der Art, wie er mich so ruhig anschaut, völlig überzeugt von sich selbst und seiner Fähigkeit, alles um ihn herum zu kontrollieren. Ich weiß nicht, wer er ist oder was er macht, aber ich bezweifele, dass er ein Schreibtischhengst in irgendeinem Büro ist. Dieser Mann ist es gewohnt, Befehle zu erteilen, die befolgt werden.

Seine Kleidung sitzt gut und sieht teuer aus. Vielleicht sogar maßgeschneidert. Er trägt einen grauen Trenchcoat, eine dunkelgraue Hose mit einem dezenten Nadelstreifen und ein Paar schwarze italienische Lederschuhe. Sein dunkelbraunes Haar ist kurz geschnitten, fast wie beim Militär. Der einfache Haarschnitt passt zu seinem Gesicht und offenbart harte, symmetrische Züge. Er hat hohe Wangenknochen und eine Adlernase mit einer leichten Beule, als ob sie einmal gebrochen worden wäre.

Ich kann nicht sagen, wie alt er ist. Sein Gesicht ist faltenfrei, aber es hat nichts Jungenhaftes an sich. Keine Weichheit, nicht einmal in der Wölbung seines Mundes. Ich schätze sein Alter auf Anfang dreißig, aber er könnte genauso gut fünfundzwanzig oder vierzig sein.

Er wird nicht unruhig und sieht auch nicht unbehaglich aus, als unser Wettstarren weitergeht. Er steht einfach nur ruhig da, völlig bewegungslos, und seine blauen Augen sind auf mich gerichtet.

Zu meinem Entsetzen beschleunigt sich mein Herzschlag, und ein Kribbeln läuft mir über den Rücken. Es ist, als ob die Temperatur im Raum um zehn Grad gestiegen wäre. Plötzlich wird die Atmosphäre intensiv sexuell, und ich werde mir auf eine Art und Weise bewusst, eine Frau zu sein, wie ich es noch nie erlebt habe. Ich spüre, wie das seidige Material meines passenden Unterwäsche-Sets zwischen meinen Beinen und gegen meine Brüste streicht. Mein ganzer Körper scheint errötet und sensibilisiert, meine Nippel kribbeln unter meinen Kleidungsschichten.

Heilige Scheiße. So fühlt es sich also an, wenn man sich zu jemandem hingezogen fühlt. Es ist nicht rational, nicht logisch. Es gibt kein Treffen der Köpfe und Herzen. Nein, das Verlangen ist einfach und primitiv. Mein Körper hat den seinen auf irgendeiner tierischen Ebene gespürt und will sich paaren.

Er fühlt es auch. Das zeigt sich in der Art und Weise, wie sich seine blauen Augen verdunkeln, die Lider sich leicht senken – und wie sich seine Nasenlöcher blähen, als ob er versucht, meinen Geruch einzufangen. Seine Finger zucken, dann ballen sie sich zu Fäusten, und ich weiß irgendwie, dass er versucht, sich zu beherrschen, um nicht gleich hier und jetzt nach mir zu greifen.

Wären wir allein, wäre er mit Sicherheit schon auf mir.

Ich starre den Fremden immer noch an, während ich mich zurückziehe. Die Stärke meiner Reaktion auf ihn ist erschreckend, beunruhigend. Wir sind mitten in der Notaufnahme, umgeben von Menschen, und alles, woran ich denken kann, ist heißer Sex, der zerwühlte Laken zurücklässt. Ich habe keine Ahnung, wer er ist, ob er verheiratet oder Single ist. Er könnte ein Krimineller oder ein Arschloch sein. *Oder ein fremdgehender Drecksack wie Tony.* Wenn mich jemand gelehrt hat, zweimal nachzudenken, bevor ich einem Mann vertraue, dann ist es mein Ex-Freund. Ich möchte mich so kurz nach meiner letzten, katastrophalen Beziehung nicht auf jemanden einlassen. Ich möchte diese Art von Komplikationen nicht mehr in meinem Leben haben.

Der große Fremde hat eindeutig andere Vorstellungen.

Auf meinen vorsichtigen Rückzug hin verengt er die Augen, und sein Blick wird schärfer, fokussierter. Dann kommt er mit anmutigen Schritten für einen so großen Mann zu mir. Seine gemächlichen Bewegungen haben etwas Pantherhaftes, und für eine Sekunde fühle ich mich wie eine Maus, die von einer großen Katze verfolgt wird. Instinktiv gehe ich einen weiteren Schritt zurück, und sein harter Mund verzieht sich vor Unmut.

Verdammt, ich benehme mich wie ein Feigling.

Ich weiche nicht mehr zurück, sondern bleibe stattdessen

stehen und richte mich zu meiner vollen Größe von ein Meter siebzig auf. Ich bin immer die ruhige und fähige Person, die Stresssituationen mit Leichtigkeit meistert, aber jetzt verhalte ich mich gerade wie ein Schulmädchen, das auf seinen ersten Schwarm trifft. Ja, ich fühle mich in der Nähe dieses Mannes unwohl, aber es gibt nichts, wovor ich Angst haben müsste. Was ist das Schlimmste, was er tun kann? Mich zu einem Date einladen?

Trotzdem zittern meine Hände leicht, als er sich nähert und weniger als einen Meter entfernt stehen bleibt. So nah, er ist sogar größer, als ich dachte, ein paar Zentimeter über ein Meter achtzig. Ich bin keine kleine Frau, aber ich fühle mich winzig, wenn ich vor ihm stehe. Ich mag das Gefühl nicht.

»Sie machen ihren Job sehr gut.« Seine Stimme ist tief und etwas rau, gefärbt mit einem osteuropäischen Akzent. Allein ihn zu hören lässt mein Inneres auf eine seltsam angenehme Weise erschaudern.

»Danke«, sage ich ein wenig unsicher. Ich *mache* meinen Job gut, aber ich habe kein Kompliment von diesem Fremden erwartet.

»Sie haben sich gut um Igor gekümmert. Ich danke Ihnen dafür.«

Igor muss der Patient mit der Schusswunde sein. Es ist ein ausländisch klingender Name. Russisch vielleicht? Das würde den Akzent des Fremden erklären. Obwohl er fließend Englisch spricht, ist er kein Muttersprachler.

»Das ist mein Job.« Ich bin stolz auf meine feste Stimme. Hoffentlich merkt der Mann nicht, was für eine Wirkung er auf mich hat. »Ich hoffe, er erholt sich schnell. Ist er ein Verwandter?«

»Mein Leibwächter.«

729

Wow. Ich hatte recht. Dieser Mann ist einer der großen Fische. Heißt das …?

»Wurde er im Dienst angeschossen?«, frage ich und halte die Luft an.

»Er hat eine Kugel abbekommen, die für mich bestimmt war, ja.« Sein Tonfall ist sachlich, aber ich spüre eine unterdrückte Wut in diesen Worten.

Ich schlucke trocken. »Haben Sie schon mit der Polizei gesprochen?«

»Ich habe eine kurze Erklärung abgegeben. Ich werde ausführlicher mit ihr sprechen, sobald Igor sich stabilisiert und das Bewusstsein wiedererlangt hat.«

Ich nicke, ohne zu wissen, was ich dazu sagen soll. Der Mann, der vor mir steht, wurde heute fast ermordet. Wer ist er? Ein Mafiaboss? Ein Politiker?

Wenn ich irgendwelche Zweifel daran hatte, ob es klug wäre, dieser seltsamen Anziehung zwischen uns nachzugeben, sind sie verschwunden. Dieser Fremde bedeutet Schwierigkeiten, und ich muss mich so weit wie möglich von ihm fernhalten.

»Ich wünsche Ihrem Leibwächter, dass er schnell wieder gesund wird«, sage ich mit einer aufgesetzt fröhlichen Stimme. »Wenn es keine Komplikationen gibt, sollte es ihm bald wieder gut gehen.«

»Dank Ihnen.«

Ich schenke ihm ein kleines Lächeln und mache in der Hoffnung einen Schritt zur Seite, um an dem Mann vorbei zu meinem nächsten Patienten gehen zu können.

Er bewegt sich, so dass er mir den Weg versperrt. »Ich bin Alex Volkov«, sagt er leise. »Und Sie sind?«

Mein Puls beschleunigt sich. Die männliche Absicht in

seiner Frage macht mich nervös. In der Hoffnung, dass er den Hinweis versteht, sage ich: »Nur eine Krankenschwester, die hier arbeitet.«

Er versteht ihn nicht, oder er tut so, als ob er es nicht täte. »Wie heißen Sie?«

Er ist auf jeden Fall hartnäckig. Ich atme tief ein. »Ich bin Katherine Morrell. Wenn Sie mich entschuldigen …?«

»Katherine«, wiederholt er, und sein Akzent verleiht den vertrauten Silben eine exotische Note. Sein harter Mund wird ein wenig weicher. »Katerina. Das ist ein schöner Name.«

»Vielen Dank. Ich muss jetzt wirklich gehen.«

Ich habe es zunehmend eiliger, wegzukommen. Er ist zu groß, zu männlich. Ich brauche Platz und etwas Raum zum Atmen. Seine Nähe ist überwältigend, macht mich nervös und unruhig und lässt mich nach etwas verlangen, von dem ich weiß, dass es schlecht für mich sein wird.

»Sie müssen Ihre Arbeit machen. Ich verstehe«, sagt er und sieht ein wenig amüsiert aus.

Trotzdem geht er mir nicht aus dem Weg. Stattdessen hebt er, während ich entsetzt zuschaue, eine große Hand an und streicht mit den Fingerknöcheln über meine Wange.

Ich erstarre, als eine Hitzewelle durch meinen Körper rollt. Seine Berührung ist leicht, aber ich fühle mich von ihr gebrandmarkt, bis ins Mark erschüttert.

»Ich würde Sie gerne wiedersehen, Katerina«, sagt er leise und lässt seine Hand sinken. »Wann ist Ihre Schicht heute Abend zu Ende?«

Ich starre ihn an und habe das Gefühl, dass ich die Kontrolle über die Situation verliere. »Ich glaube nicht, dass das eine gute Idee ist.«

»Warum nicht?« Seine blauen Augen verengen sich. »Sind Sie verheiratet?«

Ich bin versucht, zu lügen, aber die Ehrlichkeit siegt. »Nein, aber ich bin im Moment nicht an einem Date interessiert.«

»Wer hat etwas von einem Date gesagt?«

Ich blinzele. Ich nahm an …

Er hebt wieder seine Hand und stoppt mich mitten im Gedanken. Diesmal nimmt er eine Strähne meines Haares auf und reibt sie zwischen seinen Fingern.

»Ich date nicht, Katerina«, murmelt er, seine Stimme mit dem Akzent ist seltsam hypnotisierend. »Aber ich würde gerne mit dir ins Bett gehen. Und ich glaube, das würde dir auch gefallen.«

Möchten Sie mehr erfahren? Falls Sie mehr darüber erfahren möchten, besuchen Sie bitte meine Homepage www.annazaires.com/book-series/deutsch/.

ÜBER DIE AUTORIN

Anna Zaires ist eine *New York Times*, *USA Today* und Internationale Nr.1 Bestseller Autorin. Anna Zaires hat sich schon im zarten Alter von fünf Jahren in Bücher verliebt, in dem ihr ihre Großmutter das Lesen beibrachte. Kurz darauf schrieb sie auch schon ihre erste Geschichte. Seitdem lebt Anna neben der realen Welt auch ständig in einer Phantasiewelt, in der ihr nur ihre eigene Vorstellungskraft Grenzen setzen kann. Zurzeit lebt die verheiratete Autorin in Florida, zusammen mit ihrem Traummann, dem Sience-Fiction und Fantasy Romanautoren Dima Zales, der auch eng mit ihr zusammenarbeitet.

Bitte besuchen Sie www.annazaires.com/book-series/deutsch/ um mehr zu erfahren.